新潮日本古典集成

方丈記 発心集

三木紀人 校注

新潮社版

目次

発心集 細目

発心集　第三

発心集　第四

発心集　第五

発心集　第六

発心集　第七

発心集　第八

凡例

一、本書の底本として、「方丈記」は大福光寺本（一部は一条兼良《かねら》本）、「発心集」は慶安四年刊本を用いた。

一、底本の翻刻にあたっては、読みやすさなどを考慮して次のような方針を採った。

1　明らかに誤脱と思われる部分は、「方丈記」は前田本・一条兼良本など、「発心集」は神宮文庫本・寛文十年刊本などによって校訂した。その個所は巻末に一括して示し、特に問題のあるものについては頭注欄でも触れた。

2　二作品とも底本は漢字交り片仮名書きであるが、これを漢字交り平仮名書きに改め、段落を切った。

3　底本における漢字を適宜仮名（または、より適切な漢字）に改め、また、仮名に適宜漢字をあてた。

4　句読点・振仮名・送り仮名・濁点は私意によった。それらは、「発心集」底本にはかなり見られるが、その取捨・加除の根拠については、必要最小限を注記するに止めた。

5　会話・引用文等には「　」を付した。

6　漢字は現行の字体、本文・振仮名の仮名づかいは歴史的仮名づかいによった。なお、「栄へ」「耐へ」など、語尾が普通「え」に統一されるものの類は、ハ行動詞（ヤ行動詞の変形）かと思われるものが多いので、底本の仮名づかいのままとした。

7 漢詩文には句読・訓点を付した。

8 底本の反復記号は漢字・仮名に改めた。

一、注解は、頭注並びに傍注（色刷り）による。これらに関しては、次のような方針を採った。

1 本文見開き二頁分に関する頭注は、すべてその二頁の範囲内に示した。

2 本文の校異については、解釈上特に必要な場合に限って頭注で触れた。

3 本文の各章・各段落について、頭注欄に小見出しを設け、内容・主題などを示した。

4 「発心集」については、鑑賞の手引として、頭注欄に＊印の下に簡単な説明を加えた。「方丈記」は語句の注解などによって余白を失ったので、これを省略した。

5 頭注の引用文の校訂については、本文の場合に準じた。ただし、漢文表記のものは、一部の経典を除き、読み下し文をもって示した。

6 現代語訳の形で示しうる簡単な注は、原則として傍注で示したが、スペースの関係で頭注にまわしたものもある。なお傍注では、必要に応じて〔　〕内に主語・修飾語などを補い、文意が明らかになるよう配慮した。

一、巻末に解説・付録（長明年譜・校訂個所一覧・参考地図）を付した。

方丈記　発心集

方丈記

一　意味的には不要に近い「ゆく」が、川の流動感を印象的に伝える。『万葉集』に見える語。王朝語では「ゆく水」という。
二　水の泡。以下の文の「朝顔」「露」などとともに、はかなさの比喩に多用される。『和歌初学抄』に「昔より言ひならはしたる事」として「はかなき事には、ツユ　アサガホ　ウタカタ　ユメ　マボロシ　水ニヤドル月　ウキグモ　ツキクサ」とある。『維摩経《ゆいまぎょう》』方便品《ほうべんぼん》「是《こ》の身は泡の如し。久しく立つを得ず」。『山家集』中「流れ行く水に玉なすうたかたのあはれあだなるこの世なりけり」。
三　枕詞めいた表現だが、玉を敷きつめたように美しく立派な、の意か。長明幼時の都は、この形容に値するものとして彼の記憶に残っていたと思われる。『今鏡』三「(保元の乱後は)都の大路どもなどは鏡の如く磨き立てて、つゆきたなげなる所もなかりけり」。
四　当時の住宅の屋根は、板・樹皮などで葺《ふ》き、甍は主に寺院建築に使用された。この辺の描写は平安京よりも中国の都会にふさわしい表現である。『文選《もんぜん》』左太沖、蜀都賦《しょくとふ》「比《ひ》屋《おく》甍《いらか》を連ね、千廡《せんぶ》万室あり」。
五　生死による、人の出入りのはげしさ。人の短命をいう「朝に生れ、夕に死ぬ」という慣用句はあるが、本書のこの個所は類例を見ない構文。

序――世の無常

一

[一]ゆく河の流れは絶えずして、しかも、もとの水にあらず。よどみに浮ぶ[二]うたかたは、かつ消え、かつ結びて、久しくとどまりたる《同じ状態であり続ける》例《ためし》なし。世の中にある、人と栖《すみか》と、またかくのごとし。

[三]たましきの都のうちに、棟《むね》を並べ、[四]甍《いらか》を争へる、高き、いやしき《身分の高い人や低い人》人の住《すま》ひは、世々を経て《何代たっても》、尽きせぬ《なくならない》物なれど、これをまことかと尋ぬれば《本当にそうなのかと気をつけて見ると》、昔ありし家はまれなり。或《あるい》は去年《こぞ》焼けて今年《ことし》作れり。或は大家《おほいへ》ほろびて小家《こいへ》となる。住む人もこれに同じ。所も変らず、人も多かれど、いにしへ見し人は、二三十人が中に、わづかにひとりふたりなり。[五]朝《あした》に死に、夕《ゆふべ》に生るるならひ、ただ水の泡《あわ》にぞ似たりける。不知《しらず》、生れ死ぬる人、何方《いづかた》より来たりて、何方《いづかた》へか去る。また

不知《しらず》、仮[一]の宿り、誰《た》が為にか心を悩まし《苦心して作ろうとし》、何によりてか目を喜ばし《何のために自分の住居を見て喜ぶ》むる《のであるか》。その、主《あるじ》と栖《すみか》と、無常[二]を争ふさま、いはば朝顔[三]の露に異《こと》ならず。或《あるい》は露落ちて花残れり。残るといへども、朝日に枯れぬ。或は花しぼみて露なほ消えず。消えずといへども、夕を待つ事なし《その夕方まで残っていることはない》。

二

安元の大火

予、もの[四]の心を知れりしより、四十《よそぢ》あまりの春秋を《四十年余に及ぶ歳月を》おくれるあひだに、世の不思議を見る事、やや《次第に》たびたびになりぬ。去《いんじ》安元[五]三年四月廿八日かとよ《だったと思う》、風はげしく吹きて、静かならざりし夜、戌《いぬ》の時[六]ばかり、都の東南《たつみ》より火出《い》で来て、西北《いぬゐ》に至る。はてには、朱雀門《しゅしゃくもん》[七]、大極殿《だいこくでん》[八]、大学寮[九]、民部省[一〇]などまで移りて、一夜《ひとよ》のうちに塵灰《ちりはひ》となりにき。

一 人間にとって仮住居でしかない家。
二 あらゆるものの不断の生滅・変化をいう仏教語。「常住」の対。「無常を争ふ」は、いずれ劣らぬ変化の速さ・はげしさを誇張して言ったもの。
三 朝顔の花とそこに宿る露との関係、の意。かなり縮約した言いまわし。
四 『方丈記』執筆時から四十余年逆算すると、長明十代後半についての記述ということになる。父の死んだ頃を念頭に置いて言ったものか。
五 一一七七年。長明二十三歳の年。
六 今の午後八時頃。ただし、『玉葉』『百錬抄』など他資料によれば「亥《い》の時」（午後十時頃）。
七 大内裏《だいだいり》南面の正門。
八 宮中の正殿。この時以後再建されなかった。
九 朱雀大路の北端東隣にあった。式部省所属、貴族の子弟の教育施設。
一〇 太政官《だいじょうかん》八省の一つ。戸籍・徴税・厚生・土木・交通などの政務を担当した役所。位置は大極殿東南。
一一 左京の、樋口小路と富小路とが交叉《こうさ》するあたり。大内裏の東南約三キロの地域。今の河原町五条に当る。巻末地図参照。
一二 諸本には「病人《やまひびと》」とある。「舞人」「病人」いずれも他の史料などに裏付けとなる記事はない。『源平盛衰記』四の伝えるところでは、配流地《はいるち》に赴く武士の送別の酒宴における参加者たちの酔狂に端を発する火災火元《ほもと》は、[一一]樋口富《ひぐちとみ》の小路《こうぢ》とかや、[一二]舞人《まひびと》を宿《やど》せる仮屋《かりや》より出で来たりけるとなん。[一三]吹き迷ふ風に、とかく移りゆくほどに《あちこちに類焼してゆくうちに》、扇《あふぎ》をひろげたるがごとく、末広になりぬ。[一四]遠き家は煙《けふり》にむせび、近きあたりはひたすら焔《ほのほ》を地に吹きつけたり。空には灰を吹き立てたれば《吹き上げるという始末で〔それが〕》、火の光に映じて、あまねく《あたり一面》紅《くれなゐ》なる中に、[一五]風に堪えず、吹き切られたる焔、飛ぶが如くして[一六]一二町を越えつつ《飛びこえては》移りゆく。その中の人、現《うつ》し心《生きた心》あらむや《地があるであろうか》。或は煙にむせびて倒《たふ》れ伏し、或《あるい》は焔に[一七]まくれてたちまちに死ぬ。或は身ひとつ、からうじて逃《のが》るるも、資財を取り出づるに及ばず《取り出すことができなかった》。[一八]七珍万宝《しつちんまんぼう》さながら《ことごとく》灰燼《くわいしん》となりにき。そのつひえ、いくそばくぞ《被害はどれほどだったであろうか》。そのたび《その時に》、[一九]公卿《くぎやう》の家[二〇]十六焼けたり。まして、その外《ほか》、数へ知るに及ばず。惣《すべ》て、都のうち、[二一]三分が一に及べりとぞ。男女《なんによ》死ぬるもの[二二]数十人、馬・牛のたぐひ、辺際《へんさい》を知らず《際限もなかった》。

人のいとなみ、皆愚かなる中に、さしも《これほどに》危ふき京中《きやうぢゆう》の家を作るとて、宝をつひやし、心を悩ます事は、すぐれてあぢきなくぞ《この上なく無益なことなのです》侍《はべ》

という。「仮屋」は仮ごしらえの家。

一三 方向も定まらずはげしく吹く風。火災発生に伴う乱気流をいう。

一四 家を擬人化して主語とした描写。

一五 風の勢いに負けて。「堪え」は「堪ふ」の変化した形のヤ行下二段「堪ゆ」の連用形。『徒然草』九「堪ゆべくもあらぬわざ」。

一六 一町は四十丈（約一二〇メートル）四方の区域。火焔が一、二町を越えて飛ぶというのは驚くべき記述だが、防災科学的見地からありえないことではなく、むしろ、作者の記憶の確かさを示すものと思われる。

一七 「まく（眩）る」は「目昏《まく》る」で、目がくらむ、くらくらする、の意。「まぐる」とも。

一八 すべての貴重な宝物をいう成語。「七珍」（「七宝」とも）は経典によって内容を異にする。その一例、『大無量寿経』上には「其仏国土、自然七宝、金・銀・瑠璃《るり》・珊瑚《さんご》・琥珀《こはく》・硨磲《しやこ》・碼碯《めなう》、合成為地」とある。

一九 公（摂政・関白・大臣）と卿（大中納言・参議、および三位以上の朝官）。

二〇 文献により数え方に異同がある。『方丈記』によった『平家物語』が十六とするほか、『玉葉』は十四、『清獬眼抄《せいかいがんしよう》』は十三、『源平盛衰記』は十七。

二一 『清獬眼抄』によれば、左京の四分の一近く。

二二 底本以外の諸本は多く「数千人」とする。『玉葉』に「死人すでに京中に満ち」とあるのなどから察すると、「数十人」は過少か。『平家物語』は数百人とする。

る。

治承の辻風

また、治承四年[一]卯月《うづき》のころ、[二]中御門京極《なかのみかどきやうごく》のほど《あたり》より大きなる辻風《つむじ風》おこりて、[三]六条わたりまで吹ける事侍りき。

三四町を吹きまくる間《あひだ》に、こもれる家ども《その圏内にあった家々は》、[四]大きなるも小さきも一つとして破《やぶ》れざるはなし。さながら《そのまま》平《ひら》に倒れたるもあり《押しつぶされた家もあるし》、[五]桁《けた》・柱ばかり残れるもあり。門《かど》を吹きはなちて四五町がほかに《その場から吹きとばして四、五町も遠方に》置き、また垣を吹きはらひて隣りと一つになせり。いはむや、家のうちの資財、数をつくして空にあり《ことごとく空中に舞い上った》。[六]檜皮《ひはだ》・葺板《ふきいた》のたぐひ、冬の木《こ》の葉の風に乱《みだ》るが如し。[七]塵を煙の如く吹き立てたれば、すべて目も見えず。おびたたしく《はげしく轟音が》[八]鳴りどよむ《鳴りひびくので》ほどに、もの云ふ声も聞こえず。かの地獄の[九]業《ごふ》の風なりとも、かばかりにこそは《「そのすごさは」これ以上ではあるまいと》とぞおぼゆる。

家の損亡《そんまう》せるのみにあらず。これを取り繕《つくろ》ふ間に、身をそこなひ《けがをして》[一〇]片輪《かたわ》づける人《片輪になった人》、数も知らず。この風、[一一]未《ひつじ》の方に移りゆきて、多くの人の嘆きなせり《不幸をもたらした》。

一 詳しくは四月二十九日の昼下り（『明月記』『玉葉』などによる）。長明二十六歳時に当る。

二 中御門大路と東京極大路の交叉するあたり。平安京の東北隅に近い。

三 中御門大路から六条大路までは、直線距離で三キロ近い。『源平盛衰記』によれば、この時の風は坤《ひつじさる》（南西）の方面に吹き及んだという。

四『明月記』に「木を抜き、沙石《しやせき》を揚げ、人家門戸並びに車等、皆吹き上ぐ云々」とある。

五 柱と柱とを結ぶために上部に横に渡し、椽《たるき》などの支えとする材木。

六「檜皮」は檜の樹皮を四角形に切った屋根の材。もと、神社・宮殿用。中古以後に寺院・貴族の邸宅などにも多用。「葺板」は杉・椹《さわら》などの板。使用範囲は社寺から民家まで、きわめて広い。

七『玉葉』に、建築物が顚倒《てんとう》した状況を「すなはち黄気を成し、楼の天に至るが如し」と描写する。

八「どよむ」は古くは「とよむ」、後にもっぱら「どよむ」。この時代における清濁不明。両形並存か。

九 衆生《しゆじよう》の犯した悪に感応して吹く風。『往生要集』上「一切の風の中には業風を第一とす。かくの如き業風、悪業の人を将《ひき》ゐ去りて、かの処（地獄）に到る」。

一〇 もと「かたは」（片端）。「片輪」は音変化による通用の当て字。

一一 諸本、多く「坤《ひつじさる》」とする。注三参照。

一二『玉葉』に「辻風は常の事たりといへども、未だ今度の事の如きはあらず。仍《すなは》ち尤《もつと》も物怪《もつけ》（異変、悪事の予兆）たるべきか」と同趣の記述がある。
一三 前段落の冒頭と「治承四年」が重複するので、成稿後の補筆による一段かともいうが、凶事の頻発した同年を強調するための反復か。
一四 旧暦六月。都人に最悪な猛暑の候。
一五 平清盛の建議による福原遷都をさす。天皇以下の一行の京都出発は六月二日、福原到着は翌三日。
一六 第五二代天皇。在位は八〇九〜二三年。
一七 平安遷都は桓武《かんむ》天皇治世七九四年のことで、事実と合わない。嵯峨《さが》天皇の時、平城《へいぜい》上皇を中心とする平城還都の企てがあったので、その挫折《ざせつ》（薬子《くすこ》の変）後の安定をこう記したものか。『愚管抄』三「都遷りの間、いまだひしともおちゐぬ（落着しない）ほど」は、平城・嵯峨朝の実情をいう描写として参考になる。
一八 平安遷都から数えても、この年までは三八七年。約四百年はよいとしても「余」は筆のすべり。『平家物語』五「百年《ももとせ》を四かへりまでに過ぎ来にし愛宕《おたぎ》（平安京）の里の荒れや果てなん」。
一九 『山槐記《さんかいき》』に「洛中騒動悲泣云々」とある。
二〇 同年即位の安徳天皇。後白河・高倉両院も同行。
二一 このあたり以下誇張多く、必ずしも実情を正確に伝えない（細野哲雄氏「方丈記の詩と真実」）。
二二 ここと対応する『平家物語』五の記述は、「家々は賀茂河・桂河にこぼちいれ、筏《いかだ》に組み浮べ、資財雑具舟につみ、福原へとて運び下す」とやや具体的。

福原遷都

[一二]辻風は常に吹くものなれど、かかる事やある《こんなひどいことがあろうか》。ただ事《こと》にあらず、さるべきもののさとし《しかるべき神仏の咎めであろうか》か、などぞ疑ひ侍りし《考えこんでみたものです》。

また、[一三]治承四年水無月《みなづき》[一四]の比《ころ》、にはかに都遷《うつ》り[一五]侍りき。いと思ひの外《まったく意外な》なりし事なり《出来事であった》。

おほかた《そもそも》、この京のはじめを聞ける事は《始まりについて聞くところでは》、嵯峨《さが》[一六]の天皇の御時、都[一七]と定まりにけるより《都として安定してから以後》後《のち》、すでに[一八]四百余歳を経たり。ことなるゆゑなくて《特別の理由もなくて》、たやすく改まるべくもあらねば、これを世[一九]の人安からず《不安顔で》憂《うれ》へあへる、実《げ》にことわりにも過ぎたり《ほんとうに当然すぎることである》。

されど、とかく云ふかひなくて《あれこれ言っても仕方のないことで》、帝《みかど》[二〇]より始め奉りて、大臣《だいじん》・公卿[二一]みな悉《ことごと》く移ろひ給ひぬ《移住なさった》。世に仕ふるほどの人《官職についているほどの人なら》、たれか一人ふるさと《旧都》に残りをらむ。官《つかさ》・位《くらゐ》に思ひをかけ、主君のかげを頼む《恩顧を頼りにする》ほどの人は、一日なりとも疾《と》く《〔新都に〕》移ろはむとはげみ、時を失ひ世に余されて《おちぶれて時代から取り残され》期《ご》する《前途に》所なきものは《望みをもたぬものは》、憂へながら留《と》まりをり。軒《のき》を争ひし人のすまひ、日《日に》を経つつ荒れゆく。[二二]家はこぼたれて淀河《よどがは》に浮び、地は目の前に《見る見るうちに》畠となる。人の心みな改まりて、[一]ただ馬・鞍《くら》をのみ重くす《大切にする》。牛・車を用《使用》する人なし。[二]西南海の領所を願ひて《領地を希望して》、東北《とうぼく》の庄園《荘園》を好まず。

その時、おのづから《たまたま》[三]事の便り《ついでがあって》ありて、[四]津の国の[五]今の京に至れり。所のありさまを見るに、[六]その地《〔面積が〕》、程狭《せば》くて、[七]条里を割るに足らず。北は山にそひて高く、南は海近くて下《くだ》れり。波の音、常にかまびすしく、塩風ことにはげし。内裏《だいり》は山の中なれば、[八]かの木《き》の丸殿《まろどの》もかくやと、なかなか《かえって》様《やう》かはりて優なるかたも侍り《新鮮な感じで優美な一面もありました》。日々にこぼち、川も狭《せ》に運び下す家《狭くなるほど運び下した家は》、いづくに作れるにかあるらむ《一体どこに建て直したのであろう》。なほ空《むな》しき地《空地》は多く、作れる屋《や》は少なし。

古京はすでに荒れて、新都はいまだ成らず。ありとしある人は《誰もかれもが》、皆[九]浮き雲の思ひ《落ちつかない気持になっていた》をなせり。もとより《元から》この所にをるものは《住んでいた人は》、地を失ひて憂ふ。今移れる人は《新しく移住した人は》、土木のわづらひ《新居を作るわずらわしさが》ある事を嘆く。道のほとりを見れば、車に乗るべきは馬に乗り《牛車に乗るにふさわしい人々は馬に乗り》、[一〇]衣冠《いくわん》・[一一]布衣《ほい》なるべきは、多く[一二]直垂《ひたたれ》を着たり。都の手ぶり《風俗》たちまちに改まりて、ただひなびたる《田舎じみた》武《もの》

一 新都の劣悪な道路事情などによる意識の変化。
二 西海道（九州）と南海道（四国・紀伊・淡路）。福原政権の支配下で、収入の保証される地域。遠隔地で治安の悪い東北（東海・東山・北陸道）と対比する。
三 新都造営に関する用件か。『鴨長明集』に「津の国へまかる道に、昆陽《こや》（今の伊丹市内）といふ所に泊まりて侍るに」云々の詞書を持つ歌がある。
四 摂津。今の大阪府・兵庫県の各一部から成る。
五 新都。「今の」は「現在の」ではなく、「新しい」「今度の」の意。類例「今内裏《いまだいり》」（新しい内裏）。
六 「その地…高く」は、他本により補入。
七 都市計画をする上での区画。「条」は東西、「里」は南北の町筋。平安京の規模でいうと、福原は、左京に擬せられる地は南北には五条まで、東西では洞院まで（平安京左京の半分以下の面積）、皇居の西隣りは小山で、右京を営むのは不可能であった（『玉葉』）。
八 斉明天皇が新羅《しらぎ》侵攻に際し、筑前《ちくぜん》朝倉に造られたという黒木（樹皮のついたままの丸木）造りの仮御所。伝天智天皇御製「朝倉や木の丸《まろ》殿に我がをれば名のりをしつつ行くは誰《た》が子ぞ」（『新古今集』十七など。末の句を「行くは誰」とする神楽歌「朝倉」もある）。
九 はかなさ、不安などの比喩に用いられる歌語。一五頁注二参照。
一〇 公卿が平常参内《さんだい》する時の姿。束帯に次ぐ服装。
一一 狩衣（公家が日常に着した平服）の別名。
一二 武士・庶民の平服。

士《のふ》に異ならず。

世《一三》の乱るる瑞相《ずいさう》とか聞けるもしるく《聞いていたがそのとおり》、日を経つつ世の中浮き立ちて《あわただしくなって》、人の心もをさまらず。民《一四》の憂へ《人々の危惧は》、つひに《結局》空《むな》しからざりければ《事実となって現れたので》、同《一五》じき年の冬、なほこの京に《〔帝は〕人々の希望どおり平安京に》帰り給ひにき。されど、こぼちわたせりし《軒並みにこわしてしまった》家どもは、いかになりにけるにか、悉《ことごと》くもとの様にしも作らず《すべて旧態に戻すことはなかった》。

伝へ聞く《伝承によると》、いにしへの賢《かしこ》き御世には《聖天子のご治世には》、あはれみを以て国を治め給ふ。すなはち、殿《一六》に茅《かや》ふきて、その軒をだにととのへず《〔目に立つ〕その軒さえも茅を切りそろえず》、煙《一七》の乏《とも》しきを見給ふ時は、限りある《〔臨時の租税は無論〕例年どおりの》貢物《みつぎもの》をさへゆるされき。これ、民を恵み世を助け給ふによりてなり。今の世のありさま、昔になぞらへて《昔と比較して》知りぬべし《〔政治の貧困を〕認識できるはずだ》。

養和の飢饉

また、養《一八》和のころとか、久しくなりて覚えず《〔正確には〕遠い時代なので記憶していない》。二年《ふたとせ》があひだ、世の中飢渇《けかつ》して、あさましき《筆舌に尽しがたい》事侍りき。或《あるい》は春・夏ひでり、或は秋、大風・洪水など、よからぬ事どもうちつづきて、五《一九》穀ことごとくならず。むなしく、春かへし《田畑を耕し》夏植うるいとなみありて《だけがあって》、秋刈り冬収む

一三 風俗の激変を乱世の前兆とする思想があったのであろう。「瑞相」は本来吉兆をいう語だが、ここのように凶兆にも用いた（『今昔物語集』など）。

一四 新都の名は福原だが、遷都は災いをもたらすだけだという世評が、事実で裏付けられたことを示すか。『玉葉』同年十一月二十六日条「神は福を降《くだ》さず、人皆禍《くわ》と称す。彼の不可によつて、此の災異（「関東鎮西之乱」を含むこの年の数々の事件）を致す」。

一五 天皇以下が福原を去ったのは十一月二十四日、京都到着は翌々日。厳冬期（特に二十五日は寒風が吹き荒れた）で、遷都の時同様に大事決行に最悪の時節。

一六 古代中国の伝説上の聖帝堯《ぎよう》の故事をいう。『史記』秦本紀「堯の天下を有《たも》つや、堂の高さ三尺、采椽《さいてん》刮《けづ》らず、茅茨《ばうし》剪《き》らず」など。歌学書の類にも見える。

一七 仁徳天皇の故事。わが国の聖天子の代表的仁政。記紀に見えるが、平安後期以後「高き屋にのぼりて見れば煙《けぶり》立つ民のかまどはにぎはひにけり」（『和漢朗詠集』下には作者不明歌。『新古今集』七に御製として入集）の歌とともに、広く諸書に話題とされた。この故事のあった難波は、福原と同じく摂津の地にあったことが連想される。

一八 一一八一～二年。安徳天皇治世、長明二十七、八歳。養和元年四月に飢饉、六月に旱魃《かんばつ》、同二（寿永元）年春に飢饉・疫病、五月に旱魃・疫病、六月に洪水などのあったことが当時の史料により確認される。

一九 米・麦・粟《あわ》・黍《きび》（または麻）・豆。穀物の総称。

る[一]ぞめきはなし。

これによりて、国々の民、或《あるい》は地を棄てて境を出で、或は家を忘れて山に住む。[二]さまざまの御祈りはじまりて、[三]なべてならぬ法ども行はるれど、更にそのしるしなし。京のならひ、何わざにつけてもみなもとは田舎《ゐなか》をこそ頼めるに、たえて上《のぼ》る[四]ものなければ、さのみやは[五]操《みさを》もつくりあへん。念じわびつつ、さまざまの財物《たからもの》、かたはしより捨つるがごとくすれども、更に[六]目見立つる人なし。たまたま換ふるものは、[七]金《こがね》を軽《かろ》くし、粟《あは》を重くす。乞食《こつじき》、路のほとりに多く、憂へ悲しむ声耳に満てり。

前《まへ》の年、かくの如くからうじて暮れぬ。[八]明《あ》くる年は立ち直るべきかと思ふほどに、[九]あまりさへ[一〇]疫癘《えきれい》うちそひて、[一一]まささまに、[一二]あとかたなし。

世人《よひと》みな[一三]けいしぬれば、日を経つつきはまりゆくさま、[一四]少水《せうすい》の魚《いを》のたとへにかなへり。はてには、笠うち着、足ひき包み、よろしき

国境を　特別の各種の御修法が　まったくその効果が　都人の日常は　〔生活の〕　資源については　〔京に〕　堪えきれなくなっては　〔売ろうと〕　少しも　まれに 物々交換　に応じる者は　あたり一帯から聞えてくる　回復するであろうかと　思ったが　加わって　事態は深刻化し　混乱をきわめた　飢えに冒されて　日ましに窮迫の度を加えてゆくさまは　笠をかぶり　脚部をおおって　一応のみなり

一 にぎわい。陽気に騒ぐこと。「ぞ」はもと擬音語で、「ぞめく」の名詞化。『沙石集《しやせき》』五・本「此の世のぞめき捨て難《がた》くして、栄花を思ひ、富貴を願ふ」。

二 社寺で行われた各種の祈禱は当時の記録に頻出。

三 真言密教における大法の類。養和元年六月十六日神泉苑で祈雨のために行われた孔雀経法《くじやくきやうほふ》などをさす。

四 「者」「物」二様の取り方が可能。

五 平静な態度。気品のある振舞い。

六 注目する。興味をそそられ、見つめる。『今昔物語集』十四・四十三「極めて面白ければ、立ち留りて暫く目見立てり」。

七 黄金の価値を軽く見つもり、穀物に法外な値をつける。ここの「粟」は穀物の総称の意という。

八 養和二年（五月下旬「寿永」と改元）。三月から五月にかけて、旧年来の飢饉に加えて疫病が流行。

九 「あまつさへ」の原形。そのうえに、おまけに。ただし、『平家物語』の用例に、「事もあろうに」の意ととれるものが多いとする説がある。

一〇 「疫」「癘」ともに流行病の意。

一一 「まさりざま」の約。程度の進んだ状態。普通は好ましいさまをいうのに用いる。ここは破格な用法。

一二 形跡がない、の意から転じて、混乱・無秩序をいう語。『三五記《さんごき》』「あとかたなき歌ざま」。

一三 未詳。「飢《けい》し」「係（関係）し」「飢死《けいし》」など諸説あるが、決め手がない。仮に「飢」としておく。

一四 極限状態にある者の比喩。『往生要集』上・大文

姿したるもの《をした者が》、ひたすらに家ごとに乞ひ歩《あり》く。かくわびしれたるも《衰弱しきってしまった》のども《連中が》の、歩《あり》くかと見れば、すなはち倒れ伏しぬ《すぐに倒れて横たわってしまう》。築地《ついぢ》のつら《土塀沿いや》、道のほとりに、[一五]飢ゑ死ぬるもののたぐひ、数も知らず。取り捨つるわざも知らねば、くさき香《か》[一六]世界に満ち満ちて、変りゆくかたちありさま、目も当てられぬこと[一七]多かり。いはむや、[一八]河原《かはら》などには、馬・車の行《ゆ》き交《か》ふ道だになし。

あやしき《いやしい》[一九]賤《しづ》・山がつも力尽きて、薪《たきぎ》さへ乏《とも》しくなりゆけば、頼む《頼る相》かたなき人は《手がない人は》、[二〇]みづからが家をこぼちて、市に出でて売る。一人が持ちて出でたる価《あたひ》、[二一]一日《ひとひ》が命にだに及ばずとぞ。あやしき事は、薪の中に、[二二]赤き丹《に》着き、[二三]箔《はく》など所々に見ゆる木、相ひまじはりけるを、たづぬれば《問いただしてみると》、すべきかたなきもの《他にどうしようもない者が》、古寺《ふるでら》に至りて仏を盗み、堂の物の具を破り取りて、割り砕《くだ》けるなりけり。[二四]濁悪世《ぢよくあくせ》にしも生れ合ひてかかる心憂《う》きわざをなん見侍りし。

いとあはれなる事も侍りき。さりがたき《離れ難い》妻《め》・をとこ《夫》持ちたるもの

一「出曜経に云《いは》く、この日已《すで》に過ぎぬれば、命即ち減少す。小水《せうすい》の魚の如し。これ何の楽かあらん」。

一五『吉記《きつき》』養和二年三月十九日条の「道路に死骸充満の外、他事無し。悲しむべき世也」などが当時の実情を想像させる。

一六 仏教語で、「世（過去・現在・未来）」と「界（上下四方）」、つまり全時間・全空間をおおう壮大な語。和語としては都とその周辺、または一地方などをいうが、ここは仏教語として読む方が印象強烈である。

一七「多し」の中古和文脈における終止形。

一八 鴨川の河原。元来死体の遺棄場として利用されることがあったので「いはむや」と記した。

一九 慣用句で並列されているが、「山がつ」は「賤《しづ》」の一種。木こりなど山ではたらく賤民《せんみん》。

二〇『百錬抄』寿永元年十月二日条「京中の人屋去る夏よりこれを壊《こぼ》ちて沽却《こきやく》（売却）す」。

二一 一日の命さえ繋《つな》ぐことはできないと（聞いた）。

二二「丹」は赤色、赤土の意なので「赤き丹」は重言。あるいは、ここの「丹」は彩色の意か。『今昔物語集』十一・十六「古《よ》き絵詞と云へども、丹の色（彩色）に必ず咎《とが》（欠点）あり」。

二三 金銀などを薄紙状に延ばしたもの。

二四 汚れと悪のはびこる世。五濁・十悪が世に満ちた時代をいう仏教語。この語（または濁世、悪世、末世、末法など）に見える時代認識は『方丈記』の時代の人人に通有のもの。

は、その思ひまさりて深きもの《その愛情がより深い方の者が》、必ず先立ちて死ぬ。その故は、わが身は次にして、人をいたはしく思ふ《相手をふびんに思う》[一]あひだに、まれまれ得たる《ごく稀に手に入れた》食ひ物をも、[二]かれにゆづるによりてなり。されば、[三]親子あるものは、定まれる事にて、親ぞ先立ちける。また、母の命尽きたるを知らずして、いとけなき子の、なほ乳《ち》を吸ひつつ臥《ふ》せるなどもありけり。

[四]仁和寺《にんわじ》に[五]隆暁《りゆうげう》[六]法印《ほふいん》といふ人、かくしつつ数も知らず死ぬる事を《こんなふうにして人が無数に死んだことを》悲しみて、[七]その首《かうべ》の見ゆるごとに、額《ひたひ》に[八]阿字《あじ》を書きて、縁を結ばしむる《仏縁を結ばせる》わざをなんせられける。人数《ひとかず》を知らむとて、四・五両月を数へたりければ《〔法印が〕四月五月の二カ月にわたって数えたところ》、京のうち、[九]一条よりは南、九条より北、京極よりは西、朱雀《しゆしやく》よりは東の、路のほとりなる頭《かしら》、すべて《総計》四万二千三百余りなんありける。いはむや、その前後に死ぬるもの多く、又、河原・[一〇]白河・西の京、もろもろの辺地などを加へて云はば《さらにその周辺の各地についてもいうならば》、際限もあるべからず。いかにいはむや《ましてや》、[一一]七道諸国をや《全国ではどれほどだろうか》。

[一二]崇徳院《しゆとくゐん》の御位《みくらゐ》の時、長承《ちやうじよう》のころとか、かかる例《ためし》ありけりと聞けど、

一 …ので、…からの意で、接続助詞的に用いる。変体漢文に起源を持つ語という。
二 前の部分の「人」、すなわち相手をさす。生物・無生物を問わずに用いられた遠称の指示代名詞。
三 親子の関係にある者。この「あり」は、指示の助動詞（「なり」「たり」）とほぼ同義。
四 「にわじ」とも、連声《れんじよう》で「にんなじ」とも読む。京都市右京区御室《おむろ》にある。真言宗御室派大本山。仁和四年（八八八）宇多天皇の創建。
五 下に「ありし」「ある」などの略された慣用語法。
六 村上源氏。俊隆の子。大僧正寛暁の弟子。大僧都、東寺長者。建永元年二月一日没、七十二歳（七十三歳とも）。「法印」は最高の僧位。『東寺長者補任』によれば、隆暁が法印になったのは建久五年（一一九四）で、養和二年（四十八、九歳）には法眼《ほうげん》。ただし、『吾妻鏡』建久三年の記事に「若公《わかぎみ》（頼朝の子貞暁）弥勒寺《みろくじ》の法印隆暁の仁和寺の坊に渡御」とある。
七 この個所、諸本に「聖《ひじり》をあまた語らひて」とある。
八 「阿」の字。梵字《ぼんじ》の第一の母音𑖀の音写。密教で一切の事象の象徴とし、深遠な意味を付す。この字を額に書いたのは、死者の成仏得脱《じようぶつとくだつ》をはかったもの。
九 以下の四句によって左京の全域を示す。
一〇 院政期から発展した、郊外東北部の新興住宅地。
一一 東海・東山・北陸・山陽・山陰・南海・西海道。
一二 第七五代天皇。在位一一二三～四一。長承年間（一一三二～五）は、疫病・旱魃・飢饉などが続いた。

元暦の大地震

その世のありさまは知らず。まのあたりめづらかなりし事なり《〔このたび〕直接その惨状に接して眼を見はるような体験であった》。また、[一三]同じころかとよ、おびたたしく《はげしく》大地震《おほなゐ》振ること侍りき。そのさま、よのつねならず《ひと通りのものではない》。[一四]山はくづれて河を埋《うづ》み、[一五]海は傾《かたぶ》きて陸地《くがぢ》をひたせり。[一六]土裂《さ》けて水涌《わ》き出で、巌《いはほ》割れて谷にまろび入る《ころがりこむ》。なぎさ漕《こ》ぐ船は波にただよひ、道行く馬は足の立ちどをまどはす《足もとがさだまらない》。[一七]都のほとり《内外では》には、在々所々《至るところの》、[一八]堂舎塔廟《だうじやたふめう》、一つとして全《また》からず《無事なものはない》。或《あるい》はくづれ、或《あるい》はたふれぬ。塵灰《ちりはひ》たちのぼりて、盛りなる煙の如し。地の動き、家のやぶるる音、雷《いかづち》にことならず。家の内にをれば、忽《たちまち》にひしげなんとす《押しつぶされそうになる》。走り出づれば、地割れ裂く。[一九]羽なければ、空をも飛ぶべからず。[二〇]龍ならばや、雲にも乗らむ《仮に龍であるなら雲にも乗れように》。恐れの中に恐るべかりけるは、只《ただ》地震なりけりとこそ覚え侍りしか《実に地震なのであったのかと》。

[二一]其《そ》の中に《惨状の中に》、或る武者《むしや》のひとり子の六七ばかり《六、七歳ほどであった子が》に侍りしが、築地《ついぢ》の[二二]おほひの下に小家《こいへ》を作りて、はかなげなる[二三]あどなし事《たあいもない》をして遊び侍りしが、俄《にはか》にくづれ、埋《う》められて、跡形《あとかた》なく、平《ひら》にうちひさがれて《押しつぶされて》、

一三 元暦《げんりやく》二年（一一八五）七月九日正午頃をさす。

一四『玉葉』『山槐記《さんかいき》』などによると、東山一帯・比叡山などの被害が大きかったようである。

一五 津波をいう。『山槐記』同日条に琵琶湖の水が北に流れ、水位が数十メートル減じたという風聞が記されている。あるいはこの事件をさすか。

一六『玉葉』同日条に、「大地所々破裂し、水の出づること涌くが如しと云々」とある。

一七 都の近郊と限定する説もあるが、都とその周辺を一括していったものか。事実上、この時の被害は都の内外を問わず甚大であり、「ほとり」には場所を婉曲《えんきよく》に示す語法があった。

一八 寺院建築の総称として用いる成句だが、ここは一切の建造物の意。「堂」は大きな家、「舎」は小さな家。「廟」は霊屋・神社など。

一九『荘子』人間世《じんかんせい》篇「翼有るを以て飛ぶものありとは聞けども、未だ翼なきを以て飛ぶ者ありとは聞かず」。

二〇 雲を起し、自在に飛行するという想像上の生物。なお、この時の地震は龍に関連づけて考えられ、厳島神社（祭神は龍）を氏神とする平氏（『愚管抄』五によれば清盛）の怨霊《おんりよう》に付会する解釈が有力であった。

二一 以下七行、底本は欠く。兼良《かねら》本によって補う。

二二 瓦ぶきの屋根。本格的な築地に付されていた。

二三「跡なし（つまらない）事」とする説もあるがよくない。「あどなし」は後世の「あどけなし」に同じ。

二つの目など、一寸ばかりづつうち出だされたるを、父母《ぶも》かかへて、声を惜しまず悲しみあひて侍りしこそ、哀《あは》れに悲しく見侍りしか。子の悲しみには《わが子への情愛には》、猛《たけ》きものも恥を忘れけりと《体面を忘れるものだ》覚えて、いとほしくことわりかな《気の毒でその悲嘆ぶりももっともだ》とぞ見侍りし。

かく、一 おびたたしく振る事は《はげしく震動することは》、しばしにて止《や》みにしかども、その二 なごり《余震は》、しばしは絶えず《しばらくは収まらなかった》。世の常《平生なら》、驚くほどの地震《なゐ》、二三十度振らぬ日はなし。十日・廿日過ぎにしかば、やうやう間遠《まどほ》になりて、或《あるい》は《〔一日に〕》四五度、二三度、もしは一日まぜ《あるいは一日おき》、二三日に一度など、おほかた、そのなごり、三月《みつき》ばかりや侍りけむ。

三 四大種《しだいしゆ》の中に、水《すい》・火《くわ》・風《ふう》は常に害をなせど、大地《だいち》に四 いたりては、ことなる変をなさず《異変を起さないものだ》。昔、五 斉衡《さいかう》のころとか、大地震《おほなゐ》振りて、六 東大寺の仏の御頭《みぐし》落ちなど、いみじき事ども侍りけれど《ひどいことがあったと聞きますが》、なほこのたびには《それでも今度の地震には》しかずとぞ《及びもつかないそうだ》。すなはちは《事件の当座は》、人皆七 あぢきなき事を《物事のむなしさを》述べて、いささか八 心の濁りもうすらぐと見えしかど、月日かさなり、年経にし後《のち》は、

一 「日本大地震年表」（平凡社『世界大百科事典』所載）によると、この地震の規模はマグニチュード七・四（関東大地震は同七・九）と推定される。

二 この時の余震の状況については『山槐記』などに詳しく、『方丈記』の記述の正確さを確認しうる。

三 仏教で、一切の物質を構成する四元素をいう語。地大・水大・火大・風大（異説もある）の四。四大《しだい》。

四 水・火・風大とは異なり、大地（地大）は固さ、安定を本質とするからこう言った。

五 文徳天皇の時代の年号（八五四～七）。『文徳実録』の同二年五月二十三日条に「東大寺奏言す。毘盧《びる》舎那《しやな》大仏の頭、自ら落ちて地に在りと」とあり、その前後（五月十・十一、六月二十一・二十五の各日）に地震の記事がある。大仏破損の日時、地震との関係は不明（『増訂大日本地震史料』第一巻は、『本朝年代記』などによる五月五日説を引用）。

六 東大寺は奈良市雑司町にある華厳宗の大本山。聖武天皇の発願により天平十七年（七四五）に創建。総国分寺。

七 無益、無用、無情その他、訓点資料や古辞書の類でこの語に対応する漢字表記は「無…」の形が多い。ここは、虚脱した人々の無常感をいう。『浜松中納言物語』一「世の中あぢきなくて（中略）山寺に面白き家を作りて籠りてゐぬ」。『今昔物語集』一・十四「世

九ことばにかけて云ひ出づる人だになし。

三

一〇すべて《そもそも》、世の中の一一ありにくく《暮しにくく》、我が身と栖《すみか》との、はかなく、あだ《頼りな》なるさま《いさま》、また、かくのごとし。いはむや、所《環境》により、身のほどに《〔また〕身分境遇に》したがひつつ《応じて》、心を悩ます事は《事例は》、あげて《すべて》一二計《かぞ》ふべからず。

一三もし、一四おのれが身、数ならずして《しがない境遇で》、権門のかたはらに《権力者の家のそばに》居《を》るものは、深くよろこぶ事あれども、大きに楽しむにあたはず《楽しむことはできない》。嘆き切《せち》なる時も、声をあげて泣く事なし。進退《しんだい》やすからず《行動に不安が多く》、起居《たちゐ》につけて、恐れをののくさま、たとへば、雀《すずめ》の鷹《たか》の巣に近づけるがごとし。もし、貧しくして、富める家の隣りに居《を》る者は、朝夕《あさゆふ》一五すぼき姿を恥ぢて、へつらひつつ出で入る。妻子《妻子や》・僮僕《どうぼく》のうらやめるさまを見るにも《召使いがうらやましがる様子を見るにつけ》、

はあぢきなき者也、尼に成りね」。
八 仏語の「煩悩《ぼんのう》」をやわらげていう和語。
九 （発心遁世する人はおろか）事件の折りのことを口にする人さえいないのだった。
一〇 文調を整えるために段落の発端に置かれる語。『平家物語』三「無文」の冒頭「惣《す》べてこの大臣は、天性不思議の人にしおはしければ」。
一一『栄花物語』初花《はつはな》「世をありにくく、憂きものになんおぼし乱れければにや」。
一二 並べあげることができないほど

ありにくき世

一三 この語、以下の対句においてきわめて多用される。
一四 以下、『池亭記』「また勢家に近づき、微身を容るる者は（中略）楽しみあれども大いに口を開きて咲《わら》ふこと能《あた》はず。哀《かな》しみあれども高く声を揚げて哭《こく》すること能はず。進退懼《おそ》れあり。心神安からず。譬《たと》へば猶鳥《なほてう》雀《じやく》の鷹鸇《ようせん》（ハヤブサ）に近づくがごとし」に酷似。
一五「すぼし」は「すぶし」とも。狭隘《きようあい》をいう訓読語。「せば（ま）し」と同根。ここは、みすぼらしい（身がすぼまるような感じ）の意。

[一]福家《ふけ》の人のないがしろなるけしきを聞くにも《おうへいな態度について聞くにつけ》、心、[二]念々に動きて《動揺して》、時として安からず《一瞬といえども安定しない》。もし、狭《せば》き地に居《を》れば、近く炎上《えんしやう》ある時、その災《さい》を逃《のが》るる事なし。もし、辺地《へんち》にあれば、[三]往反《わうばん》わづらひ多く《めんどうが多く》、盗賊の難はなはだし。また、いきほひあるものは貪欲《とんよく》ふかく、[四]独身《ひとりみ》なるものは人に軽《かろ》めらる《軽視される》。財《たから》あれば恐れ多く、貧しければ恨み切《せち》なり。人をたのめば、[五]身、他の有なり《その身は他人の物となる》。人をはぐくめば、心、恩愛につかはる《情愛に束縛される》。[六]世にしたがへば、身、くるし《窮屈である》。したがはねば、狂せるに似たり《狂人のように見られる》。いづれの所を占《し》めて、いかなるわざをしてか、しばしもこの身を宿《やど》し、[七]たまゆらも心を休むべき《わずかな間だけでも心を休めることができるのだろう》。

四

遁世まで

[八]若上、父方《ちちかた》の[九]祖母《おほば》の家を伝へて《継いで》、久しく彼《か》の所に住む。その後、

一 金持。他本は「富家《ふけ》」または「富める家」。
二 「念」はきわめて短い時間をいう仏教語だが、この「念々」は要するに、時々刻々、つねに、の意。
三 往復。行きと帰り。「わうへん」とも。
四 音（どくしん）訓（ひとりみ）両説あるが、対になる「いきほひあるもの」との対応、「人に」との頭韻効果などから、訓読の方が文調に合う。嵯峨本などの表記は「ひとり身」。
五 以下長明の『発心集』一・五「人にまじはる習ひ、高きに随ひて下《さが》れるを哀れむに付けても、身は他人の物となり、心は恩愛の為につかはる」あたりに類似。
六 以下の一節『沙石集』五末に引用の行基菩薩遺誡《ゆいかい》の「世に従へば望みあるに似たり。俗に背《そむ》けば狂人の如し」に類似する（『方丈記流水抄』）。同文は『私聚《ししゆう》百因縁集《ひやくいんねんしゆう》』七などにも見え、当時有名だったらしい。
七 「しばし」と同義の歌語（『綺語抄《きごしよう》』その他）。ただし、「ひさしき事」「しげき事」をいうとする異説もあったという（『色葉和難集《いろは》』）。
八 若い頃。若年時。底本「ワカヽミ」。「我が身」かとも思われるが、『今昔物語集』十九・十八の「若上」の用例を参照。
九 父長継の母。伝未詳。『方丈記全注釈』は、長明父子が縁故を持っていたと目される高松院（解説参照）の女房・乳母などかとする。
一〇 絶縁状態になって。そのいきさつは不明。「しのぶかたがた」云々は院政初

一〇 縁欠けて、身おとろへ（立場が弱くなり）、しのぶかたがたしげかりしかど（思い出の多い家ではあったが）、つひにあととむる事をえず（居つづけることができなくなり）、三十《みそぢ》あまりにして、更に（改めて）、わが心と（自分の判断で）、一つの庵《いほり》をむすぶ。

これをありし（以前の）すまひにならぶるに、〔広さは〕十分が一なり。居屋《ゐや》ばかりをかまへて（寝起きする建物だけ作って）、一一 はかばかしく屋を作るに及ばず。わづかに築地《ついぢ》を築《つ》けりといへども、一二 門《かど》を建《た》つるたづきなし（手段がない）。一三 竹を柱として車をやどせり（車宿りを作った）。雪降り、風吹くごとに、あやふからずしもあらず（危険がないわけではない）。所、一四 河原《かはら》近ければ、一五 水難もふかく（水害の危険もあり）、一六 白波《はくは》のおそれもさわがし（盗賊の心配も甚大である）。

すべて、あられぬ世を念じ過ぐしつつ（住みにくいこの世を耐えながら過してきて）、心をなやませる事、一七 三十余年なり（三十余年に及んだ）。その間、折り折りのたがひめ（再三のつまずきによって）、おのづからみじかき運を（自分の不運を）さとりぬ。すなはち、五十《いそぢ》の春を迎へて、家を出で、世を背《そむ》けり（出家して遁世をした）。もとより、妻子なければ、捨てがたきよすが（縁者）もなし。身に官禄あらず、何に付けてか執《しふ》（執着を）をとどめむ。むなしく一八 大原山の雲に臥して、また五《いつ》かへりの春秋をなん経にける（大原で無為の生活を送るうち実に五年の歳月がたったのであった）。

期の女流歌人周防内侍《すおうのないし》の「住みわびてわれさへ軒のしのぶ草しのぶかたがたしげき宿かな」（『金葉集』九その他）による。この歌は、周防が家を手放して出る時に旧宅の柱に書きつけたもので、『今物語』によれば、その筆蹟と家は建久頃（長明四十歳前後）まで残っており、歌人たちの懐古の念をさそう名所であった。

一一 多くの棟を持つ立派な邸宅は作れなかった、の意。

一二 門は地位の象徴の一つ。路頭にこれを建てるのは、三位以上と四位の参議が許された（『拾芥抄《しゅうがいしょう》』中）。

一三 車宿りは『宇治拾遺物語』五・六によると、妻戸・蔀《しとみ》などを持つかなり本格的な建物だったらしい。竹を柱としたというのはごく間に合せのもの。

一四 鴨川の通称。この川の流域のどこに三十代の長明の居宅があったかは不明。

一五 鴨川は古来水害の多い川だった。『池亭記』にそのことに触れ、「洛陽城の人、殆ど魚たるべきか」とある。「ふかく」は「水難」の縁語。

一六 「しらなみ」「白浪」とも。後漢、白波谷《はくはこく》の盗賊団にちなみ、広く盗賊を雅語的にいう。『壒嚢鈔《あいのうしょう》』一に解説がある。『一遍聖絵』七「昼夜に白波の恐れなく首尾緑林の難なし」。『色葉字類抄』「白波　ハクバ　盗人名」。『曾我物語』（万法寺本など）一にも「はくは」の仮名書き例がある。「さわがし」は「白波」の縁語。

一七 父の死から遁世までの期間。以下の文、解説参照。

一八 洛北大原の地をさす。西山の小塩山とする説もあるが不可。解説参照。

一 「露消えがた」は、晩年。「の」は同格。この前後、「露」に対し、「消え」「末葉」「宿り」「むすべ（る）」などが縁語的に連鎖されている。
二 『池亭記』の「また猶《なほ》行人の旅宿を造り、老蚕の独《どく》繭《けん》を成すがごとし。その住むこと幾時《いくとき》ぞや」による。
三 出生時から現在までの中間期。「中比の栖」は、「三十あまり」に営んだ鴨川沿いの家をさす。
四 一丈（約三メートル）四方。今の四畳半強の広さに当る。後文（三九頁八行）に「栖はすなはち、浄名居士の跡をけがせり」とあるように、維摩《ゆいま》の居室によったもの。
五 戸・襖《ふすま》の類の下部につける戸締り用の金具。鎹《かすがい》。解体に便利なようにこれを釘・楔《くさび》の代りに用いた。
六 車借《くるまがし》（牛の引く車を用いてする運送業）への賃銭をいう。車借は十一世紀初頭にすでに存在していた。
七 費用、また銭の意。『下学集』「用途　用脚（中略）以上皆銭の異名なり」。
八 日野は京都市伏見区日野町。ここを「日野山」という例は未見。二十巻本『増鏡』九に「日野山庄」の語が見える。日野法界寺の裏の山腹に長明の遺跡といわれる場所がある。巻末地図参照。
九 仏前に供える物（特に水・花・容器）を置く棚。「閼伽」は梵語《ぼんご》argha, arghya（価値ある物）の音写。
一〇 室内の仕切りに使う物の総称。ここは衝立《ついたて》の類。
一一 如来の一つ。源信の『往生要集』以後浄土信仰が盛んとなり、四つの如来中一般に最も信仰された。

方丈の庵とその周辺

五

ここに、六十《むそぢ》の露[一]消えがたに及びて、更に、末葉《すゑは》の宿りをむすべる事あり。いはば、旅人[二]の一夜の宿を作り、老いたる蚕《かひこ》の繭《まゆ》を営むがごとし。これを中比《なかごろ》[三]の栖《すみか》にならぶれば、又、百分が一に及ばず。とかく云ふほどに、齢《よはひ》は歳々《としどし》に高く、栖は折り折りにせばし。その家のありさま、よのつねにも似ず。広さはわづかに方丈[四]、高さは七尺がうちなり。所を思ひさだめざるがゆゑに、地を占めて作らず。土居《つちゐ》を組み、うちおほひを葺《ふ》きて、継目《つぎめ》ごとにかけがね[五]をかけたり。もし、心にかなはぬ事あらば、やすく外《ほか》へ移さむが為なり。その、改め作る事、いくばくのわづらひかある。積むところ、わづかに二両、車[六]の力を報ふほかには、さらに他の用途《ようとう》[七]いらず。

さて　六十という人生の終り近く　余生を送る家を作ることになった　「その愚かさは」　引越しのたびに狭くなった　世間一般の家　定住の地を決めたわけではないので　一定の場所を私有地として　土台を組み　屋根に当るものを　気にそまない　どれほどのわずらわしさがあろうか　車二台分で　労賃をはらう　まったく

いま、[八]日野山の奥に跡《あと》をかくして後《のち》［隠棲してから］、東に三尺余《あまり》の庇《ひさし》をさして〔その下で〕、柴《しば》折りくぶるよすがとす。南、竹の簀子《すのこ》を敷き、その西に[九]閼伽棚《あかだな》を作り、北によせて[一〇]障子《しやうじ》をへだてて[一一]阿弥陀の絵像を安置《あんぢ》し、そばに[一二]普《ふ》賢《げん》を[一三]掛《か》け、前に[一四]法花経《ほけきやう》を置けり。東のきはに[一五]蕨《わらび》のほどろを敷きて、夜《よる》の床《ゆか》［寝床］とす。西南《せいなん》に竹の吊棚《つりだな》をかまへて［しつらえて］、黒き皮籠《かはご》三合を置けり［皮行李三箱を置いた］。すなはち、和歌［歌書や］・管絃［楽書や］・[一六]往生要集ごときの抄物《せうもつ》を入れたり［抜書きを入れた］。かたはらに、琴・琵琶《びは》おのおの[一七]一張《いつちやう》を立つ。いはゆる、[一八]をり琴・つぎ琵琶これなり。かりの庵《いほり》のありやう、かくのごとし。

その所［庵を営んだ所の］のさまを云はば、南に[一九]懸樋《かけひ》あり。岩を立てて、水をためたり。林の木近ければ［手近にあるので］、爪木［薪にする小枝］を拾ふに乏《とも》しからず［不自由しない］。名を[二〇]外山《とやま》と云ふ。[二一]まさきのかづら、跡うづめり［道を覆っている］。谷しげけれど［谷には木が茂っているが］、西晴れたり［西の見晴しはきく］。[二二]観念のたより、なきにしもあらず。

春は[二三]藤波を見る。紫雲《しうん》のごとくして、西方ににほふ［色美しく咲く］。夏は[二四]郭公《ほととぎす》を聞く。語らふごとに［その声を聞くたびに］、死出の山路を［あの世への案内を］契《ちぎ》る。秋はひぐらしの声、耳に［あたりに］

一二 文殊《もんじゆ》とともに、釈迦如来の脇侍《きようじ》で、白象（または蓮台）に乗り、仏の理智・慈悲などの徳を司《つかさど》るという。

一三「か（掛・懸）く」は上代には、四段・下二段両形あったが、後に前者は衰滅。ここはその古態の例。

一四『法華経』。わが国で最も広く読まれた大乗経典。

一五 伸びきってほおけた蕨《わらび》。

一六 源信著。日本浄土教の根本聖典の一つ。

一七「張」は絃楽器を数える単位（弓・幕などにも）。

一八 ともに携帯用の独特の楽器らしいが詳細不明。あるいは長明自身の考案・作成によるものか。

一九 地上にかけわたした樋。「埋《うづ》み樋《ひ》」の対。閑居の風情をいう歌材。

二〇 底本「名ヲ、トハ山」。「音羽山」では位置が異なる。『方丈記』巻末に「外《と》山の庵」とあるので諸本により訂正。

二一 テイカカズラ（またはツルマサキ）の古名。「外山」との関連で言及したもの。『古今集』二十「深山《みやま》には霰《あられ》降るらし外山なるまさきの葛色つきにけり」。

二二「日想観」を言ったもの。落日を観じて西方極楽を想念し、往生をねがう行（『観無量寿経』の説）。

二三 波打つ藤の花。これを紫雲（聖衆来迎《しようじゆらいかう》の折りに現れる瑞雲《ずいうん》）に見立てるのは、和歌などに例が多い。

二四 その鳴声に「死出《しで》（冥途《めいど》）の田長《たをさ》（農夫のかしら）」の字を当てて（「賤《しづ》の田長」の転ともいう）異称とし、ホトトギスを冥界への道案内をつとめる鳥とする伝承があったらしい。

満てり《よく聞える》。うつせみの世を《一 はかないこの世を》かなしむほど（二）聞こゆ。冬は雪をあはれぶ《しみじみと見る》。
（三）積り消ゆるさま《〔人が犯し悔いる〕》、罪障にたとへつべし《たとえられよう》。
もし、念仏ものうく、読経《どきやう》まめならぬ時は《身が入らない時には》、みづから休み、みづからおこたる。さまたぐる人もなく、また、恥づべき人もなし《その視線を気にすべき相手もない》。ことさらに無言《むごん》（四）をせざれども、独り居《を》れば、口業《くごふ》（五）を修めつべし。必ず禁戒を守るとしもなくとも《守るというわけでないにしても》、境界《きやうがい》なければ《禁戒を破る環境がないので》、何につけてか破《やぶ》らん。

もし、跡の白波《しらなみ》（六）にこの身を寄する朝《あした》には、岡の屋（七）に行《ゆ》きかふ船をながめて、満沙弥《まんしやみ》が風情《ふぜい》を盗み《歌境をまね》、もし、桂の風、葉を鳴らす《楓を吹く風が》夕《ゆふべ》には、潯陽《じんやう》（八）の江《え》を思ひやりて《に思いを寄せて》、源都督《げんとく》（九）のおこなひをならふ《日常に倣って琵琶をひく》。もし、余興あれば《興趣がつきない時は》、しばしば松のひびきに《松風の音にあわせて》秋風楽（一〇）をたぐへ《秋風楽を奏し》、水の音に流泉《りうせん》（一一）の曲をあやつる《かなでる》。芸はこれつたなけれども、人の耳を喜ばしめむとにはあらず。ひとり調《しら》べ、ひとり詠じて、みづから情《こころ》をやしなふ《なぐさめる》ばかりなり。

また、ふもとに一つの柴の庵あり《柴ぶきの小屋がある》。すなはち、この山守が《山林の監視人が》居《を》る所

一 生者、現世の意。上代には「世」にかかる枕詞として用いた。中古以後「空蝉（蝉のぬけがら）」の字を当て、はかないものをいう比喩として多用。
二 他本「と」または「かと」。あるいは「かと」の誤りか。助詞化した「程」とすれば、最古の用例の一つ。
三 『拾遺集』四「年の内に積れる罪はかきくらし降る白雪と共に消えなむ」（紀貫之）など。
四 無言行（「無言戒」とも）。仏教で、戒行の一つ。
五 口ゆえの罪を犯さないですむはずだ。
六 舟の航跡からわが身のはかなさを連想する。満沙弥（満誓《まんぜい》。万葉歌人）の「世の中を何に譬《たと》へむ朝ぼらけこぎ行く舟の跡の白波」（『拾遺集』二十）による。
七 巨椋《おぐら》池（昭和初期に干拓）畔にあった船着場。
八 中国江西省九江市外を流れ、揚子江に注ぐ大河。白楽天『琵琶行』「潯陽《じんやう》江頭夜客を送れば…」。
九 源経信《つねのぶ》。歌人・音楽家。長明の歌の師の俊恵の祖父。桂流琵琶の祖（八行の「桂の風」はそれにちなむ）。「都督」は太宰帥《だざいのそつ》の唐名。ただし経信は権帥《ごんのそつ》。
一〇 雅楽曲の一つ。ここは琴の独奏をしたことをいう。松風の音と楽器（特に琴・箏）の相通・共鳴は歌などに例が多い。『拾遺集』八「琴の音《ね》に峰の松風通ふらしいづれのをより調べそめけむ」。
一一 「石上流泉《せきしやうりうせん》」とも。琵琶の独奏曲。いわゆる三秘曲の一つで、「啄木《たくぼく》」につぎ、長明の伝受した「楊真操《ようしんそう》」にまさる。この曲に龍王が感応し、庭上に水が湧き流れ、泉をなしたという故事にちなむ名称という（『源

なり。かしこに一二小童《こわらは》あり。時々来たりて相ひとぶらふ《やって来て訪ねてくれる》。もし、つれづれなる時は《所在ない時には》、これを友として遊行《ゆぎやう》す《歩きまわる》。かれは十歳、これは《私は》六十《むそぢ》、そのよはひ《年齢は》、ことのほかなれど《たいそう隔たってはいるが》、心をなぐさむること、これ同じ。

或《あるい》は茅花《つばな》《ちがやの花芽》を抜き、岩梨を取り、一三零余子《ぬかご》を一四もり、芹《せり》を摘《つ》む。或はすそわの田居《山裾の田》《たゐ》にいたりて、落穂を拾ひて穂組《ほくみ》を作る《稲穂を組み重ねる》。

もし、うららかなれば、一五峰によぢのぼりて、はるかに一六ふるさと《思い出多い》の空《方面の空を望み》をのぞみ、一七木幡山《こはた》・伏見の里・鳥羽《とば》・羽束師《はつかし》を見る。一八勝地《しようち》は主《ぬし》なければ、心をなぐさむるにさはりなし。歩《あゆ》みわづらひなく、心遠くいたる時は《遠くに行きたくなった時は》、一九これより峰つづき《峰づたいに》、炭山を越え、二〇笠取を過ぎて、或は二一石間《いはま》に詣で、或は石山ををがむ。もしはまた、二二粟津の原を分けつつ《踏み分けて》、二三蟬歌《せみうた》の翁《おきな》が跡をとぶらひ、二四田上河《たなかみ》をわたりて、猿丸大夫《さるまろまうちぎみ》が墓をたづぬ。かへるさには《帰り道には》、をりにつけつつ《その季節に応じて》、桜を狩り、紅葉《もみぢ》を求め、蕨《わらび》を折り、木《こ》の実《み》を拾ひて、かつは《一つには》仏にたてまつり、かつは家づと《みやげ》とす。

平盛衰記』三十一)。

一二 少年との遊興は中国文人の脱俗生活の風習をうけたものであろう。「児童と小船に乗り」(『池亭記』)。

一三 むかご。山芋の葉のつけ根につく球状の芽。

一四 用例乏しく、諸説ある。「もぐ」「ちぎる」か。

一五 供水《こうずい》峠説(簗瀬一雄氏)、天下峰説(草部了円氏)があるが未詳。

一六 平安京や洛北の鴨の里の方面を漠然とさすか。

一七 以下四つは日野の西に当る歌枕。巻末地図参照。

一八 風光のよい所。「勝地は本来定主なし。大都《おほむね》山は山を愛する人に属す」(『白氏文集《はくしもんじゆう》』『和漢朗詠集』)。

一九 以下に示される行動半径は一〇キロ余に及び、老いた長明の健脚は注目に値する。巻末地図参照。

二〇 歌枕。海抜三七〇メートルの山。

二一 岩間寺。石山寺とともに、奈良時代建立の寺。

二二 歌枕。「逢はず」に掛ける。琵琶湖南岸の水郷。広大な草原(尾花で有名)なので「分け」と記した。

二三 他本多く「蟬丸翁」とする。蟬丸は平安中期の歌人、琵琶の名人。伝説的な人物で伝記不明。彼が住んだ逢坂山(大津市西南部)にこれを祭る三社があり、その上社を関の明神という。本文の「跡」はここをいうか。『無名抄』にこの明神への言及がある。蟬丸を「蟬歌(歌曲の一つという)の翁」と称した例は他に未見。

二四 瀬田川に注ぐ大戸《だいと》川の異称で歌枕。『無名抄』に「或人云《いはく》」として、田上の下の曾束《そつか》に猿丸大夫(古今《こきん》時代以前の伝説的歌人)の墓ありとする記述が見える。

一もし、夜《〔秋の〕》しづかなれば、二窓の月に故人をしのび《昔の友人を》、三猿の声に袖をうるほす《感傷にひたったりする》。四くさむらの螢は、遠く槇《まき》のかがり火にまがひ《かがり火と美しく入り乱れ》、五暁の雨は、おのづから木の葉吹く嵐に似たり。六山鳥のほろと鳴くを聞きても、父か母かと疑ひ《父母の呼び声とも聞え》、七峰の鹿《かせぎ》の近く馴れたるにつけても、世に遠ざかるほどを知る《〔自分が〕どれほど世間から遠くにいるかを悟る》。或はまた、八埋《うづ》み火をかきおこして、老いの寝覚《ねざ》めの友とす。九恐しき山ならねば、梟《ふくろふ》の声をあはれむにつけても《しみじみと聞けるにつけ》、山中の景気《趣きは》、折りにつけて《四季折りおりに》、尽《つ》る事なし。いはむや、深く思ひ、深く知らむ人のためには《趣きを知る人にとっては》、これにしも限るべからず《上に述べた以上のものであるはずだ》。

閑居の気味

六

おほかた《そもそも》、この所に住みはじめし時は、あからさまと《ほんのしばらくの間と》思ひしかども、今すでに、五年《いつとせ》を経たり。仮《かり》の庵《いほり》も、やや《次第に》一〇ふるさととなりて、

一 以下の一節、古詩・古歌の類をふまえた美文。
二 「三五夜中新月の色、二千里外故人の心」(『白氏文集』十四、『和漢朗詠集』下)。
三 猿の声は秋の夜の物悲しい風物の一つ。「巴猿《はあんさん》三叫《けう》、暁、行人の裳を霑《うる》ほす」(『和漢朗詠集』下)。
四 「うさや川八十《やそ》伴《とも》の男《を》のかがり火にまがふはさよの螢なりけり」(『堀川百首』夏)。「鵜舟《うぶね》をばかがりも知らずいでにけり螢とびかふ槇《まき》の島人」(『広言集《ひろことしゅう》』)。「槇」は槇島(真木島とも)。巨椋《おぐら》池の東岸近くにあった島。歌枕。
五 「神無月《かみなづき》ねざめに聞けば山里の嵐の声は木の葉なりけり」(『後拾遺集』六)。
六 「山鳥のほろほろと鳴く声聞けば父かとぞ思ふ母かとぞ思ふ」(伝行基詠。顕昭『万葉時代難事』など)。
七 「山深み馴るるかせぎのけ近きに世に遠ざかるほどぞ知らるる」(『山家集』下)。「かせぎ」は鹿の古名。
八 「いふ事もなき埋《うづ》み火をおこすかな冬の寝覚の友しなければ」(『堀川百首』冬)。
九 不気味な深山でもないので。「山深みけ近き鳥の音はせで物恐しきふくろふの声」(『山家集』下)。
一〇 住み馴れて古びた所。他本「ふる屋」。意味上の差はないが、「ふるさと」の方が情感のこもる語であろう。
一一 飛鳥井《あすかい》雅経《まさつね》(解説参照)など、長明が閑居後も交わっていた知己に聞いたのであろう。

軒《のき》に朽《く》ち葉《ば》ふかく、土居《つちゐ》に苔《こけ》むせり。おのづから《たまたま》、[一一]ことの便りに都を聞けば《ことのついでに都の噂を聞くと》、この山にこもり居《ゐ》て後《のち》、[一二]やむごとなき人のかくれ給へるも《高貴な方々が亡くなったのも》あまた聞こゆ。まして、その数ならぬたぐひ《それほどでない身分の死者たちは》、尽《つく》してこれを知るべからず。[一三]たびたび炎上《えんしやう》にほろびたる家《火事で焼失した家は》、また、いくそばくぞ《どれほどだろうか》。[一四]ただ仮の庵のみ、のどけくしておそれなし。ほどせばし《広さが足りない》といへども、夜臥《よるふ》す床《ゆか》あり、昼居《ゐ》る座あり。一身を宿《やど》すに不足なし。[一五]寄居《かむな》は小さき貝を好む。これ、[一六]事知れるによりてなり《変事ある時の危険を知るからだ》。[一七]みさごは荒磯《あらいそ》に居《ゐ》る。すなはち、人をおそるるがゆゑなり。われまた、かくのごとし。事を知り、世を知れれば《世の無常を知っているので》、願はず、[一八]わしらず、ただしづかなるを望みとし、憂《うれ》へなきを楽しみとす。

惣《すべ》て、世の人のすみかを作るならひ、必ずしも、[一九]事の為にせず。或《あるい》は妻子・[二〇]眷属《けんぞく》の為に作り、或は[二一]親昵《しんぢつ》・朋友《ほういう》の為に作る。或は主君・師匠、および財宝・牛馬の為にさへ《財宝や牛馬までも考慮に入れて》、これを作る。

われ、今、身の為にむすべり。人の為に作らず。ゆゑいかんとな《なぜかというと》

一一 長明の日野移住から『方丈記』執筆までの五年間（一二〇八〜一二一二）に没した貴人は、頌子内親王・源兼忠・皇太后藤原忻子・藤原定能・同経家・同保家・坊門院範子・藤原親雅・法印最寛・藤原季能・八条院暲子内親王・藤原家宗・春華門院昇子内親王など。

一二 他本「たびたびの」。承元二年（一二〇八）閏《うるう》四月十五日の大火を最大とし、その前後に再三の火事があった。

一三 『徒然草』百三十七「世を背《そむ》ける草の庵《いほり》には、閑《しづか》に水石をもてあそびて、これ（無常）を余所《よそ》に聞くと思へるは、いとはかなし」と対比すべき個所。

一四 かみな。ヤドカリの類の異名。巻貝の殻の中に棲息するので「寄居」の字を当て、ヤドカリと称される。

一五 この文の「事」は、他本では「身」となっている（次行の「事」も同じ）。

一六 トビに似た猛禽。海浜・湖畔に住み、急降下して水中の魚を捕え、食用とする。

一七 「はしる」に同じで、勢いよく動く意の上代以来の語。『雑談集《ぞうたん》』三・無常の言「世路（世渡りの道）をわしり」。

一八 変事に備えて、の意か。ここも他本は「身」。「身」の方が文意が通りやすいが、底本のままとしておく。

一九 六親（父母兄弟妻子）以外の身近な者。家の子・郎党など臣従する者をさすことが多い。『今昔物語集』六・十三「妻子・眷属に具《つぶさ》に語る」。

二〇 親しみなじむ相手。昵懇《じつこん》の者。

れば、今の世のならひ、この身のありさま、ともなふべき人《生活をともにすべき人》もなく、たのむべき《頼りとすべき》一奴《やつこ》もなし。縦《たと》ひ、ひろく作れりとも、たれを宿《やど》し、たれをか据《す》ゑん《住まわせようか》。

夫《それ》、二人の友とあるものは《交友関係にある相手というものは》、富めるをたふとみ、三ねむごろなるを先とす。必ずしも、なさけあると《情感こまやかな人や》、すなほなる《表裏のない人》とをば愛せず。只《ただ》、四糸《し》竹《ちく》・花月を友とせんにはしかじ《するのが一番であろう》。人の奴たるものは、五賞罰はなはだしく《恩賞を十分与えてくれたり》、恩顧あつきを先とす《面倒見のよい主人を重んじる》。更に、はぐくみあはれむと《やさしくいたわってくれる主人や》、安くしづかなる《不安のない落ちついた暮しを》とをば願はず。只、わが身を奴婢《ぬび》とするにはしかず《召使いとして使役するのが一番だ》。

いかが《どのように》奴婢とするとならば、もし、なすべき事あれば、すなはちおのが身《自分の身体を》をつかふ。六たゆからずしもあらねど《くたびれないというわけでもないが》、人をしたがへ、人をかへりみるよりやすし。もし、七ありくべき事あれば《〔乗物について〕》、みづからあゆむ。苦しといへども、馬・鞍・牛・車と、心をなやますにはしかず《よりはましである》。

今、一身をわかちて、二つの用をなす。手の奴、足の乗り物、よくわが心にかなへり。八身、心の苦しみを知れれば、苦しむ時は休め《苦しい時には休ませるし》

一「家《や》つ子《こ》」の意で、奴僕、召使い。後に「つ」は促音化。
二「人の友たる者は、勢を以てし利を以てし、淡を以て交はらず。友なきにしかず」(『池亭記』)。
三 見かけの感じのよい者とまず仲良くなるものだ。「ねむごろ」は、ここでは文脈上、否定的ニュアンスで、うわべの丁寧さ、愛想のよさをいう。
四 楽器(「絲」は絃楽器、「竹」は管楽器)と自然美。これらを友とするというのは、すき者(『発心集』六など参照)としての生活をいう。
五 ここは「賞」にのみ比重を置いて用いられている。
六「たゆし」は「たゆむ」と語源的に関連ある語で、疲れて力がぬける、気が入らない意。
七 あちこち動きまわる。外出する。
八「心、身…」の誤りとも、また「身心」は一語ともいう。
九 完了の助動詞終止形だが中止法の形で並立助詞的な機能を持つ。本来は「…つ、…つ」の形で、動作・作用の反復を示す。
一〇 当時の用法では、動く、身体を動かす、の意。労働・仕事をもっぱらいうようになるのは中世末か(『日葡辞書』には仕事をする意のみ記載)。
一一「養生」と同じで、「健康法」というほどの意。無為・退嬰《たいえい》でなく、積極的実践を「養性」とするのは、『荘子』養生主篇の趣旨と相通ずる。

[九]つ、まめなれば使ふ《気分が充実している時は使う》。使ふとても、たびたび過ぐさず《度を過すことはない》。ものうしとても、心を動かす事なし。いかにいはむや《ましてや》、つねにありき《動きまわり》、つねに[一〇]はたらくは、[一一]養性《やうじやう》なるべし。なんぞ《どうして》、いたづらに休みをらん《むなしく休んでいてよいものか》。人をなやますは《わずらわすのは》、罪業《ざいごふ》なり。いかが《どうして》、他の力を借《か》るべき。

衣食のたぐひ、またおなじ。[一二]藤の衣、[一三]麻のふすま、得るにしたがひて《手に入ったままに》、肌《はだへ》をかくし、野辺《のべ》のおはぎ《よめな》、峰の木《こ》の実《み》〔などで〕、わづかに命をつぐばかりなり。人にまじはらざれば、姿を恥づる悔《く》いもなし。糧《かて》ともしければ《とぼしいので》、[一四]おろそかなる報《ほう》をあまくす《甘んじて受ける》。

惣《す》べて、かやうの楽しみ、富める人に対して云ふにはあらず。只、わが身ひとつにとりて《関して》、昔と今とをなぞらふるばかりなり《比較しただけのことである》。[一五]おほかた、世をのがれ《遁世し》、身を捨てしより《出家したその時以来》〔私には〕、恨みもなく、恐れもなし。命は天運にまかせて、惜しまず、いとはず。身は[一六]浮雲《ふうん》になずらへて、頼まず、[一七]全《また》しとせず。一期《いちご》の楽しみ《生涯の》は、[一八]うたたねの枕の上にきはまり、[一九]生涯の望みは、折り折りの美景に残れり《四季折りおりの美しい風景にのみ残っている》。

一二 藤の繊維で織った粗末な衣。喪服、また遁世者の用いた衣。ふじごろも。

一三 麻製の粗末な夜具。あさぶすま。

一四 自分の貧しい努力の報い。諸本「おろそかなれども猶《なほ》味を」「おろそかなれども哺《ほ》（口中の食物）を」など。これらを採用し、底本の用字を誤写とする説もあるが、この形でも意味は取り得る。

一五 以下の一段、底本（および古本系諸本）にはない。兼良本によって補った。この段、後人の増補（神田秀夫氏説）とも、当初別案であったものが流布本成立の段階で挿入された結果（簗瀬一雄氏説）ともいうが、文調の高さ・内容などにおいて、本作中の他の部分に恥じない一段か。

一六「うきぐも」（二〇頁注九参照）に同じ。『維摩経《ゆいまぎよう》』「身は浮雲の如く、須臾《しゆゆ》にして変滅す」、『白氏文集』「身は浮雲に似たり」、『本朝文粋《ほんちようもんずい》』兎裘賦《ときゆうのふ》「凡そ人の世に在る、花の上の露よりも殆《あやふ》く、空の中の雲の如し」。

一七 通説は「まだし（不完全・不十分）」。「全し（完全だ）」と取ることも可能。ここは、後者に従う。『宇治拾遺物語』十二・十九「我身を全くして」。

一八 うたたねをしつつ見る夢の中にあり。『発心集』五・十三に同趣の文が見える。一三八頁三行、および同頁注四参照。

一九『発心集』七・五「世間の美景、捨てがたき事多かり」（三一三頁一四行）が連想される。

夫《それ》、三界《さんがい》[一]はただ心一つなり《主観的なものにすぎない》。心もし安からずは、象馬《ざうめ》[二]・七珍《しつちん》もよしなく《無益であり》、宮殿《くうでん》・楼閣《ろうかく》も望みなし。今、〔私は〕さびしきすまひ、一間《ひとま》の庵《いほり》、みづからこれを愛す。おのづから《たまたま》、都に出でて[三]、身の乞匃《こつがい》となれる《乞食のようになったことを肩身狭く思うが》事を恥づといへども、帰りてここに居《を》る時は、他の俗塵に《人々が俗世間のことに》馳《は》する事《心を奪われているのを憐れむ》をあはれむ。

もし、人この云へる事を疑はば、魚《いを》と鳥とのありさまを見よ。[四]魚は水に飽かず。魚にあらざれば、その心を知らず。鳥は林を願ふ。鳥にあらざれば、その心を知らず。閑居の気味もまた同じ。[五]住まずして、たれかさとらむ。

七

自問

そもそも、一期《いちご》[六]の月影かたぶきて《私の人生は月が山の端近くなったように》、余算の山の端に近し《終焉が迫っている》。たちま

一　生死流転する欲界・色界・無色界。また、世界。
二　経典で宝物とされる象と馬。「七珍」は一七頁注一八参照。
三　『源家長日記』に長明に関する記述が見え、「其後(長明隠棲後)思ひかけず対面して侍りしに、それかとも見えぬほどやせおとろへて」とある。
四　『荘子』秋水篇「子《きみ》、魚に非ず、安《な》んぞ魚の楽しみを知らんや」。「鳥は…」は、陶淵明の園田の居に帰る五首、その一の「羈《たび》の鳥は旧《もと》の林を恋ひ」による。
五　西行の「山ふかくさこそ心はかよふとも住まであはれを知らん物かは」(『新古今集』十七)によるか。
六　生命を月に、終焉《しゅうえん》を山の端にたとえた表現。『後拾遺集』十五「月の山のはに入らむとするを見てよみ侍りける　眺むれば月傾《かたぶ》きぬあはれ我がこの世のほどもかばかりぞかし」その他、例の多い比喩法。「余算」は(自分に)残された歳月。
七　死後に行く暗黒の世界。冥途《めいど》。「三途」は悪業を犯した者がおちる地獄・餓鬼・畜生の三つの途(道)。
八　執心の克服は仏教の根本命題の一つ。
九　惜しむべき残されたわずかな時を(空しく)過してよいものか。「あたら」は形容詞「あたら(惜)し」の語幹を感動詞的に用い、愛惜の念を強く示す語。
一〇　和文脈に用いる「まじる」に対応する訓読語。「山野にまじはる」(『平家物語』一)のように、隠れる意にも用いる。ここもその例。
一一　「しょうにん」と読む説もあるが、

文調、特に脚韻（ヒジリ、ニゴリ）効果からも「ひじり」の方がよいか。遁世者の意。
一二「浄名」は「維摩詰《ゆいまきつ》」の別訳、「居士」は在家のままで仏法に帰依した男子の称。維摩の方丈の室を模して自らも方丈をそのすみかとしたことを「跡をけがせり」と言った。
一三 梵語《ぼんご》 Cūḍapanthaka（チューダパンタカ）の音写。仏弟子中最も愚かで知られたが、後に大悟した人物。
一四 前世の業《ごう》の報いとしての貧しさがおまえを悩ましているのか。
一五 煩悩《ぼんのう》によって冒された、汚れた心。「真心《しんじん》」の対。
一六「うらうらと死なむずるなと思ひ解けば心のやがてさぞと答ふる」（『山家集』下）。
一七 六根（六種の感覚・認識能力、また、それをつかさどる器官）の一つである舌。
一八「不請の念仏」（流布本系諸本）のほか、諸本により「不詳」「不情」「不浄」「不惜」「不軽」など、異文多く、解釈も諸説あって、結着を見ない。主な説は㈠「不奉請《ふぶしょう》」の略で、略式、儀礼ぬきの念仏、㈡人に請《こ》われなくても救済の手をさしのべる阿弥陀仏（の名）、㈢内発性を欠いた（特に何も請わない、または、請うことを遠慮した）念仏など。近年、㈡が有力視される。
一九 一二一二年、長明五十八歳時の三月下旬。
二〇 出家者。仏道修行者。沙門《しゃもん》。
二一 長明の法名。「胤」は『池亭記』の作者慶滋《よししげの》（賀茂）保胤《やすたね》の一字をうけたかという。

ちに、七三途《さんづ》の闇にむかはんとす《〔そんな身なのに〕》。何のわざをかかこたむとする《何事について弁明しようというのか》。仏の教へ給ふおもむきは、事にふれて執心なかれとなり《何事についても執着心を持つなということだ》。今、草庵を愛するも、閑寂《かんせき》に着《ちやく》するも、八障《さは》りなる《往生の妨げだ》べし。いかが《どうして》、要なき楽しみ《無用な楽しみを》を述べて、九あたら、時を過ぐさむ。

静かなるあかつき、このことわり《道理》を一〇思ひつづけて、みづから心に問ひて云はく、世をのがれて、山林にまじはるは、心を修めて道をおこなはむとなり《仏道修行をするためだ》。しかるを、汝《なんぢ》、姿は一一聖人《ひじり》にて、心は濁りに《煩悩に》染《し》めり《犯されている》。栖はすなはち《そのまま》、一二浄名居士《じやうみやうこじ》の跡をけがせり《故事をまねた》といへども、たもつところ《なしえた修行の結果は》は、わづかに一三周梨《しゆり》槃特《はんどく》が行《おこな》ひにだに及ばず。もし《あるいは》、これ、一四貧賤の報《ほう》のみづからなやますか、はたまた、一五妄心のいたりて狂せるか《心が汚れきったあげく狂ったのか》。その時、心、一六更に答ふる事なし。只《〔心は〕》、かたはらに一七舌根をやとひて《舌を引きよせて》、一八不請《ふしやう》阿《あ》弥《み》陀《だ》仏《ぶつ》、両三遍申してやみぬ《二、三度となえるにとどまった》。

時に、一九建暦《けんりやく》の二年《ふたとせ》、弥生《やよひ》のつごもり《三月のおわり》ごろ、二〇桑門《さうもん》の二一蓮胤《れんいん》、外山《とやま》の庵《いほり》にして、これをしるす。

発心集

発心集　序

心への省察と出離

仏の教へ給へる事あり。「[一]心の師とは成るとも、心を師とする事なかれ」と。

実《まこと》なるかな、此の言《こと》。[二]人、一期《いちご》過ぐる間に《一生を過す間に》、思ひと思ふわざ《心に思うことすべて》、悪業に非《あら》ずと云ふ事なし。もし、形をやつし《姿を変えて》、衣を染めて《墨染の衣を着て》、世の塵《ちり》にけがされざる人すら、[三]〓《そとも》の鹿《かせぎ》、繋《つな》ぎがたく、家の犬、常になれたり。何《いか》に況《いはん》や《まして》、因果の理《ことわり》を知らず、[四]名利《みやうらり》の謬《あやま》りにしづめるをや《〔そんな人は〕》。空しく[五]五欲のきづなに引かれて、終《つひ》に[六]奈落《地獄》の底に入りなんとす。心有らん人、誰か此の事を恐れざらんや。

かかれば、事にふれて《何ごとにつけても》、我が心のはかなく愚かなる事を顧みて、彼《か》の仏の教へのままに、心を許さずして、此の度、[七]生死《しやうじ》を離れて、とく《速やかに》浄土に生れん事、喩《たと》へば、[八]牧士《ぼくじ》の荒れたる駒を随へて《凶暴な馬をうまく御して》遠き境に《遠隔地に》

著述の意図

一　『涅槃経《ねはんぎょう》』二十などの経論に同趣旨の一節が多く見えるが、直接には「もし惑《まど》ひ、心を覆ひて、通・別の対治を修せんと欲せしめずは、すべからくその意を知りて、常に心の師となるべし。心の師とせざれ」（『往生要集』中・大文五）による。

二　巻七・十二（三三一頁一行）に同趣の句が見える。三三〇頁注一〇参照。

三　善心は野生の鹿のように離れやすく、悪心は飼犬のように身辺から去らない。『涅槃経』十五の「家犬は人を畏《おそ》れず、山林の野鹿は人を見て怖れ走るがごとし。瞋恚《しんい》の去り難きこと家を守る狗《いぬ》のごとく、慈心の失ひ易きこと彼の野鹿のごとし」に見える比喩（星野喬氏説）。直接には『往生要集』中・大文五の「野鹿は繋《つな》ぎ難く、家狗《かく》は自ら馴る」によったか。

四　名利の誤りを犯している人は論外だ。「名利」は名誉と利益。また、それにかかずらう気持。

五　五つの感覚器官（五根）をひきつける五つのもの。色《しき》・声《しょう》・香・味・触《そく》。また、財欲・色欲・食欲・名誉欲・睡眠欲の五つの欲望をもいう。

六　梵語《ぼんご》 naraka の音写。

七　「生死を離る」（「出づ」とも）は、悟りを開いて、生死流転の苦しみから脱出すること。仏語で「出離生死」「出離解脱《げだつ》」という。

八　牧場で家畜を飼育する男。牧人。牧者。

至るが如し。

但《ただ》、[一]此の心に強弱《がうにやく》あり、浅深《せんじん》あり。且つ、自心《じしん》をはかるに、善を背《そむ》くにも非《あら》ず、悪を離るるにも非ず。[二]風の前の草のなびきやすきが如し。又、[三]浪の上の月の静まりがたきに似たり。何《いか》にしてか、かく愚かなる心を教へんとする。

仏は衆生《しゆじやう》の心のさまざまなるを鑒《かが》[四]み給ひて、[五]因縁・[六]譬喩《ひゆ》を以てこしらへ《（われわれを）お導きになる》教へ給ふ。我等、仏に値《あ》ひ奉らましかば《お会いしていれば》、[七]何《いか》なる法に付いてか、勧《すす》め給はまし。[八]他心智《たしんち》も得ざれば、唯、我が分にのみ理を知り《自分の分に応じて道理を悟るだけで》、愚かなるを教ふる方便は欠けたり。所説《しよせつ》、妙《たへ》なれども《立派でも》、[九]得る所は益《やく》すくなき哉《かな》。

撰述の方針

此れにより、短き心を顧みて《〔自分の〕あさはかな心を反省して》、殊更に深き法《みのり》を求めず《追求せず》、[一〇]はかなく見る事、聞く事を註《しる》し集めつつ、しのびに《ひそかに》座の右に置ける事あり。即《すなは》ち、賢きを見ては、及び難くとも《及ばずながら》、こひねがふ縁とし《〔仏の道を〕めざす縁とし》、愚かなるを見ては、自ら改むる媒《なかだち》とせむとなり《しようと思ったのだ》。

一 「また菩提心に浅深・強弱あり」（『往生要集』上・大文四）。

二 「君子の徳は風也、小人の徳は草也。草はこの風を尚《たつと》びて必ず偃《せ》く」（『論語』顔淵《がんえん》。『世俗諺文《せぞくげんもん》』にも引用）によるか。なお、「風の前の」「風の前なる」という表現は『倶舎論《ぐしやろん》』の「寿命はなほ風前の燈燭《とうしよく》のごとし」以来、はかなさ・無常感をいうのに用いられた。その下に伴われる語の例としては「木の葉」（『和泉式部続集』）、「塵」（『散木奇歌集』『平家物語』）、「槿《あさがほ》の露」（『拾玉集』）、「窓の燈火《ともしび》」（『壬二集』）などがある。

三 「一念住《とど》まらざれば、諸法みな妄《みだ》りに見ゆ。夢の如し、陽炎《かげろふ》の如し、水中の月の如し、鏡中の像《かたち》の如し」（『維摩経《ゆいまぎやう》』中）、「譬《たと》へば、水中の月の、波に随《したが》ひて動き易く」（『往生要集』上・大文二）などによる。

四 「鑒《かが》（鑑）みる」は、「かがみ」の動詞化したもの。比較・検討する。かんがみる。

五 ここは、因果応報を示す説法・説話。「我、成仏已来、種々の因縁、種々の譬喩をもつて、広く言教を演《の》べ」（『法華経』方便品）。

六 仏法の道理をわかりやすく述べる例話の類。

七 どんな導き方で、われらを仏の道にお誘いになったことだろう。

八 他人の心を洞察する知恵。「他心智を以てその心を了《さと》り」（『往生要集』上・大文二）。

九 無縁のわれらには何と無益な教えだったことか。

一〇 とりとめなく見聞きしたこと。「はかなし」は、今、此れを云ふに、一一天竺《てんぢく》・震旦《しんだん》の伝へ聞くは、遠ければ書かず。一二仏《ぶつ》・菩薩《ぼさつ》の因縁は、分《ぶん》にたへざれば是《これ》を残せり。唯、我が国の人の耳近きを先として、承《うけたまは》る言の葉をのみ記す。

されば、定めて謬《あやま》りは多く、実《まこと》は少なからん。若《も》し又、ふたたび問ふに便りなきをば、所の名、人の名を記さず。云はば、一三雲を取り、風をむすべるが如し。誰人《たれびと》か是を用いん。一四 一五物しかあれど、人信ぜよとにもあらねば、必ずしも、たしかなる跡を尋ねず。道のほとりのあだことの中に、一六我が一念の発心《ほっしん》を楽しむばかりにや、と云へり。

本書について言うと　伝聞する話は
卑近な話題を中心にして
〔執筆に際し〕再調査できない話に関しては
しかしながら　人に信じてほしいというわけでもないので　根拠を
道ばたでふと耳にしたたわいない話の中に

ちょっとした、かりそめである、の意。

一一 インドと中国。日本（日域《じちいき》）と合せて三国という。

＊ 仏教説話集の多くが、三国の説話を併せ収めているのに対し、『発心集』は日本の卑近なものに限ったとことわっている。が、この態度は、必ずしも貫かれていない。

一二 仏や菩薩そのものを語る説話（因縁）は、書くのが僭越なので、これを除外した。

一三 つかまえどころがなく、あいまいなことの喩《たと》え。

一四 「用いる」はヤ行上二段活用。ワ行上一段活用「用ゐる」から変化した中世の語法。取り上げる、重視する、の意。

一五 「物」は、『発心集』自体をさす語か、不要な誤入文字か（神宮本「然《しか》れば」、寛文本「しかあれど」）、不明。

一六 私なりに、ささやかながら道心をおこし、こころの安らぎを得ようとするだけのこと、というつもりである。「一念」は多義的に用いられるが、ここはわずかなこと（二一一頁三行参照）をいう語ととった。「…と云へり」は、自己の行為・心情などを第三者的に表現する言いまわし。「云爾《しかいふ》」を和らげた言い方で、文人風の気取った修辞である。この「楽しむ」は精神の充実・安定を言う語。「六道四生の群類を引導せむ事、いくばくの楽しみぞや」（長享本『方丈記』）。「楽しむ」は、神宮本に「願《ねが》ばかり也」とあることや、文意から「楽ふ」（「楽《げう》」の和訓）とすべきである、とする説もある。が、特に底本を改変する必要はなかろう。

遁世者の先達

＊本章の内容は、部分的には多くの書物にも見えるが、特に『古事談』三「玄賓《げんぴん》渡し守を為すこと」、『三国伝記』四・六と重複する部分が多い。

玄敏の世を厭う心の深さと出奔

一 普通「玄賓」と表記。俗姓弓削《ゆげ》氏。興福寺の宣教に法相《ほっそう》宗を学んだ。大僧都に任ぜられたが、隠棲。その逸話は中世の仏教説話の類に頻出。弘仁《こうにん》九年（八一八）没、八十余歳。

二 興福寺（奈良市法蓮寺町に現存する法相宗の寺）の旧称だが、異称としても多用される。

三 初瀬《はつせ》川の、三輪（奈良県桜井市）あたりを流れる部分の称。清流で知られる。「夕さらずかはづ鳴くなる三輪川の清き瀬の音《と》を聞かくしよしも」（『万葉集』一〇）。玄賓閑居の地は三輪山の北、檜原谷という。

四 延暦《えんりやく》二十四年（八〇五）、桓武天皇は、当時伯耆《ほうき》

発心集　第一

一　玄敏僧都《げんひんそうづ》、遁世逐電《とんせいちくてん》の事

昔、一玄敏僧都と云ふ人有りけり。二山階寺《やましなでら》のやむごとなき（貴い）智者なり（博識な学僧で）けれど（あったが）、世を厭《いと》ふ心深くして、更に寺の交はりを（少しも他の僧侶との交際を）好まず。三三輪河《みわがは》のほとりに、僅《わづ》かなる草の庵《いほり》を結びてなむ思ひつつ住みけり（瞑想にふけって隠棲していた）。

四桓武《くわんむ》の御門《みかど》の御時、此の事聞こしめして、あながちに（むりやりに）召し出だしければ、遁《のが》るべき方なくて、なまじひに参りにけり（いたしかたなくて参上した）。

されども、なほ本意《ほんい》ならず思ひけるにや（思ったのであろうか）、五奈良の御門《みかど》の御世に、大僧都になし給ひけるを辞し申すとて詠《よ》める。

北陸で弟子が玄敏の姿を見る

[六]三輪川《みわがは》のきよき流れにすすぎてし
衣の袖をまたはけがさじ

とてなむ、奉りける。

かかる程に、弟子にも使《召使い》はる人にも知られずして、いづち《どこへとも知れず》ともなく失せにけり《出奔してしまった》。さるべき所に尋ね求むれど、さらになし。云ふかひ《捜索のかいも》無《な》く《なく》て日比《ひごろ》へにけれど《何日も経過したが》、彼《か》のあたりの人は云はず《もちろん》、すべて、世の嘆きにてぞありける。

其の後、年来《としごろ》経て、弟子なりける人、事の便り《用事があって》ありて、越《こし》[七]の方へ行きける道に、或る所に大きなる河あり。渡し舟待ち得て乗りたるほどに、此の渡し守を見れば、頭《かしら》はおつつかみ[八]と云ふほどに生《お》ひたる法師《法師で》の、きたなげなる麻の衣《ころも》[九]着たるにてなむ《人で》有りけり。「あやし《異様な》の様《風体よ》や」と見るほどに、さすがに見なれたる様に覚ゆる《やはり見覚えのある感じがしたので》を、「誰かは此れに似たる」と思ひめぐらすほどに、失《う》せて年来《としごろ》になりぬる《何年かたった》我が師の僧都に見なしつ[一〇]。「ひが目か《人違いではないか》」と見れど、露たがふべくも非《あら》

(今の鳥取県西部)にいた玄賓を請《しょう》じ、伝燈大法師位を授けた。

五 第五一代平城《へいぜい》天皇。在位延暦二十五年(大同元年、八〇六)~大同四年(八〇九)。玄賓の大僧都任命は延暦二十五年四月二十三日。

六 三輪川の清流できよめたこの衣の袖(三輪の河畔の草庵で遁世生活を送るこの身)を、ふたたび世俗にまじわってけがす気持はない。『和漢朗詠集』下、『江談抄』一、『袋草子』上、『古事談』三にも見え、後に『続古今集』八に、下句「我が名を更に又やけがさむ」の形で撰入。

七 北陸道の古称。分化して越前(福井県北東部)・越中(富山県)・越後(新潟県の大部分)などとなる。こしのくに。

八 久しく剃《そ》らないでいたため、つかめるほどにまでのびた頭髪。「小摑《つか》み」とも「押し摑み」の音便ともいう。おつかみ。

九 粗末な着物の代表とされる。

一〇 「見なす」は、実際はそうでないものを仮にそのものとして扱うこと。ここは、とても玄敏とは見えない姿であったが、凝視・熟慮の末に、ついにこの男が師に他ならぬことを発見したということを言っている。

ず。いと悲しうて、涙のこぼるるを押へつつ、さりげ無くもてなし《なにげないふりをしていた》ける。

彼《かれ》も、見知れる《気付いている》気色《けしき》ながら、ことさら目見あはず《視線をあわせない》。走り寄りて、「いかでか、かくては」《なぜこんな所においでなのですか》とも云はまほしけれど、いたく人しげけれ《たいそう人が多くいたので》ば、「なかなかあやしかりぬべし《かえって人目について具合がわるいだろう》。上りさまに一、夜など、居給へらむ所に尋ね行きて、のどかに聞こえむ《ゆっくりごあいさつしよう》」とて、過ぎにけり。

玄敏、再び行方不明になる

かくて、帰るさに《帰途に》、其の渡りに至りて見れば、あらぬ《別の》渡し守なり。まづ、目くれ二、胸もふたがりて、こまかに尋ぬれば、「さる法師侍《はんべ》り。年来《としごろ》此の渡し守にて侍りしを、さやうの下﨟《げらふ》三とも《下﨟に似合わず》なく、常に心をすまして、念仏をのみ申して、かずかず四に船賃取る事もなくして、只今うち食《くら》ふ物なんどの外《ほか》は、物をむさぶる《欲ばる》心も無く侍りしかば、此の里の人もいみじういとほしうし侍りしほどに《好感を寄せておりましたところが》、いかなる事か有りけむ、過ぎぬる比《ころ》、かき消《け》つ五様に失《う》せて、行方《ゆきがた》も知らず」《〔行方不明になったのは〕》と語るに、くやしく、わりなく覚えて《どうしようもなく残念に思って》、其の月日を数ふれば、我が見あひ

一 都への帰り道で。「さま」（連濁で「ざま」とも）は、他の語の下につき、方向・場合などを表す。

二 目の前が暗くなり、胸がいっぱいになって。驚き・悲しみなど強い衝撃を表す慣用表現。

三 﨟《らふ》（出家者の行うべき修業）をつむこと浅く、地位の低い僧。転じて身分の低い者。「下郎」とも書く。ここは転義で用いている。

四 たくさん。あれこれ。また、ねんごろに、親切に、の意もあるかという。

五 突然姿が見えなくなることをいう。説話集に例が多い。

たる時にぞありける。身の有り様を知られぬとて、又去りにけるなるべし。

此の事は、六物語にも書きて侍るとなむ。人のほのぼの語りしばかり（あらましをざっと）を書きけるなり。

又、七古今の歌に、

八山田もる僧都の身こそあはれなれ
秋はてぬれば問ふ人もなし

此れも、彼《か》の玄敏の歌と申し侍り。雲風の如くさすらへ行きければ、田など守る時も有りけるにこそ（あったのだろう）。

近き比《ころ》、九三井寺の一〇道顕《だうけん》僧都と聞こゆる人侍りき。彼の（玄敏の）物語を見て、涙を流しつつ、「渡し守こそ、げに、罪なくて世を渡る道なりける」とて、湖（琵琶湖の）の方に舟を一つまうけられたりけるとかや。其の事、あらまし（計画）ばかりにて、〔舟は〕空しく一一石山の河岸に朽《く》ちにけれども、乞ひ願ふこころざしは、なほありがたくぞ侍りし（やはり貴重なものでした）。

六 何をさすか不明。本章は『古事談』所収説話と細部に至るまで一致する部分が多いので、同書を出典とすると思われる。「人の」以下は、そのことを隠すためにわざとこう書いたものか。

七『古今和歌集』。ただし、同集には次の歌は見えない。長明没後の『続古今集』十七に「備中の国湯川といふ寺にて　僧都玄賓」として見える。この一節も『古事談』にそのまま付されているが、『古今集』十九「あしひきの山田のそほづおのれさへ我を欲してふうれはしきことと」との混同のままに請売《うけう》りしたか。

八 山の田を守る僧都（案山子《かかし》）の身を思うとしんみりする。秋（「厭《あ》き」を掛ける）が過ぎ、その役目をおえると、彼は誰からも忘れられるからだ。「僧都」は「そほづ」（「案山子」の古名。「濡《そほ》ち人」の意からという）と音が似ているので言いかけた洒落《しゃれ》。玄賓が僧都だったので、後人がこの歌を彼に付会したものであろう。

玄敏の行実を倣おうとした道顕

九 大津市別所にある天台宗の寺。園城寺《おんじょうじ》。

一〇 藤原顕時《あきとき》の子。権大僧都。文治五年（一一八九）没、五十五歳。

一一 琵琶湖から流れ出る瀬田川の沿岸の地。今の滋賀県大津市石山町。

二　同人[一]、伊賀の国郡司に仕はれ給ふ事

玄敏、郡司に仕える

伊賀[二]の国に、或る郡司[三]のもとに、あやしげなる《見苦しい感じの》法師の、「人や使ひ給ふ《やとって下さい》」とて、すぞろに《突然》入り来るありけり。主《あるじ》、これを見て、「和《わ》[四]僧《そう》のやうなるものを置きては、何《なに》にかはせむ。いと用いる事なし《まったく使い道がない》」と云ふ。法師の云ふやう、「おのれらほどのものは《〔ちゃんとした僧ならともかく〕私のような者は》、法師とて、をのこに替はる事なし《普通の下男とかわるところがありません》。何わざなりとも、身にたへむ程の事は《できることはいたしましょう》仕《つかまつ》らむ」と云へば、「左様《さやう》ならば、よし」とてとどむ。喜んで、いみじう真心《まごころ》に使はるれば《まじめに働くので》、殊《こと》にいたはる馬を《大切にしていた馬を》なむ、あづけて飼はせける。

郡司の危機

かくて、三年《みとせ》ばかり経るほどに、此の主の男、国の守《かみ》の為に、いささか便りなき事を《具合の悪いことを》聞こしめして[五]、堺の内を追はる《国外追放されることになった》。父・祖父《おほぢ》の時より居付きたるもの[六]なりければ、所領も多く、やつこ[七]も其の数あり。

＊　本説話は『古事談』三「玄賓伊賀国郡司を救ふ事」と内容的に一致する。
一　前話の玄敏をさす。
二　今の三重県北西部。
三　国司の下で、郡を治める役人。
四　僧に対する対称の人代名詞。親しみのニュアンスがある。
五　この「聞こしめす」は、「なす」「行ふ」などの敬語。
六　住みついている者。郡司は終身官で世襲制であっ

た。

七「家《や》つ子」（「つ」は「の」の意）で、いわゆる家の子をさす。読み方は、「やっこ」ではなく「やつこ」。

八「う（浮）かる」は、もといた場所から離れる、あてもなくさまよう。「あくがる」（「あこがれる」の原形）とほぼ同義。

九 お前のような卑しい者は。この「我」は対称の人代名詞。もと自称だったが、中世以後、対称にも用いるようになった。「しき」は体言に付き、それを軽視する意を示す。…ごとき、…くらい。

一〇 都に赴くこと。京のぼり。上京。この話の伊賀守は、大納言兼任であり、在京のままで実務を目代《もくだい》に一任していたので、彼に会うためには上京の必要があったのである。

郡司と玄敏の上京

他の国へ八うかれ行かん事《さまよい流れることは》、かたがた《とにかく》ゆゆしき《大変な》嘆きなれど、遁《のが》るべき方無くて、泣く泣く出で立つ間に、此の法師、或る者に会ひて《向って》、「此の殿には、いかなる御嘆きの出で来て侍るにか」と問ふに、「九我等しきの人は、聞きてもいかがは《どうしようもない》」と、ことのほかにいらふるを《けんもほろろに答えるので》、「何とてか、身のあしきに依らむ《何で身分が低くても無関係のはずがあるものか》。憑《たの》み奉りても、年来《としごろ》になる。うち隔て《差別》給ふべきに非《あら》ず《なさるのは不都合です》」とて、ねんごろに問へば、事の起りを有りのままに語る。法師の云ふ様、「己《おのれ》が申さむ事、用ひ給ふべきにあらねど《必ずしもお取り上げにはなりますまいが》、何かは《どうして》、忽《たちま》ちに急ぎ去り給ふべき。物は思はざる事も侍る物を《物事には意外なりゆきもありますから》。先づ、一〇京上《きやうじやう》して、いくたびも事の心を申し入れて《当方の実情を申し述べて》、なほ叶はずは《致し方なければ》、其の時にこそは、何方《いづかた》へもおはせめ《いらっしゃいませ》。己がほのぼの《少しばかり》知りたる人、国司の御辺《おんあたり》には侍り。尋ねて、申し侍らばや」と云ふ。

思ひのほかに、人々、「いみじくも云ふものかな《「見かけによらず」すごいことを言ったものだ》」と、あやしう覚えて、主に此のよし語るに、近く呼び寄せて、自ら尋ね聞き、ひたすら此れを憑《たの》むとしもなけれども、又、思ふ方なきままに《ほかにあてもないので》、此の法師うち具《伴って》して、京へ上りにけり。

其の時、此の国は、一大納言なにがしの給はりて《〔国司として〕治めていたのだが》なむありけるに、京に至り着きて、彼の《大納言の》みもと近く行き寄りて、法師の云ふやう、「人を尋ねんと思ふに、此の形のあやしく侍るに、衣・袈裟《けさ》尋ね《さがして》給はりてむや《下さいませんか》」と云ふ。即《すなは》ち、借《か》りて着せつ。

主《あるじ》の男を具して、彼を《郡司を》門《かど》に置きて、さし入りて《邸内に入って》、（玄敏）「物申し侍らむ」と云ふ。二ここら集まれるものども、此の人を見て、はらはらとをり《〔地面に〕》ひざまづきて敬ふを見るに、伊賀の男、門のもと《そば》よりこれを見て、三おろかに覚えむやは。「あさまし」《〔玄敏を〕あきれたことだと眼を見はって仰ぎ見た》とまもり奉る。即ち《すぐに》、かくと聞きて《事情を聞いて》、大納言いそぎ出であひて、もてなしさわがるる様、ことのほかなり。（大納言）「さても、いかになり給ひにけるにか、と思ふ四はかりなくて《想像する手掛りもないまま》過ぎ侍りつるに、さだかにおはしけるこそ《まぎれもなくあなたがおいでになるとは》」なんど、五かきくどき六のたまへり。其れをば《それに対して》、言葉少なにて、（玄敏）「左様の事はしづかに申し侍らむ《いずれゆっくりお話しましょう》。今日は、さして《特別に》申すべき事ありてなむ。

一 氏名不明（一七九頁に出る大納言と同一人物であろう）。大納言は、律令制における高級官僚の一つで、太政官の次官。

玄敏、大納言邸に出頭して依頼

＊ 玄敏が変身すると同時に、主従関係が逆転する。一行と六行の二つの「具して」の主語・目的語の交替に注意。

二 その場に大勢集まっていた者ども。彼らの一斉の反応は、玄敏が世間周知の存在であったことを暗示する。

三 並み大抵の驚きであったはずはない。「おろか」は、いいかげん、平凡。

四 「はかり」は、めあて、糸口。

五 「かきくどく」は「くどく」の強調形。思いのありったけを、しきりに述べたてる意。

六 底本「のたへり」。寛文本により訂正。

伊賀の国に、年来《としごろ》相ひ憑《たの》みて侍りつる者の、はからざるほかにかしこまり《お咎めを》を蒙《かうむ》りて、国の内を追はるるとて、嘆き侍り。いとほしう侍るに《気の毒に思いますので》、若《も》し、深き犯しならずは《重い罪でないのなら》、此の法師に許し《〔免じて〕》給はりなむや」と聞こゆ。《〔大納言〕》「とかく申すべきならず《あれこれ申すまでもないことです》。七左様にておはしければ、八わざとも思ひ知るべき男にこそ侍るなれ」とて、元よりもまさざまに《これまで以上に待遇する内容の》、喜ぶべき様の九庁宣《ちやうぜん》のたまはせたりければ、喜びて出だす。又、伊賀の男あきれまどへる様、ことわりなり《もっともなことである》。

玄敏、姿を隠す

《〔郡司は〕》さまざまに思へど、あまりなる事は《あまりのことに》、なかなか《かえって》、えうち出ださず《適当なお礼の言葉が出ない》。「宿に返りてのどかに聞こえむ」と思ふ程に、《〔玄敏は〕》衣・袈裟の上にありつる《例の》庁宣さし置きて、一〇きと立ち出づる様にて、やがて《そのまま》、いづちともなく《どこへともなく》隠れにけりとぞ。

是《これ》も、彼の玄敏僧都のわざになむ《したことである》。ありがたかりける心なるべし。

七 あなたがそんなふうに好意を持っていらっしゃるほどの相手なら。

八 処罰されなくても、自分でその罪を自覚できる男なのでしょう。

九 庁宣の下付を玄敏が願い出られたので、大納言は喜んでそれを出した。「庁宣」は在京国司の出す命令書。国司庁宣。

一〇 さっと。突然。「きっと」とも発音。

＊本章は『古事談』三「平等、門臥となる事」、『私聚《ししゅう》百因縁集《ひゃくいんねんしゅう》』九・十五、『三国伝記』九・二十一と同一説話を扱う。主人公を長増とする『今昔物語集』十五・十五とも内容・構造で一致する点が多い。

平等、突然の発心

一 生没年・詳伝不明。「平燈」とも表記。「供奉」（「内供」とも）は「内供奉《ないぐぶ》」の略で、宮中の内道場に仕えて読師《とくし》などをつとめた高僧。

二 異国。「州」は中国の行政区画の称だが、日本の諸国にも用いた。武州（武蔵《むさし》）・長州（長門《ながと》）の類。

三 一宗一派の開祖をいうが、ここは、仰ぐべき高僧というほどの意か。『三国伝記』所収説話には、「叡山の平燈内供は、阿弥陀坊の阿闍梨静真之師、池上阿闍梨の皇慶の祖師也。天台・真言の祖師として、公家重貴の高僧たり」とある。

四 はかないもののたとえ。「露の身」「露の世」などというが、「露の無常」は珍しい表現。

五 僧侶が黒衣をまとわない下着姿でいること。

伊予に赴く

六 比叡山から都に至る坂道。雲母坂《きららざか》。東塔から西坂本まで約五・五キロ。

七 今の京都市伏見区淀町。宇治・桂・木津の三川が

三 平等供奉《びゃうどうぐぶ》[一]、山を離れて異州[二]に趣《おもむ》く事

中比《なかごろ》、山に、平等供奉と云うて、やむごとなき人ありけり。即《すなは》ち、天台・真言の祖師[三]なり。

ある時、隠れ所に在りけるが、俄《にはか》に露[四]の無常を悟る心起つて、「何として、かくはかなき世に、名利にのみほだされて、厭ふべき身を惜しみつつ、空しく明《あか》し暮す処ぞ」と思ふに、過ぎにし方もくやしく、年来《としごろ》の栖《すみか》もうとましく覚えければ、更に立ち帰るべきここちせず。[五]白衣《びゃくえ》にて足駄さしはきをりけるままに、衣《ころも》なんどだに着ず、いづちともなく出でて、西の坂[六]を下りて、京の方へ下りぬ。

いづくに行き止《とど》まるべしとも覚えざりければ、行かるるに任せて、[七]淀の方へまどひありき、下り船の有りけるに乗らんとす。顔なんど

合流し淀川となる地点。船着場として栄えた。西坂本から約二一キロの地。
八 平等が眼付き鋭く頼むので。乗船をたのむ平等の顔付が実に真剣だったことを言っている。次の船頭の言葉に敬語が用いられているのは、彼が平等の態度から何かただならぬものを感じとった結果であろう。
九 粗野な船頭たちとはいっても、人情がないわけではなかったので。
一〇 この船の目的地が伊予であったことによって。
一一 今の愛媛県。

伊予における平等と残された人々の驚き

一二 門口に立って物乞いをする者。かどこつじき。
一三 すっかり、平等を死んだものときめこんで。
一四 故人をとむらう仏事。あとのこと。

も世の常ならず、あやしとて《〔船頭は〕》うけひかねども《〔乗船を〕承知しなかったが》、[八]あながちに見ければ、乗せつ。「さても、いかなる事によりて、いづくへおはする人ぞ」と問へば、「更に何事と思ひわきたる事もなし《格別これといった目的もない》。只、いづかたなりとも《〔あなた方が〕》、おはせん方へ《いらっしゃる方へ》まからんと思ふ」と云へば、「いと心得ぬ事のさまかな」とかたむきあひたれど《〔皆で〕首をひねっていたが》、[九]さすがに、情なくは非《あら》ざりければ、おのづから《たまたま》、[一〇]此の船の便りに、[一一]伊予の国に至りにけり。

さて、彼《か》の国に、いつともなく迷ひありきて《のべつさまよい歩いて》、乞食《こつじき》をして日を送りければ、国の者ども、「[一二]門《かどこ》乞食《じき》」とぞ付けたりける。山の坊には《比叡山の坊では》、「あからさまにて出で給ひぬる後《ちょっとお出かけになってからその後》、久しくなりぬるこそあやしう」なんど云へど《などと》、かくとは《こんな次第だとは》、いかでか思ひ寄らん。「おのづから《もしかすると》ゆゑ《何かわけ》こそあらめ《があるのだろう》」なんど云ふ程に、日も暮れ、夜も明けぬ。驚きて尋ね求むれど、更になし。云ひかひなくして、[一三]偏《ひとへ》に、亡き人になしつつ、泣く泣く、[一四]跡のわざを営みあへりける。

かかる間に、此の国の守《かみ》[一]なりける人、供奉《ぐぶ》の弟子に浄真阿闍梨《じやうじんあじやり》[二]と云ふ人を、年来《長年》相ひして《懇意にして》たしみて祈りなんどせさせければ、〔京から〕国へ下るとて、「[三]遥かなる程に、憑《たの》もしからむ」と云ひて、具して《伴って》下りにけり。

浄真、乞食に変貌した平等と再会

此の門乞食《かどこじき》、かくとも知らで、〔伊予守の〕館《たち》の内へ入りにけり。物を乞ふ間に、童部《わらんべ》ども、いくら《大勢》ともなく尻に《後ろに》立ちて笑ひののしる。ここら集まれる《その場に大勢居合せた》国のものども、「異様《ことやう》の物の様《ざま》かな。罷《まか》り出でよ《出て行け》」と、はしたなくさいなむを《はげしく叱りつけるのを》、此の阿闍梨あはれみて、物なんど取らせむとて、まぢかく呼ぶ。恐れ恐れ縁のきはへ来たりたるを見れば、人の形にも非《あら》ず、やせおとろへ、[四]物のはらはらとある綴《つづり》ばかり着て、実《まこと》にあやしげなり。さすがに《〔身なりは変っていたが〕》、見しやうに覚ゆるを、よくよく思ひ出づれば、我が師なりけり。あはれに悲しくて、すだれの内よりまろび出でて《ころがるように出て》、縁の上にひきのぼす《手を取って上らせた》。守《かみ》より始めて、有りとあらゆる人、驚きあやしむあまり、泣く泣く様々にかたらへど、〔平等は〕詞《ことば》すくなにて、強《し》

一『古事談』の同説話傍注によれば、藤原知章。彼の伊予守在任は、長徳元年（九九五）頃という。

二 神宮本および『三国伝記』は「静真」、『今昔物語集』は「清尋」とし表記に各種ある。いずれも同一人物をさし、「静真」が正しい。台密《たいみつ》（天台密教）の高僧。「阿弥陀房」と称す。生没年未詳。

三 遠い地方なので、あなたに同道してもらえば、心強いことでしょう、の意。

＊ この辺の描写、晩年の長明自身を連想させて興味深い。「おのづから、都に出でて、身の乞匃《こつがい》となれる事を恥づといへども」（『方丈記』三八頁）。「其の後、（長明に）思ひがけず対面して侍りしに、それかとも見えぬほどにやせおとろへて」（『源家長日記』）。

四 あちこちからぼろが垂れさがる、みすぼらしい僧衣。「綴《つづり》」は、きれをつぎあわせて仕立てた着物。つづれ。

ひていとまを乞ひて去りにけり。

云[五]ふはかりもなくて、麻の衣やうの物用意して、有る処を尋ねけるに、[六]ふつとえ尋ねあはず《どうしても見つからない》。はてには、国の者どもに仰せて、山林至らぬくまなく踏み求めけれども、あはで、其のままに跡をくらう《行方不明になって》して、終《つひ》に行末も知らずなりにけり。

平等の命終

其の後、はるかに程へて、人も通はぬ深山《しんさん》の奥の清水のある所に、「死人のある」と山人《やまうど》の語りけるに、あやしく覚えて、尋ね行きて見れば、此の法師、西[七]に向《むか》ひて合掌して居たりけり。いとあはれに貴《たつと》く覚えて、阿闍梨、泣く泣くとかくの事《葬いの営み》どもしける。

今も昔も、実《まこと》に心を発《おこ》せる人は、かやうに古郷[八]《こきやう》を離れ、見ず知らぬ処にて、いさぎよく名利をば捨てて失《う》する《死ぬのだ》なり。菩薩の無生忍[九]《むしやうにん》を得るすら、もと見たる人の《顔見知りの人の》前にては、神通[一〇]《じんづう》を現はす事難《かた》しと云へり。況《いはん》や、今発《おこ》せる心はやんごとなけれ《尊いが》ど、未だ不退[一一]の位に至らねば、事にふれて《何かにつけて》乱れやすし。古郷に住み、知れる人にまじりては、いか

五 「云ふはかりなし」は「云ふばかりなし」の古形。あまりのことに言葉も出ないさま。「はかり」は限度。
六 「ふつと」は打消を強める語。
七 西方極楽浄土に向って往生を祈念しているさま。
八 『摩訶止観』七・下に「もし、迹《あと》を遁《かく》すも脱《のが》れずんば、まさに一挙万里し、絶域他方にしてあい諳練することなく」云々とあり、この思想は『宝物集』『撰集抄』など中世の仏教説話集に散見する。また、『往生要集』下・大文九に「もしその心（名利にとらわれた心）を制することあたはずは、なほすべからくその地を去るべし」とある。
九 生や滅など無常を超越して、不動の心を持つ境地。
一〇 悟りを開いた者が示す奇蹟。超人間的な能力。
一一 修業の結果すでに得た悟りや功徳《くどく》を失うことのない地位。

でか、[一]一念の妄心《まうじん》おこさざらむ。

四　千観内供《せんぐわんないぐ》、遁世籠居《ろうきよ》の事

[二]千観内供と云ふ人は、[三]智証大師《ちしようだいし》の流れ、並びなき智者なり。もとより道心深かりけれど、いかに身をもてなして《振舞って》、いかやうに行ふべしとも思ひ定めず、おのづから《なんとなく》月日を送りける間に、或る時、[四]公請《くじやう》を勤めて返りけるに、四条河原にて、[五]空也上人《くうや》に偶《あ》ひたりければ、車より下りて対面し、「さても、いかにしてか、後世助かる事は仕るべき《来世の安楽が得られるでしようか》」と聞こえければ《うかがうと》、聖人《しやうにん》、是《これ》を聞きて、「何、さかさま事はのたまふぞ。左様の事は、[六]御房《ごばう》《「この私が」》なんどにこそ問ひ奉るべけれ《うかがいたいものですのに》。かかるあやしの身は、唯云ふかひなく[七]迷ひありくばかりなり。更に思ひ得たる事侍らず」とて、去りなんとし給ひけるを、袖をひかへて《つかまえて》、猶《なほ》

一　きわめて短い時間、心をよぎる煩悩。「妄心」は「真心《しんしん》」の反対で、乱れ穢《けが》れた不純な心を言う仏教語。

智者千観の遁世と往生

＊この章、『私聚百因縁集』九・十六、『三国伝記』一・二十一と同話。前半の要旨は『一遍上人語録』に『撰集抄』掲出の説話として引かれている（ただし、該書現存本には見えない）。

千観と空也の出会い

二　橘俊貞の子。三井寺で修学、内供奉に任ぜられたが、空也に会って遁世、摂津箕面《みのお》に籠って修業、金龍寺を開いた。永観《えいかん》元年（九八三）没、六十六歳。

三　円珍（三井寺の開祖、八一四〜九一）の系統、すなわち、寺門派をさす。

四　朝廷から法会・講論に召されること。

五　振仮名底本のまま。一般にこのように呼ばれるが、正しくは「こうや」か。光勝。出自《しゅつじ》未詳（皇胤《こういん》かともいう）。市井《しせい》にあって阿弥陀の名号《みょうごう》を唱え、民衆を教化、「市聖《いちひじり》」「阿弥陀聖」などと称された。貴賤の尊崇を集め、浄土思想の普及にはかりしれぬ功績を残した。天禄三年（九七二）没、七十歳。

六　僧に敬意をこめて用いる対称の人代名詞。

七　空也は、鹿の角の杖をつき、鉦《かね》をたたき、念仏し

千観遁世、金龍寺を開く

懇《ねんご》ろに問ひければ、「いかにも身を捨ててこそ」[八]とばかり云ひて、引き放ちて、足早に行き過ぎ給ひにけり。

其の時、内供、河原にて装束ぬぎかへて、車に入れて、「ともの人は、とく坊へ帰りね《はやく住坊に帰りなさい》。我は是よりほかへいなむずるぞ《行ってしまうつもりだ》」と云ひて、皆返し遣はして、唯独り、簑尾《みのを》[九]と云ふ所に籠りにけり。

されど、猶かしこも心に叶はずやありけん《気にそまなかったのであろうか》、居所思ひわづらはれ《決めかねておられたと》ける程《ころ》に、東の方に金色《こんじき》の雲の立ちたりければ、其の所を尋ねて、そこに形の如く庵を結びてなん、跡を隠せりける。即ち、今の金龍《こんりう》[一〇]寺《じ》と云ふは是なり。かしこに年来《としごろ》行ひて《修行して》、終《つひ》に往生をとげたりける由、くはしく伝[一一]に記せり。

此の内供は、人の夢に、千手《せんじゅ》[一二]観音の化身《けしん》と見えたりけるとかや。千観と云ふ名は、彼《か》の菩薩の御名《みな》を略したるになむありける。

ながら歩くのを常とした。

八 どんな仕方であれ身を捨てれば救われるでしょう。

九 「箕面」「水尾」とも書く。今の大阪府箕面《みのお》市の地。滝安《ろうあん》寺・勝尾《かつお》寺《でら》などの古寺がある。千観籠居の場所は不明。『夫木《ふぼく》和歌抄』二十に箕面で詠んだ長明の歌が二首ある。「みのお山雲かけつくる峰の庵は松のひびきも手枕《たまくら》の下」「苔ふかきみのおの奥の杉の戸にただ音するは鹿の音ばかり」。

一〇 摂津（大阪府）三島郡磐手村大字成合にある天台宗の寺。延暦年間の草創で、はじめ安満寺と号したが、後に衰微。千観が再興して「金龍寺」と改称した。

一一 往生伝。具体的には、『日本往生極楽記』をさす。

一二 『日本往生極楽記』以下の諸書、千観を観音（『元《げん》亨釈書《こうしゃくしょ》』四などの記すように千手観音であろう）の申し子とする。千観の名をそのことに結びつける説が多い。従うべきであろう。

五　多武峯《たふのみね》[一]僧賀《そうが》上人、遁世《とんせい》往生の事

僧賀[二]上人は、経平《つねひら》[三]の宰相《さいしやう》[四]の子、慈恵《じゑ》[五]僧正の弟子なり。此の人、少《をさな》[六]かりしに、碩徳《せきとく》[七]、人に勝《すぐ》れたりければ、「行末には、やんごとなき人ならむ」と、あまねくほめあひたりけり。

然れども、心の内には、深く世を厭《いと》ひて、名利にほだされず、極楽に生れむ事をのみぞ、人知れず願はれける。思ふばかり道心の発《おこ》らぬ事をのみぞ嘆きて、根本中堂《こんぽんちゆうだう》[八]に千夜参りて、夜ごとに千返の礼《らい》をして、道心を祈り申しけり。始めは、礼の度ごとに聊《いささ》かも音《こゑ》立つる事も無かりけるが、六七百夜になりては、「付き給へ、付き給へ」と忍びやかに云ひて、礼しければ、聞く人、「此の僧は、何事を祈り、天狗付き給へと云ふか」なんど、且《かつ》はあやしみ、且は笑ひけり。

千夜詣で

納得のゆくだけの

＊本章は『本朝法華験記《ほんちようほつけげんき》』下・八十二、『今昔物語集』十二・三十三以下多くの増賀伝と内容を共有する。また『私聚百因縁集』八・三、『三国伝記』十・十五と内容的にほとんど一致するのが目立つ。

一 奈良県桜井市にある山。特に、その山上にある談山《たんざん》神社の前身妙楽寺をいう。「多武」はタム・トウとも発音。

二 正しくは「増賀」。橘恒平の子という。延暦寺で出家、良源の弟子となる。名利を厭い、遁世。後に多武峰に住む。奇行と高徳で知られ、仏教説話集などに多くの逸話が伝わる。長保《ちようほう》五年（一〇〇三）没、八十七歳。読みはソウガで、しばしば本文のように「僧賀」と表記。

三 橘恒平。参議、正四位下。永観元年（九八三）没、六十二歳（六十五歳とも）。増賀よりも五歳（または二歳）年下なので、増賀の父ではありえない。何らかの誤伝があろう。

四 参議の唐名。

五 良源。比叡山を復興、天台宗中興の祖といわれる大僧正。元三大師。永観三年（九八五）没、七十四歳。

六 増賀の出家は十歳の時（『本朝法華験記』その他）。

七 徳の高さ。

終り方になりて、「道心付き給へ」とさだかに聞こえける時、「あはれなり」なんど《〔人々は〕》云ひける。

かくしつつ、千夜満ちて後、さるべきにやありけん《前世よりの因縁だったのか》、世を厭ふ心いと深くなりにければ、「いかでか《何とかして》、身をいたづらになさん《自分の立場をなくしてしまおう》」と、次《ついで》を待つほどに、ある時、[九]内論義《ないろんぎ》と云ふ事ありけり。定まる事にて、論義すべきほどの終りぬれば、[一〇]饗《きやう》を庭に投げ捨つれば、諸《もろもろ》の乞《こつ》食《じき》、方々に集りて、[一一]あらそひ取つて食《くら》ふ習ひなるを、此の[一二]宰相禅師、俄《にはか》に[一三]大衆《だいしゆ》の中より走り出でて、此れを取つて食《く》ふ。

見る人、「此の禅師は物に狂ふか」とののしりさわぐを聞きて、「我は物に狂はず。かく云はるる大衆達こそ、物に狂はるめれ」と云ひて、更に《少しも》驚かず。「あさまし《あきれたことだ》」と云ひあふ程に、此れを次《ついで》として籠居《ろうきよ》しにけり。後には、[一四]大和《やまと》の国多武《たふ》の峯と云ふ所に居て、思ふ《思いの》ばかり《ままに》勤め行ひて年を送りける。

其の後、貴《たつと》き聞こえありて、時の[一五]后《きさき》の宮の[一六]戒師に召しければ、な《気が》

八 比叡山東塔にある、延暦寺の本堂。

内論義の場で奇行、多武の峰に籠居

九 「うちろんぎ」とも。大極殿（後に清涼殿）において、天皇の前で正月十四日に行われた行事。御斎会《ごさいえ》に参加の高僧を召し、結願《けちがん》の日に、経文の内容を論義させたもの。

一〇 その席で供された貴人の飲食物の残り物。「下《おろ》し」と称し、取食《とりばみ》（乞食の類）を庭に集めて食わせる習慣があった。

一一 底本「あらそび」。この動詞の語尾に濁音の形があった証拠が他にないので、濁点を削除。

一二 増賀をさす。父が宰相《さいしよう》であったことにちなむとされるが、疑問（注三参照）。

一三 その場に居合せた僧都たち。

一四 増賀の多武峰籠居は応和三年（九六三）、如覚《によかく》のすすめによるという（『元亨釈書』『増賀上人行業記』など）。

一五 円融天皇の女御《にようご》の藤原遵子とも、同じく詮子ともいうが、いずれも史実に徴しえない。

一六 授戒にたずさわる僧。

＊ 以下の一段、『今昔物語集』十九・十八、『宇治拾遺物語』十二・七に具体的記述がある。

后《きさい》の宮出家の時の奇行

まじひに参りて《進まなかったが参上して》、南殿の高欄のきはに寄りて、さまざまに見苦しき事どもを云ひかけて、空しく出でぬ《役割を果さずに退出した》。

又、仏供養せんと云ふ人のもとへ行く間に、説法すべき様《さま》なんど道すがら案ずとて《〔こんなことを考えるのは〕》、「名利を思ふにこそ。魔縁《まえん》便りを得てげり」とて、行き着くや遅き《行き着くや否や》、そこはかとなき事をとがめて《どうでもよいことを咎めだてして》、施主《せしゅ》といさかひて、供養をもとげずして帰りぬ。此等《これら》の有様は、人にうとまれて、再びかやうの事を云ひかけられじとなるべし。

師の晴の場における奇行

又、師僧正、悦び申し給ひける時《〔帝から与えられた栄誉の〕お礼言上の時》、先駆《せんくう》の数に入《い》て、乾鮭《からざけ》と云ふ物を太刀《たち》にはきて、骨限なる女牛《めうし》のあさましげなるに乗つて、「やかた口仕《つかまつ》らむ」とて、面白く折りまはりければ、見物のあやしみ驚かぬはなかりけり。かくて、「名聞《みやうもん》こそ苦しかりけれ。かたゐのみぞ楽しかり《気楽なのは乞食の境涯だけだ》」と歌ひて、打ち離れ《〔車から〕》にける。僧正も、凡人《ただひと》ならねば、彼《か》の《僧賀の》「我こそ、やかた口打ため」と宣《のたま》ふ音《こゑ》の、僧正の耳には、「悲しきかな、我が師、悪道《あくだう》に入りなむとす」と聞こえければ、車の内

一 紫宸殿の欄干。
二 仏に供物をささげ、法会を行うこと。
三 悪魔が私の修行を妨げるきっかけをついにとらえたのだな。「てげり」は、完了助動詞「つ」の連用形に過去の助動詞「けり」が熟合、撥音が挿入されて、連濁をおこしたもの。撥音「ん」は無表記だが、補って「てんげり」と発音する。以下の部分にも頻出。
四 供養の主催者。
五 良源が勅によって大僧正となった天元四年（九八一）の時のことか。
六 はらわたを除いて干した鮭。これを腰に太刀のように佩《は》く話は、『今昔物語集』二十八・三十五、『宇治拾遺物語』十二・八などに見える。
七 音訓不明。「こつげん」と読み、やせこけたさまをいう和製漢語か。ただし、神宮本「骨の限りなる」。
八 良源の乗っていた屋形つきの牛車の先払いを、騎馬ならぬ不思議な姿でしようとしたのである。
九 ときどき牛の向きを変えて乗りまわしたので。
一〇 歌謡の一部か。「名聞」は、名誉ある評判。名声。
一一 私の名誉も、衆生を救うためなのだ。『三国伝記』所収説話に「勅命に随《したが》ふ身は力なし。これも利生の為なり」とある。
＊ 師の世俗との妥協を撃つ増賀の奇行。その奥にある悲しみ。叡山復興のためにあえて名利を引き受

にて、[一一]「此れも利生《りしやう》の為なり」となむ、答へ給ひける。

此の聖人《しやうにん》、命終らんとしける時、先づ碁盤を取り寄せて、独り碁を打ち、次に[一二]障泥《あふり》を乞うて是《これ》をかづきて《首にかけて》、[一三]小蝶と云ふ舞のまねをす。弟子どももあやしんで問ひければ、「いとけなかりし時《幼少の頃》、此の二事を人にいさめられて、思ひながら空しくやみにしが《してみたかったのにせずじまいに終ったそのことが》、心にかかりたれば、『若《も》し生死の執となる事もぞある《あるいは死後に執念を残すかもしれない》』と思うて」とこそ云はれけれ。

既に[一四]聖衆《しやうじゆ》の迎ひを見て、悦《よろこ》んで歌をよむ。

[一五]みづはさす八十《やそぢ》あまりの老いの浪
くらげの骨にあひにけるかな

とよみて、をはりにけり《亡くなった》。

此の人のふるまひ、世の末には物狂ひとも云ひつべけれども《〔人は〕言うにちがいないが》、[一六]境《きやう》界《がい》離れんための思ひばかり《配慮》なれば、其れにつけても、ありがたき《めったにない》ためしに云ひ置きけり。人にまじはる習ひ、高きに随ひて《身分の高さに応じ》、下《さが》れるを哀れむ《低い者を》に付けても、身は他人の物となり、心は恩愛《おんあい》の為につかはる。

けねばならなかった良源。純粋な弟子と才覚十分の師との不幸な関係を語る説話である。（三木紀人『多武峰ひじり譚』）

命終に際して碁を打ち舞を舞う

＊以下の一段は『教訓抄』五にも見える。

一二 馬具の一つ。泥よけのために、下鞍の間につけ、馬の脇腹をおおう皮。形が似ているので、蝶の羽に見立てたのである。

一三 胡蝶楽。壱越調《いちこつ》の舞楽。蝶の羽をせおい、山吹の花枝を手にした四人の童児が舞う。

一四 聖衆（極楽の諸菩薩）の来迎《らいこう》。極楽往生をする人の臨終に、阿弥陀を中心に、聖衆が迎えに来ること。

一五 八十余という老齢に及び、まれに見るこの幸運に会いえた、うれしさよ。「みづは」は一旦ぬけて生えかわった老人の歯で長寿の相という（異説もある）。「さす」は生える。「くらげの骨にあふ」はありえない、奇蹟のたとえ。この歌、初句は神宮本「水に立つ」、第五句は『法華験記』『今昔物語集』所収説話に「あふぞうれしき」とある。

奇行の本意

一六 汚れのもととなる環境・状況。

＊このあたりの趣旨、『方丈記』の一節を連想させる（二八頁六行あたりを参照）。

是《これ》、此の世の苦しみのみに非《あら》ず。出離の大きなるさはりなり（現世を離脱する上での大きな障害だ）。境界を離れんよりほかには、いかにしてか、乱れやすき心をしづめむ。

六　高野《かうや》の南に、筑紫《つくし》上人、出家登山《とうざん》の事

中比《なかごろ》、高野[一]に、南[二]つくしと云うて、貴《たつと》き聖人ありけり。本《もと》は、筑[三]紫の者にて、所知（所領）なんどあまた有る中に、彼《か》の国の例として、門田《かどた》多く持ちたるをいみじき（立派な）事と思へる習ひなるを、〔その中でも〕此の男は、家の前に五十町[四]ばかりなむ持ちたりける。

八月ばかりにやありけん、朝さし出でて見るに（外へ出てみると）、穂波ゆらゆらと出で、ととのほりて（見事に稔っており）、〔その上に〕露こころよく結[五]び渡して、はるばる見えわたるに、思ふ様《やう》、「此の国に階《かな》へる聞こえ有る（豊かであると評判の）人多かり。然れども、門田五十町持てる人はありがたくこそあらめ（めったにないであろう）。〔自分は〕下郎《げらう》の分にはあはぬ（身分に不相応な）

高野山繁昌のさきがけ

＊本章の説話は『私聚百因縁集』九・十七と共通。西行の出家をめぐる説話（『発心集』六・五、『西行物語』など）と類似する面を持つ。

発心とそのきっかけ

一　高野山金剛峰寺。

二　名および伝記未詳。『三外往生記』『高野山往生伝』、『閑居友』上・十三に、北筑紫と一対の九州出身の上人（ともに名は伝わらない）としてその往生のさまなどが語られている。同書によれば、その往生は長治元年（一一〇四）春、享年八十。彼の通称の「南」は、その庵が高野山の南谷にあったことによる。

三　筑前・筑後の古称。また、九州の総称。

四　約五〇ヘクタールに当る。

五　「結ぶ」は露がおりる、結露する。ここに描かれているのは、和歌などによく歌われる美しい風景である。

身かな」と、心にしみて思ひ居たる程に、さるべき宿善《前世からの因縁がそんな気持を起させ》や催ほしけむ《たのか》、又、思ふ様、「抑々《そもそも》、是は何事ぞ。此の世の有り様、昨日有り[六]と見し人、今日は無し。朝《あした》にさかへる家、夕《ゆふべ》におとろひぬ[七]。一度眼《ひとたびまなこ》閉づる後《死んでしまえば》、惜しみたくはへたる物、何の詮かある《意味があろうか》。はかなく執心にほだされて、永く三途《さんづ》に沈みなん事こそ《苦界に沈んでしまうとしたら》、いと悲しけれ」と、忽ち《たちま》に、無常を悟れる心つよく発《おこ》りぬ。又、思ふ様、「我が家に又返り入りなば、妻子[八]もあり、眷属《けんぞく》も多かり。定めてさまたげられなむず。唯、此の処を別れて《はなれて》、知らぬ世界に行きて、仏道を行はむ」と思ひて、[九]あからさまなる躰《てい》ながら、京へ指して行く。

娘に追い慕われる

其の時、さすがに物のけしきやしるかりけん《その様子に異常なものが感じられたためか》、往来《ゆきき》の人、あやしがりて家に告げたりければ、驚きさわぎてける様、ことわりなり《もっともである》。其の中に、かなしくしける《かわいがっていた》娘の十二三ばかりなる者ありけり。泣く泣く追ひつきて、「我を捨てては、いづくへおはします」とて、袖をひかへたりければ《つかんで引きとめたので》、「[一〇]いでや、おのれにさまたげらるまじきぞ」

六 「昨日…今日」「朝…夕（暮）」という部分を持つ対句は、無常を言う紋切型の表現。「朝《あした》に紅顔あって世路に誇れども、暮《ゆふべ》に白骨となつて郊原に朽ちぬ」（『和漢朗詠集』下・無常）、「昨日は開け来り、今日は落ち去る。花に因《よ》つて世の無常を覚《さと》る」（『新撰朗詠集』下・無常）。

七 「おとろひ」は「おとろへ」の変化した形。上二段活用（通用の「おとろふ」は下一段）かとも思われるが、他の活用形を見ない。

八 肉親への情愛は、発心の最大の障害であった。六・五、七・十三その他、『発心集』にそのことをしのばせる話が多い。

九 何げないふうをよそおって。

一〇 否定・反撥などの語気をこめた感動詞。「いやもう」などと訳すが、うまく対応する現代語がない。

とて、刀を抜き、〔自分の〕髪を押し切りつ。娘、恐れをののきて、袖をば離して返りにけり。

斯《か》くしつつ、此れよりやがて《そのまますぐに》高野の御山へ上つて、頭をそりて、本意のごとくなむ行ひけり。彼の娘、恐れて〔筑紫に〕とどまりたりけれど、猶《なほ》、跡を尋ねて尼になりて、彼の山のふもと[一]に住みて、死ぬるまで物打ち洗《すす》ぎ、裁ち縫ふわざをして〔父に〕ぞ孝養《けうやう》《孝行を続けた》しける。

此の聖人、後には徳高くなつて、高きも賤《いや》しきも、帰せぬ人なし《帰依しない人はなかった》。

浄名居士来臨すべき由の夢想を得る

堂を作り、供養せんとしける時、導師[二]を〔誰にするか〕思ひ煩《わづら》ふ間に、夢に見る様《やう》、「此の堂は、其の日、其の時、浄名居士[三]《じやうみやうこじ》のおはしまして供養し給ふべきなり」と人の告ぐる由、見ければ、即《すなは》ち、枕障子[四]に書き付けつ。いとあやしけれど、「様《やう》こそあらめ」《何かわけがあるのだろう》と思うて、自[五]ら日をおくりけり。

供養の日に一法師が現れる

正《まさ》しく、其の日に成つて、堂荘厳[六]《しやうごん》して、心もとなく待ちゐたりければ《待ちどおしく思っていたところ》、朝《あした》より雨さへ降りて、更に外《ほか》より人のさし入るもなし《やってくる者もいない》。やう

＊特にこのあたり、西行とその娘の話（『発心集』六・五）と類縁を持つ。

一 高野山西北の麓の天野《あまの》をさすか。『雑談集《ざふたんしふ》』六「錫杖事」に「高野の天野は、遁世門の比丘尼《びくに》など住む所なる故に」とある。

二 法会の時に願文《がんもん》（祈願の内容を記す文）・表白《ひやうびやく》（法会の趣旨を記す文）を述べ、一同を導く僧。

三 「維摩詰《ゆいまきつ》」をさす。三九頁注一二参照。

四 枕もとに立てる衝立《ついたて》の類。

五 底本に「みづから」と振仮名があるが、「おのづから」で、そのまま何もせずに、の意か。

六 堂内の飾り付けをすること。

七 学識をそなえた者。「儒卿こそさいかくの者にて語りけれ」（『愚管抄』四）。「才覚」は「才学」（中世には「さいかく」と発音）の転とも誤りともいう。

八 本尊の前にある台座で、導師がそこにのぼって仏を礼拝、読経する。らいばん。

九 天台宗の高僧。比叡山横川《よかわ》の首楞厳院《しゅりょうごんいん》に住し、「説法神妙」といわれた。万寿《まんじゅ》三年（一〇二六）出生、長治《ちょうじ》二年（一一〇五）以前に没。

一〇 第七二代天皇。院政を創始、その治世は三天皇四十三年に及んだ。仏教への傾倒の顕著さは有名。大治《だいじ》四年（一一二九）崩御、七十七歳。

やう時になりて、いとあやしげなる法師の蓑笠《みのかさ》着たる出で来たつて《身につけた姿で現れて》、礼《をが》みありくありけり。即ち、これを捕へて、「待ち奉りけり。とく《はやく》此の堂をこそ供養し給はめ」と云ふ。法師、驚きて云はく、「すべて、左様《さやう》の才覚[七]の者には非ず」と云ふ。「あやしの者の、自ら事《たまたまつい》の便り《でがあって》あつて参り来たれるばかりなり」とて、ことのほかにもてなし《とんでもないという態度であった》けれど《が》、かねて夢の告げのありしやうなんど語りて、書き付けたりし月日のたしかに今日《こんにち》に相ひかなへる《一致している》事を見せたりければ、遁《のが》るべき方なくて、「さらば、形の如く《法式にそって》申し上げ侍らん」と云うて、蓑笠ぬぎ捨てて、忽ちに礼盤[八]《らいはん》に上つて、なべてならず《ひと通りでなくすばらしく》目出たく説法したりけり。

此の導師は、天台の明賢[九]《みやうげん》阿闍梨《あじやり》になむありける。彼《か》の山を拝まんとて、忍びつつ、様《さま》をやつしてまうでたりけるなり。此れより、此の阿闍梨を、高野には、浄名居士の化身《けしん》と云ふなるべし。

白河院の帰依と聖の往生

さて、此の聖人は、殊に貴《たつと》き聞こえありて、白河院[一〇]の帰依し給ひける。高野は、此の聖人の時より殊に繁昌《はんじやう》しにけり。終《つひ》に、臨終正念[一]にして往生を遂げたる由、委《くは》しく伝[二]に見えたり。惜しむべき資財《財産》に付けて《を因縁として》厭心を発《おこ》しけむ、いとありがたき心なり。

賢き人[三]と云ふ、二世の苦を受くる事は《現世と来世にわたって苦しむことは》、財《たから》を貪《むさぼ》る心を源とす。人もこれにふけり、我も深く著《ぢやく》する故に、諍《あらそ》ひねたみて、貪欲《とんよく》もいやまさり、瞋恚《しんい》[四]も殊に栄へけり。人の命をも絶ち、他の財をもかすむ《かすめ取る》。家の滅び、国の傾《かたふ》くまでも、皆是《これ》より発《おこ》る。此の故《ゆゑ》に、「欲深け[五]ればわざはひ重し」とも説き、又、「欲[六]の因縁を以て三悪道に堕す」とも説けり。かかれば、弥勒《みろく》[七]の世には、財を見ては深く恐れ厭《いと》ふべし。此の《例の》釈迦の遺法《ゆいほふ》[八]の弟子を、「此れが為に《貪欲のために》、戒を破り、罪を作りて地獄に堕ちける者なり」とて、「毒蛇を捨つるが如く、道のほとりに捨つべし」と云へり。

一 不変の信心をたもって臨終を迎えること。

二 『三外往生記』をさす。

三 「と」は「の」の誤りで、「二世の」以下は引用文か。寛文本は「賢き人と云ふ」を欠き、神宮本は「或る人の言はく」。ここの「賢き人」は釈迦で、「諸《もろもろ》の苦の因とする所は、貪欲《とんよく》を本となすをもつて」(『法華経』譬喩品《ひゆぼん》)をさすか。

四 怒りの心もさかんになるのである。「栄へ」はハ行下二段活用「栄ふ」(「栄ゆ」から転じたもの)の連用形。

五 出典未詳。

六 「堅く五欲に著《ちやく》して、痴・愛の故に悩みを生じ、諸《もろもろ》の欲の因縁をもつて、三悪道に墜堕《ついだ》し」(『法華経』方便品《ほうべんぼん》)。

七 兜率天《とそつてん》にある弥勒菩薩が、釈迦の代りとしてこの世に下生《げしよう》して法を説くという、その時代。釈迦入滅後五十六億七千万年後の仏法滅尽《めつじん》の時という。

八 遺弟子。遺弟。誰をさすか未詳。

七　小田原教懐《けうくわい》上人、水瓶《すいびやう》を打ち破《わ》る事
付　陽範《やうはん》阿闍梨《じやり》、梅木を切る事

[九]小田原と云ふ寺に、[一〇]教懐聖人と云ふ[一一]人ありけり。後には、[一二]高野に住みけるが、新しき[一三]水瓶の、様なども思ふ様なるを儲けて（見るからにほれぼれとするのを手に入れて）、殊に執《しふ》し思ひけるを、縁に打ち捨てて、[一四]奥の院へ参りにけり。かしこにて、念誦《ねんじゆ》なんどして、一心に信仰しける時、此の水瓶を思ひ出《い》だして、「あだに並べたりつる物を（何の気なしに〔他の物と〕並べておいたあれを）、人や取らむ」と不審にて（気になって）、心、一向に（統一する）も非ざりければ（ことができなかったので）、由《よし》なく覚えて、返るや遅きと（帰るとすぐに）、[一五]あまだりの石だたみの上に並べて、打ちくだき捨ててけり。[一六]

又、[一七]横川《よかは》に、[一八]尊勝の阿闍梨陽範と云ひける人、目出たき[一九]紅梅を植ゑて、またなき物にして（最愛の物として）、華《はな》ざかりには、偏《ひとへ》に此れを興じつつ、[二〇]自《みづか》ら、人の折るをも、ことに惜しみ、さいなみける程に（〔折った者を〕叱りつけるというふうだったが）、いかが思ひけん、弟子なんどもほかへ行きて、人も無かりけるひまに、心もな（何もわか）

愛着の心を克服した高僧たちの話

九　京都府相楽《さがら》郡にあった興福寺の別所。
一〇　『高野山往生伝』によれば、教懐の住房の称は「迎接房《ぎようせつぼう》」。
一一　左中将藤原教行《のりゆき》の子。興福寺に出家・修学、小田原に庵居して「小田原聖」と称された。後に高野山に移る。『高野山往生伝』の筆頭に記され、高野山の念仏聖《ひじり》の祖として仰がれた。寛治七年（一〇九三）没、九十三歳。

水瓶と教懐上人

一二　教懐が高野山に移ったのは、諸伝によれば入寂《にゆうじやく》二十余年前。
一三　十八物《もつ》（修行僧の常にたずさえるべき十八種の品）の第四。
一四　高野山の東端にある空海入定《にゆうじよう》の聖地。
一五　軒下に石を敷きつめてある所。「あまだり」（「あまだれ」とも）は、樋を伝わって雨がしたたり落ちること。
一六　底本のこの下に「私云、水瓶ハ金瓶トイヘリ」という割注がある。
一七　比叡山三塔の一つ。九六頁注四参照。

紅梅と陽範阿闍梨

一八　伝未詳。
一九　梅は外来の植物なので、古来知識人に愛好者が多かった。
二〇　振仮名は底本のまま。あるいは、「おのづから」で、たまたま、何かの折りに、の意か。

き《らない》小法師の独りありけるを呼びて、「よきやある《斧があるか》。持て来よ」と云ひて、此の梅の木を土きは《根元から》より切つて、上に砂《いさご》打ち散らして、跡形なくて居たり。弟子、帰りて、驚き怪しみて故《ゆゑ》を問ひければ、唯、「よしなければ《（紅梅などは）無用なので》」とぞ答へける。

此等は、皆執《しふ》をとどめる事を恐れけるなり。一 教懐《けうくわい》も陽範も、ともに往生を遂げたる人なるべし。実《まこと》に、二 仮の家《いへ》にふけりて《心を奪われて》、三 長き闇に迷ふ事、誰かは愚かなりと思はざるべき。然れども、四 世々生々《せぜしやうじやう》に、煩悩《ぼんなう》の五 つぶね・やつことなりける習ひの悲しさは知りながら、我も人も《誰もが》、え思ひ捨てぬなる《思い切れないでいるのだろう》べし。

八 佐国《すけくに》、華《はな》を愛し、蝶となる事
付 六波羅寺幸仙《かうせん》、橘木《きつぼく》を愛する事

或る人、六 円宗寺《ゑんじゆうじ》の七 八講と云ふ事に参りたりけるに、時待つ程やや

一 教懐の往生は、『拾遺往生伝』上、『高野山往生伝』などが伝える。陽範については未詳。

二 普通「仮の宿」「仮の宿り」などと言う。はかないこの世の比喩。

三 煩悩のために迷いと苦しみの世界の中に長く居つづけること。

四 「生々世々」とも。何度もくりかえして経験する世。未来永劫の意。

五 「つぶね」「やつこ」はともに召使いをさす。人間の情念を擬人化して考える記述は『方丈記』にも目立つ。

余執へのおそれ

＊「執」というものの恐しさは仏教思想の常識だが、筆者長明が人一倍これにとらわれて悩んだ人であることを思うと（解説参照）、上の記述とこの前後の説話は、意味深長に映ってくるはずである。

花を愛した大江佐国の転生《てんしょう》

＊類話として『今昔物語集』十三・四十三などがある。

ありし日の佐国

六 京都市右京区の仁和寺の東南にあった寺。後三条天皇の勅願寺で延久二年（一〇七〇）創建。鎌倉時代に廃滅したか。

七 法華八講。ここは、北京三会《ほつきようさんゑ》（「天台三会」とも）の一つで、延久四年に勅命により円宗寺ではじめられた法華会をさす。『法華経』八巻を講讃する行事。十二月二十五日より五日間行われたが、文永五年（一二六八）頃に絶えたらしい。

＊ 円宗寺の法華会は年末なので花の季節と合わない。が、この地は、その昔、清原夏野《きよはらのなつの》が営んだ山荘の花園にちなんで「花園」の名があり、その点ではこの話に似つかわしい。

八 庭先の植込み。

九 大江佐国。通直の子。従五位上掃部頭《かもんのかみ》。生没年未詳。十一世紀後半の人で、漢詩人として知られ、『朝野群載』などにその作が残されている。

一〇 諸系図類によれば、佐国の子として敦国・通国・家国・通景らが知られるが、ここはそのうちの誰か不明。

一一 出典未詳。「六十余国」は日本中（六十六カ国から成る）の意。ただし、神宮本によればこの個所「年六十余歳」。

一二 未来永劫にわたる執着。「会執」は正しくは「依執」か。『往生要集』上・大文四に「依著《えぢやく》」（執着）という語が見えるが、これと同義であろう。

蝶の乱舞

久しかりければ、其のあたり近き人の家を借りて、且《しばら》く立ち入りたりけるが、かくて其の家を見れば、作れる家のいと広くもあらぬ庭、[八]前栽《せんざい》を、えも云はず《何ともいえず見事に》木ども植ゑて、上に仮屋のかまへをしつつ《小屋の設備をして》、聊《いささ》か水をかけたりけり。色々の花、数を尽して、錦を打ちおほへる《かぶせてある》が如く見えたり。殊にさまざまなる蝶、いくらともなく遊びあへり。

事ざまのありがたく覚えて、わざと《わざわざ》あるじを呼び出でて、此の事を問へり。あるじの云ふ様《やう》、「是はなほざりの事にもあらず《深い理由がないわけではありません》。思ふ心ありて植ゑて侍り。おのれは、[九]佐国と申して人に知られたる博士の子[一〇]にて侍り。彼《か》の父、世に侍りし時、深く花を興じて、折りにつけて是を翫《もてあそ》び侍りき。且《かつ》は、其の心ざしをば詩《し》にも作れり。[一一]『六十余国見れども〔花を〕、未だあかず。他生《たしやう》にも、定めて花を愛する人たらん』なんど作り置きて〔詩を〕侍りつれば、おのづから生死の[一二]会執《ゑしふ》にもや罷《まか》り成りけん、と疑はしく侍りし程に《心配しておりましたところ》、ある者の夢に、蝶に成つて侍ると見たる由を語り侍れば、罪深く覚えて、しからば、若し《あるいは》、これ《このあ》らにも《たりにも》や迷ひ侍るらんとて、心の及ぶ程《心当りの範囲に》植ゑて侍るなり。其れにとりて《それにつけて》、唯花ばかりは猶あかず侍れば《花だけではまだ不十分ですから》、[一]あまつら蜜なんどを朝ごとにそそき侍る」とぞ語りける。

幸仙と橘の故事

又、[二]六波羅寺の住僧[三]幸仙と云ひける者は、年来《としごろ》道心深かりけるが、橘《たちばな》の木を愛し、[四]いささか彼の執心によりて、くちなは《へび》と成つて、彼《か》の木の下にぞ住みける。委《くは》しくは[五]伝にあり。

かやうに人に知らるるはまれなり。すべて、念々の妄執、一々に《一瞬一瞬におこる執着心ごとに》[六]悪身を受くる事は、はたして疑ひなし。実に、[七]恐れても恐るべき事なり《どんなに恐れてももっと恐れるべきことだ》。

九　神楽岡清水谷仏種房《かぐらをかしみづだにぶつしゆばう》の事

盗賊の不思議な経験

[八]神楽岡の[九]清水谷と云ふ処に、[一〇]仏種房と云うて貴《たつと》き聖人ありき。〔私は〕対

一　甘葛《あまづら》（つる草の一種）から採った液体。甘味料として珍重された。「あまつら」は「あまづら」の古形で、「あま」は「甘」、「つら」は「つる」「かつら」などと同根の語。

二　六波羅蜜寺。京都市東山区に現存の寺。応和三年（九六三）、空也《こうや》の創建。

三　詳伝未詳。万寿年間（一〇二四～八）の没という。以下の話を伝える諸書によって表記に異同がある。「康仙」（『法華験記』上・三十七）、「講仙」（『今昔物語集』十三・四十二、『拾遺往生伝』中・二）など。

四　文脈上落ちつきの悪い語。かりそめに持った、の意ととっておく。これに当る部分として『法華験記』所収説話の「而も少事によつて蛇身《じやしん》を受く」が注意される（『拾遺往生伝』はこの部分を欠く）。

五　『拾遺往生伝』をさす。

六　来世で受ける、人間以外の生物の身。

七　『方丈記』元暦地震の条の「恐れの中に恐るべかりけるは…」（二五頁一〇行）と類似した表現。

執心を超えた仏種房の往生

八　京都市左京区にある丘陵。いわゆる吉田山。海抜一二四メートル。天照大神《あまてらすおおみかみ》の岩戸隠れの時に諸神がここで神

面したる事はなかりしかども、近き世の人なりしかば、終《つひ》に、往生《わうじやう》人《にん》とて人の貴みあひたりしをば、伝へ聞き侍りき。

仏種房、盗賊を許す

此の聖人、そのかみ《昔》、水飲《みづのみ》[一一]と云ふ所に住み侍りける比《ころ》、木拾ひに谷へ下りける間に、盗人入りにけり。僅かなる物ども皆取つて遠く逃げぬ、と思うて〔盗人が〕帰り見れば、本《もと》の処なり。「いとあやし」と思ひて、「猶《なほ》行くぞ」と思ふ程に、二時《ふたとき》《約四時間》ばかり、彼《か》の水飲の湯屋《風呂場》をめぐりて、更にほかへ去らず。

其の時に、聖《ひじり》、あやしみて問ふ。答へて云ふやう、「我は盗人なり。而《しか》るに、遠く逃げ去りぬと思へども、すべて行く事をえず《まったく逃げることができない》。是《これ》ただ事に非《あら》ず。今に至りては、物を返し侍らん。願はくは許し給へ。まかり帰りなむ」と云ふ。聖の云はく、「なじかは《なにゆえに》、罪深くかかる物をば取らむとする。ただ欲しう思うてこそは取りつらん。更に《まったく》返しうべからず《返す必要はない》。其れなしとも《それがなくても》、我、事かくまじ《困らないだろう》」と云ひて、盗人に猶取らせてやりける。大方《実に》、心にあはれみ深くぞありける。

楽を奏したのでこの名があるという。底本の振仮名は「がくらをか」。諸資料により訂正。

九 神楽岡の西北のふもとの地。

一〇 伝未詳。『高野山往生伝』『高野春秋編年輯録』などに見える心覚仏種房かともいう（大坪利絹氏説）。ただし、その没年、および没した場所については本話の結末と一致しない。

一一 西坂本から比叡山に至る雲母《きらら》坂の途中の地。登山する者に湯を供したのでこの名があるという。籠山の僧が赴きうる西限の場所とされた。

檀越に魚を乞う

年を経て、彼《か》の清水谷に住みける時、相ひ憑《たの》みたる檀越《だんをつ》[一]あり。深く帰依して、折節《をりふし》には贈り物し、事にふれて心ざしをはこびつつ過ぎける《何かにつけて布施の品を持ってくることを習慣としていたが》に、殊に、此の聖、〔檀越の家に〕わざと出で来たりて云ふやう、「思ひかけ[二]ずおぼしぬべけれど、年来《としごろ》頼み奉つて侍るなり。此の程、夢[三]の如くなる庵室《あんじつ》を造るとて、工《たくみ》を使ひ侍りしが、〔大工が〕魚をよげに《魚をうまそうに》食《くら》ひ侍りしがうらやましくて、魚の欲しく侍れば、『此の殿には多く侍るらむ』と思ひて、わざと参れるなり」と云ふ。主《あるじ》、おろかなる女心に、「あさまし」[四]《驚いたことだ》と、思ひのほかに覚えけれど、よきやうに《こころよく》して取り出だしたりければ、よくよく食《くら》うて、残りをば、土器《かはらけ》をふたにおほひて、紙にひきつつみて、「是をば、あれ[五]にてたべむ」とて、ふところに入れて出でにけり。

重ねて檀越が贈った魚を辞退

其の後、此の人、〔聖の魚食を〕本意なく覚えながら《残念には思ったが》、さすがに心苦しく思ひやりて、「一日[六]の御家つと[七]、夢[八]がましく見え侍りしかば、重ねて奉るなり」とて、さまざまに調《調理して》じて、贈りたりけれど、其の度《たび》はとどめ《受け取ら》

一 梵語《ぼんご》 dānapati の音写。僧侶に衣食などを供する信者。だんおち。檀那。この檀越は、後の文によると女性らしい。

二 意外とお思いでしょうが。「思ひかけず」は「思ひがけず」の古形。「思ひかく」（予期する）の連用形の副詞化したもの。

三 夢のようにものはかない、粗末な。

四 いうまでもなく、僧侶は魚食を禁戒の一つとしているから、驚いたのである。ただし、魚を食った高僧の話は各書に見え、「いたれる（最高の境地に達した）聖は、かく魚鳥をきらはぬ事あり」（『十訓抄』七「林懐僧都魚食事」）という考え方もあった。

五 自分の庵室をさす。

六 先日、の意。底本の振仮名は「ひとい」。「ひとひ」を表音的仮名づかいで記したもの。

七 お持ち帰りのもの。ふところに入れて帰った魚をさす。「つと」は「づと」とも。

八 夢のように。「がまし」は、実際にはその物・状態ではないが、そのように見える、感じられる意を表す接尾語。

ず、「御心ざしはうれしく侍り。されども、一日の残りにたえあき[九]て、今は欲しくも侍らねば、是を返し奉る」となん云ひたりける。是も、此の世に執《しふ》をとどめじと思ひけるにや。

八月十五夜の往生

此の仏種房《ぶつしゆばう》、ある時、風気《ふうき》[一〇]ありて煩ひけり。かたのさまなる家《かたちだけの粗末な家》、荒れこぼれて、つくろふ事なし。病ひを見る人もなければ、ひとりのみ病み臥せりけるに、時は八月十五夜の、月いみじくあかかりける夜、よひより音《こゑ》をあげて念仏する事あり。まぢかき《近所の》家々、たふとくなむ聞こえき。集まりて見るに、板間もあはず《隙間だらけの》荒れたる家に、月の光、心のままに[一一]さし入りたるよりほかに、友なし。夜中《よなか》うち過ぐる程に、「あなうれし。是《これ》こそは、年来《としごろ》思ひつる事よ」と云ふ音《おと》、壁の外《ほか》に聞こえけり。其の後は、念仏の音もせずなりぬ。

夜明けて見ければ、西に向《むか》ひて端坐し、合掌して、眠《ねぶ》[一二]るが如くにてぞありける《死んでいた》。此の[一三]家は、〔町中から〕少しも離れず、あやしの《いやしい》下臈《げらふ》[一四]の家どもの軒つづきになむありける。

九 満足して。神宮本「たべ飽きて」、寛文本「たへあきて」。これらの形なら「食べ飽きて」だが、底本を採ると「堪え（へ）飽きて」（腹一杯になって、の意か）となる。あるいは、「食ぶ」の語尾に清音（発音は「う」）の形もあったか。

＊ 以下の一段、神宮本は欠く。

一〇「ふうけ」とも。風邪などをいうとされるが、かなり広い範囲の病気について用いたらしい。「フウキ　伝染病、高熱を特徴とする」（『日葡辞書』）。

一一 妨げるものがないさま。

一二「ねぶる」とも。「ねむる」の古形。

一三 以下、この聖の心の深さを暗示した説明。七九頁四行以下の記述を参照。

一四 もと、「臈」（修業）を積まない身分の低い僧の意だが、ここは卑しい者を広くさす用法。

一 「昔」「中比」に対し、より近い時代、つまり、ほぼ同時代をさす語。
二 四天王寺。大阪市天王寺区の寺。聖徳太子建立の日本最古の寺として有名。当時、海に面していた西門は、極楽の入口としてその落日の光景の印象の深さから尊崇を集めた。
三 仏教で七宝の一つとされた宝石。
四 この「はらめく」は、ぼろぼろになる意。「めく」は擬態語・擬音語に付き、そのようなさまだ、そのような音をたてる、などの意を表す。「はら」は五六頁一〇行の「はらはら」と同じ語であろう。
五 振仮名は底本のまま（一〇行の「わらべ」も同じ）。「わらはべ」の変化した形。「わらんべ」「わらべ」なども。「べ」は、もと軽小な者にそえる複数の接尾語（「しもべ」の「べ」など）で、「こども」の「ども」と同じ。
六 たあいもないこと。「すぞろ」は「すずろ」「そぞろ」に同じ。七八頁二行には「そぞろ事」が見える。

十 天王寺聖《ひじり》、隠徳《いんとく》の事
付 乞食《こつじき》聖の事

瑠璃聖の行状

近比《ちかごろ》[一]、天王寺[二]に聖ありけり。詞《ことば》のすゑごとに「瑠璃《るり》[三]」と云ふ二つの文字を加へて云ひければ、やがて《そのまま》、〔その〕字を名に付けて「瑠璃」とぞ〔人は〕云ひける。其の姿、布のつづり《布を綴り合せたのや》、紙衣《かみぎぬ》なんどの、云ふはかりなく《言いようもなく》ゆゆしげ《ひどく》に破《や》れはらめき[四]たるを、いくらともなく着ふくれて《何枚となく重ね着してぶくぶくになって》、布袋《ぬのぶくろ》のきたなげなるに、乞ひ集めたる物をひとつに取り入れて、ありきありき《うろつきながら》是《これ》を食《くら》ふ。童《わらうべ》[五]、いくらともなく笑ひあなづれど《大勢集まって笑ってはやしたてるが》、更にとがめ腹立つ事なし。いたくせたむる《いじめる》時は、袋より物を取り出だして取らすれば、童《わらべ》、きたながりて是を取らず。〔童が〕捨つれば、又取つて入れつつ、常には様々のすぞろ事[六]を打ち云うて、ひたすら物狂ひにてなむありける《まったく狂人そのものであった》。指して《特に一定の所に定住した》そこに跡とめたり、と見ゆる処なし。垣の根・木の下・

築地《ついぢ》[七]に随ひて夜を明かす。

大塚の聖と法問を交す

其の比《ころ》、大塚[八]と云ふ所に、やむごとなき[九]智者ありけり。ある時、〔聖が〕「雨の降りて、罷《まか》り寄るべき所もなければ、此の縁のかたはしに候はん（すみにおじゃましまス）」と云ひければ、〔智者は〕例ならず（いつもに似ず）あやしう覚えながら置きつ。夜ふけて、聖が云ふ様《やう》、「かく、たまたま参り寄りて侍り。年来《としごろ》おぼつかなく思ひ給へる[一〇]事ども、はるけ侍らばや[一一]」と云ふ。ことのほかに覚ゆれど（意外ではあったが）、世の常の人のやうに相ひしらふ程に（相手になっているうちに）、やうやう（話は進んで）、天台宗の法門ども[一二]の、えもいはぬ（深遠な）理《ことわり》ども尋ねつ。又、主《あるじ》あさましくめづらかに覚えて（意外で珍しいことだと感じて）、夜もすがら寝ず、さまざまに問ひ答へて、明けぬれば、「今（もう）はいとま申し侍らむ」とて、「心にいぶかしく思ひ給へる事ども（内心不審に存じておりました）を、賢くこよひ候ひて（好都合にも今晩おじゃましまして）、はるけ侍りぬ」とて去りぬ。

隠徳現れて後の瑠璃聖とその臨終

又、此の事ありがたく貴く覚えけるままに、其のあたりの人ども〔智者が〕に語りたりければ、そしりいやしめし心を改めて、かたへは（一部の人々は）、権者《ごんじゃ》[一三]の疑ひをなして（権者かと思って）、たふとみけり。されど、其の有様は、さきさきに（以前と）

七 土塀に沿った地べたで。この「随ふ」は、川・道などに沿う意。

八 四天王寺の東南約二キロにある地。今の大阪市東住吉区大塚町。

九 尊い高僧。「智者」は、教理に明るい出家者を言う仏教語。ここは誰をさすか不明。四天王寺の周辺には多くの念仏衆がいたがその一人であろう。

一〇 謙譲の意のはずだから、「思ひ給ふる」（下二段連体形）が正しい形。四段活用の尊敬の補助動詞「給ふ」を、謙譲に用いている例は一〇行にも再出。その他、『発心集』に多い。

一一 氷解させたく思います。「はるく」は晴れるようにする、転じて、疑問を明らかにする、の意。

一二 天台宗の教理。四天王寺は天台宗で、三井寺の末寺であった。

一三 底本の振仮名は「こんじや」。「ごんざ」とも。「実者」の対で、仏菩薩などが、衆生を救済すべくこの世に現れる時の仮の姿。権現。権化《ごんげ》。

露変らず。「さる事やありける《そんなことがあったのですか》」と人の問ふ時には、うち笑ひて、そぞろ事にぞ云ひなしける《冗談めいたことに言いまぎらわすのであった》。

かやうに、人に知られぬる事をうるさくや思ひけん、終《はて》には、行方《ゆきがた》も知らせずなりにけり。年経て、人語りけるは、和泉《いづみ》[一]の国に乞食しありきけるが、終りには、人も来寄らぬ所の大きなる木のもとに、下枝《したえだ》に仏掛け奉りて、西に向ひて合掌して、居ながら《坐ったまま》眼《まなこ》を閉ぢてなむありける。其の時は、知れる人も無くて、後に見付けたりけるなり。

仏みょうの行実

又、近来《ちかごろ》、世に仏みやう[二]と云ふ乞食有りけり。其れも、かの聖《ひじり》の如く、物狂ひの様《やう》にて、食物は魚鳥をもきらはず、着物は莚《むしろ》・こもをさへ重ね着つつ、人の姿にもあらず。逢ふ人ごとに、必ず「あま[三]人《ひと》・法師・をとこ人・女人《によにん》等清浄《しやうじやう》」と云ひ拝むわざをしければ、其れを名に付けてなむ、見と見る人《見る人はすべて》、皆つたなくゆゆしき者《おろかで気味がわるい者》とのみ思ひけれど、実《げ》には、様ありける者〔外面からはわからない〕にや。阿証房〔あの高徳の〕[四]と云ふ聖を得意《親友》に

一 今の大阪府東南部。四天王寺のある摂津に接する河内《かわち》の隣国。

二 「仏名」か。ただし、神宮本は「仏性《ぶつしやう》」。いずれにせよ伝未詳。

三 『法華経』常不軽菩薩品の「この比丘は、凡そ見る所有らば、若《ある》いは比丘・比丘尼・優婆塞《うばそく》・優婆夷《うばい》を皆悉く礼拝し讃嘆して」云々によるか（牧野博義氏説）。

四 神宮本に「阿乗房」とある。底本の「阿証房」が正しいとすれば、長明の同時代人阿証房印西《あしようぼういんせい》であろう。印西は長楽寺の僧で、法然の弟子。生没年未詳だが、治承《じしよう》二年（一一七八）から建久七年（一一九六）の間の動静の一端が『山槐《かい》記』『玉葉』『明月記』などから知られる。貴人の戒師としてしばしば召されている（『平家物語』によれば建礼門院出家の戒師でもあった）。

して、思ひがけぬ経論なんどを借りて、人にも知らせず、懐《ふところ》に引き入れて、持ちて行きて、日ごろ経てなむ返す事を、常になんしける。

終《つひ》に、五切提《せったい》の上に、西に向ひて合掌端座して終りにけり。

此れらは、勝《すぐ》れたる後世者《ごせしゃ》六の一《最高の》の有様なり。「大隠《たいいん》七、朝市《てうし》にあり」と云へる、則ち是なり。かく云ふ心は《この句の趣旨は》、賢き人の世を背《そむ》く習ひ、我が身は市の中にあれども、其の徳をよく隠して、人にもらせぬなり。山林に交はり、跡をくらうするは《山林の中に分け入って行方を隠す人は》、人の中に有つて徳をえ隠さぬ《自分の徳を隠すことのできぬ［つたない］》人のふるまひなるべし《人の行為なのだろう》。

十一　高野《かうや》の辺《ほとり》の上人、偽《いつは》つて妻女を儲《まう》くる事

高野八の辺に、年来《としごろ》行ふ聖九ありけり。本《もと》は伊勢の国の人なりけり。おのづから《たまたま》かしこに《そこに》一〇居付けたりけるなり《住みついてしまったのだった》。行徳あるのみならず、人

五 表記・振仮名は底本のまま。「切堤《きれづつみ》」の異称。高野川東岸で、下鴨からは対岸の地。「さがり松・きれ堤・加茂の河原…」(『平家物語』一「御輿振《みこしぶり》」)。

六 念仏を唱え、極楽往生を願う人。

大隠のありさま

七 「大隠」は真の隠者、「朝市」は朝廷や町中。引用句は『白氏文集』五二の「大隠は朝市にあり、小隠は丘岳《きうがく》に入る」による。なお、これは、「小隠は陵藪《りようそう》(岡や藪《やぶ》)に隠れ、大隠は朝市に隠る」(『文選《もんぜん》』、王康琚「友招隠詩」)をもとにしたもの。

＊ この一節に、『方丈記』作者としての長明の自己批判を読むこともできよう。

聖の偽悪

＊ 本章は『私聚百因縁集』九・十八と同話。

八 高野山の周辺。その麓の谷々には念仏聖の住む別所があった。この話の舞台もその一つであろう。

九 名・伝記ともに不明。『私聚百因縁集』の章題に「高野の林慶上人」云々とあるが、この「林慶」は「麓」を誤写したものという(簗瀬一雄氏説)。ちなみに、神宮本の章題は「高野の麓に上人、偽に妻を娶《めと》りたる事」。

妻女を所望

一〇 「居付く」は普通、四段活用。ここのように下二段に活用するのは珍しい例。

の帰依にて（帰依によって）、いとまづしくも非《あら》ざりければ、弟子なんどもあまたありける。

年やうやうたけて（老いて）後、殊に相ひ憑《たの》みたる弟子を呼びて云ひける様《やう》、「聞こえばや（申し上げたいと）と思ふ事の日比《ひごろ》はんべるを、（〔私の願いを聞く時の〕）其の心の内をはばかりて（あなたの心中に気がねして）、ためらひ侍りつるぞ。[一]あなかしこ、あなかしこ（ゆめゆめ決して）、たがへ給ふな（ことわって下さるな）」と云ふ。「何事なりとも、のたまはん事、いかでたがへ侍らむ。又、へだて給ふべからず（ご遠慮は無用です）。速《すみや》かに承《うけたまは》らむ」と云へば、「かく、人を憑みたる様《さま》にて過す身は、左様《さやう》のふるまひ、思ひ寄るべき事ならねども、年高くなり行くままに、傍ら（身辺が）もさびしく、事にふれてたつきな（不便に）く覚ゆれば、さもあらむ（適当な）人（女性を）を語らひて夜の[二]とぎにせばや、となむ思ひたるなり。其れにとりて（関して）、いたう（あまり）年若からん人はあしかりなん。物の思ひやりあらん人を（〔ある程度の年配で〕よく気のつく人を）、忍びやかに尋ねて（こっそりさがして）、我がとぎにせさせ給へ。さて、[三]世の中の事をば、[四]其れにゆづり申さむ。唯、我が（私が）ありつるやうに（そうであったように）、此の坊の主にて（あるじとして）、人の祈りなんどをも沙汰（処理）して、我をば

一 会話・書状に用いる語。「あな」は感動詞、「かしこ」は「畏《かしこ》し」の語幹。ここは、下の禁止表現と呼応し、強調のはたらきをする用法。

二 夜の話相手。配偶者を暗示している。「とぎ」は退屈をなぐさめること。また、なぐさめてくれる者。中世語で、これの語誌については、市古貞次氏『中世小説の研究』（東京大学出版会）に詳しい。

三 ここは、この住房の管理・運営をさしていう。

四 中称・対称の代名詞。ここは対称。あなた。

五　私の妻帯について（軽蔑するであろう）あなたの心中を考えると面映《おもは》ゆいので。

六　宿願にちがいない。「なるべし」は「なり」というところを、恥ずかしがって（そのようなふりをして）婉曲《えんきょく》に表現したもの。

奥の屋にする〻て《住まわせて》、二《に》人《にん》が食物《くひもの》ばかりを形のやうにして、贈り給へ。左様になりなむ後は、五そこの心の内もはづかしかるべければ、対面なんどもえすまじ。況《いはん》や、其のほかの人には《あなた以外の人は》、すべて、世にあるも《〔私が〕生きている》のとも知るべからず。死に失《う》せたるものの様にて、わづかに命つぐべくばかり沙汰《配慮》し給へ。此れをたがへ給はざらむばかりぞ《この希望をかなえていただくことだけが》、年来《としごろ》の六本意《ほんい》なるべし」と、かきくどきつつ云ふ《熱心に訴えるのであった》。

願い叶って妻帯

あさましく《あきれるほど》、思はずに《意外なこととして》覚えながら、「かやうに心おかず《率直に》語らはす《お話下さった》る本意に侍り《のはうれしいことです》。急ぎ尋ね侍らむ」と云ひて、近く遠く聞きあるきける程に、男におくれたりける《未亡人で》人の、年四十ばかりなるありける《〔女が〕》を聞き出でて、ねんごろに語らひて、便りよきやうに《暮しやすいように》沙汰し、する〻つ。人も通さず、我も行く事もなくて過ぎけり。

聖、入滅

おぼつかなくも《〔跡を譲られた弟子は〕》、又、物言ひあはせまほしくもあれど《いろいろと相談したかったが》、さしも《あのように》契りし事なれば、いぶせながら過ぐる程に《気が晴れぬままに過しているうちに》、六年へて後、此の女人、うち泣きて、「此の暁、はやをはり給ひぬ《すでにお亡くなりになりました》」とて来たる。

驚いて行きてみれば、持仏堂の内に、仏の御手に五色《ごしき》の糸かけて、其れを手にひかへて《つかんで》、脇足《けふそく》[二]にうちよりかかりて、念仏しける手も、ちとも《〔生前と〕》変はらず、数珠《ずず》のひきかけられたるも、唯、生きたる人のねふりたる《眠っている》やうにて、露も例にたがはず。壇には行ひの具うるはしく《勤行の道具をきちんと置いて》置き、鈴《れい》[三]の中に紙を押し入れたりける。いと悲しくて《〔弟子は〕》、事の有様をこまかに問へば、女の云ふ様《やう》、「年来《としごろ》かくて侍りつれども、例[四]のめをとこの様なる事なし。夜はたたみ[五]を並べて、我も人《あの方も》も目さめたる時は、生死《しやうじ》のいとはしき様、浄土願ふべき様なんどをのみ、こまごまと教へつつ、よしなき事《言わなくてもいいことは》をば云はず。昼は、阿弥陀の行法《ぎやうぼふ》[六]三度事欠く事なくて、ひまひまには、念仏を自ら《ご自分も》も申し、又、我にも勧め給ひて、始めつ方二月《ふたつき》・三月《みつき》までは心を置きて《気をつかって》、『かく、世の常ならぬ有様をば、わびしく[七]もや思ふ。さらば、心にまかす[八]べし《自由にしてくれ》。もし、うとき事《赤の他人になっても》になるとも、かやうに縁を結ぶもさるべき事《前世からの因縁だ》なり。此の有様を、ゆめゆめ人に語るな。もし又、互ひに善知識《〔相手を〕》[九]とも思ひて、後《ご》

妻女、退引後の聖の動静を語る

一 青・黄・赤・白・黒の五色の糸。これの一端を阿弥陀如来の手にかけ、一端を自分が持って臨終を迎えて極楽往生を期する。当時、例の多い風習であったが、法然は、その臨終に際し、弟子の勧めにもかかわらず、「かやうの事は、これ常の人の儀式なり」として糸を取らなかった(『法然上人行状絵図』)。

二 坐ったときに肘《ひじ》をかける道具。

三 手で振り鳴らす仏具。鐘に似て小形。柄と舌とを持つ。

四 普通の夫婦のような関係はありませんでした。「めをとこ」(「めをと」とも)は女と男。特に、夫婦をいう。

五 うすべり・むしろなどの敷物をいう。

六 密教で修法《しゆほふ》をいうが、ここは仏前で読経などをする勤行。「行法」の「法」の頭音は濁音。「行法も、法の字を清《す》みていふ、わろし。濁りていふ」(『徒然草』百六十)。

七 せつなく思っているのではないか。「もや」の部分は底本「は」、神宮本「もや」、寛文本「やは」、『私聚百因縁集』「や」などの異同がある。前後関係から、ここは疑問の意であろうから、底本以外の形が通りがよい。仮に神宮本の形を採用しておく。

八 離縁してもよいということをほのめかしている。

九 人を仏法に導く人。高徳の人。「知」の発音は清

世《せ》までの勤めをもしづかにせむとならば、こひねがふところなり《こんなにうれしいことはない》』とのたまひしかば、『さらさら御心置き給ふべからず《お気づかいご無用です》。年来相ひ具したりし人《一緒に暮した人に先立たれて》をはかなく見なして、いかでか、其の後世をもとふらはざらん[一〇]。我も又、かかるうき世にめぐり来《こ》じと願ひ、厭《いと》ふ心は侍りしかど、さても一日たちめぐる[一一]べき様もなき身にて、本意[一二]ならぬ方にて見奉れば、なべての《世間一般の》女のやうにおぼすにや。ゆめゆめ、しかに[一三]は非《あら》ず。いみじき善知識《ぜんぢしき》と、人知れず喜びてこそ過ぎ侍りし』と申ししかば、『返す返すうれしき事』とて、今隠れ給へる事も《今度のご臨終のことも》かねて知つて、『終らむ時、人にな告げそ《知らせないでくれ》』とありしかば、かくとも申さず」とぞ云ひける。

十二　美作守《みまさかのかみ》顕能《あきよし》家に入り来る僧の事

濁両形がある。

一〇 供養しなくてよいでしょうか。「とふら（弔）ふ」（「とぶらふ」「とむらふ」とも）は、冥福を祈る、追善供養する。

一一 「たちめぐる」は、たちまわる、生活する、の意。「日頃年頃住みなれし所ともおぼえず、さびしくあはれなることぞたぐひなく、立ちめぐるべきここちせぬや」（『浜松中納言物語』四）。ただし、この個所神宮本（『私聚百因縁集』も同趣）は「世に立ち帰るべき様も無《な》き事にて」（再びこの世に生れようはずもないことで）とあり、文意はいささか異る。

一二 不本意な方面（夜とぎ）の相手としてお目にかかったので。破戒僧の妻たるべく自分がこの寺に来たことを言っている。

一三 わびしくなどありません。「しか」は聖の「かく」以下の言葉をうけている。

北山の奥の乞食聖の隠徳

＊ 本章の説話、『古事談』三「北山の奥の聖人の事」、刊本『沙石集』七上・一に見え、『聖財集』中・九にも略述されている。

美作守邸に若き僧現れる

[一]美作守顕能のもとに、なまめきたる僧（年若い僧で）の、入り来たつて（邸内に入りこんで）経をよに（大変）たふとく読むあり。主《あるじ》聞いて、「何わざし給ふ人ぞ」と云ふ。近く寄つて云ふやう、「乞食《こつじき》に侍り。但し、家ごとに物乞ひありくわざをば仕《つか》うまつらず。[二]西山なる寺に住み侍るが、いささか望み申すべき事ありてなむ」と[三]云ふ。

僧、懐妊した妻の食料を乞う

物ざま（その様子は）、むげに思ひ下すべきには非ざりければ（一方的に軽蔑するわけにはゆかないようだったので）、こまやかに尋ね問ふ。「申すに付けて（こう申しますのは）、いと異様《ことやう》には侍れど、ある所の[四]なま女房を相ひ語らひて（若女房と深い関係になって）、物すがせなんどし侍りし程に（身のまわりの世話などをさせておりましたが）、はからざるほかに[五]ただならずなりて、此の月に（〔出産予定日が〕）まかり当りて侍るを、『偏《ひとへ》に我があやまちなれば、殊更こもりゐて侍らむ程（〔その後はともかく彼女が〕動けない間だけは）、彼が命つぐばかりの物あたへ侍らばや（生きてゆくのに必要なだけの物を与えたいものだ）』と思ひ給へ[六]るが、いかにもいかにも（どうにもこうにも）、力及び侍らねば、もし、[七]御あはれみや侍るとてなむ」と云ふ。事の起りは、げにと覚えずなれど（納得できなかったが）、「さこそ思ふらめ（無理もないことだ）」といとほしく覚えて、「いとやすき事にこそ」とて、おしはからひて（適当な分量の食料を用意して）、人一人《いちにん》に持たせて、そへて取ら

一　藤原（葉室）顕能。顕隆の子。正四位下、右衛門権佐《ごんのすけ》。保延五年（一一三九）没、三十三歳。彼が美作守であったことは、その子顕真の所伝に見える。「前美作守藤原顕能息」（『天台座主《ざす》記』）。
二　京都市西部の山地。特に、大原野とその周辺をいう。念仏聖の多くいた土地。
三　「と」の字、底本には濁点がある。『…ありて』なんど（など）」かもしれない。神宮本『…侍りて』など云ふ」。
四　若く未熟な女房。この「なま」は「なまめく」の「なま」と同じ語。
五　妊娠を婉曲《えんきょく》に言う表現。
六　存じておりますが。「給へる」は「給ふる」（下二段連体形）とあるべきところ。次頁二行にも見える。
七　同情していただけるかもしれないと思って（参りました）。

せんとす。此の僧の云ふ様《やう》、「かたがた《いろいろな点で》きはめて[八]つつましく侍り。殊更そことは知られじと思ひ給へ《私のすみかの場所は知られたくないと存じます》るなり。自ら持ちてまからん《行きましょう》」とて、持たるる《持てるだけ持って》ほど負うて出でぬ。

主、なほあやしく思ひて、左様のかたに[九]云ふかひなき者を付けて《追跡させ》やる《た》。様をやつして、見かくれに《見え隠れに》行きける程に、[一〇]北山の奥にはるばると分け入りて、人も通はぬ深谷に入りにけり。[一一]一間《いつけん》ばかりなるあやしき柴の庵《いほり》の内に入りて、物うち並べて、「あな苦し。[一二]三宝の助《助け》けなれば《があったので》、[一三]安居《あんご》の食《じき》もまうけたり」と独りうち云うて、足うち洗ひてしづまりぬ《沈黙した》。此の使ひ、「いとめづらかにもあるかな《珍しいことよ》」と聞きけり。日暮れて、こよひ帰るべくもあらねば《〔主人のもとへ〕帰れそうにもないので》、木蔭にやはら《しずかに》隠れ居にけり。

美作守、僧に消息を送る

夜ふくる程に、[一四]法華経を夜もすがら読み奉る声、いとたふとくて、泪《なみだ》もとどまらず。明くるや《夜が明けるとすぐに》おそしと立ち帰りて、主に、ありつる様《〔昨夜の〕一部始終》を聞こえければ《をご報告すると》、〔主は〕驚きながら、「[一五]さればよ、ただ者には非《あら》ずと見き」

八 「つつむ」(隠す)の形容詞化。気が引ける。恥ずかしい。

九 「云ふかひなし」は言うにたりない、役に立たない、などの意なので文意不明。(もし、その庵を見られても)僧が恥じるほどの相手ではない、と訳すことも不可能ではないかもしれないが、神宮本の「かやうの事に意得たる者」の方がわかりやすい。『古事談』は「物に心得たる雑色《ざふしき》」。

一〇 京都市の北方の山々。

一一 一間四方。約二畳敷の大きさの庵ということになる。一間の長さは時代によってちがうが、この話の時代は六尺五寸(約一・九七メートル)。

一二 仏・法・僧という三種の宝。

一三 四月十五日から七月十五日まで九十日間、一定の場所にこもってする修行。夏安居《げあんご》。

一四 『妙法蓮華経』の略称。二十八品《ほん》。普通行われるのは後秦の鳩摩羅什《くまらじゆう》訳の八巻本。天台宗の根本経典としてわが国にはかり知れぬ影響を与えた。『発心集』にも、以下の部分に頻出、これを常に読誦《どくじゆ》した者(持経者)たちの動静を伝えている。

一五 予想が当った時に発する語。思ったとおりだ。

とて、重ねて消息《手紙》をやる。「[一]思ひかけず、安居の御料と承る。しかあらば、一日《ひとひ》の物は《昨日の物は》少なくこそ侍らめ。此れを奉る。なほも入らむ《必要な》事候はば、必ずのたまはせよ《おっしゃって下さい》」と云はせたりければ、経うち読みて、何とも返事《へんじ》云はざりけり。[二]とばかり待ちかねて、物をば庵の前に取り並べて帰りぬ。

僧、姿を隠す

日来《ひごろ》経て、「さても、ありつる《例の》僧こそ不審なりけれ」とて、[三]おとづれたりけれど、其の庵には人も無くて、前《さき》に得たりし物をば、外《ほか》へ持ち去《い》にけるとおぼしくて、後の贈り物をば、さながら《そっくりそのまま》置きたりければ、鳥・けだもの食ひ散らしたるやうにて、ここかしこにこぼれ散りてぞありける。

実《まこと》に道心ある人は、かく、[四]我が身の徳を隠さむと、過《とが》をあらはして、貴《たつと》まれん事を恐るるなり。もし《かりに》、人、世を遁《のが》れたれども、「い《見事》みじくそむけり《に遁世した》」と云はれん《言われよう》、貴《たふと》く行ふよしを聞かれんと思へば、世俗の名聞《みやうもん》[五]よりも甚し。

一 意外なことに、昨日ご所望になったのは、安居《あんご》の期間に召し上る物だそうですね。ここの「御料」は、食物の敬語。

二 しばらくたって待ちきれなく思って。『古事談』には「数刻に成りければ」とある。

三 ここの主語が主人と使いの者とのいずれであるか本文からははっきりしない。『沙石集』所収説話によれば、使いの者のようである。

四 自分の徳を隠すために、わざと罪深い行為を見せて。『閑居友』上・三に「止観の中には、徳をつづめ、きずをあらはし、狂をあげ、実を隠せと云ひ」云々と見える。同書も言うように、『摩訶止観《まかしかん》』(隋の智顗《ちぎ》述、灌頂筆録。天台三大部の一つ)の教え(特にその巻七・下)の祖述。

五 名誉ある評判。名声。

此の故に、六ある経に、「七出世《出家の》の名聞は、譬《たと》へば、血を以て血を洗ふが如し」と説《と》けり。本《もと》の血は洗はれて、落ちもやすらん《落ちもしようか》、知らず。今の血は、大きにけがす。愚かなるに非ずや。

六 神宮本に「瑜伽論《ゆが》」（『瑜伽師地論《ゆがしじろん》』）と明示するが、同書にこの句は見えない。

七 出家するとは名聞を超越することのはずなのに、出家者としての名聞を求めるのは矛盾も甚しい。血で血の汚れを洗おうとするようなもので無意味である、との意。

発心集 第二

一 安居院聖、京中に行く時、隠居の僧に値《あ》ふ事

近比《ちかごろ》、安居院《あぐゐ》[一]に住む聖ありけり。なすべき事有つて、京へ出でける道に、大路《おほぢ》[二]つらなる井のかたはらに、下主《げす》の尼（卑しい尼で）の物洗ふ有りけり。此の聖を見て、「ここに、人のあひ奉らむと侍るなり（ある人がお目にかかりたがっております）」と云ふ。「誰と申すぞ」と云へば、「今、対面で（対面して）そのたまはせむずらむ[三]」と云ひて、「只、きと（ちょっと）立ち入り給へ」と切々に云ひければ、思ひながら（〔いぶかしく〕思ったが）、尼を前《さき》に立てて行き入つて見れば、はるかに奥深なる家のちひさく造れるに、年たけたる僧一人《いちにん》あり。

隠居独行の僧の願い

一 比叡山東塔竹林院の里坊。洛外、一条大路からは約八百メートル北（今の京都市上京区大宮寺之内）にあった。院政期に、澄《ちょう》憲《けん》・聖覚《しょうかく》らが住んで安居院流の教学・唱導を広めたことで有名。読みは「あごいん」「あくいん」などともいうが、「あぐい」が通用。底本の振仮名は、章題「あくいん」、本文一行「あぐい」。

隠居の僧、安居院聖に死後のことを頼む

二 大通りに面した場所。「大路」は都の東西・南北に直行していた広い道（最小のものでも幅約二四メートル）。中世までの読みは多く「おほぢ」。底本は「ち」に濁点がある。

三 （直接その方が）おっしゃるでしょう。「のたまはす」は「のたまふ」に尊敬助動詞の付いた形で、「言ふ」などの最高敬語。

其の云ふ事を聞けば、「未だ知りたてまつらざるに《初対面の間柄なのに》、申す《〔こんなことを〕》はうちつけ《ぶしつけ》なれど、かくて形の如く後世《ごせ》のつとめを仕《つかまつ》りて侍りつれど、知れる人も無ければ、善知識[四]も無し。又、罷り隠れけん後は《死んだ後は》[五]、とかく[六]すべき人も覚え侍らぬにより《思い当りませんので》て、『誰にても、後世者《ごせしゃ》[七]と見ゆる人過ぎ給はば《通りがかられたら》、必ず呼び奉れ』と、うはの空に《気もそぞろになって》申して侍りつるなり。さて、もしうけひき給はば[八]、あやしげなれども《みすぼらしい住まいですが》、跡に残るべき人もなし、譲りたてまつらん《〔これを〕》と思ひ給へるなり。其れにとつて《ところで》、かくて《〔私は〕》侍るを、悪しくも侍らず《〔これも〕悪くありません》[九]。[一〇]中々しづかに侍るを、隣りに検非違使《けんびゐし》[一一]の侍りつる間に、罪人を責め問へる音なんどの聞こえてうるさく侍りつれば、罷《まか》り去りなばや《立ち去りたい》、と思ひ給はれど[一二]、さても、いくほどもあるまじき身を《〔余命が〕あまりないはずの》、となむ思ひわづらひ侍る」なんど、こまやかに語る。

此の聖、「かやうに承《うけたま》るは、さるべきにこそ《因縁によるのでしょう》。のたまはする事は、いとやすき事に侍り」とて、浅からず契《ちぎ》りて、おぼつかなからぬ程に《〔相手が〕不安に思わない程度の間隔で》行き訪《とぶら》ひつつ過ぎけり《過していた》。

四 仏道への導き手もありません。
五 過去推量の「けん」を未来推量に用いている。
六 死後の諸事を処理してくれる人。
七 極楽往生を願う者の意で、遁世者・聖の類をさす。
八 承知なさるならば。底本「うちひき」(「うちひく」はいじめる、また、引きずる意)。文意が通らず、「ケ」を「チ」に誤ったと思われるので、寛文本により訂正。神宮本は「承引し」。
九 神宮本の「侍るも」の方が前後の通りがよい。
一〇 (通りからかなりひっこんだ不便な環境であるが)それがかえって閑静でよいということを言っているか。あるいは、この「中々」は現代語の場合同様に、「すこぶる」の意か。「を」は逆接で、「…けれど」の意。
一一 「けんびいし」「けんぴいし」「けいびいし」とも。撥音無表記から誤解されて、後世普通「けびいし」と読まれる。都の治安維持を主要職務とした役人。絶大な権限を持ち、しばしば暴慢な振舞いがあったが、中世以後武家勢力の進出によって有名無実化し、廃絶に至った。
一二 「思ひ給ふれど」が正しい。寛文本は「思ひ給へれど」、神宮本は「思へども」。

僧の入滅と尼の相続

其の後、いくほどなく《まもなく》隠れける時、〔聖はその場に〕本意のごとく行きあひて《行きあわせて》、是《これ》を見あつかふ《世話してやった》。弥勒《みろく》[一]の持者なりければ、其の名号《みやうがう》を唱へ、真言[二]なんど満《み》てて、臨終思ふやうにて終りにけり。〔故人が〕云ひしが如く、とかくの事《亡き後の諸事》なんど《について》、又口入れする人もなし《他に干渉する人もいなかった》。されど、此の家をば、其の尼になむ取らせたりける。

尼、故人の委細を知らず

さて、彼《か》の尼に、「いかなる人にておはせしぞ。又、何事の縁にて世をば渡り給ひしぞ《暮していらっしゃったのですか》」なんどと問ひければ、「我も、委《くは》しき事はえ知り侍らず。思ひがけぬゆかりにて、つきたてまつりて《おそばにいて》、年来《としごろ》つかうまつりつれど《お仕えしましたが》、誰とか申しけむ[三]。又、知れる人の尋ね侍るも無かりき。唯、つくづくとひとりのみおはせしに《淋しそうに》、時料《じれう》[四]は、二人が程《二人分を》を、誰人《たれひと》とも知らぬ人の、失《う》[五]する程をはからひてなむ罷《まか》り過ぎし」とぞ語りける。

是も、様有りける人《いわれのある人だったのだろう》にこそ。

一 弥勒菩薩を本尊として尊崇し、その浄土たる兜率《とそつ》天《てん》への往生を願う修行者。弥勒の行者。

二 弥勒を讃える呪文などを十分唱えて。

＊ 弥勒は釈迦に代る仏としてやがて出現して末世の衆生を救うとされた菩薩。これへの信仰は、上代日本に渡来し、末法思想の浸透とともに各階層の間に広まった。兜率往生への祈願を中心とする信仰は、阿弥陀の極楽への往生を念ずる信仰と対置されるほどの隆盛を示したが、その後格別の展開・深化がなかったので一般には忘れられるに至った。

三 何というお名前だったか（わかりません）。

四 四季折りおりの生活に要する金品。ときりょう。

五 前回の時料がなくなる時分を見はからって持ってきてくれるというわけで、過してきました。この部分、神宮本は次のように、より具体的である。「失する程を計《はかつ》て打ち入るるが如くして罷りしかば」。

二　禅林寺永観《えいくわん》律師の事

六永観律師と云ふ人ありけり。年来《としごろ》念仏の志深く、名利《みやうり》を思はず、世捨てたるが如くなりけれど、さすがに、あはれにも《感動的なことに》、つかまつり《お仕えしてかか》知れる人を《わりのあった人を》忘れざりければ、殊更、深山《〔への退隠〕》を求むる事もなかりけり。七東山禅林寺と云ふ処に籠居《ろうきよ》しつつ、八人に物を貸してなむ、日を送る九はかり事に《〔布教の〕方便としていた》しける。借る時も返す時も、唯、来たる人の心にまかせて沙汰《処理》しければ、中々《かえって》、仏の物をとて、聊《いささ》かも不法の事は《〔誰も〕》せざりけり。いたくまづしき者の返さぬをば《返済しない者を》、前に呼びよせて、《〔その者が借りた〕》物の程に随《したが》ひて念仏を申させてぞあがはせける《つぐなわせるのであった》。

一〇東大寺の一一別当のあきたりけるに《欠員になった時に》、一二白河院《しらかはのゐん》、此の人を《〔別当に〕》なし給ふ。聞く人、耳を驚かして、「よも、うけとらじ《承知すまい》」と云ふ程に、一三いなひ申す事なかりけり《辞退申し上げることはなかった》。

浄土宗八祖の一人

＊本章の諸説話、『私聚百因縁集』八・五に見え、部分的には多くの書物中の記事と共通する。

六「えいかん」とも。源国経《くにつね》の子。禅林寺で出家、奈良で南都諸宗を修学して、浄土信仰に帰した。禅林寺中興の祖、浄土宗八祖の一人（他は唐の五祖と恵心・法然）とされる。主著『往生拾因』『往生講式』。長承元年（一一三二）没、七十九歳（八十歳とも）。

物を貸し、念仏をもって贖《あがな》わす

七 京都市左京区永観堂町にある浄土宗の寺。斉衡《さいこう》二年（八五五）創建、後に永観が入寺して念仏の道場として世に知られた。通称「永観堂」。

八『古事談』三「永観の出挙」に、永観が時料の米を人に貸し与えた話が見える。

九 底本「ばかり事《ごと》」。あるいは、…日を送ることだけを仕事とした、の意か。

一〇 本段の出来事は『拾遺往生伝』下にも見える。なお、永観が東大寺別当に任じられたのは、康和《こうわ》二年（一一〇〇）五月で、寺務わずか二年を経た康和四年に退任した（『東大寺別当次第』その他）。

東大寺別当に請じられる

一一 寺務を総轄《そうかつ》する僧官。勅命により太政官が任命。

一二 第七二代天皇。当時、院政をしいていた。

一三「いなひ」「いなび」両形あったか。

其の時、年来《としごろ》の弟子、つかはれし人なんど、我も我もと争ひて、一東大寺の庄園を望みにけれども、一所《いっしょ》も、人のかへりみにもせず《個人の世話に使うこともなく》して、皆、二寺の修理《しゅり》の用途《費用》に寄せられたりける。みづから本寺《この寺》に行き向ふ時には、異様《ことやう》なる馬に乗つて、かしこにいるべき程の時料《じれう》《そこで必要なだけの物資を》、小法師に持たせてぞ入りける。

かくしつつ、三三年の内に修理事をはりて、則ち《すぐに》辞し申す。君《白河院》、又とかくの仰せ《留任などのご命令も》もなくて、四異人《ことひと》をなされにけり《後任になさった》。よくよく人《お二人が》の心を合はせたるしわざの様なりければ、時の人は、「寺の破《やぶ》れたる事を、此の人ならでは《以外には》、心やすく沙汰すべき人も無し《安心して任せられる人もいない》、とおぼしめして〔白河院が〕仰せ付けけるを、律師も心得給ひたりけるなむめり五」とぞ云ひける。深く罪を恐れける故に、年来、寺の事行ひけれど、寺物《じもつ》を露ばかりも自用の事なくてやみにけり《自分のために使うことがなかった》。

此の禅林寺に梅の木六あり。実《み》なる比《ころ》になりぬれば、此れをあだに《むだに》散らさず、年ごとに取つて、七薬王寺と云ふ処に多かる病人に、日々《にちにち》

一 東大寺は上代以来、広大な封戸《ふこ》・寺田《じでん》を所有していたが、それらが徐々に荘園化し、運営の基盤となっていた。

二 永観在任中に修理されたのは、七重塔・食堂《じきどう》・登廊・廻廊・楽門など（『東大寺別当次第』）。

寺の修理終って辞任

三 正確には満二年。なお、東大寺別当の任期は、普通四年であったが、前々任の慶信は二十年、前任の経範は五年、後任の勝覚は十四年（『東大寺別当次第』）など、寺務の長期にわたる者が多かった。

四 法眼勝覚をさす。着任は長治元年（一一〇四）、永観の辞任後二年間、別当職は補われなかった。

五 「なるめり」の音便化した「なんめり」（普通「ん」は無表記）をこのように書いたもの。

六 現在も禅林寺の本堂のかたわらに「悲田梅」と称する梅の木が見られる。

悲田梅の由来

七 『山城名跡志』に「薬王寺不詳。或る記云はく、古《いにしへ》、悲田院の傍にあり」とあるが、次頁一行に出る梅の通称から、「薬王寺」は悲田院《ひでんいん》の異称かとも思われる。悲田院は、病人・孤児を収容した厚生施設。当時、今の京都市上京区堀川鞍馬口の大応寺の地にあった。『拾芥抄《しゅうがいしょう》』によると、施薬院の別所だったという。

八 底本の振仮名は「ひでんはい」。神宮本は「悲田

の梅」。
九　枯れ枯れとした姿で。「かじく」は、古くは「かしく」。生気がなくなる意。『日葡辞書』の同語の用例に、「ハナモ　ワヅカニ　コダチモ　カシケタツ　発心集」とある。ここの「華も」以下の異文であろう。
一〇　中国から渡来の計算器。算盤《さんばん》の上に算棒を置き並べて計算をした。

算を置き、念仏の数を数える

一一　金品を貸し付けて利息を取ったこと。本章第一段の記述をうけたもの。すいこ。
一二　（出挙《すいこ》でもうけもせず）つましい暮しをなさっていると聞いていたのに。
一三　念仏の回数を計量し、その数が功徳《くどく》の深さを証して百万遍念仏をすれば往生することを得るというような思想があった。一種の流行で、それほど珍しい話ではないので、「さまで…」と書いているのである。
＊　白河院や関白忠実《ただざね》など権力者に信頼され、一方では浄土思想の民間流布にあずかるところ大きかった永観の二面性と、その二面性ゆえに人の誤解を招くこともあったが、誤解のとけた後には人々の旧に倍する尊敬の念を集めた人柄を伝える一章である。その行間から、本質的には孤独だった彼の淋しさ、時世に対して無言のうちに持っていたであろう批判意識などを感ずることもできる。なお、神宮本は、この頁四行以下の段を欠くが、底本に見られないいくつかの逸話を伝える。

と云ふばかりに《毎日と言ってよいほど》施させられければ、あたりの人、此の木を「[八]悲田《ひでん》梅《ばい》」とぞ名づけたりける。今も、ことのほかに古木になりて、華もわづかに咲き、木立《こだち》もかじけ[九]つつ、昔の形見に残りて侍るとぞ。

或る時、彼《か》の堂に客人《きやくじん》のまうで来たりけるに、算[一〇]をいくらともなく置きひろげて、人には目もえかけざりければ《見むきもしなかったので》、客人の思ふ様《やう》、「律師は[一一]出挙《しゆつきよ》をして[一二]命つぐばかりを事にし給へりと聞くに、あはせて《〔実は〕それどころか》其の利の程数へ給ふにこそ」と見ゐる程に、置きはてて、取りをさめて対面せらる。其の時、「算置き給ひつるは、何の御用ぞ」と問ひければ、「年来申し《唱えて蓄積した》あつめたる念仏の数の、おぼつかなくて《気になったので〔数えたのです〕》」とぞ答へられける。

[一三]さまで《大して》驚くべき事ならねど、主《ぬし》からに《話の主が主だけに》、貴く覚えし。後に人の語りけるなり。

三　内記《ないき》入道《にふだう》寂心《じやくしん》の事

一村上の御代に、二内記入道寂心と云ふ人ありけり。そのかみ《昔》、宮仕《宮中に》へける時より《仕えていた時から》、心に仏道を望み願うて、事にふれて《何事につけても》あはれみ深くなんありける。

三大内記《だいないき》にて、註《しる》すべき事あつて《筆をとる仕事があって》内《宮中へ》へ参りけるに、四左衛門の陣の方に、女の涙を流して泣き立てるあり。「何事によりて泣くぞ」と問ひければ、「主の使ひにて、五石の帯を人に借りて持ちて罷《まか》りつる道に、落して侍れば、主にも重く誡《いまし》められむずらん《叱られると思います》。さばかり《これほどの》の大事の物を失ひたる悲しさに、帰る空もおぼえず《帰る気にもならず》、思ひやる方なくて《「といって他に」あてもなくて》」となむ云ふ。心の内にはかるに、「実《げ》にさぞ思ふらん」といとほしうて、我が差したる《結んでいた》帯解きて、取らせてげり。六（女）七「もとの帯にあらね

慶滋《よししげの》保胤《やすたね》のやさしさ

＊本章の説話のうち九五頁七行〜九六頁四行以外は『今鏡』九の保胤伝に見え、順序も一致する。

一　第六二代天皇。その治世は天慶《てんぎやう》九年（九四六）〜康《こう》保《ほう》四年（九六七）。

二　俗名、慶滋保胤。賀茂忠行の第二子。後に「慶滋」と改姓、菅原文時の門に学ぶ。寛和二年（九八六）出家し、「寂心」と号した。漢詩文に佳作が多い。『日本往生極楽記』の著がある。保胤の『池亭記《ちていき》』は『方丈記』の構想・表現などに深い影響を与えた。長保四年（一〇〇二）没、六十余歳。

女に同情し帯を与える

三　中務省所属の内記所（公文書の作成、宮中の記録などを司《つかさど》る）の構成員の一つ。定員二名。

四　左衛門府の役人の詰所。建春門に設けられていた。

五　束帯着用の時に、袍《ほう》（上着）の腰をしめる革帯。石帯《せきたい》。

六　「てんげり」（六二頁注三参照）の「ん」の無表記。

七　石帯は、身分や使用する儀式の軽重によって装飾などに差があり、保胤が与えた帯で用を足せるとは限らない。

八　謝罪・懇願などの気持を表す動作。もみ手をする。

ど、むなしう失うて《なくして手ぶらで帰って》、申す方なからんよりも《弁解のことばもないのよりも》、是《これ》を持ちて罷りたらむは、おのづから罪もよろしからん《もしかすると叱られ方も軽いかもしれません》」とて、手[八]をすり、喜びて罷りにけり。

さて、方角《はうかく》[九]に帯もなくて、〔保胤が〕隠れゐたりける程に、事始《行事》まりにければ、「おそしおそし」と催されて《催促されて》、異人《ことひと》の帯を借りて、其の公事《くじ》[一〇]をば勤めける。

中務《なかつかさ》[一一]の宮の、文《ふみ》習ひ給ひける時も、少し教へ奉りては、ひまひまに目をひさきつつ《つぶってては》、常に仏をぞ念じ奉りける。

馬を憐れむ

ある時、彼の宮《中務の宮》より、馬を給はらせたりければ、乗りて参りける。道の間、堂塔の類《たぐ》ひは云はず《もちろん》、いささか卒都婆《そとば》一本ある処には、必ず馬より下りて、恭敬《くぎやう》・礼拝《らいはい》し、又、草の見ゆる処ごとに、馬のはみとまる《〔それを〕馬が食うために止ると》に、心にまかせつつ、こなたかなたへ《〔馬の行く方角に〕》行く程に、日たけて[一二]、朝に家を出づる人、未《ひつじ》[一三]・申《さる》の時までになむなりにけり[一四]。舎人《とねり》[一五]、いみじく心つきなく《不愉快になって》覚えて、馬を荒《あら》らかに打ちたりければ、〔保胤は〕涙を流し、

＊ 数多い保胤の説話は、彼の感じやすさ、その結果としての涙によって特徴づけられる。特に、広く禽獣にまで及んだという慈悲心は有名で、『続本朝往生伝』によれば、死後に現世の衆生を救うべく、浄土から娑婆に帰還した夢を人が見たという。

九 振仮名は底本のまま。（彼が赴く）方面の意かとも思われるが、神宮本に「片た角《すみ》」とあるので、「かたすみ（片隅）」の当て字「方角」を音読したものか。

一〇 公的な用事。任務。

一一 具平《ともひら》親王。村上天皇の第七皇子。二品中務卿《にほんなかつかさきやう》だったので「中務の宮」「後の中書王」（同じく中務の宮であった醍醐天皇皇子兼明親王と区別して）などと呼ばれ、和歌・漢詩文に堪能で知られる。寛弘六年（一〇〇九）没、四十六歳。その系統は村上源氏として繁栄した。

＊ 以下の一段、『今昔物語集』十九・三中に、より具体的に見える。

一二『今昔物語集』に「時中（二時間以内）に行くべき道を、卯の時より（午前六時頃出発して）、申《さる》の時の下る程（午後五時すぎ）にぞ、六条の宮にや着きたりける」とある。

一三「未」は午後二時、「申」は同四時。また、それぞれその前後二時間。

一四 係結びで正しくは「ける」。

一五 馬の口取りの男。

一 振仮名は底本のまま。この語、「ふぼ」「ふうぼ」「ぶも」など多様な読み方があるが、「ぶほ」は他史料に例を見ない。あるいは誤りか。

二 保胤の代表作。『本朝文粋《ほんちようもんずい》』十二所収。彼の新居をめぐり、生活と思想を述べる。『方丈記』はその影響を受けた。天元五年（九八二）成立。その文中に「晋朝の七賢異代の友たるは、身は朝に在りて志は隠に在るを以てなり」とある。

三 俗人として世にあるが。「あした」は「朝《ちよう》」を訓読したもので、ここは朝廷・俗世の意。

四 比叡山中の北部にあり、三塔の一つ。源信を中心として、当時浄土思想の中枢の地であった。なお、保胤（当時五十余歳）の入山は源信の『往生要集』成立の翌年に当る。

五 増賀。六〇頁注二参照。増賀が保胤（寂心）を教えた話は、『私聚百因縁集』八・三の彼の伝に見える。同書によれば、当時増賀は飯室（横川の東南にあった別所）にいたという。

六 「教ふ」の変化したもの。中世に例が少なくない。

七 『摩訶止観《まかしかん》』一・上の冒頭の一文八字を訓読したもの。この訓法には八種の口伝《くでん》があるが、底本の形はどれとも一致しない（源信が保胤に授けたという恵心《えしん》点は「止観明静、前代未だ聞かず」、増賀の訓点は「止観明静なることを、前代未だ聞かず」という）。「止観」は、心の散乱を止め、精神を集中して仏法を観ずるこ

横川に上り増賀の教えを受ける

声を立てて泣き悲しみて云はく、「多かる畜生《ちくしやう》の中に、かく近付く事は、深き宿縁《前世からの縁》にあらずや。過去《〔この馬は〕》の父母《ぶほ》[一]にもやあるらん《父か母であったかもしれない》。いかに《何という》大きなる罪をば作るぞと、いと悲しき事なり」と、驚きさわぎければ、舎人《とねり》、云ふはかりなくて《返す言葉もなくて》、まかりてぞ立ち帰りける《ひまを取って帰ってしまうのであった》。

かやうの心なりければ、池亭記[二]とて書きおきたる文《ふみ》にも、「身は朝《あした》[三]にありて、心は隠《かげ》にあり」とぞ侍るなる《あるそうです》。

年たけて後、頭《かしら》おろして《剃髪して》、横川《よかは》[四]に上り、法文《ほふもん》習ひけるに、僧賀[五]上人、未だ横川に住み給ひける程に、是を《保胤を》教ゆ[六]とて、「止観[七]の明静《みやうじやう》なること、前代未だ聞かず」と読まるるに、此の入道ただ泣きに泣く。聖、「さる心にて《〔お前のような〕初心の身で》、かくやはいつしか泣くべき《感動して泣くなどとは僭越だ》。あな愛敬《あいぎやう》なの僧の《小憎らしい》道心や」とて、こぶしをにぎりて打ち給ひければ《〔保胤を〕》、「我[八]も人もこそ」と、まかりて立ちにけり《〔聖は〕その場を立ち去った》。程へて、「さてしもやは侍るべき《今度はあの時とはちがうつもりです》。此の文うけたてまつらん《伝授していただきたく存じます》」と云ふ。さらばと思うて読まるるに《〔聖が〕》、前《さき》の如く泣く。又、はしたなくさいなまるる程に《〔聖が〕ひどく叱りつけられたので》、後《〔保胤は〕》の詞《ことば》も聞かで止みに

けり。

日比《ひごろ》へて、なほこりずまに〔こりもせずに〕、御気色《おんきしよく》取りて〔ご機嫌うかがいして〕、恐れ恐れうけ申しけるにも〔恐る恐る伝授を願い出た時にも〕、ただ同じ様にいとど〔一層激しく〕泣きける時、其の聖も涙をこぼして、「実《まこと》に、深き御法《みのり》のたふとく覚ゆるにこそ」とあはれがりて、静かに授けられける。

保胤のその後

九かくしつつ、やむごとなく、徳いたりにければ、一〇御堂の入道殿も御戒《おんかい》なんど受け給ひけり。

さて、聖人往生しける時は、一一御諷誦《おんふじゆ》なんどし給ひて、一二さらし布百千《ひやくせん》たまはせける。一三請文《しやうもん》には、一四三河入道秀句《しうく》書きとめたりけるとぞ〔すぐれた句を書き残したという〕。

一五昔は隋の煬帝《やうてい》の智者に報ぜし千僧《せんそう》ひとりをあまし、今は左丞《さしよう》相《じやう》の寂公《じやくこう》を訪《とぶら》ふ。さらし布百千《ももち》に満てり。

とぞ書かれたりける。

と。『摩訶止観』によってその原理・方法などが体系的に説かれ、天台宗で重視される。

八 この個所難解。誤脱があるか。私も私だがお前もお前だ、の意か。神宮本「我も人も事にがりて」。

＊ 増賀は佯狂《ようきよう》・偽悪を事とした聖（『発心集』一・五など）なので、保胤の涙に、偽善を感じて怒った（説話作者はそのように理解した）のであろう。

九 以下二段、『本朝文粋』十四巻末の「左相府（藤原道長）、寂心上人の為に修する四十九日の諷誦文《ふじゆもん》」「同じき請文　噠親《だつしん》の物を請くる事」（ともに筆者は大《おお》江匡衡《えのまさひら》）の内容に対応する。

一〇 藤原道長。注九で触れた諷誦文に、「故寂心上人は、弟子に於て授戒の師也」とある。

一一 諷誦（「ふうじゅ」とも）は「諷誦文」の略で、故人の追善のために、施物《せもつ》を記して僧に誦経《ずきよう》を頼む文。

一二 注九言及の諷誦文に「信濃布百端」とある。信濃布はシナノキの樹皮の繊維を原料とする、粗《あら》い布。「端」（「反」とも）は衣料一着分の布。

一三 諷誦文に対し、承諾の意を述べる文。

一四 寂照。次頁注一参照。

一五 『新撰朗詠集』下「僧」にも収録。昔、隋の煬帝が千人の僧に食事を供したが、智者（智顗《ちぎ》。天台宗の開祖）の化身がそれを受けたため、一人分足りなかったという。が、今、左大臣（道長）が寂心の往生に際して寄せた晒布は百千に達した、の意。

四　三河聖人寂照《じやくせう》、入唐《につたう》往生の事

一三河の聖と云ふは、大江定基《おほえのさだもと》と云ふ博士二、是なり。三河守《みかはのかみ》になりたりける時、もとの妻《め》を捨てて、三たぐひなく覚えける女を相ひ具してくだりける程に（たとえようもなくすばらしく思えた女を伴って）、国にて、女、病を受けて、つひにはかなくなりにければ（死んでしまったので）、嘆き悲しむ事限りなし。恋慕のあまりに、取り捨つるわざもせず（野辺の送りもせず）、日比《ひごろ》経るままに、成り行くさまを見るに（死体の変化していく様子を）、いとどうき世のいとはしさ思ひ知られて、四心を発《おこ》したりけるなり。

かしらおろして後、乞食しありきけるに、「我が道心は実《まこと》に発りたるやとこころみん」（本心からおこったものか試してみよう）とて、妻《つま》のもとへ行きて物を乞ひければ、女、これを見て、「我にうき目見せし報ひに（私を不幸にさせた報いに）かかれとこそは思ひしか」（おちぶれろと思ったが〔それが実現するとは〕）とて、うらみをして向ひたりけるが、五何とも覚えざりければ、「御《おか》

入唐聖の発心から往生まで

一 俗名大江定基。斉光の次男。従五位下、三河守。寛和二年（九八六）寂心について出家。寂照と号した。叡山に上り、源信らの教を受ける。入宋《につそう》し、三十二年その地にあり、長元七年（一〇三四）杭州で没、年齢未詳（七十三歳かともいう）。彼の所伝はすこぶる有名で諸書に語られている。

＊ 以下の発心説話は多数の書に見えるが、特に『今昔物語集』十九・二、『宇治拾遺物語』四・七に詳しい。

愛人に先立たれて発心

二 文章博士《もんじようはかせ》。大学寮の教官で定員二名、菅原・大江の二家が独占していた。定基の兄為基はこの職にあったが定基がその任を受けた確証を見ない。（『今鏡』九に「その三河の聖も博士におはして」とあり、『尊卑《そんぴ》分脈《ぶんみやく》』に「徳明博士」とある）。

三 『源平盛衰記』七「近江石塔寺の事」、『三国伝記』十一・二十四によると、赤坂（三河の国府の近隣の宿）の遊女力寿。これが正しいとすれば、本文に（都から、愛人を）「相ひ具してくだりける」云々とあるのは誤り。

道心を試《ため》すべく前妻に会う

四 定基の出家は寛和二年六月。当時、彼は二十代半ばであった。

五 修行の結果、屈辱感や怒りなどで心の散乱することがなかったさまを示す。

徳に仏になりなむずる事」とて、[六]手をすり、悦《よろこ》びて出でにけり。

げで仏心を得ることができそうだ

諸師に就く

さて、かの内記[七]の聖の弟子になりて、東山[八]如意輪寺に住む。その後、横川に上りて、源信僧都にあひ奉りてぞ、深き法《みのり》をば習ひける。

入唐と往生

かくて、終《つひ》に唐[九]へ渡つて、云ひしらぬ験《しるし》[一〇]どもあらはしたりければ、大師《だいし》の名を得て、円通大師と申しける。往生しけるに、仏の御迎ひの楽《がく》を聞きて、詩を作り、歌を読まれたりける由《よし》、唐[一一]より注《しる》しおくりて侍り。

表現もできない

書いた物が渡来しています

[一二]笙歌《せいか》遥《カニ》聞《フ》孤雲《ノ》上　聖衆《しやうじゅ》来迎《ス》落日《ノ》前

[一三]雲の上にはるかに楽のおとすなり
人や聞くらんひが耳かもし

六 九四頁注八参照。

七 寂心。九四頁注二参照。

八 いわゆる東山三十六峰北端の如意ヶ岳一帯にあった園城寺《おんじょうじ》の別院。十世紀後半の創建か。如意寺とも。寂心が住み、ここで入滅したことは『続本朝往生伝』に見える。

九 王朝の名ではなく、ここは中国の古称。当時は宋。

一〇 奇蹟。鉢を飛ばす秘法で人を驚嘆させた話（『続本朝往生伝』、『今昔物語集』十九・二、『宇治拾遺物語』十三・十二など）をさす。

一一 『今昔物語集』十九・十二に、「此の事ども（寂照説話）は、寂照の弟子に念救《ねんぐ》と云ふ僧の、ともに行きたりけるが、此の国に返りて語り伝へたる也」とある。

一二 「笙歌」（「せいが」とも）は、来迎《らいこう》の菩薩の奏する笙《しょう》の音。「聞フ」はハ行に活用（普通はヤ行下二段）の例。この詩、『宝物集』（九巻本では巻八）によれば「茅屋《ぼうおく》人無し病を扶《たす》けて起き、香炉火有りて西に向ひて眠る」という前半を持つ（ただし、その二句『新撰朗詠集』下「僧」に保胤の作として掲出。『十訓抄』十に「笙歌…」について「但し、此の詩、保胤作れりともいふ、尋ぬべし」とあるのとともに問題が残る）。

一三 はるか遠く、雲上に音楽が聞えてくるようだ。他の人も聞いているだろうか、それとも私の聞きちがいだろうか。「なり」は音声による推定をいう助動詞。この歌、『袋草紙』上に、第四句「人にとはばや」の形で見える。

五　仙命《せんみやう》上人の事
并　覚尊《かくそん》上人の事

近き比《ころ》、[一]山に[二]仙命聖人とて貴き人ありけり。其の勤め、[三]理観を旨《むね》として、常に念仏をぞ申しける。

ある時、持仏堂にて[四]観念する間に、空に音《こゑ》ありて、「あはれ、貴き事をのみ観じ給ふものかな」と云ふ。あやしみて、「誰《た》そ、かくはのたまふぞ《そうおっしゃるのはどなたですか》」と問ひければ、「我は[五]当所の三聖《さんしやう》なり。〔あなたが〕発心し給ひし時より、日に三度あまがけり《空を飛んで》て、〔あなたを〕守り奉るなり」とぞ答へ給ひける。

此の聖、更に、みづから[六]朝夕《てうせき》の事を知らず。一人使ひける小法師、山の坊ごとに一度廻《めぐ》りて、一日の[七]餉《かれひ》を乞うて養ひけるほかには、何も人の施《せ》を受けざりけり《施しを受けなかった》。時の[八]后《きさき》の宮《みや》願を発《おこ》して、世に勝《すぐ》れて貴か

二人の往生人

一　延暦寺。

二『拾遺往生伝』上に所伝が見える（内容は本章とほとんど重複しない）遁世者。丹波の人。俗名未詳。幼少にして出家、比叡山無動寺法華房にあって修行。嘉保《かほう》三年（一〇九六）没、八十三歳。「聖人」は僧に対する敬称。「上人」とも表記される。本章には二種の表現が混在している。

三　止観（九六頁注七参照）を主たる行《ぎよう》としたこと。「理観」は、個別的・具体的にではなく、一般的・抽象的に観じて真理を体得することをいう。「事観」に対する語。

仙命、比叡三聖と問答を交す

四　観念念仏（四種念仏の一つ）をさす。精神を統一して仏の形像を観察思念する行。

五　比叡三聖。釈迦・弥陀・薬師の三如来。山王三聖。山王七社のうち、大宮・二宮・聖真子のそれぞれ本地仏に当るとされた。

六　日常のこと。

七「かれいひ（乾飯、炊いた飯を干したもの）」の省略形。ここは、食料品一般をいう。

人の施《せ》を受けず

八　この話、『古事談』三「仙命人の信施を受けざる事」にも見える。同書によれば、この后は白河院の女御（賢子・道子のいずれか）。

らん僧を供養[九]ぜんとこころざして、あまねく尋ね給ひけるに、此の聖のやむごとなき由を聞き給ひて、即《すなは》ち、御みづから布袈裟《ぬのげさ》[一〇]を縫ひ給ひて、「ありのままに云はば[一一]、よも受けじ《まさか受け取るまい》」とおぼして、とかくかまへて《何かとこしらえごとをして》、此の小法師に心を合はせて《よく言い含めて》なむ、（小法師）「思ひがけぬ人の給はせたりつる《下さったものです》」とて奉りければ、聖、これを取つてよくよく見て、「三世《さんぜ》[一二]の仏、得給へ《受け取って下さい》」とて、谷へ投げ捨ててげれば、云ふかひなくてやみにけり《どうしようもなくてそのままになってしまった》。

覚尊を戒める

大方《おほかた》、〔仙命は〕人の乞ふ物、更に一つ惜しむ事なかりけり。板敷の板を《床板を》欲しがる人のありければ、我が房の板を二三枚はなして《取りはずして》取らせたりける間に、東塔《とうだふ》[一三]の鎌倉に住む覚尊上人[一四]、得意にて《親友であって》、夜くらき時来たりけるが、板敷の板のなき事を知らずして、落ち入る間に、「あなかなし」と云ひけるを聞きて、「御房《ごばう》[一五]は不覚の人かな。もし、さて《そのまま》やがて《すぐに》死なむ事もかたかるべき《ありえないことではない》身かは。『あなかなし』と云ふ終りの言《臨終の言葉》やはあるべき《があるものか》。『南無阿弥陀仏』とこそ申さめ《申しなさい》」なんど云ひける。

九 「供養ず」は「供養す」ともいう。衣服・飲食物などを提供する意。

一〇 単に「袈裟」というのと同じ。僧の着用した法衣。はじめ簡略なものであったが、次第に華美になった。ここに見えるのも、贅沢なものなのであろう。

一一 平常、人の施を最少限以上に受けない人なので、まして贈り主が貴人であると知れば受け取るはずがないと思ったのである。

一二 三世（前世・現世・来世）に出現する仏たち。「法を聞きて歓喜し讃めて、乃至《ないし》、一言を発するときは、則ち、これ、すでに一切三世の仏を供養するなり」（『法華経』方便品《ほうべんぼん》）。

一三 比叡山の中心部。西塔・横川とともに三塔の一つ。花山院が退位・出家直後に叡山の「鎌蔵（東塔ではなく、横川の谷の一つ）」に一時いたことが『日本紀略』（永延二年十月三十日条）、『公任集《きんとう》』などに見える。あるいはこの地か。なお、『古事談』には「神蔵寺上人覚尊」とあるので「かま」は「かみ」を誤ったものとも考えられる。ただし、神蔵寺については不明。

一四 『続本朝往生伝』に所伝（本章と内容的重複はほとんどない）が見える遁世者。生没年・出自など未詳。比叡山にあって修行、鴨川堤防の再建など功績多く、広く貴賤の帰依をうけた。

一五 僧侶に対して敬意をこめて用いる対称の人代名詞。

此の仙命上人、彼《か》の覚尊が住む鎌倉へ行きたりけるに、とみの事《急用》ありて、客人をおきながら《〔そこに〕置いたまま》、[一]きと外《ほか》へ行くとて、急ぎ出づる人の、さらに《あらためて》内へ返り入つて、やや久しく物をしたためければ《処理をほどこしているので》、あやしうて出でて後、跡を見給ふに、万《よろづ》の物に悉《ことごと》く封を付けたり。此の聖、思ふやう、《(仙命)》「いと[二]心わるきしわざかな。よも、ありき《外出》の度《たび》にかくしもしたためじ。我を疑ふ心にこそ。はやかへれ[三]がし。此の事を[四]恥ぢしめむ」と云ふ。

かく思ひたる程に、返り来たれり《〔覚尊が〕》。思ひまうけたる《そのつもりでいたので》事なれば、見《顔》付くるや《を見るや否や》遅しと、此の事を云ふ。覚尊の云はく、「常にかくしたたむるに非《あら》ず。又、人の物を取るを惜しむにも非ず。されども、御房《ごばう》のおはすれば、かく取りをさめ侍るなり。其の故《ゆゑ》は、もし、此れらいささかも失《う》せたる事あらば、凡夫《ぼんぶ》《〔私は〕》なれば、[五]自《みづか》ら御房を疑ひ奉る心のあらん事の、いみじう罪障ありぬべく《大変な罪障となりかねないと思って》覚えて、我が心の疑はしさになむ。[六]何《〔私が〕》ばかりの物をかは、惜しみ侍らん」とぞ云ひける。

覚尊、来客中に外出、物に封をする

一 ちょっと外出すると言って急いで出た人（覚尊）が。
二 心がきたない、と訳されるが、不愉快だ、感じが悪い、の意か。
三 「かし」の頭音が濁音化したもの。命令文をうけ、願望の意を表す。普通、近世語とされるが、ここはその早い例か。
四 「恥ぢしむ」は、恥ずかしがらせる、転じて、やっつける、非難する。
五 振仮名は底本のまま。「おのづから」（ひょっとして、万一）が正しいか。
六 下に「封を付けたる」を省略した形。

かくて、鎌倉の聖さきに隠れぬ《亡くなった》と聞きて、「必ず往生しぬらむ《したであろう》。物に封付けし程の心[七]のたくみなれば」とぞ仙命聖人は云ひけれ。

其の後、夢に覚尊にあへり。先づ初めの詞《ことば》には、（仙命）「何《いつ》れの品《ほん》[八]ぞ」と問ひければ、（覚尊）「下品下生《げぼんげしやう》[九]なり。それだにも《それさえも》、ほとほとしかりつる《辛うじて得た階位でしたが》を、御房の御徳《おかげで》に往生とげたるなり。日比《ひごろ》、橋を渡し、道を作りし行《ぎやう》ばかりにては、叶はざらまし《無理だったでしょう》。御すすめによりて《従って》、時々念仏をせ《した》しかば《ので（往生できました）》」とぞ云ひける。又云はく、（仙命）「仙命、往生は叶ひなむや《大丈夫だろうか》」と問ふ。（覚尊）「其の事、疑ひなし。はやく《すでに》上品上生に定まり給へり」と云ふとぞ見えたりける。[一〇]

六　津の国妙法寺楽西《らくさい》聖人の事

津[一一]の国和田[一二]の奥に、妙法寺[一三]と云ふ山寺あり。かしこに《そこに》、楽西[一四]と云

仙命、夢に覚尊の生処《せいしよ》を聞く

七 直訳すれば、心を制御する名人。高徳の僧をいう「明匠」を和語化したものであろう。

八 仏教における分類の単位。ここは、極楽往生の階位を九種に分けた九品《くほん》（上品上生《じようぼんじようしよう》から下品下生《げぼんげしよう》まで）のいずれかと聞いたのである。

九 『古事談』には「由無《よし》しと制止し給ひし事（覚尊が常に都に赴いて勧進をしていたことを仙命が批判したことをさす）を聞かで、下品下生に生れて候ふ也」とある。

一〇 以下に、神宮本には、覚尊が馬泥棒と誤解されて捕えられた話を収録する。

＊ それぞれ叡山の一隅で後世往生を念じて道心を深めていた二人の遁世者の物語。その生涯について伝わるところのほとんどない彼らの映像を、かすかに見せてくれる説話が『発心集』に多く収録されているが、本章も印象深い例に数えられよう。

楽西の慈悲と道心

一一 摂津（大阪府・兵庫県にまたがる地域）の古称。

一二 神戸市兵庫区の岬。「輪田」とも書く。

一三 神戸市須磨区に現存の寺。和田岬の西北約八キロに位置する。

一四 本章の内容以外にその所伝を見ない。

酷使される牛を見て発心

ふ聖人住みけり。もとは出雲[一]の国の人なり。

我が身いまだ男[二]なりける時、人の《人が》田を作るとて、牛のたへがたげ《苦しそうにして》なるを打ちせめて《いるのを鞭打って酷使して》、かきすき[三]けるを見て、「かく有情《うじやう》[四]を悩ましつつ、わりなくして《力ずくで》作りたてたる物を《生産した物を》、なす事なくて受用する事《何もせずに受け入れることは》こそいみじう罪深けれ」と思ひけるより、心発つて《発心して》、やがて《すぐに》出家したりけり。

ある僧の庵に入り、暖を取る

其の後、居処《きよしよ》求むとて、国をあまねく見行きけるに、縁やありけん、此の処の心に付きて《気に入ったので》覚えければ、「ここに住まむ」と思ひて、ある僧の庵《いほり》に尋ね行きたるに、主《あるじ》はあからさまに《ちょっとした用事で》立ち出でたるに、ほた[五]と云ふ物をさし合はせて《まとめて》置きたるを見て、此の聖、とかくも云はで《何もいわずに》はひ入つて《入りこんで》、木多くとりくべて、背中あぶりして居たりける。主、帰り来て云ふやう、「何物なれば、人のもとに来て、案内《〔弟子の者に〕取次ぎ》も云はで《も頼まず》、したり顔に《大きな顔をして》火たきては居たるぞ」と云ふ。「希有《けう》のしわざや」と、腹立てければ、「我は、いささか心を発《おこ》して迷ひありく修行者なり。汝もろともに、仏の御弟子にあらずや。あながちに[六]、知る《顔見知りで》・

一 今の島根県の一部。
二 在俗の男性。
三 鋤《すき》で田畑をたがやす。
四 一切の生物をいう仏語。梵語《ぼんご》 Sattva の新訳（旧訳は「衆生《しゅじょう》」）。
五 燃料用の木の切れはし。ほだ。
六 下に打消・反語をともなって、何も、必ずしも、まんざら、などの意。

知られずと云ふべき事かは《あるとかないとか言わなくてもいいだろう》。七 風のおこりて、なやましう覚えければ《つらかったので》、此の火のあたり、見すごしがたくて居たるぞかし。木、いくばくか《どれほどたくさ》はたきたる《ん焚いたと言うのか》。惜しく思はれば、こりて返し申さむ《〔木を〕伐ってきてお返ししよう》。又、なほ此の火に当てじとならば、去るべし《立ち去ろう》。八 慳貪《けんどん》なる火には、当らでこそはあらめ《あたらない方がましだ》。やすき事なり。罷り出でなむ」と云ふ。

庵を結ぶ

主も、いささか道心ある者にて、「事柄を心得ず覚ゆれば《事情がわからなかったので》、〔あのように〕申す ばかりぞ《したまでです》。云はるるところも又理《ことわり》なり。さらば、静かに居給へ《ゆっくりお坐り下さい》」とて、事の心を問ふ。我が九 こころさしある様なんど云ひける程に、やがて、此の僧、得意《親友》になつて、山の中の人離れたる所を切りはらひて、形の如く庵を結びて住みそめたるになむありける。

清盛の手紙を喜ばず

かくて、貴く行ひて、年比《としごろ》になりければ、近き程にて、一〇 福原入道一一 おとど、此の聖の事を聞き給ひて、「実《まこと》に貴き人かな。事さま見よ」とて、一二 守俊を使ひにて、消息《せうそく》し給ひたりけり《便りをなさった》。「近き程に、かくて《〔あなたのような方が〕》侍れば、たのみ奉る《閑居しておいでなので心強い限りです》。又、いかなる事なりとも候はば《〔御用が〕》、かならずの

七「風おこる」は風邪をひく、感冒の症状が出る意。

八 物惜しみをして人に与えないこと。けちをいう仏語。

九「こころざし」に同じ。ここは、仏道修行の信条・覚悟などをいう。

一〇 平清盛。『十訓抄』七に、「福原大相国禅門」とある。

一一 底本の「第《をとど》」を訂正した（他本はこの部分を欠く）。「第」は「弟」の誤りであることは振仮名により明瞭。「大臣」の仮名書き「おとど」を、清盛の弟の頼盛（福原に広大な山荘を有し、しばしば来住）あたりを念頭に置いて「弟」と漢字表記したことに基づくか。

一二「盛俊」が正しい。越中守。平盛国の子。清盛の腹心（『愚管抄』五に「盛俊と云ふ力ある郎従」とある）で、清盛の使者を勧めたさまは『平家物語』三「医師《いし》問答」にも見える。一ノ谷の戦で戦死。

たまはせよ」なんど、懇《ねんご》ろに云はせ給ひて、贈り物どもせられたりけり。聖人の云はく、「仰せは畏り侍り《恐れ多いことです》。但し、〔私は〕行もなく、徳もなければ、かやうの仰せ蒙るべき身にてはゆめゆめ侍らず。〔私のことを〕いかやうに聞こしめして、なほざり[一]にて御使ひなんど給はりてか侍るらん。此の事、驚き思ひ[二]給ひ侍り。此の給はせる物も《下さった物も》、返し奉るべきにて侍れど、〔お返しするのも〕恐れさりがたくて《恐縮でできず》、今度《このたび》ばかりはとどめ侍り《手元に置きます》。今より後は、候ふまじき事なり《お付合い戴くわけに参りません》。更々、身に《私には》〔あなたに〕申し侍るべき用なく侍り。又、知られ参らせて《お近づきいただいて》、御用に叶ふべき事は、いささかも侍らず」と、いと事[三]の外《ほか》に申したりける。

使ひ、帰り参りて、此の由《よし》聞こえければ、〔清盛〕「実《まこと》に貴き人にこそ。されど、左様にもてはなれむ[四]をば、いかがはせむ。猶《なほ》とかく云ふは、心にたがひなむ《気を悪くするだろう》」とて、又おとづれ給はずしてやみにけり。

清盛の贈り物を人に分ける

さて、〔楽西は〕此の贈り物をば、寺の僧どもに、方々《はらはら》分けて取らせて、我はいささかも取らず。ある僧あやしめて《不思議に思って》、「何かは、是《これ》を受け給は

一 いわれのない丁重な仕方で。「なほざり」はいいかげんなこと。必然性のないさま。

二 謙譲ならば「思ひ給へ侍り」とあるべきところ。

三 「殊の外」とも書く。意外であること。また、程度の甚しいこと。

四 「もてはなる」は、かけはなれる意。自分たちとは別世界の人物であるという趣きを言ったもの。

ぬ。貧しきもののわりなくして《苦しい暮しの中で》、いささかの物なんど奉るこそ、志は[五]おもく見ゆる。[六]其れをば受け給ふめり。是程《これほど》の物、かの御ために《あの清盛公にとっては》は何の物の数にてはあらん」と云ひければ、「のたまふ所いはれたり《もっともだ》。げに、[七]貧《まど》しき人の志、おもき信施《しんせ》なれど、我うけずは、誰かは、少なき物を得て、思ふばかり《〔その信者の〕期待にこたえて》その志を報はむとする。此れを返す物ならば、我が罪をのみ恐れて、人を救ふ心は欠けぬべし《欠けることになろう》。しかれば、定めて仏の御心にも背きぬらん、と思ひ給[八]へば、なまじひに《気は進まないが》うけ給ふなり。さて、此の入道殿は、功徳《くどく》を作《な》し給はむには、[九]何《いつ》れの事か、心に叶はざらむ。善知識を尋ね給はんにも《仏道への指導者をお探しになるなら》、又、行徳高き人多し。誰か参らざらむ《招かれて来ない人はあるまい》。此の法師《この私を》知り給はずとも、更々事欠くまじ《全く不自由しないはずだ》。勢ひいかめしうおはすめれば《盛んでおいでのようだから》、定めて罪もおはすらん。させる《〔私ごとき〕大した》徳なき身にて、[一〇]引きかづきて由なしとて、遁《のが》れ申すなり《お断りするのだ》」とぞ云ひける。

老婆に餅を施し、鳥と仲良くなる

ここかしこより物を得る程に、多くなりぬれば、寺の僧を呼び集めて、是を施す。更に、後《のち》の料と思へる事なし《後で使おうなどと思わなかった》。彼《か》の山寺近く、[一一]やま

五 底本「をもた」。他本により訂正。

六 あなたはそれを甘んじて受け取っておいでのようです。時の権力者、清盛の贈り物は拒み、当人にとって大きな負担であるはずの貧しい者の贈り物は受け取る楽西の行為をただしている。推量の助動詞「めり」にいささか皮肉めいた口吻《くちぶり》が見える。

七 貧しい者の布施を、富める者のそれよりも重しとする思想は経論《きょうろん》に語られているところ。いわゆる貧女の一燈の話をはじめ、類型的な比喩譚（常に主役は貧女）は多い。「貧女の誠心、王の万燈よりも倍す」（『私聚百因縁集』三・十三）などという。

八 「給ふれば」が通常の形。

九 何が不可能だろうか。何でもおできになるはずだ。

一〇 引き受けてもむだである。「引きかづく」は布・衣などを頭からかぶる意から、ここは、救済の責任をひっかぶることをいう。

一一 未亡人。「やもめ」の変化した形。

めなる老《おい》うばの、堪へがたくまづしきあり。是をあはれみて、常に物なんど取らせける。しはすの晦日《つごもり》、二人の手より《関係者から》、餅をあまた得たりける時、彼《か》のうばを思ひ出だして、夜いたうふけて、みづから持ちて行きける程に、年来《としごろ》持たりける念珠《ねんじゅ》[一]を落してげり[二]。帰りて後、思ひ出だしたりけれど、しげき山を《草木の生い茂る山を》分け行く道なれば、いづくにか落ちにけん、求めにも行かず。「多年薫修《くんじゅ》[三]つみつる念珠を《数珠なのに》」と、嘆きながら、数珠《ずず》[四]引き語らひて、あつらへむとする程に、鳥の物を食ひて、堂の上にからからと鳴らすを、見れば、我が落したりける念珠なりけり。「鳥[五]いとど哀れなり」とて、是を返しとりつ。其れより、此の鳥、得意に《なかよしに》なりて、人の物持ち来べき時には《誰かが布施を持って来るはずの時には》、必ず来ゐて鳴く。其[六]の居たる遠さに、「今《〔今度は〕》幾日《いくか》なり」とはからふに《あと何日目だよと判断すると》、露もたがはず。ほとほと《ほとんど》と護[七]法なんども云ひつべきさまにぞありける《護法などのようだといってもよさそうな様子であった》。

蓮華の咲かないのを見て往生を悟る

又、此の庵《いほり》の前に、小さき池あり。蓮《はちす》多くて、華《はな》の盛りには、水も見えず。ひとへに《まったく》紅[八]梅の絹をおほへるが如し。或る時の夏、いさ

一　数珠《じゅず》。
二　「てにけり」の音便「てんげり」の撥音を表記しない形。
三　香気がしみつくように、修行の功徳《くどく》がつくこと。「薫修入《い》る」「薫修積む」などと言う。
四　数珠引きに相談して。「数珠引き」は数珠を作る職人。念珠《ねんず》引き。
五　「いとど」は程度の増大をいう語。いよいよ。おおむね悪い方向への進行に用いる。ここは、もともとあわれな鳥だが、せっかく餌のつもりで取った数珠を取り返すのはいっそう気の毒だという文意。鳥は飢餓感の強い鳥とされていた。「鳥云はく、『飢ゑほどに苦しきことなし。飢ゑぬれば、目もくれて、網にかかり、命のうせんことも忘る』と」（『沙石集』五・本・八）。
六　鳥がとまっている位置までの距離によって。
七　護法童子（天神とも）の略。読みは「ごおう」という。仏法守護のために使い走りの用をはたす童児姿の鬼神。
八　縦糸が白（紫ともいう）、横糸が紅の絹織物。

さかも花の咲かざりけるを、人のあやしみければ、「今年は、我、此の界を《この世を》去るべき年なれば、一〇行くべき所に咲かんとて、ここには咲かぬなり」と答へける。実に、其の年、一一臨終正念《りんじゅうしゃうねん》にめでたくてぞ終りにける。

かやうの不思議、多く聞こえ侍りしかど、事しげければ《繁雑なので》註《しる》さず。

七　相真《さうしん》、没の後、袈裟《けさ》を返す事

一二津の国の一三渡辺《わたなべ》と云ふ所に、一四長柄《ながら》の別所と云ふ寺あり。そこに、近《ちか》比《ごろ》、一五暹俊《せんしゅん》と云ふ僧ありけり。若くては《若い頃は》、山に《比叡山に》学問なんどしてありけるが、おのづから《たまたま》、ここに居付きたりけるなり。

此の僧、いかでか伝へ持ちたりけん、昔、一六文殊《もんじゅ》の法《みのり》説き給ひける時の御袈裟とて、蓮《はす》の糸にて織れる袈裟なり。もとは、山の一七禅瑜《ぜんゆ》僧

九　人間界（「人界《にんがい》」とも）、つまり、この世。
一〇　極楽浄土を暗示している。『往生要集』上・大文二に「行者かの国（極楽）に生れ已《をは》りて、蓮華初めて開く時、所有の歓楽、前に倍すること百千《ももち》なり」とある。
一一　死に臨んで心が少しも乱れないこと。

袈裟の功徳による往生

＊本章の説話、『私聚百因縁集』九・十九にも見える。
一二　摂津（大阪府・兵庫県にまたがる地域）の古称。
一三　今の大阪市東区から北区にかけて、大阪城のあたりの地。淀川本流の河口。わたのべ。

暹俊の袈裟の由来

一四　四天王寺の別所（大寺院を離れた修行僧の隠棲地）であろう。「長柄」は渡辺の異称。
一五　伝未詳。神宮本に「還俊」とある。『私聚百因縁集』は「暹俊」。
一六　文殊菩薩。釈迦如来の脇侍《きょうじ》。
一七　禅愉。権少僧都。信濃の人。延暦寺の学匠。永延二年（九八八）没、年齢未詳。

都の伝へたりけるを、池上[一]の皇慶阿闍梨《くわうけいあじやり》[二]の時、乙護法《をつごほふ》[三]して無熱池[四]にて洗はせ給ひける由、伝へたる袈裟なり。

相真、暹俊の袈裟を譲り受ける

此の暹俊《せんしゆん》、年八十ばかりまで、殊なる《これといった》弟子なし。其のあたり近く、柳津《りうつ》[五]の別所と云ふ処に、相真[六]と云ふ僧あり。六十にあまれり。此の袈裟の伝へやむごとなき事を聞いて、是を譲り得んと思ひて弟子になりぬ。暹俊が云ふやう、「袈裟を伝へむが為に弟子になり給へる志、浅からず。しからば、三衣《さんえ》[七]の内、先づ五条[八]を当時《いま》譲り奉らむ。残りをば、死後に伝へ取り給へ《相続して下さい》」と云ふ。相真悦《よろこ》びて、是を得て帰りぬ。

暹俊、相真の遺弟に返済を申し入れる

其の後、思ひのほかに《意外にも》、相真先立つて病ひをうけて、死する時、此の袈裟をかけて弟子どもに云ふやう、「我死なんには、此の袈裟を必ず相ひ具してうづめ《〔私と〕一緒にして埋めてくれ》」と云ひ置きて終りにければ、弟子ども、云ふごとくにして日比すぎにけり《その後数日が経過した》。

其の後、暹俊、かの相真が弟子中に云ひ送る。「袈裟は皆亡者《まうじや》に

一 丹波の国池上村。今の京都府船井郡八木町に属する地。皇慶はその大日寺にいた。

二 俗姓橘氏。台密《たいみつ》（天台密教）の学匠で、谷流の祖。延暦寺で修学、後に丹波の池上に移ったが、晩年に帰山して東塔において永承四年（一〇四九）没、七十三歳。「谷阿闍梨」「池上阿闍梨」などと称される。

三 乙護王に命じて。「乙護王」は護法童子《ごおうどうじ》（一〇八頁注七参照）の名。「乙」（「おと」とも）は弱少の意の造語要素。この護法は、皇慶の伝によれば、性空（皇慶の同族）のもとより来たものという。『谷阿闍梨伝』に「乙丸童子名也。其祠今猶在二西府北山一」とあり、『信貴山縁起』『平治物語』下その他の諸書に名が見える。

四 仏典のいう想像上の大池。大雪山《だいせつせん》の北、香酔山《こうすいせん》の南にあり、周囲八百里、龍王が中に住むという。阿耨《あのく》達《だっち》池。

五 『和名抄』六の「河辺郡」の項に見える「楊津也奈以豆」がこれに当るか。吉田東伍『大日本地名辞書』は「今中谷《なかたに》村六瀬《むつせ》村（現在の兵庫県川辺郡猪名川町）」とする。この地を「りゅうつ」と呼ぶこと、およびここに別所があったことなどは確証が得られない。

六 伝未詳。以下の文により応保《おうほう》二年（一一六二）没と知られる。

七 もと、僧団で私有・着用を許された三種の衣。転じて、三種の袈裟。大衣《だいえ》（九〜二五条）・七条・五条。ここは後者の意。さんね。
八 「五条袈裟」の略。五条の布を縫いあわせて作った袈裟。底本「五怗《ごでう》」。神宮本により訂正。
九 「起請文《きしようもん》」とも。神仏に誓いを立て、それに違約したらいかなる罰をも受ける旨を書いて、物事（この場合は、袈裟を故人とともに埋めてしまったこと）の保証を請《こ》う文書。

暹俊、相真を夢見、袈裟戻る

一〇 事態がそうなった以上は。相手が誓文まで書いたからには。
一一 一一六四年。後白河天皇治世。
一二 都卒（または「兜率」）天。梵語 tusita の音写。欲界六天の第四。内外二院あり、内院は弥勒菩薩が仏となるまでの期間ここにあって説法を行っているとされた。「弥勒浄土」と言われ、そこへの上生《じようしよう》を願う思想が盛んであった。
一三 慎しみ、うやまうこと。

暹俊・弁永、袈裟をかけて往生

譲り申し候ふべき由、ちぎり聞こえしかど《〔生前に〕お約束しましたが》、本意ならず先立たれぬれば、ともに離れてあるべきに非ず《〔三衣は〕互いに離れ離れになっているのはいけない》。返し給はむ《お返しいただこう》」と云ふ。亡者の云ひ置きし様なんど、ありのままに云ひけれど、猶《なほ》信ぜず。重ねて尋ねたりければ、此の事よしなしとて《水掛論をしているのは無益だとして》、相真が弟子ども、誓文《せいもん》[九]をなむ書きてぞ送りたりける。

[一〇]其の上には、とかく云ふべきならねば、嘆きながら年月を送る程に、中一年を経て、長寛二年[一一]の秋、暹俊、夢に見るやう、亡者相真来たりて云はく、「我、此の袈裟をかけたりし功徳によりて、都卒《とそつ》[一二]の内院に生れたり。但し、袈裟をば我が申したりしままに、具して《一緒に》埋《うづ》みたりしかど、不具《不ぞろい》になる事を〔あなたが〕深く嘆き給へば、返し奉る。早く、本の箱をあけて見給ふべし」と云ふ。夢覚めて、此の三衣の箱をあけて見れば、もとの如くたたみて、箱の中にあり。実《まこと》に不思議の事なれば、〔暹俊は〕涙を流しつつ、此れを恭敬《くぎやう》[一三]す。

其の後、かの暹俊終る時《没する時》、又、此の袈裟をかけて往生す。其の弟《弟子》

子《であった》に弁永[一]と云ふ僧、是を伝へて、又往生する事、先のごとし。彼《か》の弁永が往生せし事は、十[二]年の内の事なれば、皆人聞き伝へける事なり。

昔物語なんどには、いみじき事多かれど《立派な事柄が多く見えるが》、其の名残り、年にそへ《年とともに》てほろび失《う》す。まれまれ《ごく稀に》残りたるも、世下り、人衰へて、不思議《奇蹟》を現はす事ありがたし《稀である》。此れは、濁れる世[三]の末に、たぐひ少なき程の事なり。されば、結縁《けちえん》[四]のため、わざと詣でつつ《特に足をはこんで〔袈裟を〕》拝む人多く侍るべし。

八　真浄房《しんじやうばう》、暫く天狗になる事

近来《ちかごろ》、鳥羽[五]の僧正とて、やむごとなき人おはしけり。其の弟子にて、年来《としごろ》同宿したりける僧あり。名をば真浄房[六]とぞ云ひける。往生を願ふ心深くして、師の僧正に聞こえける様《申し上げることには》、「月日にそへて《月日がたつにつれて》後世

一　伝未詳。『私聚百因縁集』には「弁承」とある。

二　この記述は、『発心集』より約半世紀後成立の『私聚百因縁集』に、そのままの形で書承されている。

三　「濁世《ぢよくせ》」を和訳した語。濁悪の世。

四　仏道と縁を結ぶこと。「けつえん」とも。

母の力によって天狗を免れた僧

五　覚猷《かくゆう》。源隆国の子。三井寺の覚圓《かくおん》の弟子。三井寺長吏・天台座主などを歴任。大僧正。鳥羽離宮の護持僧となり、鳥羽の証金剛院にも住んだことなどにより「鳥羽僧正」と称される。絵画に堪能だったことは有名。保延六年（一一四〇）没、八十八歳（八十七歳とも）。

真浄、法勝寺三昧僧となる

六　伝未詳。

の恐しく侍れば、修学の道を捨てて、ひとへに念仏をいとなまむと思ひ侍るに、折りよく、法勝寺《ほふしようじ》[七]の三昧《さんまい》[八]あきて侍り《欠員があります》。かしこに申しなし給へ《あっせんして下さい》。身を非人《ひにん》[九]になして、彼《か》の三昧の事に命を続《つ》いで《一生をささげて》、後世を取[一〇]り侍らん」と聞こえければ、《(僧正)》「かく思ひ取り入る《深く決意したのは》、あはれなり」とて、則《すなは》ち申しなされにけり。

真浄と叡泉の勧めのさま

其の後、本意の如くのどか《しずかに》に三昧僧坊に居て、ひまなく念仏して月日を送る。隣りの坊に叡泉坊《えいせんばう》[一一]と云ふ僧、同じく後世を思へるにとりて《後世のことを思っていたが》、其の勤め異《こと》なり。彼は地蔵[一二]を本尊として、さまざまに行ひぬ。諸々《もろもろ》のかつたゐ[一三]をあはれみて、朝夕物を取らす。真浄房が方には《真浄房の方では》、阿弥陀を憑《たの》み奉りて、ひまなく名号《みやうがう》をとなへ、極楽を願ふ。是又《これまた》、乞食《こつじき》をあはれみければ、さまざまの乞食どもきほひ《争って》集まる。二人の道心者は、まぢかく垣を一つへだてたれども、おのおの習ひにけれ《習慣になって》ば、かつたゐもこなたへ影ささず《現れない》。乞食も隣りへ望む事なし《物乞いをしない》。

真浄、僧正の死の床で死別を嘆きあう

かかる程に、彼の僧正《鳥羽僧正》病ひをうけて、限りになり給へる由《よし》を聞き

七「ほっしょうじ」とも。六勝寺の一つ。京都市左京区岡崎の地にあった大寺。白河院の勅願寺で、承暦元年（一〇七七）創建。諸宗の要素を兼備し、当時最大の規模を誇ったが、鎌倉末期に炎上・廃絶した。

八 もっぱら誦経・念仏を事とする僧。法華堂における法華三昧、常行堂における念仏三昧などをつとめる僧。三昧僧。

九 人間でないもの、また、人間扱いをされぬ者。多義があるが、ここは遁世者の意。

一〇「後世を取る」は、死後に来世で救われる、極楽浄土に往生する。後世を助かる。

一一 伝未詳。『顕宗声明血脈』『大原流声明系譜』などに見える、良忍の声明の弟子の叡泉房かという（貴志正造氏説）。

一二 地蔵菩薩。釈迦がすでになく、弥勒《みろく》がまだ下生《げしよう》しない、いわゆる無仏の時代の救済者。平安後期から主に民間で広く信仰された。

一三「かたい」の変化した語。賤民。特に、こじき、また、癩患者。ここは「乞食」と対比的に扱われているから、後者の意か。

て、真浄房訪《とぶら》ひにまうでたりけり。ことのほかに弱くなりて、臥し給へる処に呼び入れて、(僧正)「年来《としごろ》[一]むつましう思ひならはせるを《親密な間柄であったのに》、此の二三年うとうとしくなれるだに《疎遠になっていたことだけでも》恋しく覚えつるに、今、長く別れなむとす。〔お目にかかるのも〕今日やかぎりならむ」と云ひもやらず泣かれければ、真浄房、いとあはれに覚えて、涙をおさへて、「さなおぼしめしそ《そんな風に考えないで下さい》。今日こそ別れ奉るとも、後世《ごせ》には必ずあひてつかうまつるべきなり」と聞こゆ。「かく同心に思ひけるこそ《同じことを考えていたとは》、いとど[二]うれしけれ」とて臥し給ひぬれば、泣く泣く帰りぬ。其の後、程《ほど》なく僧正かくれ給ひにけり。

叡泉の入滅　真浄、死後天狗となる

かくて年来ふる程に、隣りの叡泉坊、心地なやましくて《病気になって》、廿四日[三]の暁に、地蔵の御名《みな》を唱へて、いとめでたくをはりぬれば、見聞《けんもん》の人貴《たふと》みあへり。

此の真浄房、〔叡泉坊に〕劣らぬ後世者なりければ《往生を願う修行者だったので》、必ず往生人《わうじやうにん》[四]なりと〔皆が〕定むる程に、二年《ふたとせ》ばかり有つて、いと心えず《不思議にも》物狂はしき様なる病ひ[五]をして

一　「むつまし」は「むつまじ」の古形。室町後期に「むつまじ」の形が現れ、江戸時代にそれが一般化したという。

二　いよいよ、ますますの意とされるが、ここは「いと」（たいへん）に同じか。

三　二十四日は地蔵の縁日に当る。「二十四日に、至心に進め、地蔵菩薩を念ぜよ」（『地蔵十王経』）。「我、必ず、月二十四日を以て、極楽往生すべし」と常に語って、それを実現した僧の話が『今昔物語集』十七・三十に見える。二十四日に死ぬのは地蔵行者往生譚の一つの型であろう。

四　極楽往生を期して修行し、望みを果した人。

五　精神の錯乱を伴う重病。「物狂はし」は「物狂ほし」に同じ。

かくれにけり。あたりの人、あやしく本意なき事に《納得できないことだと》思ひつつ年月を送る程に、老いたる母のおくれゐて《あとに残って》嘆きけるが、又、[六]物めかしき事どもありけるを、親しき人ども集まりてもて騒ぐ程に、此の母が云ふ様《やう》、「我は、ことなる《他の》物の怪《け》にあらず。失《う》せにし真浄房がまうで来たるなり。我がありさまを《私のこの有様を》、誰も心得がたく《不審に》思はれたれば、且《かつ》は其の事をも聞こえん《申し上げようと思う》となり。我、ひとへに名利を捨てて、後世の勤めよりほかにいとなみなかりしかば、[七]生死《しやうじ》にとどまるべき身にてはなきを、我が師の僧正の別れを惜しみ給ひし時、『後世には必ず参り合うて随《したが》ひ奉らむ』と聞こえたりし事を、今、[八]券契《けんけい》の如くして、『さこそ云ひしが』《ああ言ったじゃないか》[九]とて、いかにも《〔僧正が〕何としても》いとまを給はせぬによりて、[一〇]思はぬ道に引き入れられ侍るなり。ひとへに《〔僧正を〕》仏の如く憑《たの》み奉りしままに、ゆゑなき事を《いわれのないことを》申して、かく思ひのほかなる事こそ侍りつれ。但《ただ》、[一一]天狗と申す事はある事《きまりがある》なり。来年、《〔期限の〕》六年に満ちなんとす。彼の月めに《六年目に当る月に》、必ずさは《支障な》かまへて《かならず》此の道を出でて極楽へ詣《まゐ》らばやと[一二]思ひ給へるに、

六 「物めかし」(物々しい)の「物」は、一かどの物、れっきとした物の意だが、ここの場合の「物」は鬼・妖怪(物の怪)をさし、「物めかしき事」で、怪異な事態をいうか。

七 生老病死《しようろうびようし》の四苦を受ける境涯。迷いの世界。「生死にとどまる」は「生死を離る」(「出づ」とも)に対し、出離・解脱できないこと。

八 契約書。証文。

九 濁点は底本のまま。あるいはここは「しか」(「き」の已然形)か。

一〇 天狗道をさす。天狗の住む世界を六道になぞらえて言ったもの。

一一 深山に住む異形《いぎよう》の想像上の生物。さまざまの俗説入りまじり、多義・曖昧な存在である。ここは、高慢な者が死後に天狗となるという信仰をふまえたもの。「山僧多く天狗となりて、和光の方便によりて、出離すとこそ申し伝へたれ」(『沙石集』一・六)。「昔は人にて候ひしが、仏法をよく習ひ、我より外に智者なしと大慢心を起す故、仏には成らずして天狗道へ落つるなり」(幸若『未来記』)。なお、鳥羽僧正が天狗となったこと、天狗道沈淪《ちんりん》が六年ということ、いずれも所拠不明。

一二 正しくは「思ひ給ふる」。

りなく苦患《くげん》[一]まぬかるべき様にとぶらひ給へ《供養して下さい》。さても《それにしても》、世に侍りし時《生きておりました時》、『本意の如くおくれ奉るならば《〔母上が〕先にお亡くなりになれば》、母の御ため善知識となりて、後世《ごせ》をとぶらひ奉らむ。もし又、思ひのほかに先立ち参らせば《〔私が〕先に死んだら》、引摂《いんぜふ》[二]し奉らん』とこそ願ひ侍りしか。思はざるに《意外にも》、今かかる身となりて、近付きまうで来るに付けても《おそばに参上するにつけても》、悩まし奉るべし」とは云ひもやらず《言い終らぬうちに》、さめざめと泣く。聞く人、さながら《すべて》涙を流してあはれみあへり。

とばかり《しばらく》のどかに《じっくりと》物語りしつつ、あくび[三]度々《たびたび》して例さまに《もとのように》なりにければ、仏経なんど、心の及ぶほど書供養《かきくやう》[四]しけり。

真浄、再び霊託して得脱の由を語る

かかる程に、年もかへりぬ《年も改まった》。其の冬になつて、又、其の母わづらふ。とかく云ふあひだに、母が云ふ様《やう》、「誰々も《皆さん》、さばかりありし《〔先日〕あんなことを言った》真浄房が又まうで来たるぞ。其の故は、真心《まこころ》に後世訪《とぶら》ひ給へるうれしさも聞こえん《申し上げようと》と思ひ給ふ上に、暁すでに得脱《とくだつ》[五]し侍り。いかんとなれば《なぜここに参ったかというと》、其のしるし見せ奉らんためなり。日比《ひごろ》我が身のくさくけがらはしき香、かぎ給へ」とて、息をためて吹き出だしたるに、一家《いっけ》《家》の

一 天狗道に堕《お》ちた真浄が受けている苦痛。

二 「引導摂取《いんだうせつしゅ》」の略。人を仏道に導き、阿弥陀如来の引《いん》の中に摂《おさ》め取って救済すること。引接。

三 物の怪《け》が退散するときの徴候という（『栄花物語抄』）。「さばかり苦しげにおはしますに力を尽し加持参るに、さらに御あくびをだにせさせ給はず」（『栄花物語』二十九）。

四 経文を書写し、それを仏前に供えること。

五 苦界から脱して悟りの道に入ること。

内《中すべて臭くて》くさくて、たへ忍ぶべくも非《あら》ず。

さて、夜もすがら物語りして、暁に及んで、「唯今ぞ、既に[六]不浄《ふじやう》の身《しん》を改めて、極楽へまゐり侍る」とて、又、息をしたりければ、其の度《たび》は香《かう》ばしく、家の内かをり満ちたりけり。其れを聞く人、「たとひ〔相手が〕行徳高き人なりとも、必ず是に[七]値遇《ちぐ》せんと云ふ誓ひをば起すまじかりけり。彼は取りはづして《〔道を〕ふみはずして》、悪しき道に入りたれば、[八]あへなくかかるわざなり」とぞ云ひける。

九　助重《すけしげ》、一声《いつしやう》念仏に依つて往生の事

[九]永久の比《ころ》、[一〇]前滝口《さきのたきくち》助重と云ふものありけり。[一一]近江《あふみ》の国蒲生《がまふ》の郡《こほり》の人なり。盗人にあひて射ころされける間に、其の箭《や》の背《せなか》に当る時、声をあげて、「南無阿弥陀仏」とただ一声申して死しぬ。其の声高く、

真浄の往生の時、香気満つ

六 語義は前後の文から明らかだが、この語、他に用例を見ない。神宮本は「不浄の身」。

七「ちぐう」とも。出会い。めぐりあうこと。

八 必然的にこんな目にあったのだ、の意か。この「あへなく」は、気の毒にも、無残にも、とも訳せる。『日葡辞書』に「アエナイ　いたましい、同情の気持を起させること」の訳がある。

ただ一度の念仏による往生

＊本章の説話、『後拾遺往生伝』下、『本朝新修往生伝』にも見える。

九 底本「承久」。神宮本他二書により訂正。「永久」は一一一三〜八年、鳥羽天皇治世。

助重の一声念仏

一〇 前に滝口武者であった者の呼称。滝口武者は蔵人所に直属し、禁中の警護に当った武士。助重は本説話以外に所伝未詳。

一一 今の滋賀県蒲生郡。

隣りの里に聞こえけり。人来たつて是を見ければ、西に向ひて、居《坐っ》ながら《たまま》、眼《まなこ》を閉ぢてなむありけり。

時に、一入道寂因《じゃくいん》と云ふ者ありけり。助重が相ひ知れる者なれど、家近からねば、此の事を知らず。其の夜の夢に見る様《やう》、広き野を行くに、傍《かたはら》に死人あり。僧多く集つて云ふ、「ここに二往生人《わうじやうにん》あり。汝《なんぢ》、此れを見るべし」と云ふ。行きて見れば、助重なりけり《あっ 助重だ》と見て、夢さめぬ。あやしと思ふほどに、朝《あした》に、助重が使ふ童《わらは》来たつて、此の由《よし》を告げけり。

又、ある僧、近江の国を三修行しけり。夢の内に、人告ぐる様、「今、往生人あり。行きて縁をむすぶべし」と云ふ。其の所、助重が家なりけり。月日又たがはずありけり。

人の功徳のはかり難さ

彼の僧正《あの鳥羽僧正》の年来《としごろ》の行徳、助重が一声《ひとこゑ》の念仏の外の事なれど《念仏とは比べられぬほど立派だが》、彼は悪道に留まり、此れは浄土に生る。爰《ここ》に四知んぬ、五凡夫《ぼんぶ》の愚かなる心にて、人の徳のほど計《はか》りがたき事なり。

寂因、助重の往生を夢見る

一『本朝新修往生伝』に略伝が見える。俗姓大江。老年に及んで出家、山崎浄土谷に住み、三十年門外不出で念仏に専心したという。久安六年（一一五〇）没、八十三歳。この僧の名は『後拾遺往生伝』に「江栄入道。その名を失ふ」、『本朝新修往生伝』に「国司経忠朝臣門人。字江策入道。法名寂因」とある。

二 極楽往生を期して修行し、望みを果した人。

三 托鉢《たくはつ》などをして諸国を歩くこと。

四 「知りぬ」の音便。

五 振仮名は底本のまま。明応五年本『節用集』は「凡夫　ホンブ」。「ぼんふ」「ぼんぶ」ともいう。後に「ぼんぷ」。

＊ 本章の主題の一念往生は、善導の『般舟讃《はんじゅさん》』の「一声称念罪皆除《いっしやうしようねんざいかいぢよ》」により流布される（『平家物語』十「戒文《かいもん》」など）に至るが、『発心集』（および本説話所収の他二書）成立は『般舟讃』が知られる以前なので、その思潮と直接関係はない。平安中期の『枕双紙』「一念成仏事」などの系統から来たものか。

不信の老人の往生

＊本章の説話、『拾遺往生伝』中、『元亨釈書』十七にも見える。貴志正造氏説によれば、本章中に見える願文を書写した醍醐寺の成賢からの直接採集による説話かという。

守助の不信・愚痴と往生

六 橘守助。常磐（盤）の里（今の京都市右京区常盤町のあたり。双ヶ岡の西）に居住していたのでこの名があったか。

七「さいにち」（「さいじつ」とも）を訓読したもの。在家の者が特に斎戒・精進すべき日。毎月、六・十四・十五・二十三・二十九・三十日の六斎日などがある。

八 今の愛媛県。

九 一〇九六～七年。堀河天皇治世。

一〇 臨終に心が少しも乱れないこと。

一一 来迎《らいごう》の際の紫雲は西方から現れるが、須磨（今の神戸市須磨区）は伊予の東に当るので不審。神宮本「面《まの》あたり」のような形から本文が転化したか（『拾遺往生伝』には雲に関する記述なし）。

一二 めでたいしるし。ここは橘大夫の往生を示す。

一三 仏法の理にそむいていること。

十　橘大夫《きちだいふ》、発願《ほつぐわん》往生の事

中比《なかごろ》、[六]常磐《ときはの》橘大夫守助と云ふ者ありけり。年八十にあまりて、仏法を知らず。[七]斎日《ときび》といへども精進《しやうじん》せず。法師を見れども、貴《たふと》む心なし。もし、教へすすむる人あれば、かへつて是をあざむく《あざける》。すべて愚癡《ぐち》極まれる人とぞ見えける《この上ない愚か者と》。

而《しか》るを、[八]伊予の国に知る所《所領》ありて下りける。ころは[九]永長の秋、となる病ひもなくて、[一〇]臨終正念《りんじゆうしやうねん》にして往生せり。[一一]須磨の方より紫の雲あらはれて、かうばしき香《か》充ち満ちて、めでたき[一二]瑞相《ずいさう》あらたなり《著しく現れた》ける。是を見る人あやしんで、其の妻に、「いかなる勤めをかせし《したのか》」と問ふ。妻が云はく、「心、もとより[一三]邪見にて、功徳《くどく》つくる事なし。ただ、をととしの六月《ろくぐわち》より、夕べごとに不浄をかへりみず《〔身体の〕不潔を気にしないで》、衣服をととのへず、西に向うて一枚ばかりなる文《ふみ》を読みて、掌《たなごころ》を合はせて拝む事ありしが」と云ふ。

其の文を尋ね出だして、見るに、[一]発願《ほつぐわん》の文《もん》あり。其の詞《ことば》に云はく、「弟子敬つて、西方極楽[二]化主《けしゆ》阿弥陀如来・観音・勢至《せいし》、諸々の聖衆《しやうじゆ》を驚かして申す。我、[三]受けがたき人身《にんじん》を受けて、たまたま仏法に遇《あ》へりといへども、心もとより愚癡《ぐち》にして、更に《少しも》勤め行ふ事なし。徒《いたづ》らに明し暮して、空しく[四]三途《さんづ》に帰りなんとす。然るを、阿弥陀如来、我と縁深くおはしますに依つて、濁れる末の世の衆生《しゆじやう》を救はんがため、[五]大願《たいぐわん》を発《おこ》し給へる事ありき。其の趣き《趣意》を尋ぬれば、『設《たと》ひ、[六]四重五逆を作れる人なりとも、命終らん時、我が国《浄土に》に生れんと願ひ、「南無阿弥陀仏」と十度《とたび》申さば、必ず迎へむ《〔極楽に〕》』と誓ひ給へり。今、此の本願を憑《たの》むが故に、今日より後、命を限りにて《一生懸命に》、夕べごとに西に向ひて[七]宝号を唱《とな》ふ。願はくは、今夜まどろめる中《うち》にも、命尽きなん事あらば、此れを終りの[八]十念として、本願あやまたず《本願のとおりに》、極楽へ迎

一 発願文。願文《がんもん》。神仏に願を立てる時に、その願いの趣きを述べる文書。初めに「敬白《きやうびやく》」（本頁四、五行の「敬つて…申す」に当る）と書くなど、いくつかの書式がある。漢文で記される（室町時代には仮名文のものも現れる）。下の文はそれを訓読したもの。

橘大夫の願文、人々を救う

この願文（「盛助発願文」と題する）の転写本が高野山金剛三昧院に現存する（貴志正造氏紹介）。

二 教化の主。教主。

三 授かるのがむずかしい人間としての身を授かって。「人身は得がたし。優曇花《うどんげ》のごとし」（『涅槃経《ねはんぎやう》』上・二十三）、「人身を得ること甚だ難し」（『往生要集』上・大文一）、「人身は受け難く、仏法は遇ひ難し」（『六道講式』）などによる成句。「人身は請《う》けがたく、仏教にはあひがたし」（『平家物語』一「祇王《ぎおう》」）など用例多数。

四 死を目前にしていることを言っている。「たちまちに、三途の闇にむかはんとす」（『方丈記』三九頁一行）。

五 阿弥陀が法蔵菩薩であった時に立てた四十八の誓願をさす。『大無量寿経』所説。同経・上に、第十八願（本願）として、「たとひ、我、仏となるを得ん時、十方の衆生、至心に信楽《しんげう》して、我が国に生れんと欲して、乃至《ないし》十念せん。もし、生れずんば、正覚を取らじ。唯、五逆と正法《しやうぼふ》を誹謗するものを除かん」とある。

六 「四重」は「四重禁」の略。殺生《せつしやう》・偸盗《ちゆうとう》・邪淫《じやいん》・妄語《もうご》。「五逆」は母を殺すこと、父を殺すこと、阿羅

へ給へ。設《たと》ひ、残りの命あつてこよひ過ぎたりとも、終《臨終が》り、願ひの如くならずして、弥陀[九]を唱へずは、日比《ひごろ》の念仏を以て終りの十念とせむ。我、罪重しといへども、いまだ五逆を作らず。功徳《くどく》少なしといへども、深く極楽を願ふ。則《すなは》ち、本願にそむく事なし。必ず引接《いんぜふ》[一〇]し給へ」と書けり。是を見る人、涙を落して貴《たつと》びけり。

其の後、あまねく此の文《ふみ》を書き取りて、信じ行ひて、証[一一]を見たる人多かりけり。

常に十念を唱えて往生した聖人

又、ある聖人[一二]、かやうに発願《ほつぐわん》の文《もん》を読む事はなけれども、夜まどろめるほかには、時のかはるごとに、最後《臨終のつもりで》の思ひをなして、十念を唱へつつ、此ればかりを行として、往生をとげたりとなむ。

勤むる処は少なけれども、常に無常を思ひて、往生を心にかけむ事、要が中の要なり[一三]。「もし[一四]、人、心に忘れず極楽を思へば、命終る時、必ず生ず。たとへば[一五]、樹《うゑき》の曲れる方へ倒《たふ》るるがごとし」など云へり。

漢を殺すこと、仏身を損傷すること、僧の和合を損うこと。仏教で重く戒められた罪悪。
七 阿弥陀の御名。「宝号」の「宝」は敬称。
八 「南無阿弥陀仏」と十回唱えること。十念称名。
九 念仏することができないなら。
一〇 「引摂」(一一六頁注二参照)とも。「引導摂取」の略。導いて、阿弥陀の光の中に迎え取る、つまり極楽へ受け入れること。
一一 極楽往生をさす。
一二 未詳。
一三 もっとも重要なことである。
一四 『往生要集』中・大文六の「人、善行を積まば、死するとき悪念なし。樹の先の傾き倒るるとき、必ず曲れるに随ふが如し」(『安楽集』上を出典とする)によるかという(青山克彌・原田行造両氏説)。
一五 (その確かさを)譬えるなら。

十一　或る上人、客人に値《あ》はざる事

年来《としごろ》、道心深くして、念仏おこたらぬ聖《ひじり》[一]ありけり。相ひ知りたりける人の、対面せんとて、わざわざ《わざわざ》と尋ねて来たりければ、「大切に[二]暇《いとま》ふたがりたる事ありて《かかりきりになっている用事があって》、え会ひ奉るまじき」と云ふ。

弟子、「あやし」と思ひて、其の人帰りて後、「など、本意《むな》なくて〔お客を〕は帰し給へるぞ。さしあふ[三]事も見え侍らぬを」と云へば、「あひが[四]たくして人身《にんじん》を得たり。此の度、生死《しやうじ》[五]を離れて、極楽に生れんと思ふ。是《これ》、身にとりて、極まりたる営みなり《この上なく大切な仕事だ》。何事か、是に過ぎたる大事あらむ」とぞ云ひける。此の事、あまりきびしく覚ゆるは、我が心の及ばぬなるべし。

坐禅三昧経[六]に云はく、

念仏に専心し、面会を謝絶した僧

＊本章と骨格を同じくする説話が『往生拾因』、九巻本『宝物集』九に見える。それを直接の出典とする話が、『私聚百因縁集』八・五、『徒然草』四十九にも見える。本章は『往生拾因』と『宝物集』とをあわせ参看して構成したものかという（山田昭全氏説）。

念仏聖、面会を断る

一　了慧『往生拾因私記』上によれば、仁和寺の近くに住む聖という。

二　重要なこと。また、切迫しているさま。「大切に申すべき事」（『今昔物語集』二十・六）など。

三　かちあう。さしさわりになる。

四　一二〇頁注三参照。

五　四三頁注七参照。

三昧経の金言

六　二巻。鳩摩羅什《くまらじゅう》編。四〇二年成立、四〇七年補。坐禅の要旨・方法などを説く。次の四句は同書上巻にある（ただし、初句「今日営ニ此業一」）。

七 今日この仕事をし、明日はあれを作ろうなどと、俗事について楽しんだり、執着して、われわれが受けつつある苦を認識せず、死という敵がせまっているのに気づかない。「楽著」は「ぎょうじゃく」とも読まれる。この文と同趣の記述が『徒然草』五十九に見える。

八 ここは死の意。「無常のかたき」は、引用文の「死賊」の訳で、死を擬人化したもの。「しづかなる山の奥、無常のかたき、競《きほ》ひ来らざらんや」（『徒然草』百三十七）。

宿善を懈怠《けたい》によって空しくした翁

＊ 本章の説話は『三国伝記』四・二十八に概略が見える。

釈迦と阿難、乞食翁を見る

九 梵語《ぼんご》 Śrāvastī の音写。釈迦の時代に中インドにあった国（もと、城の名）。釈迦は、その後半生を多くここに住んで説法を行った。

一〇 梵語 Ānanda の音写。阿難陀。釈迦の十大弟子の一人で、多聞第一といわれた。

一一 身体は黒ずんで、骨と皮だけになってやせ衰えていた。

七今日営《ミ》二此《ノ》事《ヲ》一　明日造《ル》二彼《ノ》事《ヲ》一
楽著《らくぢやくシテ》不レ観《ゼ》レ苦《ヲ》　不レ覚《エ》二死賊《ノ》至《レルヲ》一　云々

世の中にある人、さすがに後世《ごせ》を思はざるなし。「今日は此の事をせん。明日は彼の事を営まむ」と思ふほどに、八無常のかたきのやうやく近づきて、命を失ふ事をば知らざるなり。

十二　舎衛国《しやゑこく》老翁、宿善を顕《あら》はさざる事

昔、釈迦如来舎衛国九におはしましし時、一〇阿難尊者《あなんそんじや》と申す御弟子を具し給ひて《お連れになって》、城の辺《ほとり》を出で給ふに、あやしげなりける翁《見るからに卑しげな翁が》、女と二人具して、道にて《〔釈迦如来に〕》逢ひたてまつる。ともに頭《かうべ》の髪白く、面《おもて》のしわたたみて《顔はしわだらけで》、一一骨と皮と黒み衰へたり。身には汚なげなる物を、わづかに結び集めつつ着たれど、肌《はだ》へもかくれず。いささかあゆみては、大き

[一]にあへたき、ひまなく息《やす》む。

釈迦、乞食翁の宿善を語る

仏、此れを御覧じて、「阿難、これは見るや《これを見なさい》。此の翁、大きなる[二]宿善あり。年はじめて《若くて》盛んなりし時、つとめ行ひて、此の世を祈らましかば、舎衛国の第一の長者とはなりなまし《なったであろう》。出離の為につとめましかば《悟りを開くために努力したならば》、[三]三明《さんみやう》六通の[四]羅漢とはなりなまし。次に盛りなりし時、つとめましかば、第二の長者となり、得脱を思はば《〔その上に〕悟りをめざしたなら》、阿那含《あなごん》の聖とはなりなまし。次に盛りなりし時、つとめましかば、第三の長者となり《〔その上に〕》、[五]証果《しようぐわ》を志さば、斯陀含《しだごん》の聖とはなりなまし。愚かにものうく《怠惰で》して其の盛りを過ぐして、宿善を持ちながら、願はざりし《〔後世を〕》故に、今、つたなき《不運な》身として、[六]受けがたき人界《にんがい》の生を空しく過しつるなり」と仰せられき。

我、[七]たまたま法華経に値《あ》ひたてまつり、弥陀仏の悲願を聞きながら、つとめ行はずして、徒《いたづ》らに、あたら《むざむざ》月日を過す。露もたがはず《まぎれもなく》、乞者《こつしや》のおきななり。

一 荒い息づかいをする。「あへたく」は「あへぐ」（古くは「あへく」）に同じ。「あへづく」ともいう。

二 前世に積んだ善根。

三 並みはずれた能力をいう。「三明」は宿命《しゆくみやう》通（自他の過去への洞察力）・天眼《てんげん》通（自他の未来への洞察力）・漏尽《ろじん》通（煩悩を超克する力）。「六通」（「六神通」とも）は、その三種に加えて、神境通（思いのままの場所に現れる力）・天耳《てんに》通（並みはずれた聴覚）・他心通（他人の心を知る力）。

四 「阿羅漢」（梵語 arhat の音写）の略。煩悩をこえた聖者。その境地に達することを「阿羅漢」と言い、小乗仏教における修行の階位四種の最高とする。六行の「阿那含」はこれに次ぐ位、八行の「斯陀含」は、さらにその次の位。

五 修行の結果たる悟りの境地。

六 「受けがたき人身《にんじん》」に同じ。一二〇頁注三参照。

七 幸運にも法華経とめぐりあう機会に恵まれ。「人身再び受け難し、法華経に今一度、いかでか参り会はむ」（『梁塵秘抄』二）。

善導の受けた仏の啓示

＊本章の説話、九巻本『宝物集』九に見える。

八 唐の高僧（六一三〜八一）。中国の浄土教の曇鸞《どんらん》・道綽《どうしやく》を継ぎ、浄土五祖の第三。彼による善導流の浄土教は、その著『観無量寿経疏《しよ》』（『観経疏』と略称）を中心として、わが国の浄土思想の展開に多大な影響を与えた。「和尚」は高僧への敬称で「和」の読み「くわ（か）」は漢音。天台宗で用いる。

九 唐の高僧（五六二〜六四五）。浄土五祖の第二。念仏を広く大衆にまで普及させた。主著『安楽集』。

一〇 精神を統一して、ある対象に心を向けること。

一一 底本「をぼづかなし」。この語、古くは「おぼつかなし」で、中世に「おぼつかなし」となったが、「おぼづかなし」の形は他に例証となるものを見ないので、「づ」の濁点を削除した（二行前の例は「覚束《おぼつか》なき」と振仮名は清音。神宮本も「つ」は無濁点）。

一二 「として」は名詞を受けるのが普通なのでこの部分の語法はやや奇異である。神宮本は「終《つひ》として」。

十三　善導和尚、仏を見る事

善導、師の往生の可否を仏に問う

唐の善導[八]和尚《くわしやう》は、道綽《だうしやく》[九]の御弟子なり。しかあれど、其の〔その境地は〕師にも越えて、定《ぢやう》[一〇]の中《うち》に阿弥陀を見たてまつり、おぼつかなき《不審な》事を問ひたてまつり、証《悟り》を得給へり。師の道綽、善導にあつらへて《たのんで》云はく、「我、朝夕《てうせき》、往生極楽を願ふ事は叶ひなむや《実現するだろうか》。此れ、きはめておぼつかな[一一]し。仏に問ひたてまつりて、聞かせ給へ」とのたまひければ、忽ち《たちま》に定に入つて、此の事を問ひたてまつる。仏ののたまはく、「木を切るには、斧をくだす《ふりおろす》。家に帰るには、苦を辞する事なし《苦労をいとわない》」とのたまふ。此の二つの事を聞きて、道綽に語り給ひけりとなむ。

仏の教えの趣意

かく云へる意《こころ》は、木を切るには、いかに大きなる木といへども、たゆみなく是を切れば、終に《つひ》[一二]《最後には》として切りたふさずと云ふ事なし。怠りて切り休むべからず。家に帰るには、又、苦しとて中《ちう》にとどまる《途中でやめる》事なかれば[一]、はふはふ[二]も、必ず行きつくべし。志深くして怠らず《なまけなけ》は、《れば》〔往生は〕疑ひあらざる由《よし》を教へ給へるなり。

此の事、道綽《だうしやく》に限るべからず。もろもろの行者〔にとっても〕同じかるべし。

一 「なし」の已然形。多く「なけれ」の形を採る。
二 かろうじてのことにしても。「はふはふ」は「言ふ言ふ」で、もと言うようにしてやっと歩行するさまをいう語。

発心集 第三

一　江州　増叟《ましてのおきな》の事

中比《なかごろ》、近江《あふみ》[三]の国に乞食《こつじき》しありく翁ありけり。立ちても居ても、見る事聞く事につけて、「まして[四]」とのみ云ひければ、国の者、「ましての翁」とぞ名付けける。させる《大した》徳もなけれども、年来へつらひ[五]ありければ、人も皆知りて、見ゆるに《現れるといつも》したがひて、あはれみけり。

其の時、大和《やまと》[六]の国にある聖の夢に、此の翁必ず往生すべき由《よし》見たりければ、結縁《けつえん》[七]のために尋ね来たりて、則《すなは》ち翁が草の庵《いほり》にやどりにけり。かくて、夜なんど、いかなる行《ぎやう》をかするらんとて聞けども、更《まっ》

往生人「ましての翁」

＊本章の説話、『三国伝記』一・二十四にも見える。

「ましての翁」とその往生すべき理由

三　今の滋賀県。

四　「増して」で、その上にも、それにも増して、の意。現在の「いわんや」の意の「まして」といささか語義に差がある。

五　愛想をふりまきながら歩きまわっていたので。

六　今の奈良県。

七　（往生人としてのこの翁に接して）仏道と縁を結ぶこと。「けちえん」とも。

に勤《たく》むる事なし。聖、「いかなる行をかなす《どんな修行をしたのか》」と問へば、翁、更に行《ぎやう》なき由を答ふ。聖、重ねて云ふやう、「我、まことは、汝《なんぢ》が往生すべき由を夢に見侍《はんべ》てげれば《見ましたので》、一わざと《特に》尋ね〔あなたを〕来たるなり。隠す事なかれ」と云ふ。其の時、翁云はく、「我、誠は一つの行あり。則《すなは》ち、『まして』と云ふことくさ《口ぐせ》、是《これ》なり。餓ゑたる時は、二餓鬼の苦しみを思ひやりて『まして』《〔その苦痛は〕今の私以上だろう》と云ふ。寒く熱きに付いても、三寒熱地獄を思ふ事、又かくの如し。諸々《もろもろ》の苦しみにあふごとに、いよいよ四悪道を恐る。五むまき味《あぢはひ》にあへる時は《〔現実の味に〕》、天の六甘露を観じて執《しふ》をとどめず《執着心を残さない》。もし、妙《たへ》なる色を見、勝《すぐ》れたる声を聞き、かうばしき香を聞く時も、是、何《物の》の数にかはあらん《数ではないだろう》。彼《か》の極楽浄土のよそほひ、物にふれて《何につけても》、ましていかにかめでたからんと思ひて、此の世の楽しみにふけらず」とぞ云ひける。聖、此の事を聞きて、涙を流し、掌《たなごころ》合はせてなむ去りにける。

必ずしも《〔この翁は〕》浄土の七荘厳《しやうごん》を観ぜねども、物にふれて八理《ことわり》を思ひけるも、

一 「はんべてげり」は「はんべりてにけり」→「はんべってんげり」と変化したものの、促音・撥音の無表記（「はんべり」は「はべり」の変化したものという）。この語法にはやや俗臭がある。翁にいなされたと思った聖が気色ばんでいる趣きを表現したものか。

二 餓鬼道に堕《お》ちた者。飢えと渇《かわ》きに苦しめられる鬼。各種あり、『往生要集』上・大文一に「その相、甚だ多し」として代表的なものが列挙されている。

三 地獄のうち、八寒地獄と八熱地獄を総称したもの。文字どおり、寒冷あるいは焦熱をもって、そこに赴く者に苦悩を与える地獄。八寒八熱。

四 悪事を行った者が死後に堕ちる所。地獄・餓鬼・畜生（以上、三悪道）・阿修羅（以上、四悪道）。悪趣。

五 「むまし」は「うまし」と同語の別表記。平安以後のものという。

六 非常に美味な飲料。仏教では、不老不死を得るために諸天が常用するという。

七 浄土を彩る美しさ。『浄土論』によれば、その特徴として二十九種が数えられるという。

八 道理を思ったことも、一般の修行をするのと同様に、往生のたねとなる業となっていたのであった。な

又、往生の業となんなりにけり。

二　伊予《いよ》僧都《そうづ》の大童子《だいどうじ》、頭《かしら》の光現はるる事

奈良の都に、九伊予僧都と云ふ人ありけり。一〇白河院の末にや、あひ奉りけん《生れ合せた人だったか》。近き世の人なるべし。その僧都のもとに、年ごろつかふ一一大童子ありけり。朝夕《あさゆふ》に念仏を申す事、時の間《わずかの間も》もおこたらず。

ある時、僧都の夜ふけて物へ行きけるに《外出した時に》、此の童《わらは》、火をともして車のさきに行くを、見れば、一二火の光に映じて、一三頭《かしら》の光あらはれたり。あさましくめづらかに覚えて《意外で珍しく思ったので》、人を呼びて、此の火を車のしりに《牛車の後部》ともす。かくて又むかひて《車を前進させて》これを見るに、なほ、先の如くに明らかなり。とかく云ふはかりなし《何とも言いようのない光景であった》。

其の後、〔僧都が〕此の童を呼びて云ふやう、「年もやうやう高くなりたり《お前もどうやらしかるべき年齢に達した》。

お、文末の「けり」は、上の係助詞の結びとして、正しくは寛文本のように「ける」とあるべきところ。

大童子の往生

九　伝未詳。

一〇　第七二代天皇。在位、延久四年（一〇七二）～応徳三年（一〇八六）。以後院政をしき、大治四年（一一二九）崩御、七十七歳。ここの「末」は、院の晩年をさすのであろう。

大童子の頭に光現る

一一　寺院で召し使う童のうち、年かさの者。中童子・小童子と区別していう。後に、高年の者が童形《どうぎょう》のままこれを勤めることがあった。鎌倉初期の『貴嶺《きれい》問答』に「（前日の最勝講の）大童子と号する者、年齢七旬に及ぶ。（中略）このごろ極めて見苦しき者也。いつのころより、出で来たる者哉」とある。本章の大童子も、話の内容から、かなり高年の者であることが知られる。

一二　『方丈記』安元大火の描写に「火の光に映じて、あまねく紅《くれなゐ》なる中に」（一七頁五行）とある。

一三　神宮本は「仏光」とする。仏光は仏の知恵の象徴。

僧都、大童子に念仏専心をすすめる

大童子の遁世と往生

かく念仏を申す、いと貴《たふと》し。今は《もはや》[一]宮仕へさはりあり《勤めは念仏の障害だ》。まぎるる方なく念仏《一心に》してゐたれ[二]がし。然らば、食ひ物の為に、いささか田を分けて取らせん」と云ふ。童、「何事に《〔私の〕どこが》[三]おぼしめしあきて侍るにか《お気に召さなくなったのでしょうか》。宮仕へつかまつるとて、念仏のさはりになる事も侍らず。身のたへて侍らん程は《身体がきくうちは》、つかまつらんとこそ思ひつれ《思っていましたのに》。いと本意なく《まったく残念です》」など云ふ。「そのていの事にあらず《そういうわけではない》」とて、事のいはれをよくよく云ひ聞かせければ、「しからば、畏《かしこま》り侍り」とて、〔童は〕此の田を、ふたり持ちたりける子に分け取らせてなん、食ひ物をば沙汰させ《世話させた》せける。

かくて、[四]猿沢の池のかたはらに、一間《ひとま》なる庵《いほり》結びて、いとど他念なく《前にもまして一心不乱に》念仏して居たりければ、本意の如く、[五]臨終正念にて、西に向ひて掌《たなごころ》を合はせて終りにけり。

往生は、[六]無智なるにもよらず。[七]山林に跡をくらうするにもあらず。只、云ふかひなく《いやしい身の上で》功積めるもの、かくのごとし。

一 貴人に使われること。底本「宮つがへ」。他史料により訂正。
二 一〇二頁注三参照。
三 「おぼしめしあ（飽）く」は「思ひあく」（いやになる、うんざりする）の敬語。
四 奈良の興福寺のそばにある池。
五 死に臨んで心が少しも乱れないこと。
六 知恵の有無にも関係がない、の意か。
七 俗界から離れた所に隠遁《いんとん》すること。

三　伊予入道、往生の事

[八]伊《い》予守《よのかみ》源頼吉は、若くより罪をのみ作りて、いささかも慚愧《ざんぎ》の《後悔の》心なかりけり《念がなかった》。況《いはん》や、[九]御門《みかど》の仰せとは云ひながら、みちの国《東北地方》にむかひて、[一〇]十二年の間、[一一]謀叛《むほん》の輩《ともがら》をほろぼし、諸々《多くの》の眷属《けんぞく》、境界《きやうがい》《家来が身を》を失へる事、数を知らず《滅ぼした例は数えきれない》。因果の理《ことわり》空しからずは《実在のものであるなら》、地獄の報ひ疑ひなからんと見えけるに、[一二]みのわの入道とて、先立ちて世を背《そむ》ける者ありけり。をりふしに、此の世の無常、身罪《しんざい》の報ひの恐るべきやうなんどを云ひけるを聞きて、忽《たちま》ちに発心して、頭《かしら》おろして、一筋に往生極楽を願ひけり。彼《か》のみのわの入道が作れりける堂は、伊予入道の家向ひ、さめうじ《左女牛小路と》西《にしの》洞院《とうゐん》なり。[一三]みのわ堂と云ひて、近くまで《最近まで》ありき。彼の堂にて行ふ間《勤行する間》に、昔の罪を悔い悲しみける。涙、板敷に落ち積りて、大床《〔堂の〕床》に伝は

武人の発心と往生

八「頼吉」は正しくは「頼義」。頼信の長男。鎮守府将軍、伊予など各国の守《かみ》その他を歴任。前九年の役平定などで知られる高名な武将。承保二年（一〇七五）没、八十八歳。本章などの往生譚は、武人も懺悔により往生が可能なことをいうのに引き合いに出される好例として諸書に言及。『続本朝往生伝』、七巻本『宝物集』五（三巻本は下）、『古事談』四、『平家物語』十「維盛入水」など。

頼義の罪業と懺悔

九 第七〇代後冷泉天皇をさす。

一〇 前九年の役をさす。永承六年（一〇五一）に始まり、最終的に鎮圧が完了したのが十二年目の康平五年（一〇六二）なので、「十二年合戦」といわれた。

一一 安倍頼時とその子貞任《さだとう》・宗任《むねとう》らをさす。

一二 首藤通弘《すどうみちひろ》を当てる説があるが、『尊卑分脈』に「号蓑和入道」とある通弘は時代が合わない。その曾祖父助道（資通）が頼義の郎従なので、これをさすか。また、『山内首藤系図』に、その資通の三男通弘に「号蓑和入道」という注がある。あるいはこの人物か。

一三『古事談』五に「六条坊門（左女牛よりやや北）の北、西洞院の西に堂有り。みのわ堂と号す」とあり、以下に縁起を記す。それによると、頼義自身建立の阿弥陀堂で、十二年合戦の死者の耳を土壇の下に埋め、「耳納堂」と称したことに由来するという。なお、同書（一本）の書入れに、承元（一二〇七〜一一）の頃に焼亡した由《よし》が記されており、参考になる。

頼義の発心と往生

り、大床より流れて土に《堂の縁から下に》落つるまでなん泣きける。

其の後、語りて云はく、「今は往生の願ひ、疑ひなくとげなんとす。勇猛《ゆうみやう》・強盛《がうじやう》なる心のおこれる事、昔、一衣川《ころもがは》の館《たち》を落さんとせし時にことならず」となん云ひける。まことに、終りめでたくて往生したる由、二伝に記せり。

多く罪を作れりとて、卑下すべからず。深く心を発《おこ》して勤め行へば、往生する事、又かくの如し。

その三息《そく》は、つひに善知識もなく《〔彼を導く〕高徳の人もなく》、懺悔の心もおこさざりければ、罪ほろぶべき方なし。重き病ひを受けたりける比《ころ》、向ひに住みける女房の夢に見るやう、さまざま姿したる恐しき物、数も知らず、そのあたりを四打ちかごめり。「いかなる事ぞ」と尋ぬれば、「人をからめんと《捕えよ》するなり」と云ふ。とばかりありて《しばらくたって》、男を一人追ひ立て行くさきに、札を《高札を》さし上げたるを、見れば、「五無間《むけん》地獄の罪人」と書けり。夢さめて、いとあやしく覚えて尋ねければ、「此の暁、はやく《すでに〔その》

一 北上川の支流衣川の南に安倍頼時がいとなんだ城塞。今の岩手県胆沢《いさわ》郡衣川村下衣川字西館の地という。

二 『古事談』にも「委《くは》しくは伝に見ゆと云々」とある。『続本朝往生伝』をさす。

三 息子。源義家をさす。頼義の長男。通称、八幡太郎。鎮守府将軍、陸奥《むつ》その他諸国の守《かみ》。前九年・後三年の両役の陸奥平定によってその武威は有名。後代、武家の偶像的存在として仰がれた。嘉承元年（一一〇六）没、六十八歳。

頼義息の堕地獄

彼の堕地獄を語る以下の話は、『古事談』四に実名をもって記されている。

四 包囲した。「かごむ」は「かこむ」に同じ。「こ」は古く清濁両形あった。『史記抄』三などによれば、関東では「かこむ」、京では「かごむ」と言ったという。

五 八熱地獄（八大地獄、一二八頁注三参照）の第八。「阿鼻《あび》」とも。他の七つの地獄の与える苦痛の総和の一千倍以上をここで受けねばならぬという（『往生要集』上・大文一）。五逆（一二〇頁注六参照）を犯した者などが赴く。「無間」は後世「むげん」と読む。

失せ給ひぬ」（方は」亡くなった）となん云ひける。

四　讃州源大夫《さんしうげんだいふ》、俄《にはか》に発心・往生の事

讃岐《さぬき》[六]の国に、いづれ[七]の郡《こほり》とか、源[八]大夫と云ふ者ありけり。さやうの者の（彼のような身分の者の）習ひと云ひながら、仏法の名をだに知らず、生き物を殺し、人を滅ぼすよりほかの事なければ、近きも遠きも、おぢ恐れたる事限りなし。

ある時、狩して帰りける路に、人の仏供養《ほとけくやう》[九]する家の前を過ぐとて、聴聞《ちやうもん》の者の集まれるを見て、「何わざをすれば、人は多かるぞ」（〔ここで〕何をするというので大勢人がいるのだ）と問ふ。郎等《らうどう》の云はく、「仏供養と云ふ事し侍るなり」と云ふ。「いでや（いや〔それは〕）、けうがり[一〇]。未だ見ぬ事ぞ」とて馬より下りて、狩装束のままながら、中を分け入り、庭も狭《せ》にこらゐたる人（一杯に多数坐っていた人）、「これ、情なし」（これは嘆かわしいことだ）

念仏しつつ西行《さいこう》した極悪人

＊往生譚のうち、もっとも感動的とされる有名な一編。『今昔物語集』十九・十四に最高の形象化（『発心集』の約二倍の量）が見られるほか、『宝物集』（三・五・七巻本の各最終巻）、『私聚百因縁集』九・二十、『続教訓抄』十四などにも見える。

六　今の香川県。

七　何とかいう郡に。ただし、源大夫がいた郡は、他書いずれも多度郡（那珂郡と合併して現在は仲多度郡）と明示。

悪人源大夫、仏供養を見る

八　伝未詳。その名称から、伊予の橘大夫（『発心集』二・十）と一双の北四国の往生人として伝承されたか。とすると、源姓の五位（「大夫」は五位の通称）で、讃岐守（従五位下の相当官は上国の守。讃岐は上国）だったことになる。他書に見える「狩漁」を事とする彼の姿と名称の不一致は疑問。酷吏の往生をことさら卑賤の者の話に変形・伝承したか、または「源大夫」は実質を伴わない単なるあだ名か。

九　新造の仏像・仏画などを堂に安置するときに行う儀式。仏眼を入れるので、「開眼供養《かいげんくやう》」という。

一〇「けうがり」（「けうかり」とも）は、面白い、風変りだ、の意。「けう」は「興」「稀有」などの字が当てられる。用例は少なくないが、ほとんど連体形の例なので活用は不明。ラ変型で形容詞的に用い、後に四段動詞化したか。類似語「やう（様）かり」。

と見るに、胸《おびえて》つぶれて、ひらがり[一]をり。
ここらの人《幾人もの人》の肩を越えて、導師[二]の法説くかたはらに近く居《坐りこんで》て、こ
との心を問ふ。僧、恐しながら説法を《「それまでの」》とどめ《中絶して》て、阿[三]弥陀の御誓ひた
のもしき事、極楽のたのしき、此の世の苦しみ、無常の有様なんど
を、こまかに説き聞かす。此の男云ふやう、(源大夫)「いといみじき事《感動的なことで》
にこそ《ある》。さらば、我、法師になりて、其の仏のおはしまさん方へ《いらっしゃるとかいう方角へ》参
らんと思ふに、道を知らず。心をいたして《一生懸命に》呼び奉らんと思ふに、い
らへ《答え》給ひなんや《て下さるだろうか》」と云ふ。(導師)「誠に深く心をおこし給はば《道心にめざめなさるならば》、必ずいら
へ給ふべし」と答ふ。(源大夫)「さらば、我を只今法師になせ」と云ふ。あ[四]
れうのままにて《事のなりゆきに言ったまでなので》、ともかくも云ひやらず《(導師は)言葉につまった》。
其の時、郎等《らうどう》寄り来て、「今日は、物さわがしく[五]侍り。かへり給
ひて、その用意して出家し給はば、よろしからん《一段とよろしいでしょう》」と云ふに、腹立
ちて、「おのれがはからひにては《お前らごときの判断で》、我が思ひ立ちたる事をば、いかで
さまたげんとするぞ」とて、眼《まなこ》をいからし《つりあげ》て、太刀を引きまはせば、

説法を聞く

一 小さくなっていた。「ひらがる」は平らになる。
二 (その仏供養の)中心になって、一座の人々を唱導する僧。
三 『大無量寿経』に説く、法蔵菩薩であった時の阿弥陀が立てた四十八の誓願。「弥陀の誓ひぞ頼もしき、十悪五逆の人なれど、一度《ひとたび》御名《みな》を称《とな》ふれば、来迎引接《らいかういんぜふ》疑はず」(『梁塵秘抄』二)。
四 語義不明。「ありやう(有様)」の拗音化「ありゃう」をこのように表記したものか。「ありやう」は、事のなりゆき、などの意。仮に傍注のように訳しておく。神宮本は「僧、案ずる様にて」。

突然出家して西へ向う

五 もと、さわがしいの意から転じて、性急だ、気が早すぎる。

恐れをののきて立ちのきぬ。大方《おおよそ》、今日の[六]願主《ぐわんじゅ》より始めて、ありと《居合せた》ある人《人すべてが》、色を失へり《青くなった》。近く居より《〔源大夫は導師に〕つめよって》、「只今、頭《かしら》それ。そらではあし《剃らないとただでは》かりなん《おかないぞ》」と、しきりにせむれば《〔導師は〕》、遁《のが》るべき方なくて、わななくわななく法師になしつ。衣・袈裟《けさ》乞《こ》ひて、うち着て、是《これ》より西さまに《西方に》向きて、声のある限り「[七]南無阿弥陀仏」と申して行く。是を聞く人、涙を流してあはれむ。

かくしつつ、日を経てはるかに行き行きて《何日間も遙か西方めざしどんどん歩いてゆくと》、末に山寺ありけり。そこなる僧あやしみて、事の心を《〔源大夫の行動の〕いわれを》問ふ。[八]しかしかと、ありのままに云へば、貴《たふと》みあはれむ事限りなし。「さても、物欲しくおはすらん」とて、[九]干飯《ほしいひ》をいささか引きつつみて取らせければ、「つゆ《まったく》物食はん心なし。ただ、仏のいらへ給はん待てば《お答えになるのを切望しているので》、山・林・海・川なりとも、命のたえんを限りにて《命のつづくかぎりは》行かんと思ふ心のみ深くて、其のほかには何事もおぼえず」とて、なほ西をさして呼ばひ《〔仏の御名を〕》行く。彼の寺に《その山寺に》、ひとりの僧あり。跡を《〔源大夫の〕》尋ねつつ行きて見れば、遙かの

六 祈願を立てて、この仏供養の仏像を新造した人。

七 『今昔物語集』には「阿弥陀仏よや、おいおい」とある。

八 前後の部分から内容の明らかな長い語句を省略して、代りに用いる語。「しか」（そのように）の畳語で、後に「しかじか」とも。

九 炊いた飯を干したもの。携帯食料として旅行などに用いた。

往生のさまのめでたさ

一西の海きはにさし出でたる山の端《は》なる、岩の上に居《〔源大夫が〕》たり。語りて云はく、「ここにて阿弥陀仏のいらへ給へば《お答えになるそうなので》、待ち奉るなり」と云ひて、声を挙げて呼び奉る。誠に、海の西に、かすかに御声聞こえけり。「聞き給ふにや《お聞きになったでしょう》。今ははや、帰り給ひね。さて、七日ばかり過ぎて、又おはして、我がなりたらん姿さまを見給へ」と云ひければ、泣く泣く《〔僧は〕》帰りにけり。

其の後、云ひしがごとく日比《ひごろ》へて、その寺の僧、あまた《大勢》いざなひて、行きて問へるに《様子を見ると》、もとの処に露も変らず、掌《たなごころ》を合はせつつ、西に向ひて、眠《ねぶ》りたるが如くにて居たり。舌のさきより、青き蓮《はちす》二の花なん一房《ひとふさ》おひ出でたりける。おのおの《〔その姿を〕》仏の如く拝みて、此の花を取りて、国の守《かみ》に取らせたりけるを《〔守は〕》、もてのぼりて《持って上京して》、三宇治殿にぞ奉りける。

功つめる事なけれども《往生の因となる業を積まなくても》、一筋に憑《たの》み奉る心深ければ、往生する事またかくのごとし。

一『今昔物語集』には「高く嶮《さがし》き峰あり。其の峰に登りて見れば、西に海あらはに見ゆる所あり。其の所に二胯《ふたまた》なる木あり。其の胯に入道登り居て、金を叩きて、『阿弥陀仏よや、おいおい』と叩かひ居たり」とある。

二 蓮の花（蓮華《れんげ》）は仏菩薩の台座と考えられるなど、仏教でさまざまの表象物として重視される。往生人が極楽に至った時、この花が咲くとされた。「蓮華初開の業とは、行者（念仏をした者）かの国（極楽）に生れ已《をは》りて、蓮華初めて開く時、所有の歓楽、前に倍すること百千《ひやくせん》なり」（『往生要集』上・大文二）。青い蓮（青蓮《しようれん》華《げ》）にも、その葉が仏眼にたとえられるなど諸説ある。『法華経』薬王菩薩品に、同品を讃嘆すれば、現世に口中から青蓮華の香を出す、とある。

三 藤原頼通（九九〇〜一〇七四）をさす。『今昔物語集』のみ、蓮花が彼に献上されたことを欠き、「何《いか》にか成りにけむ、知らず」とする。

＊この説話の破戒無慙《むざん》の男を突然西行させた衝動の根には、彼が無意識のうちに持っていた時代思潮を認めるべきであろう。当時の人々の西方《さいほう》への思慕・憧憬の情の深さは、われわれの想像をこえるのである（三木紀人「西方」—『国文学』昭和四十八年七月号参照）。

五　或る禅師、補陀落山《ふだらくせん》に詣づる事
賀東《かとう》上人の事

ある入道、身燈を決意

近く《近年》、讃岐《さぬき》[四]の三位と云ふ人いまそかりけり《おいでになった》。彼のめのとの男《その人の乳母の夫》にて、年ごろ往生を願ふ入道[五]ありけり。心に思ひけるやう、「此の身の有様、万《よろづ》の事、心に叶《かな》はず。もし、あしき病ひなんど受けて、終り思ふやうならずは、本意とげん事《往生の願いを果すことは》極めてかたし。病ひなくて死なんばかりこそ《死ぬ場合に限って》、臨終正念ならめ《臨終の心の安定が保たれるであろう》」と思ひて、身燈《しんとう》[六]せんと思ふ。

補陀落渡海を決意して完遂

「さても、たえぬべきか《がまんできるだろうか》」とて、鍬《くは》と云ふ物を二つ、赤くなるまで焼きて、左右の脇にさしはさみて、しばしばかりあるに、焼け焦《こ》がるる様、目も当てられず。とばかりありて、「ことにもあらざりけり《大したことではなかった》」と云ひて、其のかまへども《身燈の用意》しける程に、又思ふやう、身燈はやすくしつべし《容易にできそうだ》。されど、此の生《しやう》を改めて極楽へまうでん詮もなく《行っても仕方がないし》、

四　誰をさすかについて三説がある。㈠藤原兼子（一〇五〇〜一一三三）、㈡藤原季行（兼子の孫。一一一四〜六二）、（以上二説、『校注鴨長明全集』）、㈢藤原俊盛（益田勝実氏『火山列島の思想』）。このうち、『発心集』成立期にもっとも近い㈢を、冒頭の「近く」に照応する人物として採っておく。俊盛は顕盛の長男、母は藤原敦兼女《むすめ》（敦兼は兼子の子なので、俊盛は兼子の曾孫に当る）。従三位讃岐守。『今物語』三十三に「讃岐三位俊盛と聞えし人」とある。治承元年（一一七七）、五十八歳で出家。没年未詳。

五　未詳。

六　一種の焼身自殺。『法華経』薬王菩薩本事品の中の喜見菩薩が、仏供養のために香油を衣服にそそぎ、焼身、その光明は八十億恒沙《ごうしゃ》の世界を照らすこと千二百年という故事に基づく。平安時代に流行を見たが、一方ではその行為と人々の見物を退廃とし、非難するむきも多かった。

又、凡夫《ぼんぷ》なれば、もし終りに至りて、いかが《どんなものだろう》、なほ疑ふ心もあらん。補陀落山《ふだらくせん》[一]こそ、此の世間《現世》の内にて、此の身ながらも《この身のままで》詣でぬべき所な《詣でることができる所だ》れ。しからば、かれへ詣でんと思ふなり。又即《すなは》ちつくろひやめて《治療をやめて》、土佐の国[二]に知る処ありければ、行きて、新しき小船一つまうけて、朝夕《あさゆふ》これに乗りて、梶取《かぢ》るわざを習ふ。

その後、梶取りをかたらひ《梶取りに頼んで》、「北風のたゆみなく吹きつよりぬらん時は《間断なく吹き強まったらその時は》、告げよ」と契《ちぎ》りて、其の風を待ちえて、彼の小船に帆かけて、ただ一人乗りて、南をさして去りにけり。妻子《めこ》ありけれど、かほどに思ひ立ちたる事なれば、留めるにかひなし《とめてもむりであった》。空しく行きかくれぬる方を見やりてなん、泣き悲しみけり[三]。是《これ》を、時の人、こころざしの至り浅からず《並み大抵の決意ではない》、必ず参りぬらんとぞ〔補陀落山へ〕おしはかりける。

賀東聖の例

一条院[四]の御時とか、賀東聖《かとうひじり》[五]と云ひける人、此の定《ぢやう》に《これと同じ仕方で》して、弟子ひとり相ひ具して《連れて行ったことを》まゐるよし、語り伝へたる《語り伝えているその例にならって渡海したのだろうか》跡を思ひけるにや。

一 梵語《ぼんご》 Potalaka の音写。「補陀落迦《ふだらか》」とも。光明山・海島山などと訳す。観音菩薩の住む山とされる。形は八角、インドの南海岸にあるという。わが国では、紀伊の熊野の那智山がこれに当てられ、平安中期以降あつく信仰され、また、熊野から南方に渡海し、補陀落に赴こうとする者が続出した。

二 今の高知県。

三 「なん」の結びとしては「ける」が正しい。

四 第六六代天皇。在位は寛和二年（九八六）～寛弘八年（一〇一一）。

五 貞慶の『観音講式』跋文、『地蔵菩薩霊験記』六・十七、『観音利益集』三十（断簡だが、文意はうかがえる）などに見える聖。「賀登聖」とも表記される。阿波から来た者で、弟子の蜜然を伴って虚舟《うつぼぶね》に乗り、土佐の足摺岬から長保二年（一〇〇〇）八月十八日に渡海したという。

＊ 補陀落渡海とその周辺事項に関しては、辻善之助氏『日本仏教史』上世篇、第五章第七節、および益田勝実氏「フダラク渡りの人々」（『火山列島の思想』所収）などに詳しい。

六　或る女房、天王寺に参り、海に入る事

娘に先立たれた女房の嘆き

鳥羽院[六]の御時、ある宮腹[七]に、母と女《むすめ》[八]と同し宮仕へする《一緒に勤務をする》女房ありけり。年比《としごろ》へて後、此の女、母に先立ちてはかなくなりにけり。〔母は〕嘆き悲しむ事限りなし。しばしは、かたへ《仲間》の女房も、「さこそ思ふらめ《さぞかし気をお落しでしょう》。ことわりぞ《むりもない》」なんど云ふ程に、一年・二年ばかり過ぎぬ。其の嘆き、更におこたらず《少しもおさまらない》。やや日にそへていやまさり行けば〔泣いているのが〕、折りあしき時《具合悪い時》も多かり。[九]こと忌《い》みすべき比《ころ》をも分たず《も同じように》、涙をおさへつつ明《あか》し暮すを、人目も《人目について》おびたたしく、はてには、「此の事こそ心得ね《腑に落ちない》。おくれ先立つならひ、今はじめける事かは《今に始まったことではない》」なんど、口やすからず〔皆は〕《非難がましい口ぶりで》[一〇]ざざめきあへり。

天王寺に赴く

かくしつつ《こうして》三年と云ふ年《三年目に当る年》、ある暁に、人にも告げずあからさまな《ちょっとした外出の》

六　第七四代天皇。在位、嘉承二年（一一〇七）～保安四年（一一二三）。

七　皇女の子。

八　「同し」の語尾には清濁両形がある。この部分、底本によれば清音。

九　めでたい日などは、涙を不吉なものとして忌んだ。「今日（元日）は、こといみして、な泣い給ひそ」（『源氏物語』紅葉賀）、「『こよひ（親子初対面の日）はいみじきや。こと忌みすべきものを』と、（涙を）おしのごひ隠し給ひて」（『夜の寝覚』二）。

一〇　がやがやいう。さわぎ立てる。多く「ざざめきあふ」と複合して用いる。『平家物語』などに用例が目立つ（「よにさわがしうざざめきあひて、女房達しのびねに泣きなどし給へば」、七「主上都落」）。「ざざ」は擬音語。「めく」はそのような音声を立てる意の接尾語。

るやうにて《ふりをして》、まぎれ出で、衣《きぬ》一つ、手箱[一]一つばかりをなん袋に入れて、女《め》の童《わらは》に持たせたりける。京をば過ぎて鳥羽[二]の方へ行けば、此の女の童、心得ず思ふほどに《不思議に思っていると》、なほなほ行き行きて《どんどん進んで行って》、日暮れぬれば、[三]橋本と云ふ所に留まりぬ。明けぬれば、又出でぬ。からうして、其の夕べ、[四]天王寺へまうで着きたりける《参り着いたのであった》。さて、人の家借りて、「ここに、七日ばかり念仏申さばやと思ふに、京よりは、其の用意もせず。ただ我が身と女の童とぞ侍る」とて、此の持ちたりける衣を一つ、取らせたりければ、「いとやすき事《おやすい御用です》」とて、家主《いへぬし》なん、其の程の事は用意しける。

三七日の念仏をなす

かくて、日毎に堂にまゐりて、拝みめぐる程に、又こと思ひせず《他のことは気にかけず》、一心に念仏を申したりける。手箱・衣二つ[五]とは、[六]御舎利に奉りぬ。七日に満ちては、京へ帰るべきかと思ふ程に、「かねて思ひしより、いみじく心も澄みて、たのもしく《充実した気持です》侍り。此のついでに今《さらに》七日」とて、又、衣一つ取らせて、[七]二《に》七日《しちにち》になりぬ。其の後聞けば、「三七日《さんしちにち》にな

一 身のまわりの道具を入れる箱。
二 今の京都市南区上鳥羽、伏見区下鳥羽の地。鴨川と桂川の合流するあたり。交通の要地。都より約六キロ、当時、鳥羽殿があった。
三 鳥羽より約十キロ、男山の麓、淀川に面した地。今の京都府綴喜《つづき》郡八幡町橋本。当時、港町として殷賑《いんしん》をきわめた。「橋本の津といふ所に下らせ給ひて御覧ずれば、国々の船どもも、御船どもも、目もはるかに寄せわたしたり」(『栄花物語』三十八)。
四 四天王寺。七六頁注二参照。この寺の西門は極楽の東門に通ずるとされ、かつては西門のすぐきわにあった浜辺から乗船、入水するのが流行した。なお、橋本・天王寺間は約三六キロ。徒歩では強行にすぎるので、船便によったのであろう。
五 「と」は寛文本になし(神宮本は単に「手箱をば」)。
六 梵語《ぼんご》Śarīra の音写。仏の遺骨。天王寺の仏舎利は有名な寺宝。『荒陵寺御手印縁起』によれば、天王寺の塔の心柱の中に六粒、金堂に安置する金銅の舎利塔に十三粒を納入、とある。諸書に見え、尊崇されたさまがしのばれる。その例、「天王寺に参りて舎利を拝み奉りて詠み侍りける　瞻西上人　薪つき煙も澄みて去

りにけんこれや名残りと見るぞ悲しき」（『千載集』十九）。
七 十四日間。祈願などの日程の単位を七日として、その倍。下の「三七日《さんしちにち》」は二十一日間。
八 世話をしてもらうための謝礼。

難波の海に出て念仏、入水する

九 今の大阪湾。古来歌枕として、また、西方を見晴《みはる》かす地として都人のあこがれの的であった。

＊ 天王寺西門ぎわの岸から入水すべく乗船して行くさまは、感動をさそう劇的な場面として画材・歌題ともなっていた。「障子の絵に、天王寺の西門にて法師の舟にのりて、西さまにこぎはなれてゆくかた書ける所をよめる　源俊頼朝臣　阿弥陀仏と唱ふる声を楫《かぢ》にてや苦しき海（仏語「苦海」の和訳、無限の苦悩が海のように広がるこの世）を漕ぎ離るらむ」（『金葉集』十、雑下）など。

一〇 往生人が極楽に迎え取られるときの瑞雲《ずいうん》を暗示する。

し侍らん」とて、なほ《また改めて》衣を取らせければ、「何かは《結構です》、かく、度《たび》ごとに御用意なくとも、さきに給はせたり《いただいた分で》しにても、しばしは侍りぬべ《足りるはずで》し」と云へど、「さりとて、此[八]の料に具したりし物を持ちて帰るべきに非《あら》ず」とて、強《し》ひて、なほ取らせつ。三七日が間、念仏する事二心《ふたごころ》なし。

〔二十一日の〕日数満ちて後、云ふやう、「いまは京へ上るべき《帰らなければならないので》にとりて、音に《有名な》聞く難波《なには》[九]の海のゆかしき《見たいので》に、見せ給ひてんや」と云へば、「いとやすき事」とて、家の主《あるじ》しるべ《案内して》して、浜に出でつつ、則ち《すぐに》、舟に相ひ乗りて、こぎありく。いと面白しとて、「今少し、〔遠くまで〕今少し」と云ふ程に、おのづから澳《おき》に遠く出でにけり。

かくて、とばかり《しばらく》西に向ひて念仏する事しばしありて、海に、づぶと落ち入りぬ。「あな《ああ》、いみじ《たいへん》」とて、まどひ《あわてて》して、取り上げんとすれど、石などを投げ入るるが如くにして沈みぬれば、「あさまし」とあきれさわぐ程に、空[一〇]に雲一むら出で来て、舟にうちおほひて、かうばしき匂ひあり。家主、いと貴くあはれにて、泣く泣くこぎ帰りにけり。

その時、浜に人の多く集まりて物を見あひたるを、〔家主は〕知らぬやうにて問ひければ、「澳《おき》の方に、紫の雲立ちたりつる」なんど云ひける。

さて、家に帰りて、あとを見るに、此の女房の手《筆蹟で》にて、夢の有様を書き付けたり。「初め一の七日は、地蔵・龍樹二来たりてむかへ給ふと見る。二七日には、三普賢《ふげん》・文殊《もんじゅ》むかへ給ふと見る。三七日には、阿弥陀如来、四諸々《もろもろ》の菩薩と共に来たりて迎へ給ふと見る」とぞ書き置きたりける。

七　書写山《しょしゃさん》客僧、断食往生の事
此《かく》の如きの行《ぎやう》を謗《そし》るべからざる事

人々奇瑞《きずい》を見る

一 以下に、三種の来迎《らいこう》の主体が示されているが、往生の階位が次第に上ってゆくことをいうか。

二 西暦一五〇～二五〇年頃の南インドの高僧。バラモン出身、小乗仏教から大乗仏教に転じ、各領域を修学・宣揚、八宗の祖と仰がれ、菩薩号を付して尊称される。彼が地蔵と双記されている例、「愛宕《あたご》護の山は、地蔵・龍樹の在《まし》ます所也」（『今昔物語集』十三・十五）、「或いは、地蔵・龍樹等の菩薩は、無仏の世の大導師、仏滅後の大論師也」（『転法輪抄』神祇上・末）。

三 釈迦如来の両脇侍《きょうじ》。

四 観音・勢至以下の二十五菩薩と信じられていた。「唐土の諸師の云はく、『廿五菩薩は、阿弥陀仏を念じて、往生を願ふ者を擁護したまふ』」（『往生要集』下・大文七）などによる。

断食・読経し、往生を待った僧

五 今の兵庫県西南部。

六 円教寺をさす。兵庫県姫路市の西北に現存。天台宗。康保三年（九六六）、性空が開山。花山院の勅願寺。比叡山・大山《だいせん》とともに天台宗の三道場であった。
七 どこからともなくやって来る。この「う（浮）かる」は、さすらう、浮浪する意。
八 経（特に『法華経』）を専心して受持・読誦する者。『法華経』法師功徳品《ほっしくどくぼん》「この法華経を受持し、もしくは読み、もしくは誦し、もしくは解説《げせつ》し、もしくは書写せば、この人はまさに八百の眼の功徳、千二百の耳の功徳、八百の鼻の功徳、千二百の舌の功徳、八百の身の功徳、千二百の意の功徳を得べし」による。中古・中世に多く現れた。略して「持者」。
九 高徳の僧。法臘《ほうろう》（出家者としての年功）を多く積んだ僧。神宮本「長老なりける僧」。
一〇 一三七頁注六参照。
一一 往生のために海中に身を投ずる自殺。院政期に流行した。前話はその例。
一二 振仮名は底本のまま。呉音で「じきもつ」、漢呉両音の混用で「しょくもつ」とも読まれるが、『日葡辞書』その他、「しょくぶつ」の例が最も多い。
一三 そのことを自分だけが知っているのでは、決心がにぶるかもしれないので、自己を、逃れられない境地に追いこむために告白したのであろう。
一四 下に禁止の意をともない、相手に制戒・禁止を強く呼びかける語。
一五 「無言の行（戒）」の略。

持経者、断食往生を企てる

播磨[五]書写山[六]に、外よりうかれ来たる[七]持経者《ぢきやうしや》[八]ありけり。所の人の情にてなむ、〔書写山で〕年比《何年か》過ぎける。取りわき《わけても》、長者《ちやうじや》[九]なる僧を相ひ憑《たの》みたりけるに、此の持者云ひけるやう、「我、深く臨終正念《心乱れぬ臨終を迎えて》にて極楽に生れん事を願ひ侍れど、其の終り《臨終の様子が》知りがたければ、ことなる妄念も《これと言った邪念も》起らず、身に病ひもなき時、此の身を捨てんと思ひ侍るなり。それに取りて《それにつけて》、身燈《しんとう》[一〇]・入海《にふかい》[一一]なんどは、ことざまもあまりきはやか《めだちすぎる》なり。〔それに〕苦しみも深かるべければ、食物《しよくぶつ》[一二]を断ちて、やすらかに終りなんと思ひ立ちて侍る。心[一三]ひとつにて、さすがなれば、かく申し合はするなり。あ[一四]なかしこ、あなかしこ《決して》、口より外《ほか》へ出だし給ふな。居所《きよしよ》は、南の谷に卜《し》め置きて侍り《自分の場所を用意しました》。今は罷《まか》りこもるばかり、後は無言[一五]にて侍るべければ、申し承る事《お言葉を伺うのは》は今日ばかりなるべき」と云ひければ、〔長者は〕涙を落しつつ、「いといとあはれなり。さほどに思ひ立たれたる事なれば、とかく申すに及ばず。但し、おぼつかなく《気がかりになった時》覚えん時、おのづから忍びつつ行きて、〔あなたを〕見申さん事は許し給ふや」と云ふ。「其れはさらなり《もちろんかまいません》。

へだて奉らねばこそ、かくは聞こゆれ《〔あなたを〕信用しておりますのでこんなことまで申し上げたのです》」など、よくよく云ひ契りて《約束をして》、行きかくれぬ。

あはれにありがたく覚えて、日々にも行き訪《とぶら》は[一]まほしけれど、うるさくぞ思はん《わずらわしく思うだろう》、とはばかる程に、おのづから《いつのまにか》日比《ひごろ》になりぬ《数日たった》。七日ばかり過ぎて、〔断食僧が〕教へし処を尋ね行きて、見れば、身一つ入る程なる少《ちひ》さき庵《いほり》を結びて、其の内に経うちよみて居たり。さし寄りて、「いかに身弱く苦しくなんどやおはする」など問へば、物[二]に書き付けて返事を云ふ。「日比いみじく苦しく覚えて、心弱く終りもいかがと覚え侍りしを《臨終もどんなに見苦しいことかと思いましたが》、此の二三日がさきに、まどろみたりし夢に、幼[三]き童子の来たりて、口に水をそそく[四]と見て、身涼しく、力も付きて、今はうれふる事侍らず《何の苦痛もありません》。当時《そのかみ》《現在》のやうならば、終りも願ひの如くならん」など云ふ。

いよいよ貴くうらやましくて、返りて、又其の後、余りめづらか《珍しい》なる事なれば、思ふ[五]に、さりがたき[六]弟子などにこそは、おのづから《もしかすると》語

断食僧、その冥助を筆談する

一 底本は「まぼし」。第二音節が濁音の例を他に見ないので、ひとまず誤りとして濁点を削除した。「まほし」は原則として和文脈にのみ用いられる語。漢文訓読文を基調とする説話集には用例が乏しい。『発心集』にはこの例のみ（神宮本は「たし」を使用）。ちなみに、『今昔物語集』にもわずか一例という（日本古典文学大系『今昔物語集 三』）。

二 無言の戒行を行っているので筆談したのである。したがって次の「云ふ」は、告げる、の意。

三 『法華経』の持者が修行していると、童子が出現して世話するというのは説話の一つの型。『法華経』安楽行品《あんらくぎようぼん》の「この経を読まん者は、常に憂悩《うなう》なく、（中略）天の諸《もろもろ》の童子は、もつて給使《きふし》をなさん」による。

四 「そそぐ」の古形。室町時代まではこの形かという。

老僧、断食僧のことを他人に語る

五 筆者（語り手）の判断を示す。

も語りけめ《ったのであろうか》、此の事、やうやう聞こえて《次第に評判になって》、此の山の僧ども、結縁《けつえん》せんとて尋ね行く。「あないみじ《ああ何ということか》。さばかり口堅めしものを《あれほど口止めしたのに》」と云へど、叶はず《どうしようもない》。はてには、郡《こほり》[七]の内にあまねく聞こえて、近き遠きも集まりののしる《大騒ぎする》。此の老僧〔現場に〕至りて、心の及ぶ限り制すれど、更に耳に聞き入るる人だになし。彼《か》の僧は物を云はねど、いみじく侘《わび》[八]しげに思へるけしきを見るにも、ひとへに我があやまちなれば、くやしくかたはらいたき《気の毒で見ていられない》事限りなし。

断食僧、人目を厭い姿を隠す

かくて、夜昼を分かず、様々の物投げかけ、米[九]をまき、拝みののしれば、〔往生に〕便りあるべしとも見えぬ《きわめて不都合と思われたが》程に、いかがしたりけん、此の僧、いづちともなく《どこへともなく》[一〇]はひ隠れぬ。ここら《多数》集まる者ども、手を分けて、山を踏みあさり、求むれども、更になし。「さても不思議なりや《それにしても不思議なことだなあ》」など云ひてげ[一一]る。後十余日へてなん、思ひかけず、彼の跡を見付けたりけん、もとの所わづかに五六[一二]段《たん》ばかりのきて《離れた所に》、いささか真柴《ましば》[一三]深く生ひたるかぐれ[一四]に、仏経[一五]と紙衣《かみぎぬ》とばかりぞありける。

六 この奇瑞《きずい》を教えてやらないわけにはゆかない弟子。「さりがたし」は「避《さ》り難し」で、避けにくい。
七 飾磨《しかま》（後に飾東《しきとう》・飾西・飾磨と分割）郡をさす。今の姫路市飾磨区。
八 つらそうに。
九 悪神を払うために米をまいた。うちまき。散米。
一〇 （這うようにして）ひそかに隠れてしまった。
一一 六二頁注三参照。
一二 一段は六間（三六尺。約一〇・九メートル）とするのが通説だが、九尺（約二・七三メートル）とする新説もあり、未定。
一三 「柴」の美称。多く歌に用いる。
一四 人目につかない場所。ものかげ。かくれ。
一五 『法華経』と、紙で作った僧衣。「紙衣《かみぎぬ》」は布の代用として和紙を用いた衣服。「紙子《かみこ》」ともいう。

断食僧への批評

此の三四年が程の事なれば、彼《か》の山に見ぬ人なしとぞ《ないという》。末の世に
は、いとありがたき《めったにない》事なりかし。
すべては、諸々《もろもろ》の罪をつくる、皆此の身ゆゑなれば、かやうに思《決心》
ひ取りて《して》、終りをも往生をも望まんには、何の疑ひかあらん。し
かれど、濁世《ぢよくせ》[一]の習ひ、我が分[二]ならぬ事を願ひ、ややもすれば、是《これ》[三]
を誹《そし》りて云はく、「先の世に、人に食ひ物を与へずして、分を失へ
る報ひに、みづからかかる目を見るぞ」とも云ひ、或いは、「天魔[四]
の心をたぶらかして、人を驚かして、後世《ごせ》をさまたげんとかまふる《たくらんだの》
ぞ《だ》」などとも云ふべし。誠に、宿業《しゆくごふ》[五]は知りがたき事なれど、さのみ云[六]
はば、いづれの行《ぎやう》かは、楽しくゆたかなる。皆《どの行も》、欲しき味はひをし《我慢》
のび《して》、身を苦しめ、心をくだくをもととす《苦心することを基本条件としている》。是、悉く《ことごと》人をわびしめ《つらい目にあわ》
たる報ひとや定めんとする《せた報いと決めてしまうのか》。況《いはん》や、仏菩薩の因位《いんゐ》[七]の行、皆法を重ん
じ、分を軽《かろ》くす。其の跡を追はぬ[八]、我が心のつたなきにてこそあら
め。たまたま学ぶべきを誹るには及ばざる事なり《そしる必要のないことだ》。

一 汚れにおかされた悪世。濁悪世《じよくあくせ》。
二 身のほど。分限。
三 断食僧の、不幸におわった企てをさす。
四 人の善事をさまたげる悪魔。
五 現世を決定する前世の業。「宿」は前世。
六 そんなふうに、往生の行にとやかくけちをつけるなら、の意か。文意にやや飛躍がある。
七 発心から成仏までの修行の期間。「仏果」に対していう。連声《れんじよう》で「いんに」とも発音。
八 仏菩薩の事蹟にならわないのは、自分の心が至らないからなのであろう。

彼の善導和尚《くわしやう》[九]は、念仏の祖師にて、此の身ながら《生身のままで》証を《悟りを》得給へる人なり。往生疑ふべくもあらざりしかど、木の末《すゑ》にのぼりて、身を投げ給へり。人の為は《人々にとって》、あしき事をしそめ給はんやは《まず御自分がなさるはずがあろうか》。

法華経の説く身燈供養

又、法華経に云はく、「若《も》[一〇]し、人、心を起して菩提《ぼだい》を求めんと思はば、手の指・足の指をとぼして《燃して》、仏陀に供養せよ[一一]。国《くに》・城《しろ》・妻子《つまこ》及び太子[一二]・国土、もろもろの宝をもて供養するに勝《すぐ》れたり」とのたまへり。此の事うち思ふには、人の身を焼く、皮くさくけがらはし。仏の御為に、何の御用やはあらん。云はば《〔身燈は〕》、一房の花にも劣り、一[一三]ひねりの香《かう》にも及びがたけれど、こころざし深くして、苦しみを忍ぶ故に、大きなる供養となるにこそはあらめ。

捨身の行と引接の可能性

さるにては《そういうわけで》、もし人いさぎよき心を発《おこ》して思はく、「太子・国土、勝れたる供養とのたまはばこそ《〔仏が〕おっしゃったからには》、我等が為には難《かた》からめ。此の身は我が有《いう》[一四]なり。しかも、夢のごとくして空《むな》しく朽ちなんとす。何《どう》か《して》は一指に限らん。さながら身命を《からだと生命一切を》仏道に投げて、一時の苦しみ、《〔によって〕》

九 一二五頁注八参照。彼の捨身往生には確実な所拠がなく、その弟子、柳樹の行実を誤伝したものかともいい、浄土真宗の立場からは、特に強く否定される。『発心集攷』に、「この一段大きにあやまれり。おのれ別に弁あり」とある。

一〇 『法華経』薬王菩薩本事品の「宿王華よ、若し発心して阿耨多羅三藐三菩提《あのくたらさんみやくさんぼだい》を得んと欲する者有らば、能《よ》く手の指、乃至《ないし》、足の一指を燃《とも》して仏塔を供養せよ。国城・妻子及び三千大千国土の山・林・河・池、諸の珍宝をもつて供養せん者に勝らん」よりの取意。

一一 底本・寛文本「せよと」。「と」は衍字《えんじ》として削除した。神宮本は、これを欠く。

一二 天子・諸侯の世継ぎの意として前後の文意は通るが、「太子・国土」は「大千国土」(「大千世界」とも。「世界」を十億集めたもの)を誤ったものか。神宮本は「大千国土」とある。

一三 ひとつまみ。ほんの微量。

一四 自分のもの。「人をたのめば、身、他の有なり」(『方丈記』二一八頁六行)。神宮本はこの個所「仮の身」。

無始生死の罪[一]をつくのひ[二]、仏の加被《かひ》[三]に、よく臨終正念なる事を得ん」と深く思ひとりて《心をかためて》、食ひ物をも絶ち、身燈・入海をもせんには、誰《たれ》[四]故《ゆゑ》発し給へる悲願なればか、引接《いんぜふ》[五]し給はざらん。

さらば、今の世にも、かやうの行《ぎやう》にて終りを取る人、まのあたり異香《いきやう》匂ひ、紫雲たなびきて、其の瑞相あらたなるためし多かり《〔往生を示す〕めでたいしるしがはっきりしている例が多い》。即ち、彼の童子の水をそそきけんも、証《〔引接の〕》にはあらずや。あふぎて信ずべし。疑ひて何の益かはある。しかるを、我が心の及ばぬままに、みづから信ぜぬのみならず、他の信心をさへ乱るは《乱すのは》、愚癡《ぐち》[六]の極まれるなり。

八　蓮花城《れんげじやう》、入水《にふすい》の事

近き比《ころ》、蓮花城[七]と云ひて、人に知られたる聖《ひじり》ありき。登蓮《とうれん》[八]法師相

一 始まりのない苦の境涯。無限の過去から衆生《しゆじやう》がいる迷いの世界。

二 「つくのふ」は罪のうめあわせをする。中世末に「つぐのふ」「つくなふ」(→「つぐなふ」)などの形も生じた。現在は「つぐなう」の形がもっぱら。

三 加護。「かび」とも。

四 ほかならぬ衆生のためにおこされた悲願なのだから、仏が引接なさらないはずがあろうか。

五 一一六頁注二、一二一頁注一〇参照。

六 愚かさをいう仏語。真理を悟る能力を欠くこと。無明《むみやう》。

捨身の行への無益な疑念

入水し、物の怪となって現れた聖

蓮花城、登蓮に入水の決意を語る

ひ知りて、事にふれ、情《面倒をみて》をかけつつ過ぎける程に、年比《としごろ》ありて、此の聖の云ひけるやうは、「今は年に《年とともに》そへつつ弱くなり罷《まか》れば、死期《しご》の近付く事、疑ふべからず。終り正念にて罷りかくれん事、極まれる望みにて侍るを、心の澄む時、入水をして終り取らん《死のうと存じます》と侍る」と云ふ。登蓮、聞き驚きて、「あるべき事にもあらず《それはいけません》。今一日なりとも、念仏の功を積まんとこそ願はるべけれ《祈願なさるべきです》。さやうの行は、愚癡なる人のするわざなり」と云ひて、いさめけれど、更にゆるぎなく思ひ堅めたる事と見えければ、「かく、是程思ひ取られたらん《決心なさったからには》に至りては、留むるに及ばず。九さるべきにこそあらめ」とて、其の程の用意なんど、力を分けて《協力して》、もろともに沙汰しけり《手配した》。

終《つひ》に、一〇桂河《かつらがは》の深き所に至りて、念仏高く申し、時へて《しばらくして》水の底に沈みぬ。其の時、聞き及ぶ人、市の如く集まりて、しばらくは、貴み一一悲しぶ事限りなし。登蓮は、「年ごろ見なれたりつるものを《長い間の顔なじみの方だったのに》」と、あはれに覚えて、涙を押へつつ帰りにけり。

七 伝未詳。『日本紀略』安元二年（一一七六）八月十五日条に「上人十一人入水す。其の中に蓮華浄上人と称する者、発起を為す」と見える人物と同一人であろう。

八 底本「卜蓮《ぼくれん》」。神宮本の「登蓮」を採り、訂正。「卜」は「登」の仮名書「ト」を漢字「卜」に誤ったものであろう。登蓮は歌僧として知られる。生没年未詳だが、長寛二年（一一六四）～治承二年（一一七八）頃の歌合せに登場。『詞花集』以下の勅撰歌人。中古六歌仙の一人。歌林苑会衆の一人で、長明は、『無名抄』で彼の数寄者ぶりを記し、また、「いはゆる清輔・頼政・俊恵・登蓮などのよみ口をば、今の世の人も捨てがたくす」と言及している。

九 そうなさるのが前世からの約束なのでしょう。

蓮花城入水

一〇 京都の西南部を流れる川。上流を「大堰川《おおい》」といい、桂橋から淀川との合流点までを「桂川」と称する。

一一 底本「悲《かなし》ふ」。私意により濁点を付したが、この語、語尾にあるいは清濁両形あったか。

登蓮、蓮花城の霊を夢見る

かくて、日比《ひごろ》ふるままに、登蓮、物のけ[一]めかしき病ひをす。あたりの人あやしく思ひて、事としける程に《異常なことだと言っているうちに》、霊現はれて、「ありし蓮花城」《今はなき蓮花城です》と名のりければ、「此の事げにと覚えず《納得できない》。年ごろ相ひ知りて、終りまで更に恨みらるべき事なし[二]。況《いはん》や、発心のさま、なほざりならず《ひと通りでなく》、貴くて終り[三]給ひしにあらずや。かたがた《それに》何の故にや、思はぬさまにて来たるらん」と云ふ。物のけの云ふやう、「其の事なり。よく制《〔入水を〕》し給ひしものを、我が心の程を知らで、云ひかひなき[四]死にをして侍り。さばかり《格別》、人の為の事にもあらねば《人のためにしたことでも》、其のきはにて《死のまぎわに》思ひかへすべしとも覚えざりしかど、いかなる天魔[五]のしわざにてありけん、まさしく水に入らんとせし時、忽《たちま》ちにくやしく[六]なんなりて侍りし。されども、さばかりの人中に《あれほど多くの》、いかにして我が[七]心と思ひかへさん。『あはれ、ただ今制し給へがし[八]《とめてほしい》』と思ひて目を見合はせたりしかど、知らぬがほ[九]にて、『今はとくとく《さあ　早く》』ともよほして《せきたてて》沈みてん恨めしさに、何の往生の事も覚えず。[一〇]すずろなる道に《思いがけない道に》入りて侍るなり。此

一 物の怪《け》がついたような感じの病い。物の怪は、怨恨を持つ者の生霊や死霊。
二 恨まれるべきことはない。「恨み」は上二段（近世以後四段になった）動詞「恨む」の未然形。
三 お亡くなりになったのではありませんか。
四 「云ひかひなし」は今さら言っても仕方がない、とりかえしのつかない。中古には「云ふかひなし」の形。連濁で「云ひがひなし」とも。
五 人の修行を妨害する悪魔。
六 「くやし」は「悔《く》ゆ」の形容詞化で、心残りである意。
七 自分から。自分の判断で。単に「心と」も同じ。
八 命令形につき、強い希望を表す。ただし、普通近世語とされる表現なので、あるいは濁点（底本のまま）を削除すべきかとも思われる。
九 「がほ」（かほ、顔）は、動詞の連用形・連体形などにつき、そのような顔付・態度を表す造語要素。
一〇 悪道（地獄・餓鬼・畜生の三悪道など）を示す。

の事、我が愚かなる過《とが》なれば、人を恨み申すべきならねど、最期に[一一]口惜《くちを》しと思ひし一念によりて、かくまうで来たるなり」と云ひける。

是こそ、げに[一二]宿業《しゆくごふ》と覚えて侍れ。且《かつ》は又、末の世の人の誡《いましめ》となりぬべし。[一三]人の心はかりがたき物なれば、必ずしも清浄《しやうじやう》・[一四]質直《しつちよく》の心よりもおこらず。或いは[一五]勝他名聞《しようたみやうもん》にも住し、或いは憍慢《けうまん》・嫉妬をもととして、愚かに、身燈・入海するは浄土に生るるぞとばかり知り《思いこ》て《んで》、心のはやるままに、かやうの行を思ひ立つ事し侍りなん。即ち、[一六]外道《げだう》の苦行に同じ。大きなる邪見と云ふべし。其の故に、火水に入る苦しみなのめならず《並み大抵ではない》。其のこころざし深からず[一七]は、いかがたえ忍ばん。苦患《くげん》あれば、又心安からず。仏の助けより外には、[一八]正念《正しい信仰心》ならん事《を持つこと》、極めてかたし。中にも、愚かなる人のことくさ《話題に》まで、「身燈はえせじ《できまい》。水にはやすくしてん《簡単に入れるだろう》」と申し侍るめり。則ち、よそ目な《見た目には何》だらかにて《でもないようなので》、其の心知らぬゆゑなるべし。

一一 名残り惜しい、と思った瞬間の思いの結果。「一念」は、ごく短時間の思念、また、一心にあることを思う気持、とも訳せる。前者を採って解しておいた。

入水往生のむずかしさ

一三 一四六頁注五参照。

一三『発心集』にくりかえし説かれる考え方。

一四 すなおな心。まっすぐな性質。

一五 他に勝りたいという名誉欲で一杯の心境にあって。「勝他名聞」は三六四頁二行に再出。

一六 仏教以外の諸宗教を仏教の側からいう語。諸種の分類・列挙の仕方がある。インドには、苦行を旨とする宗教が多く、釈迦もその影響から苦行を試みたが数年後に不毛を悟り、これを説いたという。その後、仏教が中国・日本に伝来するにつれ、苦行の意義が認められることも多くなった。

一七 底本「ずば」。打消の仮定の形は、中世までは「ずは」であったとするのが通説なので濁点を削除した。

一八 ヤ行下二段活用の例。多くはハ行に活用する。

一 「かの地獄の業の風なりとも、かばかりにこそはとぞおぼゆる」(『方丈記』一八頁一〇行)。

修行における心のありかた

二 底本は「自カ」。「ラ」の脱落(または「カ」は「ラ」の誤り)であろう。他本により訂正。

三 過去に積んできた(果報の原因となる)善悪の行為も、その結果としてもたらされる未来の幸不幸も。

四 仏の尊称。また、仏と諸天(仏法の守護神)とする説もある。

五 この一文、前との関連がはっきりしない(神宮本はこれを欠く)。(そんな状態では)せいぜい、一つの行を実現するのが関の山だ、というほどの意か。「且々」は、不満足な状態ながら、やっと。

六 「山林にまじはる」は山中に隠遁《いんとん》・閑居することをいう。「世をのがれて、山林にまじはるは、心を修めて道をおこなはむとなり」(『方丈記』三九頁六行)。「まじはる」は、漢文訓読語。和語「まじる」に同じ。

或る聖の語りしは、「彼《あの》の水に溺《おぼ》れて、既に死なんと仕りしを《いたしましたが》、人に助けられて、からうして生きたる事侍りき。その時、鼻・口より水入りて責めし程の苦しみは、たとひ地獄[一]の苦しみなりとも、さ《これ》ばかりこそは《以上ではなかろう》と覚え侍りしか。然るを、人の《人間が》水をやすき事と思へるは、未だ、水の《水が》人殺す様を知らぬなり」と申し侍りし。

或る人の云はく、「諸々《もろもろ》の行ひは、皆我が心にあり。みづから勤めて、みづから知るべし[二]。よそには《他人には》はからひがたき事なり。すべて過去[三]の業因《ごふいん》も、未来の果報《くわはう》も、仏天[四]加護もうち傾きて《おとろえて》、我が心の程《持ち》を安くせば《方を安直にするなら》、おのづからおしはかられぬべし《〔人が見ても〕それとわかるはずだ》。且々《かつかつ》[五]、一事《ひとこと》を顕《あら》はす。もし、人、仏道を行はん為に山林[六]にもまじはり、ひとり曠野《くわうや》の中にもをらん時《〔そんな中でも〕》、なほ身を恐れ、寿《いのち》を惜しむ心あらば、必ずしも、仏擁《おう》護《ご》し給ふらんとは憑《たの》むべからず《期待できない》。垣・壁をもかこひ、遁《のが》るべきかまへ《用意》をして、みづから身を守り、病ひを助けて、やうやうすすまん事《〔その上で〕徐々に信仰が深まるの》を願ひつべし《を願うべきだ》。もし、ひたすら仏に奉りつる身ぞと思ひて、虎・狼七「うれはし」は「うれ(憂)ふ」の形容詞化。嘆かわしい。悲しい。
八 極楽にいる諸菩薩。したがって、菩薩と聖衆は同一なので、「菩薩も」の「も」は、厳密にいうなら不要(神宮本にはなし)。「かのもろもろの菩薩聖衆」(『往生要集』上・大文二)、「今の菩薩聖衆ここに来り給へる」(『今昔物語集』十五・三十七)。
九「法の」は「すべて」の意か。「法」は一切の諸事象の汎称。神宮本は「諸の」。

無常を悟った木こり

一〇 仏の教えによらぬ悟り。飛花落葉など自然現象を縁とすることから「縁覚」ともいう。

木こり、息子に無常を説く

一一 今の滋賀県。
一二 近江八幡市池田。
一三 特に明示されていないが、章題にあるように木こりなのであろう。

来たりて犯すとも、あながちに《とりたてて》恐るる心なく、食ひ物たえて、餓ゑ死ぬとも、うれはしから[七]ず覚ゆる程になりなば、仏も必ず擁護し給ひ、菩薩も聖衆《しやうじゆ》[八]も来たりて、守り給ふべし。法[九]の悪鬼も毒獣も、便り《〔修行を妨げる〕》を得《う》べからず。盗人は念を《良心を》起して去り、病ひは仏力によりて癒えなん。是《これ》を思ひ分《わ》かず、心は心として浅く、仏天の護持をたのむは、危ふき事なり」と語り侍りし。此の事、さもと《そのとおりだと思う》聞こゆ。

九 樵夫《せうふ》独覚[一〇]の事

近き比《ころ》、近江《あふみ》[一一]の国に池田[一二]と云ふ所に、いやしき男ありけり。おのが身は年たけて、若き子をなん持ちたりける。二人《ふたり》相ひ具して、な[一三]すべき事ありき。奥山へ入りたりけるに、やや久しく休み居たり。比《ころ》は十月の末にやありけん、木枯《こがらし》すさまじく吹きて、木々の木の葉、雨の如く乱れける。父、これを見て云ふやう、「汝、此の木の葉の散るを見るや。是[一]を静かに思ひつづくれば、我が身のありさまに聊《いささ》かも変らぬなり。其の故は、春はみるみる[二]と若葉さしそめたりと見し程に《芽ぶきはじめたと見ているうちに》、やうやうしげりて、夏は皆盛りになりにき。八月ばかりより、青き色黄に改めて《変色して》、後には紅《くれなゐ》ふかくこがれつつ《色づいて》、今は少し風吹けば、もろく散る。落ちてはつひに朽ちなんとす。我が身も又是に同じ。十歳ばかりの時、譬《たと》へば春の若葉なり。二三十にて盛りなりし時は、夏の梢《こずゑ》かげしげりて、心地よげなりし比《ころ》に似たり。今、六十にあまり、黒髪やや白く、しはたたみ《しわがよって》、肌へ変り行く《皮膚の様子が変ってゆく》。即ち、秋の色づくにことならず。未だ嵐に散らずと云ふばかりなり《言うだけのことだ》。それ又《散るのは》、今日・明日の事なるべし。かくあだなる《はかない》身を知らず、世を過さんとて、朝《あさ》夕《ゆふ》云ふばかり[三]苦しき目を見て、走り[四]いとなむ事こそ、思へばよしなけれ。我は今は家へも帰るまじ。法師になりて、ここに居て、此の木の葉の有様なんど思ひつづけつつ、のどかに《静かに》念仏してをらんと思

一 この様子を。以下のような、四季と人生とを、その変化の過程において対照させる考え方は、『徒然草』百五十五などにも見える。

二 見ているうちに。変化の速さをいう語で、「見るみるうちに」の古形であろう。珍しい語。

三 「云ふばかりなし」の「なし」を省略した形。言葉では言いつくせない。言いようもなくひどい。

四 「走《はし》る」（「わしる」とも）は物事の勢いのはげしいさまにいう語。「いとなむ」は生活する、生活に伴う諸事につとめる。複合して、あくせく暮す。この部分、「事を知り、世を知れれば、願はず、わしらず、ただしづかなるを望みとし、憂へなきを楽しみとす」（『方丈記』三五頁八行）が連想される。

ふ。わ主《ぬし》[五]は年も未だわかし。末はるかなれば《前途ある身だから》、とく帰りね《早く帰りなさい》」と云ふ。

親子ともども深山に閑居

此の男の云ふやう、「誠に《本当にそのとおりで》たがはず、のたまふ[六]所は云はれたれど、庵《いほり》一つもなし。田畠《たはたけ》作るべき便りもなし。すべて、雨風の苦しみ、けだものの恐れ、一つとしてたへ忍ぶべき所もあらず。いかにしてか、〔お父上が〕独りは住み給はん。さらば、我も具し奉りて《ご一緒して》、木《こ》の実《み》をも拾ひ、水をも汲みて、いかに[七]もなり給はん様にこそはならめ。今、よはひ《年齢こそ》盛りなりといへども、たとへば、夏の木の葉にこそ侍るなれ《夏の木の葉のようなものです》。つひに紅葉して散らん事、疑ひなし。いかにいはんや、木の葉は色づきてこそ散る物なれ。〔しかし〕人は、若くて死ぬるためし多かり。やや木の葉よりもあだなり《はかない》と云ふべし。更に古郷《ふるさと》[八]へ帰るべからず《帰るわけにはゆきません》」と云ひければ、〔父は〕あはれに思ひたり《感動するのであった》。「さらば、いとうれしき事」とて、人もかよはぬ深山《みやま》の中に、少《すこ》しき《小さな》庵二つ結びて、それに一人づつ、朝夕《あさゆふ》念仏して過しける。

往生の噂

[九]むげに近き世の事なれば《ごく最近のことなので》、皆人知りて侍りとなん。或る人云はく、

五 お前さん。「わ」は名詞に付く接頭語で、同格以下の人を呼ぶ対称の代名詞を作る。親愛または軽視のひびきがある。

六 おっしゃる趣旨はもっともですが。「云はれたり」は、もっともである、道理だ。「それ、さも言はれたり」(『竹取物語』)、「それもいはれたることなれど」(『中華若木詩抄』中)。

七 どのようにでもお好きなようにおなりになるのがいいでしょう。

八 生れ育った場所。ここは、木こりの家をさす。

九 「むげに」は程度が悪いこと、また軽小なことを強調する語。当て字で「無下に」と書く。

「父已《すで》に往生しをはんぬ。息《息子は》、今に現存。云々[一]」。

十　証空《しょうぐう》律師、希望《けまう》深き事

薬師寺[二]に、証空[三]律師と云ふ僧ありけり。よはひたけて《老齢になって》後、辞して《引退して》久しくなりにけるを、「彼《か》の寺の別当[四]の闕《けつ》[五]に望み申さんと思ふは、いかがあるべき《どうだろうか》」と云ふ。弟子たるに《弟子たる者においては》、同じさまに《異口同音に》、「あるまじき事なり。御年たけ給ひたり。つかさ《僧官》を辞し給へるに付けても、必ずおぼす所あらんかし《深いお考えがおありだろうと》と、人も心にくく思ひ申したるを、今更さやうに望み申し給はば、思はぬなる事にて《意外なこととして》、人も心劣りつかまつるべし《幻滅いたすに違いありません》」と、ことわり《情理を》を尽《つく》していみじういさめけれど、更に、げにと思へる《もっともだと》けしきなし。いかにも、そのこころざし深き事と見えければ、すべて力及ばず。弟子寄り合ひて、此の事を嘆きつつ云ふやう、

一　前行の「或る人」の言葉は、「をはんぬ」までかもしれない。

＊　永井義憲氏蔵説話断簡『証玄律師之事』と同話。永井氏「発心集と説草」（『説話文学研究』一〇）参照。

貪欲と高僧

証空、薬師寺別当職を希望

二　奈良市西の京にある法相《ほつそう》宗の本山。南都七大寺の一つ。

三　伝未詳（二四八頁に同名の僧が見えるが、別人であろう）。神宮本および永井氏蔵断簡に「証玄」とある。残欠本『僧綱補任』寿永二年および元暦二年条に律師証玄の名が見える。あるいはこの僧かとも思われるが、伝記、特に薬師寺との関係は未詳。

四　寺務を総轄する職。

五　欠員を自分が埋めたい、と志願いたそうと思うが。

「此の上には、いかに聞こゆとも《どう申し上げても》、聞き入らるるまじ。いさ《それでは》、空夢《そらゆめ》[六]を見て、身もだえ給ふばかり語り申さん」とぞ定めける。

弟子、空夢を語って師をいさめる

日比《ひごろ》へて後、静かなる時、ひとりの弟子云ふやう、「過ぎぬる夜、いと心得ぬ《不思議な》夢なん見え侍りつる。此の庭に、色々なる鬼の恐しげなる、あまた出で来て、[七]大きなる釜《かまど》を塗り侍りつるを、あやしく覚えて問ひつれば、鬼の云はく、『此の坊主《坊の当主の》の律師の料《ための釜だ》なり』と答ふるとなん見えつる。何事にかは、深き罪おはしまさん。此の事心得ず侍るなり」と語る。即ち《すなは》、驚き恐れんと思ふほどに、耳もとまで笑《ゑ》[八]みまげて、「此の《私の》所望の叶ふべきにこそ《実現するということだろう》。[九]披露なせられそ《他言しなさるな》」とて、拝みければ、すべて云ふはかりなくてやみにけり《二の句がつげなくなって黙ってしまった》。

証空の貪欲

智者なれば、此の律師までものぼりけめ《昇任したのだろうに》、年七十にて此の夢を悦《よろこ》びけん、いと心うき《不愉快な》貪欲《とんよく》[一〇]の深さなりかし。かの無智の翁が独覚[一一]のさとりを得たりけんには、たとへもなくこそ《比較にもならぬ情けない話だ》。

六 架空の夢の話をして、身もだえがするほど恐がらせて差し上げよう。

七 地獄の釜を用意しているのをほのめかした。「罪人を駈《か》り、鉄の山を負ひて縄の上より行かしめ、遥かに鉄の鑊《かま》に落して摧《くだ》き煮ること極りなし」（『往生要集』上・大文一）。

八 口を大きくあけて笑うさま。有頂天になった表情をいう。「ま（曲）ぐ」は、口の形だが、もとは眉をたわめて笑うことをいったらしい。「青柳の細き眉根《まよね》をゑみまがり」（『万葉集』十九）。

九 不用意に夢を他言すると夢に示されたことが実現しない場合があるのでこう言ったのである。

一〇 欲望のままに、物事に執着すること。「三毒」（心を乱す三種の迷い）の一つ。

一一 前章の木こりの父をさす。

十一　親輔《ちかすけ》養児《やうじ》、往生の事

中比《なかごろ》、壱岐前司《いきのぜんじ》[一]親輔と云ふ人、取子《とりご》[二]をして、幼くよりはぐくみ養ひけり。此の児、三つと云ひける年、数珠《ずず》を持ちて遊びとして、更に異物《こともの》《夢中になることがない》にふけらず。父母これを愛して、紫檀《したん》[三]の数珠を取らせたりければ、阿弥陀仏をことくさに《口ぐせのようにして》申しゐたり。母[四]聞きていさめけれど、なほこの事をとどめず。

六つと云ふ年、重き病ひをうけて、日比《ひごろ》へて後、床に伏し《つつふ》[五]ながら、手遊びにせし念珠《ねんじゅ》の、傍《かたはら》にありけるを見て、「《〔ああ〕》我が数珠の上に、塵のゐにける《たまっている》」と云ひて、深く嘆きたるけしきなり。これを聞く人、涙を落してあはれみあへり。即ち父母にあうて《向って》、「《（童子）》身のけがらはしく覚ゆるに、湯をあみばや《湯あみをしたい》」と云ふ。病ひ[六]重きほどなれば、更に許さ

＊この話、『拾遺往生伝』下に、親輔の次男の養子の話として見える。

不思議な三歳童子

一 壱岐（今の長崎県壱岐郡）の前任国司の親輔。彼は『拾遺往生伝』によれば、姓は藤原。伝未詳。あるいは、『尊卑分脈』「良門孫」に見える従四位上大膳大夫親輔（有親の子、堀河院の頃の人らしく、本文中の年号とも符合する）か。

二 「とりこ」とも。養子。もらいご。

三 インド原産の喬木《きょうぼく》の熱帯樹。材は暗赤色・硬質で香気がある。仏像・仏具などに好んで用いられた。香木の一つとして数珠の材ともなった。

童子の行儀正しい命終

四 『拾遺往生伝』に「母、忌諱《きくゐ》すといへども、なほしもて止めず」とある。縁起が悪いというようなことを言って母が制止したのであろう。

五 伏せったままで。「つつふ（ぷ）す」は「つ（突）き伏す」の音便。

六 『拾遺往生伝』に「父母これを忌み、あへて許さ

ず」とある。重病者の沐浴《もくよく》は禁忌にふれるのであろう。

七『法華経』提婆達多品《だいばだつたほん》の中の句を音読したもの。訓読文「妙法華経の提婆達多品を聞き、浄心に信敬して疑惑を生ぜざれば、地獄（餓鬼・畜生）に堕ちずして…」。

八 数句をはさんで前行の句に続く句。「若《も》し仏前に在らば、蓮華のなかに化生せん」。

九「うく」は「穿《うが》く」（語尾は後に濁音）で、穴があく。「眼うく」の形で、過労・衰弱などによって眼がおちくぼむことを表す。

母、童子の往生を夢に見る

一〇「誦ず」は「ずず」「ずんず」「ずうず」などと読み、また、「ずす」「じゅす」（三行にその形が見える）と語尾を清音にも読む。

一一『法華経』提婆達多品の末尾近くの句。「すなはち、南方無垢世界に往き、宝蓮華に坐して、等正覚を成じ、…」。この句は、八歳の龍王の女《むすめ》が男身を得て成仏したことを語る一節。その関連からすると、この話の童子は少女かとも思われる。

一二 底本は「喜承」。他本により訂正。嘉承二年は一一〇七年。堀河院が崩じ、鳥羽院が即位した年。


ず。其の後、人に助けられて、西に向ひつつ起き居て、音《こゑ》をあげて、七「聞妙法華経《もんめうほけきやう》提婆達多品《だいばだつたほん》、浄心信敬不生疑惑者《じやうしんしんきやうふしやうぎわくしや》、不堕地獄《ふだぢごく》」と云《〔部分〕》ふより、八「若在仏前蓮華化生《にやくざいぶつぜんれんげけしやう》」と云ふまで誦《じゆ》す。その声、ことにたへ《美しかった》なり。幼き者なれば、日比、人の教《〔この経文を〕》ふる事なし。皆驚きあはれぶ。声いまだやまぬほどに、眼《まなこ》をうけて九、息絶えにければ、父母泣き悲しむ事限りなし。

日比《ひごろ》へて後、母、昼うたたねしたる時、夢ともなくうつつともなく此の児を見る。形ことにめでたく《容姿がことにすばらしく》、きよらかにてありける。母に向ひて、「我が形をばよく見るや《見ることができますか》」と云ふ。母、「よく見る」と云ふ。児、誦一〇じて、一一「即往南方《そくわうなんばう》、無垢世界《むくせかい》、坐宝蓮華《ざほうれんげ》、成等正覚《じやうとうしやうがく》」、此の文をよみ終りて、即ち《そのまま》失せにけりとぞ。此の事は嘉一二承二年の比《ころ》なり。

＊本章は、『本朝神仙伝』三十二、『松室仙人伝』、『草案集』、『源平盛衰記』二十八「経正竹生島詣付仙童琵琶の事」、『松室仲算事』、『雑談集』七「法華事」、『元亨釈書』二十九、『三国伝記』十二・二十四その他に見える説話。この説話については、永井義憲氏「松室仙人伝と語りもの」（古典文庫『日本仏教文学研究』所収）に詳しい。

法華読誦の児、失踪

一 奈良興福寺のうち、一乗院の東北にあった仲算《ちゆうざん》の住房。貞松房。

二 他書で多く仲算（中算）に仮託される。仲算は興福寺松室に住した高僧。「松室先徳」と称される。博識で、論義に長じ、村上天皇主催の応和の宗論で叡山の良源と対論したことは有名。貞元元年（九七六）没、四十二歳。

三『本朝神仙伝』などに見える伝承によれば、叡山の首楞厳院《しゆりようごんいん》から盗んできた児という。同書や『源平盛衰記』などによれば、児と仲算との関係は同性愛。児の失踪も、いわゆる痴情のもつれが介在しているようである。本章には、その種の要素は暗示にとどめられている。

四「学問」と同義。古例にはこの表記の方が多い。

十二　松室童子《まつむろのどうじ》、成仏の事

奈良に、[一]松室と云ふ所に[二]僧ありけり。官《くわん》なんどはわざとならざりけれど《特にならなかったが》、徳ありて用ゐられたる者になんありける。そこに、[三]幼き児《ちご》の、ことにいとほしくするありけり《〔その僧が〕かわいがっているのがいた》。此の児、朝夕《あさゆふ》法華経をよみ奉りければ、師これをうけず《認めず》、「幼き時は[四]学文《がくもん》をこそせめ《するのがよい》。いとげにげにしからず《〔読経は〕不適当だ》」などいさめられて、一度は随《したが》ふやうなれど、ややもすれば、忍び忍び《こっそりと》になん、これをよむ。いかにもこころざし深き事と見て、後には、誰も制せずなりにけり。

かかる程に、十四五ばかりになりて、此の児いづちともなく失せぬ。師大きに驚きて、至らぬくまもなく尋ね求むれど、更になし。「物の霊《りやう》なんどに取られたるなめり」と云ひて、泣く泣く後の事《死後の》な

姿を現し仙人となったことを語る

んど弔《とぶら》ひてやみにけり。

其の後、月比へて《数カ月たって》、此の房にある法師の、薪《たきぎ》とらんとて山深く入りたりけるに、木の上に経よむ声聞こゆ。あやしくてこれを見れば、失せにし児なり。あさましく覚えて、「いかにかくてはおはしますぞ《そんな様子でいらっしゃるのですか》。さしも嘆き給ふものを《〔師僧が〕あれほどお悲しみなのに》」と云へば、「その事なり。さやうの事も聞こえんとて《申し上げるつもりで》逢ひ奉らんと思へど、便りあしき事になりて、えな《とても》ん近付き奉らず《おそばに近寄れません》。うれしく見え逢ひたり《お目にかかれたのは嬉しいことです》。これへ、かまへて《必ず》おはしませと申せ」と云ひければ、走り帰りて此のよしを語る。

師、驚きて即ち来たる。児語りて云はく、「我、[五]読誦《どくじゅ》の仙人に罷《まか》りなつて侍るなり。日比《ひごろ》も御恋《こひ》しく思ひ奉りつれど、かやうに罷りなつて後は、聞く《〔お噂を〕》べき便りもなし。大方《一体》、人のあたりは《住む所は》、けがらはしくさくて、[六]たゆべくもあらねば、思ひながらえなんまうでざりつる間《参ることができませんでしたので》、近うて《〔これからは〕》見奉る事はえあるまじ」と云ひて、ともに涙を落しつつ、やや久しく語らふ。

五 法華読誦の功によって仙人となった者。『法華験記』、『今昔物語集』十三などにその例が見える。仙人は、不老不死・神変自在の者。仏教・道教にわが国の民間信仰の要素が混交し、その性格・本質はきわめて多彩・重層的で、一義的には扱えない。以下の叙述に見るように、人との交通・交信はむずかしい存在と考えられていたようである。

六 「た（耐）ゆ」はふつう「たふ」でハ行に活用するが、中世にはヤ行の形もあった。

児、琵琶の借用を乞う

かくて、帰りなんとする時、云ふやう、「[一]三月十八日に、[二]竹生嶋《ちくぶしま》と云ふ処にて、仙人集まりて楽をする事侍るに、〔私が〕琵琶をひくべき事の侍るが、〔琵琶を〕え尋ね出だし侍らぬ《さがせないでおります》なり。貸し給ひなんや」と云ふ。「やすき事なり。いづくへか奉るべき」と云へば、「ここにて給はらん」と云ひて、〔その場を〕ともに去りぬ。即《すなは》ち、琵琶を送りたりけれど、その時は人もなし。ただ、木の本《もと》に置きてぞ帰りにける。

さて、此の法師は、三月十七日に竹生嶋へ詣でたりけるに、十八日暁《あかつき》の寝覚《ねざめ》に、遥かにえもいはれぬ楽の声聞こゆ。雲にひびき、風《風に》に随ひて《乗って聞えてきて》、世の常の楽にも似ず覚えて、めでたかりければ、涙こぼれつつ聞き居たる程に、やうやう近くなりて、楽の声とまりぬ。とばかりありて《しばらくたってから》、縁に物を置く音のしければ、夜あけてこれを見るに、ありし《例の》琵琶なり。

師、不思議の思ひをなして、「これを我が物にせん事は憚《はばか》り《恐れ》あり《多い》」とて、[三]権現《ごんげん》に奉る。香《かう》ばしき匂ひ深くしみて、日比《ひごろ》ふれど〔香は〕失

一　この日付の所拠不明。十八日が観音の縁日であることに関係あろう。
二　琵琶湖の北部にある島。竹生島明神（都久夫須麻《つくぶすま》神社）と、宝厳寺（もと竹生島明神と一体であったが、明治元年、神仏判然令により二分された）がある。この寺は、明神の本地仏弁財天と千手観音を安置、日本三弁天、西国三十番札所のそれぞれ一つとなっている。
三　弁財天を本地とする竹生島明神をさす。

せざりけるを、[四]此の琵琶、今に《今でも》彼の嶋にあり。うきたる事《本当の話である》にあらず。

四 この琵琶は、『平家物語』七「竹生嶋詣」で、義仲追討の途次四月十八日（本説話の三月十八日と関係があろう）に立ち寄った平経正が演奏したことで有名。貞永元年（一二三二）の火災の折りに焼失したという。

発心集 第四

一　三昧《さんまい》座主《ざす》の弟子、得法《とくほ》華経《けきやう》験《しるし》の事

中比《なかごろ》、義叡《ぎえい》[一]と云ひて、ここかしこ行ひありく修行者ありけり。熊[二]野より大峰[三]に入りて、御嶽《みだけ》[四]へ出づる間に道を踏みたがへて、十日余りが程、すずろに《思いがけず》嶮《けは》しき谷・峰を迷ひありきける。身つかれ、力つきて、いとど《いよいよもって》あやふく覚えければ、心を至して本尊[五]に祈り乞ふ。

其の後、からうして[六]《やっとのことで》平らかなる処に行き出でたりけり。そこに一つの松原あり。林の中に一つの庵《いほり》あり。近く歩みよりてこれを見るに、えもいはぬ《何とも見事な》、新しく作れる屋《いへ》あり。物の具かざり《道具を美しくしつらえ》、皆玉の如し。

持経の仙人に会った修行者

＊本章の説話、『法華験記』上・十一、『今昔物語集』十三・一、『元亨釈書』二十九にも見える。

義叡、道に迷い不思議な庵を見る

一 本章以外の所伝未詳。

二 熊野三山。和歌山県南牟婁郡にある。吉野・大峰などとともに修験道《しゅげんどう》の聖地。

三 大峰山。奈良県吉野郡にある修験道の聖地。金峰《きんぷ》山《せん》から玉置《たまき》山に至る山脈十五里（約六〇キロ）の総称。ここに入るのを「峰入り」と称し、熊野からの経路を順路とした。

四 金峰山の通称。吉野山地の最高峰。大峰山の北部。みたけ。かねのみたけ。

五 本尊仏。特に崇拝する仏菩薩。

六 「からくして」の音便。「からうじて」とも。

庭のすなご、雪にことならず《雪のようであった》。植木には花咲き、木《こ》の実《み》むすび、前《せん》[七]栽《ざい》にはさまざまの咲く花、色ことに妙《たへ》なり。義叡これを見て、喜ぶ事限りなし。

庵の僧に咎められる

しばしうち休みつつ、此の屋の内を見れば、聖《ひじり》ひとりあり。齢《よはひ》[八]わづかに廿《はたち》ばかりにやと見ゆ。衣・袈裟《けさ》うるはしく《きちんと》著《き》て、法華経よみ奉る。此の声妙なる事、たとへて云はん方なし。一の巻をよみをはりて、経机《きやうづくゑ》の上に置けば、其の経、人も手ふれぬに、みづから巻きかへされて元の如くになる。かくしつつ《こんなことが繰返されて》、一の巻より八の巻にいたるまで、巻く事、前の如し。一部よみをはりて、廻向《ゑかう》[九]・礼拝す。

その後、立ち出でて、此の人を《義叡を》見て驚きあやしみて云はく、《(聖)》「此の所には、昔より人来たる事なし。山の中にも深き山なれば、鳥の声だにも聞こえず。いかにして来たれるぞ」と云ふ。《〔義叡は〕》事の有様、始めより語る。即ちあはれみて、坊の内へ呼び入れつ。

庵の僧、事のいきさつを語る

とばかりありて、かたちえも云はず《何とも言えず》うつくしき童子、目出たき《すばらしい》食

七 庭前の植えこみ。

八 次頁に示されるように、実際の年齢は百を越えるらしいが、不老の身なので若く見えたのである。

九 「廻向」は、自分の功徳《くどく》を他に回すこと。ここは、読経後にその趣意を表した偈文《げもん》（廻向文）を述べること。

ひ物を捧げて来たる。聖、此の僧にすすむれば、是《これ》を食ひをはりぬ。味はひの妙《たへ》なる事、人間《にんげん》[一]の食《じき》にあらず。大方《〔この屋内の有様は〕》、事にふれ、物ごとに不思議ならずと云ふ事なし。僧、聖に問ひて云はく、《（義叡）》「此の所に住みて、幾年《いくとせ》ばかりにかなり給へる。又、いかなる事か侍る。何事もおぼす様なりや《お心のままなのですか》」と云ふ。聖の云はく、「爰《ここ》に栖《す》みそめて後、八十余年になりぬ。我、もとは叡山東塔《とうだふ》[二]の三昧座主《さんまいざす》[三]の弟子にてなんありしか[四]。しかあるを、いささかの事によりて、はしたなくさいなまれ《ひどく叱られたので》しかば、愚かなる心にて、ここかしこに迷ひありきて、定めたりし所《定住するところ》もなかりき。よはひ衰へて後《年をとってから》、此の山に跡をとどめて《住みついて》、今はここにてをはらん《死ぬのを》事を待つなり」と云ふ。

童子の給仕と僧の若さの由来

僧、いよいよあやしく覚えて重ねて問ふ。《（義叡）》「人来たらぬ由《よし》のたまへど、めでたき童子あまた見ゆ。これ御偽《いつは》りに似たり」。聖の云はく、[五]「天諸童子、以為《テス》二給仕《ヲ》一。何かはあやしからん」と云ふ。僧、又同じく「よはひたけたる《老齢に達している》由をのたまへど、御かたちを見れば、若くさ

一 「人間」は、「天」に対する語。人の住む世界。人間界。

二 三塔の一つ。延暦寺の中心地。

三 第一七代天台座主の喜慶をさす。もと常行堂の三昧僧（一一三頁注八参照）だったことによる呼称。康保三年（九六六）没、七十八歳。

四 正しい結びの形は「し」。

五 『法華経』安楽行品の偈《げ》の中の句。「この経（法華経）を読まん者は常に憂悩なく」云々という文脈の中にある。

かりなり。これ又、おぼつかなし」。聖の云はく、「得聞是経《とくもんぜきやう》[六]、病即消滅、不老不死。更にかざれる事《偽りごと》にあらず」。

かくてやや程ふる間に、聖、此の僧をすすめて《うながして》云はく、「とく《早く》帰り給へ」と云ふ。僧、嘆いて云ふやう、「日比《何日も》迷ひありきつるほどに、身つかれ、力つきて、忽《たちま》ちに《すぐに》帰るべき心地もせず。況《いはん》や、日既《すで》に傾《かたぶ》きて夜に入りなんとす。何の故にか、聖、我をいとひ給へる」と云ふ。聖の云ふやう、「いとふにはあらず。遥かに人間《人間界の》の気《け》《俗臭を》を離れて、多くの年をへたる故に、すすめ聞こゆるばかりなり《おすすめしているだけで他意はありません》。もし、今夜《こよひ》とまらんとならば、身を動かさず、音を立てずしてゐたれ」と教ふ。僧、聖の教への如く、隠れつつ居たり。

異形《いぎやう》の者どもの出現

やうやう夜ふくる程に、風俄《にはか》に吹きて、常のけしきにあらず《異様な雰囲気になった》。即ち、さまざまの形したる鬼神、諸々《もろもろ》のたけきけだもの、数も知らず[七]集まる。馬面《ばめん》なるもあり、牛に似たるもあり。又、鳥のかしらなるもあり、鹿の形なるもあり。各々《おのおの》、香花《かうけ》の如く、果物のたぐひ、諸

六『法華経』薬王菩薩本事品の句。「（若《も》し人、病ひありて）この経を聞くことを得ば、病ひは即《ただち》に消滅して不老不死ならん」と訓読。

七『法華験記』には「数千」とある。

諸の飯食《はんじき》を捧げて、松の庭[一]に高き机《つくゑ》[二]を立てて、その上に置きつつ、掌《たなごころ》を合はせて敬ひ拝みて、ひらびゐぬ[三]。此の中に、ある輩《ともがら》の云はく、「あやしきかな《変だ》、常に似ず、人間のけあり《気配がある》」。又、あるが《ある者が》云はく、「何人か、ここに来たらん」と云ふ。其の後、聖、発願《ほつぐわん》[四]して法華経をよむ。

暁に及びて廻向《ゑかう》する時、此の諸々の輩、敬ひ拝して去りぬ。僧、問ひて云はく、「此のさまざま形したる物、数も知らず。何のたぐひ、いづれの所より来たれるぞ」。聖の云はく、「『若人在空閑《にやくにんざいくうかん》[五]、我《が》遣天龍王《けんてんりうわう》、夜叉鬼神等《やしやきじんとう》、為作聴法衆《いさちやうぼふしゆ》』これなり」と云ふ。さまざまの不思議を見、聖の詞《ことば》を聞くに、貴《たふと》くたのもしき事限りなし。

水瓶に案内されて無事帰還

明けぬれば、今は帰りなんと思ひて、なほ道にまどはん事を嘆く。聖の「しるべ《道案内》を付けて送り申すべし」と云ひて、水瓶《みづがめ》[六]を取りて前に置く。其の水瓶をどりをどりて《飛び上り飛び上りして》、やうやうさきに行く《どんどん先導して行く》。其の瓶の後《しり》につきて行くままに、二時《ふたとき》ばかりを経て《約四時間たって》、山の頂《いただき》にのぼりぬ。ここ

一 松林の中の小広い空地、と訳し得るが、寛文本「まへの庭」、『法華験記』『今昔物語集』も「前の庭」なので、「松」は、「まへ」を「まつ」に誤って「松」の字を当てたものかと思われる。

二 食卓。

三 「ひら（平）ぶ」は平伏する。ひらむ。

四 日本古典文学大系『今昔物語集』の頭注は「義叡の生命を救うべき願をおこして」と解する。

五 『法華経』法師品《ほつしほん》の偈《げ》の一節。「若し人、空閑《しづけきところ》に在らば、われは天・龍王・夜叉・鬼神等を遣《つか》はして、ために聴法の衆となさん」と訓読。聴聞する者もない所で読経する時には、自分（仏）が守護神らを派遣してそれを聞かせよう、という趣旨。

六 修行者必携の十八物の第四。水瓶《すいびやう》。通力を具《そな》えた者が、これを利用して神秘的な験《しるし》を現すという。その点、次章に見える鉢と共通する。「此の聖人、年来の行の力に依りて、護法を仕《つか》ひて鉢を飛ばして食《じき》を継ぎ、水瓶を遣りて水を汲《く》ます」（『今昔物語集』十・三

にて見おろせば、麓に人里あり。

その時、水瓶空にのぼりて、もとの処に飛び帰りにけり。此の人、里に行き出でて、此の事をば語り伝へたりけるなり。記[七]として、彼《かれ》此《これ》にしるし置きける文あれど《種々〔このことを〕記載する文献もあるが》、事しげければ《わずらわしいので〔引用せず〕》、覚ゆるばかりを書きたるなり。

二　浄蔵貴《じやうざうき》所《そ》、鉢を飛ばす事

浄蔵[八]貴所と聞こゆるは、善宰相[九]清行《きよつら》の子、並びなき行人《抜群の修行者》なり。山にて鉢[一〇]の法を行ひて、鉢を飛ばしつつ過ぎける比《飛ばすことを日課として暮していた頃》、ある日、空《むな》しき鉢ばかり帰り来て、入る物なし。あやしく思ふほどに、此の事つづけて三日になりぬ。驚きて、「道の間に《途中に》いかなる事のあるぞ、見ん」と思ひて、四日と云ふ日《四日目になって》、鉢の行く方《かた》の山の峰に出《い》でてうかがひけ

十四）。同書二十・三十九にも類例が見える。

七　その出来事を記した文献。『法華験記』などをさすと思われるが、この説話のみを記した散佚《さんいつ》書もあったのであろう。

浄蔵の験力

＊本章の説話は、『古事談』三にも見える。

八　三善清行《みよしのきよゆき》の子。真言宗の僧。大峰・葛城など諸国の高山に修行した。諸道に秀でていたが、特にその通力は有名で、多く説話が残されている。康保元年（九六四）没、七十四歳。

浄蔵の鉢、空しく飛び帰る

九　三善清行。「清行」は底本の振仮名に「きよつら」とあるが、正しくは「きよゆき」と読む。平安初期の代表的漢学者。最晩年に参議（宰相はその唐名）だったので、「善宰相」「善相公」などと称される。延喜十八年（九一八）没、七十二歳。

一〇　鉢は修行者必携の第五で食物の容器（注六参照）。鉢（および水瓶）を飛ばして乞食の手段とするのは、通力を得た聖の異能の一つとされた。

るほどに、我が鉢とおぼしくて、京の方より飛び来《く》るを、北の方より又あらぬ《別の》鉢の来合ひて、その入物《いりもの》[一]をうつし取りて、もとの方へ帰り行くありけり。

これを見るに、「いと安からず[二]。さりとも」とこそ思ふに、「誰ばかりかは《どれほどの通力の者が》、我が鉢の物うつし取るわざをせん。此の事、目ざましき者《おどろくべき者》のしわざかな。見ん」と思ひて、我が空《むな》しき鉢を加持[三]して〔飛ばせて〕、それをしるべ《道案内》にてなん、はるばると北をさして、雲霧《くもきり》[四]をしのぎつつ分け入りける。

今は二三百町[五]も来ぬらんと思ふほどに、ある谷はざま《谷間》の、松風ひびきわたりていさぎよく[六]好もしき所に、一間《ひとま》ばかりなる草の庵《いほり》あり。砌《みぎり》[七]に苔青く、軒近く清水流れたり。内を見れば、年高き僧のやせおとろへたる、只ひとり居て、脇息《けふそく》[八]によりかかりつつ経をよむ。「いかにも、〔これは〕只人にあらず。此の人のしわざなめり」と思ふほどに、浄蔵を見て云ふやう、「いづくより、いかにして来たり給へる人ぞ。お[九]

一 容器に入っている物。

飛鉢の跡をつけて飛行

二 まったくけしからん。それにしても、鉢の主は誰だろう。

三 修法《しゅほう》の方式によって超越的な力の招来を念ずること。手に印を結び、真言をとなえ、観念を凝《こ》らすのを基本とする。ここは、それによって鉢を飛ばすのである。

四 雲や霧を眼下に見おろして。高度の甚しさをいう慣用句。

仙人のもとに至る

五 一町は約一〇九メートルだから、およそ二〇〜三〇キロに当る。次頁に見える比叡山の北方でこの距離にある山としては、比良山あたりが該当する。そうすると、本章の仙人は『法華験記』上・十八、『今昔物語集』十三・二、『本朝神仙伝』三十五などに見える比良の持経仙《じきょうせん》に関係があるか。

六 この「いさぎよし」は風景の清浄さをいう形容。

七 軒下の石畳。また、庭をもいう。

ぼろけにても、人のまうで来る事も侍らぬを」と云ふ。（浄蔵）「其の事に侍り。我は比叡《ひえ》の山に住み侍りける行者なり。しかるに、月日を送るはかり事なくて《〔他に〕生計をたてる手段がないので》、此の程、鉢をとばしつつ行ひをし侍るに、昨日・今日、一〇ことことしく《実に》あやしき事《不思議なこと》の侍りつれば、うれへ申さんと《苦情を申し入れよう》て、まゐり来たるなり」と云ふ。僧の云ふやう、「えこそ知り侍らね《何のことだかわかりませんが》、いと不便《ふびん》に侍る事かな《お気の毒なことです》。尋ね侍らん」とて、しのびに《小さな声で》人を呼ぶ。即ち、庵のうしろの方より、いらへて《返事をして》来る人を見れば、一一十四五ばかりなるうつくしき童子の、うるはしく一二唐装束《からしやうぞく》したるなり。僧、これをいさめて《咎めて》云ふやう、「此の仰せらるる事は《この方が》、汝《なんぢ》がしわざか。いとあたらぬ《不都合な》事なり。今よりは、さるわざなせそ《そんなことをしないでくれ》」と云へば、〔童子は〕顔うち赤めて、物も云はで帰りぬ。（僧）「かく申しつれば、今は《今後は》よもさやうのわざは仕《つかまつ》らじ」と云ふ。浄蔵、不思議の思ひをなして、帰り去らんとする時、僧の云ふやう、「はるばると分け来たり給ひて、定めて苦しくおぼすらん。しばし待ち給へ。饗応《きやうおう》し奉らん」とて、又人を呼ぶ。

八　肘《ひじ》をかける道具。

九　ほんの少数の人も。誰も。下の打消を強調している。「ヲボロケニモ　シラヌ　ほんの少しも知らない」（『日葡辞書』）。「おぼろけ」（近世末から「おぼろげ」）は、程度・状態の平凡または軽小をいう語。時にはその正反対の意にも用いる。

一〇「ことことし」（「ことごとし」とも）は、状態が甚しい、仰山だ。

一一　天諸童子（一四四頁注三参照）、または護法童子（一〇八頁注七参照）を暗示するか。

一二　地質に唐綾《からあや》を用いた美しい装束。精美を尽した身なりをいう。

一 それにふさわしい。遠路はるばるやって来た客をもてなすのに適当な。
二 赤林檎《りんご》の古名。中国原産で、実《み》は熟すると深紅色でやわらかい。
三 うすく細長い檜板を糸で綴《と》じつけた扇。
四 人に注意をうながす時の言葉。さあさあどうぞ。
五 インドで、諸天の飲料。美味で、不老不死の霊薬といわれる。
六 一個。「顆」は果物、石など丸いものを数える単位。
七 『法華経』読誦の功により神仙と化した者。

乞食の道心

* この話、主役を異にするが、『古事談』三「智海癩人と法談の事」、『宇治拾遺物語』四・十三と類似する。

永心、河原で乞食と会う

八 伝未詳。

同しさまなる童子いらへて《答えて》、さし出でたり《現れた》。「かく遠き程よりわたり給へるに、[一]しかるべからん物まゐらせよ《差し上げなさい》」と云ひければ、童子帰り入りて、瑠璃《るり》の皿に[二]唐梨《からなし》のむきたるを四つ入れて、[三]檜扇《ひあふぎ》の上に並べてぞ持ち来たる。「[四]それそれ」とすすむれば、これを取りて食ふ。味はひのむまき事、天の[五]甘露の如し。わづかに[六]一顆《いつくわ》を食ふに、身も冷やかに《落ちついた気分になり》、力付きてなん覚えける。

即ち《さてそれから》、雲を分けつつ帰るほどに、道も近々しく《まぢかな所に》見えざりければ、いづくとも覚えず。〔浄蔵は〕「そのさま、只人《ただびと》とは見えざりき。[七]読誦《どくじゅ》仙人などの類ひにや」とぞ語りける。

三　永心法橋《えいしんほつきやう》、乞児《こつじ》を憐《あは》れむ事

[八]永心法橋と云ふ人、近き比《ころ》の事にや、[九]清水《きよみづ》へ百日参りける時《百日詣でをした時》、日

暮れて橋を渡りけるに、[一〇]河原《かはら》にいみじう人の泣く声聞こえける。「何者のいかなる事をうれふるにか《つらがっているのか》」と、おぼつかなき《気がかりでもあり》内《特に》にも、「[一一]観音は、あはれみを先とし給へり。其の徳をあふぎ奉りて、まうでなが《お参りをした身な》ら《のに》、[一二]情なく訪《とぶら》はで過ぎん事こそいとあやしけれ《よくない》」と思ひて、声を尋ねつつ近く至りて、「何者のかくは泣くぞ」と問ふ。「かたは人《不具の者》に侍り」と答ふ。「いかなる事をかうれふる」と問へば、「我、かたはにまかりなりにし後、しれる人にも悉《ことごと》く別れて、立ち寄る所も侍らぬにより、先立ちて《私よりも先に》かたはなる人の家を借りて、そこに宿り居て侍れば、昼は[一三]日くらしと云ふばかりせためつかひ侍り。うしとても《つらくはあっても》、なれぬ身なれば、又、物を乞ひて寿《いのち》をつがんと仕《つかまつ》る。とにかくに身の苦しさ、申しつくすべき方なし。余の方《他の場所で》にうち休むべきを、又此の病ひの苦痛に責められて、寝られ侍らず。切り焼くが如く、[一四]うづき、ひびらき、身も[一五]ほとほりて、堪へ忍ぶべくもあらねば、もしや助かると、川のほとりにまうで来て、足をひやし侍るなり。『いにしへ《前世に》、

九 清水寺。京都市東山区清水坂上にある法相宗の寺。

一〇 鴨川の河原をさす。

一一 彼の詣でた清水寺の本尊は十一面観音であった。

一二 薄情にも、泣き声の主に声をかけないで通り過ぎるとしたら、それこそ。

一三 一日中といってよいほど、私をこき使うのです。「日くらし」は「日ぐらし」の古形。「せたむ」は責めさいなむ意。

一四 「うづく」「ひびらく」は同義。ずきずき痛む。

一五 「ほとほる」は「ほとぼる」とも。ほてる。熱がある。

世々にいかなる逆罪[一]を作りて、かかる報ひを受けつらん』と、かなしく心うく侍るに、そのかみ《昔》住山《ぢゆうさん》[二]して、形の如く《かたちばかり》学問なんどし侍りしは、[三]大師[四]の釈に《注釈にある》、『唯円教意《ゆいゑんげうい》[五]、逆即是順《ぎやくそくぜじゆん》、自余三教《じよさんけう》、逆順是故《ぎやくじゆんぜこ》』と云ふ文を、只今思ひ出でて、その心を《趣意を》静かに思ひつづけ侍る。貴くたのもしく覚えて、とにかくに、さくりもしあへず[六]、泣かれ侍るなり」と語る。

永心、乞食の言に感ずる

永心、これを聞くに、あはれにいとほしき事限りなし。即ち、「我が一山の同法にこそありけれ」[七]《同じ延暦寺で学んだ仲間だったとは感慨深いことだ》とて、涙を流しつつ、みづから着たりける帷子《かたびら》[八]ぬきて取らせて、逆即是順なるやう、《〔釈の説くように〕》ねんごろにやや久しく説き聞かせて去りにけり。「年比をへぬれど、《(永心)それからかなりたちましたが》忘れず」となん語りける。

病める非人に寄せた高僧の憐れみ

四　叡実《えいじつ》、路頭の病者《びやうじや》を憐れむ事

一 大それた罪。人倫にそむく行為。底本の振仮名は「きやくざい」。頭音は普通清《す》んで読む。
二 比叡山にいたこと。
三 寛文本（神宮本は本章を欠く）の「が」の方が文意が通りやすい。
四 湛然《たんねん》（妙楽大師）をさす。唐の高僧。天台宗中興の祖といわれる。
五 『法華文句記』釈提婆達多品《しやくだいばだつたほん》に見える。「唯、円教の意のみ、逆（逆縁、悪事ゆえに悪道に堕《お》ちること）即ち是《これ》順（順縁、善行によって成仏すること）。自余の三教は逆と順と是なる故」と訓ずる。四教のうち、円教（天台宗の教え）の独創・卓越を示す一節。『平家物語』十一「重衡被斬」にも見える。当時よく知られたものだったのであろう。
六 しゃくり上げることもできぬほどひどく。
七 同じ比叡山に属する法友。比叡山を「我が山」と称したことによる表現。「一山」は同じ山（修行場）。読みは「いっさん」か。
八 「ぬ（脱）ぐ」の古形。

＊本章の説話、『続本朝往生伝』、『今昔物語集』十二・三十五、『元亨釈書』十一にも見える。

叡実、乞食を介抱して参内を断る

山に《比叡山に》、[九]叡実阿闍梨《あじやり》と云ひて貴き人ありけり。[一〇]帝《みかど》の御悩み《ご病気》重くおはしましける比《ころ》、召しければ、度々《たびたび》辞し申しけれど、重ねたる仰せ[一一]いなびがたくて、なまじひに《仕方なく》罷《まか》りける道に、[一二]あやしげなる病人の足手も叶はずして《動かず》、[一三]或る所の築地《ついぢ》のつらに《そばに》ひらがり伏せるありけり《腹這いになって寝ているのがいた》。

阿闍梨、これを見て、悲しみの涙を流しつつ車よりおりて、あはれみ《世話》訪《とぶら》ふ。畳《敷物を》、求めて敷かせ、上に仮屋さしおほひ《仮ごしらえの小屋を作り》、食ひ物求めあつかふほどに《をしているうちに》、やや久しくなりにけり《時間が経過してしまった》。勅使、「日暮れぬべし。いといと便《びん》なき事なり《不都合なことだ》」と云ひければ、「参るまじき《参内できません》。かく、その由《よし》を申せ」と云ふ。御使驚きて、ゆゑを問ふ。阿闍梨云ふやう、「世を厭《いと》ひて、心を仏道に任せしより《仏道に帰依したときから》、帝の御事とても、あながちに《とりたてて》貴《たつと》からず。かかる非人とても又おろかならず《おろそかにはできない》。只同じやうに覚ゆるなり。それにとりて《それにつけて》、君の御祈りのため、験《しるし》あらん僧を召さんには《祈禱のききめがある僧を召集すれば》、山々寺々に多かる人、誰かは参らざらん《〔私が行かなくても〕》。更に事欠くまじ。此の病

九 延暦寺の僧。十世紀後半頃の人らしいが、生没年・伝記等未詳。法華の持者で有験・高徳の僧として知られる。
一〇 他書によれば第六四代円融天皇。その「御悩み」は『元亨釈書』に「狂病」とある。神経系統の病気か。
一一 断りきれなくて。底本「いなもがたくて」（「否も難くて」か）とし、「も」の右肩に「み」と傍書する。仮に、寛文本の本文を採用して校訂した。
一二『今昔物語集』によれば、流行病に冒されたらしい乞食女。
一三『今昔物語集』によれば、土御門《つちみかど》（上東門。大内裏の東側の門の一つ）の馬出し（馬の乗り入れ口）。

者に至りては、厭《いと》ひきたなむ《きたながる》[一]人のみありて、近付きあつかふ人はあるべからず。もし、我捨て去りなば、ほとほと《すぐにも》寿《いのち》も尽きぬべし」とて、彼をのみあはれみ助くる間に、つひに[二]参《〔宮中に〕》らずなりにければ、時の人ありがたき事《稀に見る尊いこととして》になん云ひける。

此の阿闍梨をはりに往生をとげたり。くはしく伝[三]にあり。

五　肥州[四]の僧、妻、魔と為《な》る事
悪縁を恐るべき事

中比《なかごろ》、肥後の国に僧ありけり。もとは清かり[五]けるを、年半ばたけ《中年になってから》て後、妻《め》をなんまうけたりける。かかれど、なほ後世《ごせ》の事を思ひ放《はな》たず。理観[六]を心にかけつつ、その勤めの為に別に屋《いへ》を作りて、かしこを観念の所と定めて、年比《としごろ》つとめ行ひけり。

此の妻、男《夫》の為こころざし深く《情が深く》、事にふれて《何事につけても》ねんごろなりけれど、

一　「きたなむ」は「きたなし」の動詞化。
二　本説話を伝えるもののうち、『今昔物語集』のみは、手当を終えて参内し、帝の病を平癒させたとする。
三　『続本朝往生伝』をさす。同書に、「臨終の尅《こく》、読経懈《おこた》らず。往生の相、掲焉《けちえん》（明らか）なり」とある。

肥後の僧、妻に秘して往生

＊　本文中の記述によれば、本章の説話は『拾遺往生伝』下を出典とするらしい。他に『私聚百因縁集』九・二十一、刊本『沙石集』四下「妻臨終之障成事」（本文中に「発心集に侍るをや」とある）に見え、『三国伝記』二・二十七も、信州の善阿弥とその妻の話になっているが、同じ話と思われる。

悪魔であった妻

四　肥前・肥後の称だが、ここは肥後をさす。今の熊本県。
五　この「清し」は清僧であること。肉食・妻帯などをしない、清浄な意。

妻、その正体を現す

いかが思ひけん、〔僧は〕病ひを受けたりける時、此の妻に[七]うちとけず、相ひ知れる僧を呼びて、忍び語らふやう《こっそり言うことに》、「もし限りならん時は《臨終がせまったときは》、[八]あなかしこ、あなかしこ、妻《め》の方に告げ給ふな。ことさら少し思ふ故あり」と云ひければ、その心えて《よく納得して》のみあつかふ程に、いとも《さほどには》わづらはず、終り思ふさまにめでたくして、西に向ひて息絶えにけり。

さてしもあるべきならねば《そのままにしておくわけにもゆかないので》、とばかりありて妻に此の事を告ぐ。即《すなは》ち、驚きまどひ、おびたたしく《はげしく》[九]手をたたきて、眼を[一〇]いからかし、もだへ迷ひて《もだえ苦しんで》絶え入りぬ《気絶した》。

人おぢて、近付きも寄らざりける間に、一時《いつとき》《約二時間》ばかりありて、世に恐ろしう、声のあるかぎりを《声をふりしぼって》[一一]めき叫びて云ふやう、「我、[一二]狗留孫仏《くるそんぶつ》の時より、此《こ》やつが菩提《ぼだい》を妨《さまた》げんために、[一三]世々生々《せせしやうしやう》に妻《夫》となり、男となり、さまざま親しみたばかりて《あやつって》、今まで本意の如く随ひつきも《そばに一緒に居》たりつるを《つづけたのに》、今日すでに逃がしつる。ねたきわざかな《くやしいことよ》」と云ひて、歯をくひしばり[一四]垣壁をたたく。人いとど《いよいよ》恐れをののきて、皆はひか《這うよう》

六 観法の一種。具象的な相に即する「事観」に対して、個別を離れて真如《しんによ》の理に合一することをいう。
七 ここの「うちとく」は、秘密をもらす、うちあける意。
八 決して決して。下の禁止の語を強調し、相手の注意をうながす感動詞。
九 この動作は、はげしい感情におそわれた時に、意識的・無意識的にするものだったらしい。畏怖・驚き・威嚇・嫌悪・呪詛など。手を打つ。「長《たけ》は一丈ばかりの者の、目・口より火を出《いだ》して雷の光の如くして、大きなる口を開きて手を打ちつつ追ひて来れば」(『今昔物語集』十二・二十八)。
一〇 「いからかす」は「いからす」とも。怒り・興奮などで、様子が激烈・異常になること。ここは、目を大きく見開く意。
一一 「をめく」は、「を」(感動詞)と「めく」(そのような音声を発する意の接尾語)の複合したもの。
一二 毘婆尸《びばし》から釈迦牟尼《むに》に至る過去七仏の第四。また、賢劫《けんごう》(現在の世界が安定して存在を続ける長い時間帯)の一千仏の筆頭。
一三 多くの世。また、そのそれぞれの世。「せぜしやうじやう」とも、反対の形で「生々世々」(次頁八行)ともいう。
一四 土で作った塀。土塀。

くれたる間に《にして逃げ隠れる間に》、いづちともなく《どこへともなく》失《う》せにけり。其の後、つひに行方《ゆくかた》知らずとなん。往生伝[一]には、康平《かうへい》[二]の比《ころ》と註《ちゆう》せり。

悪縁を恐れよ

これ、一人が上にあらず《彼一人の場合に限ったことではない》。悪魔の、さりがたき《離れがたい》人となりて、二世《にせ》[三]を妨ぐる事は、誰も必ずあるべき事なり《誰にとってもありがちなことだ》。かれば[四]《だから》、此の事を心にかけつつ、親しきうとき分かず《親しい人でも疎遠な人でも》、善をすすむる人あらば、「仏菩薩こそさまざま形を変じて人を化度《けど》し給へ《救済なさる》。もし《あるいは》化身か[五]、もし又《それとも》その便《ゆか》りか《りの者か》」とむつましく[六]《なれ親しんで》思ひ、〔一方〕罪を作らせ、功徳《くどく》を妨げて、執《しふ》をとどめん人をば《執着心を残させるような人を》、生々世々の悪縁と恐れて、〔そういう人から〕遠ざからん事を願ふべし。

人の心の弱さ

大方《一体》人の心は[七]、野の草の風に随《したが》ふが如し。縁によりてなびきやすし。誰かは、道心なき人といへど、仏に向ひ奉りて掌《たなごころ》を合はせざる。いかなる智者かは、媚《こ》びたる形を見て目を悦ばしめざる《嬉しく思わぬことがあろうか》。彼の浄蔵[八]貴所《きそ》は、日本第三の行人《ぎやうにん》[九]なれど、近江守《あふみのかみ》[一〇]なが女《むすめ》に契りを結べり。[一一]久米の仙人は、通《神通力》を得て空を飛びありきけれど、げすな女《いやしい女》の物洗ひける脛《はぎ》の白かりけるに欲《欲情を》を発して、仙[一二]を退《たい》して只人《ただびと》となりにけり。

一『拾遺往生伝』をさす。同書のこの説話の末尾に「その年紀を訪ふに、康平年中なり」とある。

二 一〇五八～六五年。後冷泉《ごれいぜい》天皇治世。

三 二世にわたって往生の妨げをする。現世と来世。男女が夫婦として縁を結ぶ期間に言う。

四 底本「かれは」(寛文本も同じ)。神宮本は「然らば」。文脈上、順接の接続詞「しかれば」の「し」の脱落かとも思われるが、仮に、「かれば」という語と見ておく。ただし、この語は他に用例を見ない。

五 仏菩薩が人間の形をとってこの世に現れたもの。

六「むつまし」は「むつまじ」(近世以後)の古形。

七『論語』を出典とする比喩。序文に既出。四四頁注二参照。

八 一六九頁注八参照。ここにいう彼の説話は、『大和物語』上、『今昔物語集』三十・三などに見える。

九『拾遺往生伝』中に「本朝の験者十人。其の中に第三の験者浄蔵」とある。

一〇 神宮本は「長頼」、『私聚百因縁集』は「長世」とするが、正しくは「中興《なかき》」。「中」を「長」に、「興」を「与」に誤解して私意で読んだことに基づくか。中興は平季長の子。五位、左衛門権佐《ごんのすけ》、『古今集』『後撰集』に詠歌が入集。延長八年(九三〇)没、享年未詳。

一一 伝説的な仙人。久米寺の開基と伝える。ここにいう話は、『久米寺流記』『久米寺縁起事』、『本朝神仙伝』八、『今昔物語集』十一・二十四、『七大寺巡礼私記』、『私聚百因縁集』九・二十一、『元亨釈書』十八その他に見え、『徒然草』八によって一般にも知られる。

一二 仙人ではなくなって。「退す」は高度な位置や状態から下落・後退する意。

一三「かたはをつく」は「かたはづく」（『方丈記』一八頁一三行に「身をそこなひ片輪づける人」とある）に同じ。不具になる。身体を損傷する。

不浄を観じた玄賓

＊ 一・一、一・二よりも早い時期の玄賓を物語る説話であろう。

玄賓、大納言の北の方に恋慕

一四 奥方。

一五 四六頁注一参照。

一六 未詳。五二頁に既出の大納言と同一人物であろう。なお、章題の「亜相」は、丞相《しようじよう》（大臣）に亜《つ》ぐ、の意で大納言の唐名。

今の世にも、手足の皮をはぎて指をともし《皮をはいだり指に火を付けて》、爪をくだき、さまざま一三かたはをさへつけて《不具にまでなることをして》仏道を行ふ人は、その発心のほど隠れなけれど、悪縁にあひて妻子をまうくるためし多かり。我も人も凡夫なれば、ただ《〔女に〕》近づかぬにはしかぬなり《越したことはない》。

六 玄賓《げんひん》、念を亜相《あしやう》の室一四に係《か》くる事

不浄観の事

昔、一五玄賓僧都いみじう貴《たふと》き人なれば、高きも賤しきも《あらゆる階層の人が》仏の如く思へりける中に、一六大納言なる人なん、年比《としごろ》ことに相ひ憑《たの》み給ひたりける《帰依なさっていた》。

かかる間に、僧都そこはかとなく悩みて、日比《ひごろ》になりぬ。大納言おぼつかなさのあまりに、みづから渡り給ひて、「さても、いかなる《ご気分は》御心地にか《いかがですか》」なんど、こまやかに《ねんごろに》とぶらひ給ふを、「近く寄り給

へ。申し侍らん」とあれば、あやしくてさし寄り給へるに《〔玄賓に〕接近なさると》、忍びて《声を落して》聞こゆ《申し上げた（玄賓）》。「誠には、ことなる《大した》病ひにも侍らず。一日《ひとひ》《先日》、殿の御もとへ《あなたのお邸へ》まうでたりしに、北の方のかたち《容姿》、いとめでたくて見え給へりしを、ほのかに見奉りて後、物覚えず《正気を失って》、心まどひ、胸ふたがりて、いかにも物の云はれ侍らぬなり。此の事、申すにつけて《口にするだけでも》憚《はばか》りあれど、〔あなたを〕深く憑《たの》み奉りて久しくなりぬ。一いかでかは隔て奉らんと思ひてなん」と聞こゆ。

大納言驚きて、「さらば、などか《なぜ》はとく《もっと早く》のたまはざりし。いとやすき事なり。速《すみや》かに御悩みを二やめてん。わたり給へ《〔私の家に〕おいで下さい》。いかにものた《おっし》まはんままに《ゃるとおりに》、便りよくはからひ侍らん《ご便宜をはからいましょう》」とて、帰り給ひぬ。

三うへに、かくと聞こえ給ふに《一部始終をお話しなさると》、「さらなり《もちろん結構です》。四なのめに仰せられんやは。いとあさましく心うけれど、〔あなたが〕かく懇《ねんご》ろにおぼしはからふ事なれば、五いなび六給はじ」とあれば、その用意して、僧都のかなひ七せさせ給へるに、〔僧都は〕いと事うるはしく《きちんと》法服《ほふぶく》ただしくして《作法どおりに着用して》来たり給へり。〔その姿は〕あ

一 どうして（あなたと）心のへだてを作ってよいものか、と思い悩んでいます。
二 解消して差し上げましょう。
三 貴人の妻。奥方。「うへなど言ひてかしづきすゑたらんに、心にくからずおぼえん」（『枕草子』）。
四 「（あなたがそのようなことを）いいかげんなお気持でおっしゃるはずがあるでしょうか、よくお考えの末のことでしょう」と訳しておくが、主語を玄賓ととることも可能と思われる。
五 「いなぶ」は感動詞「いな」の動詞化。いやだと言う意。語尾、底本は清音。あるいは清濁両形あったか。
六 底本「給んその用意して」。誤脱として、寛文本により「ん」を「じ」に、神宮本により「とあれば」を補入。

玄賓、北の方に接せず帰る

七 「かな（叶）ふ」の名詞化で、望みどおりのこと、の意か。ただし、この前後、寛文本「僧都にあないせさせ」、神宮本「僧都の計（「許《もと》」の誤りか）え《（ママ）》、案内言はせ給へるに」などを参照すると、「か」は「あ」の誤りで、「案内《あない》」かとも思われる。

やしく、げにげにしからずは覚ゆれど《腑に落ちない感じはしたが》、八間《ま》なんど立てて、さるやうなる方に《情事にふさわしい場所へ》入れ奉らせ給ふ。うへのうつくしうとりつくろひて居給へるを、一時ばかり《〔僧都は〕約二時間》つくづくと九まぼりて、一〇弾指《たんじ》をぞ度々《たびたび》しける。

かくて、近くよる事なくて、一一中門の廊に出《い》でて、物をなんかづき《かぶって》て帰りにければ、主《あるじ》いよいよ貴み《〔僧都を〕》給ふ事限りなかりけり。一二不浄を観じて、其の執をひるがへすなるべし《執着心を克服したのであろう》。

人身の不浄さ

かく云ふは《不浄観というのは》、人の身のけがらはしき事を思ひとくなり《理解する観法だ》。諸々《もろもろ》の法、皆仏の御教へなれど、聞きどほき事は《実感が持てないことは》、愚かなる心にはおこらず《思いつかない》。一三此の観に至りては、目に見え、心にしれり《納得がゆく》。悟りやすく、思ひやすし。「もし、一四人の為に《他人に》も一五愛著《あいちゃく》し、自らも心あらん時は《道心を持っている時は》、必ず此の相《不浄の相》を思ふべし」と云へり。

一六大方、人の身は、骨・肉《しし》のあやつり《仕組みが》、朽ちたる家の如し。一七六腑・一八五臓のありさま、毒蛇のわだかまるにことならず。血は体をうるほし、筋《すぢ》つぎ目をひかへたり《筋は関節をおさえている》。わづかに薄き皮ひとへおほへる故に《一枚がかぶさっているために》、

八 几帳など、仕切りに用いた道具。
九 「まぼる」は「まもる」に同じ。見守る。
一〇 つまはじき。仏教で、敬意・警告・許可・歓喜などの合図や意思表示の動作。悔い改める時にも用いる。ここはその例か。「弾指し、悔い愁ふ」、「慙愧《ざんぎ》して、鬢髪を剃除し、袈裟を被著《き》、弾指するとは、罪を滅し、福を得るなり」（ともに『日本霊異記』下・三十八）。
一一 寝殿造りで、東西の対屋《たいのや》から釣殿に通ずる廊。東西の門に出る経路。
一二 不浄観をさす。貪欲を滅するために自他を観ずること。五停心観《ごじょうしんかん》（五種の過失を免れるための五つの観法）の第一で、各種の下位分類がある。
一三 修行の階梯《かいてい》において、不浄観以下の五停心観は最初の位になすべきものであった。
一四 以下の文の出典未詳。
一五 貪欲による煩悩《ぼんのう》。他人への愛にとらわれること。
一六 以下の一節は『往生要集』上・大文一「人道」中の「不浄」に触れた部分および、九巻本『宝物集』八中の記述と似る。
一七 胃・胆《きも》・大腸・小腸・膀胱《ぼうこう》・三焦《さんしょう》の六つの内臓。
一八 肺・心・肝・脾《ひ》・腎《じん》の五つの内臓。

一「御白い」で、「しろい」は、「しろきもの」(『和名抄』など)の音便形「しろいもの」(『枕草子』)の略。女性語であったかというが、この語の中古例を見ない。神宮本は「粉」に「ふん」「けはい」両様の振仮名をつけている。
二 白檀《びゃくだん》をさす。インドネシア産の植物で、樹皮を香とする。
三 不浄という、人間の本質。
四 底本「厭ひ」。他本により訂正。
五『往生要集』上・大文一「人道」に引かれる「偈《げ》」の「身は臭く不浄なりと知れども、愚者は故《ことさら》に愛惜す。外に好《よ》き顔色を視《み》て、内の不浄をば観《み》ず」などの趣旨をとったものか。「仮の色」は、感覚器官によって実在するかのように信じられているが、その実、無常な物質・現象をいう。

死骸の不浄

六「かわや」の変化した語。便所。「川屋」で、川の上に掛け渡したことからいう。
＊本章末尾にいう「愚かさ」に人間性の本質を見た一人に兼好がいる。『徒然草』八で、「世の人の心惑はす事、色欲にはしかず。人の心は愚かなるものかな。匂ひなどは仮のものなるに、しばらく衣裳に薫物《たきもの》すと知りながら、えならぬ匂ひには、必ず心ときめきするものなり」と書いている。

往生を妨げる魔の化身

＊本説話は、『三国伝記』九・十五にも見え、類話が

此の諸々《もろもろ》の不浄を隠せり。[一]粉《おしろい》を施し、たき物《香のかおりを》をうつせど、誰かは、偽《いつは》れるかざりと知らざる。海に求め、山に得たる味ひも、一夜へぬ《一晩たつと変》れば《化して》、悉《ことごと》く不浄となりぬ。いはば、描ける瓶《かめ》に糞穢《ふんゑ》を入れ、くさりたるかばね《死体》に錦をまとへるが如し。もしたとひ、大海を傾けて洗ふとも、きよまるべからず。もし[二]栴檀《せんだん》をたきて匂はすとも、久しくか《すぐに悪臭が》うばしからじ《におうであろう》。

況《いはん》や、たましひ去り、寿《いのち》尽きぬる後は、空しく塚のほとりに捨つ《捨てよ》べし。身ふくれくさり乱れて、つひに白きかばねとなり、[三]真《まこと》の相を知る故に、念々にこれを厭ふ《〔人は〕いつもこれを嫌悪する》。[四][五]「愚かなる者は仮の色にふけりて、心をまどはす事、たとへば、[六]厠《かうや》の中の虫の糞穢を愛するが如し」と云へり。

七　或る女房、臨終に魔の変ずるを見る事

或る[七]宮腹の女房、世を背《そむ》けるありけり。病ひをうけて限りなりける時《死を前にした時》、[八]善知識に、ある聖を呼びたりければ、念仏《〔善知識が〕》すすむる程に、此の人《女房は》、色[九]まさをになりて、恐れたるけしきなり。あやしみて、「いかなる事の、目に見え給ふぞ」と問へば、「恐しげなる者どもの、[一〇]火の車を率《ゐ》て来るなり」と云ふ。聖の云ふやう、「阿弥陀仏の[一一]本願を強く念じて、名号《みやうがう》をおこたらず《休みなく》唱へ給へ。[一二]五逆の人だに、善知識にあひて、[一三]念仏十度《とたび》申しつれば、極楽に生る。況《いはん》や、さほどの罪は、[一四]よも作り給はじ」と云ふ。即ち、此の教へによりて、声《〔女房は〕》をあげて唱ふ。

しばしありて、其のけしきなほりて、悦《よろこ》べる様なり。聖、又これを問ふ。語つて云はく《〔女房〕》、「火の車は失《う》せぬ。玉のかざりしたるめでたき車に、天女の多く乗りて、[一五]楽をして迎ひに来たれり」と云ふ。聖の云はく、「それに乗らんとおぼしめすべからず。なほなほ《今までのように》、ただ

九巻本『宝物集』八に見える。青山克彌氏説によれば、本章は『往生要集』中・大文六に引く『勧仏三昧経』の魔往生の説話によって物語化された虚構かと言い、山田昭全氏説によれば『宝物集』を典拠とするという。

臨終の女房、火車《かしや》を見る

七 宮腹の女房で遁世した人がいた。「宮腹の女房」は皇女の娘である女房。または、皇女の娘に仕える女房。

八 教導を仰いでいた聖。

九 まっさお。「ま（真）」は、真実・正確などの意を添える接頭語。

一〇 罪人をのせて地獄にはこぶ車。火を発している。火車《かしや》。

一一 阿弥陀如来が法蔵菩薩の時代に立てた誓願。一二〇頁注五参照。

一二 五つの大罪。これを犯した者は無間《むけん》地獄に堕《お》ちるという。数え方に各種あるが、父を殺す、母を殺す、阿羅漢を殺す、仏身を損傷して出血させる、僧団の和合を乱す、の五つとするのが普通。

天女の来迎《らいこう》を見る

一三 十念往生をいう。『観無量寿経』の所説で、下品下生《げぼんげしやう》の往生。

一四 あなたはまさか犯していらっしゃらないでしょう。

一五 音楽を奏でながら迎えに来る。「迎ひ」は「迎え」に同じ。往生する人を仏菩薩などが迎えに来ること。

貴僧現れていざなう

阿弥陀仏を念じ奉りて、仏の迎ひに預《あづ》からんとおぼせ」と教ふ。これによりて、なほ念仏す。

又、しばし《しばらくたって》ありて云はく、《〔女房〕》「玉の車は失《う》せて、墨染めの衣着たる僧の貴げなる、只ひとり来たりて、『今は、いざ[一]給へ。行くべき末《目あては》は道も知らぬ方なり。我そひてしるべせん《同行して案内しましょう》』と云ふ」と語る。「ゆめゆめ《決して》、その僧に具せん《ついて行こうと》とおぼすな。極楽へ参るには、しるべいらず。仏の悲願に乗りて、おのづから至る国なれば、念仏を申してひとり参らんとおぼせ」とすすむ。

女房、無事に往生

とばかりありて、《〔女房〕》「ありつる《先ほどの》僧も見えず、人《〔他に〕》もなし」と云ふ。聖の云はく、「その隙《ひま》に、とく《〔極楽へ〕》参らんと心を至して《精神を集中して》、つよくおぼして《一心に往生を祈念して》念仏し給へ」と教ふ。其の後、念仏五六十返ばかり申して、声のうちに《〔その〕声が終らぬうちに》息絶えにけり。[二]

これも、魔のさまざまに形を変へて、《〔女房を〕》たばかりけるにこそ。

一　さあご一緒に参りましょう。

二　『三国伝記』には、以下に女房の往生を語る記述、「時に紫雲天に聳《なび》き、異香室に薫ぜり。金色の不動（刊本は「弥陀」）光を放ち、珠宝の絃管妙にせり」がある。

長明の知己、死の床に娘の行末を案ずる

三　一一九〇～八年。後鳥羽天皇治世。長明三十六歳より四十四歳まで。

＊　筆者長明の知己で建久年間に没した人物といえば、俊恵法師と中原有安（解説参照）の名が思い浮ぶ。前者は建久二年以前、後者は同六年以後まもなくの没と推定される。特に、有安は『月詣《つきもうで》集』十所収の「年頃具して侍りける女みまかりて後、山里へまかりける道に虫の鳴きければ詠める　道芝の虫は声々すだくなり友無き音をば我のみぞなく」によって、妻に先立たれていることが知られるので、本章の主人公の条件に符合する。この話が有安をめぐる回想だとすると、深い陰翳を持つ説話となるので、他に決め手の欲しいところである。

四　あれやこれや。「あはれみつつ」にかかる。

五　親のない子。特に、未成年で親を失った子。

八　或る人、臨終に言《ものい》はざる遺恨の事
臨終を隠す事

年比《としごろ》、相ひ知る人《〔私と〕知合いの人》ありき。過ぎぬる建久[三]のころ、重き病ひを受けたりける時、憑《たの》みたりける聖《ひじり》を呼びければ、〔聖は〕行きて、ねんごろに見あつかひ《世話をした》けり。

かくて、のどかに《落ちついて》此の人のさまを見るに、病ひのありさま、いと心得ず。日にそへて《日がたつにつれて》弱り行くを、みづからは《本人は》、死ぬべしとも思ひもよらず。あたりの女房なんど、まして、かけても《少しも》思ひよらざりけり。

此の人いとけなき子あまた《たくさん》ある中に、殊にかなしうなんする《かわいがっていた》女《むすめ》独りありける。子供の母は先立ちてかくれにしかば、其れを深く嘆きて、又、こと人をも見ず《他の女と再婚しなかった》。此の女の、かたがた[四]、みなし子[五]になれる事をあはれみつつ、此の程《最近》、聟《むこ》取らんとて、さまざまいとなみ《用意し》、沙汰し《手配をし》

一 普通・平凡。ここは、病状に大した変化がないこと。
二 万一のこと（死）が近いのではないかなど。
三 人の身体をいう仏語。食物・衣服などのたすけを待ってはじめて存在し得るはかないものの意。
四 命令形につき、希望の意を強調する助詞。なお、一五〇頁注八参照。
五 多く笑い声を表す擬声語。ここは、すすり泣きをいう。
六 「のどむ」は、やわらげる、落ちつかせる。「のどか」などと同根の語。ここは、延期する、の意か。
七 遺産の相続。
八 神宮本に「聖してすすむ」（聖に勧めさせた）とある。その形の方が文意が通りやすい。
九 処分を指示する言葉の第一声を示す。私が決めた処分の仕方は、というほどの意。
一〇 たれさがる。（舌が）動かなくなる。

死に瀕して遺言を促される

ければ《ていたので》、さやうの事《その用事を》、病む病むも《病気をしながらも》なほおこたらず。此の聖、「いとあさましくおろかにもあるかな」と見れど、なのめ[一]なる程は《間は》、人を憚《はばか》りて云ひ出でず。

十日ばかりありて、まめやかに《本格的に》重くなりぬる後、主《ぬし》もやうやう心細げに思ひ、人もおのづから[二]の事もやなんど思へるけしきを見て、聖、「憚りながら、有待《うだい》[三]の身は思はずなるものぞ《意外にはかないものです》。跡の事など《亡き後のこと》、かねて定め置き給へがし[四]」など云ひ出でたるに、「誠にさるべき事《それももっともだ》」と云ふを聞きて、幼き子供、あたりの人まで、さとうち泣く[五]けしきいとはかなげなり《心細げである》。（主）「今夜《こよひ》はくらし《日が暮れた》。明日こそは〔定めよう〕」とのどむる[六]程に、其の夜より殊に重くして、いたく苦しげなり。

人々驚きて、「処分[七]のやう《仕方》を申し合はせて、定め給へ。〔さもないと〕あなたの死後御跡ゆくへなくなりぬべし《途方に暮れてしまいます》」と聖勧《すす》む[八]。（主）「誠に」とて、（聖）「いかやうにか侍るべき」と云へば、（主）[九]「あるべきやうは」とて、苦しげなるを念じて《こらえて》、こまごまと一時ばかり《約二時間ほど》云ひつづくれど、舌も垂《た》り[一〇]にけるにこそ《動かなくなってしまったのか》、「何一一「あら」(「粗」「荒」の意の造語要素)を重ねて作った副詞。粗雑なさま。おおよそ、ざっと。
一二 みみずが這いまわった跡のような悪筆。
一三(姫君の幼時に乳を与え育てた)側近の女房。また、その夫にもいう。いずれにせよ、姫君の権益の代弁者として、以下の発言をしたのである。

処分のこと、うやむやになる

一四(身体は不自由になっても)意識は残っているのか。
一五(意識不明の状態にはなったが)急変のありそうには思えない間は。
一六 もはやこれまでです。「処分の事」は無理でも、せめて最後の念仏だけは、という気持。
一七「いひか(が)ひなき」に同じ。言ってもそのかいがない。どうしようもない。
一八 午前十時、および、その後の二時間。または、その前後二時間。
一九 叫び声をあげて。「あめく」の「あ」は感動詞、「めく」は、そのような音声を発する意を添える接尾語。

とも聞き分け侍らず」と云へば、《(主)》「さらば、紙と筆とを給へ《下さい》。[一一]あらあら書き付けん」と云ふ。即《すなは》ち取らせたれど、手もわななきて、え書かず。わづかに書き付けたるは、たがはぬ《まぎれもない》[一二]みみずがきなり。

すべき方なくて、姫君のめのと[一三]、〔御主人の〕「日比おぼしめしたりける趣《おもむき》は、しかしか《こんなことです》」と云ふままに、〔聖がそれを〕はからひ書きて見ゆれど《考慮に入れて書いて見せたが》、かしらを振りて、「《(主)》とくひきやり給へ《すぐに破いて下さい》」と云へば、ひきやりつ。すべて力及ばず。さすがに心[一四]はたがはぬにや、さまざま思ふ事をえ云ひあらはさずなりぬるを、心憂く思へるけしき、あはれに悲しき事限りなし。夜の中ばかり《真夜中ごろには》、これほどの心《この程度の判断力は》あるやうに見えける。

明けぬれば、物も覚えず。事[一五]よろしきほどは、処分の事紛《まぎ》れにけり。「[一六]今は」とて念仏すすむれど、〔もはや〕云《ゆ》[一七]ひかひなきさまなり。

かくて、明《あ》くる日の巳《み》[一八]の時ばかりに、大きに驚けるけしきにて、二《ふた》度《び》ばかり[一九]あめきて、やがて《そのまま》息絶えぬるは、もし《あるいは》、恐しき物なんどの目に見えける《見えたのだろうか》にや。

長明、故人を夢に見る

此の事、[一]遠き程《遠隔地の出来事なので》なれば、後に伝へ聞きて、今一度《ひとたび》相ひ見ずなりぬる事を口惜《くちを》しく思ひける程に、廿日ばかり過ぎて、彼《か》の人を夢に見る。[二]なべらかなる布衣《ほい》[三]、常のさまに変らず対面したる事を悦《よろこ》べるけしきながら、物をば云はず。かくして、ただ向ひ居たりと思ひてさめぬ。即《すなは》ち、うつつに《目がさめても〔眼前に〕》その形あざやかなり。やうやう程ふるままに《次第に時間がたつにつれて》、[四]うすすみになり行く。はてには、人の形ともなく煙《けぶり》のやうに見えて、消え失《う》せにき。其の面影、[五]今に忘れがたくなん侍る。

人の臨終の要

大方《おほかた》、人の死ぬるありさま、あはれに悲しき事多かり。物の心あらん人は《思慮のある人は》、つねに終りを心にかけつつ、苦しみ少なくして、善知識《よき導き手の僧に》にあはん事を仏菩薩に祈り奉るべし。もし、あしき病ひをうけつれば、その苦痛に責められて、臨終思ふやうならず。終り正念《しやうねん》[六]ならねば、又一期《いちご》の行ひもよしなく《一生の修行も無駄であるし》、善知識のすすめ《教導》も叶《かな》はず。たとひもし、臨終正念なれども、善知識の教ふる《導き》なければ、又かひなし。生涯ただ今を限りと思ふに、[七]恩愛《おんあい》の別れと云ひ、[八]名利の[九]余執《よじふ》と云ひ、

一 本話の主人公が前記のように有安だとすれば、彼は筑前守を最終官として死んだので、あるいは、この「遠き程」は筑前（今の福岡県北西部）をさすか。
二 「なめらか」に同じ。すべすべしているさま。
三 もと、絹でなく布製の狩衣。後に狩衣一般（近世には、特に六位以下が着用した無紋の狩衣）。ここは、上に「なべらかなる」とあるから、絹製であろう。
四 夢の中の情景が原色であったのが、薄墨色になっていったのである。
五 建久年間から『発心集』執筆時までは、二十年前後を経過している。
六 「臨終正念」をいう。「正念」は邪念を離れた正しい信仰心。
七 肉親との死別。「恩愛の別れ、家の衰微、悲しみてもなほ余りあり」（『平家物語』三「医師問答」）。「恩愛」は肉親同士の愛情。仏教で煩悩の一つ。
八 名誉と物に寄せる欲望。
九 時世を経ても心から去らない執着心。

見る物・聞く物にふれつつ、[一〇]心肝《しんかん》をくだかずと云ふ事なし。何時《いつ》の《一体》心のひまにか、《いつ平静な時を得て》浄土をねがはんとする。

往生人の臨終

しかるを、[一一]念仏功つもり、[一二]運心《うんしん》年ふかき人は、《長年道心を保った人は》[一三]加被の故に終り正念にして、必ず善知識にあふ。耳には《〔弥陀の〕》誓願の外《ほか》の事を聞かず。口には称名の外の事を云はず。最初《まず》[一四]引摂《いんぜふ》を期すれば、《願うゆえ》妻子の別れもなく《悲しみ》さみぬ《がうすらぐ》。[一五]五妙境界を思へば、[一六]穢土《ゑど》の執《しふ》もあらず《執着もない》。すずろに《いちずに〔信仰が〕》進んで、つひに往生をとぐるなり。或いは、[一七]「かねて死期を知り、《〔それを〕待ちどおしく》心もとなく《思うこと》待つ事、国を出づべき人の其の日《出発の日》を望むが如し」なんど云へり。いかにいはんや、[一八]聖衆《しやうじゆ》の来迎《らいかう》にあづかりて、楽《がく》の声を聞き、妙《たへ》なる香をかぎ、まさしく[一九]尊容を見奉る時、心の内の楽しみ、説きつくす《言い尽すことが》べからず《できない》。かかれば、《したがって》たとひ道心少なくとも、終りを恐れん《臨終を恐れる》為にも、いかが《どうして》往生を願はざらん《願わなくてよいものか》。

一〇 「心肝をくだく」は、まごころを尽す、一生懸命行う意。「肝胆《かんたん》をくだく」とも言う。

一一 「いかにいはんや、念仏の功積《つも》り、運心年深き者は、命終の時に臨んで大いなる喜 自《おのづか》ら生ず」(『往生要集』上・大文二)。

一二 「うんじん」とも。一つの事に心を向けること。特に菩提心を持つこと。「称名絶えざれば、必ず往生を得。運心日久しくは、引摂《いんぜふ》何を疑はん」(『私聚百因縁集』八・二)。

一三 神仏(ここは阿弥陀)の加護。

一四 臨終に、来迎《らいこう》にあずかって極楽に導かれること。「引接《いんぜふ》」とも書く。

一五 極楽の境界。「五妙」は五官の対象たる色・声・香・味・触のすべてが浄妙なこと。『往生要集』上・大文二に、極楽の十楽の第四にこれを挙げ、「第四に、五妙境界の楽とは、四十八願もて浄土を荘厳したまへば、一切の万物、美を窮《きは》め、妙を極めたり」云々と記す。

一六 けがらわしいこの世。「浄土」に対していう。

一七 以下の句、出典未詳。あるいは『往生要集』中・大文五の「謂《いは》く、常に仏を念じて往生の心を作《な》し、一切の時に於て、心に恒《つね》に想ひ巧《たく》め。譬《たと》へば、人ありて、(中略)忽ちに父母を思ひ、走りて国に帰らんと欲すれども」云々あたりによるか。

一八 往生人を浄土に迎えに来る菩薩たち。

一九 阿弥陀如来の御姿。

洪水に、生還しえた信心深い一家

＊本章の説話、『三国伝記』七・二十八（刊本。国会本は三十）にも見える。

一 今の埼玉県・東京都（伊豆七島を除く）および神奈川県の一部にまたがる。武州。

二 埼玉県入間郡を流れ、荒川に合流する川。全長六五キロ。上流を「名栗川」という。

入間河氾濫、官首の家流される

三 底本「防ぎて」。「防ぐ」の語尾は、南北朝頃まで清音なので濁点を除く。

四 「貫首」とも書く。その地域の長《おさ》をいう称だが、しばしば固有名詞にまちがえられる。「我は、筑前の国の、宗方の郡に、貫首と云ふ者の女也」（『雑談集《ぞうたんしゅう》』九「万物精霊の事」）。神宮本にはこの個所「秩父《ちちぶ》の冠者と言ふ男」とある。

五 底本に振仮名なし。「さみだれ」または「さつきあめ」。

六 これほど増水しても。下に「つつがなからむ」のような語句を補って読む。

七 「沃《い》こぼす」は、容器にそそいだ液体があふれ出る意。

八 一町は約九九・一二アール。

九 「白む」は白くなる意だが、ここは見通しがきく

九　武州入間河《いるまがは》沈水の事

一武蔵の国二入間河のほとりに、大きなる堤を築《つ》き、水を防三きて、其の内に田畠を作りつつ、在家《ざいけ》《民家》多くむらがり居たる処ありけり。四官首《くわんしゅ》と云ふ男なん、そこに宗とあるものにて《その地域でかしらだった者として》年比《としごろ》住みける。

ある時、五五月雨日比《ひごろ》になりて《何日も続いて》、水いかめしう《ものすごく》出でたりける。されど、六「さりとも」と驚かず。未だ年比《長年》此の堤の切れたる事なければ、

かかる程に、雨七沃《い》こぼす如く降りて、おびたたしかりける《〔そのさまが〕実にはげしかった》夜中ばかり、俄《にはか》にいかづちの如く、世に恐しく鳴りどよむ《ひびく》声《音》あり。此の官首と家に寝たる者ども、皆驚きあやしみて、「こは何物の声ぞ」と恐れあへり。官首、郎等を呼びて、「堤の切れぬると覚ゆるぞ。出でて見よ」と云ふ。即ち、〔戸を〕引きあけて見るに、八二三町ばかり九白《しら》みわ

官首、水に飛び込む

たりて、海の面《おもて》とことならず。「こはいかがせん《一体どうしたらよかろう》」と云ふ程〔一〇〕こそあれ、水ただまさりにまさりて《みるみるうちに増水して》、天井まで付きぬ。官首《官首の》が妻子をはじめて、あるかぎり《全員が》天井にのぼりて、桁《けた》〔一一〕・梁《うつばり》〔一二〕に取り付きて叫ぶ。この《その間》中《に》に、官首と郎等とは、葺板をかき上げて棟にのぼり居て、いかさま《どのよう》に《に》せんと思ひめぐらす程に、此の家ゆるゆるとゆるぎて、つひに柱の根抜けぬ。堤〔一三〕ながら浮きて、湊《みなと》〔一四〕の方へ流れ行く。

其の時、郎等男《らうどうをとこ》の云ふやう、「〔一五〕今はかうにこそ侍るめれ《もうだめのようです》。海は近くなりぬ。湊に出でなば、此の屋《や》は皆浪にうちくだかれぬべし。〔一六〕もしやと飛び入りて、泳ぎてこころみ給へ。かく広く流れちりたる水なれば、自ら《もしかすると》浅き所も侍らん」と云ふを聞きて、幼き子・女房なんど、「我捨てて、いづちへいまするぞ《どこにいらっしゃるのですか》」と〔一七〕をめく声、最も《ひどく》悲しけれど、〔一八〕とてもかくても助くべき力なし。「〔一九〕我等ひとりだに《だけでも》、もしや」と思ひて、郎等男と共に水へ飛び入る程の心の内《その時の》、生けるにもあらず《生きたここちもしなかった》。

状態になることをいうか。刊本『三国伝記』に「二三町ばかり見渡し」とある。

一〇「こそあれ」にはさまざまの用法があるが、ここは、「あらばこそ」（あるどころか）に近く、…と言っているうちに、…と言うやいなや、などと訳せばよい。『徒然草』十九の「花もやうやうけしきだつほどこそあれ、折しも雨風うちつづきて、心あわたたしく散り過ぎぬ」の場合も同じであろう。

一一 柱の上に横にわたして、椽《たるき》を受ける材木。

一二 棟を受ける木。

一三 決潰した堤もろとも。ただし、神宮本「其のまま」、『三国伝記』「家連《つつ》きながら」などを参照すると、「つづきながら」（家の形はしたままで）の誤りかとも思われる。

一四 当時は、東京湾にそそぐ河口は今よりよほど北部にあった。

一五「今はかく」の音便形。もうこれまでだ、おしまいだ、の意をいう慣用句。

一六 ひょっとすると。下に「助かる」の省略された形。

一七 わめく。感動詞「を」と、そのような音声を立てる意の接尾語「めく」の複合したもの。

一八 どうしてもこうしても。手段が残されていない状態。

一九 ここは単数。

しばしは二人云ひ合はせつつ《声を掛け合いながら》泳ぎ行けど、水は早くて、はては《結局〔互いに〕》行末知らずなりぬ。官首ただ一人、いづちともなく《どこへともなく》行かるるにまかせ《流れてゆくままに》て泳ぎ行く。「力はすでに尽きなんとす。水はいづく《どこが》をきはとも《終着地かも》見えず《わからない》。今ぞ溺《おぼ》れ死ぬる」と心ぼそく悲しきままに、一かこつかきには、二仏神《ぶつじん》をぞ念じ奉りける。「いかなる罪の報ひに、かかる目を見るらん」と思はぬ事なく思ひ行く程に《あれこれと思いながら泳いで行くうちに》、白浪《しらなみ》の中に、いささか黒みたる処の見ゆるを、「もし《あるいは》、地《ぢ》か」とて、からうじて泳ぎ着きて、見れば、流れ残りたる蘆《あし》の三末葉《すゑば》なりけり。かばかりの《ほんの僅かの》四あさりもなかりつ。

大蛇、官首に巻きつく

「ここにてしばし力休めん」と思ふ間《ま》に《〔何かが〕》、四体に五悉《ことごと》くまとひつくを、驚きてさぐれば、皆大ぐちなは《〔それらは〕大蛇》なり。水に流れ行くくちなはどもの、此の蘆にわづかに流れかかりて、次第に六くさりつらなりつつ、いくらともなくわだかまりゐたりけるが、物のさはるを悦《よろこ》びて巻きつくなりけり。七むくつけなく《気味が悪く》、けうとき事《いとわしいことは》、たとへん方なし《たとえようもない》。空は墨を塗りたらんやうにて、星一つも見えず、地はさながら《見渡す限り》白浪にて、

一 意味不明。「かこつかた」(嘆き訴える相手)、あるいは「かこつかほ」(うらめしそうな様子。かこちがお)の誤りか。この部分、神宮本は「かこつべき方とては」、『三国伝記』は「かこつべき方もなし」。

二 『三国伝記』は「唯観音信仰の者なりければ、南無観世音菩薩と、一心に称名し」云々とあり、以下観音霊験譚として仕立てられている。

三 蘆の先の方についた葉。「本葉《もとは》」に対する。「溺れる者はわらをもつかむ」と同義の諺に「蘆の葉にもすがる時あり」というのがある。蘆の葉は軽く細長い(したがって頼りにならない)物の代表だったのであろう。

四 浅み。浅瀬。

五 底本「次第」。寛文本は仮名書き、神宮本は「五躰」。底本の表記を誤解による当て字と見て訂正。「四体」は頭・胴・手・足、要するに全身。

六 「くさりつらなる」は、鎖のように長くつながる。

七 「むくつけなし」は「むくつけし」と同義。「うしろめたし」と「うしろめたなし」とが同義である、などの類。「なし」は接尾語。

八「…もかばかりにこそは（あるべけれ）」は、物事の甚しさをいう慣用表現。「かの地獄の業の風なりとも、かばかりにこそはとぞおぼゆる」（『方丈記』一八頁）、「たとひ地獄の苦しみなりとも、さばかりにこそはと覚え侍りしか」（『発心集』三・八）。

無事に陸に着く

九 無残で、見るにしのびない。ふた目と見られない。
一〇 算木。計算に用いる小木片。

一一（その死体の中に）一人残らず含まれていた。
一二「町」は山林などの地積を計る単位。約九九・二アール。
一三 砂や石以外には、なに一つない河原。
一四「家《や》つ子《こ》」で、召使いの男女。
一五 水泳の心得。

いささかのあさりだになし。身には隙《ひま》なくくちなは《びっしり》巻きつきて、身も重く、はたらく《動くだけの》べき力もなし。[八]地獄の苦しみもかばかりにこそはと、夢を見る心地して、心うく《情けなく》悲しき事限りなし。

かかる間に、さるべき《しかるべき》仏神の助けにや、思ひの外《ほか》に浅き所にかきつきて《取りついて》、そこにてくちなはをば、かたはしより取り放ちてげる。とばかり《しばらく》力休むる程に、東白みぬれば《東の空が明るくなったので》、山をしるべにて《目印として》、からうじて地に著きにけり《陸地に泳ぎついた》。船求めて、まづ浜の方へ行きて見るに、すべて目[九]を当てられず。浪に打ち破られたる家ども、算[一〇]を打ち散《ちら》せるが如し。汀《みぎは》に打ち寄せられたる男女《なんにょ》・馬牛《むまうし》の類ひ、数も知らず。

其の中に、官首が妻子《めこ》どもをはじめとして、我が家の者ども十七人[一一]、ひとり失《う》せでありけり。泣く泣く家の方へ行きて、見れば、三十[一二]余町白河原《しらかはら》[一三]になりて、跡だになし。多かりし在家、たくはへ置きたる物、朝夕《てうせき》よびつかへし《召使っていた》奴《やつこ》[一四]、一夜の内にほろび失せぬ。此の郎等男《らうどうをとこ》ひとり水心《みづごころ》[一五]ある者にて、わづかに寿《いのち》生きて、明《あく》る日尋ね来たりける。

厭離の心を発《おこ》すべきこと

＊『三国伝記』は以下の部分を欠き、代りに官首の後日譚を書く。それによると、彼は観音の利生《りしょう》をありがたく思い、諸国の霊地を巡礼、都の革堂《かわどう》の辺に閑居、めでたく往生したという。とすると、草深い関東で起ったこの事件は、長明が関東旅行によって耳にしえた話とするむきもあるが、必ずしもそうではあるまい。

一 汚れたこの世を厭《いと》い、離脱しようとする心。

二 どういう根拠で、（こういう事故と）関係のない所にいることができるというのか。

三 自分の身を滅ぼすことなどを考えてみるとき。

四 極楽。ここに生じた者は、二度と迷界に退くことがないことからいう。不退の地。不退の土《ど》。

慈悲と禁忌

女、百日詣での僧に母の死を語る

＊本章の説話、『私聚百因縁集』九・二十二『山王絵詞』、『日吉山王利生記』六などに見え、刊本『沙石集』一・四に、要旨のみ記されている。

五『山王絵詞』によれば、宇治平等院近辺にあった新別所滝本寺の「本願の聖」。なお、

かやうの事を聞きても、厭離《えんり》[一]の心をば発《おこ》すべし。これを人の上と《人ごとと考え》て《て》、「我、かかる事にあふまじ」とは、何[二]の故にかもて放《はな》るべき。身はあだに《人の身ははかなく》、破《やぶ》れやすき身なり。世は苦しみを集めたる世なり。身はあやふけれども、いかでか、海山をかよはざらん《通らないでいられようか》。海賊恐るべしとて、すずろに《むやみに》宝を捨つべきにあらず。況《いはん》や、つかへて〔人に〕罪を作り、妻子《つまこ》の故に身をほろぼす[三]につけても、難にあふ事、数も知らず。害《障害》にあへる故《理由》、まちまちなり。只、不退[四]の国に生れぬるばかりなん《場合だけが》、諸々《もろもろ》の苦しみになんあはざりける。

十　日吉《ひよし》の社《やしろ》に詣《まう》づる僧、死人を取り奇《あや》しむ事

中比《なかごろ》の事にや、事[五]もなき法師の、世にあり侘《わ》[六]びて、京より日吉[七]の社へ百日参るありけり。八十余日になりて、下向するさまに《神前からの帰り道で》、大津

と云ふ処を過ぎけるに、ある家の前に、若き女の、人目も知らず《憚らず》[八]さくりもあへず、よよと泣き立てるあり。

此の僧、事のけしきを見るに、「何事とは知らねど、世のつね《ありふれた》のうれへ《心配事》にはあらず。極まれる事にこそ」と、いとほしく覚えて、さしよりて《近寄って》、「何事をか悲しむ」と問ふ。女の云ふやう、「御姿を見奉るに、物詣《ものまう》でし給ふ人にこそ《〔だから〕》。ことさらえなん聞こゆまじき《とりわけ〔あなたには〕申し上げられません》」[九]と云ふ。「憚《はばか》るべき事なめり」とは推しはかられながら、あはれみのあまり、やや懇《ねんご》ろに尋ぬれば、「其の事に侍り《それと申しますのは》。我が母にて侍る者の、日比《ひごろ》[一〇]悩まし仕《つかまつ》りつるを、今朝つひに空しくみなして侍るなり《死んでしまったのでございます》。[一一]さらぬ別れのならひ、あはれに悲しき事はさるものにて、[一二]いかにしてこれを引きかくすわざ《埋葬する仕事》をせんとさまざま[一三]めくらせど、[一四]やもめなれば、申し合はすべき《相談すべき》人もなし。我が身は女にて、力及び侍らず。隣り里の人は又、なほざりにこそ《お義理のように》『あはれ』と訪《とふら》ひ侍れ、[一五]神の事《わざ》しげきわたりなれば、[一六]誠にはいかがはし侍らん。とにかくに思ひうる方なくて《どうしようにも思案が浮ばなくて〔困っています〕》」な

「事もなき」は「これといった経歴や特徴もない。とりたてていうほどのこともない」の意。

六「あり侘ぶ」は、それまでの暮しがいやになる、住みづらく思う意。

七 日吉《ひえ》神社。滋賀県大津市坂本本町にある神社。比叡山の麓に位置し、延暦寺の鎮守で、「山王」と称された。

八 しゃくり上げる余裕もないほど激しく。

九 神は死のけがれを忌《い》むものであり、僧が女の母の死にかかわると、物詣での功徳《くどく》が無為になってしまう。そのことを配慮して、女は遠慮したのである。

一〇「悩ます」は「悩む」の他動詞形だが、ここは「悩む」(病む)と同義。

一一 避けられない別れ。死別。特に『伊勢物語』八十四、『古今集』十七の、在原業平《ありはらのなりひら》とその母の贈答歌によって、親子の場合についていう。

一二 それはそれとして。当然耐えねばならないものとして。

一三 この「めくらす」(底本・神宮本ともに「く」は清音)は「目眩らす」で、あれこれ迷い思う意か。あるいは、「巡らす」で、「思ひめぐらす」と同義語か。

一四 配偶者を持たぬ者。男女双方に用いる。

一五 神事の多くとり行われる地域。ただし、大津は日吉神社からかなり離れ、三井寺の門前町なので、この「隣り里」はどの辺をさすのか不明。

一六 ほんとうのところ、どうすればよいのでしょう。

ん ど云ひもやらず《言い終らぬうちに》、さめざめと泣く。
　僧これを聞くに、「げに、さこそは思ふらめ《そう思うのは無理もない》」と、わりなく《ひどく》いとほしくて、やや久しくともに泣きたてり。心に思ふやう、「神は人をあはれみ給ふ故に、濁る世に跡を垂《た》れ給へり[一]。これを聞きながら、いかでか情無くすぎん[二]。我かくほど深きあはれみを起せる事覚えず。仏もかがみ給へ《よくご覧下さい》。神も《〔穢れを〕》許し給へ」と思ひて、「な侘び給ひそ《悲しみなさるな》。我、ともかくも《何とか〔亡きがらを〕》引きかくさん《埋葬しよう》。外に立てれば《立っていると》、人目もあやし《怪しまれるだろう》」とて、は[三]ひ入りぬ。女泣く泣く悦ぶ事限りなし。

同情して埋葬を手伝う

　かくて、日暮れぬれば、夜に《闇夜にまぎれて〔亡きがらを〕》かくして便りよき処に《便宜のよい所に》うつし送りつ。其の後、いも寝られざりける《安眠できないのでその床の中で》ままに、つくづくと思ふやう、「さても、八十余日参りたりつるを《お参りをした功徳を》いたづらに《無為にして》なして、休《や》みなんこそ《終ってしまうのは》口惜しけれ。我、此の事、名利の為にもせず。只まゐりて《〔日吉へ〕》神の御誓ひ[四]の様をも知らん。生れ死ぬるけがらひ[五]は、いはば仮の《形式的な》いましめにてこそあらめ」と強く思ひて、暁、水あみて《沐浴潔斎して》、これより又、日吉へうち

身を潔めて日吉に詣でる

一 「跡を垂る」は本地《ほんじ》たる仏菩薩が、衆生を救うために、日本では神の姿となって出現したことをいう。仏語「垂跡《すいじゃく》」を訓じて和語化したもの。山王二十一社の各祭神には、釈迦・薬師・阿弥陀以下の諸仏菩薩が本地仏として考えられていた。
二 通り過ぎられようか。
三 這うようにして、こっそり家の中に入った。
四 衆生を救おうという神仏のご決意・ご誓願。
五 「けがらふ」(「けがる」の未然形に継続を示す接尾語「ふ」の付いた形)の名詞化。人の死によるけがれ。

向きて参る。道すがら、さすがに胸打ちさわぎ、そら恐しき事限りなし。

参《〔社に〕》りつきて見れば、[六]二の宮の御前に、人所もなく《ぎっしりと》集まれり。只今、[七]十禅師のかんなぎ[八]に《〔神が〕》つき給ひて、様々の事をのたまふをりふし《ところである》なり。此の僧、身《〔穢れた〕》のあやまりを思ひ知りて、近くはえ寄らず、物がくれに遠く居て、かたのごとく《かたちばかり》念誦《ねんじゅ》して、[九]日をかかぬ事を喜びて、帰らんとするほどに、かんなぎ遥かに《遠くから》見付け、「あそこなる僧は《あそこにいる僧よ》」と[一〇]云はれて、心おろかなるやは《とても平静ではいられなかった》。されど、のがるべき方なくて、わななく《わなわなふる》わななく《えながら》さし《〔神前に〕》出でたれば、ここら《大勢》集まれる人、いとあやしげに思へり。ちかぢかと呼びよせて、のたまふやうは、「僧《(かんなぎ)》の[一一]よんべせし事を明らかに《はっきりと》見しぞ」とのたまへるに、[一二]身の毛よだちて胸ふたがりて《胸がつまって》、生ける心地もせず。重ねてのたまふやう、「汝《なんぢ》恐るる事なかれ。[一三]いしくするものかなと見しぞ。[一四]我もとより神にあらず。あはれみの《〔衆生への〕》余りに、跡を垂れたり《〔日本に〕出現したのだ》。人に信をおこさせんが為なれば、物を忌む事

山王の、僧の行いを認める由の示現

六 「東本宮」「小比叡明神」などと称し、山王上七社《さんのうかみしちしゃ》のうち、特に尊崇された三聖《さんせい》の第二として重んじられた。

七 山王上七社の一つ。現在の樹下神社。

八 神に仕え、神楽《かぐら》を奏したり、託宣を受けなどして、神と人との媒介を役とする男女。男は「覡」、女は「巫」と書きわける。「かんなぎのまねしたる、なま女房の、十禅師の御前にて」(『一言芳談』)。

九 (女の葬礼にかかわっても)百日詣でを途中で休まなかったこと。

一〇 「と云はれて」は、寛文本により補入。

一一 「よべ」(昨夜)の中間に撥音がはさまった形。ゆうべ。

一二 体の毛がさかだつ、つまり、鳥肌が立つというのに同じ。寒さ・恐怖心などによるが、特に神秘的・超現実的な現象による畏怖をいうのに用いる。「よだつ」は「いよだつ」のつづまった形。

一三 この「いし」は、感心だ、立派だ、の意。よくぞ。

一四 十禅師の本地は地蔵菩薩とされた。

も又、仮の方便なり。さとりあらん人は、おのづから知りぬべし。ただ、此の事人に語るな。愚かなる者は、汝が憐みのすぐれたるに《人一倍深かったこと》より《によって》、[一]制する事をば知らず。みだりにこれを例《先例》として、〔その者が〕わづかにおこせる信も又乱れなんとす。もろもろの事、〔の善悪は〕人によるべき故なり《人によって違うからだ》」と、こまやかに打ちささやきてのたまふ。僧の心、ななめならずあはれに《ひと通りでなく感動し》かたじけなく覚えて、涙を流しつつ出でにけり。

其の後、ことにふれて《何かにつけて》、〔この僧の身に〕[二]利生とおぼゆる事多かりとなん。[三]

一 あえて禁忌を侵したこと。

二 信心の深さにより、仏から与えられる利益。

三 下に「云ふ」の省略された形。底本は「多かりなんとぞ」。語法的に不適当なので、寛文本により改めた。なお、神宮本は「多かりけり。南無阿弥陀仏」。

発心集　第五

一　唐房法橋《たうのばうほつきやう》[四]、発心の事

中比《なかごろ》、[五]但馬守国挙《たぢまのかみくにたか》が子に、[六]所の雑色《ざふしき》国輔と云ふ人ありけり。ある[七]宮原の[八]半者《はしたもの》を思ひて、志ふかかりける比《夢中になっていた頃》、[九]父の但馬守にて下りければ《父が但馬守となって》、えさらぬ事にて遥かに行きけり《同行せざるをえず遠い地方に下って行った》。一日の絶え間だにわりなく《たえがたく》覚ゆるを、立ち別れては《〔女と〕別れて遠くに行くのは》耐へぬべくもあらねど、いかがはせむ。さまざまに語らひおきつつ《約束をして》、泣く泣く別れにけり。

国に下りても、これよりほかに《女のことより》心にかくる事なし。京の便りごと《都への便があるたび》に文をやれど《に手紙を》、とどかず。さはりがちにて返り事も見ず《いつも支障があって女の返事は来なかった》。いぶせく《心が晴れるこ》

行円の出家

＊本章の説話、九巻本『宝物集』二、『元亨釈書』十一にも見える。

四　行円阿闍梨の通称。三井寺唐房に住し、法橋（僧位の一つ）に叙されたのでこの名がある。源国挙《くにたか》の長男で、永観（九一頁注六参照）の伯父に当る。永承二年（一〇四七）没、六十六歳（六十二歳とも）。

国輔、都に恋人を残して下向

五　光孝源氏。通理《みちまさ》の子。備中介、美濃・若狭・但馬などの守《かみ》を歴任して出家。治安三年（一〇二三）没、享年未詳。

六　蔵人所の下級役人。

七　宮様がた。親王または内親王。

八　召使いの女。

九　国挙の但馬守任官は寛弘八年（一〇一一）頃。ただし、本説話にそれ以前に没している覚運が登場するので時期が合わない。国輔の出家は、国挙が別の任地に赴いた時のことか。

て《ともなく》のみ歳月を送る間に、事のたよりに人の語るを聞けば、「京には一人多く病みて、世の中さわがしくなんある」と云ふにも、まづおぼつかなき事限りなし《何よりも恋人のことが気がかりでならなかった》。

女、行方知れずとなる

かくしつつ、からうじて京へ上り給ひつ二。しかありし三宮の中を尋ぬれば、「はや《すでに》、例ならぬ事ありて《病気になって》、出で給ひにき」と云ふ。使ひむなしく帰りて、此の由《よし》を語るに、ふと胸ふたがりて《たちまち胸が一杯になって》、何のあやめ四も覚えず。立ち帰り《おりかえし》ゆくへ尋ねにやりたれど、知る人もなし。すべき方なくて、心のあられぬままに《激情のおもむくにまかせて》、すずろに《あてもなしに》馬にうち乗りて打ち出でにけり。

国輔、盲目となった女と再会

五西の京の方にこそ知る人あるやうに聞きしかとばかり、ほのかに《ぼんやり》思ひ出でて、いづくともなく尋ねありく程に、あやしげなる《粗末な》家の前に、此の女の使ひし女《め》の童《わらは》立てり。いとうれしくて、物云はんと思ふ程に、かくるるやうにて、家の内へ逃げ入るを、馬よりおりて、入りて見れば、此の女うちそばみて《顔をそむけて》、髪をけづりてなむゐたりける。

一 国挙《くにたか》の但馬守在任時に都に疫病のはやった事実は史料によって知りえないが、それに先立つ十余年には例が多い。正暦四年（九九三）から三年間、長徳四年（九九八）、長保二年（一〇〇〇）、同三年、寛弘五年（一〇〇八）など。

二 ようやく帰京された。父の任期（四年）が終ったのか、しかるべき機会がたまたまあったのか、不明。

三 「以前、女と会っていた」の意か。神宮本は「いつしか、ありし」。

四 綾織物の織り目・模様の意から転じて物事の道理・筋道。ここのように「覚えず」、「知らず」など打消の表現を伴って、分別を失う、わけがわからない、などの心理を表すことが多い。

五 平安京の西半分。右京。天元五年（九八二）に記された慶滋保胤《よししげのやすたね》の『池亭記』に「西の京は人家やうやく稀にして、ほとんど幽墟にちかし」とあり、京とは名ばかりの、荒れて物淋しい地帯だったらしい。

「あな《ああ》、[六]いみじくおはしけるは《ご無事でいらっしゃったのですね》」とて、うしろ《背中》を抱《いだ》きて、日比《ひごろ》のいぶせかりつる事なむ、懇《ねんご》ろに語らへど、いらへ《返事》もせず、さめざめと泣くより外《ほか》の事なし。「我をうらむるなりけり」とあはれに心苦しう覚えて、涙をおさへつつ様々になぐさめ居たり。「さても、など《どうして》かは後ろをのみ向け給へる。いつしか《はやく》見奉らんと思ふに、[七]今さへいぶせく」とて、ひき向けんとするに《〔顔を自分の方に〕向かせようとするが》、いとど泣きまさりて、更に面を迎へず《向けない》。「あないみじ《ああひどい》、心深くもおぼし入りたるかな《心底からうらめしくお思いなのですね》」とて、しひてひき向くれば、二つの眼《まなこ》なし。木のふし[八]の抜けたる如くにて、すべて目も当てられず《まったく見るに耐えない姿だった》。心まどひ、とばかり《しばらくは》物も云はれぬを、念じて《気を取り直して》、「さても、いかなりし事ぞ」と問ふ。主《ぬし》は《女は》、ねをのみ泣きて《泣いてばかりいて》、ともかくも《何とも》云はねば、ありつる《例の》女の童なん、泣く泣く事のありしやうを語りける。「御下り《〔あなた様が但馬に〕》の後、しばしは、[九]御文などやあると、人知れず待ち給ひしかど、さらに御おとづれもなくて、一《ひと》とせ二《ふた》とせ過ぎにしかば、物をのみおぼして《もっぱら物思いに沈んで》明し暮し給ひし間に、御病ひづき給

六　「いみじ」は程度の甚しさをいう語で、善悪双方に用いる。したがって、ここは「とんでもない（みじめな）お姿でいらっしゃることですね」とも訳せるが、中世の「いみじ」はおおむね好ましい状態に用いるので、思っていたより元気なさまをいっていると判断して傍注のように訳した。

七　音信不通だった以前同様に、あなたを前にしている今も、気が晴れません。

八　枝のつけ根のところ。

九　底本「御文もなどかあるか」。「か」が重複し、反語の「などか」では意味が通じにくいので、神宮本により訂正した。

ひて、宮を出で給ひき。したしき御あたりにも便りあしき《不都合な》事どもありて、さるべき《他に適当な》所も侍らざりしかば、これにて[一]あつかひ奉りし程に、はかなくて息絶えにき。今はおき奉りて《〔この家に〕》もかひなしとて、此の前の[二]野におき奉りし程に、日中《にっちゅう》《正午ごろに》ばかりありてなむ、思ひの外《意外にも》に生きかへり給ひにし。その間に、烏などのしわざに、はやく《すでに》[三]云《ゆ》ひかひなきこと《とりかえしのつかないことに》になりて侍れば、とかく申すはかりなし《何とも申し上げようもありません》。わざと《私どもの方から〔あなたを〕》もたづね奉るべきにてこそ侍りしかど、此の御ありさまの心うさに、今はいかで《何とかして》世にあるものと人に知られじ《生きていることをあなたに知られまいと》と、深くおぼしたるもことわりなれば《もっともなので》、かくれ奉らんと仕《つかまつ》るなり」と涙をおさへつつ語るを聞くに、心うく悲しき事限りなし。

国輔出家

「何の報ひにて、かかるめを見るらん、今は此の世のかぎりにこそありけれ」とて、やがて《すぐにその場から》これより[四]比叡の山へのぼり、[五]甘露寺の教静《けうじやう》僧都《そうづ》の房に《房にいた》、[六]慶祚《けいそ》の弟子にて《弟子となって〔後に〕》、真言の秘法を伝ふ《伝授された》。唐房の法橋《ほつきやう》[七]行因と云ふは此の人なり。[八]山王にあひ奉りて、[九]灌頂《くわんぢやう》し奉りける人なり。

一 「あつかふ」は世話をする、病人を看護する意。

二 当時の葬送の方式には各種あったが、下の文に見えるのは、いわゆる野葬の一例である。

三 ここは鳥か何かに眼を食われてしまったことをいう。「云《ゆ》ひかひなし」は、あれこれ言う価値がない、言っても仕方のない、の意から、さまざまに用いる。「いひか（が）ひなし」「いふかひなし」などの形もある。

四 『元亨釈書』などによれば国輔の剃髪の地は園城《おんじよう》寺《じ》。

五 比叡山の横川にあった寺か。教静は第二三代園城寺長吏。寛仁二年（一〇一八）没、七十五歳。神宮本には「敬静」とある。

六 慶祚は、延暦寺で余慶僧正に師事して顕密を学んだが、師の死後二年、山門・寺門の分裂の折りに下山、岩倉大雲寺に移り、後に三井寺に移った。大阿闍梨《だいあじやり》。寛仁三年（一〇一九）没、六十五歳。振仮名は底本のまま。「きやうそ」とも。

七 正しくは「行円」。

八 比叡山の地主神。坂本の日吉《ひえ》大社に祭られる。

九 密教で、法をうけようとする者に行う儀式。こまかい作法・分類がある。

[10] 西坂本から比叡山に登る道の途中の地。雲母《きらら》坂の上にあり、籠山して修学中の者が赴くことができる西の限界とされた。

[11] 比叡山東塔の檀那院に住した高僧。顕密を学び、檀那流の祖として知られ、恵心流をひらいた源信と並称された。寛弘四年（一〇〇七）没、五十五歳。

[12] 以下の言、山門・寺門両派の対立意識が顕著になった時期の空気をよく伝える。

[13] 円仁の大師号。第三世天台座主。延暦寺の基礎を確立した。貞観六年（八六四）没、七十一歳。その「門人」とは山門派をこう言ったもの。

[14] 円珍の大師号。第五世天台座主。寛平三年（八九一）没、七十八歳。後に円珍の法系は円仁の門流から離れて下山、園城寺に拠って寺門派となり、円珍はその祖として仰がれた。「智証の流れ」は寺門派のこと。

[15] 師の大阿闍梨（慶祚）が、行因の道心の深さを試そうと思われたのか。「大阿闍梨」の振仮名は底本のまま。

[16] 長寿や家の繁昌を寿《ことほ》いでする歌舞。賤しい者のすることとされていたので、これを所望されたのは行円にとってかなりの屈辱のはずであった。

[17] 千秋万歳をした法師陰陽師《おんようじ》（僧の姿をした陰陽師）が紙の冠をしていたので、その姿をかたどったのである。

覚運に会う

此の人はじめて山へ〔比叡山へ〕のぼりける時、我もはかばかしう道も知らず、しるべ〔案内〕する人もなかりければ、人に問ひつつ、たどるたどる行きけるを、水飲み[10]と云ふ所にて、檀那《だんな》[11]僧都覚運と云ふ人に行き合ひて、「（覚運）いとあやしく〔いぶかしいことだ〕。事のさまを見るに、出家しにのぼる人にこそ。いみじう智恵かしこき眼《まなこ》持ちたる人かな。いづくへ行くぞ。見よ」とて、人をつけやりてげり。使ひ帰り来て、「しかしか〔これこれの次第で〕、甘露寺僧都のもとへ入りぬ」と云ひければ、「さればこそ〔思ったとおりだ〕、あはれ[12]、いみじかりつる智者を、慈覚[13]の門人になさで、智証[14]の流れへやりつる、口惜しき事なり」とのたまひける。

師に試されて舞う

此の人、真言《しんごん》習ひそめけるころ、師の大阿《おほあ》闍梨《じやり》[15]の心みんとや思はれけん、「男にては〔俗人であられた時は〕、物のまねをよくし給ひて、をかしき方に人に興ぜられけり〔滑稽な所作で人を楽しませなさった〕と聞きつるなり。千秋万歳《せんしうばんぜい》[16]し給へ。見ん」と云はれければ、またこともなく〔平然として〕「うけたまはりぬ」とて、経の帙紙《つつみがみ》[17]のありけるをかしらにうちかづきて〔かぶって〕、めでたく舞うたりければ、阿闍梨涙を落して、「定めて[一]いなびすらんとこそ思ひつるに、まことの道心者《だうしんじや》なりけり。いとたふとし」とぞほめ給ひける。

二　伊家《これいへ》[二]並びに妾《せふ》、頓死《とんし》往生の事

中比《なかごろ》、朝夕《あさゆふ》帝に仕うまつる男ありけり。優なる女をかたらひて（女とねんごろになって）、年来《としごろ》住みわたりける程に、心うつる方やありけん（別の愛人ができたのだろうか）、宮仕へに事よせて、やうやうかれかれになりゆくを（次第に訪れが稀になってゆくのを）、「[三]心の外の絶え間かな」と思ふほどに、つひに通はずなりにければ、女、事にふれつつ心ぼそく思ひ嘆きつつ年月を送る間に、男、事の便りありて（用事のついでに）、女の門の前を過ぎけり。

そこなる人見あひて（女の家に仕えている者が男の姿を見て）、「只今、殿の御前（ご主人様が）をこそこれより過ぎ給ひつれ。さすがに、[四]さる所ありとはおぼし出づるめり。[五]物見よりなん

一　拒否するだろう。「らん」は現在の事実に関する推量を表す語なので、ここの用法（未来推量）はやや破格である。

＊本章の説話、『今昔物語集』三十一・七、『今鏡』十、『雑談集《ぞうたん》』四にも見える。

なにがしの弁の愛人の急死

男、捨てた女の門前を通る

二　藤原伊家。公基の子。左少弁などを勤め、応徳元年（一〇八四）没、三十七歳（四十四歳とも）。ただし、この章題は、本文に「名は忘れにけり」とあるから作者のものではなく、後人によるものであろう。『今昔物語集』は右少弁藤原師家の話とし、『今鏡』『雑談集』は男の名を記さない。

三　思いもよらなかった絶え間。「絶え間」は男の訪問がとだえている期間。

四　かつて愛した女の家がここだと思い出されたようです。

五　牛車の左右の立て板についている覗き窓。

見いれ給ひつる《邸の様子をのぞいておいでした》」と語る。これを聞きて、「聞こゆべき事《(女)申し上げたいことが》侍り。入《お入》り給ひなむや《り下さいませんか》と申せ」といふ。「過ぎ給ひぬる《素通りなさってしまったので》ものを、六やは帰り給はんずる」と云ひながら、走りつきて、此の由《よし》を聞こゆ。「あやしく《(男)ふしぎだ》。何事にか」と覚えながら、七これをさへ聞き過ぐべきならねば、とまりぬ《車を停めた》。

女と再会して不実を悔いる

門よりさし入りて、見れば、草深く茂りて、ありしにもあらず《以前とはうって変って》荒れたる庭のけしきを見るより、何となくあはれ深くなむまさりける。我が身のとが《不実が》思ひ知られて、いかにぞや《なぜか》、すずろはしき様に《気が落ちつかないように》おぼゆるを、女は今更《(男との再会に)》八心うきたるけしきなし《晴れやかな表情を見せない》。もとよりかくてゐたりける様にて《ずっとそのままの姿勢でいたかのように》、九脇足《けふそく》におしかかりて一〇法華経をよみ給ひつる。物思ひける様《さま》ながら、少しおもやせたるものから《やつれてはいるが》、いと清げにらうたげなる形姿《かたちすがた》、髪のこぼれかかる様など、もと見し人とも覚えず、類ひなく見ゆるに、「一一何のものの狂はしにて、此の人に物を思はせけん」と、日来《ひごろ》の心ぐるしさ《気の毒な仕打ち》を思ふにも、いとどあはれ浅からず。心ならぬ事《今までの不本意な無沙》のあ

六 どうしてお戻りになるはずがありましょう。「やは」は反語。

七 ずっと訪れなかったうえに、女の言葉を聞き捨てにするわけにもゆかないので。

八 「心う(浮)く」は王朝語としては思慮分別を欠く意で、中世後期に気持が明るくなる、ほがらかになる意に転じたとされる。したがって、ここの用例はその転義の早い例となる。ただし、本章と同一に近い文章から成る『雑談集』の説話では「心をきたる」(わだかまりの気持がある)となっている。

九 肘《ひじ》をかけて楽な姿勢をとるための道具。普通「脇息」と表記する。

一〇 『妙法蓮華経』の略称。天台宗の根本経典の一つ。

一一 どんな悪霊が自分にとりついて、こんな美しい女性を悩ませるようなことをしたのだろう。

りさまなど懇ろに《汰のいきさつなどを》語りける。

女、もの云はんと思へるけしきながら、いらへもせねば、経よみ《読み終》はてて《ってから》と思ふなるべし。いぶせく《気が晴れず》心えなく待つほどに《腑に落ちない思いで待っていると》、「於《お》此命終《しみやうじゆう》[一]即往安楽世界《そくわうあんらくせかい》阿《あ》弥《み》陀《だ》仏《ぶつ》」と云ふ所を、くりかへし二度三度よみて、やがて寝入るが如くにて、居ながら《坐ったまま》息絶えにけり。

此の男の心、いかばかりなりけむ。男とは、なにがしの弁[二]とかや聞きしかど、名は忘れにけり。[三]

往生の縁としての愛執

人を恋ひては、或いは望夫石《ばうふせき》[四]と名をとどめ、もしは《あるいは》、つらさの余りに悪霊《あくりやう》なんどになれるためしも聞こゆ。いかにも罪深き習ひのみこそ侍るに、それを往生の縁《機縁》として、思ふやうに終りにけん《念願のごとく往生を遂げたのであろう》、いとめでたかりける心なるべし。

あはれ、これをためしにて《前例として》、此の世にも物思ふ人の《〔恋の〕悩みを持つ人が》往生を願ふ事にて侍らば、いかに心かしこからん《立派な心がけであろう》。たとひ、同じ心なる中とても《愛しあった仲ではあっても》、幾世かはある《幾世も添いとげられない》。楊貴妃[五]はむなしく比翼《ひよく》[六]の契《ちぎ》りを残し、李夫人[七]はわづ

女の死

一 『法華経』薬王菩薩本事品の「於レ此命終、即往二安楽世界、阿弥陀仏大菩薩衆囲繞住処一」をさす。この個所を前文を含めて読み下すと、(若し如来の滅後、後の五百歳の中にて、若し女人ありて、この経典を聞きて、説《をしへ》の如く修業せば)「ここにおいて命終して、即ち安楽世界の、阿弥陀仏の、大菩薩に囲繞せらるる住処に往きて、蓮華の中の宝座の上に生れん」となる。

二 太政官の職名。左右に分れ、それぞれ大・中・少弁各一人。才に富む名家の出身者を任じ、官人のうちの花形の一つであった。「弁などは、いとをかしき官《つかさ》に思ひたれど」(『枕草子』)。

三 この説話の結末は、『今昔物語集』では男はやがて発病して死亡、『今鏡』では山里にしばらく隠棲したことになっている。『雑談集』は『発心集』と同じ。

四 中国の伝説で、男との別れを悲しんだ女が化したという石。わが国上代の松浦佐用媛《まつらさよひめ》(出征する愛人の乗る船を見送りつつ領巾《ひれ》を振った)も、後に石となったという伝説が生じた。

五 唐の玄宗皇帝の妃。安禄山《あんろくざん》の乱の時に殺された。

六 愛妃を失った玄宗の思いを歌った白楽天「長恨歌」の「天に在りては、願はくは比翼の鳥(雌雄が一

かに反魂《はんごん》[八]のけふりにのみあらはれたり。況《いはん》や、思はぬ人の為には、ことにふれつつあはれも知らんことわりもなし《何かにつけて憐れむなどということがあるはずはない》。思ひ《恋心》あまりぬる時、冨士[九]の嶺《ね》をひきかけ《引合いにし》、海士《あま》[一〇]の袖とかこちて、ねんごろに心の底をあらはせど、何のかひかはある。独り[一一]胸をこがし、袖をしぼる程は、いみじくあぢきなく《無益なことです》なむ侍り[一二]。いかに況や、此の世ひとつにてやむ《現世だけで生が終るものではない》べき事にてもあらず。其の報ひむなしからねば《必ずあるのだから》、来世には又、人の心を尽さすべし《人に物思いをさせることになろう》。此《かく》の如く、世々生々《せせしやうじやう》[一三]互ひにきはまりなくして生《しやう》[一四]死《じ》のきづなとならん事の、いと罪深く侍るなり。此の度、思ひ切り《愛情を超越し》て、極楽に生れなば、うきもつらきも寝《ね》ぬる夜の夢にことならじ。立帰り《〔この世に〕》善知識とさとりて、かれ《恋人》をみちびかん《〔仏道に〕》事こそあらまほしく侍れ。もし、浄土にてなほ尽きがたき程のうらみならば、其の時云ひ[一五]むかへをもせよかし。

体となっている空想上の鳥）となり」による。

七 漢の孝武帝の妃。

八 孝武帝が香をたいて、死んだ李夫人の面影をその煙に見たという故事による。

九 富士山は昔噴火していたために、その火・煙は和歌に恋の情熱の比喩・象徴として多く詠まれた。その例、「君といへば見まれ見ずまれ富士の嶺のめづらしげなく燃ゆるわが恋」（『古今集』十四）。

一〇 私の衣の袖は海士《あま》の袖のようだなどと嘆いて。海士《あま》に関する風物は恋歌に多く詠みこまれた。その袖は乾く時のないことから、悲恋を表現するのにひきかけて用いられることがあった。その例、「松島や小島の磯にあさりせしあまの袖こそかくはぬれしか」（『後拾遺集』十四）。

一一 「独り…」と「袖を…」の対句は、「富士の…」「海士の…」と対応する。

一二 係り結びで、正しくは「侍る」。

一三 「生々世々」とも。前世（生）・現世（生）・来世（生）など、人が流転する長い時間。

一四 生老病死という苦の境涯にあって解脱《げだつ》できないでいること。「生死のきづな」で、解脱を妨げる障害。

一五 浄土に行ってから、仏に恨みごとを言えばよいのである（しかし、その必要はあるはずがない）。「云ひむかへ」はさからって物を言うこと。

三　母、女《むすめ》を妬《ねた》み、手の指蛇《くちなは》に成る事

いづれの国とか、たしかに聞き侍りしかど、忘れにけり。或る所に、身は盛りにて《年配の》おとなしき妻《つま》に相ひ具し《連れ添っている》たる男有りけり。此の妻、先の男《夫》の子をなむひとり持ちたりける。いかが思ひけん、男に云ふやう、「我に暇《いとま》たべ《下さい》。此の〔家の〕内に一間あらん座敷に居、のどかに念仏なんどしてゐたらん。さて[一]外の人を語らはんよりは、[二]これにある若き人を相ひ具して、世の中の事沙汰せさせよ《世話をさせなさい》。さらに《まったく》うとからん人《無関係な人》よりは我が為にもよからん。〔私は〕今は年高くなりて、かやうのありさま《夫婦でいることが》事にふれて本意ならず《何かにつけて気重く感じます》」と云ひければ、男も驚き思へり。むすめも、あるまじきやうに《とんでもないことだと》云ひけれど、此の事なほざりならず《いいかげんな思いつきではない》。ともすれば、まめやかに《熱心に》打ちくどきつつ云ふ事、たびたびになりぬ。(男)「さほど思

娘に嫉妬した母

＊ 本章の説話の要旨は『沙石集』七・二に「発心集に見えたり」として記されている。

再婚した女、娘を夫に添わせて身を退《ひ》く

一　別の女性と夫婦としての生活をすることを、婉曲《えんきょく》に言っている。次の行の「世の中の事」云々も同じ。

二　ここにいる若い娘。妻の連れ子の娘をさす。

はるる事ならば、[三]承《うけたまは》りぬ」とて、云ふがごとくして、〔妻を〕奥の方に据ゑて、男はままむすめなむ相ひ具して《妻の連れ子である娘と夫婦になって》住みける。

母、気分の不調を訴える

かくて、〔男は〕時々はさしのぞきつつ《女の安否に気をつけながら》、「何事か《いかがですか》」など云ふ。事にふれて《何かにつけて》、[四]妻も男も〔女を〕おろかならぬ《大切にして》やうにて年月を送る程に、ある時、男《男が》、物へ至る間《外出した留守に》に、此の妻、母のかたに行きて、のどかに物語などする程に、母いみじう物思へるけしきなるを、心得ず《不審に》覚えて、「我には何事をかは隔て給ふべき。おぼされん事は《心配事は》のたまひあはせよ《相談して下さい》」と云ふ。「さらに《少しも》思ふ事なし。ただ、この程乱りここちのあしくて《このごろ気分が悪くてならない》」など云ひまぎらかす様、ただならずあやしければ、〔娘は〕なほなほ強《し》ひて問ふ。

嫉妬により母の指は蛇に変る

其の時に、母云ふやう、「誠には、何事をか隠し申さん。よに心うき事のありけり。[五]此の家の内のありさまは、〔自分の〕心よりおこりて申しすすめし事ぞかし。されば、誰もさらさら恨み申すべき事もなし。しかあるを《しかし》、夜の寝覚《ねざめ》などにかたはら《身辺》のさびしきにも、ちと《いささか》心のはたらく《心の動揺する》時もあり。[六]又、昼さしのぞかるる折りもあり。[七]人のふるまひ

三 承知した。あなたの言うようにしましょう。

四 母に代って男の妻となった娘。

五 娘と夫との夫婦としての暮しぶりをさす。

六 昼間は、ついおまえたちの様子を覗いてしまう時もある。

七 娘と夫とが新生活を始めて、自分だけが孤独になってしまったことをさす。

になりたるこそ思[一]はざりし事かなれど、胸の中さわぐを、『これ[二]人の科《とが》かは。あなおろかの身かな』と思ひかへしつつ過ぐれど、なほ此[三]の事の深き罪となるにや。あさましき事なむある」とて、左・右の手をさし出でたるを見るに、大指《親指》二つながら蚰《くちなは》になりて、目もめ《あきれる》づらかに《ようなさまに》舌さし出でて、ひ[四]ろひろとす。

一家三人出家

むすめ、これを見るに、目もくれ《目の前が暗くなり》心もまどひぬ。又、事も云はず《言葉もなく》、髪おろして尼になりにけり。男帰り来て、これを見て、又法師になりぬ。もとの妻もさまを変へ、尼になりて、三人ながら同じ様に行《仏道》ひて《修行をして》なむ過ぎける《〔あさましい体験を〕》。朝夕云ひ悲しみければ、蚰もやうやうもとの指になりにけり。後には母は京に乞食しありきけるとかや。

「ま[五]さしく見し」とて古[六]き人の語りしは、近き世の事にこそ。

女の罪深さ

女のならひ《習性として》、人をそねみ、物をねたむ心により、多くは罪深き報ひを得るなり。中[七]々かやうにあらはれぬる事は、悔いかへして罪滅ぶる方もありぬべし。つ[八]れなく心にのみ思ひくづほれて一生を暮せ

一 予想しなかったことか、と言われればそれまでだが。
二 私がこんな気持になったのは人のせいではない。自分が悪いのだ。
三 このことが重罪となるのだろうか。実はあさましいことが起ったのです。
四 蛇の舌の動きを表す擬態語か。
五 その女をこの眼で見た。以下は怪異譚の類にしばしば見える慣用的付言。
六 古老。傾聴すべき見聞・知恵の持主を示すことが多い。角川文庫『発心集』は「長明在俗時の妻であろう」とする。「昔の人」（昔の妻・恋人）との混同によるかと思われるが、「古き人」は全く意味の異る語で無理な説であろう。
七 かえって。「ありぬべし」にかかる。この文は、女の罪深さが潜在的にあるよりも、いっそ、このような陰惨なかたちで現れてしまう方が、後悔によって罪をまぬがれるきっかけとなるからよいというほどの意。
八 なにげない様子でいながら、心の中ではくよくよ自分の罪深さを思い悩んで。

る人の、強く地獄の業《ごふ》を作りかためつるこそ、いと心うく侍れ。いかにもいかにも、九心の師となりて、かつは前の世の《〔自分の罪深さは〕》報ひと思ひなし、一〇かつは夢の中のすさみとも思ひけして、一念《わずかでも》なりとも悔ゆる心を発《おこ》すべきなり。或る一一論には、「人もし重き罪を作れども、聊《いささ》かも悔ゆる心のあれば、一二定業《ぢやうごふ》とならず」とこそ侍るなれ《あるそうです》。

四　亡妻現身《げんしん》、夫の家に帰り来たる事

中比《なかごろ》、片田舎に男ありけり。年来《としごろ》こころざし深くて相ひ具したりける妻、子を生みて後、重く煩《わづら》ひければ、夫そひゐてあつかひけり《看病していた》。限りなりける時《臨終の時に》、髪の暑げに乱れたりけるを、結《ゆ》ひ付けんとて、かたはらに文《手紙が》のありけるを、片端を引き破《や》りてなむ結びたりける。

かくて、程なく息絶えにければ、泣く泣くとかくの沙汰《葬送に関する諸事》などして、

九　四三頁注一参照。
一〇　自分の執着心は、夢の中のたわむれごととでも考えて無視して。
一一　何をさすか未詳。
一二　(苦を受ける因として)定まっている業。
＊　嫉妬や怒り・怨念によって人(特に女)の体またはその一部が蛇に変ずるというのは説話の一つの型である。蛇の姿態が暗い情念を連想させるためであろう。『沙石集』五・本の動物説話に、「蛇の云はく、『我は瞋恚《しんい》(怒り)ほどの苦なし。腹立ちぬれば、身もえこがる』と云ふ」とある。

執心によって帰って来た妻

男、病妻の乱れ髪を手紙で結いつける

妻、死後に夫の寝所に帰る

はかなく雲烟《くもけぶり》[一]となしつ。其の後、跡[二]の事《わざ》懇《ねんご》ろにいとなむにつけて、なぐさむ《〔心の〕》方もなく恋しくわりなく《恋しくてどうしようもなく》、覚ゆる事尽きせず《思いが尽きなかった》。「いかで今一度ありしながらの《生きていた時の》姿を見ん」と涙にむせびつつ明し暮す間に、ある時、夜いたう更けて、此の女寝所《ねどころ》へ来たりぬ。夢かと思へど、さ[三]すがに現《うつつ》なり。うれしさに、先づ涙こぼれて、「さても、命つきて生を隔てつるにはあらずや《別の世界に行ったのではなかったのですか》。いかにして来たり給へるぞ」と問ふ。「しかなり《そうです》。うつつにてかやうに帰り来たる事は、ことわりもなく《そのような道理もないし》、ためしも聞かず。されど、今一度見まほしく覚えたるこころざしの深きによりて、ありがたき事を《ありえないことを》わりなくして《無理に実現させて》来たれるなり」と語る。其の外の心の中、書きつくすべからず。枕をかはす事《一つ枕に添い寝をすることは》、ありし世に《生前と》露かはらず。

暁起きて、出でさまに《帰りがけに》物を落したるけしきにて、寝所をここかしこさぐり求むれど、何とも思ひ分かず《それが何かわからなかった》。明けはてて後、跡を見るに、元結《もとゆ》[四]ひ一つ落ちたり。取りてこまかに《念入りに》見れば、限りなりし時《臨終の時》、髪結《ゆ》

一 火葬に付したことをいう。
二 故人を弔う仏事。跡のこと。
三 (亡妻との再会を念じていた結果か)やはり期待したとおり現実のことであった。

亡妻の去った跡に元結い残る

四 髻《もとどり》を結びたばねる糸・紐の類。この話では、紙反故を利用した紙縒《こより》を用いているらしい。

ひたりし反故《ほんぐ》[五]の破《や》れに露もかはらず。此の元結ひは、さながら焼き《死骸と一緒に》はふりて《葬って》、きとあるべき故もなし《決して残っているわけがない》。いとあやしく覚えて、ありしやり残しの文のありけるに《元結いを作った時に破り残した手紙があったのに》つぎて見るに《あてがって見ると》、いささかもたがはず其のやれ《かたわれ》にてぞありける。

「これは、近き世の不思議なり。更にうきたる事にあらず《決して根も葉もないことではない》」とて、[六]澄憲《ちょうげん》法師の人に語られ侍りしなり。

仏菩薩への思慕のすすめ

昔、小《を》野篁《ののたかむら》[七]の妹の失《う》せて後、夜な夜なうつつに来たりけるは、物云ふ声ばかりして、さだかには[八]手にさはる物なかりけるとぞ。

大方《おほかた》、こころざし深くなるによりて不思議をあらはす事、これらにて知りぬべし。凡夫の愚かなるだにしかり《愚かな凡夫を思慕してさえこうなのだ》。況《いはん》や、仏菩薩の類ひは、心をいたして《一心に》見んと願はば、其の人の前にあらはれんと誓ひ給へり。これを聞きながら、[九]行《おこな》ひ顕《あら》はして見奉らぬは、我が心のとが《罪》なり。妻子を恋ふが如く恋ひたてまつり、名利《みやうり》を思ふがごとく行はば、顕はれ給はん事かたからず《むずかしくない》。心をいたす事もなくて《なければ》、[一〇]世の末な

五 不用になった紙を破っ(て再利用し)たもの。「反故」の読みは底本による。他に「ほご」「ほぐ」「ほうご」など、さまざまの読み方がある。

六 藤原信西の子。洛北の安居院《あぐい》(八八頁注一参照)に住み、子の聖覚とともに安居院流の唱導師として知られる。建仁三年(一二〇三)没、八十六歳。本章の説話は、彼の説経の素材だったのであろう。

七 岑守《みねもり》の子。参議。漢詩文にすぐれ、直情径行の人として知られて逸話が多い。仁寿二年(八五二)没、五十一歳。愛する異母妹の死後、これと歌を贈答する話は『篁《たかむら》物語』に見える。

八 はっきり手にふれる物はなかったという。「もろともに語らひて、泣く泣くさぐれば、手にもさはらず、手にだに当らず」(『篁物語』による)。

九 修行して、(その結果)出現なさった仏菩薩にお目にかかるということをしないのは。

一〇 末法思想に基づいた考え方。「誠の仏の、世の末に出で給ふべきにあらず」(『宇治拾遺物語』二・十四)。

ればありがたし《めったにない》。「拙《つたな》き身なれば、叶《かな》はじ」など思ひて退心をおこ《消極的な気持を起》すは《すのは》、ただ志の浅きよりおこる事なり。

或る人云はく、「かげろふ[一]と云ふ虫あり。妻夫《めをと》[二]の契り深き事、諸々《もろもろ》の有情《うじやう》[三]にすぐれたり。其の証をあらはさんとす《その証拠を示そう》。時に、[四]この虫妻夫《めを》これをとりて銭二文に別々《べちべち》に乾《ほ》[五]し付け、さて市に出だして、二つの銭をあらぬ人《別の》に一つづつこれを売る。商人《あきひと》買ひ取りつれば、とかく《あちこちへ》伝はる事数も知らず《転々として多くの人手を経る》。しかあれども、其のちぎり深きによりて、夕べには必ずもとの如くつなぬかれ[六]て行き合ふ」と云へり。此の故に銭の一つの名をば「蜻蚊《せいぶん》[七]」と云ふとぞ。

虫のいもせ《夫婦》の契り、記して用事なけれど《無意味であるが》、何につけても思ふべし。我等深き志をいたして、仏法に値遇《ちぐ》[八]し奉らんと願はば、なじかは《どうして》、かげろふの契りにことならん。たとひ業《ごふ》に引かれて、思はぬ道に入るとも、〔仏は〕折り折りには必ずあらはれて救ひ給ふべし。

かげろうの雌雄の契りの深さ

＊以下のかげろうの話の類話は前漢の『淮南万畢術《えなんまんぴつじゆつ》』、晋の『捜神記』十三、わが国の『壒嚢鈔《あいのうしよう》』六などに見える。

一 はかないもののたとえとされる虫。種類が多い。

二 他書では親（母）虫と子虫となっている。

三 生物。

四 さて、この虫の夫婦を捕えて。「これ」は上の「虫妻夫」をさす。

五 ひからびた死体を貼り付け。他書では親子の血を塗りつけたことになっている。

六 「つなぬく」は「つらぬく」に同じ。

七 他書では「青蚨《せいふ》」または「青鳧《せいふ》」。銭の異称として用例すこぶる多いが、『発心集』のように「蜻蚊《せいぶん》」とする例を見ない。

八 めぐりあうこと。

五　不動持者、牛に生《むま》るる事

近く、山《比叡山の》の西塔《さいたふ》[九]の西谷《にしだに》[一〇]に南尾《みなみを》[一一]と云ふ所に、極楽房[一二]の阿闍梨《あじやり》と云ふ人ありけり。彼《か》の住みける坊の《彼が住んでいた房は》、南尾に《南尾の中でも》とりて、北尾[一三]と云ふ方を見やりて、のぼりくだる道隠れなく見ゆる処にてなむありける。

此の阿闍梨、念誦《ねんじゆ》うちして、脇息《けふそく》[一四]によりかかりてちと《少し》まどろみたる夢に、北尾よりゆゆしげに《ひどく》やせがれたる《やせこけた》牛に物おほせて《背負わせて》のぼる人あり。牛の《牛が》舌をたれてのぼりかねたるを、髪赤くちぢみあがりたる[一五]小童《こわらは》の眼《まなこ》いとかしこげなるがつきて、後《しり》になり前《さき》になり、走りめぐりて、これを押上げ助けつつのぼるあり。あやしく、ただ人とも覚えず、「童、あな、何物ならん」と思ふほどに、そばに人ありて云ふやう、「あれは、生々《しやうじやう》[一六]に加護の誓ひ[一七]をたがへじとてなり」と云ふと見て驚きぬ《目がさめた》。

牛に転生《てんしよう》した不動持者

＊ 簗瀬一雄氏（『校注鴨長明全集』その他）は、本章と『三国伝記』三・十五とを関係説話とする。ただし、不動の霊験説話という点の類縁はあるが、内容上の二話の共通性はない。

南尾の極楽房阿闍梨の夢

九 比叡山三塔の一つ。根本中堂の西北方の寺域。かつては三十二の僧坊があったという。北谷・東谷・南谷・南尾谷・北尾谷・黒谷などから成る。

一〇 北尾谷・南尾谷を併せた称か。

一一 南尾谷。西塔の西南部。

一二 未詳。

一三 北尾谷。南尾の北に当る。

一四 二〇五頁注九参照。

一五 矜羯羅《こんがら》・制多迦《せいたか》など、不動明王の使者の童子（八大金剛童子）を暗示する。

一六 転生を繰返すすべての生。

一七 神仏（この場合は不動明王）がその慈悲によって信仰心あつい者を助け守ろうとする誓い。

夢と符合する眼前の光景

一 不動明王の陀羅尼《だらに》（呪文。ここは慈救呪《じくじゅ》）をとなえることを常とする者。

二 因果の道理というものは厳しい制約を伴うので。持者としての徳行も、前世の悪業によって畜生に生れ変らねばならない宿命を解消するに至らなかったのである。

三 この辺、誤脱があるか。神宮本は「小法師…与へりける」に当る部分「此の阿闍梨、『物に米を入れてきと来《こ》よ』といひければ、走り向ひて牛食物をなん食しけり」となっており、少し解りやすい。

公経の転生

＊ 本章の説話、『本朝世紀』康和元年七月二十三日条、『今鏡』九、九巻本『宝物集』六にも見える。

四 藤原公経。南家武智麿流。河内守《かわちのかみ》・少納言・主殿《とのも》頭《かみ》を歴任。能書で知られ、『後拾遺集』に入集の歌人。康和元年（一〇九九）没、享年未詳。

公経、河内守となる

うつつに見やれば、見えつるやうに少しもたがはず。かの牛、物をおひてのぼるありつるに、赤がしらの童は見えず。これを思ふに、此の牛の先の世に一不動の持者にてありけるにこそ。二因果のことわり限りあれば、業《ごふ》によりて畜生となりにけると、なほ捨てがたくて、〔不動が〕かく後前《しりさき》に立ちつつ助け給ふにこそ。〔阿闍梨は〕いといみじうあはれにたふとく覚えければ、三「小法師、物に米いれて、ちと持ちて来よ」と云ひ捨てて走り向ひて、牛をばしばし留《とど》めて、食ひ物をなむ与へりける。仏の御誓ひのむなしからぬ事、此《かく》の如し。世々生々に値遇《ちぐ》し奉らんと願ふべし。

夢の中に見えたのに
のぼるのが見えたが
赤髪の
この牛は
あったのだろう

六　少納言公経《きんつね》、先世《せんぜ》の願に依つて河内《かはち》の寺を作る事

四少納言公経と云ふ手書《てかき》五ありけり。六県召《あがため》しのころ、心の内に願を発《おこ》

して、「もしことよろしき国《上等な任国を》たまはりなば、寺作らん《〔その謝礼に〕》」と思ひけるを、河内[七]と云ふあやしの《お粗末な》国の守《かみ》になりたりければ、本意なく覚えて、「さらば、古き寺などをこそは修理《しゅり》せめ」と思ひて、国に下りにけ《任国に赴いた》り。

公経、河内赴任の因果を知る

さて、其の国の中にここかしこ見ありきけるに、或る古き寺の仏の坐の下に文《ふみ》の見えけるを、抜《ひら》きて見れば、「沙門公経[八]」と書けり。あやしみて、細かに見れば、「来ん世に此の国の守《しゅ》[九]となりて、此の寺を修理せん」と云ふ願[一〇]を立てたる文にてなんありける。これを見て、しかる[一一]べかりける事と思ひ知りて、望みの本意ならぬ事をもい《気を》さめ《取り直して》つつ、信《しん》をいたして《信心を尽して》修理しける。〔願文は〕書きたる文字の様なども、今の手に《筆蹟に》露ほども変らず似たりけり。伏見の修理大夫《しゅりのかみ》[一二]のやうに、昔、《前世でも》同じ名をつけるなりけり。

我も人も、先の世を知らねばこそ[一三]はあれ、何事も此の世ひとつの《この世だけの》事にては侍らぬを、空しく心をくだき、〔名利を〕走り《わし》求めて、かなはねば《うまくゆかないと》、

五 字の上手な人。能書。

六 国司任命の儀式。県召しの除目《じもく》。正月十一日から三日間行われた。

七 今の大阪府の東部。大宝令の分類では大国（上・中・下国の上位で第一等の国）の一つであったが、地味・人気ともあらく、国司の収入が少なかったのであろう。

八 底本に「きんつね」と振仮名があるが、ここは沙門(僧)の名なので「こうきょう」とでも読むべきところだろう。

九 国司の一等官。かみ。振仮名は底本のまま。

一〇 願文《がんもん》。祈願の趣旨を記して神仏に奉る文書。

一一 自分の河内守任官は、そうなるべく定まっていたことであると思い知って。

一二 藤原俊綱。頼通の子で正四位上修理大夫。橘俊遠の養子となったが、後に藤原氏に復したという。歌人。伏見の名邸と豊かさは有名。彼が前世に俊綱《すんごう》という名の僧であったこと、そのことにまつわる説話は『今鏡』四、九巻本『宝物集』五、『宇治拾遺物語』三・十四などに見え、特に『宝物集』所載の話は公経の話に並記されて語られている。

一三 「こそかくはあれ」の省略形。逆接で下にかかる。（知らないから）誰でもするように信仰心を持たずに過しているが、の意。

一 その一方、願というものは、前世に立てた願と一致していることによって、願の趣旨が実現しうるということを知らねばならない。

思い捨て難いよすが

＊本章の説話、『今鏡』九にも見える。

統理、名月の夜に遁世を志す

二 藤原祐之の子。従五位上、中務少輔・少納言。正暦六年（九九五）没、享年未詳。

三 洗髪してくしけずるための用意。「ゆする（泔）」は櫛にひたして用いる汁。「泔坏《ゆするつき》」という器に入れる。米のとぎ汁、強飯《こわめし》を蒸した後の湯などを用いたという。

四 烏帽子の略称。

五 この出来事は、正暦六年（統理の没年）以前、寛和二年（三条院の立太子の年）以後なので、ここの「関白」は藤原兼家または同道隆ということになる。

神をそしり、仏をさへうらみ奉るは、いみじう愚かなり。かつは[一]、願の昔にたがはぬにて、願として成るべき事を知るべし。

七　少納言統理《むねまさ》、遁世の事

少納言統理[二]と聞こえける人、年来《としごろ》世を背かん（遁世したい）と思ふこころざし深かりしが、月くまなかりける比《ころ》（満月の頃に）、心をすましつつ、つくづくと思ひ居たるに、山深く住まん事のなほ切《せち》に覚えければ、先づ家に「ゆする[三]まうけせよ。物へゆかん（外出するつもりだ）」と云ひて、髪洗ひけづり、帽子[四]なんどしける。

けしきや知りたりけん（出家の気配をさとったのか）、妻なりける人、心得てさめざめとなむ泣きける。されども、かたみに（お互いに）とかく云ふ事もなくて、明《あく》る日、うるはしきよそほひにて（正装をして）、其の時の関白《くわんぱく》[五]の御もとに詣でけり。此の事案（お暇乞いの取）

内聞こえむとすれど《次ぎを頼もうとしたが（事が事なので）》、申し入る人もなし。やや久しうありて、からうじて、山里に罷《まか》り籠るべき暇《いとま》申せし間に《申し上げたところ》、「しばし」とて対面し給ひて、御念珠給はせて《お数珠をお与えになって》、「後の世にはたのむぞ」とのたまひければ、涙をおさへつつ、数珠《ずず》をばをさめて、拝したてまつりて出でにけり。

子の誕生を心にかけて僧賀に語る

[六]僧賀聖《そうかひじり》の室《むろ》《庵室》に至りて、本意の如く《希望どおりに》かしらおろしてげれど《剃髪してしまったが》、つくづくと詠《なが》めがちにて《物思いにふけりがちで》、勤め行ふ事もなし。物思へる様にて、常は涙ぐみつつ居たりければ、聖のあやしみて、故《ゆゑ》を問ひけり。云ひやる方なくて、[七]余《あま》りのままに、「子生み侍るべき月に当りたる女の侍るが、思ひ捨て侍れど、さすがに心にかかりて」と云ふ。聖これを聞きて、やがて都に入りて、其の家におはして尋ね給ふに、今《ちやうど》、子を生みやらで《難産で》悩み煩ふ折りなりけり。聖祈りて生せなんどして、人に尋ねつつ[八]うぶやしなひてなむ、ともしからぬ程に《不自由のないように》とぶらひ給ひける《手を貸しておやりになった》。

三条院と歌を交す

かくて[九]統理大徳《むねまさだいとく》[一〇]ひと方は心やすくなりぬれど《心配がなくなったが》、[一一]三条院《さんでうのゐん》、東宮と

六 正しくは「増賀聖」。六〇頁注二参照。彼の居室の所在は、応和三年（九六三）以後は大和多武峰であった。

七 思いあまった気持のままに、の意か。寛文本は「ありのままに」。

八 「うぶやしなひ」（産養。貴族の子の誕生に際し、初夜および産後第三・五・七・九日目に、親族・関係者が衣類や食物などを贈って祝宴を開くこと）の動詞形。

九 僧に対する敬称。

一〇 心にかかっていたことの一方。

一一 第六七代天皇。居貞《いやさだ》親王として東宮であったのは寛和二年（九八六）以後。寛弘八年（一〇一一）即位、在位五年にして退位、寛仁元年（一〇一七）崩御、四十二歳。

申しける時、常に仕へ奉りし事の忘れがたく覚えければ、〔次の歌を〕奉りける、

一君に人なれな習ひそ奥山に
入りての後はわびしかりけり

御返し、

二忘られず思ひ出でつつ山人を
しかぞ恋しき我もながむる

とてたまはりけるに、涙のこぼれけるをおさへつつ居たりける程に、聖《ひじり》聞きて、「東宮より歌たまはりたらん、仏にやはなるべき。三此の心にては、いかでか生死《しやうじ》を離れんぞ」と四恥ぢしめける。

八　中納言顕基《あきもと》、出家・籠居《ろうきよ》の事

一 誰もあなた様と馴れ親しまないように念じます。お別れしてから奥山に入って、私はひとり淋しく暮しております。『後拾遺集』雑三に三条院の返歌とともに入集。詞書「三条院、東宮と申しける時、法師になりて宮のうちに奉りける」。わが身の淋しさを訴えつつ、かつての自分に代る近習が現れて東宮との間のこまやかな交情が生れるであろうことを嫉妬している。

二 三条院の返歌。お前のことが忘れられない。懐かしい日々を思い出しては、今は山人となったお前をこのように恋しがっている私も、物思いにふけっている。「しか」(鹿を連想させる)は「山」の縁語。『後拾遺集』『今鏡』は「恋しき」が「恋しく」になっている。

三 このような歌をいただいて感傷的になっていては、悟りを開くことができようか。次行の「生死を離る」は迷いの境涯を離脱する、の意。

四 「恥ぢしむ」は恥ずかしめる、恥じいらせる。

数寄人の典型

＊ 本章の顕基とその逸話は、隠者文学において最も有名、かつ広く人の心をとらえた話題で、多くの文献に見える。『後拾遺集』十七、『続本朝往生伝』、『栄花物語』三十三、『扶桑略記』二十八、『大鏡』後日物語、『江談抄』三、『袋草子』三、『今鏡』一、津軽本『今昔物語集』、『古事談』一、『撰集抄』三、『十訓抄』六、『古今著聞集』四、『元亨釈書』十七、その他。

顕基の日常

[五]中納言顕基は大納言[六]俊賢《としかた》の息《子息》、後[七]一条の御門《みかど》に時めかし仕へ給ひ《目をかけられお仕えしておられ》て《て》、わかうより司・位《官位》につけて恨み《不満》なかりけれど、心は此の世のさかえを好まず、深く仏道を願ひ、菩提《ぼだい》を望む思ひのみあり。つねのことくさ《口ぐせとして》には、彼《か》の[八]楽天の詩に、「古墓何《ノ》世《ノ》人。不ㇾ知《ラ》姓与《ト》ㇾ名《ト》。化《ケシテ》為《ツテ》二路傍《ノ》土《ト》一。年々春草生《ヒタリ》」といふ事を[九]口づけ給へり《口ぐせになさっていた》。いといみじき[一〇]すき人にて、朝夕琵琶をひきつつ、「[一一]罪なくして罪をかうぶりて、配所の月を見ばや」となむ願はれける。

後一条院の崩御と顕基の出家

彼の後一条[一二]かくれましましたりける時、〔顕基の〕嘆き給ふさま、ことわり《並み大抵では》にも過ぎたり《なかった》。〔後一条帝の〕御所のありさま、いつしかあらぬ事になりて《一変して》、はてには火をだにも《灯火をさえも》ともさざりけるを、〔事情を〕尋ね給ひければ、「諸司みな、今の御事をつとむる間に《新しい帝へのご奉仕に忙しくて》、〔先帝の御所に〕仕うまつる人なし《お仕えする人はいない》」と聞こえけるに、いと世のうさ思ひ知られて、さるべき人みな御門の御方へまゐりけれど、〔顕基〕「[一三]忠臣は二君に仕へず」と云ひて、〔新帝の御所には〕つひにまゐらず。御忌み《服喪中の》の中の事《わざ》など仕うまつりて、[一四]やがて家を出で給ふ。其の年頃の[一五]上公《うへきん》

五 醍醐源氏。俊賢の長男。若くして顕官を歴任して従三位中納言に至ったが、本章に記すように出家（三十七歳）し、横川《よかわ》・大原を経て醍醐で永承二年（一〇四七）没、四十八歳。
六 醍醐源氏。高明の三男。正二位権大納言。四納言の一人。万寿四年（一〇二七）没、六十八歳。
七 第六八代天皇。在位は長和五年（一〇一六）から長元九年（一〇三六）の崩御まで。享年二十九歳。
八 唐の詩人白居易。「古墓…」はその詩文集『白氏《はくし》文集《もんじゅう》』二所収の詩の一節（用字に小異あり）。
九 底本「口つげ」。文意によって訂正した。
一〇 脱俗・閑雅な生活者。二七八頁三行以下参照。
一一 罪もないのに罰せられて、淋しく流刑地で月をながめたいものだ。諸書に引用される顕基の名せりふ。「顕基中納言のいひけん、配所の月、罪なくて見ん事、さも覚えぬべし」（『徒然草』五）。
一二 長元九年四月十七日。
一三 「忠臣は二君に事《つか》へず、貞女は二夫に更《まみ》へず」（『史記』田単伝）による。
一四 まもなく。『続本朝往生伝』など、顕基の出家を先帝の七七忌が明けた後とするものが多く、『発心集』もそれに倣っていると思われるが、同時代資料の『左《さ》経記《けいき》』によれば、出家の日は崩御の四日後の四月二十一日（二十二日とする文献もある）、場所は大原。
一五 親王・摂関家など上流の子弟。

達《だち》、袖をひかへて《引き止めて》別れを悲しみけれど、更に《少しも》ためらふ心なかりけり。

上東門院との贈答

一横川《よかは》にのぼりてかしらをろして《剃髪して》籠り給へりける時、二上東門院《じやうとうもんゐん》より〔安否を〕問はせ給ひたりければ、

三世を捨てて宿を出でにし身なれども
なほ恋しきは昔なりけり

とぞ聞こえ給ひける。

大原の庵室への頼通の慰問

後には四大原に住みて、二心なく《仏道一途に》行ひ給ひけるを、時の五一の人たふとく聞き給ひて、しのびつつ《ひそかに》彼の室に《庵室に》渡り給ひて、対面し給へる事ありけり。霄《よひ》より御物語など聞こえて《〔二人は〕ご懇談なさって》、暁に及ぶまで、此の世の事一ことばも云ひまぜ給はず。いとめでたくたふとくおぼされて《〔頼通は顕基を〕たいそう立派で尊い方と敬服なさって》、導き給ふべき事ども返す返す契り聞こえて《お約束して》、今帰りなんとし給ひける時、「さても、渡り給へる、いとかしこまり侍り《おいでになったのは 恐れ多いことです》。六俊実は不覚の者《至らない者》にて侍るなり」とてなむ、申し給ひける。

一 九六頁注四参照。顕基は、大原で出家後、ここにのぼったか。

二 藤原彰子。道長の娘。一条天皇中宮、後一条・後朱雀両帝の母。承保元年（一〇七四）没、八十七歳。顕基の出家時には四十九歳であった。

三 『後拾遺集』十七。詞書「後一条院うせさせ給ひて世のはかなく思ほえければ、法師になりて横川に籠りゐて侍りける頃、上東門院より呼ばせ給ひたりければ」。同集に見える上東門院の返歌は「時のまも恋しき事の慰まば世はふたたびもそむかざらまし」。

四 洛北の里の名。作者長明も一時ここに隠棲していた。解説参照。

五 摂政・関白の異称。ここは藤原頼通をさす。上東門院の弟。顕基はその養子であった。頼通の大原訪問は同時代の記録に未見。

六 底本に「俊賢」とあるが、これは顕基の父の名なので、寛文本により訂正。この部分の説話を載せる『古事談』『十訓抄』などもすべて「俊実」。ただし、顕基の子弟にこの名は見えず、彼の弟隆国の孫に美濃大納言俊実という人物が見える（『尊卑分脈』など）が、顕基在俗時にはまだ生れていない。何らかの事実誤認があろう。あるいは、顕基出家の年に十七歳であった嫡男資綱《すけつな》（中納言に至る）に関する話か。

其の時はなにとも思ひわき給はず《理解おできにならなかった》。帰り給ひて此の事を案じ給ふに、「させるついでもなかりき《〔最後の一言は〕唐突な言葉であった》。よも《まさか》我が子の為あしき《欠点》さまの事云はんとてはのたまはじ。すぐれたる事なくとも、見はなたず、方人《かたうど》[七]せよとにこそはあらめ。世を背くといへども、なほ恩愛《〔子への〕愛情は》は捨てがたき物なれば、思ひあまられたるにこそ」とあはれにおぼされて、其の後、事にふれつつひきたてとり申し給ひければ《目をかけて抜擢して差し上げなさったので》、[八]みなしごなれどはやく大納言までぞのぼりにける。美濃の大納言と聞こゆるは、此の君なりけり。

九　成信《なりのぶ》・重家《しげいへ》、同時に出家する事

[九]兵部卿致平《むねひら》親王の御子[一〇]成信中将と、[一一]堀川右大臣の子にて[一二]重家の少将と聞こえける人、時にとり世にとりて《その時世において》、[一三]類ひなき若人《わかひと》なりければ、

七　後見者になってほしいということなのだろう。

頼通、顕基の意を汲む

八　父を失った年少者。厳密には、成人前に親を失った者をいうが、年齢的には成人後であっても、運や能力などによって自立しえないでいる者の場合には使った語らしい。現に二十歳近い年で父に死なれた長明もこの語で呼ばれていた。解説参照。

九　村上天皇皇子。四品《しほん》兵部卿、出家して「悟円」と号した。長久二年（一〇四一）没、九十一歳。

一〇　致平親王の子。源姓。従四位上、左中将であったが出家、「永円」と号し、大僧正に至った。寛徳元年（一〇四四）没、六十五歳。

一一　右大臣藤原顕光。治安元年（一〇二一）没、七十八歳。

一二　藤原顕光の子。従四位下左少将であったが出家、「一乗院」と号した。

一双の公達の同日出家

＊本章の事件の経過は『権記』に詳しく、後世の『今鏡』五、『古事談』一、『愚管抄』四、『続古事談』二などにも見える。

成信・重家、遁世を約束

一三『系図纂要』は成信に注して「無双美男」とし、『尊卑分脈』は重家を「本朝美人」とする。

てる中将・ひかる少将とて同じさまにぞ云はれ給ひける。此の二人、同じ時に心を発《おこ》して、世を背《そむ》かん事を云ひ合はせ給ふ。[一]こころざし《遁世の意志は》は一つなれど、発心のおこりは異《こと》なりけり。

少将は、[二]時の一の人のおもくわづらひ給ひけるに、そのかげに隠れたる人の《道長の庇護を受けてる人の》[三]憂へあるさまをうけとり給ふべき方の、御ゆかりの人のけしきなどを見給ひけるに、《〔そのような事態を〕》「惜しむも嫉《そね》むも心うき習ひなり」とおぼしけるより、おのづから《〔世を〕》いとふ事となりにけり。

中将は、[四]斉信《むねのぶ》・公任《きんたふ》・俊賢《としかた》・行成《ゆきなり》など聞こえていみじかりける人、[五]陣の座にて、朝《てう》のさだめ《評定》ども、折り折り[六]才覚を吐《は》きていみじかりけるをたち聞きて、「司・位は高くのぼらんと思はば、[七]身の恥を知らぬにこそありけれ。此の人々には、[八]いかにも及ぶべくもあらず。さて世にありては、何にかはせん。《〔それよりも〕》後の世を願ふべかりけり」と思ひとり給ひける《決心なさったのだった》なり。

成信、約束の日に三井寺で出家

此の二人、[九]その日と定めて、三井寺の[一〇]慶祚《きやうそ》阿闍梨《じやり》のもとへ行きあ《落ち合お》

一 二人の発心の由来について『古事談』『愚管抄』は本章の成信に関する記述に見えるものを共通の動機とし、『今鏡』もそれを異説として掲げつつ、『権記』によって『発心集』と同趣の記述を記す。『続古事談』は成信については『発心集』と同一だが、重家について格別記さない。

二 当時左大臣（摂政・関白は欠員）であった藤原道長をさす。ここの記述は、成信出家の前年長保二年（一〇〇〇）五月の彼の発病（『小右記』目録、『権記』。平癒は同年八月）についてのものか。

三 不安・動揺を引き受けて善後策を立てなくてはならない立場にある、関係者の様子などを、の意。

四 以下、道長の時代の優秀な高級官僚たち。権大納言藤原斉信、権大納言藤原公任、権大納言源俊賢、権中納言藤原行成。世にこの四人を「四納言」と称する。「斉信」の振仮名は底本のまま。通常は「ただのぶ」と読む。

五 公卿が着座して政務を評議する場所。左右近衛陣にあった。ここでの評議を「仗議《じようぎ》」と称する。

六 学識。識見。「才学」とも表記するが読みは「さいかく」であったらしい。

七 （そんな身のほどを知らない希望を持つのは）恥知らずなことであった。

八 とても及びそうにない。なお、こう思った成信に関して、行成の『権記』に「才学乏しといへども、情操取る可し」とある。
九 長保三年（一〇〇一）二月三日。
10「けいそ」として前出。二〇二頁注六参照。
一一『古事談』は「（二人は）先づ霊山寺に到る。頭を剃りし後に共に三井寺にあり云々」とし、「或説」として本章記載のような経緯を記す。
一二 ちょっと席をはずして別の部屋で。
一三 いまさら翻意をうながしても仕方ないので。
一四 徒歩でかけつけたことを暗示している。
一五 どうしてお出でになるのが遅かったのですか。
一六 父の顕光をさす。
一七 頭髪の髻《もとどり》を結びたばねる糸。これを切ることは出家を意味した。

《うと》はんと契り給へり。重家の君おそく見えければ《現れるのが遅かったので》、夜に入るまで待ちかねて、「おのづから《もしかすると》思ひわづらふ事のあるなめり」と本意なく《残念に》おぼしながら、ひとり阿闍梨[11]の室《しつ》に至りて、「かしらおろさん《出家したいのです》」と聞こゆ。阿闍梨、「あたらしき《〔出家してしまうのが〕惜しい》御様なるのみにあらず、名高くおはする身なれば、便《びん》なく侍りなむ《おいたわしいと思います》」といなび《お断り》申しければ、あからさま[12]に立ち出づる様にて、みづから髪を切りて、「かくなむまかりなりたる《このような身となりました》」とありける時ぞ、云甲斐《ゆひかひ》[13]なくて許し聞こえける。

暁に重家も到着

かくて、暁帰らんとし給ひける時、露にそぼぬれ《ぬれた姿で》[14]つつ重家少将おはしたり。「いかに[15]遅くは。夜ふくるまで待ちたてまつりしかど、もしためらひ給ふ事などの侍るかとて、さきになん仕りたる《出家しました》」とありければ、「さやうに《あのようにはっきり約束申し上げて》契り聞こえて、いかでか《どうして》は日をばたがへ侍らん。おとど[16]に暇《いとま》乞ひ奉らでは、罪えぬべく《罪となりそうに存じまして》思ひ給へて、ついで《〔暇乞いの〕好機》をはからひ侍りしかば、日をばたがへじとて、夜べ《ゆうべ》元結《もとゆひ》[17]をば切り侍り」とてなむ見せ給ひける。中将は廿三、少将は廿五とぞ。さしも《これほど》すぐれ《立派な方々で》一、さるべき人だにもあたらしかるべきを、かく同じ心にて形《出家》をやつし給ひつれば《なさってしまったので》、阿《あ》闍梨《じゃり》涙を落しつゝ、かつは《一方では》惜しみ、かつはあはれみけり。

此の少将、先づ元結ひを切りて、二やはらかぶりをして、暗きまぎれに父の大臣《だいじん》に暇《いとま》を乞ひ給ひければ、おのづから其の気色《きしょく》や現はれたりけん、「いかに云ふともとまるべき様にも見えざりしかば《出家を中止しそうな様子にも》、三えとどめずなりにき」と《〔後で〕》ぞのたまひける。

又、多《た》武峯《ふのみね》の入道高光少将は四、兄の一条の摂政の五、事に《何かにつけて》ふれつつあやまり多くおはしけるを見給ひて、「世にあるは恥がましき事にこそ」とて、これより心を発《おこ》し給ひけるとなむ。

人のかしこきにつけても、愚かなるにつけても、実《まこと》の道を願ふた《きっ》より《かけ》となりにけんこそ、げに《本当に望ましいことです》あらまほしく侍れ。

一 出家するにふさわしい人の場合でさえ、いざとなれば惜しまれるのに。

二 (元結を切ってしまった)髪が乱れないよう気をつけて冠をかぶって。

三 二人の出家の時、それぞれの父たる道長・顕光が三井寺に急行したことが『権記』『日本紀略』などに見える。思い止まらせようとしたのであろうが、両大臣は空しく帰京した。

高光の故事

四 『多武峯少将物語』などで知られる出家譚の主人公。藤原師輔《もろすけ》の子。父の死後に出家、横川をへて多武峯の増賀について修行。法名如覚。正暦五年(九九四)没、享年五十五歳前後。

五 伊尹《これただ》。摂政・太政大臣。歌の才と好色は有名。派手な人柄で人の批判を受けやすい面があったが、多武峯の整備に貢献したことも注目される。天禄三年(九七二)没、四十九歳。

＊ 本章の説話、『今鏡』八、『古事談』五、『私聚百因縁集』九・五にも見える。
六 源有仁《みなもとのありひと》。輔仁《すけひと》親王の子。白河院の養子。従一位左大臣で、詩歌管絃の才で知られ、その美貌などによって光源氏を思わせる貴公子といわれた。洛西花園の山荘にちなんで「花園左府」と称される。久安五年（一一四九）没、四十四歳。
七 有仁は後三条院の孫に当り、父輔仁は後三条院の遺詔《ゆいじょう》によって兄白河院の後継たるべき位置にあったが、白河院はその子堀河院に譲位した。院政史の有名な内幕話で、それを知る者にとっては、有仁は世が世なら帝であったかもしれぬ貴種と映っていたはずである。が、白河院とその系統に対する遠慮からであろう、そのことが直叙されることは稀で、暗示に止められるのが常であった。本章もその一つか。
八 「はしたなむ」は相手を「はしたなき（間が悪い）」思いにさせる。きびしく咎める。たしなめる。
九 有仁の周辺に風雅の士女が多く集まっていたことは、『今鏡』八に、より具体的に記され、他にも資料が多い。
一〇 天皇のご兄弟に当る公達。鳥羽院の御子たち（有仁生存時の崇徳・近衛両帝の兄弟）をさす。

十　花園左府《はなぞののさふ》、八幡に詣で往生を祈る事

有仁の憂情

六花園左大臣は御形《容貌》・心もちひ《気だて》・身の才《ざえ》《教養》、すべて欠けたる事なく、調《ととの》ほり給へる人なり《完備しておいでの人だ》。七近き王孫にいます。かかりければ、かくただ《臣下》人になり給へる事を、人も惜しみ奉る。我が御心にもおぼし知りて《ご自身のお気持としてもそれをご存じで》、御喜びなるべき事をも、其のけしき人に見せ給ふ事なかりけり。もし、仕《つか》うまつり人《お仕えしている人》の中に、男も女もおのづから心よげに打ち咲《わら》ひなどするをも、「かかる宿世《しゅくせ》つたなき《不運な者のそばにいる身なのに》あたりにありながら、何事のうれしき」など、聞き過ぐさずは八はしたなめ給ひければ、初春《はつはる》の祝ひ事などをだに、〔人々は〕思ふばかりはえ云はぬ習ひにてなむありける。春は内あたりも《宮中も》中々事うるはしければ《かえってきちんとして居心地悪いので》、九身に才《ざえ》ある程の若き人は、ただ此の殿《左大臣邸》にのみまうで集まりて、詩歌・管絃につけつつ心を慰さむる事隙《ひま》なし。一〇上《うへ》の御兄達《おんせうとたち》、はたいます《またお出でです》。朝夕といふはかりさぶらひ《殆ど一日中といってよいほど》

給ひければ、おほいどの[一]など申すばかりこそあれ、さるべき[二]色々の御もてなしに変らず、あかぬ事なく《何の不満もないように》見えけれど、すべて身を憂きものに深くおぼしとりて《思いこまれて》、常には物思へる人ぞとぞ見え給ひける。

八幡へ七夜詣でに赴く

[三]いづれの時にかありけん、京より八幡《やはた》[四]へかちより《徒歩で》[五]、御束帯《そくたい》にて七《七夜》夜まゐり給ふ事ありけり《詣でをなさったことがあった》。[六]別当光清此の事を聞きて、大きに御まうけ《接待の》用意して《準備をして》、御気色し給ひけれど《ご機嫌をうかがいなされたが》、「此の度《たび》[七]は殊更にたちやどるかたなくて《宿泊するところを作らずに》、詣でなんと思ふこころざしあれば、〔あなたの所に〕えなん立ち入るまじき」とて、寄り給はざりけり。七夜に満じて《満願となって》帰り給ひけるに、美豆《みつ》[八]と云ふ所において、〔光清が〕御望みかなふべきよしの歌[九]たてまつりたれば、返し《返歌は》はし給はず、「これは《この歌は》御神の仰せなり」とて御袋にをさめて、かへさに《帰る時に》、乗り給ふ御馬をぞ鞍置きながらたまはせける《鞍もろともにお与えになった》。御供に仕うまつる人、「いかばかりなる御望みなれば、かく徒歩《かち》[一〇]にて夜を重《毎夜毎夜》ねつつ詣で給ふらん」とありがたく覚えて《ただならぬことに感じて》、「いかにも只事にはあらじ。大菩薩はあら人神と《八幡大菩薩は人の姿で現れた神と》申す中にも、[一一]昔のみかどにおはします。

一 大臣という臣下の身分は名目だけで。
二 （皇族として）そうすべきさまざまのあり方と変らない。有仁が自他ともに皇族に準ずる存在として認めていたことをさす。
三 『私聚百因縁集』によれば久安元年（一一四五）秋。ただし、同年は別当光清の没後である。
四 石清水八幡宮。京都府綴《つづ》喜《き》郡八幡《やわた》町にある。当時は神仏混交であった。朝廷に尊崇され、伊勢・賀茂とともに三社の一つとされた。
五 底本「かけより」。文意および他書により訂正。神宮本は、この前後「京より八幡え（ママ）御束帯にて陸より」。
六 八幡宮の第二五代別当。頼清の子。寺務三十四年に及び、保延三年（一一三七）没、五十四歳。彼とその子らが有仁の知遇を得ており、彼との間に歌人小侍従を生んだ小大進《こだいしん》は有仁家の女房であった。
七 詩歌管絃の催し（八幡においてしばしば行われた）などのための来臨とは違うことを言っている。
八 底本「箒豆」。神宮本、『今鏡』により訂正。今の京都市伏見区美豆町の地。八幡からは木津・宇治両川を越えたすぐ近くの所。
九 その歌は、『今鏡』によれば「再拝と三所の御前伏し拝み七夜の願ひ十ながら満て」という。
一〇 石清水は都から約一二キロの遠隔地で、普通ここに詣でるのは船便によった。
一一 第一五代応神天皇をさす。この部分『私聚百因縁一二限りある《最高の》一三御氏《うぢ》の絶え給ひぬる事仰せらるるにや《訴え申し上げられたのか》」とまで、おぼつかなく《不審に》思ひけるに、一四御幣《みてぐら》の役すとて、近く候ひけるに《おそばに伺候した時に》聞きければ、忍びつつ「臨終正念往生極楽」と申させ給ひけるにぞ、かなしくも又めでたくも覚えける。

誠に、御門《みかど》の御位もやむ事なけれど《貴いが》、終《つひ》には、一五刹利《せつり》も須陀《しゆだ》も変はらぬ習ひなれば、一六往生極楽のつねの事にはしかずなん。

価値あるもの

十一　目《もく》上人、法成寺《ほふじやうじ》供養に参り、堅固道心の事

目聖、道心を固める

一七河内《かはち》の国に一八目聖《もくしやう》とて、たふとき人ありけり。一九御堂《みだう》入道殿二〇法成寺つくり給ひて、二一御供養ありける日、参りて拝みけるに、事の儀式、仏前のかざり、誠に心も及ばず《想像を絶する》。二二宇治殿其の時の関白にて事行ひておはします座に、肩ならぶべき人もなくめでたく見えければ、「人界《にんがい》

集』が詳しい。

一二 応神天皇は有仁の祖先に当るのでこう思われた。

一三 有仁に子がなく（女子はいたらしい）、名流の断絶が惜しまれたことは諸書に見える。「この大臣の、御子おはせぬぞくち惜しけれど」（『今鏡』八）など。

一四 神に供える幣帛《へいはく》。

一五 「刹帝利《せつていり》」（梵語《ぼんご》 Kṣatriya の音写）の略。古代インド四姓の第二。王侯・武士階級。「須陀《しゆだ》」（首陀羅。梵語 Śūdra の音写）は四姓の最下級。「閻浮《えんぶ》の身、貴賤高下ことなる事なく、無常の境、刹利も須陀もきらはず」（『保元物語』上）のように用いる。

一六 文意わかりにくい。（往生極楽という）誰でも願うことを願うにこしたことはない、の意か。神宮本は「往生極楽の御祝《ね》ぎ言（祈願の言葉）にはしかず」。

＊ 本章の説話、『大鏡』五、九巻本『宝物集』四、『東斎随筆』「仏法類」にも見える。

一七 今の大阪府の東部。

一八 伝未詳。

一九 藤原道長の称。

二〇 道長が建立した大寺。無量寿院。都の近衛北・京極東の地にあった。再三の大火の後、貞永元年（一二三二）の金堂倒壊により廃絶。

二一 治安二年（一〇二二）七月十四日。

二二 道長の子、頼通。

に生るとならば、一の人[一]こそいみじかりけれ」とほどほどののしる[二]《言い合っていた》。百司[三]雲霞《うんか》の如く囲繞《ゐねう》し、乱声《らんじやう》[四]ののしりて至り給ふ《〔帝が〕》時、いみじと覚える関白ものならず覚えて《関白も問題にならないように思われて》、さきの思ひをあらためて、「いかにも、国王にはしかざりけり《〔関白も〕及ばないことよ》」と見る間に、金堂にいらせ給ひて《〔帝が〕》、仏を拝み奉り給ひける時なむ、「なほし[五]仏ぞ上もなくおはしましける」と覚えて、いと道心をかためたりける。彼《か》の妙荘厳王《めうしやうごんわう》[六]のたぐひにことならず。いと賢き思ひはかり《判断》なるべし。

十二　乞児《こつじ》、物語の事

或る上人の物へまかりける道に《外出した途中に》、乞児三人ばかり行きつれたりけるが、おのが友《仲間同士で》、物語するを聞けば、ひとりが云ふやう、「あふみ[七]はゆゆしき運者《うんじや》[八]かな。坂[九]のまじらひして、いまだ三年にだに満たぬ

一　第一位の貴族。普通、摂政・関白をさす。
二　擬声語か。または「ほとほと」で、「すんでのところで（大声を立てるところであった）」の意か。
三　多くの官人がその座に見渡すかぎり立ち並んで。
四　行幸の時に、笛・太鼓を音高く急調子に演奏すること。この時の盛儀を記す『栄花物語』十七に、「（見物の群衆の整理の騒ぎに加えて）かくて乱声をさへ合せたれば、いとどいみじくおどろおどろしく」とある。ここの「ののしる」は、鳴りひびく、の意。
五　「し」は強意の助詞。なお一層（天皇以上に）。
六　『法華経』妙荘厳王本事品《みようしようごんおうほんじぼん》に見える国王。邪見の人であったが、その夫人と二子のすすめによって仏のもとに赴いて感じ、王位を弟に譲って夫人・二子らと出家・修道を始めたという。

無常と希求

乞食たちの会話

七　近江。出身地による呼び名（柳田国男「毛坊主考」）。
八　幸運な者。
九　坂の周辺の乞食としての共同生活。

に、[一〇]宝鐸許《ほうちやくゆ》りたるはありがたき事ぞかし」と云へば、今一人が云はく、「其れは[一一]別の果報の人ぞ。[一二]口きたなくて云ふべからず」と云ふ。「これを聞きてこそ、我がさまを、仏菩薩《仏菩薩が》の[一三]事にふれてはかなく見給ふらん事思ひ知られて、あはれに恥づかしく覚え侍りしか」と語りき。

八十翁の執念

又、或る人片田舎に行きて、いやしき家に宿を借りてとまりけるに、此の家のあるじを見れば、年八十余りにやあらん、頭《かうべ》は雪の如くして膚《はだへ》くろく、しはたたみ《しわが寄って》、目ただれ、[一四]口すげうて、腰は二重《ふたへ》にかがまりて、[一五]立居る度《たび》に大きに苦しう、〔臨終は〕いかにも今日・明日の事にこそと、いとほしく覚えて、これをすすめて《老人を教え導いて》云ふやう、「汝《なんぢ》、老いせまりて、残命《ざんめい》いくばくかはあらん。行歩《ぎやうぶ》もかなはざれば《歩くのも容易ではないので》、人にまじるにつけても苦しからん。今は出家うちして、念仏申して、のどかにゐたれかし。さらば、後世《ごせ》の楽しみもしかるべきのみにあらず《期待できるばかりか》、身もやすからん」と云ふ。翁の云ふやう、「誠に、今は《もはや》さやうにこ

一〇 宝鐸を持つことを許可されているのはめったにないことだ。「宝鐸」は大型の鈴。寺院の堂塔の四隅の軒などにつるす。「ほうたく」とも読む。この携帯を許されることがどのような地位・権益などの獲得を表すのか未詳。

一一 前世の善根によって果報を得た人。

一二 いやしい言い方をするな。

一三 何かにつけて愚かなこととしてご覧になっているだろうということが思い知られて。

一四 底本「すけうて」。「すげみて」の誤りか、あるいはそのウ音便かと見て訂正した。「すげむ」は歯が抜けて口がすぼむこと。

一五 立ったり坐ったりするたびに。

そ仕《つかま》るべきを、成るべき司《就任したい官職が》の一つ侍るによりて、たえぬ身に《衰えた体に》老いの力をはげみて、かくまでつかへ侍るなり。我よりも今三年がこの《年長で》かみなる《ある》翁、一上臈《じやうらふ》にて侍り。かれ、二人まね仕りなむ後は、必ず其の司に《〔自分が〕》まかりなるべければ、それまで待ち侍るなり」と云ひける。

さやうの者のなる三つかさ思ふに、さばかりこそはあるらめ。其の事に執をとめて《執念を残して》、今や今やとまぼり四をりけん、罪ふかくあはれにこそ侍れ。

但し、これらをうち聞けば、愚かなるやうなれど、よく思へば、此の世の望み、高きもいやしきも《身分の高低を問わず》、道同じ。我らがいみじく思ひならはせる司・位も、これを上《かみ》五づかたにならぶれば、翁が《翁の》望みにことならず。況《いはん》や、六天竺《てんぢく》・震旦《しんだん》の国王・大臣のありさまなどは、喩《たと》へても云ふべからず。

刑場への道で怪我を恐れた罪人

又、或る人云はく、「七治承《ぢしよう》の比《ころ》、世の中乱れて人多く亡びうせ侍りし時、かたきの《敵方の》方の人を捕へて、頸《くび》をきりに出でまかるとての《大騒ぎ》

一 身分の高い者。
二 その先輩が死んだなら、その後は。
三 これからなる官職のことを思っても、それはそれだけのことであろう。
四 現任者（である年長の老人）の死の到来に注目していたであろうこの翁のことは。
五 より高次の立場に対比してみるなら。
六 インド・中国の古称。
七 一一七七〜八一年。源平の争闘を中心とする内乱しりあへる《をしている》を見れば《〔罪人は〕》、ことよろしき者にこそ《相当の身分の者なのだろう》、さすがに由《よし》ありて《由緒ありげ》見ゆるを《に見えるが》、情なくゆゆしげにして《〔刑吏は〕無情に見るからに恐しい態度で》、追ひたちて行く。八地獄絵に書ける鬼人《おにひと》にことならず。『あな心憂《こころう》、よも現心《うつつごころ》あらじ』とあはれにいとほしく見ゆる程に、道に蕀《むばら》のあるを、〔罪人が〕踏まじとてよきて《よけて》行かんとするを、見る人なみだを落して云はく、『かばかりのめを見て《これほどひどい身の上で》、今いく時あるべき身なれば《まだどれほどの時間生き続ける身と思って》、蕀を踏まじと思ふらん』と、はかなく悲しみあへり」。

これ又、人の上かは《人ごとでなかろう》。九我ら世の末に及びて、命短く果報つたなき時、わづかに《やっと》人界《にんがい》に生れたりといへども、一〇二仏《にぶつ》の中間《ちうげん》やみ深く、一一闘《とう》諍堅固《じやうげんご》の恐れはなはだし。一二ひま行く駒はやくうつり、一三羊の歩み屠所《としよ》にちかづけば、をはり今日とも知らず、明日とも知らず、何の他念かはあるべき。立ちても居ても、煩悩《ぼんなう》のあた《敵》の為に繋縛《けばく》せられたる事を悲しみ、寝ても覚めても、無常のつるぎの忽《たちま》ちに命を絶たむ事、恐るべきぞかし。しかるを、むなしく塵灰《ちりはひ》となるべき限りの身を思

の時代。

八 地獄で罪人が受ける責苦を描いた絵。地獄変相。浄土教の発達に伴って、当時多く描かれた。

九 以下の一節、無常を述べる同時代の文献と共通の文辞が多く見られる。

一〇 釈迦はすでに入滅し、弥勒《みろく》菩薩（六八頁注七参照）がまだ出現していない期間。無仏の時代。

一一 釈迦入滅後の二千五百年間を、五百年ごとに分けて「五つの堅固」と称し、それぞれに名称を与えた。その第五。僧侶も戒律を守らず、闘諍《とうじよう》（争い）をもっぱらとする時代。

一二 歳月の早さをいう成句。「人、天地の間に生くるは、白駒《はつく》の郤《げき》（隙）を過ぐるがごとく」（『荘子』知北遊篇）などに基づく。中世文学にすこぶる例が多い。

一三 死に向う人生の進行を、屠所へ歩む羊（や牛）にたとえる成句。『涅槃経《ねはん》』などによる。用例多数。

ふとて、[一]露のまの貴賤をうれへ、心を悩まし、名利をわしる《求める》。只かの、棘《むばら》をよきけむ人とこそ覚え侍れ《避けたという罪人と同じだと思われます》。

大方《おほかた》、[二]ひを虫の朝《あした》に生れて夕《ゆふべ》に死ぬる習ひも、必ず、皆これ我が《自分の》身のうへにあり《運命でもある》。天の中に命みじかき[三]四天王天を聞けば、[四]此の世の五十年を以て一日・一夜とせり。我が国の命長しと云ふ人、わづかに、此の天の一日・二日にこそは当るらめ。況《いはん》や、[五]上《かみ》さまの《より上位の》天にくらぶれば、只、時のまと云ふべし。[六]かかればとて、いづこかは《一体どの点が》、[七]我等がひを虫を思へるにことなる。

諸々《もろもろ》の事、かくの如く云はば、[八]とてもかくてもありぬべき此の世なり。只、彼《か》の「[九]夢の中の有無は有無ともに無なり。まどひの前の《迷いの心で判断する》是非は是非ともに非なり」と云へるが、めでたきことわり《すぐれた道理》にて侍るなり。

されば、[一〇]禅仁《ぜんにん》と云ふ三井寺の名僧の、法印になりたりける時、人よろこび《お祝い》云ひたりける返り事は、「彼《か》の[一一]六欲四禅の王位に見えたる

一 短い人生において、身分の上下について愚痴をこぼし。

二 カゲロウをさすかという。「蜉蝣、朝に生れて暮に死す」(『淮南子《えなんじ》』説林訓)による。

三 「四天王天」で一語。四天王(持国・広目・増長・多聞《たもん》)とその一族が住する所。人間の住む所に最も近い天という。

命の短さ、この世の空しさ

四 「人間の五十年を以て四天王天の一日一夜となして、その寿五百歳なり。四天王天の寿を以てこの地獄の一日一夜となして、その寿五百歳なり」(『往生要集』上・大文一)による。

五 「四天王天」を含む欲界の六天をはじめ、色界《しきかい》十八天・無色界四天などの、より高次の天がある。

六 だからして、の意か。神宮本の「しかれば」の方が文意が通りやすい。

七 この部分難解。(「天」から見た人間と)われら人間が考える「ひを虫」とは、短命さにおいて異なるだろうか、の意か。

八 どうあろうとこうあろうと生きてゆける世の中。蟬丸の歌「世の中はとてもかくても同じこと宮も藁屋《わらや》もはてしなければ」(『和漢朗詠集』下、『新古今集』雑下など)による。『俊秘抄』に第三句「ありぬべし」とあるので、これによったか。人が感ずる幸不幸の別にいわれのないことを述べ、通俗的な価値観からの解放をうながす歌。

禅仁の言

所なり。此の小国[一二]辺鄙《へんぴ》の位、何ぞ愛するに足らん」とこそ云ひたりけれ。智恵はなほかしこきものなり。

凡夫の習い

大方、凡夫《ぼんぶ》の習ひ、いやしくつたなき事も（下等なことも）、身の上をば知らず（自分自身については解らないものだ）。此の故に、乞食《こつじき》[一三]かたゐ、名聞《みやうもん》を具せり。〔その反面〕めでたくやむごとなき事とても、又我が分に（分際に）過ぎぬれば、望む心なし。民の王宮《わうぐう》を願はざるが如し。今、これを思ひとくには（よく考えてみると）、濁れる末の世の人、極楽を願はぬは、極めたることわりなり（至極当然である）。彼の[一四]国のありさま、〔そこに住む〕衆生の楽しみ、事につけ、物にふれて、何かは我等が分になずらへたる（対比できるだろうか）。皆、心も[一五]詞《ことば》も及ばぬ事どもぞかし。

しかあれば、もし悲願[一六]を聞きて、信《しん》をもおこし、聊《いささ》か望む心もあらむ人は、此の世一つの事にあらず、[一七]生々世々《しやうじやうぜぜ》につとめたりける余波《なごり》として、いかにも〔極楽に〕近付ける事と、たのもしく（希望を持って）思ふべきなり。

九「迷中の是非は是非ともに非」（覚鑁《かくばん》『障子書文』）のほか、『一遍上人語録』八十九、米沢本『沙石集』三・三などにも同趣の記述が見えるが、典拠未詳。

一〇 越後権守《えちごのごんのかみ》源基行の子。園城寺《おんじょうじ》の名僧として白河・鳥羽院などの信任が厚かった。保延五年（一一三九）没、七十八歳。法印（僧侶の最高位）となったのは大治三年（一一二八）。

一一 六欲天と四禅天のそれぞれの王が、昔から法印（仏法の徳を示す標識）を備えているものなのだ。

一二 日本のような小国で辺地に過ぎないところの僧位。

一三 乞食のような者でさえ、名誉心を持っている。「乞食」と「かたゐ」は同義語。

一四 極楽をさす。

一五 想像も形容もできない（ほどすばらしい）こと。「とかく言ひても思ひても、心もことばも及ばれず」（『建礼門院右京大夫集』）。

一六 阿弥陀如来が立てた、衆生救済の誓い。誓願。

一七 転生を繰返しつつ、それぞれの生で重ねる努力の結果。

十三　貧男《ひんなん》、差図《さしづ》を好む事

ある貧男、差図を書くを常とす

近き世の事にや、年はたかくて《とっているが》、[一]貧しくわりなき男ありけり。司《官位》などある者なりけれど、出で仕ふるたつきもなし《〔しかるべき所に〕出仕する手づるもない》。さすがに古めかしき《古風な》心にて、[二]奇《あや》しきふるまひなどは思ひよらず。[三]世執《せいしふ》なきにもあらねば、又かしらおろさん《剃髪しよう》と思ふ心もなかりけり。常には居所《ゐどころ》もなくて、古き堂のやぶれたる《荒れはてた所に》にぞ舎《やど》りたりける。

つくづく《むなしく》と年月送る間に、朝夕《あさゆふ》するわざ《仕事》とては、人に[四]紙反故《かみほんぐ》など乞ひあつめ、いくらも[五]差図をかきて、家作るべきあらまし《空想をする》をす。「寝殿はしかしか、門は何か《何で造ろうか》」など、これを思ひはからひつつ、[六]尽きせぬあらましに心を慰めて過ぎければ、見聞く人は、[七]いみじき事のためしになん云ひける。

一　ひどく貧しい男。「わりなし」は、形容詞・形容動詞の連用形をうけて「何ともいいようがないほど…である」の意で、程度副詞のように用いる。
二　なりふりかまわない生き方。
三　世俗的な物事への執着心。「せしゅう」とも読む。
四　紙の使い古し、書き損じの類。「反故」は、「ほご」「ほぐ」「ほうご」などとも読む。
五　家屋の設計図。絵図面。
六　尽きることのない計画。
七　非常識なことの例。神宮本はこの前後「聞く人鳴呼《をこ》（ばか）の者になん笑ひけり」とする。

住居の実質とはかなさ

誠に、あるまじき事《実現するはずのないことを計画するのは》をたくみたるははかなけれど、よくよく思へば、此の世の楽しみには、心を慰むるにしかず。[八]一二町を作り満《一杯にして作った》てたる家とても、これをいし[九]と思ひならはせる人目こそあれ《世間の目があっても》、誠には、[一〇]我が身の起き伏す所は一二間に過ぎず。その外は、皆親しきうとき人の居所《きよしよ》の為、もしは、野山に住むべき牛馬の料《牛馬用の屋舎》をさへ作りおくにはあらずや。

かくよしなき事に身をわづらはし、心を苦しめて、百千年《ももちとせ》あらん《もつように》ために材木をえらび、檜皮《ひはだ》[一一]・瓦を玉・鏡とみがきたてて、何の詮《効果》かはある。ぬしの命あだなれば《はかないので》、住む事久しからず。或いは他人の栖《すみか》となり、或いは風にやぶれ、雨に朽ちぬ。況《いはん》や、一度火事出で来ぬる時、年月のいとなみ《長年の苦労の結晶が》、片時《へんし》[一二]の間に雲烟《くもけぶり》となりぬるをや。しかあるを、彼《か》の男があらまし《空想上の》の家は、走《わし》り求め、作りみがく煩《わつら》ひもなし。雨風にも破れず、火災の恐れもなし。なす所はわづかに一紙《一枚の紙の中だが》なれど、[一三]心をやどすに不足なし。

八 「町」は平安京の区画の単位で四十丈（約一二〇メートル余）四方。高級貴族の邸宅は一町のものが多かったが、八町をしめる河原院を最高として、数町にわたるものがままあった。

九 立派だ。見事である。

一〇 この前後の趣旨、『方丈記』三五頁あたりの所論と重なる部分が多い。

一一 檜の樹皮で作った屋根の材。

一二 わずかな間。かたとき。

＊ 「彼の男が」以下は、長明の愛読書の『池亭記』（九六頁注二参照）の末尾の、「聖賢」が徳目をもって構築した家について述べる「其の中に居る者は、火も焼くこと能《あた》はず、風も倒すこと能はず、…」のもじりとして読むこともできる。

一三 その中に身を置くことを空想するだけなら十分だ。

[一]龍樹菩薩《りゆうじゆぼさつ》のたまひける事あり。「[二]冨めりといへども、〔富を〕願ふ心やまねば、貧しき人とす。貧しけれども、求むる事なければ、冨めりとす」と侍り。[三]書写の聖[四]かきとめたる辞《ことば》に、「[五]臂《ひぢ》をかがめて枕とす。楽しみ、其の中にあり。何によりて更に浮雲の栄耀《えいえう》を求めん」と侍り。又、[六]或る物には、「唐に一人の琴の師あり。緒なき琴をまぢか《手近な所に》く置きて、しばしも傍《かたはら》を放たず。人あやしみて、故《ゆゑ》を問ひければ、『われ琴を見るに、その曲心にうかべり。其の故に同じけれども、心を慰むる事は弾《たん》ずるに異ならず』となん云ひける」。

かかれば、[七]中々、目の前に作りいとなむ人は、よそ目《人の眼には》こそ、「あなゆゆし《立派な建物だ》」と見ゆれど、心にはなほ足らぬ事多からん。彼の面影の《貧男の空想上の》栖《すみか》はことにふれて《何かにつけて》、徳《長所》多かるべし。但し、此の事世間のいとなみにならぶる時は、賢《かし》こげなれど、よく思ひとくには、[八]天上の楽しみ、なほ《やはり》終りあり。[九]つぼの内の栖《すみか》、いと心ならず《まったく不本意である》。況や、よしなくあらまし《無益な期待を心に持って》に、むなしく一期《いちご》を尽さんよりも、願はば必ず得《得られる》つべき[一〇]安養世

一 一五〇～二五〇年頃の南インドの高僧。バラモン出身で、小乗仏教を学んだ後に大乗仏教に転じ、多数の経典の注釈を書いた。「地蔵・龍樹等の菩薩は無仏の世の大導師、仏滅後の大論師也」（『転法輪鈔《てんぽうりんしよう》』）。

二 同趣の記述は諸書に見えるが、出典未詳。

三 性空《しようくう》上人。播磨の書写山円教寺を建立した天台宗の高僧。寛弘四年（一〇〇七）没、九十八歳。

四 「性空上人閑居偈《げ》」をさす。下の句は『論語』述而篇の「肱《ひぢ》を曲げてこれを枕とす。楽また其の中に在り。不義にして富み、かく貴くも、我に於ては浮雲のごとし」によるか。

五 『方丈記』三七頁十二～四行に類似の一節がある。

六 以下は、昭明太子『陶潜伝』などに見える、陶淵明の有名な故事をさす。ただし、本文の直接の出典は不明。

最高の栖

七 （貧男よりも）かえって。「心にはなほ」にかかる。

八 天上界（六道のうち最上の世界）。すぐれた果報を受ける者が住む所。無上の楽しみが得られる世界として空想された。

九 壺中の天地。『後漢書《ごかんじよ》』方術伝に見える費長房《ひちようぼう》の故事。薬売りの老翁が携えていた壺の中に翁とともに入ると、中は立派な堂で、そこで酒を飲んだという。

一〇 極楽浄土。

界の快楽《けらく》、不退[一一]なる宮殿《くうでん》・楼閣を望めかし。《〔貧男が思い描いた栖は〕》はかなかりける希望《けまう》なるべし。

十四　勤操《ごんさう》、栄好《えいかう》を憐れむ事

昔、大安寺[一二]に、栄好[一三]と云ふ僧ありけり。身は貧しくて、老いたる母を持ちたりければ、寺の中にすゑ置きて、形の如く命つぐ程の事《かたちばかり生きてゆけるだけの》を《世話を》なんしけり。七大寺のならひ[一四]にて、居《ゐ》たる僧の室《むろ》に、烟《けふり》立つることなし。外にて飯《はん》をして《作って》、車に積みつつ《積んでは》、朝夕ごとに僧坊の前より渡してくばれば、栄好これをうけて、四つに分けて、一つをば母に奉り、一つをば乞食《こつじき》にとらせ、一つをばみづから食ふ。一つをば只ひとりつかふ童《わらは》が料にあてたり。先づ母に与へて、まゐる《〔母が〕召し上ったことを》由を聞きて後、みづからは食《く》ふ習ひにて、年来《としごろ》の次第《しきたりを》をたがへず。

一一　極楽にある宮殿や楼閣を望みなさい。極楽は、ここに至った者は迷いの世界にもどることがないので「不退」と称する。

法華八講のおこり

＊　本章の説話は『三宝絵詞』中、九巻本『宝物集』六、『私聚百因縁集』九・十二、『元亨釈書』二、『三国伝記』九・三、『諸寺縁起集』「法華八講縁起事」などに見え、『雑談集』七「法華の事」にも略述される。

栄好の孝心

一二　南都七大寺の一つ。推古二十五年（六一七）に、聖徳太子が熊凝《くまごり》村に創建した精舎《しょうじゃ》にはじまる。再三の移建ののち、平城京に移され、天平元年（七二九）の改修の際に「大安寺」と改称。

一三　伝未詳。

一四　ならわしで。底本「ならび」。文意および神宮本の用字「習」によって濁点を削除した。

勤操、栄好の死を知る

此の栄好が房の傍《かたはら》に、垣を一つへだてて勤操《ごんさう》[一]と云ふ人すみけり。同心《お互いに》に相ひ憑《たの》みたる人《頼りにしあう相手で》にて、年来《としごろ》此の事を[二]ありがたく見聞く程に、或る時、壁をへだてて聞けば、栄好が小童《こわらは》、しのびつつ泣く声あり。勤操あやしく思ひて、童を呼びて、「何事によりて泣くぞ」と問ふ。答へて云ふやう、(童)「我が師、今朝にはかに命《めい》終り給ひぬれば、おのれひとりして葬《はうむ》りをさめ奉らん事、思ひやる方なくて侍るうへに《どうしてよいのかわからないでおります上に》、母の尼上《あまうへ》、又いかにして命つぎ給はんずらんと悲しく侍るなり」と云ふ。

勤操これを聞きて、あはれにかなしき事限りなし。慰めて云ふやう、「汝、いたく《そんなに》嘆くべからず。葬らん事は、我もろともに今宵《こよひ》の中にとかくしてん《何とかしよう》ず。又、母をば、我、亡者《まうじや》にかはりて《栄好に代って》我が分をわけて養はん」と云ふ。小童これを聞きて、かなしみの中に限りなく覚えて《この上なく嬉しく思って》、涙をのごひつつ、[三]さりげなき様にもてなせり。

勤操、我が分わかちて、栄好がおくるやうにて、童に持たせて、

一 三論宗の僧。秦《はだ》氏。石淵《いわぶち》寺を開いた。天長四年（八二七）没、七十四歳（七十歳とも）。
二 まれに見る立派なこととして。
三 栄好の母に、栄好の死を知られないように振舞ったのである。『三宝絵詞』の勤操の言に「抑《そもそも》、ゆめゆめ此のよしを母に知らしむな。年老い衰へたなれば、聞かば必ずまどひ死に給ひなむ」云々とある。

母のもとへおくる。母、此の事を思ひよらぬけしきを見るにつけても、〔童は〕涙のみこぼるるを、とかくまぎらかしつつ、物云はずしてさし置きて帰りぬ。暮れぬれば、夜半《やはん》ばかりに、勤操と童と二人して、栄好〔の遺骸〕を持ちて、深き山に送りおきつ。

勤操、栄好の母に飯を送る時刻失念

母の尼公《にこう》、ささきに《栄好が健在だった時と》変れる事もなければ、我が子の失《う》せたるとも知らずして月日を送る程に、〔ある日〕勤操がもとに客人来て、酒など飲む事ありけり。〔勤操は〕何となくまぎれて《うっかり失念して》、さきさき《以前からいつも》飯《いひ》おくる時過ぎにけれど、四親子の間ならねば憚《はばか》りにて、童云ひ出ださず。やや久しくありて後送りたるに、母の尼公云ふやう、「五など例よりは《どうしていつもより》おそかりつるぞ。年老いぬる身は、六胸しはり、ここちたがひて《気分が悪くなって》、例にも似ず覚ゆるなり」と云ふを聞きて、此の童云ふかひなく《気弱にも》涙落して、忍ぶとすれど、声も惜しまず泣き居たり。

小童、栄好の死を母に語る

母、心も得ず覚えて、なほなほ強ひ問ふに《問いただすので》、つひに隠すべき事ならねば、事のありさまはじめより語る。「やがても《すぐにも》申すべかりしか

四 勤操が尼公の子ではないので、童は催促するのに気がひけたのである。

五 ここの母の非難、『三国伝記』には次のように饒舌になっている。「我、甲斐無き命長らへて僧食を費す事、返す返す本意ならずと云へども、年老い、身衰へぬれば、為《せ》ん方無し。我、子を生ひ立つるに三斗三升の凝血《ぎやうけつ》を流出して、八斛四《はちこくし》斗《と》の白乳を飲ましむ。爰《ここ》を以て五体に身燈を掛け、如来を供養し、百千鋒戟《ひやくせんほうげき》を刺して、百千劫《こふ》を経《ふ》とも、猶《なほ》父母の深恩を報ずること能はざる歟《か》。縦《たと》ひ行学《ぎやうがく》に暇《いとま》無くとも、何ぞ老いたる母を窮《きは》ましめん」。

六 胸がたわんで。空腹を誇張して言ったものか。

ども、年たけたる御身には、『もし嘆きに堪へず、ひきいり給ふ《息がとまりなさる》事もぞ侍る』とて、今まで申さざりつるなり。此の召し物をば、[一]子御《こおん》坊《ばう》の同法《修行仲間が》のおはするが、ありしやうを問ひ聞きて、失《う》せ給ひにし日より、我が分をわかち奉らるるなり《お分けなさっていたのです》。今日、客人の来たりて、酒など参りつる程に、心ならず日たけて侍るなり。されど、御子ならばこそは、[二]『いかにも』ともすすめん《催促できましょう》。さすがに憚《はばか》り思ひ給ひて」など云ひやらず泣く。

母、驚き嘆いて死ぬ

母、聞くままに《聞くとすぐに》倒《たふ》れふして、泣きかなしみて云はく、「我が子ははかなく失せ給ひにしを、[三]知らずして侍るにや。『来たるゆふべにや見ゆる《明日の夕方には〔わが子が〕来るだろうか》』と待ちけるこそ、いとはかなけれ。今日の食ひ物のおそかりつるを、[四]あやしめざらましかば《不審に思わなかったなら》、我が子のありなしも知ら[五]まじ」と云ひて、忽《たちま》ちに絶え入りぬ。

又、勤操《ごんさう》これを聞きて、[六]岩淵寺《がんえんじ》と云ふ山寺にて、葬《はうむ》り進めて、七日七日には、[七]鉢をまうけて法華経を説き、諸々《もろもろ》の衆《しゅ》に云ひ合はせつ

一　栄好をさす。振仮名は底本のまま。正しくは「こごばう」か。
二　下に「遅し」を補って読む。どう考えても遅すぎる。
三　どうして気がつかなかったのでしょう。
四　「あやしむ」に四段・下二段の両型（ここは後者）があるが、意味は同じ。
五　「まじ」は動詞終止形（ラ変動詞には連体形）に接続するが、中世の語法では、時にここのように未然形にも付く。
六　石淵《いわぶち》寺。奈良市の東南、高円山《たかまど》の中腹にあった寺。勤操の開基と伝える。
七　故人を供養するために鉢をその座に用意して、斎《とき》（食事）を参会者に供したのである。
八　死後四十九日目の法事。中陰（死者が次の生を得

つ、四十九日[八]法事にて[九]、懈怠《けだい》なく《怠りなく》なんつとめける。

其の後、年に一度の忌日《命日》ごとに、同法八人、力を合はせて同法八講と名付けて、延暦十五年より始めたりけるを、岩淵寺の八講と名づけたり。八講のおこり、これより始めて、所々に行ふ事今に絶えず[一〇]。

さて、勤操は、おほやけのわたくし[一一]、貴き聞こえ《貴いという評判が》ありければ、失[一二]せて後、僧正の司《つかさ》なん送りたまはりける。

十五　正算僧都《しやうざんそうづ》の母、子の為に志深き事

山《比叡山に》に[一三]、正算僧都と云ふ人ありけり。我が身いみじく貧しくて、西《さい》[一四]塔《たふ》の大林《だいりん》[一五]と云ふ所に住みける比《ころ》、歳の暮、雪ふかく降りて、問ふ人もなく、ひたすら烟《けぶり》[一六]絶えたる時ありけり。京に母なる人あれど、たえだえしき様なれば、中々心苦しうて《いつも無沙汰を重ねているので便りをするのもかえって心苦しく》、ことさら此のありさまをば

るまでの期間）が終る日に当るので行った。

九　神宮本の「まで」の方が文意は通りやすい。

勤操の法事、八講の起源となる

一〇　平安中期からは追善供養として宮中・大寺院など都でも行われるようになり、院政期の天承元年（一一三一）、法勝寺で白河院一周忌に勅修の八講が初めて開かれた。

一一　朝廷でも民間でも、の意か。他本に「の」はなく、あるいは衍字《えんじ》か。

一二　死後三日目、葬送の日に贈られた。

母の愛

＊本章の説話の要旨は『内外因縁集』「正算訪雪」に見え、類話に金沢文庫蔵説話断簡『院源僧正事』がある。

一三　良源の弟子。少僧都。法性寺《ほつしようじ》第一一代座主。正暦元年（九九〇）没、七十二歳。

一四　比叡山三塔の一つ。

一五　未詳。神宮本に「西塔の北尾と言ふ所」とある。「竹林」（竹林院。西塔北尾谷の本堂）の誤りか。

一六　「烟」は炊事の煙。人が暮していない（ように思えるほどひっそりしている）ことをいう表現。

使い、正算に母の心を伝えて落涙

聞かれじと思へりけるを、雪の中の心ぼそさをやおしはかりけん、もし又、事の便りにや、もれ聞こえけん、〔母から〕ねんごろなる消息あり。都だに跡たえたる《人通りがなくなった》雪の中に、一雪深き嶺のすまひの心ぼそさなど、〔思われて〕常よりも細《こま》やかにて、いささかなる《ちょっとした》物を送りつかはされけり。

思ひ寄らざる程に、いとありがたくあはれに覚ゆる。中にも、此の使ひの男の、いと寒げに二深き雪を分け来たるがいとほしければ、まづ火など焼《た》きて、此の持ち来たる物して《彼が持参してきた物を与えて》食はす。〔使いの男が〕今食はんとする程に、箸うち立て、はらはらと涙を落して食はずなりぬるを、いとあやしくて故《ゆゑ》を問ふ。答へて云ふやう、〔使い〕「このたてまつり給へる物は、なほざりにて出来《でき》たる物にても侍らず。方々《はうばう》尋ねられつれども、叶《かな》はで、母御前のみづから三御《み》ぐしのした《髪の毛の先の方を》を切りて、人にたびて《人にお与えになって》、其の替り《代償を》を、わりなくして《無理をなさって》奉り給へるなり。只今これをたべむと仕《つかまつ》るに、彼《か》の御志の深きあはれさを思ひ出でて、下臈《卑しい者》にては侍れど、いと悲しうて、胸ふたがりて《胸が一杯になって》、いかにも《どうにも》喉《のど》へ入り侍らぬなり」と云

一　比叡山にいた慈円の「雪深し心も深し山深しとひくる人のなきぞうれしき」（『拾玉集』六）などが参考になる。

二　西塔までは西坂本から約八キロの山道（標高差約八〇〇メートル）。厳冬期の往復のつらさは想像以上であったと思われる。

三　髪の毛は、上流の女性が添え髪に用いるので需要が多く、したがって商品価値も高かった。

ふ。これを聞きて、おろそかに覚えんやは《思うはずがあろうか》。《〔正算も〕》やや久しく涙ながしける。

母の慈愛

すべて、あはれみの深き事、母の思ひにすぎたるはなし。愚かなる鳥獣までも、其の慈悲をば具したり《備えている》。田舎の者の語り侍りしは、「雉《きじ》[四]の子を生みて暖むる時、野火《やくわ》にあひぬれば、一たびは驚きて立ちぬれど、なほ《〔残した子への〕》捨てがたさの余りにや、烟《けふり》の中にかへり入りて、つひに焼け死ぬるためし多かり」とぞ。

又、鶏の子を暖むる様は、誰も見る事ぞかし。毛のへだたりたるをあかず思ふにや《あきたりなく思うのか》、みづから胸の毛をくひ抜きて、膚《はだ》につけて、終《ひめ》日《もす》これを暖む。物はまむ為に《餌をとるために》、おのづから《たまに》立ち去りても《その場を離れても》、かれが《卵が》さめぬ程に、と急ぎ帰り来《く》るは、おぼろけの志《並み大抵の愛情》とは見えず。

又、そのかみ《昔》、古郷《ふるさと》[五]わたりに、思ひの外に《意外にも突然》世を遁《のが》れたる人ありき。「事のおこりは、鷹を好み飼ひける時、その餌《ゑ》に飼はむとて、犬を殺しけるに、胎《はら》みたる犬の腹の皮を射切りたるより、子の一つ二つ

四 いわゆる「焼け野の雉《きぎす》」の故事。中世以後の文献に多く見えるが、典拠不明。ここに記されているように民間伝承に由来するか。

五 長明の故郷（鴨の里）をさし、この話は幼少時の記憶に基づくか。

こぼれ落ちけるを、走りて逃《に》ぐる犬の忽《たちま》ちに立ち帰りて、その子をくはへて行かんとして、やがて倒《たふ》れて死にたりけるを見て、発心せり」とぞ語り侍りし。

鳥獣の情《なさけ》なきだに、子の為には、かく身にもかへて《わが身を犠牲にするほどに》あはれみ深し。いはんや、人の親の腹の内にやどるより、人となるまで、念々にあはれぶ志、たとひ命を捨てて孝すとも、報ひつくさん事、かたくこそ。

親の情愛の深さ

＊『撰集抄』四・一に「…はじめて胎内に宿りて、十月身を苦しめ、百八十石の乳を吸ひて、朝夕胸の間をつつき、久しく膝の上に遊びて、百たび母の笑みをたれて養ひしありさま、あるはあるにつけて苦しみ、なきはなきにつけて営みて、成人となるまで、よくあはれみを垂れ侍る、いかばかりぞや、はかりて云ふべきにあらず」とあり、『雑《ぞう》談《たん》集』三「人の母子を念《おも》ふ事」など、本章と同趣旨（直接の関係はないらしい）の記述は中世の説話集に例が多い。母の情愛は唱導説教の重要な話題だったのであろう（二四一頁注五の栄好の母の言に見える修辞も、そのような背景のもとに見るべきかと思われる）。

弟子の報恩

* 知名度の高い説話。『今昔物語集』十九・二十四、九巻本『宝物集』四、『三井往生伝』七、『雑談鈔』、『三国伝記』九・六、『元亨釈書』十二、『園城寺伝記』六、『証空絵詞』、『曾我物語』七、『寺門伝記補録』十五、謡曲『泣不動』その他に見える。

智興、重病の床に臥す

一 奥州の人。蓮昭の弟子。延喜十四年（九一四）の生れ。詳伝不明。「内供」は「内供奉《ないくぶ》」の略。宮中の内道場に仕えて読師《とくじ》などを勤めた者。十禅師（各地から選抜された十人の名僧が任じられた）の兼職。
二 安倍晴明。なかば伝説的な陰陽師。天文博士。寛弘二年（一〇〇五）没、八十五歳。
三 神のごとき通力を具《そな》えた、の意の和製漢語。
四 前世の業因によって定まっていること。
五 身代りになろうと思っている者がいるなら。

発心集 第六

一 証空、師の命に替る事

中比《なかごろ》、三井寺に智興《ちこう》[一]内供《ないく》と云ひて、たふとき人ありけり。年高くなりて、いかなる宿業《しゅくごふ》にてか、世の中ここちをして《流行病をわずらって》、限りになりければ《重態におちいったので》、弟子ども集まりて泣き悲しむ時、晴明《せいめい》[二]と云ひて、神如《しんによ》[三]なる陰陽師《おんやうじ》ありけり。これを見て云ふやう《(晴明)》、「此の度《たび》は、限りある定業《ぢやうごふ》[四]なり。いかにも叶ふべからず《どうしようもない》。それに《ただし》とりて、志深からん弟子なんどの替らん[五]と思へるあらば、祭り奉りてん。其の外には、いかにもいかにも力及ばず」となん云ひける。

証空、身代りを申し出る

多くの弟子どもさしつどへるほどに、此の事を聞きて、内供《ないぐ》は苦しみのたへがたきままに、「もし《もしや》、替る人やある」と、並び居たる弟子どもを次第に見まはせど、言《こと》[一]にこそ云へど、誠には捨てがたき命なれば、おのおの色を作り[二]て伏し目になりつつ、ひとりとして「我、替らん」と思へるけしきなし。

其の時、証空阿《あ》闍梨《じゃり》[三]と云ふ人、年若くて弟子の中にありけり。弟子にとりては《弟子の中では》末の人《地位の低い者》なれば、誰も思ひよらぬほどに、進みて内供に申すやう、「我替り奉らんとなり[四]。其の故は、法を重くし《仏法を重んじ》、命を軽《かろ》くするは師に仕ふる習ひなり。いかで、此の事を聞きながら、身命《しんみやう》を惜しまん。いたづらに捨つべき身を、今三世《さんぜ》[五]の諸仏に奉りて、人《にん》[六]界《がい》の思ひ出にせん。さらに《決して》いたまし[七]からず。但し、年八十なる母、今に侍り《まだ健在です》。我より外に子なし。もし、許[八]されを蒙《かうぶ》らずは、みづから身を捨つるのみにあらず、ふたり《〔母と私と〕》が命尽きぬべし。よくよくことわりを申しきかせて、暇《いとま》を乞ひて帰りまゐらん」と云ひて、座を立ち

一 口では惜しくないというが。『法華経』如来寿量品の「一心に仏を見たてまつらんと欲して、自ら身命《しんみやう》を惜しまざれば」などをさす。
二 「色を作る」は、顔色を変える、あおざめる意。普通は「色を変える」という。
三 智興の弟子で常住院の始祖。本章の説話が語るところ以外の伝記・生没年など未詳。一五六頁に同名の僧が見えるが、別人であろう。
四 「といふなり」（ということである、というのである、の意）の略。「顔回は、志、人に労をほどこさじとなり」（『徒然草』一二九）。
五 前世・現世・来世。
六 人間界。十界の一つで、人間が住むこの世をさす。
七 「いたまし」はもとは他への哀れみ・同情の念をいう語だが、ここは自分の苦痛についての例で、新しい語法。
八 母との面会の許可をいただけず、暇乞いをせずに私が死んだなら。

証空、母に暇乞い

ぬ。内供をはじめ、これを聞く人々、涙を流してあはれむ事限りなし。

母のもとに至りて此の由《よし》を語る。「願はくは、嘆き給ふ事なかれ。たとひ本意の如く御跡に残りて《〔母上の〕亡き跡に生き残って》、後世を訪《とふら》ひ奉るとも、かく程の《これほどの》大なる功徳《くどく》を作らん事、きはめて難《かた》し。今、師の恩を重くして命に替りなば、[九]三世の諸仏も《〔私を〕》あはれみ、[一〇]天衆《てんじゅ》・[一一]地類《ぢるい》も驚き給ふべし。其の功徳をかさねて、母の後世《ごせ》菩提《ぼだい》に[一二]廻向《ゑかう》し奉らん。これ、まことの[一三]孝養なれば、則ちあやしき《いやしい》身一つ捨てて、《〔師と母上と〕》ふたりの恩に報ひてん。況《いはん》やまた、[一四]老少不定《ふぢやう》のさかひなり。もしいたづらに《空しく》命尽きて、《〔私が〕》御さきにたつ事も侍らば、其の時くやみて何かせん。何事をや此の世の思ひ出にせん」と泣く泣く云ふを聞きつつ、《〔母が〕》涙を流し、驚き悲しむもことわりなり。《（母）》「わが愚かなる心には、功徳の多くならん事をも思はず。君いとけなかりし折りは、我にはぐくまれき。我、年たけよはひ傾《かたぶ》きては、[一五]君を憑《たの》む事天地の如し。残りの命、今日・明日とも

九 過去・現在・未来の三世《さんぜ》に出現する諸仏。仏の総称。

一〇 天上界にあって仏法をまもる神々。四天王・帝釈天など。「地類」と並べて四字の成句をなして用いられる。「天衆・地類も影向《やうがう》をたれ、仏力・神力も降伏《がうぶく》を加へまします事、などかなかるべき」（『平家物語』四「山門牒状《ちようじよう》」）。

一一 地上の万物（特に神々）。

一二 自分の修めた善行が他にめぐらされてその人によい結果をもたらすこと。

一三 底本の振仮名は「かうやう」だが、普通「けうやう」と読まれた。父母への孝行。また、父母などの冥福を祈って仏事を営むこと。

一四 死期の到来が必ずしも年齢の順序によらない不定な世界。

一五 あなたを頼りにしている気持は、天地に対するのと同様です。

知らぬ時に至りて、我を捨て、心と《すすんで》先立たむ事こそいと悲しけれど、其の志深き事を思ふに、師の命に替りなば、君が後世においては《あなたの極楽往生については》疑ふべからず。もし《〔私が〕》此の事を許さずは、仏も《〔私を〕》おろかにおぼしめし、君が心にもたがひなん。誠に老少不定の命なり。思へば夢・まぼろしの[一]前後なり。[二]はやく君が心なり。とく《早く》浄土に生れて我を救ひ給へ[三]よ」と云ふ。涙を押へて云ひければ、証空泣く泣く悦《よろこ》びて帰りぬ。

やがて[四]年・名乗り《名前》書きつけて、晴明がもとへやりつ。〔晴明は〕こよひ[五]祈りかへ奉るべき由《よし》、云へり。

かくて、夜やうやうふけ行くほどに、此の証空、頭《かしら》痛み、ここちあしく、身[六]ほとほりて堪へがたく覚えければ、我が房に行きて見苦しかるべき文《ふみ》など取りしたため《始末しながら》つつ、年比《としごろ》持ち奉りける絵像の[七]不動尊に向ひ奉りて申すやう、「我、年わかく、身さかりなれば、命惜しからざるにあらねど、師の恩の深き事を思ふによりて、今すでに彼《か》の命にかはりなんとす。勤め少なければ、後世《ごせ》きはめて恐し。願

一 物事の順序。この場合は、母と子の死を迎える順序。

二 もともと、あなたが先に死ぬのは、(他の力によるものでなく)あなた自身の意志なのだ。「はやく」は形容詞「はやし」の連用形から転成した副詞。ここは、元来、もともと、の意。

三 神宮本には、この後に「如何にせん蓮《はちす》の露となるべくは別れの泪《なみだ》色深くとも」という母の歌が入る。

四 陰陽道の祈禱法によったのである。身代りの者の名を「都状《とじょう》」という文書に記し、晴明は祭神太山府君《たいざんふくん》(中国の信仰に由来する、人の生死を司る神)に奉って祭を行うのである。

五 「祈りかふ」は、祈禱をして、身代りの人に病気などを引き受けさせるようにする意。

死に臨んだ証空、不動の涙を見て回復

六 「ほとほる」は「ほとぼる」に同じ。熱くなる。ほてる。

七 不動明王。五大明王、また八大明王の主尊。大日如来の命を受け、悪を退治すべく忿怒《ふんぬ》(強烈な怒り)の相を示す。密教信仰の一環として広く尊崇された。「不動明王恐ろしや、怒れる姿に剣を持ち、索を下げ、後に火焔燃え上るとかやな、前には悪魔寄せじとて降《が》魔《ま》の相」(『梁塵秘抄』二)。

智興も回復

はくは、[八]明王《みやうわう》あはれみを垂れて、[九]悪道におとし給ふな。病苦すでに身をせめて、一時《いつとき》もたへしのぶべからず。本尊を拝み奉らん事、只今ばかりなり」と泣く泣く申す。その時、絵像の仏眼より血の涙を流し、「汝《なんぢ》は師にかはる。我は汝にかはらん」とのたまふ御声、骨にとほり、肝《きも》にしむ。「[一〇]あないみじ《ああ恐れ多い》」と掌《たなごころ》を合はせて念じ居たる間に、汗流れぬる身さめて、すなはちここちさはやかになりにけり。

内供も其の日よりここちおこたりにければ《回復してしまったので》、此の事を聞きて、おろ《おろ》かに思はんやは《そかに思うはずがあろうか》。後には、人にすぐれて相ひたのみたる《〔証空は〕特に信頼する》弟子にてなむありける。

彼の本尊は伝はりて後、[一一][一二]白河院におはしましけり。[一三]常住院の泣不動と申すはこれなり。御目より涙を流したる形、《痕が》げにさやかに見え給へりけるとぞ。証空阿闍梨と云ふは、[一四]空也上人《くうやしやうにん》の臂《ひぢ》の折れ給へるを、余慶《よけい》僧正の祈りなほし給ひたりけるとて、「法器のものなり」《仏道を修める資質がある者だ》とて、聖の奉られたりける《空也上人が僧正に譲られた》小童《せうどう》なり。

八 大日如来の命を受けて人々を救う諸尊。多く怒りの姿で現れる。ここは不動をさす。

九 地獄・餓鬼・畜生の三悪道。悪の報いとして死後に赴かねばならない世界。

一〇 神宮本による。底本「かなゐじ」、寛文本「かないし」。あるいは「叶ひし」（自分の思いが不動尊に届いた）かとも思われる。

一一 底本は「つたはりて後白河院《ごしらかはのゐん》に…」とあるが、読点を加えて読みを改めた。

一二 白河上皇の御所。北殿と南殿とがあり、いずれも付属の堂を持っていたが、泣不動の所在がどこであったか不明。

一三 三井寺三門跡《もんぜき》の一つ。

一四 五八頁注五参照。彼の肘《ひじ》が折れたのを余慶（台密の高僧。園城寺長吏で、智証大師流を興隆）が祈禱によって直す話は『打聞集《うちぎきしゆう》』、『宇治拾遺物語』十二・六、『雑談鈔』などに見えるが、証空の名は登場しない。

二　后宮《こうきゆう》の半者《はしたもの》、一乗寺僧正の入滅を悲しむ事

[一]一乗寺の僧正かくれ給ひて後、そのはて[二]の事《わざ》しける日、朝より若き女房[三]の壺装束《つぼしやうぞく》[四]したるが、涙おさへつつ向ひわたりに《真正面のあたりに》たたずむありけり。人々あやしう思ひて《思ったが》、事まぎるる日なれば《取り込んだ日のことなので》、わざと《特に》尋ね問ふ人なし。

すでに仏事はじまりて後、此の女房人にまじりて聴聞《ちやうもん》[五]す。はじめよりをはりまで、泣く事おこたらず《泣いてばかりいた》。其のけしき、世のつねの事にあらず。目立たしき程に見えければ《人目を引く様子だったので》、或る人、「此の女房のさまこそ心得ね《不審だ》。かやうに集まり見ゆるを、もし、あしさまにとりなす人[六]もあらば、無き御かげにも見苦しかりぬべし《故人が残された印象を汚しかねないであろう》。いざ追ひ出《い》ださん」と云ふ。又、或いは、「やうこそはあるらめ《何かわけがあるのだろう》。いかが《どうして》説法の時泣く

はしたものの真情

＊本章の説話、『私聚百因縁集』九・六にも見える。

故増誉の仏事における女の悲嘆

一 増誉《ぞうよ》。藤原経輔《つねすけ》の子。大僧正で、天台座主・熊野三山検校《けんぎよう》その他に任じられた。園城寺の別院一乗寺に住んだ。永久四年（一一一六）没、八十五歳。

二 人の死後四十九日、または一周忌に行う仏事。

三 ここは「婦人」「女性」というほどの意。

四 女性（主に中流以上の場合についていう）が徒歩で外出する時の装束。

五 読経や説法などを聞くこと。

六 邪推する。泣いている女が、故僧正の愛人あるいは隠し子などと取られかねないことを懸念したのである。増誉がその坊に身分の高下を問わず出入りさせたこと、男色を好んだことなどが『宇治拾遺物語』五・九に見える。誤解を招く種は彼自身にあったようでもある。

とて追ひ出だすべき。情なくあらん。其のゆゑ《〔泣き悲しむ〕》を問ふべき」など、やすからず《はげしく》云ひしらふ程《言い争ううちに》に、事《わざ》をはりぬ。

聴聞の人どもやうやう行きけるにも《次々に帰って行ったのに》、此の女房いとど泣きまさりて、急ぎ出でんともせず、かへり見がちにて《何度もふりかえって》立ちわづらふを見れば《立ち去りかねているのを見ると》、年廿《はたち》ばかりなり。かたちなどもいときよげなるを、化粧は皆涙に洗はれて、浅からず《〔故人のことを〕》思ひ入りたる様なり《心にかけている様子である》。

おぼつかなさ《不審》の余り、ある人さし寄りて《近寄って》、其のゆゑを問ふ。女の云ふ様《やう》、「われは、故僧正御房の御あはれみを蒙《かうぶ》りたる身にて侍るなり。隠し申すべき事にあらず。我が身、むかし捨子にて河原《かはら》[七]に侍りけるを、故御房の御ありき《お散歩》の次《ついで》に御覧じつけて、あはれみ給ひて、なにがしと云ひし大童子《だいどうじ》[八]に仰せ付けられて養ひ給ひし間、ひとへに御いとほしみにて人となり侍るを《成人しましたのに》、十三《〔私が〕》と申せし年、此の[九]養ひ親、夫妻《ふさい》ともに同し時にあしき病ひをして失《う》せ侍りにしかば、思ふ《他に心》方なくて《当りの所がなくて》、かれが親しき者のもとへ尋ねまかりて、おのづから《たまたま》迷ひ《さまよって》

女、そのいわれを語る

七 賀茂川の河原をさす。
八 寺院で召し使う童のうち、年かさの者。童形《どうぎょう》の中・老年の者についてもいう。中童子・小童子と区別される。一二九頁注一一参照。なお、振仮名は底本のまま。「子」は清濁両様あったか。
九 前行の「大童子」の夫婦をさす。

侍りし程に《おりましたところ》、さるべきにや侍りけん《そうなるべき因縁だったのでしょう》、思ひかけぬゆかりにて、[1]一年《ひととせ》、[2]后《きさい》の宮の御半者《おんはしたもの》にまゐりて侍るなり《召使いとして参上いたしました》。[3]たかき御影《みかげ》にかくれて侍れば、侘《わび》しき事も侍らねど、父母《〔実の〕》世にや侍らむ《生きているかどうか》、知り給はず。養ひ立てたりし《私を養育してくれた》親は跡なくなりにき。只ひとりうど《ひとりぼっちで》にて心ぼそくあはれなる身のありさまを思ふにも、又《〔僧正のことが〕》ありがたく侍るなり。『[4]人の身のはかなくてやみぬべかりける事』と思ひつづけ侍るにも、とにかくに故僧正御房の御あはれみの忝《かたじけ》なさ、片時《かたとき》忘るる隙《ひま》も侍らず。朝ごとに鏡の影を見ても《鏡に映る自分の姿を見ても》、『誰ゆゑ人となる身を《誰のお陰で私は一人前になれたのか》』と思ふ折りふし、[5]装束を給ひ、身にとりて面目あるやうなる折りにも《名誉なことがあった折りにも》、いつも御方《〔僧正の〕》に向ひて涙を落しつつ、事にふれてあはれに[6]報じがたくなむ思ひ侍りし。されども、あやしく《いやしく》かたかた《おまけに》[7]便りあやしきさまなれば、[8]申し披《ひら》く方《かた》も侍らず。すべて《〔故僧正の〕》[9]無縁の御あはれみより発《おこ》りし事を悦び《お礼》申さんにつけても、[10]さすがに侍り。『あはれ、我が身男ならましかば、いかなる様にても、御あたりにこそは仕うまつらまし《お仕えすることができるのに》』と、かひなき女の身を

一　ある年。先年。

二　中宮・皇后。年代的には鳥羽院のそれをさす計算になるが、この時期に該当者らしき女性がいない（待《たい》賢門院《けんもんいん》璋子《しょうし》の入内《じゅだい》は増誉の没後）ので、あるいは先帝堀河院の中宮篤子内親王をさすか。

三　高貴な方のもとに身を寄せておりましたので。

四　せっかく人として生れたのに、故僧正のお助けがなければ、はかなく死んでしまうところだった。

五　何かの褒賞として主人の后から装束をもらったのである。

六　ご恩返しのしようもないほどありがたく。

七　「あしき」の誤り（「便りあしき」で、ご恩返しする便宜のない意）か。

八　申して明らかにする。ここは、自分の感謝の念を告白する意。

九　仏語「無縁の慈悲」をやわらげた言い方。仏などがすべての衆生《しゅじょう》に対して無差別に施す慈悲。

一〇　それでもやはり、気おくれがします。

恨みてむなしく過ぎ侍りしかど、〔故僧正が〕世におはしましし程は、何となく[一一]たのもしく侍りき。[一二]おのづから、宮仕へせし時より、よそながら拝み奉れば、いみじき悦《よろこ》びをしたるやうに覚えて、それになぐさみつつまかり過ぎしを、かくれ給へりと承《うけたまは》りしかば、世の中かきくら《まっくらにな》せる《った》ここちして、かくして存《なが》らふべしとも覚え侍らず。今日御[一三]はてと承りつれば、『又いつかはこれ程に《いつになったら》御名残りを承らん《ご遺徳をおしのびできるか》。[一四]今は今日にこそ』と思ひて、宮仕へさしあふ《宮仕えの仕事とかちあう》日にて侍りつれど、さはりを申してなむ朝より此の御あたりにたたずみ侍る。今事《わざ》をはりて罷《まか》り出づるに、すべて涙にくれて、帰るべき道も覚え侍らず」と云ひもやらず、よよと泣く。これを聞く人、あやしみて追ひ出《い》ださんと云ひつる者まで、涙を流してあはれみけり。

もろもろの事、めづらしく耳近き《印象の新しいことを》を先とする習ひなれば、何わざにつけても、さしあたりて《つい最近のことで》きはやかなる《具体的な》恩など蒙《かうぶ》れるをこそ悦ぶめ《喜ぶ人はあ》れ《ろうが》、かやうに[一五]おほぞらなる事を忘れず心にかくる事は、いとありが

一一 （報恩の機会があるかもしれないと）期待を持っておりました。
一二 たまたま。「よそながら拝み奉れば」にかかる。
一三 二五二頁注二参照。
一四 もう、今日が（お礼を申し上げる）最後の機会だ、の意か。「今はか（斯）う」（もはやこれが最後だ）の誤りかとも思われる。
一五 この「おほぞらなる」は、平凡な、ありふれた、とも、いいかげんで頼りない、とも訳されるが、その根拠となっている中古の用例の本文に問題があり、疑わしい。前後の文意からすると、はるか過去の、の意かとも思われる。あるいは、ここの文は「（大空にあるような）不安な境遇（を救ってもらったこと）を忘れず」云々と訳すべきか。

旧恩忘るべからざること

たかるべし。誰々《誰でも》も、思ひ知る人《〔恩を〕痛感する人も》も、年月積りゆけば、則ちのやう《その当座のような》にやはある《思いでいるだろうか》。

されば、彼《か》[一]の村上の御門《みかど》の御服《ごふく》[二]を着て、一期《一生》つひにぬがでやみけん事などをば、あはれにありがたきためしにこそは云ひ伝へ侍りぬれ。しかあるを《しかしながら》、はかなき女の心にさしも尽きせず思ひしめたりけ《〔恩人のことを〕深く心に刻んだ》ん情《という真情は》の深さ、なほたぐひなくぞ侍る。

三　堀川院蔵人所《ほりかはのゐんくらんどどころ》の衆《しゆ》、主上《しゆしやう》を慕ひ奉り、入海《にふかい》の事

堀川院[三]位《くらゐ》におはしましける時、天が下をさまりて、民安く世のどかなり。近くは後三条院[四]の御時などをこそ、いみじきためしに《すばらしい例として》申しぬるを、これは《堀川院は》今少し情ふかく艶にやさしきかたさへ[五]《情趣があり優雅で風流な点も加わって》、すぐれさせ給へり。唐《もろこし》には天宝《てんぽう》[六]のためしをひき、我が国には延喜《えんぎ》[七]・天暦《てんりやく》のかし

一　源延光《のぶみつ》（醍醐天皇の孫、通称「枇杷《びわ》大納言」）の故事をさす。村上天皇の崩御後、故帝を追慕して一生喪服を脱ぐことがなかったという。『今鏡』九、『十訓抄』五、『古今著聞集』四、『私聚百因縁集』九・六、『体源鈔』三末などに見える。

二　天皇・上皇の服の敬称。ここは、延光が上皇から賜った喪服をさす。

蔵人の殉死

＊本章の説話、『私聚百因縁集』九・七と同じ。藤原頼長『台記』康治二年七月二十四日条に藤原宗輔の談として類話が見える。それによると、滝口の侍源定国が、故堀河院が龍王に転生《てんしよう》しておわすという北海をめざして、追慕のあまり船出したという。その記述に「定国、美作《みまさか》国に下向し、出家の後、期年にして龍頭の舟を造りて、これに乗り、仏教を以て其の内に置き、帆を懸け、南風烈しき時、北海に浮びて、舟、北を差して速かに去る。子息、是の日を以て哀れみを発し、是の日を以て忌日となす」とある。角田文衛氏「定国の渡海」（東京堂出版『王朝の映像』所収）参照。

堀川院の治世

三　正しくは「堀河院」。第七三代天皇。白河院の第二皇子。聖帝として人望あつく、その早世は人々に惜し

こき御代に立ち帰る事をぞ、〔身分の〕高きも賤《いや》しきも悦びけり。
其の時、身はいやしながら、八蔵人所に候ひて朝夕仕うまつる男《をのこ》ありけり。九及ばぬ心にも、〔院の〕御有様《みありさま》を限りなくめでたく思ひしめて《思いこんで》、何《何ほ》の我が身を立てん事までも思はず《どでもないわが身を出世させようとまでは思わず》、只かかる御代に生れ合ひて〔皇居の〕御垣《みかき》の内に明し暮す事、万《よろづ》の愁《不満も》へもなくなぐさみて、心ばかり《心から》仕うまつれど、我が身数ならねば、あらはるる便りもなし《そのまごころを表す方法もない》。

かかる程に、無常はかしこきも愚かなるも遁《のが》れぬ習ひなれば、〔院の崩御は〕盛んなる花の雨風にしぼみぬるここちして、一〇聊《いさ》か才《ざえ》ある人は身一つの《自分自身にとっ》嘆きと《ての嘆きだと》悲しびあへるさま、ことわりにも過ぎたりけり《実にもっともなことであった》。

彼の男、〔院が〕かくれおはしましける日より、あるはあるにもあらず《生きているここちもせず》、夜の明け、日の暮るるわかち《区別》も知らぬ様にて〔蔵人所へ〕なん通ひける。つひに、かしらおろして、ここかしこ一一聴聞《ちやうもん》などしありきけれど、物も云はず、なす事もなし。蟬のもぬけ《ぬけがら》の如くにて、生けるものとも見えざりけり。常にはもろもろの仏神《ぶつじん》に「彼の《院の》一二生れ所を示し給へ」と、二心《ふたごころ》な

まれた。嘉承二年（一一〇七）崩御、二十九歳。
四 第七一代天皇。堀河院の祖父に当る。在位わずか四年であったが、さまざまの革新政策を行い、賢帝として知られる。延久五年（一〇七三）崩御、四十歳。
五 堀河院が和歌・笛などに堪能《たんのう》の、芸術家肌の美男であり、院の気質がその周辺に少なからず反映していたことをふまえてこう言っている。
六 唐の玄宗の治世の末期。七四二年に始まる十四年間。その末に安禄山《あんろくざん》の乱が起るなどのことがあり、これに先立つ開元二十九年間（開元の治）に比べ、到底ここに引合いに出すべき時代ではない。
七 平安時代の代表的聖代。延喜（九〇一～二三）は醍醐天皇の、天暦（九四七～五七）は村上天皇の治世。この二者を聖代とするのは天暦の後まもなく始まった習慣だが、その評価と実情とは必ずしも対応しない。龍粛氏「延喜の治」（春秋社『平安時代』所収）参照。
八 天皇直属の機関で、天皇の公務から日常の諸雑事に至るまでをあずかる役所であった。

蔵人、先帝を追慕して入海

九 理解が行き届かない、しがない心。
一〇 このあたり、文意はとれるが表現上の飛躍が感じられる。『私聚百因縁集』には「…心地して光隠れ給ひにけり。世の中に聊《いさ》かも才ある人は…」とある。
一一 説教などを聞くこと。
一二 仏教語の「生所《しようじよ》」（人が死んで生れかわる所）を和訳した語。

く祈り申しける程に、年へて後、西の海に[一]大龍になりておはします由《よし》を夢に見えたりければ、限りなくうれしくて、忽《たちま》ちに筑紫《九州》のかたへ行きて、東風《こち》のけはしく《荒々しく》吹きたりける日、舟に乗りておし出でにけり。しばしは浪間に[二]よろひつつ《漂流しているように》見えけれど、後には行末も知らずなりにければ、見る人涙を流して、其の比《ころ》の世がたり《語りぐさ》になんしける。万《よろづ》の事、志による事なれば、[三]身をかへて必ず参り合ひて仕うまつりなんかし。

大方、[四]程につけつつ、[五]誠の世には、思はずなる事多かり。したしき・うときにもよらず、[六]顧《かへり》みのありなしにもよらず、[七]かくはしりつきたる物の[八]命かはり、年比《としごろ》ふかく相ひたのみたる人の、人よりも愚《他の人よりも薄情》かなる《な》ためし多く聞こゆるは、前の世の結縁《前世からの因縁》によるにこそ。[九]一度《ひとたび》は生きかへりて見まほしき事なり。

一 堀河院が笛の名手であったことからの連想であろう。横笛の音は、鳴きながら海に入った龍の声を模したものだという伝承があり、「龍吟」「龍鳴」の異称を持つという（『龍鳴抄』『教訓抄』など）。

二 「よろふ」は他に用例を見ない。「よろほふ」（「よろぼふ」とも。あっちに寄り、こっちに寄りする。寄り道しながら前進する）の縮約形か。

三 しかるべき身に転生して、きっと院のおそばに参ってお仕えしただろう。

人の真心の意外さ

四 やや文意不明解。程度・度合はさまざまだが、の意か。あるいは、その者の分際に応じたさまで、の意か。

五 （空想上のではなく）現実の世の中。ここの感想は、いわゆる「事実は小説より奇なり」というのに似ている。

六 特別に目をかけること。恩顧。

七 主人に徒歩で蹤《つ》き従うような、身分の低い者。「たる」は「とある」の約で、「である」の意。

八 「命かはる」（「命にかはる」とも）は、身代りになる、の意だが、ここは文意からすると、（故人を追慕して）命を投げ出す、と訳すべきか。

九 自分の死後に、まわりの者がどのような反応を見せるか、死んだら一度見てみたいものだ。

＊本章末尾にあるように、もと中国の説話。船橋本『孝子伝』下、陽明本『孝子伝』、『劉向列女伝』五などに見え、わが国のものとしては『今昔物語集』九・四、『私聚百因縁集』九・九、『沙石集』三・六、『三国伝記』一・三十、『内外因縁集』「義士三賢事」などが、小異あるが同じ話と思われる。

継子の孝心

一〇「にとりて」で「…が」の意で接続助詞的に用いる語法か。

父の死

一一（上の子のことについて）不安があるというわけではないが。「うしろめたなし」は「うしろめたし」に同じ。後のことが不安である。気がかりである。

四　母子《ぼし》三人の賢者、衆罪《しゅざい》を遁《のが》るる事

昔、男ありけり。をのこ子二人持ちたる[一〇]にとりて、兄はさきの妻の腹、弟は今の妻の腹になんありける。かかれど、兄のをのこ、まま母の為に露もおろかならず《おろそかにしない》。失《う》せにし我が母のごとく、ねんごろに孝養《かうやう》すれば、母また我が子にも思ひおとせる事《わが子よりも〔継子を〕冷遇することは》なかりけり。

二人の子やうやう人となりて後《成人して後》、父さきだちて病ひをうけて、死なんとする時、母に云ふやう、「年来《としごろ》此の兄のをのこをあはれみはぐくむ事は、ことのをりふしに《機会があるごとに》皆思ひ知れり。[一一]うしろめたなかるべきならねど、何事も跡の《死後の》事を思ふに、なほ彼がいとほしく覚ゆるなり。我を深く思はば、我が形見と思ひて、いとほしくせよ」と泣く泣く云ひ置きて死ぬ。其の後、母此の事をたがへず、やや弟にもまさりてなむあはれみける。

兄の間男を弟が殺害

かかる程に、共に大人になりて、兄のをのこ、妻をまうけたり。此の妻かたちよくて、見る人多く心を動かす。其の中に朝夕《あさゆふ》公《おほやけ》[一]に仕うまつりて身の程よりし、おごれる者ありけり。おのが身、君に《主君に》知られまゐらせたる事を頼むにやありけん《笠に着るからであろうか》、夜な夜なをとこ[二]にもはばからず、ややもすれば、あらはれて通ふを見るに、此の弟《おとと》のをのこ安からず、おこる後の事も覚えず《あとさきのこともかえりみず》走り出でて、これを殺しつ。

兄弟、共にかばい合う

隠すとすれど、此の事世に聞こえて、即ち《すぐに》弟の男からめられ《捕えられた》ぬ。死する者のしたしき者ども、はやく命を《〔弟の男の〕》絶たるべき由こはく《強硬に》訴へ申す。上《うへ》[三]にも御とがめ軽からざりければ、検非違使《けんびゐし》[四]うけたまはりて殺さんとす。其の時、兄の男進み出でて申すやう、「弟の男は、さらに《決して》おのが身の為に《自分自身のために》仕うまつりたる事にあらず。我がみなもとに侍り《犯行の原因は私にあります》。はやく我《われ》罪を蒙《かうぶ》るべし」と申す。弟の云ふやう、「兄は彼《か》の女《をんな》のをのこ《夫》と申すばかりにてこそ侍れ、さらに過《とが》[五]したる事なし。我こそ罪は蒙らめ」と申す。兄弟此《かく》の如く争ふ間に、上にも《帝としても》、はからひわづ《判断にお困りになっ》

一 朝廷にお仕えする者でその分際よりも。「し」は強意の助詞。

二 夫。「兄のをのこ」をさす。

三 帝も厳しくお咎めになったので。この「上」は天皇、「とがめ」は叱責・処罰などの意。「上の御尤《とがめ》を怖れて、隠し侍るにこそ」(『太平記』十三)。

四 中古から中世前期、都の治安維持に当った役人。「けびいし」とも発音する。

五 罪を犯したことはありません。

六 どちらか一人を処罰なさるべきだと考えても、の意か。「らる」は尊敬の助動詞。天皇などが自己の動作・状態について使う、いわゆる自敬表現。「とりて」の「とる」は、判断や考えを定める、の意と思われる。

七 実子と差別することはしませんでした。

母、検非違使に真情を訴える

ら《て》ひ給ひて、「[六]一人を罪せらるべきにとりて、かれらが申す事ども、皆いはれなき《もっともである》にあらず。さらば、母を召して、彼が申さん《彼女の申し分》によるべし」と定められぬ。

即《すなは》ち、召し出《い》だして此の事を問はるるに、母、とばかり《しばらく》思ひわづらひて、涙を流しつつ、弟に罪せらるべき由《よし》を申す。其の時、検非違使思ひの外《ほか》に覚えて故《ゆゑ》を問ふ。母の申すやう、「兄はまま子なり。弟は真《まこと》の子なり。しかあれど、幼《いとけな》く侍りしより、彼も真の母とたのみ、我も子に[七]思ひおとす事なし。況《いはん》や、父まかりかくれし時、ねんごろに申し置く事侍りき。其のことば、心の底にとまりて、昔を思ひ出づるごとに、只今聞くがごとし。たとひいくたりの我が子を失ふとも、彼をば助けんと思ふ。すべては、父まかりかくれて後、こ《この》れら《子たちを》を左右にするゑ、兄をば父の形見と思ひ、弟をば我が身とたのみて、もろもろの愁《うれ》へをなぐさめつつ月日を過し侍るに、今ここに罪を蒙れり。即ち、我が身の報ひのつたなき《果報に恵まれないことよ》」と云ふ。

兄弟、罪を免れる

一 藤原山蔭。仁和四年（八八八）没、六十五歳。彼の鎮西下向《げこう》の途中、その妻が継子を海中に落したが、亀がこれを助けた話をさす。『今昔物語集』十九・二十九以下、諸書に頻出する有名な報恩譚。

二 春秋時代の国名、また魏《ぎ》の次の王朝の名。ただしこの話の舞台は船橋本『孝子伝』など魯《ろ》とするものが多く、何らかの誤りか。『劉向列女伝』は晋と同音の秦の話としているから、これとの混同か、または「晋の七賢」（竹林七賢）との混同か。「三賢」は船橋本『孝子伝』などに見える王の言「一門に三賢あれば、一室に三義あり」による。

＊ 本章の内容、『西行物語絵詞』『西行物語』『西行一生涯草紙』などにも見える。

西行とその娘

西行、出家に際して娘を弟に託す

三 平安末期の代表的歌人。俗名佐藤義清《のりきよ》。鳥羽院の北面の武士であったが二十三歳で遁世。建久元年（一一九〇）没、七十三歳。家集に『山家集』などがある。

四 保延六年（一一四〇）十月十五日。

五 佐藤仲清をさす。内舎人《うどねり》で藤原忠通の随身《ずいじん》を勤め

聞く人、皆涙を流してあはれむ。深くうつたへ申しつる者ども又これをあはれみあへり。此の事、上《帝は》に聞こしめして、「三人ともにやむごとなき《立派な》者なり。罪をなだめて許すべし」となむ仰せられける。

かの山陰《やまかげ》[一]中納言のうへ《奥方》には、たとへもなかりける《比較もできない立派な》母の心かな。但し、これは晋《しん》[二]の三賢と云ふ物語に似たり。もし《あるいは》其の事にや。

五　西行が女子《によし》、出家の事

西行[三]法師出家[四]しける時、跡をば、弟《おとと》[五]なりける男《をのこ》に云ひ付けたりけるに、幼《いとけな》き[六]女子の殊にかなしうしけるを《かわいがっていたのを》、さすがに見捨てがたく、いかさまにせんと思へども、うしろやすかるべき人も《安心してあずけられる人が》覚えざりければ《〔他に〕思い浮ばなかったので》、なほこの弟のぬし《弟である方》の子にして、いとほしみすべきよし、ねんご

たというが、詳伝・生没年等不明。
六 西行をめぐる説話に、この女子がしばしば登場する（『撰集抄』その他）が、彼女（または彼女たち）について詳しいことは伝わらない。
七 歳月がたつのは早いもので、二、三年たった。

八 夏に着るひとえの着物。
九 細い木を縦横に組んで格子にし、裏に板を張ったもの。衝立《ついたて》としても用いるが、ここは屋外に置いて目隠し・風よけとしたもの。
一〇 仮名づかい「いういう」（優々）で、豊かなさま、のびのびとしたさまの意か。
一一 さあ、あっちへ行こう。
一二 藤原（葉室）顕頼。顕隆の子。正三位権中納言・民部卿。久安五年（一一四九）没（同四年没とも）、五十五歳。
一三 未詳。顕頼の女子と平時信との間に生れた娘（建春門院滋子の同母姉）に冷泉殿という建春門院の女房がいる。あるいはこの女性との混同（または彼女の母）か。「冷泉」の読みは、底本による。「れいぜい」「れんぜい」「れいぜん」など各種の読み方がある。
一四 娘の母、つまり西行の妻。伝未詳。

後に娘の姿をかいまみる

ろに云ひおきける。

かくて、ここかしこ修行してありく程に、[七]はかなくて二三年になりぬ。事の便り《所用があって》ありて、京の方へめぐり来たりける次《ついで》に、ありし《例の》此の弟が家をすぎけるに、きと《ふと》思ひ出でて、「さても、ありし子は五つばかりにはなりぬらん。いかやうにか生ひなりたるらん」とおぼつかなく《気がかりになって》覚えて、かくとは《それとなく》いはねど、門のほとりにて見入れける折ふし、此の娘いとあやしげなる[八]帷《かたびら》姿にて、げすの子ども《下賤の者の子供たち》にまじりて、土にをりて[九]立蔀《たてじとみ》の際《きは》にてあそぶ。髪は[一〇]ゆふゆふと肩の程に帯びて、かたちもすぐれ、たのもしき《将来が楽しみな》様なるを、「其れよ《あれがわが子だ》」と見るに、きと胸つぶれて《はっと胸が一杯になって》、いと口惜しく《大変不本意に思って》見たてる程に、此の子《この娘が》の我が方を見おこせて、「[一一]いざなん、聖のある《あそこにいる聖が》、おそろしきに」とて内へ入りにけり。此の事、思はじと思へど、さすがに心にかかり日来《ひごろ》ふる程に、もしかやうの事をや知り聞かれけん《あるいはこういう事情を聞き及ばれたのか》、[一二]九条の民部卿の御女《おんむすめ》に、[一三]冷泉《れいせん》殿と聞こえける人は、[一四]母にゆかりありて、「我が子にして、いとほ《かわいがっ》

娘、女《め》の童《わらわ》となる

しみせん《てあげよう》」と、ねむごろに云はれければ、（母）「人柄も賤《いや》しからず、いとよき事」とて急ぎわたしてげり。

本意《西行の希望どおり》の如く、またなき者にかなしうせられければ《この上なくかわいがられたので》、（西行は）心安くて年月を送る間に、此の子十五六ばかりになりて後、此のとり母《養母》の弟[一]のむかへばらの姫君に、[二]播磨三位家明と聞こえし人を聟《むこ》に取られけるに、若き女房など尋ね求むるに、「やがて《ほかならぬ》[三]此の姉君も上臈《じやうらふ》[四]にて、一つ所《同じ所に》になるべければ《仕えるはずなので》、便り《便宜》もあるべし。[五]親などもさるもの《れっきとした者だ》なり」とて、此の子をとり出でて、[六]わらはなむせさせける。

西行、この事を洩れ聞きて、本意ならず覚えけるにや、此の家ちかく行きて、かたはらなる小家に立ち入りて、人をかたらひて、忍びつつ呼ばせける。娘、いとあやしくは覚えけれど、ことさま《事情》を聞くに、「我が親こそ、聖《ひじり》になりてありと聞きしか。さらでは《わが親でなければ》、誰かは我を呼び出でん」と思ふに、「日比《ひごろ》、見でや止みなんと心うかり《親の顔を見ることはないかしらと無念に》つるを《思っていたので》、もしさらばいみじからん《すばらしいことでしょう》」と覚えて、やがて使ひに具して《伴って》、

一 同じ親から生れた同性の年少者をいう語。ここは妹。「弟の」の「の」は同格を示し、「とり母（冷泉殿）の弟」と下の「むかへばらの姫君」とは同一人物。『尊卑分脈』に、顕頼の娘で家明室《しつ》、家光の母として見える女性であろう。「むかへばら」（「むかひばら」とも）は、正妻の子の意。

なお、この前後の人物の関係を図示すると、左記のようになると思われる。

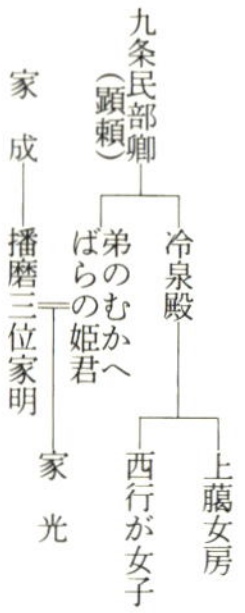

二 藤原（中御門）家明。家成の子。従三位、播磨権守などに任じられ、後に出家。承安二年（一一七二）没、四十五歳。

三 冷泉殿の実の娘をさすか。

四 上臈として。「上臈」は、女房のうち、身分・家柄のよい者。修行を多年積んだ僧の意から転じた語。

五 西行をさす。

六 召使いの少女。女の童。

西行、娘と再会

人にも知られず出でにけり。

[七]かしこに行きて見れば、あやしげなる法師の痩《や》せくろみたる《黒ずんだ顔形や》、麻の墨染の衣・袈裟《けさ》など誠にあはれに覚えて、涙ぐみつつこまやかに打ちとけかたらふ。西行は、ありし《先年の》土遊びの時きと《ふと》見しにあらぬものに《別人のように》生ひまさりて《美しく》、いと清げなるを見るにも、さこそ《あれほど心から》思ひ捨つる世なれど、さすがにこればかりをばえ見過さず。事の有様など聞きてむすめに云ふやう、「年来《としごろ》は行方も知らず、姿をだに今日こそ初めて見るらめ。されども、親子となるは深き契り《因縁》なり。我が申す事聞きてむや《聞いてくれるか》。違《たが》[八]へらるまじくは、云はん」と云ふ。娘の云ふやう、「まことに親にておはしまさば、いかでか違へ奉るべき」と云ふ。「しかあらば申さん」と云ふ。「そこ《お前が》の生れ落ちしより、心ばかり《内心》ははぐくみし事は《育てながら願ったことは》、おとなになりなん時は、御門《みかど》の后にも奉り、もしはさるべき宮[九]ばらのさぶらへ《おそば仕え》をもせさせんとこそ思ひしか。かやうの[一〇]つぎの所にまかなひ《下働き》せさせて聞こえんとは、夢にも思ひよらざり

七 前文の「かたはらなる小家」をさす。

八 あなたが、決して誤解なさらないなら、言おう。

九 宮様がた。親王・内親王をさすが、ここは特に前者をさすか。「院・宮ばらの、屋あまたあるに住みなどして」(『枕草子』)。

一〇 二流の仕え先。

一 娘の母、西行の妻。伝未詳。道心堅固の、当時天野在住の尼という点で諸伝承は一致する。本章末尾に天野にいた由の記述があり、『撰集抄』九・十に「一人の娘をば、母方のをばなる人のもとにあづけ置きて、高野の奥、天野の別所に住み侍るなり」とある。『西行物語』は「女房は男（西行）には猶まさりける人にて」とし、「母、高野に天野と申す所に行ひて、この十七年は人をだに通はさで侍りしが」といささか具体的に記す。

二 （お父上が）ご指示下さったこと。「給（賜）はす」は敬語「給（賜）ふ」の尊敬の度合いをさらに強めて言う語。

三 剃髪の直前には髪を洗うならわしであった（二一八頁六〜七行参照）。

娘、西行に出家を約束

き。たとひ、めでたき幸ひありとても、世の中の仮なる様、とにかくに《世の中のはかないさま〔を思うと〕何にしても》心やすき事もなかんめるを、尼になりて母[一]がかたはらに居て、仏の宮仕へうちして、心にくくてあれがし《おくゆかしい生き方をしてほしいと》と思ふなり」と云ふ。

やや久しく打ち案じて、（娘）「承《うけたまは》りぬ。[二]はからひ給はせんこと、いかでかたがへ奉らん。さらば、いつと《〔出家の日を〕》定め給へ。其の時いづくへも参りあはん」と云ふ。「若き心にありがたくもあるかな《めずらしい立派なことよ》」と返す返す喜びて、しかじか《これこれと》、其の日めのと《乳母》のもとへ行きあふべき事よくよく定め契りて帰りぬ。

此の事、又知る人もなければ、誰も思ひもよらぬ程に《〔出家の日が〕》、明日《あす》になりて、（娘）「[三]此の髪を洗はばや」と云ふ。冷泉殿の聞きて、「ちかう《ついこの間》洗ひたるものを。けしからずや《一体どうしたのですか》」など云はれければ、只《〔娘は〕》ことさらに《熱心に》云へば、「物詣でやうの事なめり《参詣か何かに行くのだろう》」と思ひて、洗はせつ。

明《あく》る朝《あした》に、「急ぎてめのとのもとへ行くべき事のある」と云へば、車など沙汰して送る《準備して送り出した》。今すでに車に乗らんとする人の《娘が》、「しばし」

とて帰り来て、冷泉殿にむかひて、[四]つくつくと顔うち見て、云ふこともなくて、立ち帰りき。車に乗りて去《い》ぬ。〔冷泉殿は〕あやしく覚ゆれど、かかる事あるべしとはいかでか知らん。

冷泉殿、娘の出家を恨む

かくて、久しく帰らねば、おぼつかなくて尋ねけるを、〔乳母は〕しばしはとかく云ひやりけれど《あれこれごまかしの返事をしたが》、日《ひ》来経《ごろふ》れば、かくれなく聞こえぬ《真相がわかってしまった》。冷泉殿は、五つより《五つの時から》ひとへに我が子のやうにして、片時《かたどき》かたはら離るる事なくてならはしはぐくみ立てたるうちにも《長いこと育てている間にも》、おとなびゆくままに、心ばへもはかばかしう、事にふれてありがたきさま《立派な様子》なりければ、深く相ひたのみて過ぎけるに、かく思はずして永く別れぬれば、「うらめしかりける心づよさ《情のこわさ》かな。[五]武《たけ》き者のすぢと云ふ者、[六]女子までうた《不愉快》てゆゆしきものなりけり《で気味の悪いものであったのか》」と云ひつづけてぞ恨み泣かれける。「但し、少し罪許さるる事とては、既に車に乗りし時、『又見まじきぞかし』《二度と会えないのだ》と、さすがに心ぼそく思ひけるにこそ。させる《とりたてて》云ふべき事もなきに、しばし立ち帰りて、我が顔をつくづくとまもりて《見つめて》出で

四 底本に濁点なし。あるいは「つくづく」の古形か。ただし、本頁最終行の「つくづく」には濁点がある。

五 西行は武士の家の出身であった。

六 男は無論のこと、女子までも。

＊ 武門の者の習性に対する（いささか誤解を含んだ）恐怖心・違和感は中古・中世の作品に多く見られる。善意の人と言ってよい冷泉殿の心にひそんでいた、西行一家への差別観を見せる印象的な場面である。

にしばかりを、恨めしき中に、いささかあはれなる」とぞ云はれける。

ささて、此の娘、尼になりて、高野《かうや》のふもとに天野[一]と云ふ所にさいだち《以前から》て母が尼になりて居たる所に行きて、同じ心に行ひてなむありける。いみじかりける心なるぞかし。

彼《か》の養ひ母の冷泉殿も、後にはたふとく行ひて、もとより絵かく人なりければ、日々の所作にて《いとなみとして》、丈六[二]の阿弥陀仏を書きたてまつられける。命をはりける時には、其の仏の御形、空にあらはれて見え給ひけるとぞ。

六　侍従大納言幼少の時、験者《げんじや》[三]の改請《かいしやう》[四]を止むる事

[五]侍従大納言成通卿《なりみちのきやう》、そのかみ《昔》、九歳にてわらはやみし[六]給ひけり。

一　高野山の西谷の地。「高野の天野は、遁世門の比丘尼《びくに》など住む所なる故に」（『雑談集《ぞうたん》』六）。『撰集抄』九に西行の妻の言として「高野の奥、天野の別所に住み侍るなり」とある。

二　一丈六尺（約四・八五メートル）の阿弥陀の坐像。釈迦在世時の身長を二倍し、これを標準としたものという。『観無量寿経』に「阿弥陀仏は（中略）或いは大身を現じて虚空の中に満ち、或いは小身を現じて丈六八尺なり」とある。

娘と冷泉殿のその後

＊本章の内容は他書に見られない。西行伝説の一つで取るに足らぬともされるが、西行と筆者は同時代人（西行の没年に長明は三十六歳）であり、登場人物の描かれ方などに矛盾や誤りと思われるところがなく、西行伝の史料として価値あるものともいわれる。後者の説を採るべきであろう。詳しくは石田吉貞氏「西行の家族的周辺」（北沢図書出版『新古今世界と中世文学』下、所収）を参照。

少年と験者

＊本章の説話は『私聚百因縁集』九・八にも見える。

三　加持祈禱を行う僧。

四　招請する相手を変更すること。

幼い成通の忠言

年来《としごろ》祈りけるなにがし僧都とかや云ふ人を呼びて、祈らせけれど、かひなく発りければ《熱が高くなったので》、父の民部卿[七]ことに嘆き給ひて、傍《かたはら》にそひ居て、見あつかひ給ふ間に《看病なさっていたが》、母君[八]と云ひ合はせつつ、「さりとて、いかがはせむ。此の度《たび》は異僧《ことそう》をこそ呼ばめ《呼ぼう》。いづれかよかるべき《誰がいいだろう》」などのたまひけるを、此の児《ちご》臥しながら聞きて、民部卿に聞こえ給ふ。「なほ《やはり》この度は〔いつもの〕僧都を呼び給へがしと思ふなり。其の故は、乳母《めのと》などの申すを聞けば、〔私が〕まだ腹の内なりける時より、此の人を祈りの師とたのみて、生れて今九つになるまで、事ゆゑなくて侍るは《無事でありましたのは》、ひとへに彼《か》の人の徳なり。それに、今日此の病ひによりて、〔あの方のことを〕口惜しく思はん事《軽く考えるとしたら》のいと不便《気の毒》に侍るなり。もし異僧を喚《よ》び給ひたらば、たとひ落ち[九]たりとも、なほ本意にあらず《私はうれしくない》。況《いはん》や、必ず落ちん事もかたし《直るとも限りません》。さりとも、これにて死ぬるほどの事はよも侍らじ。我をおぼさば《愛しておいでなら》、幾度もなほ此の人をよび給へ。つひにはさりともやみなん《あの方の祈禱でも直るでしょう》」と苦しげなるをためらひつつ《息をしずめては申し上げられたので》聞こえ給ふに、民部卿も母上も、涙を流しつつ、あ《同じ》

五 藤原成通。宗通の子。正二位侍従大納言。蹴鞠《けまり》の名手として知られる。平治元年（一一五九）没、六十三歳。
六 おこり。熱病で、今のマラリアに当るかという。
七 藤原宗通。正二位、権大納言・民部卿。保安元年（一一二〇）没、五十歳。
八 修理大夫藤原顕季《あきすえ》の娘。成通は宗通とこの女性との間に生れた四男であった。
九 「落つ」は熱・憑《つ》き物などが取れる、平癒する意。

父母、成通の言を僧都に伝える

はれに思ひよせたり《気持で感動するのだった》。

「をさな《〔我々は〕》き思《〔あの子の〕》ひばかり《考え方》には劣りてげり」とて、[一]又のあたり日、僧都を喚《よ》びて、ありのままに此の次第を語り給ふ。「隠し奉るべき事に侍らず。[二]御事《おんこと》をおろかに《おろそかに》思ふにはあらねども、かれ《あの子が》がなやみ煩ひ侍るけしきを見るに、心もほれて《ぼけて》、[三]おぼされむ事も知らず、しかしかの事をうちうちに申すを知りて、此のをさなき者のかく申し侍るなり」。涙を押しのごひつつ語り給ふに、僧都おろかにおぼされむや《おろそかにお思いになるはずがない》。其の日ことに信をいたしき《心をこめて祈った》。泣く泣く祈り給ひければ、きはやかに《見事に》落ち給ひにけり。

此の君は、をさなくより、かかる心を持ち給ひて、君に仕うまつり、人にまじはるに付けても、事にふれつつ《何ごとにも》情ふかく、優なる名《優雅な名声を》をとめ給へるなり。惣《すべ》て、いみじき[四]すき人にて、世の濁りに心をそめず、いもせ《男女》の間に愛執《あいしふ》浅き人なりければ、後世《ごせ》も罪浅くこそ見えけれ。

一 その次の、祈禱の日。「あたり日」は当日。

二 対称の人代名詞。敬意をもって用いる。あなたさま。

三 あなたがどんなお気持になられるかも顧みず。

四 俗事への関心がうすく、文芸・芸能などに熱心な人。

＊ 成通は蹴鞠・音楽・和歌・詩・馬その他各方面に堪能《たんのう》な心やさしい才子であったが、男色の気があり、実子を持つことなく終ったという。『今鏡』六、『古今著聞集』十一その他に彼の人柄・逸話が多く伝えられている。

七　永秀法師、数奇の事

[五]八幡別当頼清が遠流《ゑんる》[六]にて、永秀法師[七]と云ふ者ありけり。家貧しくて、心すけりける[八]。夜昼、笛を吹くより外《ほか》の事なし。かしかましさ《うるささ》にたへぬ隣り家、やうやう《次第に》立ち去りて後には、人もなくなりにけれど、[九]さらにいたまず《気にしなかった》。さこそ貧しけれど、おちぶれたるふるまひなどはせざりければ、さすがに人いやしむ《軽侮する》べき事なし。

頼清聞き、あはれみて使ひやりて、「などかは何事ものたまはせぬ。かやうに侍れば、さらぬ人だに[一〇]、事にふれてさのみこそ申し承る事にて侍れ。うとくおぼすべからず《私を他人とお考え下さいますな》。便りあらん事は[一一]、憚《はばか》らずのたまはせよ」と云はせたりければ、（永秀）「返す返す、かしこまり侍り《恐縮なことです》。年来《としごろ》も申さばやと思ひながら、身のあやしさに《わが身のいやしさを思い》、且《かつ》は恐れ、且は憚

数寄者永秀

＊本章の第一段は『古事談』六にも見える。

五　石清水《いわしみず》八幡宮第二三代別当。兼清の子。法印。寺務十四年にして康和三年（一一〇一）没、六十三歳。

六　遠い親戚。遠類。

七　詳伝未詳。『古事談』によれば八幡所司で笛の名手という。

永秀の日常

八　「すく」は風流心がある意。特に和歌・音楽などへのたしなみのあることに言う。

九　『古事談』によれば、四隣に人がいなくなったので、これを気にした永秀は男山（石清水八幡宮がある山）の南面に移住した。が、笛の音によるものか、その近辺に草が生えることはなかったという。

頼清、永秀に援助を申し出る

一〇　別に身よりでもない人さえ、何かにつけてむやみに援助を願い出るものです。「さのみこそ」は、ひたすらそのように、の意。

一一　私にできることなら、遠慮なくご相談下さい。

永秀、頼清に漢竹の笛を所望

りてまかりすぎ侍るなり。深く望み申すべき事侍り。すみやかに《早速》参りて申し侍るべし」と云ふ。

(頼清は)「何事にか、よしなき情をかけて《しなくてもよい同情をして》、うるさき事や云ひかけられん」と思へど、「彼《か》の身のほどには、いかばかりの事かあらん」と思ひあなづりて《高をくくって》過す程に、ある片夕暮[一]に出で来たれり。則《すなは》ち出で合ひて、「何事に」など云ふ。「あさからぬ所望《しよまう》侍るを、思ひ給へて《そのことを考え続けて》まかり過ぎ侍りし程に、一日の《先日の》仰せを悦《よろこ》びて、左右《さう》[二]なく参りて侍る」と云ふ。(頼清)「疑ひなく、所知《領地》など望むべきなめり《希望するに違いない》」と思ひて、これを尋ぬれば、「筑紫《つくし》[三]に御領多く侍れば、漢竹《かんちく》[四]の笛の、事よろしく《上等なのを》侍らん一つ召して給はらん。これ、身に取りてきはまれる望みにて侍れど、あやしの身《いやしい身》には得がたき物にて、年来《としごろ》えまうけ侍らず《入手できません》」と云ふ。

思ひの外に、いとあはれに覚えて、(頼清)「いといとやすき事にこそ。速《すみや》かに尋ねて、奉るべし。其の外《ほか》、御用ならん事は侍らずや。月日

一 夕暮れがせまった時刻。

二 一も二もなく。すぐに。

三 筑前・筑後。また、九州の総称。

四 中国産の竹といわれるが、その表記から想像された説のようで疑問。「甘（「笛」とも）竹」（『懐竹抄』に「小声かすみたる様にて善くも有り」とし、笛に用いる四種の竹の一つに数え、『和名抄』によれば、篁《こう》に似て節繁く葉が多いという）の当て字か。本文の文意からすると、九州に多く産したものらしい。『平家物語』で知られる名笛「蟬折れ」「小枝」はこれを材とする。

五 ここの「心にくからず」の「ず」は打消でなく、「心にくし」（不安・気がかりな気持を示す）を強めるはたらき。

を送り給ふらん事も[五]心にくからずこそ侍るに《心にかかっておりますが》、[六]さやうの事も、などかは承《うけたまはら》ざらん」と云へば、「御志はかしこまり侍り《ありがたく存じます》。されど、其れは事欠け侍らず。二三月に、かく[七]帷《かたびら》一つまうけつれば、十月までは、さらに望む所なし。又、朝夕の事は、おのづからあるにまかせつつ《たまたま手近にある物を利用して》、[八]とてもかくても過ぎ侍り」と云ふ。

頼清の感動とその後

「げに《なるほど》、すきものにこそ」と、あはれにありがたく《立派なことに》覚えて、笛いそぎ尋ねつつ《探し求めて》送りけり。又、さこそ云へど《〔永秀は〕ああ言ったが》、月ごとの用意など、まめやかなる《日常の》事どもあはれみ沙汰しければ《生活のことなどを心配して物資を整えてやると》、其れが有るかぎりは、[九]八幡の楽人《がくにん》よびあつめて、これに酒まうけて《用意して》、日くらし《一日中》楽をす《〔楽人が〕》。失《う》すれば又、只一人笛吹きて明し暮しける。後には、笛の功つもりて《努力がみのって》、並びなき上手になりけり。

かやうならん心は、何につけてかは深き罪も侍らん《一体どんなことに関して深い罪を犯すでしょうか》。

六 日常のことについても、（ご希望があれば）お引受けいたしましょう。

七 裏地をつけない着物。また、夏に着る麻製などの単《ひとえ》もの。

八 どうにかこうにか。どのようにしてでも。蟬丸（平安中期の伝説的人物）の「世の中はとてもかくても過ぐしてむ宮もつかやもはてしなければ」（『江談抄《ごうだんしょう》』による。引用書によって異同がある）をふまえたものであろう。

九 石清水八幡宮の楽所に属する演奏家たち。

＊本章の説話、『今鏡』九、『平家物語』長門本十二、同延慶本三・本、『源平盛衰記』二十五、『続教訓抄』にも見える。

時光、帝のお召しを無視

一 大神《おおみわ》時光。時延の長男。院政前期の笛の名人として知られるが、生没年等未詳。市正は市司《いちのつかさ》（都の中に置かれた市の管理・運営を司《つかさど》る役所）の長官。
二 和邇部《わにべ》氏。雅楽允《うたのじょう》。右城正枝の弟子（『篳篥師伝相承』）。
三 雅楽の曲名。唐楽。承和年間（八三四〜四七）にわが国に伝わったという。
四 旋律を、楽器でなく口で唱えること。管楽器の旋律を暗記するのに用いられる。後世の口三味線の類。
五 天皇。この話の天皇は堀河院（二五六頁注三参照）であろう。院は時光の三男時元に師事し、笛に堪能《たんのう》であった。
六 「ゆるぐ」は身体がゆれ動く。唱歌に熱中している動作をいうか。
七 行って彼らの唱歌を聞くことができないのは実に無念だ。

八　時光《ときみつ》・茂光《しげみつ》、数奇《すき》天聴に及ぶ事

中比《なかごろ》、一市正《いちのかみ》時光と云ふ笙《しやう》吹きありけり。二茂光と云ふ篳篥師《ひちりきし》と囲碁《ゐご》を打ちて、同し声に三裏頭楽《くわとうらく》を四唱歌《しやうが》にしけるが、面白く覚えける程に、五内よりとみ《急用で》の事にて時光を召しけり。

御使ひいたりて、此の由《よし》を云ふに、いかにも、耳にも聞き入れず只もろともに六ゆるぎあひて、ともかくも申さざりければ《何とも返事しなかったので》、御使ひ、帰り参りて、此の由をありのままにぞ申す。いかなる御いましめかあらんと思ふほどに、（帝）「いとあはれなる《見事な》者どもかな。さほどに楽《がく》にめでて《夢中になって》、何事も忘るばかり思ふらんこそ、いとやむごとなけれ《尊いことだ》。王位は口惜《くちを》しきものなりけり。七行きてもえ聞かぬ事」とて涙ぐみ給へりければ、〔使いは〕思ひの外になむありける。

これらを思へば、此の世の事思ひすてむ事も、数奇《風雅の心は》はことにたより《方便》となりぬべし。

九　宝日上人、和歌を詠じて行とする事
并　蓮如、讃州崇徳院の御所に参る事

中比、八宝日《ほうにち》と云ふ聖ありけり。「何事をかつとむる」と、人問ひければ、「九三時《さんじ》の行ひ仕うまつる」と云ふ。重ねて、「いづれの行法《ぎやうぼふ》ぞ」と問ふに、答へて云ふやう、「暁には、

一〇明けぬなり賀茂の河原に千鳥啼《な》く
けふも空しく暮れんとすらん

日中《につちゆう》には、

一一今日も又むまの貝こそ吹きにけれ
羊の歩みちかづきぬらん

宝日の行

数寄のためし

＊ 本章第一段の宝日の話は、『撰集抄』三・六、『十訓抄』十にも見える。

八 『撰集抄』によれば、清水寺の僧（「宝円」とする本もある）。

九 朝・昼・夕に行う読経。三時の勤行。

一〇 夜が明けたらしい。賀茂河原で千鳥が鳴いている。今日も空しく一日が終ろうとしている。暁に暮の到来の近いことを詠んだもので、次の二首とともに、無常の迅速さを主題とする歌。『後拾遺集』雑三に詞書「中関白の忌に法興院《ほこゐん》にこもりてあかつき方に千鳥の鳴き侍りければ　円松（「円昭」とも）法師」として見える（第四句「けふもはかなく」）。この円松と宝日は『撰集抄』で同一人物と目され、これを承《う》ける説もあるが、別人で、宝日は古歌を行法《ぎょうぼう》に用いたのであろう。

一一 『千載集』雑下に詞書「山寺に詣でたりける時、貝吹きけるを聞きて詠める　赤染衛門」として見える（第三句「吹きつなれ」）。「むま（午）の貝」は、正午に吹き鳴らして時を告げるのに用いた法螺《ほら》貝。「羊の歩み」は死の到来の近いことをいう成句（二三三頁注一三参照）。それと未《ひつじ》の刻を掛けたか。『奥義抄《おうぎしょう》』下に、この歌の趣旨に関して詳述されている。

暮には、

一山里の夕暮の鐘《かね》の声ごとに
今日も暮れぬと聞くぞ悲しき

此の三首の歌を、おのおの時をたがへず詠じて、日々に過ぎ行く事を観じ侍るなり」とぞ云ひける。

いとめづらしき行《ぎやう》なれど、人の心のすすむ方、様々なれば、勤めも又一筋ならず。二潤州《じゆんしう》の三曇融聖《どんゆうひじり》は、橋を渡して浄土の業《ごふ》《浄土へ赴く》とし、四輔州《ほしう》の五明康《めいかう》法師は、船に棹《さを》さして往生をとげたり。

聖教と和歌

況《いはん》や、和歌はよくことわりを極むる道なれば《深い道理を含む道であるから》、これによせて心をすまし、世の常なきを観ぜん《無常を観ずるとすれば》わざども《その行為は》、便りありぬべし《往生の因となるはずだ》。彼《か》の六恵心《ゑしん》の僧都は、和歌は七綺語《きご》のあやまりとて、読み給はざりけるを、朝朗《あさぼらけ》に、はるばると《はるかに》八湖《うみ》を詠《なが》め給ひける時、かすみわたれる浪の上に、船の通ひけるを見て、「九何にたとへん朝ぼらけ」と云ふ歌を思ひ出《い》だして、をりふし心にそみ《深く心に感じて》、物あはれにおぼされけるより、「聖教《しやうげう》《仏教》と和

一『拾遺集』「哀傷」に「題知らず　読人知らず」として見える。ただし第一、二句「山寺の入相の鐘の」。
二 隋代に江蘇省鎮江県に置かれた州の名。
三 三十余州の中に四十八カ所の橋をわたし、その功によって浄土に往生したという高僧。その事蹟は『戒《かい》珠《しゆ》往生伝』上・三十に「沙門曇融橋を亙《わた》して浄土に往生すること」の題のもとに記され、貞慶の『興福寺奏状』にも言及されている。詳しくは塚本善隆氏『日支仏教交渉史研究』（弘文堂書房）参照。
四 蒲州。今の山西省平陽府付近。
五『戒珠往生伝』上・三十八によれば「明度」。同書に「沙門明度船に棹さして人を渡して浄土に往生すること」として（下の文の「船に棹さして」云々はこの題によるか）、船舶を買い求めて人々を渡すことを業として往生した由が語られている。
六 源信。平安中期の高僧。日本浄土教の祖。本段に記す彼の逸話は『袋草子』三、『沙石集』五・本などにも見え、特に後者にはその話をめぐって仏教的歌論が詳述され、参考になる。
七 仏教で十悪の一つ。虚飾による言語表現。
八 琵琶湖。
九『方丈記』三三一頁八行にも見える沙弥《しやみ》満誓《まんぜい》の「世の中を何にたとへん朝ぼらけこぎ行く舟の跡の白波」（『拾遺集』「哀傷」など。掲出書によって小異あり）。
一〇 源信の歌は少なからず伝わっており、『千載集』以下の勅撰集に二十首入集する。

歌とは《と和歌とは》、はやく一つなりけり《実は同一だったのか》」とて、其の後なむ、さるべき折り折り、一〇必ず詠じ給ひける。

又、近く一一蓮如《れんによ》と云ひし聖《ひじり》は、一二定子《ていし》皇后宮の御歌、

　夜もすがら契りし事を忘れずは
　恋ひん涙の色ぞゆかしき

と侍るは、かくれ給ひける時、御門《みかど》に御覧ぜさせむためとおぼしくて、帳のかたびら《几帳の垂れ布》のひもに結び給ひたりける歌なり、これを思ひ出だして、限りなくあはれに覚えければ、心にそみつつ《感銘しながら》、此の歌を《〔定子の歌を〕》詠じては、泣く泣く一三尊勝陀羅尼《そんしようだらに》をよみてぞ、後世《ごせ》をとぶらふ。又、詠《なが》めては《詠じては〔陀羅尼を〕》、さきのごとく誦《じゆ》す。かくしつつ、よもすがらまどろまずして、冬の夜を明したりける。いみじかりけるすき者なりかし。

一四大弐資通《だいにのすけみち》は、琵琶《びは》の上手なり。一五信明《のぶあき》、大納言一六経信《つねのぶ》の師なり。彼の人《この資通は》、さらに《全く》尋常《よのつね》の後世の勤めをせず。只、日ごとに持仏堂《ぢぶつだう》に入りて、

一一 伝未詳。彼の名や出自は諸書（次頁、後の＊印参照）によって異同が多い。『参考保元物語』に「所謂蓮如の俗名、異説紛々、未だ適従を知らず」とある。
一二 定子は一条天皇の皇后、藤原道隆の娘。長保二年（一〇〇〇）没、二十四歳。一条院にあてた定子の遺詠

定子の歌を詠じた蓮如

「夜もすがら」は『後拾遺集』「哀傷」に「一条院の御時、皇后宮かくれ給ひて後、御帳の帷子《かたびら》の紐に、結び付けられたる文《ふみ》を見つけたれば、内にも御覧ぜさせよとおぼしがほに、歌三つ書き付けられたりける中に」として他一首とともに見える。この歌をめぐる話は『栄花物語』七、『今昔物語集』二十四・四十一、『悦目《えつもく》抄』、一巻本『宝物集』、『十訓抄』一、刊本『宇治大納言物語』などに見える（歌形に小異あり）。下の句は帝の御涙の色（紅かどうか）を知りたいものです、の意。
一三 釈迦の仏頂から出現した仏頂尊勝の功徳《くどく》を説く八十七句の呪文《じゆもん》。息災・除病の功徳があるという。
一四 宇多源氏。済政《なりまさ》の子。従二位、参議。太宰大弐を勤めた。琵琶など音楽万般の他、和歌・蹴鞠《けまり》などをよくした。『琵琶血脈』によれば、信明の弟子、経信の師。康平三年（一〇六〇）没、六十六歳（六十八歳とも）。
一五 この下に「の弟子」と補うべきか。信明は醍醐源氏。音楽の天才、博雅の子。笛の名人の弟信義とともに父の才を継ぐ琵琶の名手として有名。

資通の数寄

一六 三三二頁注九参照。

一数をとらせつつ琵琶の曲をひきてぞ、二極楽に廻向《ゑかう》しける。勤めは功と志と（実績と熱意）による業《わざ》なれば、必ずしもこれをあだ（むだ）なりと思ふべきにあらず。中にも、数奇と云ふは、人の交はりを好まず、身のしづめる（おちぶれる）をも愁《うれ》へず、花の咲き散るをあはれみ、月の出入《いでいり》を思ふに付けて、常に心を澄まして、世の濁りにしまぬを事とすれば（汚染されないことを旨とするので）、おのづから三生滅《しやうめつ》のことわりも顕はれ、名利《みやうり》の余執《よしふ》つきぬべし。これ、出《しゆつ》離解脱《りげだつ》の門出に侍るべし。

四保元の比《ころ》、世に事ありて（事変が起って）、崇徳院《しゆとくゐん》讃岐《さぬき》にうつろはせ給ひにける（遷幸なさってしまってから）後、五旅の御すまひ、あはれにかたじけなき事云ひ尽すべからず（いたわしく恐れ多いことは言いようがない）。六国の兵《つはもの》ども、朝夕御所を打ちかこみて、たやすく人も参りかよはぬ由《よし》聞こゆれば、彼《か》の蓮如と云ふすき聖《ひじり》、もとより情ふかき心にて、いとかなしく覚えけれど、七人遣《つか》ふ事もなかりけり。只、八妹《いもと》なる人の侯《さぶら》ひけるゆかりに（〔崇徳院の〕）、御あたりの事をも聞き、又、昔九陪従《ばいじう》にて公事《くじ》つとめける時、御神楽《みかぐら》などの次《ついで》に、希《まれ》に見参《げんざん》に入るばかりなれば（お目にかかっただけの身なので）、さし（それ）

一 演奏の回数を数えさせながら。
二 普通は念仏の回数などを積み、これを功徳として極楽往生を期したのだが、彼は念仏の代りとして一心に琵琶を弾じたのである。

数奇の本質

三 無常の原理も実感され。
＊ 三行以下の「中にも…侍るべし」は「数寄」を仏教的に意義付けたものとして注目される。芸能論『教訓抄』八の末尾「すきものといふは、慈悲のありて、常には物のあはれを知りて、あけくれ心を澄まして、花を見、月をながめても、嘆きあかし、思ひくらして、此世をいとひ、仏にならんと思ふべきなり」云々とともに併《あわ》せ考えるべき文章であろう。

蓮如、崇徳院慰問のため讃岐に下る

＊ 以下の説話、『保元物語』下（主役名に蓮如・蓮誉・蓮妙・蓮阿弥陀仏の異同あり）、『十訓抄』一（蓮妙・蓮如）、長門本『平家物語』四（蓮如）、『源平盛衰記』八（蓮如）などにも見える。
四 一一五六～九年。元年に保元の乱があり、敗者の主として崇徳院は讃岐に流された。
五 讃岐の志度郡（今の香川県香川郡）直嶋にあった。
六 監禁された崇徳院を見張る現地の武士ども。
七 人に頼んでご慰問するということもできなかった。
八 未詳。

蓮如、自歌の取次ぎを乞う

も深く《ほど》嘆くべきにしもあらねど、わざと《わざわざ》只一人、みづから笈《おひ》[一〇]かけて、讃岐へ下りけり。

行き著《つ》きて見れば、御所のありさま目も当てられず。伝へ聞きつるよりも怯《け》[一一]なり。されど、せちに《しきりに》内へ入らんと思ふ志深くて、さるべきひまやあると《忍びこめるすきがあるかと》終日《ひめもす》にうかがひけれど、守り奉る者、いとはしたなくとがめて《厳しく周囲を警戒して》、人隠るべくもあらず。むなしく日も暮れにければ、月のあかかりけるに、笛を吹きてなむ、御所を廻《めぐ》りありきける。

いかさまにせん《どうしたものだろうか》と思ふほどに、やや暁に及びて、黒ばみたる水干《すいかん》[一二]ばかり打ちかけたる人、内より出でたり。

いと嬉しくて、此[一三]の便りに御所の中に入りて見れば、草茂り、露深くて、ことさら人の音もせず。いみじう物かなしきに、とばかり《しばらく》立ちわづらひて、板の端《はし》に書きて、「見参に入れよ《院にお見せして下さい》」とて、ありつる人《例の水干の人》になむ取らせける。

九 賀茂・石清水《いわしみず》や内侍所《ないしどころ》などで行われる神楽に従事する地下《じげ》の楽人。「べいじう」とも。

一〇 諸国行脚の者が必需品を入れて背負う箱。

一一 「け（怯・異）なり」は、ある基準（この場合は噂）に照らして、あまりに程度が甚しいさま。

一二 狩衣《かりぎぬ》を略したもので、もと民間の者が着用した服装という。水張りにして干した絹で製し、多く白色。黒ばんでいるというのは汚れたためであろう。院とその周囲の者の生活ぶりをしのばせる部分である。

一三 この人に頼みこんで。

[一]朝倉や木《き》の丸殿《まろどの》に入りながら
君に知られで帰るかなしさ

此のをのこ、程もなく帰り来て、「これを奉れ、と侍る」と云ふを取りて、月の影《光》に見れば、

[二]朝倉や只いたづらに帰すにも
釣する蜑《あま》の音《ね》をのみぞ泣く

とぞ書かれたりける。いとかしこく《恐れ多く》覚えて、これを笈《おひ》の中に入れつつ、泣く泣く帰りのぼりにけり。

十　室《むろ》の泊《とまり》の遊君[三]、鄭曲《ていきょく》[四]を吟じて上人に結縁《けつえん》する事

中比《なかごろ》、[五]少将聖《ひじり》と云ふ人ありけり。事の便り《ついでがあって》ありて、[六]播磨《はりま》の国、[七]室《むろ》と云ふ所にとまりたりける夜、月くまなくて《くもりなく照って》いと面白かりけるに、

一「朝倉や木《き》の丸《まろ》殿にわれをれば名のりをしつつ行くは誰《た》が子ぞ」(『新古今集』雑中、その他。二〇頁注八参照)という伝天智天皇御製を本歌とする。古く筑前朝倉(福岡県朝倉郡朝倉町の地)に置かれた木の丸殿(丸木造りの粗末な仮御所)に崇徳院の御所をなぞらえて詠んだもの。

二 崇徳院の返歌。朝倉にたとうべきこの仮御所から、お前をむなしく(対面もできずに)帰してしまうにつけ、釣する漁夫のように声を立てて泣くばかりだ。記紀に見える上代の諺「あまなれや、己が物から泣《ねな》く」に拠るらしいが、直接の本歌は不明。

遊女の道心

＊ 遊女がその罪業を自覚し、道心をおこして往生した事例は多い。『撰集抄』五・十一に「かの遊女の中に、多く往生をとげ」云々とある。遊女と高僧との結縁譚に、性空と神崎の遊女(『古事談』三その他)、西行と江口の遊女(『撰集抄』九その他)、行尊と江口の遊女(『拾遺古徳伝絵詞』。本章と類似する)などがある。

三 遊女をいう漢語。

四 みだらな曲をいう語だが、ここは(遊女が鼓を打ち鳴らし)、色っぽい声で歌う曲、というほどの意か。

五 源雅信の子。俗名時叙《ときのぶ》。従五位下右少将であった

遊女われもわれもとうたひて行きちがふ。「あはれなる者の様かな」と見る程に、ある遊女の舟、[八]この聖の乗りたる舟をさしてこぎ寄せければ、〔聖の船の〕梶取やうの者、「[九]否《いな》や、これは僧の御舟なり。思ひたがへ給へるか」と、（激しい口調で）事の外に云ふ。〔遊女は〕「さ見奉る。[一〇]何とてかは、さる辟目《ひがめ》は見るものかは」と云ひて、鼓《つづみ》打ちて、

[一一]くらきより闇《くら》き道にぞ入りぬべき
　遙かに照らせ山の端の月

と、此の歌を二三遍ばかりうたひて、「かかる罪ふかき身になれるも、さるべき報ひに侍るべし。[一二]此の世は夢にてやみなむとす。必ず救ひ給ひなん（お救い下さい）。心ばかり縁を結び奉るなり」と云ひて、こぎはなれにけり。（聖）「思はずあはれに覚えて、涙を落したり」と、後に人に語りける。

が十九歳で出家、皇慶の弟子となり、長和二年（一〇一三）に大原勝林院を開いた。生没年未詳。
六　今の兵庫県の西南部。
七　瀬戸内海の要港。今の兵庫県揖保《いぼ》郡御津《みつ》町室津。往時は遊女が多く、俗にわが国遊女発生の地という。
八　遊女が舟に乗って客引きをしたさまは、大江以言《もちとき》の「遊女を見る」（『本朝文粋』九所収）の「舟を門前に維《つな》ぎ、客を河中に遅《ま》つ」、大江匡房《まさふさ》の『遊女記』の「偶女群を成し、扁舟に棹《さを》さし、旅船を看《み》、以て枕席に薦《すす》む」などによって知られる。
九　いやはや。相手の行為の非常識さにあきれ、これを咎める気持から発せられた語。
一〇　どうして、そんな勘ちがいをするはずがありましょうか。
一一　罪深い私は闇からさらに闇へと迷いこんで行きかねません。どうか私を山の端の月のように照らしてお導き下さい。『法華経』化城喩品《けじようゆぼん》の「衆生は常に苦悩し、盲冥《まうみやう》にして導師なく、（中略）冥《くら》きより冥きに入りて、永く仏の名を聞かざりしなり」による。『和泉式部集』雑に「播磨の聖（性空《しようくう》）の御許《もと》に、結縁のために聞えし」の詞書で見える歌。『拾遺集』「哀傷」に撰入の他、諸書におびただしく引用される名歌で、長明の『無名抄』にも、これが式部の代表歌であったことへの言及がある。
一二　私どもの一生は、迷いにとらわれたままで終りそうです。「夢」は仏語の「煩悩《ぼんのう》」の意で用いている。

老いた尼乞食の道心

＊本章の説話、『十訓抄』三、『三国伝記』九・九にも見える。

一　初心の女房。生女房。

蓑を着た老尼、物を乞い歩く

二　清水寺。京都市東山区清水坂上にある法相《ほつそう》宗の寺。本尊は十一面観音。代表的な観音の霊場として尊崇を集め、参籠する者が多かった。

三　顔色が青白く、老い衰えて生気がなくなった老尼。「しらばむ」は白みを帯びる。「さ（晒）る」は長いこと日や風雨にさらされて退色・変質する。「ほ（耄）る」は老化する。

四　破れた、ひとえの衣服。

五　底本に濁点なく「すぢ（筋）なく」ともとれる。「ずち（術）なし」はどうしようもない意。「ずぢなし」は同義で、「ずちなし」の誤読によってできた語かという。

六　「菓」は底本のまま。果実・菓子・肴《さかな》などを広くさす。「菓物」と単《ひとえ》を尼に恵んだのは、女房か「見る人」か、文面からははっきりしないが、他書の記述により、前者ととる。

与えられた単を奉加して去る

十一　乞者《こつじや》の尼、単衣《たんえ》を得て寺に奉加《ほうが》する事

或るなま宮仕へ人[一]の清水《きよみづ》[二]に籠りたりける局《つぼね》の前に、色しらばみ[三]、されほれたる老尼の、かげの如くやせ衰へたる、物を乞ひありくありけり。十月ばかりに〔十月頃というのに〕、汚なげなる破帷《やれかたびら》[四]一つ著《き》て、うへに蓑を著たりけり。見る人、「あないみじのさまや。雨も降らぬに、など蓑を著たるぞ」と問ふ。「これより外《ほか》に持ちたる物なければ、寒さは寒し。ずちなくて[五]」など答ふるを、〔蓑を着ても〕「あたたまりあるべしとこそ覚えね」など云ひて笑ひけり。

菓物《くだもの》[六]など喰はせたれば、打ち食ひて立ちけるを、いかが思ひけん、呼びかへして、単《ひとへ》をなん一つ推《お》し出だしたり〔簾の外に出して与えた〕。悦《よろこ》びて取りて去《い》ぬと思ふほどに、同じ寺に奉加〔寄付〕すすむる所に行き

て、硯《すずり》乞ひて、いとうつくしき手《筆蹟で》にて、此の歌を書き付けつつ、単を置きて、いづちともなく隠れにけり。

七かの岸にこぎ離れたるあまなれば
おしてつくべきうらも持たらず

十二　郁芳門院《いうはうもんゐん》の侍良《さぶらひ》八、武蔵の野に住む事

九西行法師、東《あづま》の方《かた》修行しける時、月の夜、武蔵野を過ぐる事ありけり。比《ころ》は八月十日あまりなれば、昼のやうなるに、花の色々露を帯び、虫の声々風にたぐひつつ（風の音に混って聞え）、心も及ばず（〔都では〕思い及ばぬほど）はるばると一〇中に、経の声聞こゆ。

いとあやしく聞きて、驚かれて声を尋ねて行きて見れば、僅かに一間ばかりなる庵《いほり》あり。萩《はぎ》・女郎花《をみなへし》をかこひ（垣根）にして、薄《すすき》・かるか

七 彼岸（煩悩《ぼんのう》に支配されたこの世をいう「此岸《しがん》」に対する語。悟りの境地）めざしてこの世を離脱した尼の身ですから、いただいた単《ひとえ》をつけて裏打ちすべき衣（の裏）など持っておりません。「あま」は「海人」に「尼」を、「うら」は「浦」に「裏」を言い掛ける。「岸」「こぎ離れ」「あま」「おしてつく」「うら」は縁語。修行の身にはもらった単が不要であることを、巧みに掛詞・縁語を駆使して作った歌。『三国伝記』には第三句「あま小舟《をぶね》」とある。

西行が見た武蔵野の隠者

＊本章の説話、『撰集抄』六・十一、『雑談集《ぞうたんしゅう》』三・五、『西行物語絵詞』『西行物語』下、『西行一生涯草紙』などにも見える。

八「侍郎」（「郎」は男の意）か。または「侍長」（神宮本）の誤りか。

西行、武蔵野で読経の声を聞く

九 二六二頁注三参照。彼が関東をへて奥州に赴いたのは二度である。初めは康治二年（一一四三）頃（川田順・久保田淳両氏説）、二度目は文治二年（一一八六）だが、ここにいうのは、事実とすれば、郁芳門院の侍を勤めた者が登場するので後者ではありえないであろう。前者とすれば西行二十六歳頃に当る。

一〇「と」の下に脱文があるか。寛文本「…と野中に」、神宮本「…と分け行く程に、麻の袖もしほるばかりになりにけり。爰《ここ》は人住むべくもあらざる野中に」。後者が原文に近いか。

庵の主の述懐

や・荻《をぎ》などを取りまぜつつ、上には葺《ふ》けり。其の中に、年たけたるかれ声にて法華経をつづり読む。[一] いとめづらかに覚えて、「いかな[二]る人のかくては」と問ひければ、「我は昔、郁芳門院《いうはうもんゐん》[三]の侍《さぶらひ》の長《をさ》なりしが、〔門院が〕隠れ[四]させおはしませし後、やがてさまをかへて《ただちに出家して》、人に知られざらむ所に住まん志深くて、いづちともなく《ところ定めず》さすらひありき侍りし程に、さるべきにやありけむ《この場所に来るべき因縁があったのか》、此の花の色々をよすがにて《縁として》、野中にとまり住みて、おのづから多くの年を送り、もとより秋[五]の草を心にそめ侍りし身なれば、花なき時は、其の跡をしのび、此の比《ころ》は、色[六]に心をなぐさめつつ、愁《うれ》はしき事侍らず」と云ふ。

西行の感動

これを聞くに、ありがたくあはれに覚えて、涙を落してさまざま語らふ。〔西行〕「さても、いかにしてか、月日を送り給ふ」と問へば、「お[七]ぼろけにて里などにまかり出づる事もなし。おのづから人のあはれみを待ちて侍れば、四五日むなしき時もあり《何も手に入らない時もあります》。大方は、此の花の中にて烟《けぶり》立てん事も本意ならぬやうに覚えて、常《いつも》には、朝夕[八]のさまに

一 声を止めることなく、の意か。
二 どんな方がこのような暮しをなさっているのですか。
三 白河院皇女媞子《ていし》。院の最愛の内親王であったが、嘉保三年（一〇九六）に二十一歳で早世。なお『雑談集』には「上東門院の一郎の判官」とあるが、誤りであろう。
四 嘉保三年の秋、八月七日のこと。本章の話の時点からは約半世紀前に当る。「隠る」は死ぬ意の敬避表現。
五 俗事を超越した身であることをいう。
六 「色に」は、花の色によって、の意。
七 漠然と。目的もなしに。
八 朝夕の炊飯・食事の意から、普通の暮し・渡世の意に用いる。

九 筆者の感想を示す個所。うらやましいことだ。下に「侍る」などが省略された形。

欣求浄土へのすすめ

＊ 以下の、上東門院女房をめぐる説話は『雑談集』三「愚老述懐」に簡単な記述が見える。

ある聖、山奥に切花の幹を見る

一〇 未詳。『雑談集』は「北山の奥」とする。「北山」は京都北方の山岳地帯を広くいう語。

一一 枝・茎のついたまま切り取った花。樒《しきみ》とともに仏前に供える。

一二 壁面や屋根を柴で作った粗末な家。「祇王、廿一にて尼になり、嵯峨の奥なる山里に、柴の庵をひきむすび、念仏してこそゐたりけれ」(『平家物語』一「祇王」)。

庵の主に出会う

一三 以前の容貌の見当もつかぬほど黒ずんで衰弱した姿の人が。

一四 ああ、だから私がおよしなさいと申したのに。あなたが、切花の幹を谷に散らしたおかげで、自分たちの隠棲が人に知られてしまった。

はあらず」とぞ語りける。いかに心すみけるぞ、うらやましくなむ。九

十三　上東門院《じやうとうもんゐん》の女房、深山《みやま》に住む事
穢土《ゑど》を厭《いと》ひ、浄土を欣《よろこ》ぶ事

或る聖《ひじり》、都ほとりを《都のあたりを》厭ふ心深くて、住みぬべき所やある《住むのに適当な所があるか》、と尋ねありきける程に、一〇北丹波と云ふ深き谷に至りて、跡たえたる《人の通った跡もない》深山の奥の方に、河より一一切花《きりはな》の幹《から》の流れ出でたるあり。いとあやしくて、いかなる人の、いかにして住むらむとおぼつかなさに《気になって》、尋ねつつはるかに分け入りて見れば、かたの様なる《ありきたりの》一二柴の庵《いほり》の、軒を並べて二つあり。いとめづらかに覚えて、近くあゆみよる程に、窓より一三其の形ともなく黒み衰へたる人、わづかに〔顔を〕さし出でて、人のけしきを見てひき入りぬ。「一四あはれ、さ申ししものを。花から

庵の主の述懐

を谷に散らし給ひて」と云ふを聞けば、女声《をんなごゑ》なり。「濁《〔聖〕》れる末の世にも、かかる住居《すまひ》する人はあるものかは」とありがたく覚ゆるにも、まづ涙落ちて、「いかなる人の、かくておはしますぞ。[一]身にたえたる我等だに、なほ、え思ひとり侍らぬを《〔山林閑居の〕決心がつきませんのに》、[二]いといと希有《けう》の御志なりや」と、さまざま語らへど、ふつと《少しも》いらへもせず《返事をしない》。

其の時、いたう《〔聖は〕》恨みて、「我が身はしかしかの者に侍り《私はこういう者です》。菩提心《ぼだいしん》を発《おこ》して世を遁《のが》れ、身を捨てて山林にまどひありき侍れば、志同じき故に、[三]ことに随喜し奉るうちにも、女の身には、事にふれて《何かにつけて》さはりあり《さしさわりがある》。かくおぼし立ちけん事の《発心なさったということが》、返す返すもあはれにたぐひなく《感動的なことで他に類例がないように思います》覚えて侍り。且《かつ》は、こまかに承《うけたまは》りて、我が心をも励まし侍らむと思ふなり。[四]深くへだて給へば、いと本意ならず」なんど、こまかにうち口説《くど》き恨むれば、とばかり《〔庵主は〕しばらく》ためらひて云ふやう、「隠し申さんとも思ひ侍らず。年来《としごろ》ここに住み侍れど、いまだ、かく尋ね来る人もなきを、思ひかけず来たり給へれば、何となく心さわぎて《不安に思って》、御い

一 （山林での修行生活が）可能な。

二 庵の主が女性で、しかも老いた身なので、驚嘆してこう言ったのである。

三 他人の善根を見聞し、これに謙虚な気持で感動すること。『法華玄賛』随喜功徳品に「随は順従の名、喜は忻悦《きんえつ》の称、身心順従して深く忻悦を生ぜば、此を以て因と為して功徳果を生ず」とある。

四 私をうとみ遠ざけなさるなら、まったく残念なことです。

らへもとどこほり侍るばかりなり〔口が重くなっただけのことで他意はありません〕。我等がありさま申し侍らん。
昔、はたちばかりの時、二人同しやうにて、上東門院《じやうとうもんゐん》[五]に仕うまつりて侍りしが、世のありさま移り行くを見るにも、高き賤しき〔高貴な人も賤しい者も〕、かたはしよりかくれ行く。すべて[六]此の世には心もとまらず。されば、殊[七]に優なりし所の習ひに、[八]色深き心とて〔恋をしたりすれば〕、事にふれつつ身も苦しく〔何かにつけ苦しみが多く〕、罪の積《つも》らん事も恐しく侍りしかば、二人申し合はせて行方も知らず走りかくれにき。其の後、ここかしこに[九]へつらひ侍りしかど、人のあたりは、何事につけても住みにくく、心に叶《かな》はぬ事のみ侍りしより、思ひがけぬここに跡をとめて〔とどまって〕、おのづから多くの年月を経たり。花の散り、葉の色付くを見て、春秋の経ぬる事を数ふれば、四十余年になんなりぬる。住み初《そ》め侍りし比《ころ》は、嵐もはげしく、はかなき鳥獣のはげしきまでも〔荒々しい様子までも〕けうとき〔気味が悪い〕ここちして、ことごと〔何かにつけて〕堪へ忍ぶべくもあらざりしかど、今は住みなれて、たまさか〔たまたま〕に立ち出でたる時も、ここを栖《すみか》といそぎ帰りまうでくれば、[一〇]さるべかりける事とあはれに

五 一条天皇中宮。藤原彰子《しようし》。道長の娘。後一条・後朱雀両帝の母で、皇太后・太皇太后であった。承保元年（一〇七四）没、八十七歳。二二二頁注二参照。

六 まったくこの世のことには未練がありません。このあたり、『紫式部日記』の「世のいとはしきことは、すべてつゆばかり心もとまらずなりにて侍れば、聖にならむに、懈怠《けだい》すべうも侍らず」の影響があるか。

七 宮中を暗示した表現。

八 恋愛感情。「紅の初花染めの色深く思ひし心われ忘れめや」（『古今集』恋四）。仏教で「色欲」「婬欲《いんよく》」などと称され、罪悪に数えられた。なお、女房たちが宮中で恋に陥って不幸になりがちであったことは「なべての人のやうにはあらじと思ひしを、（中略）契りとかやは逃れがたくて、思ひのほかに物思はしきこと（恋愛）添ひて、さまざまに思ひ乱れし頃」（『建礼門院右京大夫集』）が参考になる。

九 他人に気をつかう暮しをしておりましたが。

一〇 今になってみると、ここを栖《すみか》とするのが自分たちにとってふさわしいことであった、としみじみ思われます。

侍るなり。なにとならはせる事にか《どういうふうに始まった習慣でしたか》、生ける数《生きている者》とて、雲風[一]に身をまかせても、縁《え》なければ、独り独りかはりて、十五日づつ里に出でて、今一人を養ふわざをなんし侍る。この並べる[二]庵《いほり》の内に、窓をあけて、わづかにとぶらひ侍るを《互いの安否を問うのを》たよりにて、只明暮《あけくれ》[三]は念仏し侍るなり」と、まめやかしく《誠実で》あてなるけはひにて《品のある様子で》、語る[四]まじきをもおぼえず、袖を《涙を》[五]しぼりつつ《流しながら》、一仏浄土[六]の契《ちぎ》りを結びて帰りぬ。

又其の後、麻の衣、時料《ときれう》[七]など用意して尋ね行きたりければ、庵の跡はさながら《そのまま》行方も知らずかくれにけり《姿を消してしまっていた》。

人の心同じからねば、其の行ひもさまざまなれど、女の身にてかかる棲《すまひ》思ひ立ちけん、おぼろけの《並み大抵の》道心にはあらざるべし。今、此の事を思ふに、けがらはしくあだなる《はかない》身を山林の間にやどし、命を仏にまかせ奉りて、清浄《しやうじやう》[八]不退の身を得ん事は、げに、心からに《自分の意志に》よるべき行ひなり。

出離の期《ご》

静かに、過ぎぬる事を思へば、輪廻《りんゑ》[九]生死《しやうじ》のありさま限りもなし。

一 雲や風を頼りとしているが、身よりがいないので。「縁《え》」は底本は仮名表記。あるいは「餌」（食料）か。
二 『一言芳談』に「同体なる後世者どもの庵を並べたる所に住むべからず」とある。遁世者が同居するのは勿論、庵を並べるのをも否定する考え方があった。
三 二人の日常について『雑談集』には「朝より昼までは、他事無く、真言・法華等の行《ぎやう》の外《ほか》、世間の事なかりけり。夕方は酒宴なども有りと聞ゆ。目出たき事なり。うらやましく思ひ侍り」とある。
四 つつみかくしもないように、の意か。ただし、この前後、神宮本の「…あてなる気色にて語る。聖《ひじ》りも覚えず袖を」云々とあり、本文に問題があるか。
五 「袖を絞り」か。底本に「ぼ」の濁点がないので「袖を萎《しほ》り」の可能性もあるが、意味上の差はない。
六 極楽往生しようという約束。「一仏浄土」は「一仏土」（三六〇頁注四参照）とも。一体の仏の浄土の意だが、特に阿弥陀如来の極楽浄土をさす。
七 生活に要する物品。
八 煩悩がなくて清らかで、再び元にもどることのない身。修行の結果到達した身。
＊ 「静かに」以下は跋文風の文章。『発心集』の第一次成立後に付されたものかという。巻七・八はあるいは後人によるものかとする説もある。
九 転生《てんしやう》を繰返しつつ、迷いの世界に長く流転を続けること。以下の文、『往生要集』上・大文一の「かくの如く展転《てんでん》して、悪を作り

ほとりもなし《はてしもない》。「一〇人が一劫《いちこふ》を経《ふ》る間に身を捨てたるかばね《死体》、もし朽《く》ちずして積らば、毗留羅《ひるら》の山の如くならん」と云へり。一劫なほかくのごとし。況《いはん》や、無量劫をや。其のほど《期間に》、もろもろの一一有情《うじやう》、一つとしてうけざる《授からない》身なく、苦といひ、楽といひ、事として《一つとして》経ざる事なし。定めて仏の出世にも逢ひ《この世への出現にも会い》、菩薩の教化《けうけ》にもあづかりけむ。しかあれど、楽しみを受けたる時は、たのしびにふけりて〔仏法を〕忘れ、苦しみにあへる時には、苦をうれへて〔修行を〕怠りし故に、今なほ凡夫《ぼんぶ》のつたなき身として、一二出離の期《ご》を知らざるなり。過去のおろかなる事を思ふに、未来も又かくのごとくこそ。

仏菩薩と凡夫との差違

大方《おほかた》、一三諸仏菩薩と申すも、本《もと》は皆凡夫なり。我等が父母ともなり、妻子・眷属《けんぞく》ともたがひに《かわるがわる》なり給ひけん。されど、かれは賢く勤め行ひて、既に一四三界を出で給へり。我等は、信なく、行《ぎやう》なかりしかば、一五生死の巣守《すもり》として、昔の結縁の故に《前世に結ばれた因縁で》、僅かに御名《みな》を聞き、一六誓ひを仰《あふ》ぐ事を得たり。今、幸ひに、肩並べたる人《身近にいる人が》の勧め行ひて、生死を離

苦を受け、徒《いたづら》に生れ徒に死して、輪転《りんでん》して際《きは》なし。経の偈《げ》に云ふが如し。一人の、一劫《いちこふ》の中に受くる所のもろもろの身の骨、常に積みて腐敗せずは、毘布羅山《びふらせん》の如くならん」によるか。

一〇 以下の句、『往生要集』は『雑阿含経《ぞうあごんきやう》』三十四から引用したものという（石田瑞麿氏『源信』日本思想大系）。なお、同趣旨の記述は、『涅槃経』二十、『大乗理趣六波羅蜜多経』八、『仏名経』七などにも見える。和書にもよく引用される有名な句。「一劫」は数え方に諸説あるが、きわめて長い時間をいう仏語。「毗留（富）羅」は中インドのマカダ王国の首都王舎城があった地の東にあるビプラ山。

一一 人間や動物など感情を持つものを総称する仏語。

一二 悟りの境地に入る機会。

一三 『太子瑞応本起経』上の「仏言はく、吾自ら宿命を念《おも》ふに、無数劫時、本《もと》、凡夫たり」に基づく思想。「仏だに凡夫におはせし時、堪えがたき事を堪え、忍びがたき事をよく忍びてこそ、仏ともなり給ふ」（『栄花物語』二十六）。「仏も昔は人なりき、我等も終《つひ》には仏なり、三身仏性具せる身と、知らざりけるこそあはれなれ」（『梁塵秘抄』二。『平家物語』一にも類歌あり）。

一四 衆生が流転する欲界・色界・無色界の三世界。

一五 迷いの世界に取り残された者。「巣守」の原義は、孵化《ふか》しないで巣に残っている卵。

一六 仏が衆生を救うべく立てたという誓願。

れんにも、又遅れなんとす。

釈尊の往古

抑《そもそも》、仏になる事は、釈尊の往古を聞けば、三僧祇百大劫《さんそうぎひやくだいこふ》[一]が間、或いは無量阿僧祇劫を、ますます久しく行じ給ふとも説《と》けり。其の時節の遙かなるのみにあらず。尸毘《しび》[二]大王としては鴿《はと》に替り、薩埵《さつた》[三]王子としては、虎に身を投ぐ。かくの如く難行苦行して、仏身を得給へり。行をして、いづれの所を願ふべし《どこに往生するのを》と思ふに、過去に経て《過去の世で経てきた》過ぎにし天上の楽しび、何にかはせん。多生《たしやう》を隔つれば、遠き縁を期《ご》する《期待し》にあぢきなし《てもつまらない》。只、此の度《たび》いかにもして、不退の土《ど》[四]に至りて、やうやう《しだいに》進みて、つひに菩提に至らん事を《悟りの境地に到達することを》励むべきなり。

念仏と往生

然るを、彼《か》の極楽世界願はば、生れぬべし。其の故は、本願[五]に云はく、「我、仏を得たらんに、[六]十方《じつぱう》の衆生《しゆじやう》、心を至して信楽《しんげう》[七]して、我が国に《浄土に》生れんと願ひて、乃至《ないし》[八]十念せんに、〔彼らが〕生れずと云はば正覚《しやうがく》[九]をとらじ」と誓ひ給へり。下品下生《げぼんげしやう》[一〇]の人を説くには、四重五逆[一一]を作る悪人なれども、命終《みやうじゆう》の時、善知識の進めにあひて、十度《とたび》「南無阿弥陀

一 「三僧祇」は「三大阿僧祇」または「三大僧祇」の略で、菩薩が成仏するまでに修行を重ねた時間、「百大劫」は、仏が具《そな》えるすぐれたかたち(三十二相・八十種好)を得るまでの行を積んだ時間。釈迦のこの期間の修行については『大智度論』その他に詳しい。

二 釈迦の前身の一つ。鷹に追われた鳩の身代りとなって、その肉を鷹に与えたという説話で知られる。『大智度論』四などにあり、薩埵《さつた》の話ともども『三宝絵詞』上、『私聚百因縁集』一・三、同二・四などの説話集に記される。

三 釈迦の前身の一つ。飢えた虎にわが身を与えたという王子。『金光明最勝王経』捨身品《しやしんぼん》その他に見える。

四 極楽の異称。ここに至った者は二度と迷いの世界に退くことがないという。

五 阿弥陀如来が法蔵菩薩であった時に立てた四十八の誓願のうち、特に第十八願をいう。

六 自分が仮に仏となる資格を持つことができても。以下は『大無量寿経』上よりの引用。

七 法を信じ、救済をねがうこと。この前後にある「至心」「欲生」とともに「三信」と称して浄土真宗で重視される。

八 数の多少を問わぬ念仏の意かという。

九 正しい悟りをひらくのをさしひかえようと思う。

一〇 最下位に属する者について説くところでは。以

仏」と申せば、猛火忽《たちま》ちに滅して蓮台〔極楽の〕にのぼる、と説けり。或いは、「[一二]極重悪人無他方便《ごくぢゆうあくにんむたはうべん》。唯称弥陀得生彼国《ゆいしようみだとくしやうひこく》」とも云ひ、又、「[一三]若有重業障《にやくうぢゆうごふしやう》、無生浄土因《むしやうじやうどいん》。乗弥陀願力《じやうみだぐわんりき》、必生安楽国《ひつしやうあんらくこく》」とも、「[一四]其仏本願力《ごふつほんぐわんりき》。聞名欲往生《もんみやうよくわうじやう》。皆悉到彼国《かいしつたうひこく》。自致不退転《じちふたいてん》」とも説けり。

此れらの説の如くは〔説に従うならば〕、「我等、[一五]流来生死《るらいしやうじ》のつたなき凡夫なり。忽ちに不退の浄土に生れがたし」と卑下すべからず。娑婆《しやば》と極楽と縁深く、弥陀と我等と契《ちぎ》り久しきが故に、仏の不思議神通《じんづう》方便〔霊妙な方法で〕をもて、[一六]曠劫《くわうごふ》の勤修《ごんしゆ》を、一日七日の行につづめ、六度の難行を、一念十念の称名《しようみやう》にかうぶらしめて〔吸収させて〕、早く不退に至りやすく、速《すみや》かに菩提を得べき道を教へ給へり。

実《まこと》に、多く百千劫の苦行、仏の御為には何かせん〔仏からすれば何ほどのものでもない〕。只少時《しばらく》の念仏のみぞ、其の本願にはかなへる。我、仏を念ずれば、仏、我を照らし給ふ。仏、我を照らし給へば、諸罪悉《ことごと》く消滅して、往生する事疑はず。彼《か》の[一八]聖を見ぬは、悪業の眼《まなこ》のとがなり。大悲そむく事なし〔仏の慈悲心は信心を裏切らない〕。

下、『観無量寿経』の「下品下生とは（中略）。かくの如き愚人は、命終の時に臨みて、善知識の、種々に安慰して、ために妙法を説き、教へて仏を念ぜしむるに遇《あ》はん」云々の趣旨を述べたもの。

一一 大罪の代表。一二〇頁注六参照。

一二『観無量寿経』下の趣旨によるという『往生要集』下・大文八の文を音読したもの。特にその前半は有名な成句で、文学作品の類にも多く引用される。後半は、ただ仏を称念すれば極楽に生れることができる、の意。

易行の道

一三 源信『決定往生縁起』中の句。「もし重き業障ありて浄土に生ずる因無くは、弥陀の願力に乗ぜば、必ず安楽国に生る」と訓ずる。

一四『大無量寿経』下の句。「其の仏の本願力により、名を聞きて往生せんと欲せば、皆悉《ことごと》く彼の国に到りて、自《おのづか》ら不退転に致らん」と訓ずる。「名」は仏名。『往生要集』下・大文七にも引用。

一五 迷いの世界に流転すること。流転生死。

一六 長い時間。過去についていう。未来についての「永劫」の対。

念仏のすすめ

一七 六波羅蜜（布施《ふせ》・持戒《じかい》・忍辱《にんにく》・精《しよう》進《じん》・禅定《ぜんじよう》・知恵）。六種の徳目。

一八 誤脱があるか。寛文本「聖相」。神宮本「光」。山田昭全氏はこの前後の文の出典かと思われる九巻本『宝物集』九の文意から判断して「聖衆」（二十五菩薩）の「衆」の字が脱落したものかとする。

滅罪《めつざい》疑ふべからず。しかれば、みづからが励みには難《かた》かるべければ、仏の不思議の願力に乗ずるが故《ゆゑ》に、すみやかに至る《〔極楽に〕》事を得るなり。これ、[一]十住毘婆娑論《じふぢゆうびばしやろん》に云はく陸路《くがぢ》と船路とのたとへの如し。いかに況《いはん》や、我は[二]宿善《しゆくぜん》すでにあらはれて、[三]あひがたき仏法にあへり。[四]有縁《うえん》の悲願を聞くに、又、[五]機感のいたれる事を知り、又、罪ふかけれど、未だ五逆をつくらず《犯していない》。信《しん》浅けれど、誰か十念を唱へざらん。時はこれ、[六]弥陀利物《りもつ》のさかり、所は又、[七]大乗流布の国なり。賢愚をも云はず《差別せず》、[八]道俗をもえらはず、「財宝を施《ほどこ》せよ」とも説かず、「身命をなげよ」とものたまはず、只ねんごろに弥陀悲願をたのみ、口に名号《みやうがう》を唱へ、心に往生を願ふ事深くは《深いなら》、十人ながら《十人中十人》必ず極楽に生るべきなり。

それ、[九]もろもろの道理をまもりて是非すとも、有縁の我等が為におこし給へる大悲の別願なれば《特別の誓願なので》、[一〇]法相《ほつさう》にもたがひ、因果のことわりをもそむけり《道理をも超越している》。思ひのほかの喜びなるべし《〔この別願は〕願ってもない》。仰いで信ぜずは《信じないでいられようか》、有るべ

一　十七巻。龍樹著。鳩摩羅什《くまらじふ》訳。三十五品のうち、第九品の「易行品」は浄土門で重視される。下の比喩も同品にある。難行と易行（浄土門）との対比を陸行と船旅との関係になぞらえて説いたもの。
二　前世の善根の結果。
三　『六道講式』に「人身《にんじん》は受け難く、仏法は遇ひ難し」とあるほか、用例の多い成句。
四　仏菩薩によって救われる機縁を持つ者。
五　（衆生《しゆじやう》への）仏の感応。
六　衆生に利益《りやく》を与えること。
七　大乗仏教の布教が及んでいる国。ここは日本をさす。
八　僧と俗人とについても区別せず。「えらふ」（底本無濁点）は「えらぶ」の古形。
九　経論などの説くところによってあれこれ論争しても。この前後、念仏をめぐる当時の宗論の空しさを暗示している。
一〇　仏法の一般的な現れ方。

大悲の別願

一一　『阿弥陀経』をさす。
一二　すべての方角に遍在する無数の仏。「六方」は東西南北上下の総称。「恒沙」は「恒河沙」の略で、恒河（ガンジス河）の砂の意から、無限の数量をいう比喩。このあたり、『阿弥陀経』の「かくのごときらの恒河の沙の数の諸仏ありて、お

からず。[11]経に説けるが如くは（説いてあるのが正しいなら）、我等弥陀仏を念じて、仏の願力に乗じて必ず極楽に生るべき事を、[12]六方恒沙《ろくはうごうじゃ》のもろもろの仏、[13]舌をのべて[14]三千界におほひて、これ、実《まこと》なりと証明し給ふ。[15]仏と仏とは、〔人が〕何のおぼつかなき事かおはします（不審を抱く余地は少しもお持ちではない）。只、我等が疑ひを絶たんが為にこそ侍らめ。凡夫の習ひ、我も人も、此の世の事にのみうつりて（関心を寄せて）、さらに〔世を〕いとふ事なく、身は世の塵《ちり》にのみ著《ぢゃく》して、もろもろの罪つくりて、弥陀の誓ひのありがたく、極楽の詣《まう》でやすき事を聞けども、信ずるともなし。疑ふともなし。耳にも入らず。心にもそまず。願ふ心なければ、又つとむる事もなし（仏道に勧める）。一期《いちご》夢のごとくに（一生が夢のように）過ぎなば、[16]三《さん》途《づ》、眼《まなこ》の前に来たるべし。されば、「[17]四十八願荘厳浄土。華池《けち》宝閣易《い》往無《わうむ》人《にん》」とも侍るにこそ。

すべて、生きとし生けるものの中に、人のさとり（人間の判断力は）殊にすぐれ、[18]空をかける翅《つばさ》、海に住む鱗《うろくづ》、[19]これを得るにかたからず。木をきり、海を渡る。獣を従へて、家へ行く。蚕をかひて絹を織り、[20]真《ま》金《がね》を溶《と》き

のおの、その国において、広長の舌相を出し、あまねく三千大千世界を覆ひて、誠実の言を説きたまふ」を念頭においた表現。

一三 広長の舌相をいう。仏の言が真実であることを示す形象。舌が鼻を覆うと、その言に偽りがないという俗信に起源を持つという。

一四 「三千大千世界」の略。煩瑣《はんさ》な定義によって示されているが、要するに極めて広大な空間で、仏教の宇宙論によると、宇宙は、無数の三千大千世界から構成されるという。

一五 仏という仏は、すべて。

一六 悪の報いを受ける者が死後赴かねばならない世界。地獄（火途）・餓鬼（刀途）・畜生（血途）。

一七 『天台智者大師別伝』中の句の音読。「四十八願浄土を荘厳し、華池宝閣（原典は「宝樹」）往き易くして人無し」と訓ずる。「四十八願」は阿弥陀の立てた四十八の誓願。『往生要集』上・大文二に「四十八願もて浄土を荘厳したまへば、一切の万物、美を窮《きは》め妙を極めたり」とある。「華池」は蓮華の咲く池、「宝閣」は七宝によって作られた宮殿・楼閣。「易往無人」（浄土に往生するのは易《やさ》しいのに、それを念ずる者は少ない）は、成句として浄土思想を説くのに多用される表現。

一八 空中を飛ぶ鳥や海に住む魚。

一九 それら（鳥や魚）を手に入れるのは容易だ。

二〇 鉄。くろがね。

無常を悟るべきこと

て器物《うつはもの》を鋳《い》るまでも、事にふれ、物にしたがひて《どの物事をとってみても》、いづれか凡夫のしわざと覚ゆる《どれが愚か者のしたことと思えようか》。しかあれど、目の前に無常を見ながら、[一]日々に死《し》期《ご》の近付く事を恐れぬ事は、智者もなし、賢人もなし。老い《老いた者が》が死するのみにあらず。若きも又死す。今日は人の上、明日は身の上なる無常をさとらぬは、此の深き[二]無明《むみやう》の酒に酔《ゑ》ひ、[三]長夜《ぢやうや》のやみに迷へるなり。早くこの理を説いて、あだなるあまりの命を《あてにならない残された生命を》たのまず、離れやすき恩愛《おんあい》のきづなにつながれずして、此のたび《この際》[四]頭燃《づねん》を払ふがごとくして、[五]喉《のど》のかわけるに水を飲むがごとくに《〔往生を〕》願ふべし。[六]手をむなしくして帰る事なかれ。

諸行を尊重すべきこと

ただし、諸行は、[七]宿執《しゆくじふ》によりて進む。みづからつとめて、執して《固執して》、他の行そしるべからず。[八]一華《いつけ》一香《いつかう》、一文一句、[九]皆西方《さいはう》に廻向《ゑかう》せば、同じく往生の業《ごふ》となるべし。水は溝をたづねて《溝をつたわって》流る。さらに《決して》、草の露、木の汁を[一〇]嫌ふ事なし。善は心にしたがひておもむく。いづれの行か、広大の[一一]願海に入らざらんや《入らぬということがあろうか》。

一 毎日、死期が近づくことを恐れないという点では、智者や賢人と凡人の別はないのである。
二 「無明」(煩悩《ぼんのう》にとらわれて悟りを得られぬ状態)を酒にたとえていう語。「無明の酒を飲む勿《なか》れ」(『妙法聖念処経』七)。
三 「長夜」(「無明」とほぼ同義)を闇にたとえていう語。「長夜の眠り」などともいう。
四 「頭然」とも。頭の上の火。危険がせまっていることのたとえ。「頭燃を救《はら》ふが如くして、以て出要を求めよ」(『往生要集』上・大文一)。
五 『往生要集』中・大文四の「行住坐臥、語黙作々《さつさ》に、常にこの念を以て胸の中に在《お》くこと、飢ゑて食を念《おも》ふが如く、渇して水を追ふが如くせよ」による。
六 「宝の山に入りながら手を空しくして帰る」(絶好の機会を得ながら、それを生かせずに終る)という金言の後半部。ここは前文の出典『往生要集』上・大文一「願はくはもろもろの行者、疾《と》く厭離の心を生じて、速かに出要の路に随へ。宝の山に入りて手を空しくして帰ることなかれ」によるか。三〇五頁注二二参照。
七 前世からの因縁。
八 仏前に奉る一本の花と一つまみの香(のようなわずかな供え物)。
九 すべて西方極楽往生のための功徳となるので。
一〇 嫌って一緒に流れないなどということはない。
一一 仏菩薩の誓願の広く深いことを海にたとえた語。

恵心、空也に往生の教えを乞う

発心集 第七

一 恵心僧都《ゑしんのそうづ》、空也上人に謁《えつ》する事

一二恵心僧都の、そのかみ《昔》一三空也上人に見奉らん《お目にかかろう》とて尋ね来給へる事あり。年たけ《〔空也は〕老齢に達し》、徳高くして、只人《ただびと》とも覚えず。いと貴《たつと》く見え給ひければ、後生《ごしやう》の事申し出だし、「（恵心）極楽を願ふ心深く侍り。往生は遂げ侍りなむや」と尋ね給ひければ、「（空也）我は無智の者なり。いかで、さやうの事をことわり侍らん《判断できましょうか》。但し、智者の申し侍りし事を聞きて、これを案ずるに、などかは生ぜざらん《どうして往生できないはずがあろう》。其の故は、人、一四六行観を修して一五上界の定《ぢやう》を得んと思ふ時、『一六下地《げぢ》は麁《そ》なり、苦なり、障なり。一七上《ぢやう》

一二 源信。日本浄土教の祖とされる高僧。『往生要集』その他、多数の著がある。寛仁元年（一〇一七）没、七十六歳。

一三 五八頁注五参照。空也は恵心よりも三十八歳年長であった。

一四 観法の一つ。有漏智《うろち》（世俗的現象を対象とする時に生ずる知恵）をもって修する。有漏道。

一五 三界（衆生《しゆじやう》が流転する境界）のうち、色界・無色界の二つを、下位の欲界に対していう名称。「上界の定」は上界に住することを得る精神状態。

一六 六行観を説く『倶舎論《ぐしやろん》』二十四の趣旨を述べたもの。「下地」は劣る境界。ここは欲界をさす。「麁」はおろそか、そまつ。

一七 「上地」は「上界」に同じ。

地《ぢ》は静《じやう》なり、妙なり、離なり[一]』と云ふ事を信じて、下地のいやしきさまを厭《いと》ひ、上地の妙なる事を願へば、其の観念の力にて、次第にすすみて、悲想非々想[二]まで至るべしと云へり。しかれば、西方《さいはう》の行[三]人も又、同じ事なり。知恵・行徳なくとも、穢土《ゑど》をいとひ、浄土を願ふ志深くは、などか《どうして》往生を遂げざらん」とのたまひければ、僧都これを聞きて、「実《まこと》に理きはまり侍り《この上ない教えです》」とて涙を流し、掌《たなごころ》を合はせて、帰《き》[四]し給ひにけり。

さて往生要集[五]を撰じ給ひけるに、其の事を思ひて、厭離穢土《えんりゑど》・欣《ごん》求浄土《ぐじやうど》を先とし給ふ。

二　同上人、衣を脱ぎ、松尾《まつのを》大明神に奉る事

空也、松尾明神に法施《ほうせ》を乞われる

此の上人[六]、雲林院《うんりんゐん》[七]に住み給ひける比《ころ》、七月ばかりに、京になすべ

一　束縛を脱すること。

二　三界のうち、最高位にある天。有頂天《うちようてん》。「悲想」は「非想」とも表記する。

三　極楽往生を願う修行者。

四　「帰す」は、心服する、帰依する、の意。

五　恵心の主著で、わが国浄土思想の根本聖典の一つ。永観三年（九八五）成立。その上巻の大文一が「厭離穢土」、同二が「欣求浄土」をそれぞれ主題とする。

松尾明神と空也の衣

＊本章の説話、『百座法談聞書抄』三月八日、九巻本『宝物集』九、『古事談』三、『雑談集《ぞうたん》』九・四、『元亨釈書』十四、『三国伝記』六・十五などにも見える。

き事ありて、朝かげに《朝日のさす中を》大宮の[八]大路《おほち》を南さまへ《南に向って》おはしけるに、[九]大垣の辺に、[一〇]例人《れいびと》とは覚えぬ人のさしあへりけるが、いみじく寒《かん》《寒さ》を怨《うら》みたるけしきにて《を苦にしている様子に》見えければ、上人、あやしくて《気になったので》立ち留《とど》まりて、「いかなる人にてましませば、かく暑きほどに、寒げにおはするは」と問ひ給ふ。此の人のたまふやう、「空也上人とは、[一一]御事《おこと》を申すにや。日《ひ》来《ごろ》より、あひ奉りて愁へ申さんと《訴え申し上げたいと》思ひつるに、いと嬉しく侍り。おのれは[一二]松尾《まつのを》の大明神なり。[一三]妄想顚倒《まうざうてんだう》の嵐はげしく、悪業煩悩《あくごふぼんなう》の霜あつく侍る間《ので》、かく、寒さたへがたきなり。もし、[一四]法華の法施《ほふせ》を得せ《てい》しめ給はんや《ただけないでしょうか》」とのたまふ。

聖《ひじり》、いとかたじけなくあはれに覚えて、「承《うけたまは》り侍りぬ。ただし、[一五]社《やしろ》に詣でて法施《ほふせ》し奉らむ。此のおのれが下に著《き》て侍る小袖は、此の四十余年、起き伏し・立ち居、[一六]法華経をよみしめて侍る衣なり。垢《あか》づきて、いとかたじけなき事には侍れど《恐縮ですが》、これを奉らん」と申し給ひければ、悦《よろこ》びて著給ひて、「今は此の法華の衣を著て、いと暖か

六 前章の空也をさす。
七 京都市北区紫野の地にあった天台宗の寺（同名の小寺が現存する）。もと淳和《じゅんな》天皇の離宮であったが、後に寺院となった。菩提講（法華経の講会《こうえ》）が行われていたことは有名。空也が止住《しじゅう》した年時は不明。
八 平安京を南北に走る大路。大内裏の東北端を起点とし、雲林院からは真南の位置にあった。
九 大内裏の周囲（ここは東側）の築地。
一〇 普通の人とは思われない人物と出会ったが、その人物が、の意。「人の」の「の」は同格、「けるが」の「が」は主格の、それぞれ格助詞。
一一 親愛感をこめて用いる対称の人代名詞。そなた。
一二 松尾神社（京都市右京区嵐山北松尾山にある神社）の祭神の大山咋命《おおやまくいのみこと》。本章に見る説話と、空也が建立した六波羅蜜寺の鎮守神が松尾明神であったこととは、因果関係にあるらしいという（堀一郎氏『空也』吉川弘文館）。
一三 真理と反対の判断をしてしまう分別心。
一四 法華経を誦《ず》すること。
一五 松尾神社をさす。
一六 法華経を読誦《どくじゅ》した功徳《くどく》をしみこませてある衣。

空也、明神に衣を奉る

になりたり。これより後は、仏道なり給はんまで《〔上人の〕仏道が成就されるまで》まぼり奉らん《お守り申し上げましょう》」と
て、聖をふし拝みて去り給ひぬ。
これ《この人は》、大通智勝仏《だいつうちしようぶつ》[一]の垂跡《すいじやく》[二]にておはしますべし。国を助け、仏法を守らんが為に跡を垂れ給へば、上人の徳を尊びて、法施《ほふせ》を請《う》け給ふ。しかるに、旧《ふる》き小袖を奉り給ひける心のたけ《深さ》こそ、なほありがたく侍れ。

空也の功績

抑《そもそも》、[三]天慶《てんぎやう》より先は、日本に念仏の行《ぎやう》まれなりけるが、此の聖の進めによりて、人こぞりて念仏を申す事になれり。常に阿弥陀を唱へてありき給ひければ、世の人これ《空也を》を阿弥陀聖と云ふ。或る時、市《いち》《町》の中《なかに》に住して諸々《もろもろ》の仏事をすすめ給ふに依りて、[四]市の聖とも聞こゆ。すべて、橋なき所には橋を渡し、井《ゐ》なくして水とぼしき郷《さと》には、井を掘り給ひけり。[五]これを我が国の念仏の祖師と申すべし。即《すなは》ち、法華経と念仏とを置いて《信奉して》、極楽の業《業因》として、往生を遂げ給へるよし、[六]見えたり。

一 三千塵点劫《じんてんごう》という遠い過去に現れたという如来。大通仏。『法華経』化城喩品《けじようゆぼん》に見える。十六人の王子があり、すべて沙弥《しやみ》（僧）となり、その第九は阿弥陀に、第十六は釈迦になった。伊豆の三島明神はこれの垂跡《すいじやく》とされる（謡曲『春栄』など）が、松尾明神との関係は所説未詳。

二 仏菩薩が、布教すべき土地に受け入れられやすい形で仮に現れたもの。

三 九三八～四七年。諸伝の伝えるところでは、空也が諸国修行を経た後に帰京して布教を始めたのは天慶元年。本段に記される空也の行実については『空也誄《るい》』『日本往生極楽記』他の諸書に詳しい。

四 「山の聖」（山中にあって修行をもっぱらとした聖）に対する呼称。

五 『日本往生極楽記』の「その後（空也の布教以後）世を挙げて念仏を事とせり。誠にこれ上人の衆生を化度《けど》するの力なり」の文意などをうけて、空也の浄土教史的位置を（やや誇張して）評価したもの。

六 注三の諸伝の記述を暗示している。

＊以下の雅通説話、『法華験記』下・百二、『今昔物語集』十五・四十三、『拾遺往生伝』中・十五、『普通唱導集』下、『元亨釈書』十七などに詳述されている。

七 宇多源氏。時通の子。左近少将・右近権中将などを歴任したが、左近中将であった事実は未詳。寛仁元年（一〇一七）没、享年不明。

八 「提婆《だいば》達多《だつた》品《ぼん》」（『法華経』巻五、第十二品）の略。

九 「浄心に信敬して疑惑を生ぜざれば」と訓ずる。（提婆品を聞き、これを）清い心で信じ敬い、少しも疑わなければ（地獄・餓鬼・畜生に堕ちず、十方の仏の前に生まれ、そこでこの経を聞くことができるだろう）の意。

一〇 他書によれば、この部分の主語は行円（通称「皮《かわ》聖《ひじり》」。行願寺の開基）。

一一 藤原伊周《これちか》の子。従三位左京大夫。性格が粗暴で非行が多く、「荒三位」と称された。天喜二年（一〇五四）没、六十二歳（六十三歳とも）。

一二 非情で貪欲に生きた人。「世路」は生活、生活手段、「わしる」はあくせくする。

一三 京都市東山区に現存する寺。空也が天暦五年（九五一）に建てた西光寺を改称したもの。

三　中将雅通《まさみち》、法華経を持《たも》ち、往生の事

雅通の心のうるわしさ

中比《なかごろ》、左中将七雅通と云ふ人ありけり。心うるはしくて《立派な心を持っていて》、若きより法華経をよみ奉りける。殊に提婆品《だいばぼん》八を信じて、毎日十廿遍これをよむ。しかれども、世に仕へ《朝廷に》、人に交はる間、心ならず狩・すなどり《漁》し、もろもろの悪業を造り、常は彼《か》の「浄心信敬不生疑惑者《じやうしんじんきやうふしやうぎわくしや》」九の文を口付け《言いならわして》、ことくさとせり《口ぐせとしていた》。

往生とその余波

命終《みやうじゆう》の時、同じく《いつものように》この文を唱へ、さまざまの瑞相を見て《めでたいしるしを見て》、往生疑ひなき由、一〇披露しけり。一一道雅朝臣《みちまさのあそん》、さらに此の事を用ひず《その言を信じないで》、「殺生《せつしやう》を好み、世路《せいろ》一二をわしりつる人、いかが往生せむ」と云ふ程に、年経て後、一三六波羅蜜寺へ参りて、忍びて聴聞《ちやうもん》する間に、車の前に一人の尼ありて、おのがどち語つて《仲間同士の会話で》云はく、「年比《としごろ》、往生を願へども、身、

貧にして、善根《ぜんごん》[一]を作《な》す力なし。朝夕《あさゆふ》これを嘆くほどに、過ぎぬる夜の夢に見るやう、一人の僧ありて告げて云はく、『汝《なんぢ》、なげく事なかれ。ただ心うるはしくして念仏する者は、必ず極楽に生ずるなり。近くは、中将雅通朝臣、心うるはしくして法華経を持《たも》つ[二]が故に、其の外《ほか》の善根なけれども、既に往生を遂げたり』と語る。道雅つぶさにこれを聞きて、其の後信じたりける。

ただ、いづれの行なりとも、心うるはしくして其の上に願を発《おこ》し、功を積むべきにこそ。

或る伝記[三]に云はく、唐《もろこし》に并州《へいじう》[四]と云ふ国あり。彼《か》[五]の国の人は、七八歳より道心ありて、念仏を申して、多く極楽に生ず。其の中に、僧[六]延法師と云ふ者あり。これ思ふやう、「必ずしも、念仏してのみや《念仏することだけが》は、極楽に生ずべき《往生の道ではあるまい》」。千部[七]の経をはじめてよむ。百部になる夜の夢に、我が左右の脇より羽の生ひ出で、飛びぬべく《飛べそうに》覚えければ、あやしくてこれを見るに、法華経の文字の、ことごとく翅《つばさ》[八]に生ひたる

一 善因となる行為。善業。善本。

二 たえず念誦したために。

并州の僧延の話

＊ 以下の僧延の話は『法華伝記』五・十（主人公の表記は「僧衍」）、『百座法談聞書抄』三月三日（同、「平州」の「そう延」）、『三国伝記』二・八（同、「増延」）にも見える。

三 『法華伝記』をさすか。

四 今の山西省太原。

五 『法華伝記』に「凡そ厥《けつ》の并州人は、七歳已上《いじやう》、皆念仏を解き、浄土に生まるる多し」とあり、前記の諸書および九巻本『宝物集』九に祖述されている。

六 詳伝未詳。『法華伝記』によれば、七十九歳にしてめでたく往生したという。
七 同一の経（この場合は『法華経』）を千度読誦すること。
八 持経者が、信受する経を翼として極楽に赴くというのは仏教説話の一つの型（『今昔物語集』六・四十四、同十五・十九その他）である。
九 極楽にあるという七宝で飾られた樹木。七重に行列するので「七重行樹」ともいう。
一〇『法華経』の字数。厳密には六万九千三百八十四。
一一 尊貴者のまわりを取り囲むこと。
一二 最敬礼をして。「五体投地」（仏教の礼法で、両膝・両肘の順に地につけて、次に合掌し、頭を地につける）をさす。
一三 三心の一つ。深く浄土を願う心。
一四 唐の真言宗の僧。不空三蔵の弟子で、インドに赴いて巡歴、『往五天竺伝《おうごてんじくでん》』（一部現存）を書いたことで知られる。

極楽で阿弥陀の教えを受ける

なりければ、あはれに貴くおぼえて、心に極楽へ飛びまゐらんと思ふに、西をさして飛び行くほどに、即《すなは》ち、思ひのごとく参りつきぬ。九 七重宝樹《しちぢゆうほうじゆ》の本《もと》に飛びをりたる間、此の羽に生ひたる字、一〇 六万九千余の仏に成り給ひて、皆悉《ことごと》く光を放つて阿弥陀仏を一一 囲繞《ゐねう》してなみ《並んで》ゐ給へり《お坐りになっている》。これを見奉るに、いよいよ尊く忝《かたじけ》なく覚えて、涙を流す事限りなし。阿弥陀仏のたまふやう、「此の仏たちは、皆汝がよみ奉る法華経の文字にておはします。しかるを、汝、極楽を願ふ。娑婆《しやば》に帰りて千部の願をはたして、もろもろの衆生《しゆじやう》を教へて、此の経をたもたしめよ」とのたまふ。これを承りて帰らんとする時、又此の多くの仏帰つて、本《もと》のごとく翅となり給ひぬ。飛ぶ時、さきの如し。

僧延、夢さめて、涙おさへがたくして、一二 五躰《ごたい》を地に投げて、夢中《夢の中》に《で》見奉る仏たちを拝み、一三 深心《じんじん》を発《おこ》して此の経を読み奉るとなむ。

恵超のもとに小法師現れる

又云はく、唐の一四 恵超《ゑてう》禅師と云ふ人あり。法華経に志深くして、年《とし》比《ごろ》読み奉る程に、やや功つもりて後、いづくより来《く》ともなく、小法師ひとり出でつかはれけり。

此の小法師、心賢く悟りありて、いまだ云はざる事をも知り、思ふ心をも推しはかる。諸事に力たへて《有能で》、これぞ、つかふに聊《いささ》かも心にたがふ事なかりければ、又なきもの《またとない小法師と》に思ひて過ぎける程に、此の恵超、事のたより《機会あって》に、真言《しんごん》[一]の教へ勝《すぐ》れたる事を聞きて思ふやう、「法華経は八巻をよみ奉るもわづらはしきに、真言は文字は少なくて義《意》理《味》は甚深《じんじん》なれば、誦《よ》みやすくして、功徳《くどく》はよく勝れ給へり」と思ひて、法華経ををさめて《しまって》、一向《ひたすら》真言を習ひて、胎蔵界《たいざうかい》[二]を行ふ。

小法師、恵超のもとを去る

其の時に、日来《ひごろ》つかへつる小法師、かき消《け》つやうに失《う》せぬ。いたらぬ隈《くま》なく尋ね求むれども、さらに行《ゆ》き方を知らず。恵超これを嘆きて寝たりける夜の夢に、彼《か》の小法師来て云はく、「我、実《まこと》には、[三]地蔵菩薩なり。汝《なんぢ》、法華経に功を入れたる事、貴く覚えて、日来つかへつれども、今は其の志を改めて真言を習ふ事、本意なければ《残念に思ったので》、去りぬるなり」とのたまふと見たりける。これ、必ずしも真言のお

一 呪文の一つ。一字のものから長句にわたるものまであり、「呪陀羅尼《じゅだらに》」「陀羅尼」などと称されるが、一般に、短いものを「真言」という。梵文《ぼんもん》を写した漢字音を読誦し、一字一句に無限の意義を内包するものとして、特に密教で重視される。

二 密教の宇宙論の根本用語。大日如来の現れである宇宙を、慈悲の顕現として「胎蔵界」と言い、智徳の顕現である金剛界と対比的に見る。

三 地蔵は、人を救うべく出現する時に少年の姿をかりる。法華持経者の所に地蔵が小法師となって給仕する類話『地蔵霊験記』三・一に「地蔵は弥陀の内証にてましませば、法花《ほっけ》は弥陀の異名なり。凡そ法花持者に地蔵の使はれ給はん事、何の疑ひかあるべき」とある。

四 ではどういうことかというと、それは、というほどの意。

五 経験を積んだ（法華読誦の）行。

六 一生の間持っていた、衆生《しゅじょう》を教え導く因縁。

七 梵語 nirvāṇa の音写。火を吹き消すことの意から、煩悩《ぼんのう》を克服して悟りの境地に入ることをいうが、釈迦の入滅をいう場合が多い。ここもその例。

ろかなるにはあらず。且《かつ》[四]は、功[五]を入れたる行を捨てたる謬《あやま》りをとがめ給へるなり。

法華経の尊重すべきこと

抑《そもそも》、釈尊は、一期《いちご》[六]の化縁《けえん》尽きて涅槃《ねはん》[七]に入り給ひしが、此の経（法華経は）、生《しやう》[八]身《じん》にかはりて普《あまね》く衆生を化度《けど》[九]し給ふ。我は迷ひも耐へず（迷いにもうちかてず）、悟りもなき薄地《はくぢ》[一〇]の凡夫《ぼんふ》として、無量劫に（無限の長期間に）名をだに聞かぬ平等大恵《びやうどうだいゑ》[一一]の教門にあ（会）へるは（うのは）、又、他事にあらず。釈尊無縁[一二]の大悲、無作《むさ》[一三]の誓願によりて、我等が道心少なしといへども、巌《いは》[一四]にも木にもあらず、いかで、この広大の恩徳《おんどく》を報じ奉らん（お返ししたらよいか）。只、此の経一文・一句をも、受持《じゆぢ》・読誦《どくじゆ》して、これを以て仏恩を報ぜんとすべし。

仏恩の深いこと

其の故《ゆゑ》は、仏は三界特尊《さんがいどくそん》[一五]として、自在神通《じんづう》[一六]を得給へり。何物か乏しき。何事か御心に叶《かな》はざらん。只我等が生死《しやうじ》[一七]の海の底に沈み、浮ぶ世もなきを、一子[一八]の御憐みに倦《う》む事なくて悲しみ給ふばかりなり。誠にねんごろなる御嘆きにて侍らめ（心底からの御嘆きでしょう）。かかれば、衆生《しゆじやう》一人が得道《とくだう》する事は、曠劫多生《くわうごふたしやう》[一九]の御大事、方々《かたがた》の方便《はうべん》を廻《めぐ》らし、種々の身を現じ

八 衆生を救うために、釈迦がこの世に現れて持った肉体。
九 教化し済度（救済）すること。
一〇 劣悪な境界にあって迷っている者。人間を卑下していう語。「我等は薄地の凡夫なり。善根勤むる道知らず」（『梁塵秘抄』二）。
一一 仏が『法華経』に説かれ、衆生に平等に授けられた大いなる知恵。「恵」は「慧」とも表記される。『法華経』見宝塔品《けんぽうとうぼん》に見える用語。
一二 三種慈悲の一つ。特定の者を対象とせず、あまねく衆生に及ぼされる仏の慈悲。
一三 深い境地から発せられた衆生救済の誓願。「無作」は因縁の作用によらないこと。
一四 『往生講式』に「人、木石に非ず。好みて自ら発心す」とある他、例の多い成句。
一五 世界で最も尊い方。仏を讃えていう語。「三界独尊」とも。「我、神徳無量にして、三界特尊たり。一切の覆護《ふくご》たらん」（『大智度論』一）。
一六 何事をも可能とする力。
一七 迷いの境界の広く深いことを海にたとえていう語。
一八 すべての者をわが一子のように愛すること。一子の愛。
一九 転生《てんしやう》を繰返す無限に長い時間。多生劫《たしやうごう》。

て縁を結ばんと、尽きせず構へ《常に衆生を待って》いとなみ給ふなるべし《お救いになるのであろう》。

しかるを《そのことを》、此の経の法師品《ほっしぼん》[一]に、「一偈《いちげ》[二]・一句なりとも読み持《たも》ちて書き供養し奉らん人は、皆、仏になり給ふべし」と授記[三]し給へり。又、「若暫持者《にゃくざんぢしゃ》[四]、我《が》則歓喜《そくくわんぎ》」などとも説き給へり。これを聞けば、我が身の為、たのもしきのみならず、仏の御心を喜ばしめ奉らん事、いみじき要《この上なく大切なことです》にて侍るなり。

仏縁を結ぶべきこと

[五]孝経と云ふ文《ぶん》には、「[六]人の子の、曲《くせ》[七]・片端《かたは》なくて生れたるは孝のはじめなり」と云ふ。生《むま》るる子の心より発《おこ》らぬ事なれども、父母《ぶぼ》を悦《よろこ》ばしむるは孝養《かうやう》にて侍るなり。しかれば、[八]浄財を投げて供養し奉らばこそ、貧しくては力及ばずとも云はめ、かくひろまり給ふ経持《たも》ち奉らん、かたかるべき事かは《むずかしいことであろうか》。[九]全部通利《つうり》し、文々解釈《もんもんげしやく》せよとも説かず。[一〇]鈍根無智《どんごんむち》なりとも卑下すべからず。[一一]世に師多ければ、千歳《せんざい》仕ふる煩《わづら》ひもあるまじ。[一二]五種の行《ぎやう》まちまちなり。行も好みに従ひて、もしは一偈・一句なりとも、縁を結び奉らん事は、さすがに易行《いぎやう》[一三]ぞか

一『法華経』巻四の第十品。次の引用は、その一節から取意・要約したもの。

二「偈」は仏徳などを讃える韻文形式の経文。

三 仏が、法を聞く者に対してその成仏を予言すること。

四「法師品」につづく「見宝塔品《けんほうとうほん》」に見える釈迦の偈からの引用。「若《も》し暫くも（法華経を）持《たも》つ者あらば、我、則《すなは》ち歓喜せん」と訓ずる。

五 孝行のあり方を説いた中国の経書。孔子の説くところを、その弟子曾子との対話形式で記す。曾子の門弟の編で戦国時代の成立。

六『孝経』開宗明義章の有名な「身体髪膚、これを父母に受け、あへて毀傷《きしやう》せざるは孝の始め也」によるかという（簗瀬一雄氏『校注鴨長明全集』）。

七 肉体的な欠陥・障害の類。

八 浄財を投じて仏を供養し奉るというような場合なら、貧しくて不可能だということもあろうが。

九『法華経』全文に精通し、各経文を解釈しなさい。

一〇 天分に恵まれないこと。

一一『論語』述而篇の「三人行へば必ず我が師あり」によるか。

一二『法華経』法師品にいう五種法師（五つの行をそれぞれ法師に当てたもの）の行。受持・読経・誦経・解説《げせつ》・書写の五つ。

一三 たやすくできる修行。

し。されど、習ひ読まねば、読[一四]までぞある。一偈[一五]を持《たも》ち奉る人は、これ即《すなは》ち、信心は少なくて仏説を疑ひ、見聞は深くて微少の行と、人目を恥づるなるべし。これ、極めて愚かなる事なり。ただ一文[一六]・一句なりとも、飢ゑたるに水をのむがごとく、遇《あ》[一七]ひがたく聞きがたき思ひをなして、縁を結びたてまつるべし。

近きころの事にや、或る智者の、おちぶれ[一八]て子などあまた持ちたるありけり。児生《むま》れて物云ふ程になりぬれば、定まれる事にて、必ず法華経[一九]の首題の字を教へて、かたの様《形式的にではあるが》なれど、これを唱へさす。生れて四つ五つにもなりぬれば、堪[二〇]ゆるに随《したが》ひて、一品《いつぽん》・一巻までも、一句づつ口まねをして読ませけり。人、其の故《ゆゑ》を問ひければ、「此の経は、仏出世《ほとけしゆつせ》[二一]の本懐《ほんぐわい》なり。此の子ども、もし命短くて、いとけなくて死する事もあらば、何をかは、人界《にんがい》に生れたる験《しるし》とせん。実《まこと》に、宝[二二]の山に入りて空しく出づるがごとし。かかれば、急ぎ縁を結ばするなり」とぞ云ひける。

一四 読まないままで終ってしまう。
一五 わずか一偈でも、これと縁を結び奉る人は。
一六 以下の文の例証として、周梨槃特《しゆりはんどく》（三九頁注一三参照）の場合が有名。彼は愚鈍であったが一偈を教えられ、九十日間この偈を信じて修行し、遂に悟りを開いたという。
一七 『法華文句』五のいう四難（㈠仏に値《あ》ひ難し、㈡法を説き難し、㈢法を聞き難し、㈣信受し難し）の㈠と㈢による。㈠はさらに『法華経』随喜功徳品の「この経は深妙にして、千万劫にも値ひ難し」に基づく。

わが子に法華経を唱えさせた智者

一八 堕落して（僧侶の身でありながら妻帯し）子供を何人も持つに至った者。
一九 『法華経』二十八品の各題目。
二〇 それができるようになるにつれて。「堪ゆる」はヤ行下二段活用（多くはハ行）の例。
二一 仏がこの世に出現なさった本意を述べたものだ。
二二 絶好の機会を与えられたのにそれを活用せず、利益を得られないことのたとえ。『大智度論』一の「経中に信を説くこと手の如し。人に手有りて宝山の中に入りて自在に宝を取るが如し云々。信なきもまた是《か》くの如し。仏法の宝の山に入るも都《す》べて得る所なし」に基づくかという。『摩訶止観《まかしかん》』四にも引かれ、『往生要集』上・大文一、『今昔物語集』二十・十その他、わが国のものにも多く引かれるたとえ。二九四頁注六参照。

大方《一体》、さるべき見物《みもの》などの時、見てもさりあへず《そこを立ち去らず》、人の集まれるを見る時は、人界《にんがい》の生れがたき事も覚えねど、実《まこと》には又、戒全[一]持《たも》ちて生ると云へば《人界に生れることは》、いとかたかるべき事にこそあれ。今の世の人を見れば、一戒なほ持《たも》ちがたし。況《いはん》や又、五戒[二]をや。ただ、朝夕三[三]悪道の業をのみ作る。かかれど、さすがに人の種も絶えぬ事は《人類が絶滅しないのは》、ただ此の経の広まれる故《ゆゑ》なり。宝塔品《ほうたふほん》[四]に、「此経難持《しきやうなんぢ》、若暫持者《にやくざんじしや》、乃至《ないし》是名持戒《ぜみやうぢかい》」と云ふ。其の心は、「しばしも此の経を持《たも》つ者は、破戒なれど持戒なり」と云ふなり。実《まこと》にたのもしき事なり《希望の持てる》。ただ、もし暫くも信心ふかくて持つべくは《たもとうとしたら》、其れもかたくや思ふべきに《それさえむずかしく思うにちがいないが》、同文のつづきに、「是則勇猛《ぜそくゆうめう》、是則精進《しやうじん》」とあれば、心ゆるく[五]懈怠《けだい》ならん人の為に説かれたる文と見えたり。

すべては、濁りふかき末の世に、此の経をさながら通利する人は《全面的に理解して利益を得ている人は》、おぼろけの《並み大抵の》宿善《善根》とは覚えず。現身に《現世の生で》[六]其の証をも経《へ》、臨終に瑞相《ずいさう》も現はるべけれども《現れるに相違ないが》、必ずしもしからず《そうではない》。此の世には持経者は多くて、

一「全」は「すべて」と訓ずるところかとも思われるが、あるいは「戒全」は一語で「戒善」の当て字か。「戒善」は持戒《じかい》によって得られる善根。五戒（注二参照）をたもてば、次の生で人間として生れ、十戒をたもてば、天子（またはそれに準ずる者）に生れるとされる。

二 在家の信者が守らねばならない五種の戒律。生物を殺すこと（殺生《せつしよう》）、盗み（偸盗《ちゆうとう》）、みだらな異性関係（邪淫《じやいん》）、うそ（妄語《もうご》）、酒を飲むこと（飲酒《おんじゆ》）への制禁。

三 地獄・餓鬼・畜生の三道。悪業の者が死後に赴く世界。

四『法華経』第十一品。見宝塔品《けんほうとうほん》。下の引用は、その文中の「この経は持《たも》つこと難し。もし暫くも持つ者あらば、我、即ち歓喜せん。諸仏も亦《また》、然《し》かならん。かくの如きの人は、諸仏の嘆《ほ》めたまふ所なり。これ則《すなは》ち勇猛《ゆうめう》なり。これ則ち精進《しやうじん》なり。これ戒を持ち、頭陀《づだ》を行ずる（修行する）者と名づく」による。この一部は本章（三〇四頁）に既出。「乃至」は「中略」の意。

五 気がゆるんでなまけがちであるさま。

法華経を軽んずべからざること

六『法華経』を信仰したことによる悟りを経験し。

其の行儀ととのほりがたし《修業の作法がきちんとしているのはむずかしい》。又、殊《こと》[七]なる験《しるし》もなし。人の信を発《おこ》さぬも、これよりおこる事なり。げに《いかにも》、いとあやしきを《大変不思議であるが》、よく思へば《よく考えてみると》、世に値遇《ちぐ》[八]し奉る力にて、無智文盲なる人も、おのづから通利す。生々《しやうじやう》[九]に名利《みやうり》の為にして、実《まこと》の心をおこさざりける故、生死《しやうじ》[一〇]にも留《とど》まり、[一一]其の威儀もかけたるなめり《欠けているのであろう》とのみ覚え侍る。さりとて、ゆめゆめこれ《持経者を》を軽しむべからず。金《こがね》[一二]は藁《わら》につつめりとても、直《あたひ》少なからず。況《いはん》や、過去の結縁と尽未来《じんみらい》[一三]の得道《悟り》、以て[一四]かかるべき故なり。

四　賀茂女《かものをんな》[一五]、常住仏性《ぶつしやう》の四字を持《たも》ち、往生の事

中比《なかごろ》、賀茂女と云ふ歌よみあり。事にふれて《何かにつけて》、名高き人ありけり。[一六]賀茂保憲《ほうけん》が孫、二条関白《にでうのくわんぱく》[一七]家の女房なり。後には尼になりて、名をば妙《めう》とぞ云ひける。深き道心者なりければ、殊《こと》に動ずる事なし。た

七　これといった霊験もない。
八　（人々が仏に）お目にかかることにより得られる力。
九　転生《てんしやう》を繰返すそれぞれの生において。
一〇　迷いの境界に停滞して。
一一　戒律をたもつ上でのこまかな作法・しきたり。
一二　黄金はたとえ藁（のような粗末な物）にくるんでも、その価値は変らない。出典未詳。『説文《せつもん》』の「金に五色あり、黄を之が長とす。久しく埋めども衣を生ぜず、百錬すれども軽からず」がやや似る。
一三　永遠にわたる未来。「尽未来際」とも。
一四　『法華経』に示された以上のような真実が、現象的には必ずしもそのままに見えがたいことを、藁につつまれた金のたとえによって説いている。

往生へのさまざまの道

＊　本章第一段は『続本朝往生伝』四十一にも見える。
一五　『続本朝往生伝』によれば、この話の主人公は縁妙《えんめう》（賀茂保憲の孫、二条関白に仕え、女房名「監君《げんのきみ》」）という尼。賀茂女はその母で、家集があり、『風雅集』初出の勅撰歌人。
一六　忠行の子。慶滋保胤《よししげのやすたね》の兄。天文・陰陽・暦博士などを歴任。貞元二年（九七七）没、八十歳。
一七　藤原教通《のりみち》。道長の子。治暦四年（一〇六八）から七年余関白であった。承保二年（一〇七五）没、八十歳。

賀茂女の往生

だ世のつね《生前つねに》には、「[一]常住仏性」と云ふ四字を、立居《たちゐ》・起臥《おきふし》のことく《口ぐせに》さにしけるが、つひに、終り思ひの如くにて往生を遂げたる由《よし》、[二]伝に見えたり。

是《これ》は、[三]涅槃経《ねはんぎやう》の肝心《かんじん》にて《要旨で》、めでたきことわり《すばらしい道理》なれど、〔彼女の行為は〕往生極楽のつとめ《修行》にはたがひてぞ侍る。されど、[四]宿習《しゆくじふ》に随《したが》ひ、廻向《ゑかう》による事なれば、凡下の是非すべきにはあらざるなり《凡人があれこれ論議すべきではないのだ》。

又、[五]或る伝記に云はく、昔、[六]楊州《やうじう》に人ありて、云はく、「[七]常住を聞きつる者は必ず[八]悪道に落ちずと云ふ」。ひとりの[九]居士《こじ》、これを疑ひあざけりて云はく、「此の涅槃経を皆悉《ことごと》く聞きたりとも、重罪をつくりては、遁《のが》れがたし。況《いはん》や、わづかに二字を耳に触れたらん人《触れただけの人》をや。此の事用ひられず《信じられない》」と云ひて去りぬ。

其の後、此の居士、命をはりて[一〇]閻王《えんわう》の前に召しすゑられたりける時、[一一]閻羅人《えんらじん》、[一二]此の事を勘《かんが》へ出だす。「汝《なんぢ》は[一三]大乗誹謗《ひはう》の者なり。速《すみや》かに地獄へつかはすべし」と定む。居士、これを聞きて云はく、「誹

一 常住不変という仏の本質。『涅槃《ねはん》経』は、一切の衆生《しゆじやう》もこれを持つとし、成仏の可能性を説いた。「一切の衆生、悉《ことごと》く仏性あり。如来は常住にして変易《へんえき》有ること無し」（同経、二十七）。
二 『続本朝往生伝』をさす。
三 『大般《だいはつ》涅槃経』。大乗と小乗とに分れるが、ここは前者。釈迦入滅前後の状況、入滅前の釈迦の教えを説く。「南本」「北本」の二つの訳がある。
四 （彼女の往生は）その前世での習慣に従ったものであり、その功徳《くどく》が転じて、極楽往生のための修行と同じことになったのだから。

大乗誹謗の男、常住の二字により救われる

五 何をさすか未詳。ただし、以下の話は『三宝感応要略録』中、『言泉《ごんぜん》集』、『鳳光《ほうこう》抄』などに見える。
六 今の中国江蘇省の地。揚子江の北岸に位置する。
七 『涅槃経』中の「常住」の二字。注一参照。
八 地獄・餓鬼・畜生の三悪道。罪業を犯した者が死後に赴く世界。
九 在家の信者。
一〇 閻魔《えんま》（梵語 Yama の音写）。地獄にあって死者の生前の行為の善悪を審判するという王。
一一 閻魔の下にあって罪人を責めたてる者。
一二 生前、『涅槃経』の功徳を疑ったことの罪を持ち出して問いただした。この「勘ふ」は問罪する、処罰する、の意。

謗の罪をかうぶらんは《受けるとしたらそれは》、此の経ゆゑなるべし。しかれば又《それはそれとしてまた》、二字を耳に触れたる功徳《くどく》むなしからんや《無意なはずがあろうか》」と云ふ。其の時、空中に光あり。光の中に声ありて、唱へて云はく、「[14]若信若不信《にやくしんにやくふしん》、纔聞常住字《ざんもんじやうぢゆうじ》、不《ふ》堕悪即生不動国《だあくそくしやうふどうこく》」と唱ふ。閻羅人、これを聞きて、信仰《しんかう》して、罪人を許すと云へり。

惣じては《一般に》、法華も涅槃も、信ずるも信ぜざるも、法の妙《たへ》なるは、耳にふれ、口に唱へ、有智・無智を分たず《知恵の有無という区別もなく》、皆浄土の業《ごふ》となれり。喩《たと》へば、[15]栴檀《せんだん》は、わづかに触るれども匂ひふかく、剣《つるぎ》は、[16]功能《くのう》を知《たと》らざれども《え知らなくても》、物として切れざる事なきが如し。

兼ねては《その上に》又、大和《やまと》・唐《もろこし》の[17]伝記の如くは、たとひ、行《ぎやう》おろかなりといへども、[18]廻向甚深《じんじん》なれば、皆其の願ひを遂ぐ。[19]いはゆる、橋を渡し、道を作り、船に棹《さを》さし、施《せ》を行じ《施しをするなど》、もろもろの[20]歓喜これなり。

即ち、衆生《しゆじやう》の諸々《もろもろ》の行、はじめ耳に触れしより、心にすすみ、功を積み、証を得るまで《悟りを開くまで》、悉く《ことごと》前世の宿習《しゆくじふ》によりて、好む所ひとつな

[13] 大乗仏教の説くところをそしった者。
[14] 「もし信ずるも、もし信ぜざるも、わづかに常住の字を聞かば、悪に堕《お》ちずして、即ち不動国に生ず」と訓ずる。「不動国」は浄土をさす。典拠不明。『涅槃経』七の「或いは聞く、常住二字の音声《おんじやう》は、若《も》し一たび耳に経《へ》ば即ち天上に生ず」あたりの趣旨から作られた句か。

法の妙なること、廻向の甚深なること

[15] 白檀《びやくだん》の異名。南方原産の香木。
[16] 功用と能力。
[17] 往生伝の類をさす。
[18] 廻向という作用が深遠なので。わずかな功徳でも大きな結果を生むことを言っている。
[19] 『発心集』六・九に見える曇融らの往生の業（二七六頁注三、五参照）をさす。
[20] 法にふれた喜び。また、その現れとしての善行。ここは後者。

仏の慈悲の広さ

らざる故なり。彼《か》の和須蜜多《わしゆみつた》一が男を近付け、祇陀太子《ぎだたいし》二の酒を耆《たしな》み、天須菩提《てんしゆぼだい》三が過差《くわしや》を好み、面王比丘《めんわうびく》四が無相五は甚しかりし、皆、戒律に背《そむ》けるに似たれども、釈尊これを悲しび給はざりし〔こと〕にて心得べし。

弥陀の化儀《けぎ》と争論の愚かさ

弥陀の化儀も又同じ（教化の仕方も）。明《あき》らけく、衆生《しゆじやう》の宿執《しゆくじふ》六・志、ひきひき進みおくれたる事をしろしめして（それぞれ個人差のあることをご存じになっていて）、広大の誓願をおこし給ふ。即ち、極楽に九品《くほん》七を儲《まう》け、有智徳行を始めとし、十悪五逆八にいたるまでも、洩らし給はず（すべて救済なさる）。念仏・読経をもととして、はかなき遊び・戯れまでも、皆、人により廻向《ゑかう》に随ひて、悉《ことごと》く引摂《いんぜふ》九し給ふ。

しかるを、今一〇、世の行者互ひに他の行をし（別々の修行をし）、知恵の浅深《せんじん》を諍《あらそ》ふほどに、我執偏増にして（我執ばかりが増大して）、ややもすれば、仏教の趣《おもむ》きにそむいて、ひとへなるべき（同一であるべき）西方の業の中に（往生のための修行の中に）隔てをなし、なつかしかるべき（共感すべき）同じ望みの中に竟趣《きやうしゆ》一一を含む。此の事の、愚心一二によしなく（無益であると）覚え侍るなり。

大方、凡夫の習ひ、我が心なほ心にかなはず（思う通りにならない）。況《いはん》や、人の心をや。詮は（結局）、ただみづからはからひ、みづからつとめ、無常一三の殺鬼の来た

一 梵語《ぼんご》 Uasumitrā の音写。『華厳経《けごんきやう》』入法界品《にゆうほうかいぼん》に見える女性。多淫の美女であったが、その光によって人を悟りに導いたという。『摩訶止観』二・下に「祇陀《ぎだ》・末利《まり》はただ酒にしてただ戒なり。和須蜜多は婬にしてしかも梵行なり」云々とある。

二 インド舎衛国の波斯匿王《はしのく》の太子。『未曾有経』下、『摩訶止観』二・下などに見え、その飲酒は、母末利とともに有名であった。『雑談集《ざうたん》』三・一などに説話化されている。

三 仏弟子の一人。富裕で、出家後も立派な衣服を着けて好衣第一と称された。面王とともに『増一阿含《ぞういちあごん》経』三、『分別功徳論』五に詳しい。「過差」は、華美・贅沢。読みは「かさ」とも。

四 仏弟子の一人。粗末な衣を着しながら恥ずることなく、弊衣第一と称された。

五 ここは、身なりに少しもこだわらないこと。

六 前世からの因縁や求道の意志が。

七 行いの優劣に対応する九つの等級。上品上生《じようぼんじようしよう》から下品下生《げぼんげしよう》に至る。

八 仏教で極悪とされる罪業の総称。「十悪」は身《しん》・口《く》・意《い》の三業が作る十種の悪。「五逆」は一二〇頁注六参照。

九 仏が極楽に導き迎えること。一八九頁注一四参照。

一〇 中世初頭の宗教界の状況をいう。新旧諸仏教の並存・対立から一宗派内における争論・分裂まで、当時

らざらんさきに、出離の業を《悟りのための業を》はげむべし。よしなく《無益にも》疑ふ者に逢ひて、あたら、暇《いとま》に論義を好む事、よしなく覚ゆるなり。

五　太子の御墓《みはか》覚能《かくのう》上人、管絃を好む事

太子[一四]の御墓に、覚能[一五]と云ふ聖ありけり。音楽を好む事、よのつねならず。朝夕《あさゆふ》にいとなむ事とては、板のはしにて、をかしげに《見事に》琴・琵琶のかたを作りて、馬の尾をかけて《弦として》引きならし、竹をきりて笛のかたに彫《ゑ》りて、此れを吹きつつ興に入り、遊戯《ゆげ》[一六]して云はく、「菩薩[一七]聖衆《しやうじゆ》の楽の音《おと》、いかにめでたかるらん」と云ひて、涙を落しける。常のいとなみにて、かくのみ《〔楽器を〕》作りおきたれば、居たる《〔覚能が〕》辺《あたり》には、うち散りて多く見ゆるを、おのづから童《わらはべ》などの手ずさみに《おもちゃにして》取り失ひければ《なくしてしまったので》、さすがに腹のあしきくせにて《怒りっぽい性質で》、ののしりけり。

の僧侶は複雑な緊張関係の中にあった。

一一「意趣」の誤りであろう。（他と異なる）自分の意見・判断。

一二 自分（ここは筆者長明）の気持を卑下していう表現。

一三 無常（特に死）を鬼にたとえていう当時の慣用語。『摩訶止観』七の「無常の殺鬼、豪賢を択ばず」によるか。

往生の際《きわ》

覚能、音楽を愛好

一四 聖徳太子陵。「磯長《しなが》墓」と言い、大阪府南河内郡太子町の叡福寺境内に現存する円墳。

一五 伝未詳。

一六 遊びたわむれること。ゆうぎ。

一七 往生人を迎えるべくやって来る浄土の菩薩たちが奏する音楽。

覚能の往生

此の聖、年経て後、臨終思ひのごとく、楽の声耳に聞こえて終りにけり。其の後、むなしきから《亡きがら》、久しく乱れ損ずる事もなかりけるを、あたりの人、いとど仏のごとくたふとみ集まりける程に、四十[一]九日と云ふに、其の身いづちともなく失《う》せて、見えずなりにけり。

此《今から》の五十年ばかりが先の事なれば、年高き人などは、見たるもやあるらん。管絃も、浄土の業と信ずる人の為には、往生の業《ごふ》となれり。

仏意に任すことの尊さ

今の世に、徳[二]たかく聞こゆる聖あり。人《ある人》、対面のついでに、其の行を問ふ。「何わざを勤めとして、いづれ[三]の所を願ひ給ふぞ」と尋ねければ、「さらに、いづくともさして《特別に》願ふ所なし。ただ、仏『なせ[四]そ』といましめ[五]事は、かまへて《決して》せじと忍びて、〔仏が〕進め給ふわざをば、心の及ぶほどは勤めばやと励み侍れば、仏こそはからひて、いづこへもつかひ給はめ《遣わして下さるでしょう》。仏の御心にかなはん事も知らず、いかがおほけ《どうして恐れ多くも》なく、ここかしこと願ひ侍らん」とぞ答へられける。

一 死者が次の生を得るまでの期間。中陰。

二 誰をさすか未詳。

三 どの浄土への往生をお望みですか。阿弥陀を教主とする西方の極楽浄土が最も関心を寄せられたが、各方角に諸仏の浄土があり、「十方浄土」と称され、その数二百十億ともいう。そのどれを願うかは、その者の宗教的立場を示すものだったのでこの質問が出たのである。

四 してはいけません。

五 意味は通ずるが、やや舌足らず。あるいは誤脱があるか。寛文本には「いましめ給ひしことは」とある。

此の[六]心たけの、仏意に叶《かな》ひけるにや、終りめでたくて、居《坐ったまま》ながら息たえにけり。印《いん》を結びたりける手、二三日はたらかざりける《そのままであったという》とぞ。なべての[七]きには、大きなる功徳あれども《功徳があっても》、願《ねがひ》なければ、成就する《〔往生が〕》事かたし。譬《たと》へば、「牛の力あれども、やる人《牛を追う者》なければ、思ふかたへ至らざるがごとし」と云へり。されど、人の思ひさまざまなれば、一筋に思ひとりて《決心して》、仏の御はからひを仰《あふ》がん事も、いとたふとし。

余執に悩まされた博士の往生

中比《なかごろ》、[八]才賢《ざえ》き博士ありけり。重き病ひをうけて限りなる時、[九]善知識来たりて念仏すすむるに、さらに、ただ年比《としごろ》の[一〇]余執《よしふ》なれば、心なほ[一一]風月にのみ染《そ》みて、いと《それほど》思ひも入れぬさまなりければ《〔往生を〕念じていない様子だったので》、此の僧おもひはかり《思慮》ある人にやありけん、念仏のすすめをとどめて、とばかり《しばらく》、これが《博士が》好む所の事を相ひしらふ《話しかけてやった》。心ゆきて《満足して》、さもと思へる《わが意を得たと》けしきを見て云ふやう、《(僧)》「さても、年比多く秀句《しうく》を作り、いみじき名文どもを書きとめ給へるに、[一二]極楽の賦と云ふ物を書かで止《や》み給ひぬる、口惜しき事なり。[一三]世間《せけん》の美景、捨

六「心のたけ」「心高さ」などに同じ。心の深さ。志の高さ。寛文本は「心たて」（心のあり方）。

七「きは（際）」に同じか。または「器（才能や徳。また、その持主）には」か。

＊類話として『十訓抄』十・五十二（主人公は菅原文時）がある。
八 学識の深い博士。「博士」は令制の職名で各種ある。菅原文時は文章博士なので、この記述に該当する。
九 人を仏法に導く高徳の人。
一〇 死後にも消えないほどの強い執着心。「この歌の入りて侍るが、生死の余執ともなるばかり嬉しく侍るなり」（『無名抄』）。
一一 自然の風物にのみ関心を寄せて。
一二「賦」は漢文の一形式。対句を多用し、句末で韻をふみ、事物を美文調にうたい上げる文芸。
一三 出典ありげだが未詳。

てがたき事多かり。まして、浄土のかざり《美しさ》、いかに風情多からん」と云ひ出だしたりけり。〔美景は〕思ひしめたる事なれば《深く心に思ってきたことなので》、極楽の依法《えほふ》[一]ことごとく、見るやうにおもかげ《幻影》に立ちて、心を進むるたより《信仰心を深める機縁》になりて、念仏し、思ひのごとくして終りにける。臨終の善知識[二]は、よくよく〔人の〕心を知るべき事なり。

此の事をば、保胤《やすたね》[三]入道とぞ、ある人語りしかど、彼は無極《むごく》の道心《だうしん》者《じゃ》なれば、臨終に他念まじはりけむ事《まじったということは》、げにとも覚えず《本当とも思われない》。

吉田斎宮《よしだのさいくう》[四]と申す人おはしけり。御悩《ご病気》重くして、限りになり給ひける時、大原[五]の薬忍[六]上人、善知識にまゐりて、念仏すすめ奉りける程に、〔斎宮の〕御けしき、ことのほかにすくよかにて《しっかりしていて》、さまざまの要文《えうもん》[七]をとなへてめでたく終り給ひにけり。

其の時、まぢかく候ふ人々、涙落してたふとみ奉る。上人、いかが思ひけん、念誦《ねんじゅ》してうち眠りて、早く《すぐに》立ち去らむともせず。誰もあやしく思ふほどに、とばかり《しばらくたって》ありて、〔斎宮が〕生き出で給ひにけり《蘇生なさった》。さて

一 「依報」の誤りか。業の報いとして得られた、依りどころとなる環境・国土。
二 人の臨終に立ち会う善知識。
三 保胤入道の話だと。保胤については九四頁注二参照。
＊ この話の主人公を保胤とする説は、彼の学才、文人としての自然への関心の深さ、往生のさまを伝える文献がないことなどの事情によるものであろう。あるいは、文時の話が伝承の過程で、文時の高弟の保胤の話として転移したものか。

吉田斎宮の臨終と薬忍上人の賢察

四 鳥羽院皇女妍子《けんし》内親王。康治二年（一一四三）から約七年、伊勢斎宮。病により退下し、剃髪、応保元年（一一六一）十月十三日没。『今鏡』八に「尼にならせ給ひて、智慧深く、尊く聞えさせ給ひき」とある。
五 京都市左京区大原町。比叡山の麓で天台宗の寺院や別所が多く、浄土信仰の聖地であった。
六 伝未詳。その法名から察して、良忍・薬源などのいた大原来迎院の僧か。
七 経典の中で特に重要な文。

二時《にじ》《四時間ほど》ばかり過ぎて、先の御けしきには似ず、いとよわよわしきさまにて引き入り給ひにけり《息を引きとられた》。「これ《(薬忍)》こそ誠の御臨終よ。」[八]さて御有様、げにげにしからず」とて出でられければ、聖[九]の徳にぞ云ひける。魔《悪魔》の《が》[一〇]かまへたるにこそ。かやうの事、よく心得べきなり。

念仏の声の堪え難さを語った蘇生者

又、或る人、病ひかぎりなりける時、善知識添ひ、さて念仏をすすめけれど、いと《全く》申さず、云ふかひなき様なりければ、「耳もきかずにこそ」とて、〔口を〕耳にさしあてて、高声《かうしやう》になん申しける。既[一一]にと見えければ、その度《たび》はやみ《治り》、〔その人が〕生きて後に語りけるは、「耳にたかく申し入れつる念仏の声、五躰《ごたい》にこたへて、堪へがたく覚えつる程に、何の往生極楽の事をも覚えず」とぞ語りける。

これは、必ず《よくありそうな》あるべき事なれば、用意の為に記《き》す。

六　賢人右府《けんじんいうふ》、白髪を見る事

八　それにしても斎宮の先の臨終のご様子は腑《ふ》に落ちないことであった。「げにげにし」はもっともらしい、の意。
九　(人々は、斎宮の往生は)聖のおかげだと言った。
一〇　いつわり(の往生のさま)を作ったのだろう。
一一　もはや。下に「限り(臨終)なり」などの語を補って読むとわかりやすい。

実資、車中で異形《いぎょう》の者を見る

小野宮《をののみや》[一]の右大臣をば、世の人、賢人[二]のおとどとぞ云ひける。納言《なごん》[三]などにておはしける比《ころ》にやありけん、内より出で給ふに（宮中から退出なさった帰り道）、うつつともなく、夢ともなく、車のしりに、しらばみ（白っぽい）たる物着たる小さき男の、見るとも覚えぬが（見たこともないのが）、はやらかに（足ばやに）歩みて来たれば、あやしくて、目をかけて見給ふほどに、此の男走りつきて、後《しり》[四]の簾《すだれ》を持ち上ぐるに、心得がたくて（不審に思って）、「何物ぞ。便《びん》なし（けしからん）。罷りのけ（そこをどけ）」とのたまふに、「閻王[五]の御使ひ白髪丸《はくはつまる》にて侍る」と云ひて、即《すなは》ち、車にをどり乗りて、冠《かむり》の上にのぼりて失《う》せぬ。

実資、道心を発《おこ》す

いとあやしく覚えて、帰り給ふままに見やり給へば、白髪をぞ、一筋《ひとすぢ》見出だし給ひたりける。世[六]の人云ふ事なれど、まさしくぞ証《しょう》を見て、心にあはれとおぼされけるにや（感慨をお持ちになったのだろう）、もとは道心などおはせざりけるが、これより、後世《ごせ》の勤めなど常にし給ひける。

一 藤原実資《さねすけ》。斉敏《ただとし》の子。祖父実頼の養子となった。従一位右大臣。その明敏と硬骨は有名。永承元年（一〇四六）没、九十歳。「小野宮」の称は彼が伝領した名邸の名にちなむ。彼の納言時代は三十九歳から六十五歳まで、権中納言・中納言・権大納言・大納言などを歴任し、その後二十五年間大臣であった。

二 実資が「賢人右府」と呼ばれたことは諸書に記されて有名。「賢人」の称を彼自身が望んでその振舞いに気を配ったという逸話が『十訓抄』六などに見える。同書に「(賢人と呼ばれて)のちざまには、鬼神の所変などをも、見顕はされけるとかや」とあるのは『発心集』と符合する。

三 大納言・中納言・少納言の総称。特に前二者についていう語。

四 牛車《ぎっしゃ》の後部。

五 閻魔。地獄にあって、死者の生前の行為の善悪を審判する王という。

六 本話の背景として、当時何らかの俗伝があったのであろう。

七　三井寺の僧、夢に貧報を見る事

中比《なかごろ》、七三井寺にわりなく《ひどく》貧しき僧ありけり。念《おも》ひわびて思ふやう、「八かく所縁《ゆかり》のなきなめり。かくしも思ふ事の違ふべきかは。我、外《ほか》へ行きて、九宿世《しゅくせ》をも試みん」と思ひて、昼などは、旅姿もあやしければ《みっともなかったので》、暁出で立つ《出立しようとして》ほどに、夜ふかく《夜中に》起き、道の程もわづらはしかる《大変であろう》べしとて、しばしよりふしたる《横になって寝た》夢に、一〇色青み、痩《や》せおとろへたる、わびしげなる冠者《くわじゃ》一一、我と同様に藁《わら》ぐつはきなど用意し、いみじう《ひどい姿で》出でたつあり。

さきさき《以前に》も見えぬ物なれば《見たことのない者なので》、あやしくて、「おのれは何者ぞ」と問ふ。「年来候ふものなり《長年おそばにいる者です》。いつも離れ奉らぬ身なれば、御伴申し候はんとて出で立ち侍る」と云ふ。僧の云ふやう、「さる物やはある《そんな者がいたのか》。名をば何と云ふぞ」と問へば、「一二人々しき身ならねば、異名《いみやう》侍

＊本章の説話の要旨は、『沙石集』七・二十二にも見える。

貧僧、夢に異形の者を見る

七　大津市別所にある天台宗の寺。朱鳥《あかみとり》元年（六八六）建立、貞観《じょうかん》元年（八五九）に円珍が再興した。寺門。園城寺《おんじょうじ》。

八　このように貧しくなるいわれはないと思う、の意か。

九　（自分の）前世からの因縁がどのようであるか、試してみよう。

一〇　後世のいわゆる貧乏神の姿はやはりこのように描かれている。本話に見える「貧報の冠者」は、貧乏神の原型であろう。

一一　元服して冠を着けた者の意から、若者・青二才の意。

一二　（名を名乗るほどの）一人前の身ではございませんで、異名がついております。「異名」は、本名とは別に、特徴・属性などによって付けられた呼び名。

り。ただらち見る人は、[一]貧報の冠者《くわじや》となむ申し侍る」と云ふと見て夢さめぬれば、即《すなは》ち、身のつたなき宿世を知り、「いづくへ行くとも、此の冠者が添ひたらんには（一緒ならば今と同じだ）」と思ひて、[二]外心《ほかごころ》改めて、あやしながら（貧しいままで）、本《もと》の寺にぞ住みける。

宿世を知らぬ愚かさ

これ、又しもあるべき事なれど（他の者にもあるはずのことだが）、人ごとに夢にも見ねば、宿世のほどをも知らず。いくばくもあるまじき身の（それほど長生きできるはずのない身で）、[三]あたら、暇《いとま》に後世の事を閣《さしお》いて、先づ、[四]もしやもしやと走《はし》り求め、心を尽《つく》すなるべし。仏天の知見こそ（仏の知恵と見識は）、[五]いと恥づかしくはんべれ。

八　道寂《だうじやく》上人、長谷《はせ》に詣で、道心を祈る事

道寂、道心を祈る

[六]元興寺《ぐわんごうじ》に、[七]伊賀の聖道寂と云ふ人ありけり。因果の理にくらからざりければ、深く仏道を思へり。年若くて、[八]長谷に参りて、道心を

一 「貧報」は前世の業の報いとしての貧しさ。

二 よそに向けた関心。あだ心。

三 せっかく、自由になる時間があっても極楽往生のための修行をしないで。

四 もしかすると、別の生き方をすれば幸せになるかもしれない。

五 （それを思うと）まったく、人間の愚かさが恥ずかしいことです。

道寂の見た示現

＊本章の説話、『本朝新修往生伝』三十四に見える。

六 奈良県高市郡明日香《あすか》村の地にあった寺（一部現存）。崇峻《すしゆん》天皇元年（五八八）造営。後に平城京に移築された（新元興寺）が、旧地に別院として残り、「本元興寺」と称した。

祈り奉りけり。夢中に《夢の中に》僧ありて、示して云はく、「道心は躰《てい》[九]なし。ただ、かくのごとき心を[一〇]道心と云ふ」とのたまふとぞ見えたりける。

則《すなは》ち、世をのがれ、頭《かしら》おろし、所々修行しける。後には、飛鳥寺《あすかでら》[一一]の辺に庵《いほり》を結び、坐禅・念仏して、さしたる《主な》勤めとては、小阿弥陀[一二]一返《全篇》をよみける。これ、《この道寂も》同じく往生を遂げたりける。

九 恵心僧都《ゑしんそうづ》、母の心に随《したが》ひて遁世の事

恵心、母のもとに行く

[一三]恵心僧都、年たかく《ひどく年老いた》わりなき母を持ち給ひけり。志は深かりけれ《孝心はあつかったが》ども、いと事もかなはねば、《身の自由がきかなかったので》思ふばかりにて、孝養《かうやう》する事もなくて過ぎ給ひにける程に、[一四]しかるべき所に仏事しける導師に請《しやう》ぜられて、布施《ふせ》など多く取り給ひたれば、《受けられたので》いとうれしくて、即ち、母のもとへ

七『本朝新修往生伝』によれば、伊賀の出身の往生人。元興寺に修行の後、眉間寺に住む。久安三年（一一四七）没、八十余歳。

八 長谷寺。奈良県桜井市初瀬《はせ》町にある真言宗の寺。本尊十一面観音は「長谷観音」の名で知られ、その霊験のあらたかさは古来有名である。

九 かたち。具体的な姿。

一〇 祈っているお前の心。

一一 本元興寺の異称。

一二 小阿弥陀経。『阿弥陀経』の通称。浄土三部経の一つで、『無量寿経』（大経）と区別していう。一巻から成る、簡にして要を得た経である。小経。

恵心の賢母

＊本章の説話は『二十五三昧結縁過去帳』、『延暦寺首楞厳院《しゆりようごんいん》源信僧都伝』、『今昔物語集』十五・三十九、『私聚百因縁集』八・四、『三国伝記』一・十二などに見える。この説話の形成・周辺などについては高橋貢氏「源信僧都の母の話」（法蔵館『仏教文学研究』第五巻所収）に詳しい。

一三 二九五頁注一一参照。

一四『今昔物語集』などによれば、三条の大后《おおきさい》の宮（冷泉天皇皇后）の法華八講。

母、恵心の来訪を嘆く

相ひ具して《それを持って》わたり給へり。

此の母、世[一]のわたらひたえだえしきさまなり。いかに悦《よろこ》ばれんと思ふほどに、〔母は〕これを打ち見て、うちうちしろむきて、さめざめと泣かる。いと心得ず。（恵心）「君、うれしさのあまりか」と思ふ間に、とばか《しばらく》り《たって》ありて、母の云ふやう、「法師子《ほふしご》[二]を持ちては、我、後世《ごせ》を助けらるべき事とこそ、年来《としごろ》はたのもしくて過ぎしか。まのあたり、かかる地獄[三]の業を見るべき事かは。夢にも思はざりき」と云ひもやらず、泣きにける。

これを聞きて、僧都発心して、遁世《とんせい》[四]せられける。ありがたかりける母の心なり。

十　阿闍梨《あじゃり》実印《じちいん》、大仏供養の時、罪を滅《めっ》する事

実印の道心

一 生活は貧困をきわめている様子だった。

二 法師になった子供。これを持つのは、親にとって心強いことであった。「法師子のなかりつるに、いかがはせん。幼くてもなさんと思ひしかども、すまひしかばこそあれ」（『大鏡』五）。

三 恵心の喜びを、彼が名利にとらわれているゆえのことと考えてこう言ったのである。

四 普通は、俗人が仏門に入ることをいうが、恵心はすでに僧なので、ここは世俗との関係を断って、山中に閑居、修行に専念したことをいう。

重源、夢告で聞いた実印に会う

一年《ひととせ》、東大寺の大仏供養[五]の時、田舎の人の残りなく参り集まりける比《ころ》、彼《か》の勧進聖《くわんじんのひじり》[六]、夢に見けるやう、一人の高僧来て、告げて云はく、「此の貴賤道俗、(僧と俗人)数知らず参り集まる中に、大夫《たいふ》[七]阿闍梨実印と云ふ僧の無始[八]の罪障、悉《ことごと》く滅するなり」とのたまふ。

いとたふとく覚えて、「しかしか云ふ人やある」(こういう名の人がいるか)と尋ねさする程に、おのづから尋ね逢ひにけり。即ち、此の事を語りて、「さてもいかほどの事を勤め給ふぞ。いといとおぼつかなく」(気になりますので)など云ひける。(実印)「ただ、(仏の)御前に候ひし時、つねよりも信おこりて侍りしかば、他念なくして、泣く泣く涙を押へて、理《り》趣分《しゅぶん》[九]をこそ一遍よみ侍りしか」とぞ答へける。

十一　源親元、普《あまね》く念仏を勧め、往生の事

五 兵火で焼けた東大寺が再興された時の大仏供養。㈠文治元年（一一八五）八月二十八日の大仏落慶供養㈡建久六年（一一九五）三月十二日の大仏殿落慶供養㈢建仁三年（一二〇三）十一月三十日の惣供養の三次にわたる。ここは、最も盛儀を極めたものとすれば㈡、三三四頁に見えるものと同一とすれば㈠になる。なお㈡は後鳥羽院・源頼朝など臨席のもとに行われた、稀に見る盛儀であった。『皇代暦』四に、この供養にふれて「朝野遠近の参詣し、下向《げかう》する輩、盛市の如く、昼夜行続し、時として止む事なし。当日の見聞の衆、山野に満ち、南都中に徒地《とち》無し」云々とある。

六 俊乗房重源。勧進職として諸国をまわって寄進を集め、東大寺復興の実質的推進者であった。建永元年（一二〇六）没、八十歳。

七 伝未詳。

八 無限に遠い過去から作ってきた罪障。

九 「般若理趣分」。『大般若経』第五百七十八巻。密教の極意を示すものとして真言宗ではこれを朝夕読誦する。

道心ある国守の遁世と往生

＊ 本章の説話は『後拾遺往生伝』上・二十一、『元亨釈書』十七などにも見える。

中比《なかごろ》、安房守《あはのかみ》[一]源親元と云ふ人ありけり。常に先生《せんじやう》の罪《前世の罪を悔いて》を悔いて、朝夕、極楽を願ふ事浅からず。検非違使《けびゐし》[二]にてありける間、施《せ》を行ひ《施しをし》、罪をなだめ《許し》、人を助くる事多し。終《つひ》に、東山辺《ひがしやまへん》[三]に堂を造りて、阿弥陀の三尊を安置す。其の上に、ひとりの比丘《びく》《僧》の形を造りするゑて、其の名を阿法《あぼふ》[四]とぞつけたりける。これ、我《自分が》が出家したらん時の名なるべし。

安房守になりて下《くだ》りける時、任のはじめなれど、さらに《全く》神事《じんじ》をさきとせず。ただ仏事をのみ勤めけり。国を治めける間、かしこに五間の堂を作り、丈六[五]の阿弥陀仏を安置せり。国中の民に、あまねく念仏を勧めて、遍数《へんすう》[六]に従ひて官物《くわんぶつ》[七]を許す《免除した》。石別《こくべつ》[八]に十万遍をあてたりける。もし、犯《をかし》[九]の者あれば、念仏するものをば選《えら》ひて、必ず許す。国の内豊かにして、民百姓なびき随《したが》へり。朝夕に念仏申す声の、家ごとに絶ゆる事なし。後には、隣りの国まで聞き伝へて、しばらく《あるいはうら》はうらやみ《やんだり》、しばらくはたふとぶ《また尊んだりするのであった》。

親元の道心と行い

一 清和源氏か。嘉保三年（一〇九六）安房守となり、任期満ちての帰途に園城寺《おんじようじ》で出家。長治二年（一一〇五）没、六十八歳。

二 都の治安を司《つかさど》った職。親元はその「佐《すけ》」（二等官）または「尉《じよう》」（三等官）だったのであろう。『後拾遺往生伝』によれば壮年に及んで以後のことで、それ以前は帯刀《たちはき》、兵衛府の役人、衛門督《えもんのかみ》などを歴任した。

三 京都の東方、南北に連なる丘陵。寺院や遁世者の庵が多かった。親元の作った堂は『後拾遺往生伝』に「俗に呼びて光堂と曰《い》ふ」とあるが、所在など未詳。

四 在俗時に赴任した安房の字音にちなんだもの。

五 一丈六尺（約四・八五メートル）。釈迦在世時の身長を二倍したもので、仏像の標準的な高さとされる。坐像の場合は「丈六」と称しても、実は立姿が一丈六尺となるという想定のもとにこの半分の高さに作った。

六 念仏を唱える回数。

七 政府に上納する租税。特に米・稲。

八 官物一石（一八〇リットル）当り念仏十万回。

九 犯罪者がいると、その中から念仏を唱える者を選別して、これを必ず釈放した。

任はてて上《のぼ》りける時、民のうれふるさま、父母に別れたるやうにぞありける。つひに京へ入らずして、一〇三井寺にて出家す。終り近くなりては、一一微妙《みめう》の楽《がく》、耳に聞こえ、さまざま瑞相《ずいさう》あらはれて、往生を遂げたるよし、一二伝にしるせり。

十二　心戒上人、跡を留《とど》めざる事

近く、一三心戒坊とて、居所もさだめず一四雲風に跡をまかせたる聖《ひじり》あり。俗姓《ぞくしやう》は、一五花園殿の御末《御子孫》とかや。一六八嶋のおとどの子にして、宗親《むねちか》とて、阿波守《あはのかみ》になされたりし人なるべし。

昔年《そのかみ》はいかなる心かありけん、平家ほろびて、世の中目の前に跡かたなく《またたく間に変りはてて》、あだなりしに《はかないさまだったので》、心を発《おこ》して、もとより世をそむける一七仏性《ぶつしやう》坊《ばう》と云ふ聖に逢ひともなひて《会って一緒に》、高野《高野山に》に籠り居て、年久しく行はれけ《修行された》

出家と往生

一〇 園城寺。三一七頁注七参照。

一一 (極楽から迎えに来た聖衆《しょうじゅ》の奏する) すばらしい音楽の音が聞え、さまざまのめでたいしるしが現れて。

一二 『後拾遺往生伝』をさす。

修行の心得

＊ 本章の心戒の伝は延慶本『平家物語』六末・三十四「阿波守宗親道心を発す事」にも見える。

一三 平宗親 (宗盛の養子。従五位下阿波守) の法名。平維盛とともに屋島を脱出、高野山に入り、新別所に住んだが逐電《ちくてん》。本章の内容以外の伝記はあまり知られないが、『一言芳談』によれば四国に修行したこともあるという。生没年等未詳。

心戒の発心と籠居

一四 雲や風の赴くままに、あてもなくさまよっている聖がいた。

一五 左大臣源有仁 (二二七頁注六参照)。宗親は、その孫、または曾孫に当る。なお、有仁は、素姓のよい妻妾との間には息子を持つことがなかった。

一六 平宗盛。清盛の子。従一位内大臣として一門の統領であったが文治元年 (一一八五)、壇ノ浦で捕われ、その年に刑死した。三十九歳。

一七 伝未詳。あるいは『発心集』一・十に見える「仏みやう」(神宮本は「仏性房」) と同一人か。

り。

其の後、[一]大仏の聖唐《もろこし》へ渡りけるを、たよりにつきて渡る《縁故があったので同行して渡った》。彼の国に年比ありて《数年ほど滞在して》、行ひける有様も世の常の事にあらず。偏《ひとへ》に身命を惜しまず。或る時は、[二]樹下《じゅげ》坐禅とて、同行《どうぎやう》三人具して深山に入りて、[三]草引き結ぶほどの用意だになくて、偏に雨露に身をまかせつつ、四五十日と行ひければ、今二人《他の》はえ堪へずして、捨てて出でにけりとぞ。

心戒の渡唐と帰朝後

其の後、〔心戒は〕此の国へ還《かへ》りて、都辺《みやこへん》は事にふれて《何かにつけて》住みにくしとて、常には、[四]えひすか・あくろ・[五]津《つ》軽《かる》・[六]壺碑《つぼのいしぶみ》なんど云ふ方にのみ住まれけるとかや。[七]妹《いもと》あまたおはしけるに、[八]天王寺に[九]理円坊とて住み給ふ〔妹〕は、昔、[一〇]建礼門院に[一一]八条殿と聞こえし人なるべし。彼の聖《心戒上人》のありさま、山林にまどひ来て、跡を求めず《行方がわからない》。さとばかり《前述のようにのみ》、ほのぼの《漠然と》聞こゆれど、近比《ちかごろ》は、〔心戒と〕対面などせらるる便り《便宜》もなければ、〔心戒が〕いかでかおはすらん、知らず。ひたすら昔語りに過ぎ給ひけるに、此の二三年が先《前に》に思ひよらぬ程に、世にゆゆしげなる人《何ともすさまじい身なりの人で》の入り来《く》るあり。童部《わらんべ》あま

一　俊乗房重源（三二一頁注六参照）の通称の一つ。『平家物語』十一「重衡被斬《にっ》」に「大仏のひじり俊乗房」とある。ただし、重源の入宋《そう》は仁安二年（一一六七）なので年代的に本話と矛盾する。なお、重源は入宋三度と自称しているが、いずれにせよ平家滅亡以前のことであり、本話に該当しない。一説に、正治元年（一一九九）入宋（在宋十二年）の俊芿《しゅんじょう》（律僧）が、俊乗と同音の名を持つために混同されたかというが、俊芿入宋関係資料に同行者心戒らしき者の存在を見ない。

二　樹木の下で坐禅すること。釈迦が菩提樹の下で瞑想して成道《じょうどう》したという故事に基づく。

三　旅寝をする、仮住居を作ることをいう歌語的表現。「枕とて草ひき結ぶこともせじ秋の夜とだにたのまれなくに」（『伊勢物語』八十三）による。

四　「えひすか・あくろ」に底本は「所の名」と注記するが、未詳。七家和歌集合綴本『西行山家集』に「あくろつがるえびすが島、忍の郡、衣川いづれをわきてながむべしとも覚えずして過ぐるほどに」とあるほか、『西行物語』『西行一生涯草紙』などにもこれらの地名が見える。ただし延慶本『平家物語』に「えひすかすむあくろ」云々とあるので「夷《えびす》（東北の蛮民）が住む悪路」とも理解されていたか。『撰集抄』二・一に「陸奥の国ゑびすが城と思へども」とある。

五　今の青森県西部の古称。必ずしも厳密な地名ではなく、東北最奥部日本海沿岸地帯を漠然とさす。

た、後《しり》にたてて、「物くるひ」と笑ひののしる。

其の様を見れば〔八条殿が〕、人にもあらず、瘦《や》せくろみたる法師、紙ぎぬの汚なげにはらはら《ぼろぼろに》と破れたる上に、麻の衣のここかしこ《あちこち》結び集めた《ほころびをつくろった》るを《のを》僅かに肩にかけつつ、片かた《一部が》破れ失せたる檜笠《ひのきがさ》[一二]を着たり。「あな《ああ》いみじ《びっくりした》、こは何者の様ぞ」と思ふ程に、年来《としごろ》おぼつかなく《所在がわからず》心にかかる心戒坊なりけり。

妹の援助により庵を結ぶ

〔八条殿は〕これを見るに、目もくれて[一三]、あはれにかなしき事限りなし。まづ、さてまぢかく《すぐそばで》見ん事もかはゆき《気の毒な》様なれば、古き物どもぬぎ捨てなど《脱ぎ捨てたりなどし》して《てから》後なむ、閑《しづ》かに年来《としごろ》のいぶせさ[一四]も語られける。「今は〔今後は〕年もたかくなり給ひたり。行ふべき程はつとめて過ぎ給ひぬ。いづこにもしづまりて《身を落ちつけて》、念仏など申されよ」とねんごろにいさめて〔心戒を〕、山崎[一五]に庵《いほり》一つ結びて、小法師一人つけて、其の用意など彼の妹の沙汰し《草庵生活の用意などをその妹が世話して》、おくられければ、主従《主従ともども》ながら月日を過しける程に、或る時、河内《かはち》[一六]の弘[一七]川に住む聖とかや、尋ねて来けり。

六 陸奥の国（青森県）上北郡にあったという石碑。坂上田村麻呂の建立。歌枕として知られる。
七 姉妹。心戒に姉妹のいた事実は未詳。
八 四天王寺（七六頁注二参照）。
九 伝未詳。
一〇 平徳子。清盛の娘。高倉天皇中宮、安徳天皇母、貞応二年（一二二三）没、六十九歳（生没年については異説が多い）。
一一 延慶本『平家物語』に「六条殿」とある。建礼門院に仕えた女房は『建礼門院右京大夫集』に六十余人、『平家物語』「灌頂巻」に四十余人というが、「八条殿」「六条殿」の名は、各資料から探しえない。八条院に仕えた六条という女房があり、その父源師仲《もろなか》は源有仁と母系においていとこなので、あるいはこの女性かとも思われる。
一二 檜を薄く削って編んだ笠。
一三 眼の前が暗くなるような思いで。
一四 気がかりであったこと。
一五 京都府乙訓《おとくに》郡大山崎村の地。石清水の西北、淀川に面する交通の要衝。
一六 今の大阪府の東南部。
一七 今の大阪府南河内郡河南町弘川。西行入寂の地として知られる弘川寺がある。弘川寺は真言宗の寺。

心戒の失踪

[一]これも対面して、終夜《よもすがら》物語せられけるを、此の小法師、物を隔てて聞けば、（心戒）[二]「かくてもなほ、後世《ごせ》は必ず修すべしとも覚えず。事にふれて障《さは》りあり。ただ、もとありしやうに、いづくともなくまどひありき、聊《いささ》かも心をけがさじと思ふ」など語りければ、あやしと思《気がかりに思っ》ひ《たが》けれど、忽ちに《すぐに》あるべき事《起ること》とも思はで過ぐる程に、其の後四五日ありて、〔心戒は〕いづくともなく失せにけり。

小法師、心戒を発見

此の小法師、心ある者にて、いと悲しく覚えて、泣く泣く尋ね行きけれど、[三]いづくをはかりともなし。「ありし夜の物語の中に、[四]丹《たん》波《ば》の方へとやらん、[五]声先《こわさき》ばかりわづかに聞きしものを」と思ひ出でて、〔心戒を〕志のあまり《慕う気持のままに》、尋ね行きける程に、[六]穴太《あなう》と云ふ所にて尋ね合ひにけり。聖《ひじり》、おぼえずあきれたるけしきにて、「いかにして来たるぞ」と云ひければ、「日来《ひごろ》もさるべきにてこそ仕うまつりつらめ《しかるべき御縁があってお仕えしていたのだろうと思います》。いかなる御有様にても、御伴申し候はん」なんど、志深くきこゆ。志はいといとありがたくあはれなり。しかあれど、いかにも《どうしても》叶ふまじき《〔同行を〕許さな》

一 寛文本「これと」、延慶本『平家物語』は「これに」。文意は寛文本や延慶本の方が通りやすい。
二 こんな暮しをしていても、往生のための修行ができるとは思えません。
三 どこを目当てに探したらよいか、わからない。
四 今の京都府中央部に当る国。山崎の西北、山を距てた彼方にある。
五 小耳にはさんだのだったが、の意。「声先」はことばの一部。声の出しはじめ。
六 仮名づかいは「あなほ」とも。亀岡市の西南の地。「あな憂《う》」にかけて用いられる歌枕でもあった。薬師如来を本尊とする穴穂寺（菩提寺）があり、同寺の観音の霊験譚は『法華験記』などで有名。西国三十三札所の第十九番。

由もてはなれて《いと言って取り合わず》、七まさしく違《たが》ひぬべき様なりければ、〔小法師は〕力無くてかへりける。八後、更にその行末もしらずなむ侍りし。

いと尊く、今の世にもかかるためし《例》も侍れば、これを聞きて、我が心のおろかなる事をも励まし、及びがたくとも、〔その境地を〕こひねがふべき《めざすべき》なり《だ》。

ここに、或る人の云はく、「かくの如くの行《ぎやう》、我等が分にあらず。一つには、身よわくして、病ひおこりぬべし。一つには、衣食とも《衣服や食料が》しからば《欠乏していれば》、なかなか《かえって》心乱れてむ。身を全くし、心をしづめて、九のどかに念仏せんにはしかじ」と云ふ。

一〇これ、ひとへに志浅く、道心少なき故なり。実心おこらずは《真実の道心がおこらなければ》、仏法合《かな》ひがたし。一一露命は消えやすし。一二一念にて、他事を思ふべからず。一三片時《へんし》なりとも恐れたらん事、毒蛇《どくじや》の如くに捨て、此の身をば、一四水のみなもとといとふべし。かかれば、わざとも《進んで》此の身を仏道の為に投げて、一五不退の身を得んとこそ覚ゆべけれ。病ひおこりて死なんに至

七 その言葉どおり、小法師の希望が容れられそうになかったので。「違ふ」は背く、はずれる、の意。

八 『一言芳談』下に「心戒上人、つねに蹲居《そんきよ》（うずくまること）し給ふ。或る人其の故を問ひければ、三界六道には、心安く尻さしすゑてゐるべき所なきゆゑなり、云々」とあり、『徒然草』四十九にも言及されている。彼のその後の日常を伝える話であろうか。

修業者の覚悟

＊長明の著書『無名抄』にも「或る人の云はく」で始まる文章が目立つ。多く筆者長明自身の思惟を「或る人」に仮託して語ったものと思われる。この段落もその一つか。『徒然草』などにも類例が多い。

九 落ちついて念仏するのが一番だ。この前後の文意は『徒然草』五十九などと内容的に通い合う。

一〇 こんなことを言うのは。

一一 命のはかなさを露にたとえていう語。

一二 ひたすら仏法を思うこと。

一三 わずかの間でも修行の厳しさを恐れたら、その気持を。

一四 「水のみなもと」は単に「みなもと」というのに同じ。ここは煩悩《ぼんのう》の生れる源の意。

一五 修行の結果、二度と劣悪な状態にもどることがなくなった身。仏語で、厳密には各種の説がある。

りては、思ひあるべき身かは《思いを残す価値がある身だろうか》。悪業の依身《えしん》[一]なり。不浄の庫蔵《こざう》なり。つひに道の辺《ほとり》の土となるべし。しばしいたはりて何かせん《大切にしても何になるだろう》。いかにも、衣食は生得《しやうとく》[二]の法なり。天運にまかせてもあり《生きられる》。病ひは又、習《しふ》[三]に従ふ。いたはるとても、必ずしも去らず。富める人のおとろへたる様を見るに、ゆたかなる時、衣を厚く着て、薬を服《ぶく》して壁代《かべしろ》[四]をひき、様々身をいたはるには《保護するなら》、常に風熱きほひ《激しく》発《おこ》りて、神心やすき事なし《こころが落ちつくことがない》。此の人まづしくなりて、飢寒《きかん》身を悩まし、服薬《ぶくやく》心にかなはず《思うにまかせない》。諸々《もろもろ》の悪事、をりにつけつつ皆身をおかす。昔の如くならば、忽《たちま》ちに病ひ起りて死ぬべけれども、かやうに身を捨つる後は、病ひも従ひて去りぬ。これ則《すなは》ち、身はならはし[五]の物なるうへに、運命限りある故なるべし。況《いはん》や、仏力むなしからずは《空しくないとすれば》、何の病ひ[六]か競《あらそ》はん。職感《しよくかん》[七]ならば、身もつよき事を得てん。すべていとへど《〔命を〕》死す。惜しめどももたれざるは此の身なり。たまたま仏法にあひ奉り、決定往生《けつぢやう》[八]すべき道を聞きながら、仮の身をいたはり、五欲[九]につながれて一期《いちご》《一生を》を暮

一 身体をいう仏語。依り所としての身。
二 衆生《しゆじやう》が生れながらに能力を持っている行為。「生得」は「修徳」の対。
三 慣習。習性。
四 壁の代りの意。風が当るのを防ぐため、宮殿・寺院などで垂らした几帳《きちやう》のようなもの。
五 習慣・習練によってどのようにでもなる物。「ならはし物」とも言う。
六 どんな病気が（仏の力にさからって）人を冒すだろうか。
七 語義未詳。簗瀬一雄氏『発心集』（角川文庫）は「熾盛《しじやう》」（はげしく盛んの意）の誤りとするが、あるいは「所感」が正しいか。「所感」は業の結果としての幸不幸の意。「衆生の貧福は先業の所感」（『三国伝記』三・三）などと用いる。この辺の文意は、善業をなした者なら、その結果として、きっと強健でいられよう、の意か。
八 必ず極楽往生できること。「妄念のうちより申しいだしたる念仏は、濁りにしまぬ蓮のごとくにして、決定往生疑ひあるべからず」（『横川法語』）。
九 五つの基本的欲望。色《しき》欲・声《しやう》欲・香欲・味欲・触《そく》欲。眼・耳・鼻・舌・身（五根）がひきおこすもの。
一〇 一三四頁注三参照。
一一 仏の教えのうち、善行を勧める方面。悪をいまし

す、はかなき事にはあらずや。

彼《か》の阿弥陀如来の悲願[一〇]は、我等が往生の業、勧門[一一]につきて打ち聞くこそやすき《簡単な》様なれど、よく思へば、無始《遠い過去》より以来《このかた》、輪廻生死《りんゑしやうじ》[一二]の地を改めて、大乗善根《ぜんごん》[一三]の境、快楽《けらく》[一四]不退の国に生れん事は、心を発《おこ》して励まずは《励まないならば》、さすがに遂げがたくこそ侍らめ。しかるを、今の世の習ひ、わづかに散心《さんしん》[一五]念仏ばかりを行とて、知り難き《あてにならぬ》臨終正念[一六]を期《ご》し、かたへの往生人[一七]の宿善[一八]・内徳を知らず、たやすく我が分に思へり《安易に自分も同類だと思いこんでいる》。

これは、いと愚かなる事にこそ。打ち思ふには、五逆[一九]の罪人、一念[二〇]の称名なほ引摂《いんぜふ》に預る、などか《どうして》望みをかけざらん事とこそはおぼゆれ《〔自分が〕望みをかけられないことがあろうかと思い》。されど、彼《か》の極悪をつくるは、即心《そくしん》[二一]のたけき《がちだ》より起る事なれば、思ひかへす[二二]時も又、強盛《がうじやう》なるべし。一念に証《しよう》を得る事は、又命終《みやうじゆう》に臨んで、それ《その心が》、強くおこるが故なり。我等が類《たぐ》ひは、元来《もとより》心よわく、つたなくして、きらきらしき《これといった》罪をもえ作らず、げにげに[二三]しく懺悔《さんげ》を修するにあらざれば、熾盛《しせい》[二四]の心もなし。愚癡闇鈍《ぐちあんどん》にして、泥《でい》[二五]を切る

める「誡門」に対していう。

一二 衆生が迷いの世界を流転すること。

一三 次句とともに極楽浄土をさす。大きな乗物にたとうべき仏の力により、そこにある者すべて善き行為をする世界。『古今著聞集』二の、良忍が得た阿弥陀の示現に「我が土は一向清浄の堺《さかひ》、大乗善根の国なり」とある。

心を発《おこ》して励むべきこと

一四 楽しみが尽きることのない世界。「不退」は「無退」とも。『往生要集』上・大文二の浄土の十楽の第五に「快楽無退の楽」とある。

一五 平生の、乱れ落ちつかないままでする念仏。「散心」は「定心」の対。

一六 死に臨んで往生を一心に念ずること。

一七 仲間である往生を果した人の。

一八 前世でなした善根と、他にはうかがえない功徳。

一九 五逆（一八三頁注一二参照）の罪人でさえ。

二〇 一度念仏を唱えるだけで、阿弥陀の手で極楽に迎え取られる。

二一 心が物事に着いて離れないこと。

二二 悔い改める時も、悪をなす時と同様に強くはげしい心でするのだろう。

二三 （かと言って）心の底から罪を悔いるというわけではないので。

二四 はげしい。情熱的な。「しじょう」とも。

二五 手ごたえ・反応のないことのたとえか。

がごときなるなり。

もし、心を深く発《おこ》して、此の度《たび》決定《けつぢやう》[一]往生を遂げんと思ふ人は、早く名利をいとひ、身命を捨ててねんごろにつとめ、常に願ふべし。水を渡る者、手を休めつれば、溺れて死す。火を切る者、[二]力を入れざれば、得る事なし。往生極楽も又、かくのごとし。一心に励み勤めて、ゆめゆめおこたる事なかれ。

この身のありさま

もし、世執《せいしふ》[三]なほ尽きずは、静かに此の身のありさまを思ひ解くべし。大方、此の身は有るにもあらず、又、久しく留《とど》むべき物にもあらず。すずろに《わけもなく》化生《けしやう》[四]する物にもあらず。ただ、流来生死《るらいしやうじ》[五]の夢の内、因縁おのづから和合して、仮に業報《ごふほう》[六]の形の顕はれたるばかりなり。云はば、旅人[七]の一夜の宿を借るがごとし。これに何の会著《あぢやく》[八]かあるべき。かかれば、[九]「形は常の主なし。魂は常の家なし」と云へるなり。

心の犯す罪業

此の身は、かくあだなる《はかない》物なれど、しかも、我が心かしこく愚かなるに従ひて、仇敵《あたかたき》ともなり、又、善知識《よき導き手》ともなるべし。或る経に[一〇]

一 必ず往生すると決っていること。
二 「火を切る」は火をすり出す。檜などの木口に棒を当てがって、これを激しくすりもんで発火させる。
三 世俗的な物事への執着心。
四 四生の一つ。胎生・卵生・湿生（虫のように、湿気の中から生ずること）に対し、自然発生すること。
五 無限の過去から生死（迷いの世界）を流転して今に至ること。
六 業（原因としての善悪の行為）の結果である報い。
七 『方丈記』三〇頁三行と似た比喩。
八 執着。「著」は「着」に同じ。
九 『仁王般若経』下「護国品第五」に「形に常主無く、神に常家無し」云々とある。『往生拾因』にも引用される。
一〇 未詳。ただし、唐の道綽《どうしやく》『安楽集』下に「浄度菩薩経云はく、人、世間に生れ、凡そ一日一夜を経るに、八億四千万念有り。一念悪を起せば、一生の悪身を受く」云々と、『浄度菩薩経』を引用する。和書としては『観心略要集』に「一人一日の中に八億四千の念あり。念々の中に作《な》す所、皆これ三途の業なり」云々とあり、『往生講式』にも同趣の記述がある。この句は略本『方丈記』の諸本にも引かれている。例えば、長享本には「伝へ聞く、人一日一夜を経るに、八億四千の念あり。その念々のうちになす所は皆三途の業といへり」とある。

一一 非想非々想天。衆生《しゅじょう》が流転する三界のうち、最も高次の無色界の最高位にある天。有頂天。

一二 非想非々想天に生れることを可能とさせた果報が尽きた時。

一三 元いた三途に帰る時も、ついて行くのである。「三途」は、三界のうち最も下位の世界。欲界。その者が、前の生でそこにいたので「旧里」(「ふるさと」の当て字を音読してできた和製漢語)という。

一四 『雑阿含経』。『阿含経』(原始仏教の経典)を分類した称の一つ。全五十巻。以下の説話は『雑阿含経』五に見える譬喩譚によるかという(山田昭全氏説)。

云はく、「人一日を経るに、八億四千の思ひあり。一々の思ひ、罪業にあらずと云ふ事なし」と云へり。一年二年にもあらず、もしは、一生にも限らず。無始《遠い過去》より以来《このかた》つもるらん程、限りもなし。此の罪、影のごとく身にそひて、たとひ非[一一]想非々想の頂きに生ると云ふとも、なほ離れず〔身を〕して、其[一二]の報ひ尽きぬる時、三[一三]途《さんづ》の旧里《きうり》は具して行くなり。

わが身を思う罪

此の罪の深しと云ふ、何ぞ。皆、我が身を思ひ《肉体を》し故《ゆゑ》なり。此の身、罪の根元として、心の為には仇敵《あたかたき》なれども、しばしも生ける程は、ねんごろに相ひ思へり《愛し合っている》。命尽きて後、則《すなは》ち身をば山に捨つるに、むなしく鳥獣の食となり、又、心ひとり冥途《めいど》に趣《おもむ》く時、何しに《どうして》、もては《最後まで》てざりける身《保ち続けなかった身に執着して》を思ふとて、諸々《もろもろ》の罪をつくりて、かくからき《つらい》目を見るらんと、うらめしくくやしけれども、すべて、何の甲斐かはある。

雑阿含の比喩譚

雑[一四]阿《ざふあ》含《ごん》の中に、譬《たと》へを取りて云はく、「人のもとにひとりの奴《やつこ》あり。万《よろづ》のわざ、心に叶ひて《満足にして》、一つも欠く事なし。主《あるじ》、ひとへにこれを相ひたのみて、朝夕あはれみはごくむ。彼が好み願ふ事、着る物・食ひ物より始めて、はかなき遊び戯《たはぶ》れに至るまで、皆かなへり。ともしき《不自由な》事あらせじと、心をつくしいとなむより外《ほか》の事ぞなき。しかるを、此の奴《やつこ》、年来敵《としごろかたき》のたばかり《計略で》て〔その人に〕つけたりける使ひなれば、主《主人の》の志を思ひしらんや《好意を感謝するはずがあろうか》。隙《ひま》をはからひつつ、忽《たちま》ちに主《あるじ》を殺して去りぬ。

奴と云ふは我が身なり。主と云ふは心なり。心のおろかなる故に、仇敵《あたかたき》なる身をしらずして、宿善[一]の命を失ひ、悪趣[二]に堕する事を云へり。

昔、目連《もくれん》[三]尊者、広野を過ぎ給ひけるに、恐しげなる鬼、槌《つち》を持ちて白き骸《かばね》を打つあり。あやしくおぼして問ひ給ふに、答へて云はく、「此れは、おのれ《わしの》が前《さき》の生《しやう》の身なり。我が世に侍りし時、此の骸《かばね》を得し故に、物に貪《とん》じ《欲深くなり》、物を惜しみて多くの罪を造りて、今は餓鬼[四]の身を受けたり。苦をうくる度《たび》に、此の骸の妬《ねた》うらめしければ、常に来て打つなり」と云ふ。

一 前世の善行の報いとして得た生命。

二 悪事の報いとして死後赴かねばならない世界。地獄・餓鬼・畜生の三悪道。

目連、前身の骸《かばね》を打つ餓鬼を見る

＊ 以下の目連説話は、『天尊説阿育王譬喩経』を典拠とし、『私聚百因縁集』二・一、『平治物語』中、謡曲『山姥』などにも見える。

三 目犍連《もくけんれん》。仏の十大弟子の一人で、神通第一といわれた。その事跡はわが国仏教説話集にも多く語られ、特に、餓鬼道に堕《お》ちた母を救うために僧に供養したことは、盂蘭盆会《うらぼんえ》の起源として有名。

四 生前の罪の報いで餓鬼道に堕ちた亡者。

五 天界（「天上界」とも）に生れた者。多く美しいこれを聞きをはりて、なほ過ぎ給ふ程に、或る所に、えもいはぬ五天人来て、骸《かばね》の上に花を散らす。六又これを問ふに、天人答へて云はく、「これは、即《すなは》ち我が前の身なり。此の身に功徳《くどく》を造りしによりて、今天上に生れて、諸々《もろもろ》の楽を受くれば、其の報ひせむが為に来て、供養するなり」とぞ答へ侍る。

かかれば、ひたすら身のうらめしかるべきにもあらず（一方的に肉体をうらめしく思うべきではない）。善悪にも従ひて、大きなる知識となるべきなり（導き手となるはずだ）。彼《か》の都率《とそつ》七の覚超僧都は、月《ぐわつ》八輪観《りんくわん》を修して証を得たる人なり。其の観文《くわんもん》九の奥には、「縦《たと》ひ、紫金《しごん》一〇の妙体を得たりとも、かへつて黄壌《くわうじやう》の旧骨《きうこつ》を拝せん」とぞ書かれて侍りけり。実《まこと》に、道心あらん人の為には（人にとっては）、此の身ばかり尊くうれしかるべき物なし。これらの理を思ひ解きて、身命《しんみやう》一一を仏道の為に惜しまずは、ことさらに事理懺悔《じりさんげ》一二を修せずとも、六度一三の難行を経《へ》、尽《つく》さずと云ふとも、波羅蜜（悟り）の功徳も、おのづからそなはりぬべし。

女性の姿で空想され、羽衣によって飛行、歌舞・管絃をなすとされた。

目連、前身を供養する天人を見る

六 いわゆる「散華《さんげ》」を示す。供養の方式の一つ。

七 平安中期の天台宗の僧。源信の弟子で、顕密を学んだ。横川《よかわ》の兜率院《とそついん》に住したので「兜率僧都」の称があるが、後に首楞厳院《しゅりょうごんいん》に移る。台密川流《かわりゅう》の祖。長元七年（一〇三四）没、七十五歳。なお、本文の「都率」は「兜率」に同じ。

覚超の観文

八 振仮名は底本のまま。普通「ぐわちりんくわん」と読んだ。密教で行う観法の一つ。月輪を描いた軸の前に坐って瞑想し、自分の心と満月との本質的一致を観ずる。

九 覚超の『五相成身私記』跋文に「若《も》し適《たまたま》紫金の妙体を設くとも、須《すべか》らく先づ黄壌の朽骨《きうこつ》を拝せむ」とある。

一〇 成仏して紫磨金《しまごん》（最上質の黄金で紫色を帯びる）のすばらしい身となっても、ひるがえって、黄土と化したかつての自分の骨を礼拝しよう。

一一『法華経』如来寿量品の「一心に仏を見たてまつらんと欲して、自ら身命を惜しまず」による。

一二 事懺悔《じさんげ》と理懺悔《りさんげ》。『摩訶止観』二・上に説く修行法。

一三 布施《ふせ》・持戒《じかい》・忍辱《にんにく》（耐え忍ぶこと）・精進《しょうじん》・禅定《ぜんじょう》（精神の安定・集中）・智慧《ちえ》の六つ。これらを実践することによって得られる境地を「波羅蜜」という。六波羅蜜。

十三　斎所権介成清《さいしょごんのすけなりきよ》の子、高野に住む事

尾張《をはり》の国中嶋郡《なかしまのこほり》[一]に、斎所[二]の権介成清と云ふ者あり。彼《か》の国に取り《おいて》て《は》、豊かなる者なり。子あまたある中に、嫡子《ちゃくし》にて若き男[三]ありけり。田舎の習ひなれば、狩・すなどり《漁》を事として、さらに《まったく》因果の理《ことわり》をも知らず。

一年《ひととせ》、東大寺の大仏供養[四]の年、〔嫡子は〕二十二三ばかりにて、父母に相ひ具して詣《まう》でたりける時、さるべきにやありけん《そうなるべき因縁だったのか》、心の中につよく道心発《おこ》して、（嫡子）「いかで身をなき物になして《隠して》、思ふさまに仏道を修行し《修行したい》てしがな《ものだ》」と思ひければ、父母さらに許さず。「此の度《たび》は、いかに《どうしても》も叶はじ《無理だろう》」と思ひければ、其の気色《きしょく》《表情》、いろにも出ださず、もて隠して、本国へ帰り下りにけり。

高野聖のかがみ

＊ 本章の説話は『三国伝記』四・三十にも見える。

成清の嫡子の発心

一 今の愛知県中島郡および一宮・尾西・稲沢の諸市。木曾川の沿岸。東大寺の荘園があった。成清一家が東大寺に赴くのもそのことと関係があろう。

二 伝未詳。「斎所」（税所）は国守の下にあって年貢などの収納事務に当る職。「権介」はその次官の権官《ごんかん》。

三 『三国伝記』によれば清道。出家後の法名は「寂阿弥」、聖名《ひじりな》は「斎所聖」。建久六年（一一九五）没、享年未詳。

四 三度行われた（三二一頁注五参照）が、本章の主人公の没年からして、文治元年（一一八五）八月二十八日の大仏開眼供養以外ではありえない。

五　ここは奈良（南京・南都）をさす。
六　俊乗房重源。「大仏の聖」として既出（三二四頁注一参照）。東大寺大仏再建に際して勧進職を勤めた。建永元年（一二〇六）没、八十六歳。
七　腑《ふ》に落ちません。下に「侍り」の省略された形。
八　前頁にある大仏供養の時をさす。
九　私の境遇には、これといった発心すべき事情はありません。
一〇　阿弥陀如来の大願をさす。一二〇頁注五参照。

嫡子、重源のもとで出家せんとす

其の後、日来《ひごろ》経て、さるべき隙《ひま》をはからひつつ、ひとり京[五]へ上《のぼ》りぬ。又、即《すなは》ち大仏[六]の上人の許《もと》へいたりて、頭《かしら》おろさん由《よし》聞こえければ、「誰人《(重源)》ぞ。いかなる事によりて、世を遁《のが》れんとは思ひたたれたるぞ。年も若くいます。あや[七]しく」と疑はれければ、「実《まこと》に、さぞ《そうお》おぼすらん《思いになるのは当然です》。これは、しかしかの者に侍り《こういう素姓の者でございます》。[八]さきに参りて侍りし時、申すべく侍りしかども、其の時は、かたがた《あれこれ》妨《さまた》げ多くて、遂げがたく侍りしかば、国に下《くだ》りて後、立ち帰り、わざとひとり上り侍るなり。[九]身に取りては殊事《ことこと》も侍らず。親ゆたかなれば、心に叶《かな》はぬ事もなし。資材もあり、田園もあり。さりがたき《離れがたい》妻子を持ちて、かたがた《どう考えても》思ひたつべき《発心すべき》身にも侍らねども、世の無常を思ふに、何事もよしなし《無益だ》と思ひ侍れば、ただ身命を仏道に投げて、仏の悲願[一〇]をたのみたてまつらんばかりこそ賢《かしこ》からめと、二心《ふたごころ》なく思ひ立ちて侍る」と云ふ。

重源、嫡子の決意に感ずる

聖、事の有様を聞き、涙を落しつつ、「いといとありがたき事《稀有のこと》なり。此れ等《私の周辺に》に、弟子と名付けたる聖《ひじり》、その数侍れど、すずろ《わけもなしに》に世を捨てたる人はなし。或いは主君のかしこまり《勘当》を蒙《かうぶ》り、或いは世のすぎがたき《暮しが楽でない》事を愁《うれ》へ、或いははかなしき《いとしい》妻におくれ《先立たれ》、或いは[一]司位《しゐ》に付けて世をうらみなど、様々心にかなはぬを、[二]其れを次《ついで》としてのみこそ世を捨つる習ひにて侍れば、其の事忘れなん後は道心もいかがと危ふく侍るを、〔あなたの気持が〕聞くがごとくならば、〔本当の〕発心にこそ。仏も必ずあはれとかなしみ給ふらめ。いといとありがたき事なり」とて、頭《かしら》おろさんと、かくて[三]帽子《えぼし》をとる程に、髪のはらはらと乱れかかるを見て、あやしくて故を問ふ。語りて云はく、「田舎より上《のぼ》り侍りし時、もし思ひ返す事もや侍らんと、我が心の疑はしく覚えて侍りしかば、かれにて《田舎で》なむ、もとどりを切つて侍る」と云ふに、〔重源は〕いとど心のなほざりならぬ事を知りぬ。

　即ち、頭《かしら》おろして後、彼《か》の弟子の聖どもに交はりて、三年ばかりやありけん、昼は瓦をはこび、石を持ち、材木を引く事、時の間も

一　つかさくらい。官職と位階。

二　ただ、その不幸をきっかけとして世を捨てるのが、世間のならわしですので。

三　普通は「烏帽子」と表記。えぼうし。成人男子のかぶった冠の一つ。

＊　遁世を思い立たせる世俗的条件が二行「或いは」以下に列挙されている。本章の主人公は、そのような不幸を代償として発心したのではなく、純粋に無常を観じて遁世者になったのである。『台記《たいき》』康治元年三月十五日で、藤原頼長が西行について述べた「俗時より心を仏道に入れ、家富み、年若く、心に愁へ無きに、遂に以て遁世す。人、これを嘆美するなり」が連想される。

嫡子の勤勉さ

休まず。夜は出家したる日より、さらに《全く》打ち伏す事なし《横になることがなかった》。夜もすがら念仏を唱へて、西に向ひて居ながら《坐ったまま》夜を明かす。大方《おほかた》、[四]露の間《ま》もいとま惜しうすれば、人と物語などする事もなし。食物《くひもの》・着る物は、あるに随ふ《ある物でまにあわせた》。さらに身命を惜しむ事なし。ただ寝てもさめても、心には[五]西方《さいはう》をかけたり。

聖、ありふるままに《年月を過しながら》、此の有様を見るに、ありがたく尊《たつと》くおぼされ、進めて云はく、「朝夕《あさゆふ》仏道の為に身を苦しうせらるるも、大きなる結縁なれど、なほ心を沈め《落ちつかせ》、身をやすくして《静かにして》、あくまで念仏せ《念仏するの》んにはしかじ《が一番大切でしょう》。高野《かうや》に[六]新別所と云ふ所あり。則《すなは》ち、我《われ》はじめ居《ゐ》ける所なり。もとより[七]法界《ほふかい》の地なる上に、[八]不断念仏をとなへて、[九]一片に往生極楽を願ふより外に、他のいとなみなし。しかれば、ここに《私の所に》多かる聖の中に、もし道心ありと見ゆる人をば勧《すす》めて、必ず彼の《新別所の》念仏衆に入《い》るるなり。早く其の衆につらなりて、念仏の功をつまれよ」といさめられければ《忠告なさると》、「実《まこと》に《〔おそばで〕》かくも侍るべけれど、凡夫《ぼんぶ》の口惜しさ

四 露の置いている間、の意から、わずかの時間をいう語。

五 西方極楽浄土を示す。

重源、高野新別所に移ることを勧める

六 「真別所」とも。高野山の東南部。専修往生院を中心とする念仏聖の修行地。文治年間(一一八五~九〇)から重源の指導下に念仏集団が営まれ、その社友は二十六ないし二十四人という。重源はここに建久八年(一一九七年。本説話の年代の二年後)から建保六年(一二一八)まで在住したことが関係資料によって確認される(井上光貞氏『日本浄土教成立史の研究』山川出版社)。

七 「法界」は多義的に用いられる語だが、ここは、「法界の地」で、(弘法大師ゆかりの)聖地の意か。

八 所定の期間(三日間・七日間・二十一日間など)、昼夜絶え間なく念仏を唱えること。平安初期に最澄が伝えて、比叡山に始まり、念仏思想の流行とともに各地で行われるようになった。

九 ただひとつ、ひたすら、の意。

は、女なんど見ゆれば、妻のこと思ひ出でらるる事侍り。をさなき子どもの侍る時は、これを見るにつけても、我子《わがこ》もかくやと忘れがたく侍るも、いとよしなし《全く空しいことです》。山深き所に住みなば、思ひもなくていとよく侍るべし。但し、入るとし入りなば《いったん入山したなら》、又帰る事は更に仕《つかま》るまじ。疎《うと》くなり奉らん事こそ《遠くにお別れすることが》心細く侍れ」と云ひながら、高野《かうや》[一]へ上りけり。かくて、彼の往生院[二]の廿四人[三]の中にて月日を送るありさま、ありしよりもことなり《入山する以前よりも熱心であった》。

成清、高野に消息を送る

田舎には、此の人を失ひて、父母妻子ども皆、肝心《かんしん》[四]をまどはし、当国・隣国いたらぬ隈《くま》なく、足手をわかちつつ尋ね求むれど、いづくにかあるらん、たとひ命つきて空しきから《死骸》となりたりとも、今一度其の形を見んと嘆き悲しむ様、ことわりにも過ぎたり《無理もないことであった》。はてには、国の中ゆすりみちて《大騒ぎして》、見聞く人涙を落さぬはなかりけり。

[五]とかく云へど、かひなくて月日を送る間に、世の中に隠れなければ《〔嫡子の出家は〕評判になっていたので》、程へて後なむ、出家せし事聞こえたりける。つひに、高野にこそ

一『高野春秋編年輯録』に、本章主人公を、新別所に勤行すること八年、建久六年（一一九五）に没したとあるので、高野山に来たのは文治四年（一一八八）頃と推定され（小林剛氏『俊乗房重源史料集成』吉川弘文館）、三三六頁に「（重源のもとに）三年ばかりやありけん」とあるのとも符合する。

二 専修《せんじゅ》往生院。重源創建の新別所の中心であったが、後に廃滅。

三『高野春秋編年輯録』元暦元年条などにも「二十四人」とある。前話の心戒もその一人。彼らについては五来重氏『増補高野聖』（角川書店）一一章に略述されている。

四 心配し。途方にくれ。「肝心」は「心」に同じ。

五（関係者は）あれこれ相談したが。

嫡子と天野で再会、空しく帰る

住むなれと（住むそうだと）聞きて、〔成清は子に〕泣く泣く消息しけり。「さしも（それほど）浅からず思ひたりける道なれば、そむかん事は云ふにも及ばず（遁世したことについては何も言いません）。文《ふみ》一つだにも書きおかずして、空しく親の心をまどはせる事なむ、いとうらめしけれど、さていかがはせん（今さら言っても仕方がない）。心をかへて思ふには（お前の立場になって思うと）、又、罪さり所[六]なきにしもあらず。此の国にも山寺多かり。近くてだに聞かまほしきを（せめて近くの寺に入ったと聞きたいのに）、かくして雲を隔てたるさかひにかけ離れたる事こそ、いと本意なく（まったく残念です）」など、様々に書きやれど、〔子は〕さらになびくにもあらず（翻意することはなかった）。

かねて（一方）、父母なむ、わざと（わざわざ）京へ上りて、高野の麓に天野《あまの》[七]と云ふ所に詣でて、そこに〔子を〕呼び出だして、対面したりける。其の時、心の中おろかならんや（並み大抵ではなかったろう）。若くさかりなりし形は、見し物ともなく（以前と同一人とも思えず）やせ黒みて、ほろほろとある布小《ぬのこ》袖《そで》など、昔かりにだに（かりそめにさえ）見ざりし姿なれば、目もくれ、胸もふたがりて、とみに（すぐには）物云はれず。とばかり（しばらく）ためらひつつ、さまざま日《ひ》来《ごろ》思ひつめたる事ども、泣く泣く知らすれども、〔子は〕詞《ことば》すくなにて、はかばかしく物も云はず。只、「此の山へまかり入

六 罪を消すための場所。仏法修行の場所。

七 高野山の西谷の地。二六八頁注一参照。

りし時、又帰り出でじと思ひかため《決心したのですが》侍りしかど、暇《いとま》を申さずして家を出でて侍りし事の罪さりがた《免れないので》くて、又立ち《〔麓に〕》もどり候ひつれども、あらぬ心《不本意な気持で》にて、かく出で侍るなり。今より後は、たとひ御尋ね候ふとも、いささかも、これまで《ここまでも》出づる事仕《つかまつ》るまじ。されば、今は《〔お会いするのは〕》これば《もう今回だけで》かりなむ、限りにて侍るべし。我を見まほしくおぼさば、心を発《おこ》して仏道をねがひ給へ。此の世にては、たとひ思ふばかりそひ奉《思う存分おそばにおりまし》りたりとも《ても》、いつまでか見奉らん。我も人も《私もあなた方も》、[一]おくれ先だつ習ひ遁《のが》れがたければ、せんなく侍るべし《仕方のないことでしょう》」とつれなく答へて、帰り《〔山に〕》上りにけり。

妻はそこまで上りけれど、面《おもて》を向くべくも覚えざりければ、物のはざま《すきま》より、僅かにのぞきて、忍びもあへず、よよと泣きけり。父母、姿《〔子の〕》を見ざりし時よりも、なかなか《かえって》悲しく覚えて、泣く泣く帰り下りにけり。

一 あとさきになる。特に、ある者は生き残りある者は先に死にして、生死を異にする、の意。

嫡子のその後

さて、国よりさまざま物ども沙汰し《仕度して》登《のぼ》せたりける返事には、「これは入る事も侍らねど《不要ではありますが》、御為《おんため》[二]罪[三]ほろぶる縁《えん》とかならんと思ひ給へて《存じまして》、念仏衆に分け侍るべし。只、とく《はやく》して浄土へ参らんと思ふ心のみ深く侍れば、日にそへて[四]命のみこそいと悲しく侍れ。ゆめゆめ、かりそめの身をいたはしくなおぼしそ《ご心配下さいませんように》」とぞ云ひける。

まことに、着物・食ひ物の類《たぐ》ひ、結衆《けつしゅ》[五]にわかつのみにあらず、貧《ひん》人《にん》見ゆれば皆与へて、我が為に残す事なし。親の沙汰にて三間なる坊を作りてすゑたりけれど《作り設けたけれど》、居所《ゐところ》[六]ほしがる人のありけるをすゑて《住まわせて》、我が身は定まれる栖《すみか》なし。日ごとに湯を沸《わか》せども、これをあみず《浴びない》。年月ふれども物を《衣類を》洗ふ事なし。破《や》れぬれば捨つ。只朝夕、仏の来迎《らいかう》を心にかけて、事にふれて、無常を思ふより外《ほか》、さらに他事に心をかけず。もし、人の許《もと》に行く時は、泥ふめる足にて莚《むしろ》・畳をふむ。憚《はばか》る事なし。人とがむれば、「不浄は各々、身の内にあり。何ぞ、顕はれたるをのみいとはんや」と云ふ。

彼《か》の所の《新別所の》習ひにて、結衆の中にさきだつ《死ぬ》人あれば、残りの人集ま

二 あなた方にとって。
三 修行者に物を寄進（布施）するのは功徳の一つだったのでこう言っている。
四 日々、生きていることがひどく悲しくてなりません。
五 同じ目的で集まっている修行者仲間。
六 『三国伝記』によれば「居所ほしがる老僧」。

嫡子の難行

りて、所の大事《新別所の大切な営みとして》にて、これを葬《はうぶ》るわざしけれど、此の聖[一]のありける《健在であった》程は《期間は》、さらに人々にいとなませず。〔死体を葬所に〕ただひとり引き隠して、木をこ《伐採》りて《して》葬る。骨拾ひて、とかくして《葬送の儀礼をして》、我《われ》[二]ひとりねんごろに心を入れたるさま、父母を葬するがごとし。

此の所に住みそめけるより、奥[三]の院へ入堂する事、毎日《ひごと》にかかず《欠かさない》。其の間、雨風霜雪《あめかぜしもゆき》をためらふ事なし。蓑笠《みのかさ》用意する程のかまへだになければ、雨降れば、さながら《全身》ぬれ、又雪降れば、凍《い》て氷る。さらにこれを事とせず《気にしなかった》。或る人云はく、「浄土を願はんには、身を全く《五体健全の身》して《で》念仏の功をかさぬべし《積むべきである》。何の故にか、身命をいたはらざらん」。答へて云はく、「世は末世なり。身は凡夫なり。今たまたま心をおこせり。此の心さめざらん先に往生を遂げんと思ふ。此の故に身命を惜しまず」と云ふ。聞く人、かつはかなしみ、かつはたふとむ事限りなし。

往生

かくて、出家して後七八年やありけん、かねて死期《しご》を知りて、殊《こと》[四]

一 本章主人公の聖、すなわち成清の嫡子をさす。

二 底本「我人も」を寛文本により訂正。自分ひとりで。

三 高野山の奥部の聖地。弘法大師の廟《びょう》などがある。新別所から三キロ弱の距離にある。

病《やま》ひもなく、臨終思ひのごとく、念仏の声絶えずして、居ながら《坐ったまま》終りにけり。[五]今の世の事なれば、彼《か》の別所にしらぬ人なし。

四『高野春秋編年輯録』建久六年九月条に、主人公の死について「而して、安祥正念に西に向ひて別所に円寂す」と記されている。

五 主人公の没年は、長明四十一歳時に当る。

発心集　第八

一　時料《ときれう》上人隠徳の事

時料という名の由来

中比《なかごろ》、筑前[一]の国に時料[二]と名付けたる聖ありけり。府《こふ》[三]の辺にありき《歩いて》て、人の家に至りて物を乞ふとて、必ず「時料」[四]とばかり云ひて、経をもよまず、仏号《ぶつがう》をも唱へず。況《いはん》や、其の外《ほか》の事、一言《ひとこと》も云はざりければ、やがて《その言葉のまま》、かく名をつけたるなり。朝夕つねに見ゆれば、見合ふに《彼と出会うたびに》随ひて物など取らすれど、たしかに[五]そことは、跡とめたりと云ふ事知れる人なし。

同情者、時料を尾行

其の時に、府官《こふくわん》[六]の中に、殊《こと》にこれをあはれむ男ありけり。心に思

一　今の福岡県北西部。この国は長明の師の中原有安（解説参照）が守《かみ》として知行していたので、本話はあるいは有安からの伝聞によるか（ただし、有安が現地に赴任したかどうかは不明）。

二　伝未詳。底本に「時ノ料」とあり、章題の振仮名と一致しない。

三　「国府《こくふ》」の変化した語。底本の振仮名は「がう」。頭音を濁音とする資料が見えないので清音に改める。筑前の国府は太宰府（今の筑紫郡太宰府町）にあった。

四　「じりょう」とも。四季折りおりに要する金品。

ふやう、「此の聖の有様こそ、いとおぼつかなけれ《不審である》。さりとも、跡《隠れ》をかくせる所なからんや《住んでいる所がないはずはない》。いかにも《どう考えても》其の徳ある者にこそ。これを《その住みかを》見あらはして《見つけて》、深く縁を結ばん」と思ひて、〔聖が〕物こひ廻《めぐ》りて帰りけるを、見かくれに行く間に、遙かに山深く入りて、けはしき谷の奥に、荒れたる神の社《やしろ》ありける中には入りぬ。いとめづらかに覚えて、隠れ居て聞けば、日暮れ方より夜もすがら、諸々《もろもろ》の罪障を懺悔《さんげ》す。

時料、隠徳の由を語る

夜中過ぎ程より、法華経[七]をよむ。其の声いと貴《たふと》くて、涙もとまらず。夜あけて後、男帰らんとする時、〔聖は〕人のあるけしきをさとりて、聖とかく求めありきける程に《あちこち探しまわっているうちに》、見つけられぬ。即《すなは》ち、袖にとりつきて、大きに悲しみて云はく、〔聖〕「我、此の度生死《たびしやうじ》[八]を離れんと思ふに、此の志を人にしられなば、魔縁[九]も力を得、信施《しんせ》[一〇]も殊に重かるべし。事にふれて障《さは》りあるべき故に、我深く徳をかくして、年来《としごろ》此の谷に住めども、鳥獣より外には、さらに我を知るものなし。しかるを、汝《なんぢ》、今我を見あらはすは、既に世々生々《せせしやうじやう》[一一]の仇敵《あたかたき》なり。さらに《どうしても》汝を許

五 たしかにどこそこだ、というように具体的に、聖の宿所を知っている人はいなかった。

六 国府に勤務する役人。

七 八五頁注一四参照。

八 迷いの世界を離れたい。出離したい。

九 魔王（欲界第六天の主）が眷属《けんぞく》とともに修行の妨げをすること。

一〇 人々から時料を得ていたことが、私にとって重大なことになるにちがいない。「信施」は「しんぜ」とも読む。信者のほどこし。その資格がない者が受けた時、それは甚しい苦痛をその者に与えるとされた。「人の信施は内に叶ふ徳ありて受くるは福なり。破戒の比丘《びく》、もし後世《ごせ》の報なくは、衣は炎網となりて身を焦し、食は熱輪となりて腹を穿《うが》たん事、必定して疑ひなかるべし」（『明恵上人遺訓』）。

一一 転生《てんしやう》するすべての生。

すべからず。ここにしてもろともに命を捨つるばかりぞ」と云ひて、泣き[一]もだうる声、谷をひびかす。涙流して、袖しぼるばかりぬれぬ。

此の男、恐れをののきて云ふやう、「我、聖《ひじり》の徳をたふとむにより、信を発《おこ》して尋ね来たる。これ、何の咎《とが》かある。[二]我ひとりは、何ばかりの咎かあらん。願はくは、今日の咎、許し給へ。永く妻子にも此の事を散らさじ《洩らしません》。仏天必ず[三]照らし給ふべし」と云ふ。聖の云はく、「一人が知れるとても《知ったことさえも》、本意にはあらねども、汝《なんぢ》、人よりも信心ふかし。しかれば、いかがはせん。口より外へ出だすべからず。今日より後、深く相ひたのまん《お互いに頼りとしよう》」など、互ひにさまざまの契《ちぎ》りを結びて帰りにけり。

其の後、此の男、しのび《こっそり》、人にかくれて、時料とぶらひければ《時料を訪ねたところ》、〔聖は〕里へ出る事もなくて、思ふごとく往生を遂げたりけりとぞ。かねて死期《しご》を知りて、此の男に告げたりけるによりて、其の臨終のたふと

一 「もだうる」はア行（普通はヤ行）下二段動詞か、ハ行下二段動詞の仮名づかいの誤りか、他の用例乏しく不明。

二 私ひとりがあなたの居所を知ったからと言って、それがどれほどの罪になるでしょうか。

三 「照らす」は「照覧」の和訓。仏菩薩が光明で照らして衆生のさまを見る意。

かりし事など、〔男は〕後に人に語りける。

隠徳のすすめ

[四]或る人云はく、「濁世《ぢよくせ》の行者は、みづから徳をかくし、賊国にありて《乱れた国にいて》宝をまうくるがごとくすべし《所持する時のように用心すべきだ》。其の故は、今の世は[五]天魔・盗人《ぬすびと》みちみちて、人の善根《ぜんごん》をうかがひさまたぐ。しかれども、悟り深く徳ある人は、[六]諸天の擁護《おうご》ひまなくして、天魔、其のたより得る事なし《悪事をはたらく便宜が得られない》。たとへば、人の門つよく鎖《さ》し、兵《つはもの》多く守りて悲しみなきがごとし。もし、我がごとく[七]懈怠《けだい》・無智の者、たまたまつとむる功徳《くどく》は、貧しき家に宝多からんがごとし。[八]心城《しんじやう》かこひあだにして《いいかげんで》、善神の守護し給ふもなし。ただ[九]外相《げさう》をよそにし、其の徳を深くかくして、しらせざらんにはしかず。彼《か》の金《こがね》をおどろ[一〇]につつみ《包み隠し》、宝珠《ほうしゆ》を土に埋むがごとし。但し、たとひ徳をかくすとも、みづからおごる心あらば、又益なし。天魔はよく[一一]憍慢《けうまん》をたより《手掛り》とす。たとへば、盗賊《盗賊が》の中に[一二]中人《ちゆうじん》を用ゆるがごとし。しかるを、末世の比丘《びく》あらそひ深く《僧侶は競争心が強く》、名利《みやうり》にまどへる故に、みづからなき徳を称す[一三]。妄語[一四]の中《中でも》にすぐれたる重罪なり。

四 未詳。ただし、以下の言に見える趣旨は、『発心集』（第一に多い）や『撰集抄』『閑居友』など鎌倉初期の仏教説話集に多く見える思想。詳しくは伊藤博之氏「撰集抄における遁世思想」（笠間書院『隠遁の文学』所収）など参照。
五 魔王。一四六頁注四参照。
六 仏法守護の神々が道心あつい者を守り助けること。「宿縁忽ちに尽き給へば、大法秘法の効験もなく、神明三宝の威光も消え、諸天も擁護し給はず」（『平家物語』六「入道死去」）。
七 修行においてなおざりなこと。
八 「心城」は心を城にたとえていう仏語。その「かこひ」（城郭）は身体に当る。
九 外相（言葉・態度・行為など外に現れている現象・かたち）を、心とうらはらにして。
一〇 草むら、やぶなどの類。
一一 「驕慢」に同じ。おごり高ぶること。煩悩の一つ。
一二 手引きする者。
一三 偽って言う。（徳が）ないのに、あるかのように言ったり振舞ったりすること。
一四 偽りの言葉を言うこと。十悪（三一〇頁注八参照）の一つ。

何ぞ[一]況や、身にある徳をあげ、人の称讃するを悦《よろこ》ぶ事は万人の習ひなり。妄語にあらずと云ふとも、其の咎《とが》なほ軽からず。もし、誠に後世《ごせ》を思はん人は、ひとり[二]有りて、我が身になき徳を讃嘆《さんだん》せば、これを恐れ驚く事、盗殺《たうせつ》[三]の無実《ぶしつ》を負ふがごとくすべし。身の毛よだつ[四]ばかりをののき、心神やすからずして《不安になって》、即ち《すぐに》三宝[五]を念ぜよ。つれなく《平然としていて》、驚く心なくは、其の咎なほ遁《のが》れがたし」。

二　或る上人、名聞《みやうもん》の為に堂を建て、天狗になる事

功徳と名聞

高徳の聖の霊、人に憑《つ》く

或る山寺に、徳たかく聞こゆる聖《ひじり》ありけり。年比《としごろ》、堂を建て、仏つくり、さまざま功徳《くどく》をいとなみ、たふとく行ひけるが《勤行したところ》、終りめでたくてありければ《臨終の様子が立派だったので》、弟子もあたりの人も、疑ひなき往生人と信じて過ぎける程に、或る人に彼《か》の聖の霊つきて、心得ぬさまの事ども《腑に落ちないことどもを》云ふ。

一 ましてや。「何ぞ」は聞き手の注意をうながすために添えた強調の語。
二 たとえ一人でも、人が来て身に覚えのない徳を讃めたたえるなら。
三 盗みや殺人という無実（振仮名「ぶしつ」は底本のまま）の罪を着せられる場合のようにせよ。
四 恐れや驚きのために体中の毛が立つような気がする。
五 仏・法・僧の総称。

聞けば、[六]はや[七]天狗になりたりけり。弟子ども、思ひの外《ほか》なるこちして、いみじく《大変》口惜しく思へども、力無く《仕方なく》おぼつかなき事《〔事態の〕不審な点などを》など問ひければ、[八]不思議の事ども云ふ中に、「我が在世の間、ふかく[九]名聞に住して、なき徳を[一〇]称じて人を[一一]たぶろかして作りし仏なれば、かかる身となりて後は、此の寺を人の拝みたふとぶ日に、我が[一二]苦患《くげん》まさるなり」とこそ云ひけれ。

いみじき功徳をつくるとも、心ととのはずは、かひなかるべし。

「今《近ごろ》の事なれば、名はたしかなれ《わかっているが》ど、ことさらあらはさず」とぞ、或る人語り侍りし。

三　仁和寺《にんわじ》西尾の上人、我執に依つて身を焼く事

近世《ちかきよ》の事にや、[一三]仁和寺の奥に同じさまなる聖《ひじり》、二人ありけり。ひ

聖の霊、天狗となったいわれを語る

六 何ともはや、実は。驚くべき物事にはじめて気づいた時の衝撃を表す語。間投詞的に用いる。

七 妖怪の一つ。その性格・姿態などについては、本格的な仏典に説を見ないが、平安末期以後、文献に頻出するようになった。驕慢の僧などが死後これになると空想された。「日本に天狗と云ふ事、経論の中に見及ばず。真言の中に天狗と云へるは狐子等也。(中略)日本の天狗は山臥《やまぶし》の如し。竪行《じゆぎやう》也。是、鬼の形なるべし」(『聖財集』)。なお一一五頁注一一参照。

八 「不思議」に同じ。

九 名誉・名声にこだわって。

一〇 この「称ず」は、三四七頁一四行の「称す」と同じ。

一一 「たぶろかす」は「たぶらかす」に同じ。

一二 死後に、地獄などに堕《お》ちた者が受ける苦痛。

焼身聖の我執

一三 連声《れんじよう》で「にんなじ」とも読む。京都市右京区御室にある真言宗の大寺。仁和四年(八八八)宇多天皇の創建。

二人の聖、修行を競う

西尾の聖の身燈と評判

とりを西尾[一]の聖《ひじり》と云ひ、今ひとりをば東尾の聖と名付けたり。此の二人の聖、事にふれて徳をいとなみ、ひとりは如法経《によほふぎやう》[二]書けば、ひとりは如法念仏[三]す。ひとり五十日逆修《ぎやくしゆ》[四]すれば、ひとりは千日講[五]を行ひなど、互ひにおとらじとしければ、人もひきひきに《思い思いに》方々《二方に》別れつつ結縁しけり。

年比《としごろ》かくのごとくいとなむ間、西尾の聖身燈《しんとう》[六]すべしと云ふ事聞こえて、結縁すべき人、貴賤道俗[七]市《いち》をなして、たふとみこぞる《こぞって尊んだ》。東尾の聖、これを聞きて、「狂惑《きやうわく》の事にこそあらめ《馬鹿げた噂であろう》」とて信ぜざる程に、つひに期日《ごにち》になりて《当日になって》、弟子どもいみじく囲繞《ゐねう》[八]して、念仏して火屋《ひや》[九]に火をさす。ここら《多数》集まりし人、涙を流しつつ尊みあへる程に、火中にて、念仏二百返ばかり申して、つひにいみじく《たいそう》たふとげなる声にて、「今ぞ東尾の聖にかちはてぬる《完全に勝った》」と云ひてなむ、をはりにける。

此の事を聞かぬ人は、たふとしとて、袖をうるほして去りぬ。おのづからもれ聞ける者は、思はずに、「こは何事ぞ。いと本意なら

一 下の「東尾の聖」とともに伝未詳。西尾・東尾は、仁和寺の西の宇多野のあたりの地名かという（『山城名勝志』）。

二 作法に即して経文（特に『法華経』）を書写すること。

三 一定の期間（一日あるいは数日から九十日に及ぶ場合もある）を設けて念仏を唱えること。別時《べつじ》念仏。

四 生前に、死後の冥福を祈ってする仏事。

五 千日間継続して行う『法華経』の講義。

六 自分の肉体を燃して燈明とし、仏に供養すること。『法華経』薬王菩薩本事品の薬王菩薩の故事にならった行。平安後期に流行、人々がこれを見たことが諸文献に見える。『発心集』三・五（一三七頁）など参照。

七 僧侶と俗人。

八 尊貴者を中心に、周囲に居ならぶこと。

九 僧侶の焼身は、薪を積んで、その上に坐って火を放つのが普通の方法であった。ここの「火屋」はその薪をさすかと思われるが、庵のようなものを建てたのかもしれない。

一〇 天狗などに転生せざるを得ない身となってしまった。「天狗」は三四九頁注七参照。

ず。妄念なりや《迷いの心ゆえか》。定めて《〔西尾の聖は〕》[一〇]天狗などにこそはなるべかりぬれ。[一一]益なき結縁をしてげるかな」なんど云ひけり。まことに、[一二]あらたに身命を捨てて、さる心を発《おこ》しけん、めづらしき身なるべし。

ある人の語った唐の故事

或る人語りて云はく、「唐《もろこし》に帝《みかど》おはしけり。夜いたう更けて、燈《ともしび》[一三]壁にそむけつつ、寝所に入りてしづまりぬる程に、火《ほ》のかげにかげ《ちらち》ろふ《らする》物あり。あやしくて寝入りたる様にて《ふりをして》、よく見給へば、盗人なるべし、ここかしこにありきて、御宝物《おんたからもの》・御衣《ぎょい》など取りて、大きなる袋に入れて[一四]、いと《〔帝は〕》[一五]むくつけなくおぼされて、いとど《いよいよ》息音《いきおと》もし給はず。かかる間、此の盗人、御かたはらに[一六]薬合《くすり》はせんとて、灰焼きおかれたりけるを見つけて、[一七]さうなくつかみ喰《く》ふ。『いとあやし』と見給ふほどに、とばかり《しばらく》ありて打ち案じて《考えこんで》、此の袋なる物ども取り出でて、皆もとのごとく置きて、やをら《しずかに》出でなんとす。其の時、帝いと心得がたくおぼして、『汝《なんぢ》は何者ぞ。いかにも《なんとして》、人の物を取り、又、いかなる心にて返し置くぞ』とのたまふ。申して云はく、『我

一一 あの聖と、無益な結縁をしてしまったものだ。

一二「あらたに」は、見事に、の意か。以下の文意、見事に（法の説くごとく）身命を捨てたのに、東尾の聖に勝ったなどと我執の心をおこしたというのは、（あまりに矛盾した）珍しい人と言うべきであろう。なお、寛文本は「あたら」（惜しい意の副詞）。

＊以下の説話、『古今著聞集』十二の「偸盗空腹に堪へず灰を喰ひて悪心を翻へす事」と題される話に類似。『大荘厳論経』六の説話を典拠とするかという（南方熊楠《みなかたくまぐす》『続南方随筆』）。

一三 灯火を（そばから離して）壁の方に置いて。就寝の準備をいう。「火ほのかに壁にそむけ」（『源氏物語』「帚木」）。

一四 寛文本に「入てけり」とある。その方が文意が通りやすい。

一五 恐しく。気味が悪く。「むくつけなし」は「むくつけし」に同じ。

一六 薬を調合しようとして。

一七 前後をかえりみずに。あわてて。

は某《それがし》[一]と申し候ひし大臣が子なり。をさなくて父にまかりおくれて後《先立たれて後》、堪[二]へて世にあるべきたつきも侍らず。さりとも、今更に人のやつこ《人に使われる身》となららん事も、親の為心うく思ひ給へて《親のことを思うと情けなく存じまして》、念じて《我慢して》過し侍りしかど、今は命も生くべきはかりこと《手段》も侍らねば、盗人をこそ仕《つかま》らめと覚え《思いま》て《したが》侍るにとりて《それにつけて》、なみなみの人の物は《一般庶民のものは》、主《ぬし》の嘆き深く、取り得て侍るにつけて、ものぎよくも《後味がよくありませんので》覚え侍らねば、かたじけなくも《恐れ多くも》かく参り《〔宮中へ〕》て、まづ物の欲しく侍りつるままに、灰を置かれて侍りけるを、さ《しか》るべき物にこそ《るべき食物だろうと》と思ひて、これをたべつる程に、物の欲しさなほりて後、灰にて侍りける事をはじめて悟り侍れば、せめては《いざとなれば》、かやうの物をも食し侍りぬべかりけり《食べられるものであったのか》。由なき《無意味な》心を発《おこ》し侍りけるものかなとくやしく思ひて』なんど申す。帝《みかど》つぶさに此の事を聞き給ひて、御涙を流され、感じ給ふ。『汝《なんぢ》は盗人なれども、賢者なり。心の底いさぎよし。我、王位にあれども、愚者と云ふべし。空《むな》しく忠臣の跡《後継者を》を失へり。早くまかり帰り候へ。明日召し出だし、父の跡を起さ[三]

一 他称の代名詞。名が不明であったり、明示する必要のない場合などに用いる。

二 （みなしごとなった身で）何とか生きて行けるだけの手段さえもありません。

三 名跡を復活させてやろう。

四 崇高な西尾の聖の行為の奥にある我執、盗人の心に秘められた清浄心という二つの例を対比し、外見的行為と心とを性急に短絡してはならないことを暗示している。

五「勝他」を訓読したもの。ここは寛文本の「勝他名聞」のように、下と接続させて一語とした方が文意が通りやすい。なお、「勝他名聞」は一五一頁六行、三六四頁二行に見える。

六『発心集』の主題の一つを要約する一文であろう。

人の心のはかり難さ

七『方丈記』三八頁七行に類似の比喩が見える。『荘子』秋水篇の「子《し》、魚に非ず、安《な》んぞ魚の楽しみを知らんや」による。

流人と孝女

＊本章の内容、『文徳実録《もんとくじつろく》』嘉祥三年五月十五日条、『橘逸勢伝』(橘以政著。仁安元年〈一一六六〉成立)、『内外因縁集』「逸勢女子帰」にも見える。

八「逸勢」の振仮名は、章題・本文ともに底本のまま。普通は「はやなり」と訓ずる。能書家として知られる平安初期の官人。嵯峨天皇・空海とともに「三筆」と称される。留学生として、遣唐使に従って渡唐。承和九年(八四二)、承和の変に連座して伊豆に流される中途、遠江《とおとうみ》の板筑《いたづき》で没、六十余歳。

逸勢配流の時、その娘同行を願う

九 逸勢の流刑地伊豆は重罪人の赴く遠流《おんる》の地。

一〇 言ってはならぬことを遠慮するのも忘れて、の意か。

しめん』と仰せられければ、盗人泣く泣く出でにけり。其の後、本意のごとく仕へ奉りて、即ち父の跡をなむ伝へたりける（継いだのであった）」。

[四]しかれば、上人の身命を捨てしも、[五]他に勝《すぐ》れ、名聞《みやうもん》を先とす。貧者が財宝を盗めるも、清くうるはしき心あり。すべて、[六]人の心の中、たやすく余所《よそ》にはかりがたき物なり。されば、「[七]魚にあらざれば、水の楽しみをしらず」と云ふも、此の心なるべし。

四　橘《たちばなの》逸勢《いっせい》の女子《によし》、配所に至る事

昔、[八]橘逸勢《まさなり》と云ふ人、事ありて[九]東《あづま》の方へ流されける時、其のゆかりの人、嘆き悲しむ類《たぐ》ひ多かりける中に、情なき女子の（悲嘆にくれた娘で）、殊《こと》にとりわきさりがたく思ふありけり（〔父と〕別れるにしのびなく思う子がいた）。主も（逸勢も）、かくうき事にあへるをばさるものにて（ともかくとして）、これに別れん事を〔悲しく〕思へり。娘は[一〇]云はぬ事を憚《はばか》り忘れ、恥を捨てて、[一]悲しみをたれて、もろともに《共に（配所へ）》行かんとす。
[二]おほやけ使ひ、限りなくいとほしく《かわいそうだと》覚ゆれど、流さるる人の習ひにて、事の聞こえも便なかるべければ《同行を許可したことがわかったら具合悪いので》、堅くいさめて免《ゆる》さず。せめ《あまり》て思ひあまりけるにや《に父への思慕が強かったのか》、其の宿を尋ねつつ、[三]駅《むまや》づたひに夜々なん行きける。身にたへたらん人だに《丈夫な人でさえ》、知らぬ野山を越えて夜な夜な尋ね行かん事は、あるべき事にもあらず。まして、女の身なれば、おぼ《並み大》ろけにて《抵のことで》至りつくべくもあらねど、[四]仏天やあはれとおぼしけん《同情して援助なさったのか》、か《やっ》らくして《とのことで》、つひにかしこに至りつきにけり。[五]遠江《とほたふみ》の国の[六]中と、かながはなる道のほどに、形は人にもあらず、影のごとく痩《や》せおとろへて、濡《ぬ》れしほたれたる様にて《涙でひどく濡れた様子で》尋ね来たりける。待ちつけて見けん《待ちうけて再会した》親の心、いかばかり覚えけん。

逸勢の死と娘の孝心

さるほどに、行き著《つ》きて[七]いくほども経ず、父重き病ひをうけたりければ、此の娘、ひとり添ひて残りゐて、終日《ひめもす》・終夜《よもすがら》おこなひ勤む《看病を一心にす》るさま《る様子は》、さらに《少しも》身命を惜しまず。これを見聞く人、涙を流し、あは

一 悲しみの涙を垂れて、の意か。

逸勢の娘、跡を追う

二 流罪人護送の役人。『文徳実録』によれば「官兵監送者」。後世の「追立《おつたて》の使《つかひ》」（都の内外まで）・「領送使《りやうそうし》」（配所まで）の類。

三 旅人の便宜のために諸道に約一六〜二〇キロの間隔で置かれた施設。宿泊所・馬・人夫などが置かれた。

四 仏の尊称。

五 今の静岡県西部。

六 『文徳実録』によれば、逸勢が没したのは板筑《いたづき》。現在の三ヶ日《みつかび》町只木《ただき》（引佐《いなさ》郡、浜名湖の北の地）に当り、その地名の変化は「いたづき」→「たづき」→「ただき」、という音変化によるという（『大日本地名辞書』）。「中と、かながはなる」と板筑との関係は不明。あるいは、このへん「中とか、なかばなる」が正しいか。

七 一行の出発は七月二十八日、逸勢の死（本文には彼の発病のみ記されている）は八月十三日。

れみ悲しまぬはなし。後には、あまねく国の中こぞりて、たふとみあへり。〔熱心に〕わざと詣でつつ、八縁をむすぶ類《たぐ》ひ、多くなんありける。

さて、九ほどへて後、〔娘は〕国の守《かみ》につげて、「一〇帝に事の由《よし》を申し、許されを蒙《かうぶ》りて、父のかばねを都へもてのぼりて、孝養《かうやう》の終りとせん」と請ひければ、〔帝は〕其のありさまを聞こし召して、驚きて、〔無事に〕又ことなく免《ゆる》されけり。〔娘は〕悦びて、則《すなは》ち、彼の骨をくびにかけ、帰り上りにけり。

昔も今も、まことに志深くなりぬることは、必ずとぐるなるべし。

五　盲者《まうじや》、関東下向《げかう》の事

一一東《あづま》の方修行し侍りし時、一二さやの中山のふもとに、一三ことのさきと申す社《やしろ》の前に、六十ばかりなる琵琶法師の、小法師ひとり具したるが過ぎ行くを、〔私が〕呼びとどめて、一四乾飯《かれいひ》などくはせて、「いづくへ行くぞ。

八 逸勢の娘は『橘逸勢伝』によれば、父の死後に同地で出家し、「妙冲《みようじゆう》」と号したという。人々は、尼としての彼女に帰依・結縁したのである。

九 嘉祥三年（八五〇）。承和の変の八年後に当る。

一〇 第五五代文徳天皇。

＊ 逸勢の遺骨の帰京が許され、正五位下が追贈されたのは、変の当時の帝であった仁明天皇薨去の直後である。逸勢の霊が八所御霊の一つとしてやがて畏怖されるようになることから類推して、嘉祥三年の出来事も当然そのことと関係があろうが、孝子譚として仕立てられた本話にはそのことをうかがわせる陰翳はないようである。

盲法師の述懐をめぐって

一一 長明が東国に修行（行脚・巡礼または単なる旅行の意）した事実は、建暦元年（一二一一）、五十七歳時の鎌倉下向（解説参照）以外には知られていない。

一二『古今集』の東歌や西行の歌で知られる歌枕。今の静岡県掛川市に所在。海道の難所の一つだった。

一三「任事《ことのまま》」の誤りであろう。小夜の中山の東麓にあった（現在はやや離れた地にある）神社。『枕草子』「社は」の段や『十六夜日記』に見える有名な宮であった。

一四 飯を干したもの。携帯用の食料。

琵琶法師の言

世の常の人だに、遥かなる旅に思ひ立つ事はたどたどしき《おぼつかないのに》を、いと心苦しくこそ《気の毒なことです》」と訪《とぶら》へば、[一]うなたれて、「鎌倉の方へまかり侍るなり。〔一般に〕人はたのむ所ありて、『[二]訴《うた》へをも申さん』、もしは『[三]御かへりみを蒙《かうむ》らん』など思ひてこそ、〔鎌倉行きを〕思ひ立つ事なれ。おのれは、何事をかは申さん。ことわりかうぶるべき《解決していただきたい》愁《訴えごと》へも持ち侍らず。さらに《少しも》期《ご》する《期待する》事なし《ことはない》。ただ、世の過ぎがたさに《生活の苦しさに》、もし一日も過すばかりの事もや、かまへらるとて《仕度できるだろうかと思って》、あられぬ《ひどい》有様にてまかれば、道の間の苦しみ、行き着きてやどる程の煩《わづら》ひ、ただおぼしやれ《お察し下さい》」と云ふ。

智者の金言への連想

いかが、事にふれて《何かにつけて》苦しからん、といとほしき中にも、[四]或る智者の、極楽へ詣でん事を申すとて、「無智の者の生れん事は《往生することは》、たとへば盲《めしひ》の道を行かんがごとし。[五]聖教《しやうげう》の心をしれる人は、目ある人《目あきの人》の詣でんがごとくなり」と申し侍りし事を、〔私は〕きと思ひ出でて、我が身の上の様に覚ゆれば、ねんごろに訪《とぶら》ふ。「いとふびんの事かな。さて《それにしても》、[六]かなふまじくや覚ゆる」と云ふ。誠に、思ひ立つもおほけなき事《身の程知らずのこと》な

一 「うなたる」は「うなだる」の古形（室町末までという）。

二 当時の都人が訴訟をする場合、朝廷、または幕府の出先機関である六波羅に訴えるのが普通であったが、複雑な問題などの場合、特に鎌倉幕府の問注所に赴いて有利ですみやかな裁決を得ようとする者がいた。ここはそのような事例を言っている。

三 （しかるべき筋の）御後見。

四 未詳。

五 仏法をさす。

六 これからも苦しいことが続きそうだと思っているのか、の意か。「かなふ」は、思いどおりになる。

れど、何事も志によるわざなれば、などかは励まし侍らざらん《どうして励まさなくてよいでしょうか》。「世[七]の常の人の、乗馬・下人《げにん》・粮料《りやうれう》のごとく、豊かに持ちたる、其の志なきは、いまだ近江《あふみ》の国をだに見ぬ、数も知らず。かくたづたづしく《〔私は〕このように心もとなく》安からぬ身なれども《不安な身の上ではあるが》、思ひ立ちぬれば《その気になれば》、さすがにまかるるなり《それでも何とか旅行ができるのです》」となむ《〔琵琶法師が〕》語り侍りし。

これを聞くにつけても、我等が、盲《めしひ》[八]のかたばかり、彼が類《たぐ》ひにて、しかも志はうすき事の、とにかくに取る所なく《どこをとっても取りえがなく》、心うく覚え侍りし。

聊《いささ》か頼もしき事の侍るは、或る記に云はく、「中比《なかごろ》、唐《もろこし》に朝夕《あさゆふ》念仏申す僧ありけり。其の居所《きよしよ》ちかく、鸚鵡《あうむ》と云ふ鳥の、ねぐらしめて《巣を作って》棲《す》むありけり。則《すなは》ち、念仏の声を聞きならひて、彼《か》の鳥のくせなれば、口まねをしつつ、常に『阿弥陀仏』と鳴く。人こぞりてこれをあはれみほむる程に、此の鳥おのづから死ぬ。寺の僧ども、これを取りて、掘り埋みたりける。後、その所より蓮華[九]一本《ひともと》生ひたり。

七 （盲目などではない）普通の人で、馬・下男・物資のようなものを豊かに持つ身なのに、旅をしようという意志がないと、まだ（都からほど近い）近江の国さえ見たこともない、という例が無数にある。

八 盲目（無智）という点ではこの琵琶法師と同類であり、しかも情熱は彼に劣るということは。

鸚鵡の往生の話

＊以下の鸚鵡の説話は『私聚百因縁集』五・十五に「浄土の文に出づ」として語られ、『妻鏡』にその要旨が引かれている。鸚鵡往生の類話は『金言類聚抄』などにも見え、教訓・唱導に多用された比喩譚と思われるが出典未詳。

九 蓮華が生ずるのは往生の事実を示すものとして、往生説話の類型の一つ。

驚きながら掘りて見れば、彼の鸚鵡《あうむ》の舌を根としてなむ生ひ出でたりける」。

散心念仏への期待

彼の鳥、口まねのいみじきに《上手だったからではない》もあらず。悲願[一]のねんごろなる故に、心に信ずとしもなけれども《〔鳥は〕信じているわけではないが》、口に唱へつれば、利益のむなしからぬにこそは侍らめ。かかれば、我等が散心《さんしん》[二]念仏とても、愚かなるべきにあらず。

六　長楽寺の尼、不動の験《しるし》を顕《あら》はす事

不動失踪、そのいわれを夢告

近き比《ころ》、南都《奈良》に僧ありけり。年来《としごろ》、三尺の不動尊[三]を本尊として、朝夕《あさゆふ》行ひけるほどに、或る時、行法《ぎやうぼふ》の間に《修行の間に》、目をふさぎて念誦《ねんじゆ》するほどに、此の本尊失《う》せ給ひて、ただむなしき座ばかり残れり。あさましくめづらかに《あきれ驚きかつ珍しくも》覚えて、さまざまに疑ひをなす。「もし《あるいは》、

一　弥陀の（わが名を唱える者は救い取ろうという）悲願が深い心から出たものであったおかげで。

二　乱れて集中を欠いた心でする念仏。「定心《じようしん》念仏」に対する語で（二者合わせて「定散《じようさん》念仏」という）、「散心称名」ともいう。浄土宗・真宗の教義で、これも往生の業とされた。「問ふ。定散の念仏は倶《とも》に往生するや。答ふ。慇重《おんぢゆう》の心もて念ずれば往生せずといふことなし」（『往生要集』大文十）、「所詮真実に浄土をねがひ、穢《ゑ》土《ど》を厭《いと》ふ心候はば、散心称名をもて往生候ふ事、疑ひなく候」（『一言芳談』）など。

唯《ゆい》蓮《れん》と尼

三　不動明王。五大明王、また八大明王の主尊。大日如来の命を受け、悪を退治すべく、忿怒《ふんど》の相を示す。なお、二五〇頁注七参照。

これ魔[四]のしわざか、もしは、我が不信[五]懈怠《けだい》にて、仏意にかなはぬか」など、一方《ひとかた》ならず心をくだき、悲しみをなすほどに、しばしありて見奉れば、ただもとの様にておはします。とにかくに心得がたく思ふほどに、其の後かく失せ給ふ事、度々《たびたび》になりにけり。たちまちに《思い立って》[六]沐浴《もくよく》し、殊に潔斎《けっさい》して、七日が間信《しん》をいたして《信心をつくして》、[七]三時の行法をして、[八]此の事を祈りたてまつるほどに、夢に見るやう、本尊の御前にて現《うつつ》に見るがごとく此の事をあやしみ疑ふ間に《ただしたところ》、本尊告げてのたまはく、「汝《なんぢ》、此の事おどろくべからず。此の廿余年、我をたのみて臨終の[九]魔障を祈る者あり。これを助けんが為に、時々行きむかふ《〔そちらへ〕出向く》なり《のだ》」とのたまふ。僧、夢の内に答へ奉りて云はく、「いづれの所に、誰と申す人ぞ」。答へてのたまはく、「[一〇]北京《ほくきやう》東山の辺に、[一一]長楽寺と云ふ所に、[一二]唯蓮房《ゆいれんばう》と云ふ尼、これなり。をはり《臨終が》近くなりたれば、今二三年は、なほなほ時々行きむかふべきなり」とのたまふと見て、夢さめぬ。

四 欲界第六天の主で、仏道を修する人の妨害をするという悪魔。
五 修行に身が入らぬさま。
六 身体を洗って、念入りに身を清めて。「潔斎」は、法会・写経・行法などに際して特に禁欲的かつ清浄な生活をして身をつつしむこと。
七 朝・昼・夕。
八 不動尊が時々消失する理由をお示しいただこうとお祈り申し上げるうちに。次行、次々行の「此の事」は、不動尊が消失した出来事をさす。
九 悪魔の妨害を免れることを祈る者。
一〇 南都（奈良）に対して平安京をいう称。東山は、都の外（東側に南北に連なる）にあったが、便宜的にこう呼んだのである。
一一 京都市東山区円山にある寺。延暦年間（七八二〜八〇五）に最澄が創建。延暦寺の末寺であった。長明の時代には法然の弟子隆寛《りゅうかん》が住んで「多念義」を唱え、長楽寺派を開いた。室町末期に時宗に改宗。
一二 伝未詳。

僧、夢告にあった尼のもとに赴く

此の僧、不思議の思ひをなして、涙を流して、やがて長楽寺へ尋ね行きて、「しかしか《こういう》の尼やある」と問ふに、さだかに《たしかに》ありけり。まさしく《実際に》、その庵《いほり》に至りて見れば、戸ひきたてて《立てきって》、人もなし。隣りの人の教へけるままに、一雲居寺《うんごじ》に至りて、尋ね合ひて、まさしく対面したりける。

まづ、此の事をば云はず、物語《雑談》などして、「後の世のつとめ《往生のための勤行として》には、何事をかはし給ふ《どんなことをしておいでですか》」と問ふ。尼の云ふ様、「念仏の外《ほか》には、さらに《まったく》勤むる事なし」と云ふ。なほなほ強《し》ひて細かに問ひける時、「此の廿年ばかり不動の二慈救咒《じくじゅ》をこそ、毎日廿一返満《み》てて、三臨終正念ならん事を祈り侍る」と云ふ。僧、此の事を聞きて、「まことには、故《ゆゑ》なく尋ねまうで来たるにはあらず」とて、ありしさま《先夜の夢告のさまを》をはじめより語りければ、尼も涙を押へつつ、「たのもしくたふとき事なり」と悦《よろこ》びて、互ひに四一仏土の契《ちぎ》りを結びてなむ去りにけり。

尼の命終

其の後は、いくほどもなくて《まもなく》、此の尼、重き病ひをうけたり。あ

一 長楽寺の西南約五〇〇メートルの地にあった寺。承和四年（八三七）菅野真道《すがののまみち》の創建。衰微したが、天治二年（一一二五）瞻西《せんさい》（通称「雲居寺の聖」）が再興し、阿弥陀像を安置して「勝応弥陀院」と称した。後に廃滅。

二 不動明王の陀羅尼の大・中・小三種のうちの中呪。「南麽三曼多《ナウマクサマムダ》伐折羅《バザラ》赧《ダン》」云々という梵語《ぼんご》のままに唱える短句の呪文。災厄を防ぎ、願いを叶《かな》えさせる効果を持つという。下の「満つ」は、満願となるだけの回数を繰返すこと。

三 臨終に心乱れず往生を念ずること。

四 一仏浄土。一体の仏のおわす世界、の意で、主として極楽をさす。「一仏土の契り」は、ともに一仏浄土への往生をしようという約束。

たりの人、生きがたき由《よし》を云ひて、さまざま訪《とぶら》ひけるに、「今年は死に侍るまじ。明年[五]二月十五日にこそ、まかりかくるべき日にて侍る」と答へける程に、其のたびは生きぬ。明《あく》る年の二月十五日、未《ひつじ》の時に、病ひもなく、をはり正念にて、[六]不動の印を結びて、端座して息絶えにけり。

此の尼は、長楽寺に庵を結びたりけれど、居る事もなし。雲居寺の[七]念仏の衆になりて、常には彼《か》の寺にのみ住みて、念仏よりほかのいとなみなかりけり。すべて、人に逢うてこまやかに物語し、打ち笑ふ事などもなし。[八]ほとんど[九]はしたなき様になん相ひしらひける《応対するのであった》。此の《今から》十余年が先の事なれば、皆人《みなひと》見聞ける事なり。「彼《か》の奈良の僧もすなはち《〔の名も〕聞いた当座は》覚え侍りしかど、忘れにけり」とぞ、或る人語り侍りし。

末世にも奇蹟のおこり得ること

末世なれど、信じ奉る人の為には、かかる不思議も侍りけるなり。道心なき人の習ひにて、我が心のつたなきをば知らず、万《よろづ》の科《とが》を世《末世》の末におほせて《のせいにして》、むなしく[一〇]退心をおこすは愚かなる事なり。

五 釈迦入滅の日（二月八日とする説もある）にちなんだのであろう。ただし、尼の死亡時刻の未《ひつじ》（午後二時前後）は釈迦のそれ（『善見律毘婆沙《ぜんけんりつびばしゃ》』などによれば午前四時頃という）とは合わない。

六 不動の姿をかたどった印。印は仏・菩薩・明王・天などの悟りや徳の象徴として両手の指とか仏具によってさまざまの形を現したもの。不動の印には羂索《けんざく》印・智拳《ちけん》印・剣印などがある。

七 瞻西《せんさい》を中心として雲居寺の極楽堂で行われたものであろうが、その実態は不明。

八 まったく。ひどく。

九 無愛想で、とりつく島のない。

一〇 「不退心」の対。退嬰《たいえい》的な気持。仏道修行への消極的な心構え。

七　或る武士の母、子を怨《うら》み、頓死《とんし》の事
法勝寺《ほっしょうじ》の執行《しゅぎゃう》頓死の事
末代なりといへども卑下すべからざる事

ある武士、生母をないがしろにする

近比《ちかごろ》、一人の武者ありけり。おのが身は世にあひて《出世して》、下れる《卑しい》母をなむ持ちたりける。もとより孝の心うすきうへに、〔母を〕面《おも》ぶせに《不名誉に》さへ思ひ、[一]まま母をのみ重く《大切に》思へりければ、世の常の親子のやうにむつびまみゆる《親しく対面する》事もなし。かかれど、さすがに正《まさ》しき《本当の母》母なれば、形のごとくなる所《みっともなくないだけの領地を》をなん取らせたりける。彼《か》の母、その所を得て、かしこに行きて、[二]湯なん浴《あ》みて居たりける間に、まま母の「よからず《不都合だ》」と云ひけるによりて、母が所知を改め《生母の領地を取り上げ》、たちまちにこと人《他人に》に[三]取らせてげり。

其のあたりの人、聞き驚きて、此の由《よし》を母に告げければ、「[四]さら

一　この武士を卑しい生母のもとから引き取って育てた、れっきとした女性で、父の本妻であろう。

二　湯治をしていたところ。母に与えられた地は温泉地で、そのことを、まま母は贅沢だと言って非難したのであろう。

三　与えてしまった。「てげり」は「てにけり」の音便形「てんげり」の「ん」の無表記。

四　それが本当なら、あの子は、あなたたちでなく、この私に教えて下さるでしょう。

生母、怒りにより急死　武士も滅ぶ

ば、我にこそ告げられめ。さる殊の外の《非常識な》事はあるものかは」とて、信ぜず。かかる程に、彼の[五]庄の沙汰の者申さく[六]。下文《くだしぶみ》[七]を持て来て、母によみきかせける時、あまりの事きはまりて《極端なことなので》、とばかり《しばらくは》物も云はず。あきれたる様にて居たると見る程に、気色《きしよく》の殊《こと》の外《ほか》に見ゆるを、あやしくて引き動かすに、云ふかひなき様なり《取り返しがつかない様子だった》。はや居ながら《坐ったまま》息絶えたるなりけり。即《すなは》ち、悪心[八]の熾盛《しせい》なる故なるべし。

さて、彼の武者は其の思ひを《怨念を》や、からぶりたりけん、程なくほろび失《う》せにけりとぞ。名はたしかなれど《名前はわかっているが》、当時《そのかみ》の事なれば《最近のことなので》、わざと書かず。

法勝寺執行、塔の炎上を嘆いて急死

又、近き比《ころ》、法勝寺[九]の九重の塔、いかづちの火[一〇]の為に焼け侍りし時、かの寺の執行《しゆぎやう》[一一]これを見て、悲しみにたへず、絶え入りて《失神して》、其の日の中に命をはる事は、皆人[一二]あまねく知れり。これ、法滅[一三]の菩提心《ぼだいしん》のつよく発《おこ》れるなるべし。かかれば、今の世までも、善悪に付きて心のおこる事、かくのごとし。

五 その荘園の管理に関する指示・連絡を伝える役人。
六 申すこと。また、その言葉。前後の文意がつながらないので、あるいは、この語は衍語《えんご》か。
七 管理下の土地・領民に下される文書。
八 息子を恨み呪《のろ》う気持が激しく起ったためだろう。
九 京都市左京区岡崎の地にあった寺。承暦元年（一〇七七）に白河天皇により建立された。院政期に建てられた、いわゆる「六勝寺」のうち、最初に成り、しかも最大の伽藍であった。「九重の塔」は、永保三年（一〇八三）落成の八角九重の塔。金堂の南、中島の上にあった。その高さは『太平記』二十一に「横竪《よこたて》共に八十四丈（約二五二メートル）」とし、地誌類の記述もこれによっているが、かなりの誇張があるか（後に復元された塔の高さは八十余メートル）。
一〇 承元二年（一二〇八）五月十五日、落雷。この時の九重塔炎上と執行の死は『百錬抄』『猪隈《いのくま》関白記』『明月記』その他、当時の日記・記録類に多く見え、衝撃的な事件であったことがうかがえる。
一一 寺務や法会を司《つかさど》る役職。ここは章玄法印をさす。章玄の出自は藤原氏、小野宮流。やはり法勝寺の執行を勤めた静俊法眼の子。逝去の時、八十六歳であった。
一二 『愚管抄』六に、執行の急死に関し、「人、感じけるとかや」とある。
一三 末法の世の到来により仏法が滅びること。

末代の人の熾盛なさま

いかが《どうして》、仏道を願はんに至りて《願う心がおこった時》、世の[一]末と卑下の心を起すべし。しかのみならず《それだけではない》。男女に愛著《あいぢゃく》して、命を捨て、[二]勝他名聞《しょうたみゃうもん》の為に肝胆《一生懸命になる》をくだく様なんどは、[三]末代とて熾盛《しせい》ならずやは。見えたる事の便り《〔それを〕直接見たことによって知る》には《ならば》、[四]奕打《ばくちうち》と云ふ者どもの集まりて、[五]双六《すごろく》うつを聞けば、夜も寝《いね》ず、昼も立ち去る事もなく、七八日など片時《へんし》も休まず、其の間の身の苦しさ、心をくだく様《一心不乱の様子》、たとへて云はん方なし。されど、貪欲《とんよく》勝他の心の切《せつ》なる[六]身力《しんりき》にて、おのづから心を養ふ方もあるにや《修養する効果もあるのだろうか》、目もつぶれず、腰もすくまず《まがらず》。限りあれば《〔心というものにも〕》、彼《か》の[七]太施《たいせ》太子の如意珠《にょいしゅ》給ひけむ志も、かくばかりこそはとぞ見ゆる《これ以上ではなかったろう》。

奇術の不思議さ

又、功を積みて不思議をあらはせる事を云はば、[八]田楽猿楽《でんがくさるがく》なんどの中に、[九]刀玉《かたなたま》と云ひて、あやふきわざする者あり。これを見れば、刀六つを三人してとる。宗《むね》と《特に》上手なる者をば中にたてて、前にむかへる者一人、後ろの方に一人、おのおの刀三つを持ちて、前後より我劣らじと早く投げかくるを、中にて、前より投ぐるを取りて後ろ

一 今は末世で、仏道を願っても仕方ないなどと卑下の心をおこしてよいだろうか。文末の「べし」は「いかが」をうけて反語を表す。活用は「べき」（寛文本）の方がよい。

二 他よりも勝りたいという名誉欲。

三 人の心が衰弱した末世といっても烈しくないはずがあろうか。

四 双六《すごろく》を用いる奕（博）打は、『宇津保物語』に、都中に約六百人と記されており、平安中期の状況をしのばせる。その後流行は中世になって一層激しくなったようで、彼らの生態や、貴族社会にまで双六がはやったことは、文学作品の類にも多く見え、『明月記』（嘉禄二年二月十四日条）には、「群を成し」た「京中の博奕狂者」が社会問題化していたさまを記す。

五 双六盤とさいころ二個によって二人で行う勝負事。各種のルールがあり、今日の双六とは別の競技。

六 身にそなわった力。体力。

七 釈迦の前身の一つ。貧民を救うべく、如意珠（無限の宝を生むという）を求めに龍宮に赴き、これを得て帰った。『六度集経』一などに見え、『三宝絵詞』上、九巻本『宝物集』一および六にも引かれる。

八 「田楽の猿楽」の意で、田楽芸をさす（北川忠彦氏ご教示）。「田楽」は中古・中世にすこぶる盛行した芸能。歌舞・物真似とともに、ここに記されているよ

うな刀玉などの曲芸を演目とした。
九『太平記』二十七「田楽事」に「刀玉は道一、各神変の堪能《かんのう》なれば、見物耳目を驚かす」とある。
一〇 苦難にもめげず修行に励むこと。『法華経』序品に「また、菩薩の、勇猛精進し、深山に入りて仏道を思惟するを見る」とある。
一一 現世で。現在生きている身で。
一二 精神が安定・統一して少しも乱れない境地。定《じょう》。
一三 功徳《くどく》となるよき行為。
一四 心をゆるめて、なまけるものだ。

一五 一三四頁注三参照。
一六「五逆」は一二〇頁注六参照。「もろもろの大乗の経・論に五逆罪等を皆不定（解脱を得たこと）と名づけ、悉《ことごと》く消滅することを得《う》と説けり」（『往生要集』大文十）。
一七 以下の二句、見聞する事実が無数であることをいう対句。
一八 末世の往生人たちは、現世の功徳によって往生したのではなく、前世の善根によるものだという考え方をさす。
一九 念仏思想を説く者の行為を邪推して「天魔（一四六頁注四参照）のしわざ」と呼んだのであろう。

弥陀の悲願を疑う人の愚かさ

へ投げやり、後ろより投ぐるをば、前さまへ投げやる。すべて、六つの刀なほとかく《さらに前後に》さばきやる様、凡夫《ぼんぶ》のしわざとも覚えず。人伝《ひとづ》てに聞かば、信ずべくも《とても信じられない》あらぬ事なり。

これは又、不思議にあらず。ひとへに功を積める《修業を》がいたす所なり。もし、功徳《くどく》の為に、かく功をつみ、[一〇]勇猛精進《ゆうめうしやうじん》の心をおこさんには、[一一]現身《げんしん》に[一二]三昧《さんまい》をも得つべし。うつつに仏菩薩をも見奉るべし。よしな《無益な》きすさびには《遊びごとには》、かく心を入るれど、[一三]善根《ぜんごん》と云へば、ゆるく[一四]懈怠《けだい》するなり。

中にも、阿弥陀仏の[一五]悲願はなほざりなる事かは《通り一遍のことであろうか》。諸仏の捨て給へる[一六]五逆の悪人をも助けんと誓ひ給へれば、昔も今も、智あるも智なきも、貴賤道俗老少男女をえらはず《差別せずに》、往生するためし《例》、[一七]耳に満ち、眼にさへぎれり。聞けども信ぜず、見れどもたふとまず、ただ末世の我等が分にあらずとのみもてはなれて《自分たちとは無関係だとばかり言って念仏の教えに近づかず》、或いは[一八]宿善と云ひ、或いは[一九]天魔のしわざなんど云ひつつ、行者《ぎやうじや》のはげみと仏の願力とをば、我《自分も》も信ぜず、人にも退心を発さするは《消極的な気持を起させるのは》、いと心うき事なり。[一]かく賢く尊きかと思へば、さきの世の業報《ごふほう》定まりて、得がたき福祐《ふくいう》《幸運を》をば、いかにせん《何とかしたい》、と火水に入るごとく仏神《ぶつじん》に祈りさわぎ、昼夜に走《わし》り求む。[二]詮《せん》は、ただ深く[三]無明《むみやう》の酒にたぶらかされて、正念《しやうねん》を失へるなるべし。

八　老尼、死の後、橘《たちばな》の虫となる事

近比《ちかごろ》、ある僧の家に、大きなる[四]橘の木ありけり。実の多くなるのみにあらず、其の味も心ことなりければ《格別よかったので》、主《あるじ》の僧また、たぐひなき物になむ思へりける。

かの家の隣りに、年高き尼ひとり住みけり。重病をうけて、床にふして、日来《ひごろ》物も食はず、湯水なんども、はかばかしく呑み入れぬ

一　それではその言葉のように、その人々はよく物事が見え、尊敬すべきかと思うと。

二　要するに彼らは。

三　無明（真理を理解できない精神状態）が人の心を迷わせることを酒にたとえた成句。

老尼の執心

＊　本章の説話、『三国伝記』三・二十一に播磨の国の話として見える。

橘に寄せる尼の執心と臨終

四　ミカン科の常緑小喬木《きょうぼく》。直径二、三センチの実（酸味が強く、実際はあまり食用には適さない）をつける。暖地の山野に自生するが、古来その実が「トキジクノカクノコノミ」（常に輝く果実、の意か）と讃えられ、庭樹として珍重された。

五 尼が欲しがっています。

六 この「と」(寛文本にもあり)、あるいは衍字《えんじ》か。

七 この怒りを晴らさない限り、極楽往生しないつもりだ。『大無量寿経』上にいう仏の(菩薩の時に立てた)誓願の「…ずは、正覚《しやうがく》を取らじ」をまねたもの。

八 一、二センチ。一分は一寸の十分の一で、約三ミリ。

ほどになれりけるが、この橘を見て、「かれを食はばや《あれを食べたいものだ》」と云ひければ、即ち、隣りへ人をやりて、「かくなむ」[五]と云はせたりけれど、情《なさけ》なくかたく惜しみて、一つもおこせず《よこさなかった》。此の病人の云はく、(尼)「いとやすからず《腹立たしい》。心うき事かな。病ひすでに〔身を〕責めて、命、今日・明日にあり。たとひよく喰《く》ふとも、二つ三つにや過ぐべき。それほどの物を惜しみて、我が願ひを叶《かな》はせぬは、口惜しきわざなり。我、極楽に生れん事を願ひつれど、今にいたりては、かの橘をはみつくす《喰いつくす》虫とならんと。[六][七]そのいきどほりを遂げずは、浄土に生るる事を得じ」と云ひて死ぬ。

橘に虫が生じる

隣りの僧、此の事を知らずして日来《ひごろ》すぎける程に、この橘の落ちたるをとりて喰はんとて、皮をむきて見るに、橘の袋ごとに、白き虫の五六分《ぶ》[八]ばかりなるあり。驚きて、「いづれもかかるなんめりや《これと同じだろうか》」と思ひて、見れば、そこらの《多くの》橘、さながら《すべて》同じやうになむありける。年《毎年》を追ひてかくのみありければ《常にこうだったので》、「何にかはせむ《残しておいても無駄だ》」とて、はてには其の木を切り捨ててげり。

願力と云ひながら、さしも《〔一人が〕》多くの虫となりけん事は、いみじき不思議なり。かれ《彼女が》、悪事を思ふは、一くだりさまの事なれば、叶ひ《〔願いが〕叶い》やすくは侍るにこそ《やすかったのだろう》。

九　四条の宮半者《はしたもの》、人を咒咀《しゆそ》して乞食《こつじき》となる事

中比《なかごろ》、年たかき尼の、二さすがに人に知られて乞食《こつじき》しありくあり。我が身のありさま、みづから語りけるは、「もとは三四条の宮の半者、四みなそことなむ云ひける。男《愛人が》の受領《じゆりやう》五になりて下りける時、具して《一緒に》下らんといざなひければ《誘ったので》、宮にも暇《いとま》申し、さふらふ人々《お仕えする人々》にも其の由《よし》聞こえて、六心ばかり出《だ》で立つ。おほやけにも《天皇におかせられても》旅の装束給はせ《下さり》、女房などんども、おのおの扇・七畳紙《たたうがみ》やうのはなむけあまねくこころざし《贈ってくれた》けり。

一　劣悪な方向への願い。

二世不得の身

二　老年の身でありながら、乞食してまわっている有名な女性がいた。

男の本妻を呪い殺した半者

三　同じ称で呼ばれる女性は他にもいるが、ここは後冷泉院の后の寛子であろう。藤原頼通の娘。永承五年（一〇五〇）入内《じゆだい》、治暦四年（一〇六八）、帝の崩御により出家、大治二年（一一二七）没、九十二歳。

四　召使いの女。その名「みなそこ」は「水底」であろう。

五　諸国の守《かみ》（長官）。「ずりょう」とも読む。

六　気持だけ。実現しなかったことをいう。

七　畳んで懐中に入れて用いた紙。貴重品であった。

既に暁とて、重ねて[八]事の由聞こえて、里（自宅に）に出でつつ迎への車を待つほどに、其の日（〔愛人からは〕）、音信《おとづれ》もなし。あやしくて（不審に思って）、もしくだりののびたるか（任国への出発が延びたか）と尋ぬれば、『はや、此の暁下り給ひぬ。北の方の日来《ひごろ》はそら知らずして（気づかぬふりをして）、此の夜中ばかり、「[九]ただあらましかとこそ思ひつれ。まことには、我をおきて、誰を具して行くべきぞ」とむつかり給ひつれば（不満をお洩らしになったので）、やがて、北の方もろともに下り給ひぬ』と云ふ。[一〇]悪心おこるなどは[一一]おろかなり。[一二]人のまづ思はん事も心うければ、其の後、宮へもまゐらず、やがて其の日より[一三]きよまはりして、[一四]貴布禰《きぶね》へ[一五]百夜《ももよ》まゐりして、申し侍りしやう、『我、おだやかにて（自分の身は安全で）、人を悪《あ》しかれと申さば（不幸になれとお祈りしたら）こそは、かたからめ（それはむずかしいでしょう）。彼《か》の人を失ひ給へ（殺して下さい）。我が命を奉らん。もし、なほ（〔私が〕）生けらば（生きたままなら）、乞食する身となりて、後世《ごせ》には[一六]無間《むけん》地獄におつる果報を受くるとも、それをばうれへとせず。ただこのいきどほりを助け給へ』となむ二心《ふたごころ》なく申し侍りし。この男は、ただ面目なくなんど（会わせる顔がないなどと）ばかり心苦しく（申し訳なく）思ひやりて、さほど深く思ふらんとは知らざりけ

八 お別れの挨拶を申し上げて。

九 （地方官になったのは形式だけで）赴任することはないとばかり思っていましたのに。この「あらまし」は実質を伴わない、形式の意で、遥任国司《ようにんこくし》（任国に赴くことを免除され、在京した国司）の慣習を念頭に置いた言であろう。

一〇 人を憎む気持。

一一 「…など（言ふ）は」をうけて、「…は言うまでもない」「…というなまやさしい状態ではない」などの意。

一二 主人・知合いなどが、自分のみじめさを知ってすぐに思うであろうこと。

一三 神事を行うために身を潔めること。

一四 貴船神社。京都市左京区鞍馬貴船町にある神社。賀茂川の源流にあるので川上神として信仰されたが、男女間の和合を守る神ともされた。謡曲『班女《はんじょ》』に「貴船や三輪の明神は、夫婦男女の語らひを、守らんと誓ひおはします」云々とある。和泉式部の故事や謡曲『鉄輪《かなわ》』でも有名。特に女の嫉妬・呪咀を扱った後者は本章と類縁を持つ。

一五 丑《うし》の時参り（女性が深夜神仏に参って人を呪咀する習俗）を百夜続けたのであろう。

一六 五逆（一二〇頁注六参照）を犯した者などが堕ちるという、最悪の地獄。八大地獄の第八。阿鼻《あび》（一三二頁注五参照）。

り。国に《任国に》下りつきて、一月《ひとつき》ばかりありける程に、かの北の方、湯殿におりたりける時、湯のけの中へ《湯気のなかへ》、天井の中より襪《したうづ》[一]はきたる足の一[二]尺ばかりなるをさしおろしたるが見えければ、女房に、『かれは見《あれが見える》るや《か》』と問ひければ、こと人には《北の方以外には》見えず。かくて、驚き恐れて湯も《入浴も》あみず《せず》、さわぎのぼりにけるより《大騒ぎして湯殿から上ってから》、やがて重く煩ひて、程なく失《う》せにけりとぞ。[三]京には、いまだ《〔満願の〕》百日にみたざりし程に聞きて《〔北の方の死を〕》、心の内の悦《よろこ》び、申しつくすべからず。其の後、とかく事たがひて《何かと不運がつづいて》、世にあ《人並みの》るべくもなく衰へて《生活もできぬほどおちぶれて》、はてには、かく乞食をしありき侍るなり。ともすれば、罪ふかく恐しき夢なんど見え侍れど、[四]さしも申してし事なれば、さらに《少しも》恨むるに《〔神を〕》あらずなむ侍る。かく、いたく老いせまりて後こそ、なにしに《何だって》罪ふかくさる悪心を発《おこ》して、[五]二世不得の身になりぬらむと思ひかへし侍れど、かひもなし」とぞ云ひける。

一 「下沓《したぐつ》」の変化した語。沓をはく時、その下に用いる布帛《ふはく》製のはきもの。

二 大きさか長さか必ずしも明瞭でないが、恐らくその前者で、大足であることを表しているか。

三 京にいた私は、の意。

四 あのように。前頁の祈願の内容をさす。

五 現世・来世ともに悟りを得ない身。「後世の貯《たくは》へ無くは、此れ二世不得の身なり」(『今昔物語集』十三・七)。

六 振仮名は底本のまま。普通「きんぷせん」と読む。奈良県吉野郡にある修験道の霊地。大峰山脈の北部、吉野山のあたりをさす。御嶽。御金《みかね》の嶽。

七 今の大阪府の東部。

八 振仮名は底本のまま。普通は「めをとこ」。

九 金峰山寺（役小角《えんのおづぬ》の創建）の本堂（蔵王堂）の前方の、礼拝する者を入れる堂。

御嶽詣での男、妻を犯す

一〇 修験道と密教の習合によってできた、金峰山寺の本尊。役小角が示現を得た姿をかたどったものという。釈迦の変化神なので権現《ごんげん》の一つに数えられる。

一一 いわゆる「御嶽精進《みたけそうじ》」をさす。役小角が金峰山で行ったという一千日の錬行にちなみ、金峰山に参る者がそれに先立って、長期（五十日ないし百日）身をきよめて、行いを慎しむこと。夫婦の交わりなども、その慎しみの対象であった。

夫婦の後悔に咎めなし

十 金峰山《きぶせん》[六]に於て妻を犯す者、年を経て盲《めしひ》となる事

河内《かはち》[七]の国より、妻男《つまをのこ》[八]相ひ具して御嶽《みたけ》へ参る者ありけり。夜に入りて詣《まう》でつきて、いと苦しく覚えければ《大そうくたびれたので》、礼堂《らいだう》[九]に打ち休みつつ、妻男さしならびて、あからさまに《ちょっと》寄り臥したりける程に《一緒に横になっていたところ》、云ふかひなく《そのまま心ならずも》まどろみにけり。

やや久しくありて、寝覚めたるに、かたはらに女あり。ねほれたる心に《寝ぼけていたものだから》、物詣でと云ふ事、ふつと忘れぬ。我が家にあるやうに覚えて、何とも思ひわかず《何げなく》、此の妻を犯しつ。

やうやう目さめゆく程に、思ひ出づれば、金剛蔵王《こんがうざうわう》[一〇]の御前なりけり。ともかくも、云ふはかりなし《言いようがないほど驚いた》。家にありて、精進《しやうじん》[一一]なんどはじめたる程だに、いささかも怠る事あれば、時を過さず《たちどころに》恐しき事のみ有るに、かばかりの《こんなにも大それた》誤りをしつ。只今罰を蒙《かうぶ》らん事疑ひなし。「こは

いかがすべき」と妻男《つまをのこ》おどろき悲しぶ。先づ御前を出でて、河の辺《ほとり》に二人行きて、よくよく水あみて、[一]云ひ悲しみつつ、泣く泣くおこたり《謝罪》申して出でにけり。

類《たぐ》ひなき程の事なれば、人にも語らず。心の内に〔お咎めが〕今や今やと待たれつつ月日送れど、妻も男も、さらにその御とがめと覚ゆる事なし。事故《ことゆゑ》なくて年来《としごろ》すぎにけり。此の事は、よはひ廿《はたち》ばかりのをりにやありけん。

四十年後の罰

さて四十余年経て後、したしき者の御嶽へ参るとて、あながちに《格別に》[二]けげしかりけるを、「さしもあるべき事かは《それほどにしなくてもよいだろうに》」など云ふ程に、おのづから《自然と》云ひあがりて《話しているうちに興奮して》、「[三]いでや、事々しくものたまふものかな。[四]翁《おきな》は、そのかみ《昔》しかしかの《これこれの》業を、まさしく蔵王の御前にて犯したりしかど、さらに事もなくて、すでに六十に余りたり。万《よろづ》の事は、ただ、[五]云ふと云はぬとなり」と云ふ。これを聞く人、今更あさましと驚き給へりける程に、かく云ひて寝たりける夜の中《うち》に、〔翁の〕二つの目つぶれ

一 とんでもないことをしてしまったと。

二 厳しい精進をしていたので。濁点底本のまま。「けげし」(「けけし」とも)は、けじめをつけたさま。厳しく身を持して御嶽精進を行ったことを言っている。

三 何とまあ、お前さんは精進について大げさにおっしゃることよ。

四 私などは。

五 言うか言わないかの違いだけだ。黙っていれば誰にもわからないし、咎められることもない。

にけりとぞ。

これは、近き世の事なり。すべて、仏神《ぶつじん》の化機《けぎ》[六]かくの如し。かつは《一方では》、凡夫《ぼんぶ》の愚かなる事をかがみ給ひ《考慮なさり》、かつは、懺悔《さんげ》のなほざりならぬにより、其の咎《とが》をゆるし給ひけるを知らず、不善の心をもて垂跡《すいしやく》[七]の御かまへ《ご用意》[八]を軽《かろ》しめ奉り、人の信心をみだらん《乱そう》としける故《ゆゑ》に、ふるき誤り、さらに重き科《とが》となりにけるなるべし。

十一　聖梵《しやうぼん》・永朝、山を離れ、南都に住む事

中比《なかごろ》、奈良に、[九]聖梵[一〇]入寺・[一一]永朝僧都と云ふ二人の智者あり。もとは、山《延暦寺で》に同じやうに学久しくして住みける。其の比《ころ》、いみじき《すぐれた》同志《仲間の》の若人ども《若い学僧たちが》多くて、かれらにすぐれん事もありがたく《むずかしく》覚えてげれば、二人云ひ合はせつつ《相談して》、山をわかれて《離れて》、奈良へなむうつりける。

六　衆を教化するはたらき、の意か。または「化儀」(教化の方法)の当て字か。

七　「すいじゃく」の古形。衆生を救うために仮の姿(ここは蔵王権現)でこの世に仏菩薩が身を現したこと。

八　底本・寛文本ともに「御まかへ」。文意により訂正した。

二人の智者

九　平安中期の僧らしいが詳伝未詳。『僧綱補任《そうごうぶにん》』長元元年(一〇二八)条に、竪者《じゅしゃ》を勤めた東大寺の聖梵の名が見える(簗瀬一雄氏『校注鴨長明全集』補訂)。これが本章の聖梵とすると、永朝より少なからず年長の者か。

一〇　「入寺」は東寺など真言宗の大寺の学僧の階位。阿闍梨《あじゃり》に次ぐ。聖梵の入った東大寺は東寺と密接な関係にあったので、聖梵も後に東寺に移ったのであろう。

聖梵と永朝、ともに奈良に移る

一一　正しくは「永超」。橘俊孝の子。興福寺に法相《ほっそう》を学んだ。大僧都、法隆寺別当。斉恩寺を開き、『東域伝燈目録』を著した。嘉保二年(一〇九五)没、八十二歳。

別の寺に入る

一奈良坂にいたりて、遥かに見やるに、二興福寺《こうぶくじ》の方《かた》には、人多く居こぞりて、いみじうにぎやかなり。三東大寺の方には、人ずくなにて、物さびしき様に見えければ、聖梵《しやうぼん》もとより心ずなほならぬ者にて、心の中《うち》に思ふやう、「人多き所にて、思ふさまに成り出でん事《身を立てることは》はきはめてかたし。東大寺の方へこそ行くべかりけれ」と思ひて、永朝に云ふやう、「一所にては悪しかりなむ《同じ所に行くのでは具合が悪かろう》。そなたには興福寺へいませ《いらっしゃい》。我は、もとより四三論宗を少し学したれば、東大寺へまからん」と云ひて、そこよりなむ、おのおの行き別れける。

聖梵の不行跡と臨終

此の二人、劣らぬ智者なれど、永朝は心うるはしき者にて、ゆくままに、興福寺へ行きて、程なく進みて五僧都になりぬ。聖梵は、まさりがほもなかりければ《〔我ながら〕ぱっとしないままだったので》、月のあかかりける夜、つくづくと身の有様を思ひつづけて読みける。

六昔見し月の影にも似たるかな
我と共にや山を出でけん

一 山城《やましろ》（今の京都府南部）から奈良に赴くときの入口に当る坂。

二 奈良市登大路町《のぼりおおじ》にある法相宗の大本山。南都七大寺の一つ。藤原氏の氏寺として平安時代に隆盛を極めた。

三 九二頁注一参照。

四 龍樹の『中論』など三つの論による宗派。わが国には推古天皇三十三年（六二五）に伝来、奈良時代に南都六宗の一つとして学ばれたが後に衰え、東大寺・法隆寺などで一部の僧によって学問として伝えられるに留まった。

＊『発心集』二・二の中（九二頁）にも若干見えたように、平安時代における東大寺は、前代に比べて衰退は明らかで、奈良の宗教界を東大寺と二分する興福寺が、摂関家の菩提寺として栄えたのと対比的であった。この二寺の対立・抗争が中古・中世に顕著であったことも見落せず、二人の対照的な主人公がこの二寺に入って別々の運命を生きはじめる本話にも、その歴史的背景が影を落していよう。無論この話の伝承は、興福寺の側においていとなまれたものであろう。

五 永保元年（一〇八一）、権少僧都となった。時に永朝（超）六十八歳で、必ずしも「程なく」というには当らない。

六 この月は昔見た月影と何と似ていることか。私と一緒に山を出た月なのだろう。少しも好転しない自分の身の上を、昔と変らない月の姿に託して歌ったもの。『後拾遺集』雑一に詞書「山に住みわづらひて、奈良にまかりて住み侍りけるに、しりたる人もなく、又見し世のすみかにも似ざりければ、月の面白く侍りけるを眺めてよめる　聖梵法師」として見える歌。

七 ここは学問の意。「千攀《せんぺん》僧都と云ふ人の弟子として、学生の方にいと賢かりける」(『今昔物語集』十九・二十三)。

八 他人との関係で腹黒くて。

九 足のついた櫃。大小さまざまある。

一〇 役職。三七三頁八行に「入寺」とあったのと矛盾し、不審。

一一 底本は仮名表記。「阿呆」(馬鹿者)と解されて来たが、前後関係に馴染まない。「阿防(阿傍とも)」ととる。地獄の獄卒で、手と胴は人、頭と足は牛という異様な姿で生前に罪を犯した者をさいなむとされた。聖梵は臨終に際してそれをまのあたりにして、おののいたのである。

一二 春日《かすが》神社。奈良市春日野町にある神社。和銅三年(七一〇)平城遷都に際して、藤原氏の氏神を祭るために建てられた。同年創建の藤原氏の氏寺の興福寺とは密接な関係にあった。

一三 おまえをかわいそうにお思いになったが。主語が神なので、自敬表現をとっている。

永朝、春日の神託を受ける

此の聖梵、七学生《がくしやう》の方《かた》はいみじき聞こえありけれど、八人の為腹悪《あ》しくて、さるべき経論などを人に借りても、殊《こと》なる要文ある所をば、切りとり、さりげなく継ぎよせてなむ返しける。書き切りおきたる文《もん》のきれ、ちひさき九唐櫃《からひつ》にひとはた《一杯》になりたりける。かかるうたてき《いまわしい》心を持ちたる故《ゆゑ》に、智者と云ふとも、其の験《しるし》もなし。現世《げんぜ》には、一〇司《つかさ》もならず、つひに二つの目ぬけて、臨終にはさまざま罪ふかき相ども現はれて、「一一彼の阿防の《あの阿防の恐ろしさよ》」と云ひてぞ終りにける。何の智恵も《どんな知恵も》、つとめも心うるはしくて、其の上の事なり《その上で初めて意味を持つのだ》。

さて、永朝僧都は、一二春日の社《やしろ》に常にこもりけるに、神感あらたにて《神の感応があらたかで》、夢の中に御すがた見奉る事、度々《たびたび》になりにけれども、〔神は〕御うしろをのみ見て、向ひて見給ふ事のなかりければ、あやしく本意なく《不審にも残念にも思ったので》覚えて、殊に信を至して《信仰心をこめて》祈り申しける時、夢の中に仰せられけるやう、(神)「汝、恨むる所しかるべし《当然だ》。但し、一三いとほしくおぼしめせども、すべて《まったく》我に後世《ごせ》の事を申さねば《祈念しないので》、え向ひては見ぬなり」と仰せ給ふとなむ《〔永朝は〕》見たりける。

一末世の機にしたがひて、かりに《〔仏は〕》神とこそ現じ給へど、誠には、二化《け》度衆生《どしゆじやう》の御志より発《おこ》りければ、現世の事をのみ祈り申すをば、本意《ご不満》なく《に》おぼしめすなるべし。

十二　前兵衛尉《さきのひやうゑのじやう》、遁世《とんせい》往生の事

近く、三前兵衛尉なる男ありけり。弟は四検非違使《けびゐし》になり、五大夫少輔《たいふのせふ》まで至りて世にあひたるを《出世したのに》、かく《〔自分は〕》数ならぬ事の心憂く覚えければ、年来《としごろ》、六賀茂につかうまつる者《帰依申し上げる者》にて、ことに信をいたして《深い信仰心を持っており》、打ちつづき日来《ひごろ》詣でつつ、泣く泣くこの事を祈り申す間に、御殿に籠居《ろうきよ》したりける夜、夢に見るやう、御前《〔神の〕》に候ひて、うつつにも思ふ事どもを、涙を流しつつかきくどき申す程に《綿々と訴え申し上げたところ》、七宝殿の御戸《みと》を開き給ふ。「あな、

一　末世に生れた衆生《しゆじやう》の機根《きこん》（仏の教化によって初めて機能する潜在的能力）に応じて。

二　夢告は、衆生を救済しようというお気持からおこったことなので。「化度」は「教化済度《きようけさいど》」の略。

賀茂社の本地の夢想

前兵衛尉、賀茂に詣って夢想を得る

三　以前に兵衛府の三等官（大尉・少尉がある。七位相当官）を勤めた男。

四　京の治安維持に当った職。別当・佐《すけ》・尉《じよう》・志《さかん》などの職員がいた。

五　五位の少輔《しようゆう》（八省の次官）。

六　賀茂神社。上社（賀茂別雷《わけいかずち》神社。京都市上京区上賀茂）と下社（賀茂御祖《かもみおや》神社。左京区下鴨）の総称。この話の舞台は上・下いずれの社か不明。

七　神殿。神を祭る殿舎。

かたじけな」と畏《かしこ》まり恐れて、え眼をあてず《見ることもできず》、うつぶしたるに、夜の中の殊に明《あか》くなる様に覚ゆるを、あやしくて、きと見あげたれば《すぐに顔を上げてみると》、社《やしろ》の内、阿弥陀如来あきらかに現《げん》じ給へり。其の御光《おんひかり》の十方《じつぱう》にかかやきけるなり。いとたふとくめでたく《ありがたく》覚えて、涙を流しつつ拝み奉ると思ふ程に、夢さめぬ。

賀茂の夢告による発心

其の後、つくづくと此の事を思ふに、「我が申す事をきこしめしいれぬ事を思ひてこそ、口惜しかりつれ《残念に思ったのだけれど》、かく現はれて見え給ふにては、もし、此の生《しやう》の事は前《さき》の世の業報にて《業の結果で》、神も力及び給はぬか。又、今生《こんじやう》[八]はおぼしめすがごとくして、本地《ほんぢ》のおはしますかたを現はし給へるは、御計ひ、浅からぬ事なめり」と、たのもしくおぼえけるより、さるべきにやありけん《そうなるべき因縁だったのか》、心発《おこ》して、やがて、頭《かしら》おろしてけり。

其の後、現世《げんぜ》の事の、夢まぼろしのさかえなりけり《はなやかさなのであったと》と思ひ知られて、事にふれつつ、これぞ誠にすぐれたる神徳なりけりと、彼《か》の夢の中の御有様の心にかかりて、めでたくたのもしく覚えければ、寝

八 私の今生は、いかんともしがたいというご判断のままに、手をお下しにならず、ただ、本地が何でいらっしゃるかを私にお示しになったのは。男は、賀茂明神が阿弥陀如来の姿を現したことを、来世に期待をかけよということであると判断したのである。なお、「本地」は神仏習合思想の用語で、わが国の諸神と仏菩薩が日本の風土に適した姿で仮に現れたものとし、仏としての本来の身を「本地」、これに対して諸神を「垂跡《すいじやく》」と称した。なお、賀茂神社の本地を阿弥陀とするらしき説話に『古事談』五「実重、賀茂明神の本地を見る事」があるが、同書同巻「範兼、賀茂明神の利生を蒙る事」によれば正(聖)観音で、『神道集』五・二十六も観音説を採る。

男の往生

ても覚めても、念仏ひまなく申して明《あか》し暮しける程に、二三日煩《わづら》ひて、いたくも《さほどには》悩まず、臨終正念にて《心乱れぬ臨終を迎えて》、願ひのごとく、念仏たかく申して終りにけり。

誠に、浮雲《ふうん》[一]のとてもかくてもありぬべし[二]。これも、かの桓舜《くわんしゆん》[三]僧都のたぐひにこそ。世の思ふやうならぬより《暮しが不本意であることが原因で》、得脱《とくだつ》[四]すべき縁のありけるにこそ。

十三　或る上人、生ける神供《しんく》の鯉を放ち、夢中に怨みらるる事

或る聖《ひじり》、船に乗りて近江の湖《みづうみ》[五]をすぎける程に、〔ある人が〕網船に大きなる鯉をとりて、もて行きけるが、いまだ生きてふためきける《ばたばたしていたのを》をあはれみて、着たりける小袖をぬぎて、〔それを代償に〕買ひとりて放ちけり。

いみじき功徳《くどく》つくりつと思ふ程に、其の夜の夢に、白狩衣《しろかりぎぬ》[六]きたる

一 無常・不安定などの比喩として用いられる。
二 蟬丸の古歌による成句。二七三頁注八参照。
三 源致遠《むねとう》の子。号は「月号」。延暦寺の慶円に師事し、門下の四傑の一人に数えられた。後に大僧都、法性寺座主に至る。天喜五年（一〇五七）没、八十歳。ここは、身の貧しさを嘆いて日吉《ひえ》に参籠し、願いの叶《かな》わぬのを恨んだが、後に慈悲を悟って往生したという彼の逸話を示す。この説話、神宮本第三に「桓舜僧都貧に依《より》て往生の事」として詳述されており、他にも『五常内義抄』『私聚百因縁集』九・二十四、『沙石集』一・七、『元亨釈書』五、『三国伝記』十・十八、『山王絵詞』、『日吉山王利生記』、『寝覚記』などに見え、類話『古今著聞集』一・二十三にも言及されている。
四 迷いの世界を離脱して悟りを得ること。

聖と鯉

＊本章の説話は、刊本『沙石集』一下・二、『三国伝記』十二・二十一に見え、類話として『古今著聞集』二十・六百九十二が挙げられる。

聖、鯉を放生《ほうじよう》　鯉の霊、恨みを言う

五 琵琶湖をさす。
六 浄衣《じようえ》（「明衣《めいい》」とも）をさす。神事・祭事など、身を潔むべき時に着用する白地の布帛《ふはく》の狩衣。狩衣は中古・中世初期の男の常用服。

七　寛文本は「たまたま」。この方が文意に合うか。
八　三七六頁注六参照。
九　神仏に供える物。「ぐさい」とも。
一〇　（死後に受けねばならない）苦しみ。
一一　自分が畜生でいなければならない業《ごう》を長引かせて下さったのです。

翁《おきな》ひとり、我を尋ねて来たり、いみじう恨みたる気色《けしき》なるを、あやしくて問ひければ、「我は、昼、網にひかれて命をはらんとしつる鯉なり。聖の御しわざの口惜しく侍れば、其の事申さむとてなり《申そうと思って来たのです》」と云ふ。聖云ふやう、「この事こそ心得ね《腑に落ちない》。悦《お礼》びこそ云はるべきに、あまさへ《それどころか》、恨みらるらむ《お恨みになっているのは》、いとあたらぬ事なり」と云ふ。翁云はく、「しか侍り《ごもっともです》。されど、我、鱗《うろくづ》の身をうけて、得脱《とくだつ》の期《ご》を知らず。此の湖の底にて、多くの年をつめり。しかるを、[七]またまた[八]賀茂の[九]供祭《くさい》になりて、それを縁として[一〇]苦患《くげん》をまぬかれなんと仕《つかまつ》りつるを、さか《おせっ》しき《かいな》事をし給ひて、又、[一一]畜生の業《ごふ》を延《の》べ給へるなり」と云ふとなむ、見たりける。

十四　下山《げさん》の僧、川合《かあひ》の社《やしろ》の前に絶え入る事

下山の僧の前で童ら論争

中比《なかごろ》の事にや、山《比叡山から》より下りける僧ありけり。糺《ただす》[一]の前の河原を過ぐるに、幼き童部《わらべ》三人、おのおのいみじく諍《あらそ》ひ論ずる事あり。此の僧、立ちとどまりて、其の故を問ふ。童の云ふやう、「ここに、おぼつ《気がかり》かなき事侍り《なことがあります》。神の御前にて、まづ、人のよみ給ふ経の名をさまざまに申して、『我こそよく云へ』《自分の言うのが正しい》と、かたみに《互いに》論じ侍るなり」と云ふ。

〔僧は〕をかし《興味を持って》と思ひて、ひとりづつ、これを問へば、一人は真経[二]と云ひ、一人は深経と云ひ、一人は神経と云ふ。僧、うち笑ひ、「これは、皆ひがこと《あやまりだ》とぞ。心経とこそ云へ」と云へば、云ひやみて、皆去りぬ。

かくて一町《いつちやう》[三]ばかり行く程に、河原中《かはらなか》に、俄《にはか》にまくれて《目がくらんで》倒れぬ。

明神、僧に夢告を下す

夢のごとくして臥したる程に、やむごとなき人《高貴な人が》、枕に《枕上に》来たりてのたまふやう、「汝《なんぢ》がしわざ、心得ず《心外である》。此の幼き者の云ふこと、皆そのいはれあり。真経と云ふ、ひがことにあらず、実《まこと》の法なれば。深経と云ふ、又ひがことにあらず、いはれ深きことわりなれば。神経と云

一　賀茂御祖神社の摂社（本社と末社の中間に位する社）の糺《ただす》社。この社の禰宜《ねぎ》長継の子として生れた筆者長明にはゆかりの神社である。高野《たかの》・賀茂の二つの川の合流点に近い森（糺の森）の中にあったので「川合社」（「河合社」とも）と書かれ、その表記によって「かわい（または「かあい」）のやしろ」とも呼ばれた。

二　以下、『般若心経』の略称を、三人各様の表記で理解していたのである。

三　約一〇九メートル。

ふもたがはず、神明《しんめい》の、ことにめで給ふ《重んじなさる》経なれば。《〔童たちが〕》此の事をやや久しく論じつれば、《〔私は〕》とにもかくにもめでたく《感心して》聞きつるを、汝が事をき四しる故《ゆゑ》に、云ひやみて去りぬ。口惜《くちを》しければ、其の事示さんとてなり《来たのだ》」と仰せらるると見て、《〔僧は〕》汗うち流五れあえて、ことなく《別状なく》なむ起きたりける。神の法を《明神が仏法を》めで給ふ御志、深げにあはれなる事なり。

*

跋文

後世を願う者も神を祈るべきこと

抑《そもそも》、ことの次《ついで》ごとに書きつづけ侍るほどに、おのづから、神明の御事多くなりにけり。昔の六余《よ》執《しふ》か、などあざけりも侍るべけれど、あながちに《むりに》もて《〔神事と〕》離れん《うとくなろうと》と思ふべきにもあらず。其の故は、七大底《たいてい》、末の世の我等が為には《われわれにとって》、たとひ後世《ごせ》を思はむに付けても、必ず神に祈り申すべきと覚え侍るなり。もろもろの事、折りを得《折りにふれ》、所により《場所に応じて》八身に随《したが》へる事の、勤《つと》むるもやすく、又そのしる《効果》

四「きしる」は言い争う、また言い争わせる意だが、文脈上、「きれる」（判定した）、または寛文本の「きる」の方が正しいか。

五 流れ出て。「あゆ」は血・汗などが自然とにじみ出る意。

六 遁世後も心を離れない、神職の鴨の氏人《うじびと》としての神々のことへの執着。特に、遁世の動機となった事件（解説参照）をさすか。

七「大抵」に同じ。およそ。

八 身分・境遇にふさわしいことが。

しも侍るなり。釈尊入滅の後、[一]二千余年、[二]天竺《てんぢく》を去れる事《こと》数万里、わづかに聖教《しやうげう》伝はり給ふといへども、[三]正像《しやうぞう》すでに過ぎて、行ふ人もかたく、其のしるしも又まれなり。

垂跡の本意とわが国の実状

ここに、諸仏菩薩、悪世の衆生の[四]辺卑《へんひ》のさかひに生れ、無仏の世《末法の》にまどひて浮ぶ方なからん事をかがみ給ひて《考慮なさって》、[五]我が機《き》にかなはむ為に、いやしき鬼神《きじん》のつら《仲間に》となり給へば、かつは《一方では》悪魔を従へ、仏法を守り、かつは賞罰をあらはして《示して》、信心を発《おこ》さしめ給ふ。これ則《すなは》ち、[六]利生方便のねむごろなるよりおこれるなり。

中にも、我が国のありさま、神明の助けならずは、いかにか《どうして》人民《にんみん》もやすく《安らかで》、国土も穏やかならむ。小国辺卑のさかひなれば、国の力よわく、人の心も愚かなるべし。[七]隠しては、天魔の為に悩まされ、顕《あら》はれては、大国の王に《天皇に》領ぜられつつ、安きそらもなく《恐れのため生きた心地もせずに》てこそは侍らましか。たとひ仏法わたり給へりとも《伝来なさっても》、悪魔の[八]さまたげこはくし《硬くて》て、[九]濁世《ぢよくせい》の今にひろまり給はん事、きはめてかたし《むずかしい》。

一　厳密にいえば、釈迦の入滅は西暦前三八三年（『発心集』成立まで一千六百年未満）だが、古くは西暦前九四九年説が一般に行われた。その計算でゆけば、建保年間は二千百六十余年ということになる。

二　鎌倉初期、天竺《てんぢく》（インド）に渡ろうとした華厳《けごん》宗の明恵《みやうえ》は、諸資料から中国の長安と天竺の王舎城との間を五万里とし、行程を計画した。

三　正法・像法の二つの時期。前者は教（仏法）・行（修行）・証（仏果）の兼備した時代、後者は教・行のみ健在で証は不可能になった時代。この次の末法の世は教のみある時代で、やがてすべてが滅びる法滅の世が来るという。その時期は釈迦入滅を起点として数え、諸説あるが、わが国では正、像それぞれを一千年とする説がもっぱらで、永承七年（一〇五二）をもって末法到来の年と考えられた。

四　日本を卑下していう。「小国辺卑」（十行）、「粟散《ぞくさん》辺土」（粟《あわ》を散らしたように小さい辺地）などの類義語が多い。

五　末世の辺地のわれわれ衆生の心に適した形を取ろうとして。

六　衆生に利益を与えるための方法。

七　目に見えぬこととしては。

八　底本「さまだげ」。他資料にこの発音を示す例がないので（方言にはある）、「だ」の濁点を削除した。

九　煩悩でけがれた末法の世。振仮名は底本のまま。

末世の天竺と、わが国仏法の盛状

彼《か》の天竺《てんぢく》は、[一〇]南州の最中《もなか》、まさしく仏の出で給へりし国なれど、像法《ざうぼふ》の末より、諸天《守護神たちの》の擁護《おうご》やうやう衰へ、仏法滅《めつ》[一一]し給へるがごとし。[一二]霊鷲山《りやうじゆせん》のいにしへの事《遺蹟》、虎・狼のすみかとなり、[一三]祇園精舎《ぎをんしやうじや》のふるき[一四]砌《みぎり》は、わづかに礎《いしずゑ》ばかりこそは、残りて侍るなれ。

しかるを、吾が国は、昔、[一五]いざなみ・いざなぎの尊《みこと》より、[一六]百王の今にいたるまで、久しく神の御国として、其の加護なほあらたなり《あらたか》。あまさへ《そればかりか》、新羅《しんら》・高麗《かうらい》・支那《しな》・百済《はくさい》など云ひて、いきほひことのほかなる国々さへ随へつつ《下に見るほどに》、[一七]五濁乱慢《ごぢよくらんまん》のいやしきも《いやしい国だが》、なほ[一八]大乗さかり《盛んに》に広まり給へり。もし、国に逆臣《ぎやくしん》あれば、月日をめぐらさず《時を移さずすぐに》、これを滅ぼし、天魔仏法を傾けん《衰えさせようとすると》とすれば、鬼王《きわう》として対治《退治》し給ふ。

神々の加護

これより、仏法・[一九]王法衰ふる事なく、民やすく、国穏やかなり。あきらけき衆生の[二〇]願楽《ぐわんげう》、世々《せぜ》の業因《ごふいん》をかがみ給ひて、これに随《したが》へるめぐみ、たとへば、水のうつは物に随ふ《水が器物の形のままに存在する》がごとし。君の御為《天皇の》には、たかき《高貴な》大神とあらはれ、民の為にはいやしき[二一]道祖神《だうそじん》となり、知恵の《知恵ある者》

一〇「閻浮提《えんぶだい》」の異称。古代インドの世界観の用語。須弥山《しゆみせん》（世界の中心をなす山）の南方にある。インドの地をいう語だったが、人間世界の意にも用いるようになった。

一一 仏教は中国・日本では長く修学されたが、インドでは早く衰微し、十一世紀初頭には滅んだ。

一二 中インドのマガダ国の首都王舎城の東北十里にあり、釈迦説法の地であった。霊山《りようぜん》。耆闍崛山《ぎじやくつせん》。

一三 中インド舎衛城の南にあった僧坊。須陀《すだ》の寄進によるもので、釈迦説法の地。早く荒廃した。

一四 軒下の石畳。また、敷地・場所などを広くさす。

一五 記紀に見える、日本の国土を生成させた夫婦神。

一六 最後の天皇。末法思想とともに流布された終末観で、王（天皇）は百代をもって滅びるとされた。『愚管抄』その他、当時の文献に用例が多い。ちなみに、『発心集』成立時の順徳天皇は第八四代。当時は天皇の交替が早かったので、「百王」の時代を「今」とするのは、それほどの誇張ではない。

一七 五濁（この世の汚れ・濁りを五種に分類していう仏語）の乱れはびこること。

一八（大きな乗物にたとうべき）仏法。

一九 国王（ここは天皇）の統治をいう仏教語。

二〇 願望。「願」と「楽」は同義。

二一 道路の安全などを司《つかさど》る、民間信仰の神。

前《の前》には[一]本地をあらはし、[二]邪見の家には仏法をいましめ《〔信じよと〕》給ふ。後世《ごせ》をしらぬ輩《ともがら》は、福《〔現世の〕》を祈らむ為にあゆみを運ぶ《〔神の社に〕赴く》。因果にくらき人は、罰を恐れて仰《あふ》ぎ奉る。

神々の遍在のさま

かかれば、里の中、道のほとりなどに、大きなる木一二本も見ゆる所、[三]皆あやしけれど、神のいます所なり。寺のほとりの草木、[四]いづら人の植ゑ置きける、[五]とがめ罵《ののし》るだに、隙《ひま》をはかりて《ひまを見ては》、きりほろぼす。[六]やや堂舎《だうじや》をこぼちとり《こわして持ち去り》、仏の場《には》に諸々《もろもろ》の不浄を行《ぎやう》ず。まことに目もあてられぬ《見るに耐えない》事多くこそ侍れ。げに、神とあらはれ給はざらましかば、[七]無悪《むあく》不造《ふざう》のともがら、何につけてか《何を拠り所として》、露ばかりの縁を結び《わずかでも仏縁を》奉らましと思ひとけば《考えてみると》、かく榊《さかき》・幣《みてぐら》よりはじめ、かたくなる《下手な》[八]宜禰《きね》が鼓《つづみ》の音までも、[九]皆開楽悟入《かいらくごにふ》の御かまへ《ご用意》なり、とあはれにかたじけなくなむ侍り。

しかればすなはち、[一〇]現世のもろもろの望みこそ、仮の方便とこそしらしめ給はめ。[一一]出離生死を祈り申さんに至りては、いかでか《どうして》、[一二]化《け》

一　三七七頁注八参照。
二　よこしまな者の家。
三　たとえ取るに足りない所でも。
四　どこの人がこんなものを植えたのだ。「ける」の下に「と」が脱落か。
五　とがめ騒ぐどころか、の意か。この「だに」はやや変則的な用い方。
六　ややもすると。
七　「悪として造らざるなし」と訓ずる。あらゆる悪行をした者。
八　「巫覡」とも書く。神楽《かぐら》を奏し、祝詞《のりと》をあげる者。かんなぎ。神官・巫女《みこ》ともにいう。
九　「開示《かいじ》悟入」の誤りであろう。仏の知見を衆生に開き示し、悟り入らしめること。『法華経』方便品《ほうべんぼん》の仏の言を縮約した成句。なお、『源平盛衰記』九に「化度利生の構へは、彼の榊・幣《ぬさ》より始め、担《かた》ぐる巫女《きね》が鼓《つづみ》の音までも、開示悟入の善巧《ぜんげう》は、哀れに忝《かたじけな》き御事なり」とある。
一〇　現世的な物事への希望というものは、人々を仏に向わせるために設けた仮の手段であることを人々にお示しになるだろう。

度《ど》の本懐《ほんぐわい》をあらはし給はざらん、と覚え侍るなり。

二 衆生を教化・救済したいという仏の本意。
三 悟りの世界に入ること。
＊ 以上の跋文風の一節は、全編のしめくくりとしてはいささか内容がそぐわない。神職の家に生れた筆者のものなので、神仏習合関係の記事に終始してしまったものか。

解説

長明小伝

天涯淪落《りんらく》の人

『続歌仙落書《しょくかせんらくしょ》』という歌書がある。半世紀ほど前に書かれた『歌仙落書』を受けたもので、当代の代表的歌人二十五名に寸評を加え、数首ずつ例歌を並べて各人の歌風を示している。筆者は不明（久我《くが》通光かという）ながら、新古今時代の歌壇に通じた眼利《き》きの作品と思われる。

その二十五名のなかに、『方丈記』と『発心集』の作者、鴨長明の名も見え、次のように評されている。

風体、比興《ひきょう》を先として、またあはれなるさまなり。潯陽江頭《じんやうかうとう》に、琵琶の曲に昔語りを聞く心地なむする。

要するに、長明の歌の世界にはおもしろさが目立つが、哀調を帯びており、その背後に一人の人物の長く複雑な人生の軌跡が感じられる、というのである。

『続歌仙落書』の成立は、貞応《じょうおう》元年（一二二二）以後数年以内というから、長明の死（一二一六）の直後の批評にほかならない。完結したばかりの長明の生涯が、その作品と重ねられて当時の消息通にどのようなかたちで思い出されていたかを教えてくれる証言といえよう。

この短文の後半、「潯陽江頭」云々は、白楽天の『琵琶行《びわこう》』をふまえている。引合いに出された作品が、当時としては有名すぎるものなので、平凡、というより通俗的な比喩《ひゆ》のようにも感じられるが、こういう言い方でしか覆えないような、劇的なものが長明の人生にあることはたしかである。

もとより、『琵琶行』で「昔語り」を聞かせるのは、もと遊女であった哀艶《あいえん》な老女であり、長明はひえさびた隠者である。あまりに対比的ともいえるが、運命にもてあそばれるかのように悔い多い人生を持った琵琶の名手という点で、二人はよく似ている。老女は「夜深《ふ》けて忽《たちま》ち夢みるは少年の事」と語っているが、長明にも、十分「夢みる」に足る幸福な「少年」の日々がある。二人は、ともに出発期の安らかさからすると、想像を絶する数十年を送ることになるわけで、巧みに作られた悲劇の作中人物のような風貌を持っている。当時失意の身であった白楽天は感慨ふかく老女の回想を聞いて、身につまされて「(自分も)同じく是《こ》れ、天涯淪落の人」と書いている。『続歌仙落書』の指摘をまつまでもなく、長明自身も、この白楽天に寄り添うかたちで、『琵琶行』中の女性にわが身をなぞらえていたかもしれない。現に、彼は『方丈記』に「もし、桂の風、葉を鳴らす夕《ゆふべ》には潯陽の江《え》を思ひやりて」(三二頁)と書いているのである。

「ゆく河」のほとり

『琵琶行』の舞台は川の上である。あたかもそれに対応するかのように、『方丈記』がまず開示する風景も「ゆく河の流れ」である。『発心集』劈頭《へきとう》に現れる遁世者は川のほとりに住し、やがて失踪《しっそう》して僻地《へきち》の川の渡し守に身を変じた人物である。しかも、長明が初めて詠《よ》んだ晴れの歌(三九五頁参照)にも、ひそかに思うところあって詠んで物議を招き、「生死《しょうじ》の余執《よしゅう》」（死後も残る執着）の種となった歌（三九九頁参照）にも、川が詠みこまれている。長明には、川というものへのある種の心的固着があり、それを見たり思い描いたりするとき、彼の内部から何かが流露しはじめたようである。

その事実と、彼の故郷が川にかこまれた土地であったこととは無関係ではあるまい。

長明は、都の東北、賀茂御祖《かものみおや》神社（下鴨神社）の神職の家に生れた。生地の鴨の里は、比叡山の麓を流れる高野《たかの》川と、鞍馬・貴船などを水源とする賀茂川とが出会って鴨川となる地点である。幼い長明が初めて見た世界とは、二つの川に左右を区切られる深遠な森である。その森は都人の限りない尊敬を集めた神域であり、その中にもさらに一筋の清流が流れていた。神が宿る、というより神そのものと見られた御手洗《みたらし》川である。長明は晩年、次のような歌をこの川にささげた。『続歌仙落書』の作者は、これを、「昔語りを聞く心地」と評した長明の歌の、代表作六首の最後に置いている。

右の手もその面影も変はりぬる我をば知るや御手洗の神

歌意はたいへんわかりやすい。すでに右の手に珠数《じゅず》を掛けた僧体となって老残の身を水面に映しながら、まったく変貌してしまった私ですがおわかりでしょうか、と神に問いかけたのである。この時、長明ははるかなものを見るようなまなざしで、往年の、いわば「川との日々」を懐かしく回想していたのであろう。

幼　年　長明の生誕は、久寿《きゅうじゅ》二年（一一五五）とするのが通説である。この翌年に保元《ほうげん》の乱がおこり、新しい時代が開幕する。長明は、その時代をいまいましげに「武者《むさ》の世」（『愚管抄』四）と呼んだ慈円《じえん》とともに、古きよき時代に生れた最後の世代であった。

父は鴨長継《かものながつぐ》、当時賀茂御祖神社の正禰宜《しょうねぎ》惣官《そうかん》として栄位を極めて、以後十数年この神社に君臨していく人である。彼は長明出生時、まだ十七歳の若さであった。その長男が長守、次男が長明である。長明の母については何も伝わらない。長明に弟も妹もいた気配がないので、あるいは、彼が生れるのとほとんど入れちがいに母は世を去っていたかとも思われる。

もしそうだとすれば、長明の幼時には、母性の欠如による小さくない翳《かげ》りがあったことになるが、若く有為な父の子として、長明の人生は順風を背に受けて進行していったと言ってもよいだろう。七歳の時には二条天皇の中宮高松院（姝子《しゅし》内親王）の叙爵によって、従五位下の身となった。

また、平治《へいじ》の乱（長明五歳時）以後、時代もひとまず平和であった。後になってみると、当時さまざまの緊張・対立が陰に陽に存在しており、やがて来る乱世の条件は増えつつあったが、特に二条天皇が崩御した永万《えいまん》元年（一一六五）を境として、後白河院と平清盛との提携による相対的安定期がしばらく続く。その八年前に信西《しんぜい》入道が卓抜な才覚によって大内裏《だいだいり》を修復し、都の風景も整備されていた。そのさまを『今鏡』の作者は、

都の大路どもなどは、鏡のごとくみがきたてて、つゆきたなげなる所もなかりけり。末の世ともなく、かく治まれる世の中いとめでたかるべし。（巻三・すべらぎの下）

と述べている。幼い長明の眼に映って長く消えなかったその都は、まさに『方丈記』巻頭にある「たましきの都」の美称にふさわしいものだった。

陽光の中で伸び仕度をしていた彼は、その後いかなる時代が始まるか、どのような運命が彼個人の前に待ち構えているか、空想もできなかったはずである。

父の夭折

長明の幸福な時代は、父の死によってあっけなく終る。承安《じようあん》三年（一一七三）、長明は十九歳、父はまだ三十五歳の壮齢にあった。その翌年の春、残された長明は、父を偲《しの》んでこのように歌った。

春しあれば今年も花は咲きにけり散るを惜しみし人はいづらは（『鴨長明集』）

桜にことよせて故人を追慕するというのは哀傷歌の一つの型であるが、桜の美しさとはかなさに触発されて哀感を歌った例は、それ以外にも無数にある。

ゆく水と過ぐるよはひと散る花といづれ待ててふことを聞くらむ

（『伊勢物語』五十段。物語中では、浮気な男がはかない物の例を引いて心変りを弁解するのに用いている。もとは無常感を歌ったものであろう）

長明は、例えば右のような古歌を思い出すことがあったかもしれない。彼の原風景とおぼしき「ゆく水」（川）、父を思い出させる桜、二度と帰ってこない甘美な時代、その三つが巧みに詠みこまれているからである。

ともあれ、長明の人生は父の死をもって前後に画される。彼が『方丈記』の中に「予、ものの心を知れりしより、（現在まで）四十《よそぢ》あまりの春秋をおく」った（一六頁）とか、「あられぬ世を念じ過ぐしつつ、心をなやませる事、三十余年」の果てに遁世した（二九頁）と書いているのは、単純計算によっていずれも十九歳の時を起点とする記述であることが知れるのである。

それら後年のものからも、父の死と、それにはじまる一連の事態（同族の人々との葛藤から疎外・離脱にいたる出来事が考えられる）の深刻さは若干理解できる。まして、その当座における長明の思いにはただならぬものがあった。『鴨長明集』の末尾近くに並ぶ「述懐のこころを」と題される連作はそのことを実感的に伝えてくれるが、その第十一首以下に、次のような贈答が見える。

すみわびぬいざさは越えん死出の山さてだに親の跡を踏むべく

これを見侍りて、鴨の輔光《すけみつ》

すみわびて急ぎな越えそ死出の山此の世に親の跡もこそ踏め

と申し侍りしかば

なさけあらば我まどはすな君のみぞ親の跡踏む道は知るらん

和歌というものには詩的誇張がつきものであることを考えて割引きしてみても、親の死、またはそれを端緒とする何らかの事情によって自殺を決意したというのは、おだやかならぬ述懐と言うべきであろう。当時の長明が持っていたのは、父がいなくなることによって意味を喪失してしまう人生なのだろうか。「住みわびぬ」という、中古以来の厭世家たちの愛用した、いわば老いた詞《ことば》（これも『伊勢物語』に例がある。他に『古今集』『大和物語』などに所見）と、自立し得ていない幼い精神との奇妙な不整合がこの歌に感じられる。

幼さといえば、新たに人生をみずから切り開かなくてはならなくなった長明は、彼自身の表現（『夫《ふ》木和《ぼくわ》歌抄《かしよう》』四の「桜ゆゑ片岡山に臥せる身も思ひとげねばあはれ親なし」）によれば「親なし」、第三者の用語（『無名抄《むみようしよう》』に引かれる中原有安の言、および『源家長日記』）によれば「みなしご」と呼ばれる。期せずして、長明の頼りなげな境遇を印象的に示している。というのは、これらは親に早く先立たれた幼少者をいう言葉だからである。いずれも十歳前後までの人について用い、十代半ばを越えた一人前の人物をこのような語で呼んだ実例は知られない。繰返しになるが、父が死んだ時、長明は二十代を目前にしている。すでに妻も子もあったかとも思われる。早熟な父とはあまりに対照的な長明であった。
しかし誰でも知っているように、長明は自殺しなかったし、ある意味ではその代償行為と言ってもよい遁世も、この時にはしなかった。彼が翻意したのは、昂揚のあとに不意に沈静が訪れる彼の気質（三九八〜九頁に触れる「せみの小川」の話がその例証。『方丈記』の結末にもその現れが認められる）によるものであろうが、父の死によって未来への展望を完全に失ったわけではないことを、誰かの説得も手伝ってか、自覚したためでもあろう。

高松院の死

安元元年《あんげん》（一一七五）、二十一歳の長明は、父の縁につながる高松院主催の歌合《うたあわせ》に参加した。その際に彼が用意した歌は、

人知れぬ涙の河の瀬を早みくづれにけりな人目つつみは

という恋歌であった。これは、「くづる」という不吉な用語（帝・后の死を意味する「崩御」を連想させる）を含んでいることを勝命《しょうみょう》入道に指摘され、当日は別の歌を出して事なきを得たという（『無名抄』「晴の歌は人に見合すべき事」）。

この席には高松院・九条兼実《かねざね》をはじめ、源有房・平親宗・勝命入道・覚綱法師などが列していたことが諸歌集から知られる。まだ十九歳のういういしい才女だった建礼門院右京大夫も、彼女の家集によればこの日の参加者の一人である。ただし、やがて乱世の証言者として文学史に特筆されることになるこの二人が、相手にいかなる視線を投げかけたかは知る由もない。

この出来事は、『無名抄』に「菊合《きくあわせ》」（菊の優劣を競う遊び。これに和歌を伴う）として言及されている

ので、九・十月の某日を考えるのが一般だが、『玉葉』同年七月二日条に見える「女院御所」の歌会をこれに当て、「菊合」を「歌合」の誤りとする説（萩谷朴氏『平安朝歌合大成』八）もあって期日は一定しない。いずれを採るかによって、長明のこの体験への理解の仕方は微妙に異ってくる。というのは、同じ年の八月二日に賀茂御祖神社に人事異動があって、長明は望んでいた禰《ね》宜《ぎ》職の銓衡《せんこう》に洩《も》れたからである。したがって、この晴れの日がその前ならば、ある期待を抱いている時のことになり、その後ならば、失意の底にいる時のことになるのである。

いずれにせよ、若い長明にこの体験を提供した高松院は翌安元二年六月に世を去って、長明の前に残されていた最大の光明が消えた。翌月には、後白河院と平清盛をつなぐ絆《きずな》であった建春門院平滋子《じし》（清盛の妻の妹であり、女御として院の最愛の女性）も亡くなり、政界にも不吉な影がさしはじめる。享年は、高松院が三十六、建春門院が三十五、それぞれ天寿をまっとうしたとは言いがたい若さで世を去って行った。

その翌年、安元三年四月二十八日の夜、長明が「たましきの都」と呼んだ平安京のかなりの範囲が焼失した。復興して二十一年目の大内裏も炎上し、以後二度と復元されることはなかった。「古代」の終焉《しゅうえん》を印象づける出来事である。その前後には、山門騒動、鹿《し》ヶ《し》谷《たに》事件などに露頭した一連の政治の不安が進行中でもあり、この火事の不吉さは当時の都人をおびやかした。わけても、絶望的な境遇下にあった長明にとって、烈しい風の吹く中に猛火が荒れたこの一夜は耐えがたいものであったはずである。『方丈記』の、この火事に関する記録（一六～七頁）の迫力は、彼の内部に刻印された火の記憶の鋭さの現れであろう。

福原往還

その後数年、ますます頽勢《たいせい》に向いつつあった平家は、治承《じしょう》四年（一一八〇）六月初頭、突然不思議な賭《かけ》をした。遷都である。その七月、長明は新しく都になったばかりの福原に赴いた。この旅は、隠遁者風の飄然《ひょうぜん》とした旅立ちとも、好奇心につき動かされた壮行ともされるが、確実なところはわからない。

わかることは、同時代の歌人たちが、この遷都によって持たされた不安・動揺・感傷をいたずらに詠嘆しているのに対し、長明にはそのようなものがなく、『方丈記』で、実証的・批評的にこの異常事を書き綴っている（一九〜二二頁）ことである。これは、情況の中でなまじ役割を持たぬ者の特権で冷静な眼を持ち得たということともとれるが、その逆に、彼が当事者として新都造営にかかわっていたことにより、現場についての正確な観察が可能であった、という推測もあり得よう。

ひるがえって『方丈記』を見直してみると、全体の構成の緊密さもさることながら、いささか偏執的にさえ感じられる対句仕立ての文章、過不足ない災害描写、すぐに図面に翻訳できる草庵内外の記述、それ以前に、その庵を考案した独特な能力（後述するように長明には手作りの琵琶もあった）等々からは、長明の器用さと、ほとんど幾何学的と呼びたくなる几帳面な資質とが浮び上る。この器用さ、几帳面さが、四百年ぶりの、手探りで行われた都市計画にとって無意味であったはずはないと思われる。

無論、まもなく中断する新都造営の企ては、その委細を知る手掛りに乏しく、限られた資料の中に長明の存在は影も形もない。が、例えば彼と同型の知識人源光行（詩歌を能《よ》くし、古典研究家として高名。長明とともに、かつて『海道記』の作者に擬せられた。治承四年には正六位民部大丞、弱冠十八歳であった）は、長門《ながと》本『平家物語』などの伝えるところによれば、「丈尺を採」って新都を測量したという。そのような場面の中に長明を思い描くのは、許されてよい空想ではあるまいか。

それかあらぬか、下向《げこう》に際しての長明の歌には、ちょっとした客気《かっき》が感じられないでもない。

家の女郎花《をみなへし》さかりなる比《ころ》、遠きところへまかるとてよめる

あるじはと問ふ人あらば女郎花やどのけしきを見よと答へよ

流離の旅に出かけた折りの在原行平の古歌「わくらばに問ふ人あらば須磨の浦に藻塩《もしほ》たれつつわぶと答へよ」(『古今集』雑下)をふまえて、颯爽《さつそう》とした出発を歌ったものであろう(主題的転換は本歌取りの条件である)。「女郎花」はこの時季が七月(「女郎花月」と称された)であることを示しつつ、彼が残していった女性(妻または愛人)を寓しているのであろう。

しかし、現地の津の国での詠も残ってはいるが格別その風物に心引かれた形跡はない。津の国は当時の人々にもっともあこがれられた歌枕の一つである。そこでの自然詠一つ残さずに彼が帰ってきたということは、この旅が散文的なものであったことと、新都に託した夢があっけなく裏切られたことによる失意とを物語っているようでもある。

歌壇の中で

新しい都が放棄された翌年、福原で病勢をつのらせた高倉上皇が崩じ、その実質的加害者となった平清盛もまもなく死ぬ。すでにただならぬ風雲が広がって久しいこの時期は、その後数年続く大飢饉の幕明けの年でもあった。優雅な試みにはまったくふさわしくないこの年に、長明は家集『鴨長明集』を編んだ。父の死後、不運が重なる自己の青春への墓碑銘のように見えるが、直接には、翌養和二年(一一八二)に成立する賀茂重保撰『月詣《つきもうで》和歌集』に対して用意したものであろう。この集の中に、『鴨長明集』から四首採られている。歌人長明の名は、人々の耳目をかなり集

めていたのであろう。

三十歳前後の長明について、興味深い逸話が『無名抄』「せみの小川の事」に記されている。上賀茂社で行われた歌合に、月の歌として、長明は、

石川やせみの小川の清ければ月も流れを尋ねてぞすむ

と詠んだ（「澄む」に「住む」を言い掛ける）。「せみの小川」という語が前例がないものなので負けにされたが、後に諮問《しもん》を受けた長明は、典拠を挙げてこれを賀茂川の異名であることを証して評判を呼んだという話である。以後、長明によって再発見されたこの用語は、錚々《そうそう》たる名士たちも使うところになる。この時の「石川や」の歌は、二十一年後に『新古今集』にも入撰し、長明は「この歌の入りて侍るが、生死《しやうじ》の余執《よしふ》ともなるばかり嬉しく侍るなり」と記し、一転して、その喜びを「あはれ無益の事どもかな」としめくくっている。

長明の和歌の師は俊恵《しゆんえ》である。往年の歌壇の権威源俊頼の晩年の子で、長明よりは四十二歳年長の老法師である。東大寺の僧であったが、四十歳の時に帰京、保元《ほうげん》元年（一一五六）頃から洛東白河にあった自邸を有志の歌人に開放、「歌林苑」と称される和歌結社の中心となった。以後二十余年、彼のもとに集《つど》った人々の数は、今日知りうる限りでも四十数名に及ぶ。その中には、藤原清輔《きよすけ》など当代切っての歌人も含まれるが、彼らはおおむね中下級貴族・神官・遁世者・老女房などで、旧世代で野《や》にある人が多かった。長明は、俊恵の前に現れた最新の気鋭である。

歌壇の主流が六条藤家から御子左家《みこひだり》に移りつつあった過渡期に、俊恵はその両派とほどよく折り合いつつ、広く敬意を払われていた。その俊恵は、長明と「師弟の契り」を結んだ日に、彼を「末の世

の歌仙」と評して懇切な教訓を与えている（『無名抄』「歌人は証得すべからざる事」）。

長明は、この師の貴重な言のいくつかを終生忘れなかった。そればかりか、彼は俊恵をめぐる逸話を、晩年『無名抄』の中に豊富に織りこみ、郊外の物淋しい一角に集まる歌人たちが持った熱っぽい日々の伝承者となって、歌林苑を後人に長く記憶させる役割を果した。

長明が俊恵を師とした時がいつかは不明だが、歌林苑の歴史の最末期であることはたしかである。やがて俊恵も世を去る。長明の非運はこの師との関係においても同様で、二人の初対面から永訣《えいけつ》までは、想像以上に短期間であったのかもしれない。

伊勢・熊野への旅

長明の前半生、彼に好意を寄せた人として周辺に見えがくれするのは、すべて老人である。父の歌友で、高松院北面《きたおもて》で長明が詠進する歌について適切な助言を与えた（前掲『無名抄』記事）勝命入道、恩師の俊恵法師がその例であり、文治《ぶんじ》二年（一一八六）、三十二歳の長明に伊勢旅行の機縁を与えたとおぼしき人物も、どうやら老人らしい。

その名は、前参議、正三位藤原俊経。文章博士、近衛・高倉両帝の侍読《じどく》などを勤めた知識人である。長明と伊勢に赴く前年の元暦《げんりやく》二年（文治元）、七十二歳で出家し、法名を証心（「隆心」とする資料もある）と号していた。次男親経は当時右少弁《うしようべん》、新たに斎宮《さいぐう》に卜定《ぼくじよう》された潔子《けつし》内親王の伊勢下向などの行事（責任者）として多忙を極めていた。証心はその後見者的位置をしめていたかと思われるが、この年八月に発病、やがて回復を待って伊勢に向ったことが『玉葉《ぎよくよう》』などから知られる。

長明の紀行『伊勢記』（散逸。『夫木和歌抄』などに引用されているものによって、ある程度復元されている）には、もっぱら、気のおけない同好の人々との趣味的な旅の雰囲気が浮び上り、事実、そのような一面もあったのであろうが、一行の中に証心がいるので、この時の旅が初《しょ》斎宮という事態に起因するものらしいことがおぼろげながらうかがえる。証心と長明との縁故がどのようなものかを示す資料は知られないが、かつて、七歳の長明が従五位下に叙せられた一カ月ほど前、賀茂御祖神社遷宮が賑《にぎ》賑《にぎ》しく行われた時に証心（俊経）が行事を勤めているから（『山槐記《さんかいき》』）、父、ないしは賀茂社を媒介とする長い関係が続いていたのかもしれない。

なお、証心と長明は伊勢から熊野にまわったようで、その時の、二人の間でかわされた機知あふれる連歌が『菟玖波集《つくば》』十九に伝わっている。帰路・帰京の年時などはまったくわからない。

長明が旅立ったのは、彼が家族的には孤独の身となった時期とほぼ一致する。『方丈記』によれば、父方の祖母の家を伝えて住んでいた家を彼が出たのは「三十《みそぢ》あまり」という（二八〜九頁）。臆測をたくましくすれば、失意の長明を慰めるべく、証心が彼を誘い出したのかもしれない。

中原有安

長明が伊勢・熊野を遊覧していた頃、歌壇の第一人者の地位を得ていた藤原俊成（釈阿）は、勅撰集撰進の事業に没頭していた。彼が後白河院の院宣を受けたのは寿永《じゅえい》二年（一一八三）、平家がまだ健在であった時である。同年秋、平家一門は都を落ち、翌々年の晩春に壇ノ浦で滅亡した。俊成がひとり荷《にな》った撰集が『千載集《せんざい》』として完成、奏覧したのは、その翌々文治三年（一一八七）から四年にかけてである。長明は一首選ばれ、勅撰歌人に列した。

この第七代勅撰集は、私情をまじえて公平を欠き、撰択・校訂などに厳密さも乏しいとして批判の声が高かった。長明の恩人たる勝命も『難千載』を書いて大いに批難したが、長明は自分の名誉を喜び、その感動を隠さなかった。不満の声が多い中で、ひとり謙虚な長明に対して「故筑州」という人物が讃辞を送ってくれた思い出が、『無名抄』「千載集に予一首入るを悦ぶ事」に語られている。「故筑州」は筑前守《ちくぜんのかみ》中原有安のことである。長明は、この人が与えてくれた、噛んで含めるような教訓を『無名抄』に直接話法のかたちで引き、「(その言葉は)のどかに思へば、いとあはれになむ」としめくくっている。後になって心に余裕を持って回想すれば、実に感動的な教えだった、とそのようにふりかえっているのは、有安の言に接した当座は、あまり従順に受け入れなかったことを暗示しているのであろう。有安はやはり『千載集』に一首選ばれた人で、『寒玉集《かんぎよく》』(散逸)という私撰集の撰者でもあるが、どちらかといえば、当時の群小歌人の一人であり、家柄・地位も高くない。勝命・顕昭・俊恵などはるかに高名な歌人の恩顧を得て、みずからの歌才に頼むところのある長明から見ると、深い敬意を払うべき歌人ではなかったのであろう。

むしろ、有安は音楽家として名声が高く、後に、彼の琵琶の弟子であった九条兼実の推挙によって楽所預《がくしよあずかり》の大任を引き当てられる。琵琶・横笛その他、音楽万般をこなし、『玉葉』建久五年二月二十七日条に、「管絃の道に於て力を入れて習楽し、当世に比肩するなきの人か」と評されている。この筆者九条兼実は有安の琵琶の門弟なので、多少の身贔屓《みびいき》はあるだろう。しかし、彼がその評語に恥じない才人であった、とは他資料からも知ることができる。長明はこの人について、特に琵琶を学んだ。

この有安の人柄について、音楽論『文机談《ぶんきだん》』は暗示的な逸話を伝えている。彼が厳島《いつくしま》の吉備津宮《きびつのみや》に参詣した時、その宮で笛の天分を豊かに持つ少年を発見し、これを養子にしたいと申し出て伴って帰京したという話である。後に少年は、中原景安と名付けられ、笛・打物の名手となった。『教訓抄』その他に彼の名が見える。

長明とこの少年とが、ともに神官の子であったという暗合も注目されるが、この話に見える有安の教育者的情熱は、彼が長明に対していかなる存在であったかを類推させる手掛りたりえよう。有安は、「みなしご」の長明の親代りのような役割を果したのだろうか。長明は、養子にはならなかったが、この師の薫陶によって、琵琶の天分を伸ばし、やがて秘曲を伝授されるほどの身となる。

四十歳前後

長明を引き立ててくれた老人たちは、鎌倉時代が始動しはじめる頃、ひとりずつ消えて行く。建久《けんきゅう》二年（一一九一）に証心が没し、それに先立って、勝命も俊恵もすでに世になかった（ともに没年未詳）。なぜか同世代の友人らしい者がいない長明は、家族との疎隔もあって、身辺かなり淋しいものがあったにちがいない。建久年間には彼は四十の坂を越えたが、歌人としての本格的開花にはまだ間があるようで、三十七歳時の三月三日に石清水《いわしみず》の若宮社で行われた歌合に出席したことと以外に、その後八年余、彼がどこで何をしていたかをたどることはできない。有安のもとで琵琶の道を究めようとしていたのかもしれないが、その有安もまもなく死ぬ。長明四十代初頭のことと推定される。有安は楽家に生れたわけではないので主流から外《はず》れており、一代限りの名人である。その師に置きざりにされた長明には、琵琶三秘曲のうちですでに習得していた「楊真操《ようしんそう》」以外の二つを学ぶ機会が永久に失われた。生涯に何度も感じた深い喪失感を、彼はこの時にもしたたかに感じたにちがいない。その無念さから生れたとおぼしき不祥事が知られているが（四〇七頁参照）、それはひとまず保留しておき、西暦千二百年頃から始まる和歌の黄金期における長明に眼を転じたい。

新古今時代

長明が歌壇に再登場するのは、正治《しょうじ》二年（一二〇〇）八月頃、後鳥羽院の召しに応じて、いわゆる『正治再度百首』（『正治二年院第二度百首』などとも）の作者十一人の一人としてである。

長明が参加した百首歌は、初度とともに、若き上皇の後鳥羽院が、九条・御子左・六条・土御門など政界・歌界の名門の縉紳《しんしん》とともに、新しい和歌の歴史をひらくことになる記念すべき試みである。以後、千五百番歌合を頂点とする数多の歌会を経て『新古今集』の成立に至る輝かしい時代の中で、長明は初めて時代の主導的部分の一員として游泳《ゆうえい》する機会を得た。正治二年秋の三百六十番歌合をはじめとして、記録で知られるかぎりでも四年間に十六回に及ぶ歌合に出詠、順調な成績を残した。特に、その二年目の建仁《けんにん》元年（一二〇一）八月十五夜に和歌所で行われた歌合においては、藤原定家と番《つが》って四勝無敗でこれを斥《しりぞ》けた。後鳥羽院・藤原俊成以下、当時の代表的名流が居並んだ席でである。それに先立つ七月下旬（または八月初旬）、新たに設けられた和歌所の寄人《よりゅうど》（職員）に任じられていることもあり、長く続いた雌伏《しふく》の期間を思いおこしながら、長明がどれほど晴れがましい気分で張りのある日々を送っていたかは、察するにあまりあることである。

事実、『新古今集』の母胎である和歌所の中において、長明の精勤ぶりは人眼を奪った。和歌所の開闔《かいこう》（職名の一つ。書巻の出納・記録などを担当）として至近距離からその頃の長明を見つづけた源家長は、日記の中に次のように書き残している。

すべて、此の長明、みなしごになりて、社《やしろ》のまじらひもせず籠《こも》り居て侍りしが、歌の事により北《きた》面《おもて》へ参り、やがて和歌所の寄人になりて後、つねの和歌の会に歌参らせなどすれば、まかり出づることもなく、夜昼、奉公おこたらず。

長明は官職に就いた経験がない。「奉公」とは、彼がかつて馴染んだことのない行為である。自己の才質と情熱が初めて公的な意味を持ち得たことに戦慄《せんりつ》的な昂奮を覚えながら、昼夜の別なく撰集の仕事に加わっている彼の一時期がしのばれる。長明の四十代はそのような熱っぽい日常の中に暮れて行った。そして、やがて再び暗転の時がやって来る。そのいきさつを教えてくれるのも源家長である。

失　踪

実は、この家長も、その日記の冒頭の語るところによれば「みなしご」という負い目から出発した一人である。彼は長明に特別に関心を寄せているかに見えるが、それは、天分豊かなこの先輩（家長は長明の十五歳年下、当時二十代半ば）が耐えてきた淋しさへの共感を持っていたことによろう。後鳥羽院に見出されて彗星《すいせい》のように人々の前に現れた長明の幸運を、他人事《ひとごと》ながらひそかに祝福したであろう家長は、まもなくその長明が、やはり彗星のように行方知れずになるとは夢にも思わなかったようである。

先の引用文に続いて、彼は、長明と院との別れをまねく劇的な展開に触れ、深い驚きと失望を書いている。その記述によると、長明が「奉公」を捨てた理由は、賀茂御祖神社の禰宜《ねぎ》職継承の望みを断たれたことにあるという。

長明の精勤ぶりを殊勝に思った後鳥羽院は、好機を見つけて長明に何らかの恩恵を施そうとしていた。たまたま下鴨の河合《ただす》社の禰宜に欠員が生じたので、院は長明をこの任に当てようとした。この禰宜職は、彼の父長継がかつて勤めあげたものである。和歌所寄人としての彼が、神職としてもう一つの、出自《しゅつじ》にふさわしい「奉公」の機会を眼前にして感激したのは自然である。しかし、院の内意を洩《も》れ聞いた賀茂御祖神社の惣官祐兼《すけかね》は、その子祐頼を推して長明を排した。その理由は二人の位階の上下、社への寄与の深浅であった。祐頼は、長明の子ほどの若さだが従五位上であり、長明は七歳時以来、従五位下のままである。生活は気ままで、神職としての責任感に欠けてもいる。道理は明らかに祐兼にあり、しかも、院は彼の邸宅に再三御幸して、しかるべき貢献を受けている関係を持ってもいる。院は、祐兼の言を容れ、「うら社」というささやかな社を河合社のごとく官社に昇格させて長明をこの禰宜に任じようとした。長明にとっても、新たに官社をもう一つ擁《よう》することになった賀茂御祖神社にとっても、信じがたいほどの厚意と言ってよい。

しかし、長明は院の破格の申し出を拒否し、失踪した。源家長は、長明の常軌を逸した非礼について「こはごはしき（強情な）心」「掲焉《けちえん》なる（極端な）心」などと、言葉の限りをつくして驚愕《きょうがく》の念を日記に書きつけている。長明の「心」の根に長い歴史があることを、後鳥羽院や家長などの若者は夢にも知らなかったのであろう。長明は、かつて「親の跡を踏むべく」死を決意するほど思いつめた人である。その時からの三十年の歳月と多彩な体験は、彼にとって、遠い日の偏執を内攻させるだけであったということになる。やがて、某所に隠棲した長明から、院に十五首の歌が届けられるが、その中にこのような歌があったという。

住みわびぬげにやみやまの槇《まき》の葉に曇ると言ひし月を見るべき

初句は自殺を思った頃の述懐歌と同一である。「げにや」以下は、彼の生涯でもっとも得意な一夜となった建仁元年八月十五日（四〇四頁参照）に評判となった、

夜もすがらひとりみやまの槇の葉に曇るもすめる秋の夜の月

を受けている。「深山暁月」の題のもとで歌われた架空の風景が現実のものになって、その中で余生を送ることになった皮肉な宿命への感慨が詠まれている。こうして、和歌所寄人鴨長明《ながあきら》は、隠者長明《ちょうめい》

に変身した。法名は「蓮胤《れんいん》」である。

『文机談《ぶんきだん》』に、長明の遁世に関する異伝が記されている。

秘曲づくし　賀茂の奥で音楽の名手たちが集まって「秘曲づくし」をした時に、興に乗った長明が「啄木」を数度にわたって独奏し、これが問題化したという事件である。「啄木」は琵琶最深の秘曲で、長明はこれを伝えられておらず、弾く資格はない。

楽所預《がくしよあずかり》の藤原孝道は後鳥羽院に上訴し、琵琶伝来の沿革から説きおこし、長明のしたことが「重き犯罪」であるよしを述べたてた。この孝道は、若い頃に、兄弟弟子が「啄木」を習ったことを聞いて、口惜しさのあまりに発病した（『古今著聞集』十五）という逸話の持主である。その彼の言だけに、情理を兼備した、さぞかし迫力のある指弾だったと思われる。また、後鳥羽院にとって孝道は琵琶の師にほかならない。長明は一応の弁明をしたが、ついに責任を取って離京、その後「方丈の室」に過すこととなったという。

『文机談』は、長明の行く先を伊勢二見《ふたみ》の浦としており、彼の伊勢旅行と出家とを混同しているふしがある。この混同から、秘曲づくしは文治年間と考えられることもあったが、参加者として名の見える人々の年齢考証から、後年（長明出家時）の出来事とされるようになった。もっとも、後の鎌倉行きっかけとする新説もあり、また、事件そのものをあまり信じないむきもあって、この話を長明伝のどこで話題にすべきかについて、厳密には不確定というほかはない。

なお、長明には愛器「手習」という琵琶があり、出家後これを後鳥羽院に召し上げられたと『源家長日記』に記されている。『文机談』によれば、実はこの逸品は長明の手作りだという。

新古今集の成立

長明がいなくなったのをよそに、『新古今集』撰進の事業は大詰めを迎えていた。長明の失踪に前後して、寂蓮・源通親・藤原俊成・同隆信らがあいついで没し、寄人《よりゅうど》の数は約三分の一を減じて、残りはすべて長明以下の世代の人々である。旧歌壇の生き残りとして長明は後鳥羽院が主宰する新しい世界に接し、歌の道の極北をきわめつつあるさまに恐しさを感ずることもあったというから（『無名抄』「近代古躰」）、長明が遁世した動機の中には、その恐怖感も含まれていたかもしれない。

その、恐しい時代の申し子たちは、元久《げんきゅう》元年（一二〇四）秋、つまり長明が去った頃以後は、辰の時（午前八時前後）から日暮まで撰集に没頭し、後鳥羽院は、最終的に残った約二千首をことごとく諳《そら》んずるほどであった（『源家長日記』）。翌二年三月二十六日、『新古今集』完成を記念する竟宴《きょうえん》が行われた。長明の入集歌は十首である。

大原での五年

長明が遁世直後にどこに身をひそめたかを記す文献はない。

彼のその頃の詠、

いづくより人は入りけん真葛原《まくづはら》秋風吹きし道よりぞ来し（『十訓抄《じっきんしょう》』九）

から、あるいは西行・慈円・平康頼《やすより》（仏教説話集『宝物《ほうぶつ》集』作者）などが隠棲した東山真葛ヶ原周辺（現在の円山公園のあたり）かとも思われる。長楽寺・雲居《うんご》寺などがあり、遁世者の草庵が点在する幽邃《ゆうすい》な山里である。

『源家長日記』『十訓抄』がひとしく言うように、長明は「その後」に大原に移った。この「大原」を洛南の「大原野」とする異説もあったが、現在では都の東北、若狭《わかさ》街道に沿った山間部の「大原」

（「小原」とも）と考えるべきであることが、各種の徴証から確認されている。この土地は比叡山の麓に位置し、下山した天台僧が修行する別所があり、仏教音楽の声明《しようみよう》の本山来迎院《らいこういん》もある。そして、東山同様に遁世者が住む山里で、王朝期以来、脱俗・風雅を志す人々が来住した歌枕でもある。かつて、良暹《りようせん》法師は、

淋しさに宿をたちいでてながむればいづくも同じ秋の夕暮（『後拾遺集』秋上）

と詠じたが、その他、この静寂な地の風物である炭竈《すみがま》から立ちのぼる煙、雪景色などはもっとも深い感動を与える歌材の一つであった。いわば、この土地の形象は、中世的寂寥美《せきりようび》の根源の代表的なものである。

長明が大原を志向したのも、そのことと無関係ではあるまい。と同時に、ここをめぐる遁世者たちの形造る求道的雰囲気が、深い失意をかかえた彼に慰藉《いしや》・救済の期待を抱かせたことも手伝っていよう。

しかし、彼は大原体験については実に寡黙で、『方丈記』に次のように記すのみである（二九頁）。

むなしく大原山の雲に臥して、また五《いつ》かへりの春秋をなん経にける。

なにがどのように「むなし」かったのかははっきりしない。書物や人の談話などから思い描いていた大原と現実のそれとが、あまりに違っていたということだろうか。大原は都から遠く、生活の便に乏しい。北陸性の気象条件下にあって居住性は低い。それだけに求心的な試練の場にふさわしいとも言えるが、当時すでに大原は俗化し、山門の騒動の余波も及んで瞑想的生活に適しない場として変貌していたようだ。長明がここに入る十年ほど前に、慈円《じえん》は大原の現況を諷して歌っている。

このごろはもと住む人やいとふらむ都にかへる大原の里（『拾玉集《しゆぎよく》』二）

「大原」の「大」に「多」を言い掛けて、この里を去って帰洛《きらく》する人が多いことを歌ったものである。長明も五年後にここをあとにした。

日野へ

前記の『方丈記』の記述を額面どおりに受け取るなら、長明が日野に移ったのは承元《じようげん》二年（一二〇八）という計算になる。長明は五十四歳である。

日野は都の東南約七キロ、日野氏が山荘と法界寺《ほつかい》を営んだ里として知られる。長明がここに居を得た機縁は、禅寂《ぜんじやく》という知友の斡旋《あつせん》とされる。彼は俗名藤原（日野）長親《ながちか》、従五位上民部大輔などを勤めたが、二十代半ばで出家、法然《ほうねん》の門弟となった。大原にあって、如蓮《によれん》上人と呼ばれ、日野に外山院《とやまいん》を創建したという（『尊卑分脈《そんぴぶんみやく》』など）。

この外山院は早く廃滅したと見えて委細が伝わらないが、長明の住む「外山《とやま》の庵《いほり》」（『方丈記』末尾）との、名称上の類縁が目に付く。二者はごく近接していたか、または、前者は後者を包含したかと思われる。とすると、長明は彼の庵について、『方丈記』で人跡まれな深山幽谷のように描いているが、実情はそのようなものではありえまい。

現在、長明の方丈の遺蹟と称されているのは、法界寺から東に上り道をたどること約七〇〇メートルの位置にある、ささやかな平地である。当時の法界寺は、衰微した現況からは類推しがたい堂々たる伽藍《がらん》であったというから、かりに、長明の方丈が遺蹟の地にあったとすれば、群僧の発するさまざまの音声《おんじよう》が風に乗って聞えてきたにちがいない。自然にかこまれ、人恋しさに苦しまなくてすむだけの人気《ひとけ》が手近に得られるこの閑所が、転住を重ねた長明の最後の栖《すみか》となる。

老いた長明は、旧知の人々の前から去って以後、再会した源家長が、はたしてこれがあの人かと疑うほど衰弱していたが（『源家長日記』）、その風貌とはうらはらに元気だった。というより、新しい天地が彼を回復させたのか、彼は健脚を駆って山伝いに近辺の歌枕などを歩き、時には粟津・関山あたりまで足を伸ばした。その他、日野での彼の健在ぶりは『方丈記』にくわしい。これは、多分に都の人々への虚栄心からくる誇張を含むだろう。が、必ずしも実生活をそれほど距ったものでなかったことを、鎌倉への長途の旅が教えてくれる。

鎌倉への旅

長明が旅立ったのは建暦《けんりやく》元年（一二一一）、日野に移って四年目の晩秋のことである。長明を将軍源実朝《さねとも》に推挙して同行したのは飛鳥井《あすかい》雅経《まさつね》である。彼は『新古今集』撰者五人の一人で、長明の歌をもっとも多く採用した人である。長明より十三歳若く、音楽にも堪能《たんのう》で、特に飛鳥井流蹴鞠《けまり》の大家として高名である。また、彼は幼時を鎌倉で過し、幕府の政所《まんどころ》別当大江広元の娘を北の方とする、屈指の東国通であった。

その彼がいかなる意図で長明を鎌倉に伴ったかは不明である。源実朝が、当時和歌・管絃など都の文化への強い志向を持っていたことから、長明をその指南にあてようとしたものかと推測されるが、それを証明する資料は乏しい。雅経の家集『明日香井集』に鎌倉への旅の折りに作った連作が見られるが、この時のものではないらしい。『吾妻鏡』同年十月十三日条には、

> 鴨社氏人菊大夫長明入道法名蓮胤、雅経朝臣の挙に依りて此の間下向す。将軍家に謁し奉ること度々に及ぶ云々。而して、今日まさに幕下将軍の御忌日に当り、彼の法花堂に参じ、念誦読経の間、懐旧の涙しきりに相ひ催し、一首の和歌を堂の柱に註《しる》す。

草も木も靡《なび》きし秋の霜消えて空しき苔を払ふ山風

と、四半世紀前の中秋《ちゆうしゆう》に夜を徹して行われた頼朝・西行の対話の再来とも称すべきこの会見が略述されているが、当事者の実朝・長明いずれも何の所感も残していない。実朝はこの時期、藤原定家の指導を得て詩境を深化させつつあり、二年後に『金槐《きんかい》集』という結実を得る。一方、長明はまもなく日野にもどったとおぼしく、翌年三月下旬、『方丈記』を書くのである。

方丈記の成立

『方丈記』の末尾に明示されているように、この書物が出来たのは建暦二年（一二一二）三月下旬である。しかし、起筆がいつかについては諸説が分れたままである。一方には、数次にわたる改稿・添削を考える説もあり、もう一方の極には、ごく短時間で一挙に書かれたもので、現存最古の写本、大福光寺本は、その筆勢をなまなましく伝える長明自筆本とする説もある。

『方丈記』には、大福光寺本（片仮名漢字まじり）をはじめ、時期的にそれに続く前田本（鎌倉末期写、平仮名漢字まじり）・一条兼良《かねら》本（室町中期写、平仮名漢字まじり。流布本の祖とされる）以下、広く読まれている形態の諸本数十種のほかに、量的にはそれらの三分の一ほどの異本（長享本・延徳本・真字《まな》本の三種）がある。この二種を区別して前者を「広本《こうほん》」、後者を「略本」と称する。「略本」は、五大災厄の記事を欠き、結末も異なり、細部の違いは枚挙にいとまがないほどである。文学的には「広本」よりいちじるしく劣る。

その広略二種の『方丈記』の関係に関しては、草稿本（略本）と改稿・完稿本（広本）として『方丈記』の成立過程の中で考える説と、「略本」を後人による偽書とする説とに二大別されるさまざまの見解があり、定説を見ない。

諸説が分れているといえば、主題・意図・構想などの問題についても同様である。この作品は、四百字詰の原稿用紙に換算してたかだか二十数枚の短篇に過ぎず、世の無常を述べる序章から、五つの「不思議」の描写、自伝的記事などに若干の人生論をまじえて結末に至るまで、実に明快な語り口で論がはこばれている。しかし、構成要素の軽重・主従などの関係についての共通見解はまだない。結末を重視して解脱《げだつ》への道を説く法語とする人、前半を評価して記録文学の白眉《はくび》とする人、中間の「閑居の気味」をうたいあげるのが主眼で結末はそれを効果的にするための文飾とする人、等々、大ざっぱに分類するなら以上のようになろうか。微妙な差異をも考慮に入れると、読者の数ほどの読み方があると極言できるほどである。

校注者自身は、『方丈記』を、「都」あるいは「住ひ」という居住空間の相対性に触れつつ、王朝的文化ではぐくまれたのとは別の（実は王朝期にも底流としてあった）価値を見出して行き、さらにこれを超えるものを予感するまでの試行錯誤を綴った試論と見るものである。が、どのような主題を見るにせよ、『方丈記』がはらむ多様な読まれ方を配慮して、一義的に規定するのは避けたいと思っている。

『方丈記』の特質を考えるには、もとよりこの作品の内部に沈潜するのが王道だが、長明がほぼ同時期に書いた他の作品を見ることも手掛りになる。しばらく、それらに眼を転じて晩年の長明の動向からもう少し考えて行きたい。

無名抄

『方丈記』の中に、日野の草庵に「黒き皮籠《かはご》三合」を持ち込み、その中に「和歌・管絃・往生要集ごときの抄物《せうもつ》」を収容したとある（三一頁）。多彩な方向性を持っていたであろう長明が、最終的に自己の拠点を和歌・音楽・浄土信仰の三つに限定したことを簡潔に示す一文であろう。彼は世を遠ざかって方丈の主になっても、歌人であることをやめなかった。そればかりか、彼は歌人としての長い体験をもとに『無名抄』という歌書を書く。執筆時は未詳だが、『方丈記』のそれと並行するようだ。話題の重複はほとんどない。『方丈記』の読者は、『方丈記』では暗示に止《とど》められていたり、全く言及されなかった長明の思い出を『無名抄』から少なからず教えられ、彼の経歴が持つ量感を知ることになる。また、その経験から、思想書としての枠組みの中にある『方丈記』が、歌人通用の発想・比喩などに多くを負っており、閑居のかたちが歌人趣味を基調とすることの内的必然をも実感するはずである。

『無名抄』には、和歌の方法論に触れる章が少なくなく、長明がすぐれて意識的な表現者であったことが知られるが、『方丈記』に関連するところでは、対句の危険を述べた「仮名事《かなのこと》」などが重要である。彼はそこで「詞の飾りを求めて対《つい》を好み書くべからず」、「対をしげく書きつれば真名に似て、仮名の本意にあらず」と戒め、「えさらぬ所（不可避な個所）ばかりをおのづから色《いろ》へたる（いろどりを添える）がめでたきなり」としている。「仮名」（和文）と「真名」（漢文）が別の表現秩序であり、漢文の修辞を安易に導入させてはならないことを明言した彼が、「仮名」の精粋たる歌語を漢文訓読調の文体の中に融解し、徹底的に対句仕立ての構成で『方丈記』を書いたわけである。したがってこの作品は、心情の自由な流露や啓蒙的な述作ではなく、拘束されていた美意識を逸脱する長明の意欲的な表現の試みという一面を持っていたのであろう。

よく言われるように、『方丈記』は、「家」というものを視座とする「記」として、慶滋保胤《よししげのやすたね》（『発心集』二・三などに登場）の『池亭記《ちていき》』の換骨奪胎であり、引いてはその源泉たる白楽天の『池上《ちじょう》篇』など諸作の影響下にある。そしてもう一つ、長明が身を置いたのは、西行《さいぎょう》ら抒情的遁世者の系譜である。保胤は和歌に、西行らは叙事に、それぞれ消極的で、彼らの所産は、隠遁的であることなどの諸点で近似はするが、相まじわらないものであったとも言える。それらの二つの文化伝統は、『方丈記』において初めて決定的に交錯を見たとも言いうるであろう。

往生要集の刺激

『池亭記』の作者の保胤《い》の名は、長明の法名「蓮胤《い》」の典拠かとさえ言われる。その確認はできないが、彼が長明から深い敬意をもって仰がれた先達《せんだつ》であることはたしかである。

その保胤は、心は仏道に傾きながら、身は官人として、二元的な生活を続けつつ「池亭」に住んでその所感を『池亭記』に書いた。やがて彼は出家し、源信《げんしん》が主導的に推《お》し進めた日本浄土教展開史中の一人になる。彼の転身は、源信の主著『往生要集』成立の年に当る。それに前後して、保胤は、往生をめざしてめでたくそれを実現した人々の列伝『日本往生極楽記』を書く。

『池亭記』と『日本往生極楽記』とは、長明の『方丈記』と『発心集』との関係に、偶然とは思われないほど過不足なく対応する。保胤と長明との間には二世紀が横たわっているが、『往生要集』に代表される浄土思想への傾斜の強さという点で、二人はよく似ている。現世のいとわしさ、地獄の恐怖、極楽の与えてくれる悦び、その他、往生への知見を論理的かつ実感的に教える『往生要集』に、長明がいつどこで出会っていかに衝撃を受けたかは知られないが、この聖典が彼にとっても、世にいう「一冊の本」であったことは、これを彼が最後まで身辺に置いたこと、『方丈記』『発心集』の至るところにその影響が見えることなどから明らかである。

発心集の成立

『発心集』の成立事情は、『方丈記』以上に不透明である。この書物の内実については、『方丈記』末尾に見える自己告発に直続させて、長明の思想の最終段階の反映を示すものとされてきたが、その受取り方は、近年疑問視されつつある。

『発心集』には『方丈記』のごとき多種の諸本は残されていないが、神宮文庫本など、流布本の巻六までの部分に当る内容を持つ異本がある。この異本は流布本にない四話を持ち、説話の配列順序が異なるなどの特徴があり、本文の異同も目立つ。略本『方丈記』に対する仮説と同様に、これを初稿本として、流布本巻七・八は増補部分（後人によるものかとも言う）としたり、さらに複雑に数段階を考える新説も現れるなど、一層混沌としつつある。『無名抄』の成立過程も単純でなさそうなことも併せ考えるなら、長明最晩年の執筆の経緯に関して編年的にたどることは絶望というほかはない。

ついでながら、長明よりも数世代後の仏教説話集作者無住道暁《むじゅうどうぎょう》は、五十四歳の時に書いた第一作『沙石集《しゃせき》』以下『聖財集《しょうざい》』『雑談集《ぞうたん》』などの著述に、八十数歳に至るまで再三にわたって精力的に添削を加えたことが知られている。時間的には、長明の場合は無住よりもかなり短期に過ぎないが、同じような試みをしたことは十分考えられる。また、一・二・三・六・七・九巻本など、出入りの甚しい多種の諸本が残されている平康頼の『宝物集』のような例は、原作者の手を離れてからも、どれほど質量に大きな変化が起りうるかを示している。『発心集』も、同じように、説経唱導の専門家などによって多分に変質させられたことが考えられる。残念ながら『発心集』には『方丈記』とは違って古い写本が残されておらず、われわれが見うるものと長明自筆本との距離を測定する手掛りに乏しい。『日葡辞書』など吉利支丹《キリシタン》文献に断片的に見える『発心集』からの引用文と、時期的にそれ以後のものである現存本の当該個所を比較すると異同が目立ち、現行の本文に少なからず不安が持たれるのである。

発心集の内実

その意味で、『発心集』をまるごと長明の所産としてこれを論ずるには慎重さが必要だが、全体の基幹は明らかに彼のものだと、長明を知る者の眼に映るであろう。『鴨長明集』から『方丈記』『無名抄』までの諸作や、長明について伝えられる逸話などの背後から、したたかな存在感をもって浮び上る一人の個性的な男の輪郭とほぼ等質のものが、この『発心集』越しにも見える。激情・妄執・狂気・恩愛・失踪・隠遁願望、死への関心と凝視、はるかなる超越的なものへの視線、等々、この説話集の中に出没する群像が示すものは、長明自身の一生を色濃く隈取《くまど》っているものでもある。彼の生涯は、劇的な起伏を持ち、悲壮美をたたえた一つの作品のようである。同時代人にとっては多分に謎めかしい、それだけに気になる男であったと思われる。『方丈記』や『無名抄』は彼みずからが世に残した、自分自身への注釈と言って言えなくはない。この『発心集』も同様に考えられないであろうか。

『発心集』は、仏教説話集の一つとして、類書と同様に僧俗に向けられた啓蒙・教化の具と読まれることが多い。たしかに、そのような目的のもとに説話を収集・執筆した先行書に材をあおぎ、また、話題を共有する。意図するとしないとにかかわらず、対他的な契機を持つことは明らかだが、本質的には、これは自己凝視、または自己表現をめざしたものであろうとも思われる。
長明は序文で「短き心を顧みて、殊更に深き法《みのり》を求めず、はかなく見る事・聞く事を註《しる》し集めつつ」云々（四四頁）と説話を集めた意図を述べ、「誰人《たれびと》か是《これ》を用いん」とか「我が一念の発心を楽しむばかりにや、と云へり」などとつつましやかに書いている（四五頁）。これは序文一般にある謙辞《けんじ》というよりは、趣旨の素朴な表白であろう。彼がこだわったのは、やがて『発心集』に触れるはずの他人であるよりも自らの内なる読者であり、その者の「短き心」だったのではあるまいか。
かつて彼は、
あればいとふそむけばしたふ数ならぬ身と心との中ぞゆかしき（『鴨長明集』）
というような述懐を歌ったことがある。自虐と自愛という相反する、実は根を等しくする二つの感情に挾撃《きょうげき》されて苦しむ彼の姿は、『方丈記』にも見えるだろう。それは彼固有の気質に根ざすものであろうが、同じような苦悩を歌い続けた西行の詠によって触発・増幅されたものもあったにちがいない。
西行の歌に「我が心かな」「我が思ひかな」「心なりけり」などの結句を持つものが多いことはよく知られている。彼の歌の五分の一近くに「心」という言葉が登場するという。そのように、西行は「心」ゆえの詠嘆の結晶は残したが、「我が心」について納得することなく往生したとおぼしい。長明は、西行（とその同類の人々）と同じような疑問をいだきつつ、『無名抄』の歌論などに顕著に見える、すぐれて分析的な気質によって「心」の暗部をのぞくべく「見る事・聞く事を註し集め」たのであろう。つまり、多くの過去の事例の中に自己の影を見て、個別的でありつつ一般的である「心」の諸領域になにがしかの合点《がてん》をした、その跡が『発心集』に見えるのではなかろうか。ここに登場する異様な、時には崇高な人々は、長明の分身であったり、彼が思い描く、あるべき自己なのであろう。彼らにおびやかされ、はげまされながら、長明の「一念の発心」が形成され、徐々に精神が浄化し、浮力を増していったのであるとしたら、人一倍濃厚な情念を持って、恨み多い人生に長く耐えて生きてきた彼のために、祝福したいものである。

月とともに

『続歌仙落書』の作者が、長明歌から連想されるものとして引合いに出した『琵琶行』の中に、月が点景として描きこまれている。作中の女は「茫々《ぼうぼう》として江《こう》は月を浸《ひた》す」中に琵琶を奏《かな》で、これに聞きほれて言葉もない人々は「唯《た》だ見る、江心に秋月の白きを」と白楽天は記す。この長詩の悲壮美のために、月は不可欠の条件であろう。

あたかもこれに符節を合わせるかのように、長明の劇的人生の要所要所に月が現れる。『鴨長明集』の最後の歌は、「月」と題された、

朝夕に西そむかじと思へども月待つほどはえこそむかはね

である。これは西方極楽《さいほうごくらく》への志向と月の出を待つ心情との相剋を歌ったものである。長明に「生死の余執ともなるばかり」の喜びをもたらした歌（三九九頁参照）の題も「月」である。また、隠棲後に後鳥羽院にむけられた十五首の歌で、人々にもっとも深い印象を与えた歌とその前提となったもの（いずれも四〇六頁参照）にも月が歌いこまれている。そして、『方丈記』の結末は「そもそも、一期《いちご》の月影かたぶきて」である（しばしば執筆時の長明が矚目《しょくもく》した実景から来た比喩とされるが、奥書に「つごもり」とあるのでその説は当らない）。それやこれやを考慮してであろうか、『続歌仙落書』に「昔語りを聞く心地」がするという長明の歌の、代表作として抽《ひ》かれる五首のうち三首までが月の歌であ

る。

この時代、月は歌人たちにもっとも取り上げられる機会の多い自然であった。再び西行を例に取るなら、彼が残している約二千首のうち、月を詠じたものは実に約三百六十首に及ぶ。月は彼らにとって、単なる自然美を超えた、真理への指標であり、心を映す鏡であった。月をめぐるそのような環境の中で、特に長明において月が深い意味合いを持っていることは、見逃せない。

終焉

長明をめぐる「昔語り」も、その月に関する話題で閉じられる。

彼は、冥界への旅立ちの近いことを予感してであろう、最晩年に、禅寂《ぜんじやく》に「月講式《がつこうしき》」なるものの制作を依頼した。講式とは、仏菩薩や高僧などの徳を讃える文章の謂《いい》だが、月についてのそれは、前例が知られない。しかし、長明の特異な希望は報いられなかった。彼は最後まで不運なままであったようだ。

禅寂の証言によれば、何となく一日延ばしにしているうちに、長明は空しく没してしまったという。後悔の念にさいなまれて筆をおこした禅寂は、三十五日の追善供養の夜、長明の霊前に「月講式」をささげた。その時はあたかも七月の十四夜に当り、「皎々《かうかう》たる窓の月、南端を照らし、瀼々《じやうじやう》たる叢《くさむら》の露、中庭に満てり。景色 腸《はらわた》を断ち、懐旧肝《きも》を屠《ほふ》る」と、禅寂は感慨をこめて書いている。

この記述から逆算すると、長明が死んだのは建保《けんぽう》四年（一二一六）閏《うるう》六月十日ということになる。果して、末期《まつご》を迎えた長明を、晩夏の十日月が照らしていたかどうか。残念ながら、その夜の天候を伝える資料はない。

〔付記〕「解説」で触れた話題のいくつかについて、より詳しく立ち入った小論を挙げておく。
併せてご参照いただければ幸いである。

長明の出発とその後――父の影をめぐって　『国語と国文学』昭和四十八年四月号
場所と想像力――山里・西方・配所　『国文学』昭和四十八年七月号
随筆における自然と思念――「ユク河」と長明　『国文学』昭和四十八年九月号
長明と「名優」たち　『国語展望』昭和四十九年六月号
情念の論・方丈記――長明の福原往還とその表現　『国文学』昭和四十九年十二月号
「大原山ノ雲」など――発心集作者遠望　『説話文学研究』昭和五十年六月号
東山と大原――山里の典型　『国文学』昭和五十一年六月号
中世の隠者文学　『シンポジウム日本文学』6　伊藤博之編　学生社　昭和五十一年六月刊

付録

長明年譜

久寿二年（一一五五）　**一歳**

長明、この年に誕生か（仁平三年説、久寿元年説もあるが、現在は久寿二年とするのが通説）。賀茂御祖神社（下鴨神社）の正禰宜《しょうねぎ》惣官《そうかん》鴨長継の次男。長継は十七歳の若さであった。母は未詳だが、長明生誕後まもなく早世したか。なお、この年、四月十五日、慈円誕生。五月七日、六条顕輔没す（六十六歳）。七月二十三日、近衛天皇崩御（十七歳）。十月二十六日、後白河天皇即位。藤原有家（『新古今集』撰者の一人）もこの年に生れる。

保元元（久寿三）年（一一五六）　**二歳**

三月五日、姝子内親王、皇太子妃となる。七月二日、鳥羽院崩御、同十一日、保元の乱おこる。この年前後の一連の事態にふれて、慈円は後年「保元元年七月二日、鳥羽院うせさせ給ひて後、日本国の乱逆と云ふことはおこりて後、武者《むさ》の世になりにけるなり」（『愚管抄』四）と記した。俊恵の歌林苑における歌会はこのころ始まり、以後二十余年に及ぶ。

保元二年（一一五七）　**三歳**

十月、信西、大内裏を復興。都の大路なども整備され、面目あらたまる。『方丈記』冒頭の「たましきの都」は、具体的にはこのころの都を念頭においた美称か。この年、健寿御前（建春門院中納言）、建礼門院右京大夫が生れたと推定される。

保元三年（一一五八）　**四歳**

八月十一日、二条天皇即位。『袋草紙』、この年までに成る。藤原家隆生れる。

平治元年（一一五九）　**五歳**

二月二十一日、姝子内親王、中宮となる。三月以後、二条天皇をめぐる歌壇、活気を帯びる。十月三日、藤原清輔、『袋草紙』を二条天皇に奏覧。十二月九日、平治の乱おこる。この年源義経生れる。

永暦元年（一一六〇）　**六歳**

三月十一日、源頼朝、伊豆に流される。七月、俊恵『清輔朝臣家歌合』の作者となり、この年までに中央歌壇に登場していたことが確認される。時に俊恵、四十八歳。八月二十七日、鴨長継、従四位下に叙せられる。この年、源顕兼（『古事談』作者）生れる。

応保元年（一一六一）　**七歳**

九月十六日、賀茂御祖神社遷宮。十月十三日、姸子内親王（『発心集』七・五）没、享年未詳。十月十七日、長明、中宮叙爵により従五位下に叙せられる。『富家語談《ふけごたん》』、この年までに成立。

応保二年（一一六二）　**八歳**

二月五日、中宮姝子内親王の院号を定めて「高松院」とする。この年、藤原定家生れる。

長寛元年（一一六三）　**九歳**

源光行生れる。

長寛二年（一一六四）　**十歳**

八月、俊恵歌林苑歌合。八月二十六日、崇徳上皇、讃岐で薨ず（四十六歳）。閏十月十七日、九条兼実『玉葉』の記事始まる。

永万元年（一一六五）　**十一歳**

六月二十五日、二条天皇譲位、七月二十八日崩御（二十三歳）。このころ、顕昭撰（異説もある）『今撰集《こんせんしゅう》』成立。この年、藤原孝道（楽所預《がくしょあずかり》）生れる。

仁安元年（一一六六）　**十二歳**

十二月一日、京都大火。

仁安二年（一一六七）　**十三歳**

二月十一日、内大臣平清盛太政大臣となり、五月十七日にこれを辞す。十月、慈円出家。十二月二十四日、藤原顕広、俊成と改名。十二月、俊恵歌林苑歌合。

仁安三年（一一六八）　**十四歳**

二月十一日、平清盛出家。同十九日、高倉天皇即位。三月、健寿御前、後白河院女御平滋子（建春門院）に出仕。

嘉応元年（一一六九）　**十五歳**

三月、後白河上皇撰『梁塵秘抄口伝集』成る。六月十七日、後白河上皇落飾《らくしょく》する。七月二十六日式子内親王、斎院退下《たいげ》。七月、藤原清輔『和歌初学抄』成立。この年、九条良経生れる。

嘉応二年（一一七〇）　**十六歳**

この年、飛鳥井（藤原）雅経生れる。『今鏡』秋・冬の間に成立か（異説もある）。

承安元年（一一七一）　**十七歳**

十二月十四日、平徳子入内《じゅだい》、二十六日に女御となる。

承安二年（一一七二）　**十八歳**

一月二十七日、九条兼実の推挙により、中原有安、飛驒守となる。鴨長継、この年の冬から翌年春の間に没したか（細野哲雄氏説）。享年三十四（または三十五）。長明の、父の死をめぐる歌として「父みまかりてあくる年、花を見てよめる　春しあれば今年も花は咲きにけり散るを惜しみし人はいづらは」（『鴨長明集』）などがある。十二月二十四日、藤原家明（『発心集』六・五）没す（四十五歳）。このころ『歌仙落書』成立。

承安三年（一一七三）　**十九歳**

四月二十二日、関白藤原基房賀茂詣での折りに、長継の後任の鴨祐季が神酒を献ずる。『玉葉』同日条に「禰宜祐季、初めて此の役に従ふ」とある。この年、右京大夫、平徳子（建礼門院）に出仕か。明恵・親鸞生れる。

承安四年（一一七四）　**二十歳**

『建礼門院右京大夫集』の記事はこの年の元旦の風景に始まる。

安元元年（一一七五）　**二十一歳**

三月、法然、専修念仏に帰す。八月下旬、賀茂御祖神社の禰宜祐季、領地のことをめぐって延暦寺の僧徒と争う。理は祐季の側にあったが大衆の蜂起などの風聞もあり、後白河院の裁決により祐季の社務を停止、あわせて僧徒の首魁《しゅかい》弁円を流罪に処す。祐季の後任は祐兼。長明は彼と競合して敗れたかという（貴志正造氏説）。高松院北面菊合に恋の歌を詠進したのはこの年の九月か（「菊合」を「歌合」の誤りとし、七月二日とする萩谷朴氏説もある）。知りうる限りでは、この菊合は歌人長明の公的活動として最初の体験。晴れの歌に慣れない彼が父の歌友であった勝命に相談、その示唆によって禁忌を侵すことを免れた由が『無名抄』「晴の歌は人に見合すべき事」に見える。なお、この年十月、河合《ただす》社に再度強盗濫入《らんにゅう》の騒ぎもあった。

安元二年（一一七六）　**二十二歳**

三月四日、法住寺殿において後白河法皇の五十の賀（安元御賀）あり、平家と後白河法皇との蜜月時代の象徴的盛儀となる。六月十三日、高松院薨ず（三十六歳）。七月八日、建春門院薨ず（三十五歳）。八月十五日、蓮華浄（『発心集』三・八）ら十一の上人、桂河で入水。九月二十八日、藤原俊成、重病により出家、法名釈阿。

安元三(**治承元**)**年**（一一七七）　**二十三歳**

四月二十八日京都大火（『方丈記』一六頁）。六月一日、鹿ヶ谷事件。同二十日、藤原清輔没（七十四歳）。九条兼実はそのことに触れて「和歌之道、忽《たちま》ちに以て滅亡す。哀みて余り有り、歎きて益無し」と記した（『玉葉』）。この年、藤原信実（『今物語』作者）生れる。

治承二年（一一七八）　**二十四歳**

六月二十六日、藤原俊成（釈阿）、九条兼実を訪問、御子左・九条両家の提携の端緒となる。八月二十三日『林葉和歌集』（『俊恵法師集』）成立。十一月十二日、安徳天皇生誕、それに先立つ某日、建礼門院右京大夫、宮中を退出。この年前後、歌会すこぶる多し。

治承三年（一一七九）　**二十五歳**

七月二十九日平重盛没（四十二歳）。このころ平康頼『宝物集』成る。

治承四年（一一八〇）　**二十六歳**

二月二十一日、安徳天皇即位。四月二十九日、中御門京極辺より辻風おこり、被害甚大（『方丈記』一八頁）。五月二十六日、宇治川の戦。六月二日、福原遷都（『方丈記』一九頁）。七月十四日、後鳥羽院生誕。秋（七月か）、長明、福原に往還する（『鴨長明集』、『方丈記』二〇頁）。八月十七日、源頼朝挙兵。九月七日、木曾義仲挙兵。十一月二十六日、京都に還都。『吾妻鏡』、藤原定家『明月記』、ともにこの年の記事をもって始まる。総じてこの一年、政治史的に多事多端をきわめ、人々の不安・動揺甚しいままに暮れる。

養和元年（一一八一）　**二十七歳**

一月十四日、高倉上皇崩御（二十一歳）。閏二月五日、平清盛没（六十四歳）。四月、藤原定家、『初学百首』によって人々の絶讃を博す。五月、『鴨長明集』成立（同書奥書に「養和元年五月」とあることによる。ただし、養和と改元されたのが七月十四日であり、「承元元年五月」と奥書に記す本もあるので疑問の余地がある）。この年から翌年にかけて大飢饉（『方丈記』二二頁）、十一月十日、藤原俊成（釈阿）、後白河法皇のもとに参上、その後再三参院の機会を得て『千載集』成立の基盤が用意される。

寿永元年（一一八二）　**二十八歳**

二月三十日、賀茂御祖神社権禰宜鴨長平没、河合社禰宜祐兼がその後任となる。三月、賀茂重保、六十歳以上の名士六名とともに尚歯会を行い、勝命（七十一歳）、俊恵（七十歳）ら出席。十一月、『月詣和歌集』（賀茂重保）成り、長明の作四首撰入される。

寿永二年（一一八三）　**二十九歳**

二月、勅撰集撰進の後白河法皇院宣が藤原俊成（釈阿）に下る。七月二十五日、平家都落、同二十八日、木曾義仲入京、その前後、都は物情騒然とする。八月二十日、後鳥羽天皇践祚。長明が俊恵に入門したのはこのころか。俊恵のその後の動静は不明で、建久二年（一一九一）一月には在世しないことが確認されるが、この年以後まもなく没したか。源通親『擬《ヘテ》二香山《ニ》一摸《スル》二草堂《ヲ》一記』このころ成る。

元暦元年（一一八四）　**三十歳**

一月二十日、木曾義仲敗死（三十一歳）。二月七日、一の谷の戦。七月二十八日、後鳥羽天皇即位。十月、賀茂御祖神社下禰宜惣官鴨祐季引退し、権禰宜祐兼がその跡を襲う。この年以後、長明は父方の祖母（簗瀬一雄氏説によれば、高松院の乳母かという。長明はその娘または孫の婿《むこ》であったか）の家を出て賀茂（鴨）川近くに転居（『方丈記』二九頁）。この年、藤原秀能（和歌所寄人《よりゅうど》の最年少）生れる。

文治元年（一一八五）　**三十一歳**

三月二十四日、平家、壇ノ浦に敗れて滅亡。七月九日、京都とその周辺に大地震（『方丈記』二五頁）。八・九月にも間歇的にその余震が続き、人々の不安を招く。平家の怨霊によるとの説もあった。八月二十八日、東大寺大仏開眼供養（『発心集』七・十三）。十月、五月に東山長楽寺で出家した建礼門院、大原の寂光院に隠棲。十一月二十九日、諸国に守護・地頭を置く。

文治二年（一一八六）　**三十二歳**

四月、後白河法皇、大原御幸。七月、東大寺大仏殿再建の勧進のために、西行、伊勢を発して東国に下向。八月十五日、西行、鎌倉で頼朝と会談、奥州平泉に向う。秋、大原談義あり、法然の声価高まる。晩秋、長明、伊勢に旅立ち、現地で歌友らと会す。その所産『伊勢記』は散逸したが、部分的に復元され、和歌三十四首、連歌一句が知られる。その後、伊勢から熊野へ赴き、翌年帰京か。この年、藤原定家、九条家に出仕。

文治三年（一一八七）　**三十三歳**

九月二十日、藤原俊成、『千載集』を奏覧（同集序文）。ただし、これは何らかの理由による形式的なもので、実質的には翌年のことに属するかという（久保田淳氏説）。西行『御《み》裳濯《もすそ》河歌合』（判者俊成）成立。如寂《にょじゃく》『高野山往生伝』、この年以後、まもなく成立か。
この年、久我（源）通光（『続歌仙落書』作者かという）生れる。

文治四年（一一八八）　**三十四歳**
二月中旬、九条兼実家司《けいし》藤原長親出家（法名禅寂。後に長明の法友となる）。四月二十二日、藤原俊成（釈阿）、『千載集』を奏覧、その後多少の増補・修訂を経て八月二十七日までに最終奏覧かという（松野陽一氏説）。その後、勝命『難千載』（散逸）など、この集についての批判・不満の気分が各方面にあったが、長明は自作一首入集に大いに喜んだ（『無名抄』「千載集に予一首入るを悦ぶ事」）。この年、斎所《さいしょ》聖（『発心集』七・十三）、高野山新別所に入る。

文治五年（一一八九）　**三十五歳**
この年以前の某日、長明、賀茂別雷社歌合に出席、「石川やせみの小川の清ければ月も流れを尋ねてぞすむ」を詠進して負け、その用語「せみの小川」（賀茂川の異称）が人々の論議を呼ぶ（『無名抄』「せみの小川の事」）。閏四月三十日、源義経、衣川に没す（三十一歳）。七月十七日、道顕（『発心集』一・一）没。同日、源頼朝、奥州征討に出発。九月十八日、奥州平定。この年、西行・定家、寂蓮・慈円、西行・慈円など歌人同士の交友顕著で、西行『宮河歌合』（判者定家）、同『贈定家卿文』などが成る。顕昭『袖中抄《しゅうちゅうしょう》』、この年までに成立。この年、慶政（『閑居友』作者）が生れる。

建久元年（一一九〇）　**三十六歳**
二月十六日、西行、河内の弘川寺に死す（七十三歳）。その報に接した俊成・定家・慈円・寂蓮らに哀悼歌あり、人々の感動の一端を知りうる。十月、源頼朝上京、十二月十四日、帰路につく。

建久二年（一一九一）　**三十七歳**
一月十二日、賀茂重保没（七十三歳）。重保に俊恵の死を悼む歌があるので俊恵の死がこの年以前であることが判明する。三月三日、長明、若宮社歌合（判者顕昭）に出詠。一月二十二日、藤原俊経（法名証心。長明の伊勢旅行の同行者）没す（七十八歳）。七月、栄西、宋より帰朝して臨済禅を伝える。閏十二月十六日、後徳大寺（藤原実定）没す（五十三歳）。

建久三年（一一九二）　**三十八歳**
三月十三日、後白河法皇崩御（六十六歳）。七月十二日、源頼朝、征夷大将軍となる。七月十九日、妙音院（藤原）師長没す（五十五歳）。八月九日、源実朝生誕。十一月二十九日、慈円、権僧正に任じ、天台座主に補せられる。

建久四年（一一九三）　**三十九歳**
二月十三日、美福門院加賀（俊成妻、定家母）没。五月二十八日、曾我兄弟の仇討。秋、六百番歌合。

建久五年（一一九四）　**四十歳**
二月二十七日、楽所を置き、その預《あずかり》（事務官）に筑前守中原有安を任じた。この人事は先例を破るものであったが、有安の琵琶の弟子九条兼実（関白）の強い推挙によって実現した。

建久六年（一一九五）　**四十一歳**

三月十二日、東大寺大仏殿落慶供養。天皇行幸、源頼朝も列席。頼朝は三月四日から六月二十五日まで都とその周辺に滞在。中原有安、東大寺供養に太鼓を打つ。その後の彼の動静を示す資料がないので、まもなく没したかという（簗瀬一雄氏説）。斎所聖（『発心集』七・十三）、高野山新別所において没す（享年未詳）。

建久七年（一一九六）　四十二歳

十一月二十五日、九条兼実を罷《や》め、前摂政近衛基通を関白・氏長者とする（建久の政変）。同二十六日、慈円、天台座主・権僧正などを辞し籠居。十二月二十五日、源家長昇殿を許される。『家長日記』はこの年の記事をもって始まる。

建久八年（一一九七）　四十三歳

二月二十五日、飛鳥井雅経、鎌倉より召還される。三月、式子内親王出家。七月二十日ごろ、藤原俊成（釈阿）初撰本『古来風躰抄』成立。九月十日、順徳天皇生誕。

建久九年（一一九八）　四十四歳

一月十一日、後鳥羽天皇譲位。二月五日、平維盛の子六代斬られる。三月三日、土御門天皇即位。三月、法然、『選択本願念仏集』を著す。栄西『興禅護国論』、この年成立。藤原為家生誕。

正治元年（一一九九）　四十五歳

一月十三日、源頼朝没す（五十三歳）。

正治二年（一二〇〇）　四十六歳

この年以後、後鳥羽上皇・九条家・御子左家の提携などがあり、歌壇の動き活発となって詩歌会・歌合の類が再三にわたる。その動向の中で、しばらく活躍の跡がたどりえなかった長明は、院の恩顧のもとに歌人として擡頭。五月十二日、念仏宗禁止。七月ごろ、院の下命により、歌人たち、百首歌を詠進、十一月二十二日、二十三人の詠が披講された（『正治百首』）。その人選をめぐって、俊成ら御子左家と季経ら六条家との対立・摩擦がはげしく、俊成が『仮名奏状』を奉るなどのことがあった。その後、さらに十一人による百首歌の詠進（『正治再度百首』）があり、長明はその歌人の一人に列した。この年、長明が参加した歌合は下記のごとくである。秋（日時・場所など不明）、三百六十番歌合、五首出詠（勝負記載なし）。九月三十日、院当座歌合（判者俊成）に出詠（三首現存）。十月一日、院当座歌合（衆議判）、三首出詠、一持二負。十二月八日、土御門内大臣（源通親）家歌合（委細不明）、一首のみ現存。十二月二十八日、石清水社歌合に出詠（一首現存）。この年の某日、石清水社歌合（久保田淳氏説によれば、判者は季経かという）、一首（一勝）のみ現存。なお、十二月二十九日、九条兼実『玉葉』の記事終る。

建仁元年（一二〇一）　四十七歳

一月二十五日、式子内親王薨（五十一歳）。この年、歌壇いよいよ活気を帯び、長明の活躍も前年に倍する。そのさまは下記のごとくである。一月十八日、土御門内大臣家影供《えいぐ》歌合（委細不明）に出詠（一首のみ現存）。三月十六日、土御門内大臣家影供歌合（判者不明）に出詠（六首現存）。三月二十九日、二条殿新宮撰歌合（判者俊成）に出詠（一首のみ現存）。六月、千五百番歌合。その選に洩れる（理由不明）。七月二十七日、二条殿に和歌所を再興、源家長を開闔《かいこう》（事務官）とし、九条良経・源通親・同通具・慈円・藤原俊成（釈阿）・同有家・同定家・同家隆・飛鳥井雅経・源具親・寂蓮の十一人を寄人《よりゅうど》（職員）に任じ、八月ごろ、長明は藤原隆信・同秀能とともに追任された。八月三日、和歌所初度影供歌合（判者俊成）に六首出詠（二勝二持一負、一首判定不明）。八月十五日、和歌所撰歌合（判者俊成）に四首出詠（四勝）。九月十三日、和歌所影供歌合（判者不明）に出詠（三首現存）。十一月三日、和歌所寄人の中から、源通具・藤原有家・同定家・同家隆・飛鳥井雅経・寂蓮の六人に勅撰集（『新古今集』）撰進の院宣が下る。この年、親鸞、法然の門下となる。

建仁二年（一二〇二）　四十八歳

撰集事業進行下に、長明の活躍も大略継続する。一月十三日、和歌所年始歌会に出詠（現存せず）。三月二十二日、三体和歌会および当座歌合に出詠（七首現存。『無名抄』「会歌にすがたわかつ事」に、三体和歌会に関する回想あり）。五月二十六日、仙洞影供歌合（衆議判）に出詠（三首現存）。七月二十日、寂蓮没（六十五歳か）。八月二十六日、守覚法親王薨（五十三歳）。九月十四日、藤原隆信出家。十月二十一日、源通親没（五十四歳）。『無名草子』、この年までに成立。なお、後鳥羽上皇、この年七月六日・九日、八月二十二日に鴨祐兼の泉亭に御幸を重ねる。

建仁三年（一二〇三）　四十九歳

歌壇における長明の活躍は、一応この年をもってほぼ終る。二月二十四日、大内の花見に参加、人々と和歌・連歌（現存せず）の後、源家長とともに横笛を吹く。同二十五日、院当座歌会に歌を出詠（現存せず）。六月十六日、和歌所影供歌合に三首出詠（二持一負）。七月十五日（異説あり）、八幡若宮撰歌合（判者俊成）に二首出詠（二負）。以上に前後して、『新古今集』撰集事業は最終段階に入る。四月二十日頃、撰者たちは原案歌稿を上進、後鳥羽院は校閲を開始、以後一年余に及ぶ加点を精力的に続ける。八月六日、澄憲没す（八十六歳）。九月七日、源実朝、征夷大将軍となる。十一月二十三日、藤原俊成（釈阿）、和歌所に九十の賀宴を賜る。長明、賀歌一首（現存）を出詠。

元久元年（一二〇四）　五十歳

長明が遁世したのはこの年かとされる（『方丈記』二九頁）。その直接の原因は、河合社禰宜職継承の望みを絶たれたことにあるという（『源家長日記』）。秘曲「啄木」を弾じて指弾されたためという異伝（『文机談』）もある。彼の遁世直後の動静は不明。まもなく後鳥羽院に和歌十五首を奉る。その後、大原に転住。秋、源光行『蒙求和歌』が成り、十一月、九条良経『秋篠月清集《あきしのげっせいしゅう》』成る。十一月三十日、藤原俊成（釈阿）没（九十一歳）。

元久二年（一二〇五）　五十一歳

二月二十七日、藤原隆信（戒心）没す（六十四歳）。三月二十六日、『新古今集』撰進、竟《きょう》宴《えん》が行われる。長明の作十首入集。六月十五日、元久詩歌合に、長明、「鴨長明」の俗名で詠進。九月二日、内藤知親、藤原定家が委託した『新古今集』を源実朝に献ずる。

建永元年（一二〇六）　五十二歳

三月七日、九条良経没す（三十八歳）。六月四日、重源没す（八十六歳）。

承元元年（一二〇七）　五十三歳
二月十八日、専修念仏を停止、法然・親鸞らを配流《はいる》。三月七日、『賀茂御祖社歌合』『賀茂別雷社歌合』、後鳥羽院御幸。四月五日、九条兼実没す（五十九歳）。『源家長日記』、この年十一月二十七日の記事をもって終る。

承元二年（一二〇八）　五十四歳
長明、このころに大原から日野に移る（『方丈記』三一頁）。四月十三日、飛鳥井雅経、長明を源実朝に推挙。閏四月十五日、京都大火。五月十五日、法勝寺の九重塔、雷火のために炎上（『発心集』八・七）。この年、慶政、西山に隠遁する。

承元三年（一二〇九）　五十五歳
八月十三日、内藤知親、藤原定家委託の『近代秀歌』を源実朝に献ずる。この年の末に藤原隆房没す（六十二歳）。

承元四年（一二一〇）　五十六歳
四月、『往生要集』刊行される。十一月十一日、藤原親経没（六十歳）。

建暦元年（一二一一）　五十七歳
十月、長明、飛鳥井雅経とともに鎌倉に赴き、源実朝に数次にわたり対面。十三日、法花堂で頼朝を追悼、懐旧の歌一首を詠む。『無名抄』の執筆はこの年前後かという。また、『文机談』所載の秘曲づくし事件は、この年の鎌倉下向に先立つ出来事かともいう（房野水絵氏説）。

建暦二年（一二一二）　五十八歳
一月二十五日、法然没す（八十歳）。三月下旬、『方丈記』成る。略本『方丈記』はこれに先立つかともいう。十一月二十三日、明恵『摧邪輪《さいじゃりん》』成る。十二月二十八日、西園寺実宗没す（六十四歳）。この年前後、後鳥羽院仙洞を中心として有心無心《うしんむしん》連歌が多く行われ、各所で歌合も盛行した。この年、『瑜伽師地論』（八七頁参照）開板。

建保元年（一二一三）　五十九歳
二月三日、貞慶没す（五十九歳）。十一月二十三日、源実朝に献じられた藤原定家相伝の『万葉集』、鎌倉に到着。十二月十三日、建礼門院没す（五十七歳。異説が多い）。十二月十八日以前に『金槐集』成立か。この年、後鳥羽院、泉亭（鴨資綱の邸）に一再ならず御幸に及ぶ。

建保二年（一二一四）　六十歳
二月四日、栄西、病中の源実朝に茶を進め、『喫茶養生記』を献ず。この年から翌年にかけて『発心集』成るかというが、異説も多い。

建保三年（一二一五）　六十一歳
二月、源顕兼没す（五十六歳）。彼の著『古事談』はこの月以前、建暦二年以後の成立。『発心集』との前後関係は諸説分れ、未詳。七月五日、栄西没す（七十五歳）。

建保四年（一二一六）　六十二歳
三月十八日、『拾遺愚草』の原型成るか。四月十一日、藤原有家没す（六十二歳）。閏六月十日（瓜生等勝氏説）、長明没す。七月十三日、禅寂、生前の長明より依頼の『月講式』を草して長明の霊前に捧げる。この年、慶政『閑居友』を起筆、長明『発心集』に言及する。

校訂個所一覧

一、清濁・用字・仮名づかいの変更などのうち単純なものは省略し、本文の解釈を左右する主要な例のみ示した。
二、掲出の順序は、本書における頁・行、本書の表記、底本の表記とし、かっこ内に、校訂に用いた諸本を略号で示した。また、諸本にはよらないが、文脈上訂正の要が明らかな場合は、（文意）としてその個所を示した。
三、略号は、左記のごとくである。
方丈記……前——前田本　兼——一条兼良本
発心集……神——神宮文庫本　寛——寛文十年刊本

方丈記

一七　1　樋口——桶口（兼）
二〇　4　見るに、その地……高く、南は——ミルニ南ハ（前・兼）
二〇　14　ひなびたる——ヒナタル（前・兼）
二一　14　むなしく、春かへし夏植うる——ナツウフル（前・兼）
二八　11　わが身——ワカヽミ（前）
二九　1　あと——ヤト（前）

三〇　2　更に——更（前・兼）
三一　10　名を外山《とやま》と——名ヲヽトハ山ト（兼）
三四　7　いはむや——ハイムヤ（前）
三九　3　障《さは》り——サハカリ（前・兼）

以上のほか、流布本系諸本に見られる二五頁12行〜二六頁4行、三七頁11行〜14行の二段落を、一条兼良本によって補った。

五二 13 のたまへり――ノタヘリ（寛）
五五 12 なんど――ナムンド（寛）
五六 8 さいなむ――イサナム（寛）
六一 7 あらそひ――アラソビ（神）
六八 10 弟子を――弟子（神）
八二 12 わびしくもや――ワビシクハ（神）
八五 2 知られじ――知ラジ（寛）
八六 13 聞かれん――聞カン（神・寛）
八九 6 うけひき――ウチヒキ（寛）
八九 12 承るは――承ハ（寛）
一〇七 2 おもく――ヲモタ（神・寛）
一一八 14 人の徳のほど――人ノ徳程（寛）
一二四 4 ましかば――マジカバ（神）
一二五 5 おぼつかなし――ヲボヅカナシ（神）
一二九 2 伊予僧都の大童子――伊予僧都大童子（神・寛）
一三八 8 去りにけり――ノリニケリ（寛）
一四八 11 登蓮《とうれん》法師――卜蓮《ボクレン》法師（神）
一五二 13 みづから――自カ（神・寛）
一六一 14 語らふ――語ラク（神・寛）

一六六 2 人間の食にあらず――人間ノ食ニ（寛）
一六六 8 ここかしこ――カシコ（寛）
一七五 1 ありけり――有ナリ（寛）
一七五 2 いなびがたくて――イナモガタクテ（寛）
一八〇 13 ……給はじ」とあれば、その用意して――……給ンソノ
用意シテ（神・寛）
一八二 12 臨終に――臨終（神・寛）
一八五 4 見あつかひ――身アツカヒ（寛）
一八九 3 功――切（神・寛）
一九七 7 ……憎は」と云はれて、心おろか……――……憎ハ心ヲ
ロカ……（寛）
二〇一 12 御文などやある――御文モナドカアルカ（神）
二〇二 11 見るらん――見ルラント（神・寛）
二〇二 13 慶祚の――慶祚ソノ（神・寛）
二〇三 13 帙紙《つつみがみ》――秩紙《ツヽミガミ》（文意）
二一二 9 来たれるなり」と語る――来レル也（神）
二一二 10 ありし世に――アリ世ニ（寛）
二一四 10 虫のいもせ――虫いもせ（神）
二二一 5 口づけ――ロツゲ（文意）

二二一 12 まゐりけれど――マヰリケルト（寛）
二二二 10 及ぶまで――ソヨフケテ（寛）
二二二 13 俊実――俊賢（寛）
二二三 6 給ひければ――給ヒケルハ（寛）
二二四 12 後の世――彼ノ世（寛）
二二五 4 おはする身――ヲハスルノミ（寛）
二二七 8 はしたなめ――ハシタメ（寛）
二二七 10 内あたり――打アタリ（寛）
二二八 8 美豆《みつ》――箕豆（神）
二三一 8 すげうて――スケウテ（文意）
二三八 10 面影の栖《すみか》はことにふれて――面影栖《スムカ》コドニフレテ（寛）
二四三 1 懈怠《けだい》なく――懈怠トク（神・寛）
二五一 5 あないみじ――カナヰジ（神）
二五一 10 伝はりて後、白河院に――ツタハリテ後白河院《ゴシラカハノヰン》ニ（神）
二五四 9 いつも御方に向ひて――イツ御方ニ迎《ムカヘ》テ（寛）
二五五 4 かくれ給へり――カクシ給ヘリ（寛）
二五八 8 多かり。したしき――オホカリシ。タヾシキ（寛）
二六五 11 そこの――ソコヲ（寛）
二六六 4 給はせんこと――給ハセムト（寛）
二六八 7 阿弥陀仏を――阿弥陀仏ト（寛）
二七〇 4 侍らず――侍ラヌ（寛）

二七一 4 隣り家――隣リ家ニ（寛）
二七二 7 一日の仰せ――一日仰セ（寛）
二九二 3 陸路《くがち》――陸路《ロクヂ》（神）
二九九 11 おのがどち――ヲノガドテ（寛）
三〇四 7 孝経と――孝経ニ（寛）
三一三 14 美景――美景ヲ（寛）
三一七 9 なれば――ナレド（寛）
三三〇 13 愚かなるに――愚カニ（寛）
三三五 4 あやしく」と――アヤシク（寛）
三三八 1 妻のこと――妻ノ如（寛）
三四二 3 我ひとり――我人モ（寛）
三五五 11 行くぞ――行クゾト（寛）
三五六 8 おぼしやれ」と云ふ――オボシヤレド（寛）
三五八 5 かかれば――カレバ（寛）
三六五 9 なほざりなる事かは――ナホザリナル事ハ（寛）
三六五 12 さへぎれり――サヘギリ（寛）
三六六 1 人にも――人モ（寛）
三七三 5 御かまへ――御マカヘ（文意）
三七六 9 籠居したりける――居シタリケル（寛）
三八一 8 昔の余執《よしふ》――昔余執（寛）
三八二 13 さまたげ――サマタゲ（文意）

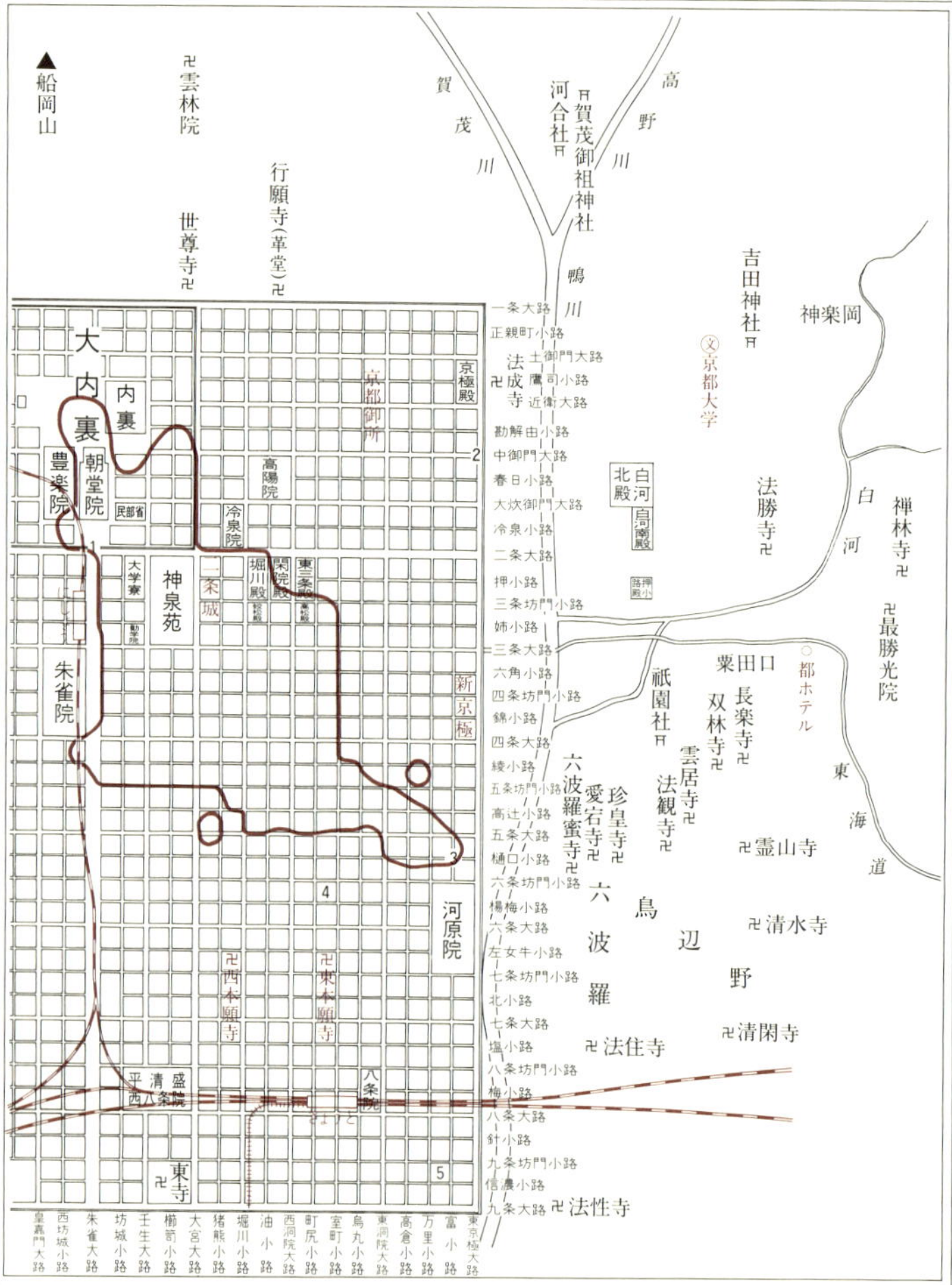

1朱雀門　2中御門京極　3樋口富小路　4慶滋保胤 池亭　5九条兼実邸
━内は安元三年の大火による焼失地域を示す

平安京(左京)周辺略図

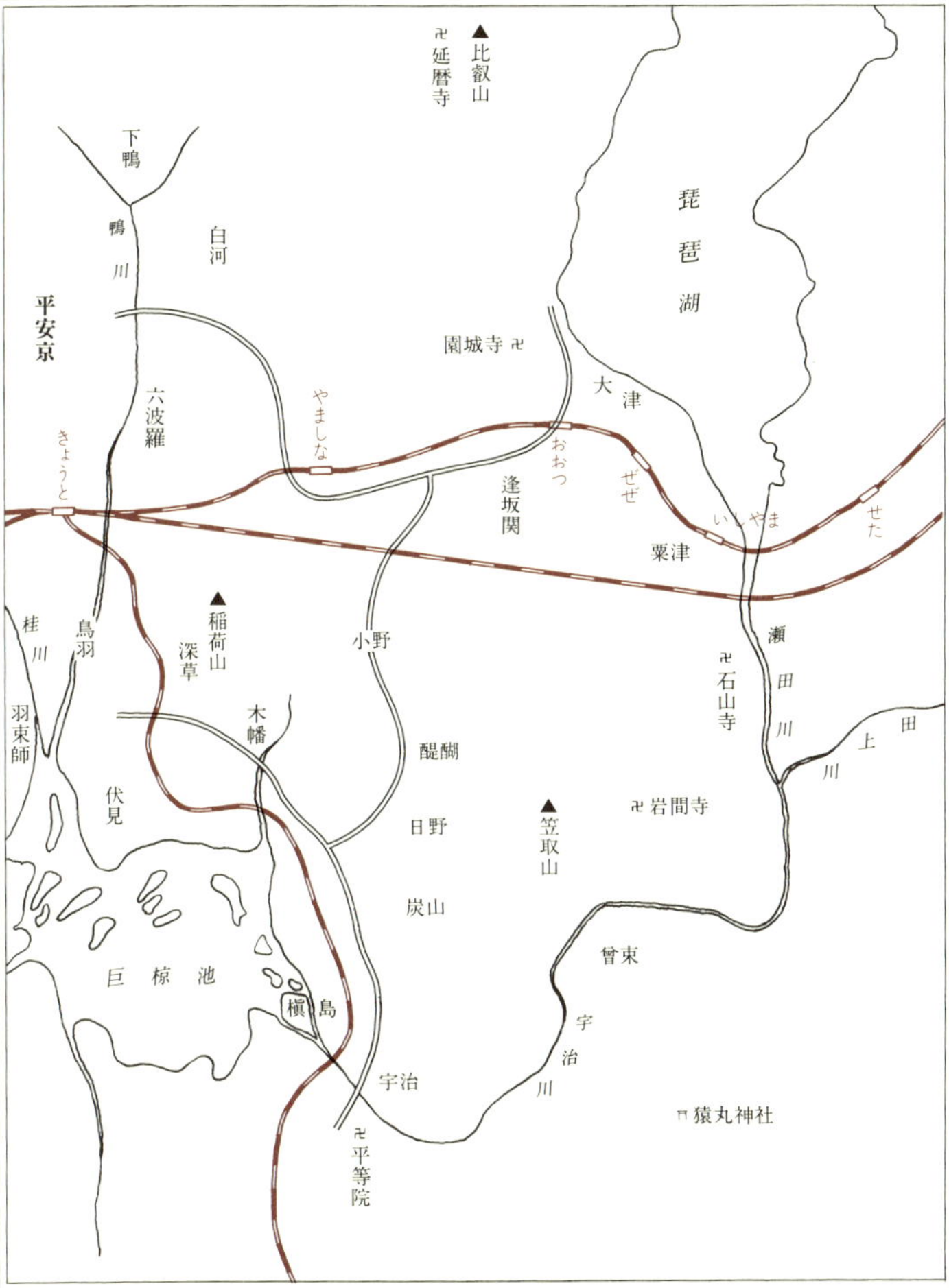
比叡山
延暦寺
下鴨
鴨川
白河
平安京
琵琶湖
園城寺
大津
六波羅
やましな
きょうと
おおつ
ぜぜ
逢坂関
いしやま
せた
粟津
稲荷山
桂川
鳥羽
深草
小野
瀬田川
石山寺
羽束師
木幡
醍醐
上田川
伏見
岩間寺
日野
笠取山
炭山
曽束
巨椋池
槇島
宇治川
宇治
猿丸神社
平等院

日野周辺略図

新潮日本古典集成〈新装版〉

方丈記《ほうじょうき》　発心集《ほっしんしゅう》

平成二十八年一月三十日　発行

校注者　三《み》木《き》紀《すみ》人《と》
発行者　佐藤隆信
発行所　株式会社新潮社
〒一六二-八七一一　東京都新宿区矢来町七一
電話　〇三-三二六六-五四一一（編集部）
〇三-三二六六-五一一一（読者係）
http://www.shinchosha.co.jp
印刷所　大日本印刷株式会社
製本所　加藤製本株式会社
装画　佐多芳郎／装幀　新潮社装幀室
組版　株式会社ＤＮＰメディア・アート

ISBN978-4-10-620842-3　C0395

■新潮日本古典集成

古事記　西宮一民
萬葉集　一〜五　青木生子　井手至　伊藤博　清水克彦　橋本四郎
日本霊異記　小泉道
竹取物語　野口元大
伊勢物語　渡辺実
古今和歌集　奥村恆哉
土佐日記　貫之集　木村正中
蜻蛉日記　犬養廉
落窪物語　稲賀敬二
枕草子　上・下　萩谷朴
和泉式部日記　和泉式部集　野村精一
紫式部日記　紫式部集　山本利達
源氏物語　一〜八　石田穣二　清水好子
和漢朗詠集　大曽根章介　堀内秀晃
更級日記　秋山虔
狭衣物語　上・下　鈴木一雄
堤中納言物語　塚原鉄雄
大鏡　石川徹

今昔物語集　本朝世俗部　一〜四　阪倉篤義　本田義憲　川端善明
梁塵秘抄　榎克朗
山家集　後藤重郎
無名草子　桑原博史
宇治拾遺物語　大島建彦
新古今和歌集　上・下　久保田淳
方丈記　発心集　三木紀人
平家物語　上・中・下　水原一
金槐和歌集　樋口芳麻呂
建礼門院右京大夫集　糸賀きみ江
古今著聞集　上・下　西尾光一　小林保治
歎異抄　三帖和讃　伊藤博之
とはずがたり　福田秀一
徒然草　木藤才蔵
太平記　一〜五　山下宏明
謡曲集　上・中・下　伊藤正義
世阿弥芸術論集　田中裕
連歌集　島津忠夫
竹馬狂吟集　新撰犬筑波集　木村三四吾　井口壽

閑吟集　宗安小歌集　北川忠彦
御伽草子集　松本隆信
説経集　室木弥太郎
好色一代男　松田修
好色一代女　村田穆
日本永代蔵　村田穆
世間胸算用　金井寅之助　松原秀江
芭蕉句集　今栄蔵
芭蕉文集　富山奏
近松門左衛門集　信多純一
浄瑠璃集　土田衞
雨月物語　癇癖談　浅野三平
春雨物語　書初機嫌海　美山靖
與謝蕪村集　清水孝之
本居宣長集　日野龍夫
誹風柳多留　宮田正信
浮世床　四十八癖　本田康雄
東海道四谷怪談　郡司正勝
三人吉三廓初買　今尾哲也